ÜBER DAS BUCH

Unter dem Südseemond

1899 Die lebenstüchtige Schneiderin Alma hat keine Wahl: auf Drängen ihres Vaters hin heiratet sie den viel älteren Hermann und begleitet ihn in die deutsche Südsee-Kolonie Samoa. Für sie bedeutet es das Ende ihrer Welt – in jeder Hinsicht. Unterwegs nach Deutsch-Samoa findet sie ausgerechnet bei dem australischen Seemann Joshua Fitzgerald die große Liebe. Doch sie ist eine verheiratete Frau, in einem ihr fremden Land, am anderen Ende der Welt.

1901 Alma muss sich an das Leben in der Kolonie und die Riten ihrer exotischen Bewohner gewöhnen, muss Naturkatastrophen ebenso wie deutsch-englische Dorffehden überwinden und lernen, sich als Frau alleine zu behaupten. Doch dann kommt ihre intrigante Zwillingsschwester Käthe nach, und gefährdet alles, was sie sich aufgebaut hat. Und Käthe bringt nicht nur ein bedrohliches Familiengeheimnis mit; sie entdeckt auf der Insel auch Almas Geheimnisse.

Dieser Roman wurde 2013 unter dem Titel „UNTER DEM SÜDSEEMOND" von Regina Gärtner im Heyne Verlag veröffentlicht. Mittlerweile hat die Autorin unter dem Pseudonym *Hanna Caspian* viele Bestseller-Romane veröffentlicht. Deshalb wird dieser Roman nun unter ihrem Pseudonym erneut veröffentlicht.

FSC
www.fsc.org
MIX
Papier aus verantwortungsvollen Quellen
Paper from responsible sources
FSC® C105338

Impressum
Unter dem Südseemond, Die Südsee-Saga Teil 1
zweite Auflage, 2024; Deutsche Erstveröffentlichung 2013 im Wilhelm Heyne Verlag in der Verlagsgruppe Random House GmbH, München

Die Deutsche Nationalbibliothek verzeichnet diese Publikation in der Deutschen Nationalbibliografie; detaillierte bibliografische Daten sind im Internet über dnb.dnb.de abrufbar.

2023, Buchsatz, Dr. Katharina Kolata, Independent Bookworm
© Umschlagabbildungen: Anastasia Lembrik, Sergiy 1975, javarman, mapman, suns07butterfly, Plateresca / shutterstock.com
Lektorat: Friederike Arnold
Hanna Caspian, c/o WirFinden.Es, Naß und Hellie GbR, Kirchgasse 19, 65817 Eppstein

Herstellung und Vertrieb: TOLINO Media, München, www.tolino.de

ISBN: 978-3-75467-989-0

Herstellung und Druck über tolino media GmbH & Co. KG,
Albrechtstr. 14, 80636 München. Printed in Germany.
Fragen zu Produktsicherheit an: gpsr@tolino.media.

Regina Gärtner schreibt als

HANNA CASPIAN

UNTER DEM

Südseemond

DIE SÜDSEE-SAGA

TEIL EINS

INHALTSVERZEICHNIS

PERSONENÜBERSICHT

Alma Hinrichs – junge Kölnerin
Käthe Hinrichs – Almas Schwester
Mathilde Hinrichs – Almas Schwester
Fritz Hinrichs – Almas Bruder
Leopold Hinrichs – Almas Vater
Adelheid Quanz – Almas Tante
Hermann Stieglitz – Angestellter einer Kolonialhandelsgesellschaft
Mellissa Williams – englische Lady
Joshua Fitzgerald – australischer Seemann
Cornelius Lamberty – deutsche Pflanzer auf Samoa
Aveolela – Samoanische Haushilfe
Etena und Taua – Samoanische Haushilfen
Ehepaar Hartmann – Missionare
Heather Fox – englische Ladenbesitzerin
Anton Hofer – deutscher Ladenbesitzer
Joseph – ehemaliger deutscher Walfänger
Otto Zabel – Hermanns Stellvertreter in der Firma
Friedebold und Willibald Dünnbier – zwei deutsche Pflanzer auf Samoa

KAPITEL EINS

KÖLN, IM SOMMER 1899

Der Blutstropfen wurde größer und lief schließlich über die Haut. Rasch nahm Alma den Finger in den Mund. Das fehlte noch, dass sie den teuren Stoff befleckte. Seit Ewigkeiten hatte sie sich nicht mehr mit der Nähnadel gestochen. Es nutzte nichts. Wie immer, wenn eines ihrer Geschwister vom Vater bestraft wurde, überkam sie diese Unruhe. Doch sie konnte nicht einfach weitermachen, denn dieses Mal war es anders. Die Geräusche im oberen Stock ließen ihre Hände zittern.

Sie hielt den Atem an, während sie auf der Stufe stehenblieb, die von der Nähstube in den Schneiderladen führte, und horchte. Über ihr, in der guten Stube, tobte ihr Vater. Er fluchte laut. Das allein schon war ein sehr schlechtes Zeichen, Fluchen war Gotteslästerung. Zwischendurch vernahm sie die übernervöse Stimme von Tante Heidi, aber sie sprach zu leise, als dass sie ihre Worte verstand.

Käthe war kurz zuvor mit bleichem Gesicht nach oben gegangen, als würde sie zur eigenen Hinrichtung geführt. Danach hatte der Sturm begonnen. Jetzt schlug die Tür zur Schlafkammer des Vaters, dann hörte Alma wieder die Tür zur guten Stube und es folgte diese beklemmende Stille, die immer dann aufkam, bevor der Vater seinen Rohrstock benutzte.

Alma krallte ihre Finger in den Wollstoff, den sie noch immer in der Hand hielt, seit sie vom Fensterbrett in der Nähstube aufgesprungen war. Was ihre Zwillingsschwester verbrochen hatte, wusste sie nicht, aber seit einigen Tagen schlief Käthe unruhig, weinte sich in den Schlaf und war tagsüber häufig still, was gar nicht ihrer Art entsprach. Sie musste sehr ungehörig gewesen sein, und auch wenn Alma nicht besonders gut mit Käthe auskam, so bemitleidete sie ihre Schwester für das, was ihr nun angetan wurde. Sie konnte den Schmerz fast selber fühlen. Seit sie zwölf waren, wurden die Mädchen nicht mehr auf den Hintern geschlagen. Zweifelsohne stand Käthe jetzt mit ausgestreckten Händen vor dem Vater, die Handflächen nach oben, und bekam ihre Strafe. Am schlimmsten war freilich, dass sie nicht schreien durfte. Je lauter man heulte, desto gereizter wurde der Vater.

Sie schloss den schweren Vorhang, der die Nähstube vom Ladenraum trennte, und schlich zurück auf die Fensterbank. Der helle und ungewöhnlich dünne Wollstoff war nun verknittert. Ein Kanonenofen in der Ecke heizte den Raum an kalten Tagen und hielt im Sommer die Eisen heiß, damit sie jederzeit die Stoffe glätten konnten. Alma hatte schon vorhin Kohle nachgelegt. Schnell griff sie eins der schweren Teile an dem Holzgriff und glättete mit einem feuchten Leinentuch zwischen Stoff und Eisen den feinen Stoff. Noch immer auf Geräusche horchend, setzte sie sich wieder ans Fenster, wo sie das beste Licht hatte. Ihre Finger zitterten, als sie das Seidengarn in die Öse fädelte. Die Jacke musste heute noch fertig werden.

Die Tür zur Werkstatt öffnete sich, und Tante Heidi steckte ihren Kopf herein.

»Du sollst zu deinem Vater kommen.« Adelheid Quanz' Stimme hatte diesen seltenen mütterlichen Klang, der nur dann mitschwang, wenn sie mit einem der Kinder ihrer verstorbenen Schwester Mitleid hatte. Mathilde war in der Schule, genau wie ihr jüngerer Bruder Fritz. Aber galt Tante Heidis Mitleid jetzt ihr oder Käthe? Alma wagte nicht zu fragen. Sie stand auf und drapierte die Anzugjacke ordentlich über eine Schneiderpuppe.

Fieberhaft überlegte sie, ob sie sich etwas zuschulden hatte kommen lassen. Ihr fiel nichts ein. Hatte sie eine ihrer Pflichten vernachlässigt? Sie wusste nur, dass es nichts Gutes bedeutete, wenn sie gerufen wurde, denn im Laufe ihres Lebens war auch sie häufig genug für die Fehler ihrer Schwester bestraft worden. Zögernd stieg sie die schmale Treppe hoch und blieb auf dem Flur stehen. Mit einem tiefen Atemzug versuchte sie sich gegen das, was kommen würde, zu wappnen. Sie klopfte und öffnete die Holztür.

Noch bevor sie etwas sagen konnte, stürzte Käthe an ihr vorbei aus dem Zimmer. Obwohl sie verheult war und aufgelöst wirkte, lag ein Ausdruck des Triumphs auf ihrem Gesicht. Alma schluckte. Etwas war ganz und gar nicht in Ordnung, und sie konnte sich nicht vorstellen, was das mit ihr zu tun hatte. Mit erhobenem Kopf betrat sie die gute Stube.

Leopold Hinrichs schaute aus dem Fenster. Seine Finger spielten hinter seinem Rücken mit dem Rohrstock. Alma wagte nicht, ihn anzusprechen. Ihr Blick wanderte nervös durch das mit Möbeln, Teppichen und Zierrat überfüllte Zimmer. Nach einer Minute, in der ihr der Vater bedrohlich schweigend den Rücken zugekehrt hatte, drehte er sich endlich um und ließ seinen Blick auf der Wand neben Alma ruhen.

»Du wirst diesen Hannes nie wiedersehen.«

»Hannes? Meinen Hannes?«

»Er ist nicht mehr dein Hannes.«

Alma rang nach Fassung. »Wieso? Was ist denn passiert?«

»Hab ich mich etwa unklar ausgedrückt?«

»Ja, aber warum … Ich dachte, du billigst … Was ist denn plötzlich …«

»Ich sage es dir jetzt, und du wirst dich fortan daran halten. Wenn nicht …« Wütend knallte er den Stock in die eigene Hand. Als habe er vergessen, dass sie im Zimmer war, begutachtete er die roten Striemen auf seinem Handteller.

Mit zusammenpressten Lippen suchte Alma im Gesicht ihres Vaters nach einer Antwort. Was um alles in der Welt war passiert? Hatte Hannes etwas Dummes angestellt? Hatte Hannes' Vater etwas getan, was in den Augen der anderen als unschicklich galt? Hatte er seinen Stand und sein Ansehen verloren und Hannes ebenfalls? Dutzende Möglichkeiten schwirrten ihr durch den Kopf. Aber letztendlich war nur eines wichtig.

Es konnte nicht wahr sein! Ihr Herz krampfte sich zusammen, die Tränen standen in ihren Augen. Unbeweglich wartete sie darauf, dass ihr Vater endlich eine Erklärung abgab. Dann würde sie das Missverständnis aus der Welt schaffen, denn etwas anderes als ein Missverständnis konnte es ja wohl nicht sein. Sie schluckte heftig. Es musste ein Irrtum sein!

Nach einer Weile blickte ihr Vater auf und sagte in normalem Tonfall, als sei nichts geschehen: »Geh wieder an die Arbeit. Der Anzug wird heute Abend abgeholt.«

»Aber wieso …«

Sein durchdringender Blick unterband jedes weitere Wort. Alma verließ das Zimmer und schloss die Tür. Es war ratsam, erst Fragen zu stellen, wenn der Vater sich beruhigt hatte. So aschfahl im Gesicht hatte sie ihn das letzte Mal gesehen, als ihre Mutter gestorben war. Und das war über sieben Jahre her. Was war nur passiert? Hannes, der Sohn eines betuchten Stellmachers, machte ihr nun schon seit sechs Monaten den Hof. Sonntags begleitete er sie zum Kirchgang und danach nach Hause, und wenn das Wetter schön war, durften sie am Kaiser-Friedrich-Ufer an der Rheinpromenade oder bei St. Kunibert spazieren gehen. Vor zwei Monaten war ihr erlaubt worden, ohne die Begleitung der Tante auf ein Familienfest des begüterten Handwerkers zu gehen, und seit wenigen Wochen kam Hannes gelegentlich sonntags zum Essen. Am letzten Wochenende war sie sogar mit ihm im Stadtpark in Lindenthal gewesen. In der neuen Waldschenke, direkt am Weiher, hatte Hannes ihr eine Fassbrause spendiert.

Regelmäßig bekam sie von ihrem Vater und vor allem von ihrer Tante zu hören, dass sie ihnen bloß keine Schande machen solle und was ihr, wenn doch, alles blühe. Aber davon abgesehen hatte Alma geglaubt, dass Hannes das Wohlwollen des Vaters genoss. Obgleich sie wusste, dass es dem Vater nicht recht war, denn bei einer Heirat konnte sie nicht mehr in der Nähstube helfen. Andererseits war Hannes eine wirklich gute Partie, auf eine bessere durfte der Vater für seine Töchter nicht hoffen.

Dass Hannes ihr den Hof machte und sogar darauf wartete, bis sie zwanzig war, bevor er um ihre Hand anhielt, war nur ihrer Schönheit zu verdanken. Das hatte Tante Heidi gesagt, und ihren Worten war ein großer Streit gefolgt, in dem der Vater der Tante vorwarf, sie solle dem Kind keine Flausen in den Kopf setzen. Alma war nicht eitel, aber sie wusste, dass sie etwas hermachte, obwohl Käthe die flachsblonden Haare ihrer Mutter geerbt hatte. Und jetzt hatte der Vater mit zwei Sätzen all ihre Träume zerstört, und sie wusste nicht einmal, wieso.

Sie war stets diejenige, die das Nachsehen hatte. Wären da nicht Mathilde und Fritz, die ihre große Schwester wie eine Mutter liebten, Alma hätte sich manches Mal so gefühlt, als gehöre sie gar nicht zur Familie.

Jetzt musste sie sich sputen, wenn sie die Anzugjacke noch heute Abend fertig haben wollte, aber sie wollte unbedingt erfahren, was passiert war. Leise schlich sie die schmale Stiege hoch, bis sie vor der kleinen Kammer stand, die sie sich mit Käthe teilte. Schon durch die Tür hörte sie, wie ihre Zwillingsschwester schluchzte. Sie lauschte ins Treppenhaus, und als sie sich vergewissert hatte, dass der Vater noch immer in der guten Stube war, schlüpfte sie in ihre Kammer.

Schniefend blickte Käthe auf. Sie schnäuzte sich lautstark und schaute Alma unverwandt an.

»Käthe, was ist los? Was hast du gemacht?«

Ihre Schwester lachte bitter auf. »Jetzt bist du mal die Dumme.«

Alma blickte verwirrt auf ihre Schwester. Hier in diesem Haushalt war sie ständig die Benachteiligte. Die, die am meisten arbeiten, die schwerste Arbeit machen musste. Und bis vor drei Jahren, als sie plötzlich noch eine Handbreit gewachsen war, hatte sie häufig genug die zu weiten Kleider ihrer Schwester auftragen müssen. Was um alles in der Welt wollte Käthe ihr also mit diesen Worten sagen?

»Warum darf ich Hannes nicht mehr sehen? Hast du was damit zu tun? Hat er was angestellt?« Letzteres konnte sie sich zwar nicht vorstellen, Hannes war eigentlich ein vernünftiger Kerl, manchmal jedoch ein ziemlicher Hitzkopf.

»Du wirst Hannes schon noch oft genug sehen.« Käthe biss sich auf die Lippen und wischte sich mit einem feuchten Lappen vorsichtig über die geschwollenen Handflächen. Sie verzog das verheulte Gesicht, sagte aber keinen Ton.

Alma wusste, was für höllische Schmerzen sie hatte. Als sie zu ihrer nächsten Frage ansetzen wollte, ertönte von unten die laute Stimme des Vaters.

»Verflucht nochmal! Tut in diesem Haus eigentlich niemand mehr, was ich sage? Alma, du kommst sofort herunter!«

Alma sah gerade noch, wie Käthe ihr einen gehässigen Blick zuwarf. Mein Gott, was war nur los? Alma polterte die Treppe hinunter und senkte schuldbewusst den Kopf, als sie ihren Vater an der Ladentür stehen sah. Er hatte seinen guten Mantel übergeworfen und drehte das Schild nach außen, auf dem »Laden geschlossen« stand.

Sie presste die Lippen aufeinander. Hatte er nicht gerade ihr Leben zerstört? Und da sollte es sie nun kümmern, ob eine Anzugjacke für einen Fremden rechtzeitig fertig war? »Ich hab' nur schnell nach Käthe gesehen.«

»Das kann deine Tante machen. Die kennt sich ja mit so was aus. Sieh du zu, dass du fertig wirst.« Ihr Vater schloss die Ladentür so energisch von außen ab, als wolle er sie für den Rest ihres Lebens einsperren. Ohne sie eines weiteren Blickes zu würdigen, ging er davon.

Alma kantelte alle Knopflöcher und nähte die Knöpfe an. Zwei Knopflöcher hatte sie sogar noch einmal aufmachen müssen, weil ihre Finger noch immer zu sehr zitterten. Das war ihr seit Jahren nicht mehr passiert. Sie schloss noch zwei Nähte des Innenfutters und hängte die Jacke auf. Form und Länge ließen zwar darauf schließen, dass der Mann, der diese Jacke tragen würde, ein Stück größer war als sie und ein wenig beleibt, aber der Stoff war teuer und der Schnitt elegant. Da der Anzug aus einem leichten Wollstoff war, brauchte Alma nicht lange, um ihn zu dämpfen. Wo man wohl solch einen dünnen Anzug trägt?, schoss es ihr durch den Kopf, bevor sie wieder über ihr Unglück nachsann.

Mit einem Mal war sich Alma sicher, dass ihr Vater nur Angst hatte, dass sie nach ihrer Hochzeit die Schneiderei verließ. Käthe arbeitete nicht so geschickt wie Alma. Oft genug musste sie Nähte wieder auftrennen und stets bekam Alma die wichtigen Näharbeiten aufgetragen. Sie war auch die Einzige, die außer ihrem Vater an die neue Nähmaschine durfte. Mathilde war zwölf und wurde gerade erst angelernt. Nach Beendigung der Schule musste sie genau wie Alma und Käthe in der väterlichen Schneiderstube arbeiten. Sie hatte so geschickte Hände wie Alma, war jedoch noch unerfahren und würde ihre ältere Schwester auf Jahre hin nicht ersetzen können. Sicherlich deshalb durfte sie Hannes nicht wiedersehen. Aber schimpfte der Vater nicht ständig darüber, wie viel sie ihn kostete, ihr Essen und ihre Flausen, weil sie so gerne auf den Rummel ging? Und fertigte sie nicht seit ihrem fünfzehnten Geburtstag die Weißwäsche für ihre Aussteuer an? Sie verstand ihn nicht. Außerdem: Wieso hatte er Käthe dann bestraft? Hatte sie vielleicht vor, jemanden zu heiraten, und der Vater konnte jetzt nicht auch noch auf Alma verzichten? Dann würde sie Hannes eben später heiraten.

Die Tür schepperte laut und Alma sprang erschrocken von der Schublade zurück, in der sie gerade die Stoßbänder ordentlich einsortierte. Leopold Hinrichs stand mit gebeugtem Oberkörper vor der Tür, und endlich traf der Schlüssel das Schlüsselloch. Die Glastür schwang auf und ihr Vater schaute sie mit glasigen Augen an. Vor vier Stunden hatte er den Laden verlassen, und als er nun den Raum betrat, roch sie den Qualm von Zigarren, der in seinen Kleidern hing. Er zog sich den guten Mantel aus und hielt ihn Alma hin. Jetzt nahm sie auch einen leichten Geruch nach Schnaps und Bier wahr.

»Du bleibst hier unten. Ich bin gleich wieder zurück. Wenn Kundschaft kommt, ruf mich.«

Mehr sagte er nicht, und Alma wagte nicht zu fragen, was los war. Nur selten musste sie mit Kunden sprechen, und wenn die Herren Anzüge oder Hosen in der Nähstube anprobieren wollten, schickte ihr Vater sie nach oben. Erstaunt drehte sie das Ladenschild um und blickte ihrem Vater nach. Mit einem Kleiderbügel hängte sie den Mantel an der kleinen Garderobe im Flur auf. Sie hörte, wie Mathilde oben im ersten Stock ihrem kleinen Bruder nachjagte.

»Mathilde?«

Ihre Schwester blieb auf der Treppe stehen und schaute sie neugierig an. Natürlich wusste sie Bescheid, dass Käthe geschlagen worden war. Das konnte Alma deutlich an ihrem Gesichtsausdruck erkennen, aber solange ihr Vater sie hören konnte, würde sie Alma nicht nach dem Grund dafür fragen.

»Ich weiß nicht, wie lange ich im Laden bleiben muss. Hilfst du bitte der Tante beim Abendessen, wenn ich nicht früh genug hochkomme?«

Mathilde nickte. Selbst ihr war klar, dass Käthe in den kommenden zwei Tagen wegen ihrer zerschundenen Hände kaum zu etwas zu gebrauchen war.

»Fritz, komm«, rief sie. »Ich helfe dir bei den Schulaufgaben.«

»Später«, kam die prompte Antwort.

»Nein, später muss ich in der Küche helfen. Komm jetzt.« Alma blickte ihr hinterher, wie sie den Kleinen an die Hand nahm, um mit ihm in den oberen Stock zu gehen. Auf einmal schwang die Küchentür auf, und Tante Heidi steckte den Kopf heraus.

»Mathilde, du musst mir erst noch was einholen. Lauf schnell zum Laden.«

»Aber das kann ich doch machen!«, beeilte Alma sich zu sagen. Das war die Gelegenheit. Sie durfte ohne Erlaubnis nicht das Haus verlassen. Der Kaufladen lag in der Nähe der Stellmacherei. In der großen Werkstatt wurden Räder, Wagen und landwirtschaftliche Geräte hergestellt. Weit über die Grenzen der Stadt hinaus war der alte Engels bekannt für seine wunderschönen Kutschen. Alma war schon ein paar Mal in der geschäftigen Werkstatt gewesen. Sie konnte schnell zu Hannes hinüberhuschen und mit ihm sprechen. Ansonsten musste sie bis zur Sonntagsmesse warten.

»Nein, Mathilde geht«, sagte Tante Heidi mit drohendem Blick, so als wüsste sie genau, was Alma vorhatte.

Mathilde ließ ihren kleinen Bruder los, der froh war, jetzt keine Hausaufgaben machen zu müssen.

»Wir machen die Schularbeiten später«, hörte Alma Mathilde noch sagen, als sie die Tür zur Nähstube schloss.

Draußen brauten sich Gewitterwolken zusammen, die fast den ganzen Himmel mit einem schmutzigen Grau überzogen. Der Wind fegte über das menschenleere Pflaster und wirbelte den Staub der letzten Wochen auf. Es war Ende Juni, aber nun war es so düster, dass sie nicht weiternähen konnte. Beklommen sortierte Alma Bänder und Garnrollen in eine Schublade, aber nicht einmal auf eine so einfache Tätigkeit konnte sie sich konzentrieren. Ganz in ihre Gedanken versunken, fand sie sich plötzlich am Fenster stehend wieder. Von Weitem sah sie die beiden Kreuzblumen des Doms, der mit seiner Doppelspitze den Himmel über der Stadt beherrschte. Wo man auch in Köln stand, fast immer sah man die Kathedrale, die bis vor wenigen Jahren noch die höchste der Welt gewesen war.

Alma blickte geistesabwesend auf die Domspitzen. Der Wind trieb eine Zeitungsseite vor sich her, und ein Schutzmann ging auf der anderen Straßenseite, dicht an die Häuser gedrückt, vorbei.

Ein heftiger Wind fegte durch die Gassen von Ehrenfeld, ihrem Stadtviertel, und die Straßen waren menschenleer. Ihr Haus lag etwas abseits von der großen Prachtstraße. Je nachdem, wie der Wind stand, wehte entweder der Malzgeruch der Rhenania-Brauerei zu ihnen herüber oder der Gestank der großen Glashütte, die unweit der neuen Bahnstation lag. Die Düfte der Parfümeriefabrik, in der das weit über die Stadt hinaus bekannte Kölnisch Wasser hergestellt wurde, stiegen ihnen allzu selten in die Nase.

In diesem Moment öffnete der Himmel seine Schleusen, und wenige, aber umso dickere Tropfen klatschten auf das Pflaster. Plötzlich hielt ein Einspänner vor dem Haus. Alma machte eilig einen Schritt vom Fenster weg. Hinten im Wagen saß ein ihr unbekannter Mann. Er schaute kurz an der schmalen Hausfassade hoch, gab dem Kutscher einige Münzen und sprang aus dem Wagen. Geduckt lief er über das Trottoir. Die kleine Glocke über der Tür ertönte und der Fremde betrat den Laden.

Überrascht blickte er Alma an, denn er hatte wohl ihren Vater erwartet.

»Guten Abend. Stieglitz mein Name, Hermann Stieglitz.« Er war von stattlicher Statur und sein Schnurrbart tadellos gezwirbelt. Seine Kleidung ließ darauf schließen, dass er vermögend war. Nicht so vermögend wie ein Baron oder ein Ministerialrat, aber ein Mann aus dem gehobenen Bürgertum. »Ich denke, Ihr Herr Vater erwartet mich schon.« Sein Blick glitt über ihren Körper. Dann lächelte er sie an, als habe sie gerade eine Prüfung bestanden.

»Sehr wohl. Ich hole ihn.« Mit einem höflichen Knicks entfernte Alma sich.

Obwohl Leopold Hinrichs wusste, dass jemand den Laden betreten hatte, kam er nicht herunter.

»Ich bin gleich so weit. Biete dem Herrn einen Kaffee an.«

Verwundert machte Alma wieder kehrt und ging zurück in den Laden. »Mein Vater kommt sofort. Darf ich Ihnen etwas bringen? Einen Kaffee vielleicht?«

Aufmerksam betrachtete der Mann Alma, während er eine Taschenuhr aus seiner Weste zog. Er warf einen Blick auf das Ziffernblatt und sagte mit einem bedauernden Ton: »Zu schade, aber ich muss mich sputen. Ich bin heute Abend zu einem sehr interessanten Vortrag eingeladen. Interessieren Sie sich für die deutschen Schutzgebiete?«

Alma lächelte schüchtern. Was sollte sie darauf antworten? Von diesem Thema hatte sie keine Ahnung. Sie schüttelte den Kopf.

»Na, macht nichts. Es wäre auch allzu schade, wenn in einem so hübschen Köpfchen die große Politik herumspuken würde.« Er lächelte charmant.

Alma blieb einsilbig. »Mein Vater kommt sicher jeden Augenblick.« Sie drehte sich weg und ging ein paar Schritte in Richtung der Nähstube. Zu einer kleinen Plauderei verspürte sie wahrlich keine Lust, aber sie wollte nicht unhöflich erscheinen.

Draußen goss es wie aus Kübeln. Herr Stieglitz schaute aus dem Fenster und machte eine Bemerkung. Alma verstand kaum, was er sagte, so laut platschte der Regen gegen die Ladenscheibe. Sie lächelte unsicher und hoffte, dass er nicht etwas gesagt hatte, worauf sie hätte antworten müssen. Wenn nur endlich der Vater käme. Nervös knetete sie ihre Hände, während sie nach einer passenden Bemerkung suchte, mit der sie den Kunden unterhalten konnte.

»Ist der Anzug für Sie?« Sie deutete auf die helle Jacke, die über der Schneiderpuppe hing.

»Der Anzug, und auch einige Hemden sowie zwei Paar Hosen, wenn ich mich recht erinnere.«

Alma nickte, als wisse sie Bescheid. Sie interessierte sich wenig dafür, was die Kunden wollten, nur dafür, was der Vater ihr auftrug. Der erschien endlich hinter dem Vorhang und betrat den Laden. Alma bemerkte, dass er sich umgezogen hatte. Deswegen hatte es wohl etwas gedauert. Er begrüßte seinen Kunden höflich wie immer, auch wenn er dieses Mal mit seinen Gedanken woanders schien. Alma stand unbeholfen daneben. Wollte der Vater denn nicht die Sachen zur Anprobe hervorholen? Als er für einen Moment zu Boden starrte, fragte sie ihn mit leiser Stimme: »Soll ich dem Herrn die Sachen heraushängen?« Schließlich sollte der Mann nichts von seinem Zustand mitbekommen.

Endlich hob ihr Vater den Blick. »Ja, ja, mach nur«, antwortete er mit belegter Stimme, dass Alma Angst bekam, er habe vielleicht zu viel getrunken. Aber der Kunde hätte es wohl ohnehin nicht bemerkt, denn er hatte sie kaum eine Sekunde aus den Augen gelassen, seit er die Schneiderei betreten hatte.

Das fiel nun auch dem Vater auf, der plötzlich aufmerksam zwischen dem Mann und seiner Tochter hin und her blickte. Als hätte Hermann Stieglitz' interessierte Miene ihm eine Idee eingepflanzt, gab er sich einen Ruck und sagte mit energischer Stimme, die Alma so gut kannte: »Die zwei hellen Hosen, der Anzug, den du heute fertig gemacht hast, und alle Hemden aus leichter Baumwolle. Und beeil dich. Lass den Herrn nicht warten.«

Alma drehte ihr Gesicht weg. Vater benahm sich, als wäre sie diejenige, die einen Fehler gemacht hatte. Sie ging die Stufe hoch in die Nähstube. Hinter ihr fiel der Vorhang zu. Schnell suchte sie die Kleidungsstücke zur Anprobe zusammen. Währenddessen hörte sie, wie der Vater mit ihm sprach.

»Und wie geht es der werten Gemahlin? Wir stellen gelegentlich auch Frauenkleider her. Gerade unsere Alma ist darin sehr geschickt.«

»Ich muss gestehen, dass ich leider noch nach der geeigneten Verbindung suche.«

»Aber ein Mann in Ihrem Alter sollte sich doch bald vermählen.«

»Nun, liebend gerne. Aber nicht überall trifft man so ausnehmend hübsche Mädchen wie hier.« Der Mann lachte dezent und ihr Vater stimmte mit ein.

Alma zögerte einen Moment. Alles war fertig für die Anprobe, doch sie wollte nicht ausgerechnet in diesem Moment den Vorhang zur Seite ziehen.

»Ja, die passende Verbindung ist wirklich nicht leicht zu finden, selbst wenn die eigene Tochter so hübsch ist.«

Rasch zog sie nun doch den Vorhang beiseite, bevor der Vater noch mehr solche Dinge zur Sprache bringen konnte. »Es ist alles fertig zur Anprobe.« Alma war wütend. War sie nicht mit Hannes so gut wie verlobt? Und jetzt tat der Vater so, als wäre niemals die Rede von einer Liaison gewesen.

Sie wollte gerade gehen, als ihr Vater in einem überraschend freundlichen Ton sagte: »Geh, hilf deiner Tante beim Abendessen. Ich ruf dich nachher, damit du die Sachen für den Herrn einpackst.«

Verwirrt nickte Alma dem Mann zu, bevor sie hinausging. Ihre Tante blickte nicht auf, als sie die Küche betrat, aber Alma wusste, was sie zu tun hatte. Die Kartoffeln standen schon auf dem Herd, und sie ging schnell in den Kühlkeller und holte alles, was sie brauchte. Wie fast jeden Abend ließ sie Fett aus einer Schweineschwarte aus, um später die Kartoffeln darin zu braten. Als sie Zwiebeln schälte, rief der Vater nach ihr. Alma wusch sich die Hände in der Waschschüssel und trocknete sie gewissenhaft ab. Wenn sie den Stoff anfasste, musste sie saubere Hände haben. Noch auf der Treppe band sie sich die Küchenschürze ab, mit der sie fast zurück in den Laden gegangen wäre.

»Ja, unsere Älteste ist ein ganz fleißiges Mädchen. Nicht wahr, Alma?« Der Vater nahm sie an den Schultern und zog sie zu sich, kaum dass sie den Ladenraum betreten hatte. »Sie ist sehr geschickt, nicht nur was das Nähen anbelangt. Sie kann hervorragend kochen und bestellt auch unseren kleinen Schrebergarten, den wir in Lindenthal haben.« Er ließ sie los. Etwas verloren stand Alma vor dem Mann, der sie nun freundlich anlächelte.

»Und wirklich eine Schönheit. Hübsch anzusehen, in der Tat.« Sein Blick ruhte auf ihr. Der Mann betrachtete sie, als wolle er ihre Seele erforschen. Es war Alma unangenehm, und sie wandte sich vorsichtig ab.

»Soll alles eingepackt werden?« Sie griff nach dem rauen Papier, mit dem sie die fertige Kleidung für die Kundschaft für gewöhnlich einschlug.

»Sehen Sie, wie ich gesagt habe. Immer fleißig.« Der Vater drehte sich zu ihr um. »Keine Eile. Das kannst du nachher machen. Nun verabschiede dich von Herrn Stieglitz.«

Alma wusste nicht so genau, was von ihr erwartet wurde. Doch Stieglitz machte einen Schritt auf sie zu und ergriff ihre Hand.

»Dann sehen wir uns also am Sonntag. Ich freue mich schon darauf, Ihre Kochkünste bewundern zu dürfen.« Charmant hob er ihre Hand an seinen Mund und hauchte ihr galant einen Kuss darauf. Er nickte Leopold Hinrichs noch ein letztes Mal zu, und ohne seine neue Kleidung mitzunehmen, drehte er sich um und trat auf die Straße. Der Platzregen hatte aufgehört, den Staub fortgespült und ein matt glänzendes Pflaster hinterlassen. Mit energischen Schritten entfernte Hermann Stieglitz sich.

Ein Zug frischer Luft erfasste Alma. Aber sie merkte es nicht einmal. Fassungslos sah sie ihren Vater an. Was bedeutet das schon wieder? Der fremde Mann kam zum Essen? Am heiligen Sonntag?

Das Abendessen verlief ungewohnt schweigsam. Die jüngeren Geschwister hatten schon mitbekommen, dass es Streit gab, und Käthe musste auf dem Zimmer bleiben. Tante Heidi hatte ihr einen Teller mit Brot und Butter und einen Becher Milch hochgebracht, nachdem sie den Vater schließlich doch überzeugen hatte, dass Käthe etwas essen musste.

Schweigend saßen sie am Küchentisch, bis der Vater fertig war. Er blickte Alma mit einem forschenden Blick an, stand auf und tätschelte ihr Haar, als wolle er ein kleines Kind trösten.

Gerade als Alma zu hoffen begann, dass der Spuk der letzten Stunden endlich ein Ende hatte und sie zu ihrem gewohnten Leben zurückkehren konnte, sagte ihr Vater mit bedauernder Stimme: »Hermann Stieglitz wird dir sicher ein guter Ehemann sein.«

Almas Herz verkrampfte sich. Sie rang nach Luft. »Ich soll ihn heiraten?« Schnell griff sie nach seiner Hand, was ihre Verzweiflung nur unterstrich. »Vater, ich kenne den Mann doch gar nicht.«

Er riss sich los. Plötzlich klang er böse. »Du undankbares Ding. Du glaubst doch wohl nicht, dass ich warte, bis du auch mit einem Bastard nach Hause kommst. Je schneller ich dich verheiratet habe, umso besser.«

»Käthe ist in Umständen?!« Es traf sie wie ein Keulenschlag.

»Ja, deine Schwester ist …« Erzürnt blickte er erst zu Alma, dann auf seine jüngeren Kinder. Das eine Wort würde ihm nicht über die Lippen kommen. »… und zwar von deinem Hannes!« Auf dem Weg hinaus drehte er sich noch einmal um. »Du wirst diesen Hermann Stieglitz heiraten, wenn er dich will. Und dafür bete ich zu Gott. Und du solltest es auch tun. Er ist nämlich eine ausnehmend gute Partie.« Die Küchentür fiel laut hinter ihm zu.

Alma fühlte sich, als hätte ihr jemand Eiswasser über den Kopf gekippt. Käthe war schwanger. Von Hannes. Und sie sollte einen fremden Mann heiraten.

Alle am Tisch starrten sie an.

Niemand sagte etwas, bis Fritz anfing, mit den Beinen zu zappeln und unschuldig fragte: »Was ist Umstände?«

In ungewohnt scharfem Ton herrschte die Tante ihn an: »Sei still. Ich will dieses Wort nicht mehr hören. Nicht in diesem Haus und auch sonst nirgendwo. Ihr sprecht mit niemandem darüber, haben wir uns verstanden? Mit niemandem, bis Käthe verheiratet ist. Wehe euch, wenn ihr einen Ton sagt.« Böse blickte sie Alma an. »Du hättest es gar nicht aussprechen dürfen.«

Mathilde nahm Fritz bei der Hand und stand auf. »Komm Fritzchen, ich bring dich ins Bett. Es ist Zeit.«

Nur Alma blieb mit ihrer Tante sitzen. Sie schaffte es noch immer nicht, sich zu bewegen. Ihre Hände waren zu Fäusten geballt, und die Knöchel traten weiß hervor. In ihre Wut mischten sich Angst und Verzweiflung, die sie erstarren ließen. Tante Heidi legte eine Hand auf ihren Arm.

»Es ist gut so, glaub mir. Es ist das Beste, wenn Käthe Hannes heiratet.«

Alma riss ihren Arm weg. »Wie kannst du so etwas sagen? Wieso kriegt Käthe meinen Hannes? Wieso?«

»Glaub mir, es ist besser so. Du wirst es verstehen … wenn du älter bist. Überleg doch mal. Sie bekommt … ein Kind. Stell dir vor, Hannes würde sie nicht heiraten.«

»Aber er will doch mich heiraten!« Adelheid Quanz stand abrupt auf. »Bist du so einfältig oder willst du nicht verstehen? Käthe muss heiraten!«

»Ja, aber nicht meinen Verlobten. Soll sie doch diesen fremden Mann heiraten. Ich will ihn nicht. Und ich habe nichts falsch gemacht.«

»Es ist Gottes Wille.«

»Nein, es ist Vaters Wille. Sieht er denn nicht, wie ungerecht es ist?«

»Hör jetzt auf! Wenn dein Vater kommt, will ich diesen Unsinn nicht mehr hören. Dieser Mann … dieser Stieglitz scheint eine noch bessere Partie zu sein als Hannes. Also beklag dich nicht.«

»Aber er liebt mich doch. Hannes liebt mich doch!«

»Anscheinend nicht genug. Sonst hätte er kaum deine Schwester …« Sie wagte nicht auszusprechen, was beide sich nicht einmal vorstellen wollten. Mit einem verbitterten Gesichtsausdruck blickte Tante Heidi zu ihr.

Alma verstand sie nicht. Sie verstand überhaupt niemanden mehr hier in diesem Haus. Aber vielleicht stimmte es gar nicht. Möglicherweise war es gelogen.

Bestimmt hatte sich ihre Schwester in irgendjemanden verguckt, sich unanständig benommen, und wie es ihre Art war, wollte sie wie immer, dass Alma für ihre Vergehen bestraft wurde. Hannes würde sich nie mit Käthe einlassen. Er konnte sie ja nicht einmal leiden, das hatte er selbst einmal gesagt. Sie brauchte dem Vater nur zu erklären, dass Käthe gelogen hatte. Es würde ohnehin rauskommen, sobald Hannes sich dazu äußerte.

Abrupt ließ Alma ihre Tante stehen und stürmte wütend die Stiege hoch. Sie riss die Tür zu der kleinen Dachstube auf. Käthe saß mit einem feuchten Tuch in den Händen auf dem Bettrand. Sie hatte noch immer gerötete Augen, aber das interessierte Alma nicht. Mit einem lauten Klatschen schlug sie Käthe ins Gesicht.

»Du schändliche Lügnerin!« Doch im gleichen Moment riss sie ihre Hand erschrocken zurück. Noch nie hatte sie jemanden geschlagen, und sie war genauso verblüfft über sich wie ihre Schwester.

Käthe starrte sie an. Ihre Wange färbte sich feuerrot. Almas Handabdruck war genau zu erkennen. Aber statt sich zu wehren oder zu schreien, blitzte in ihren Augen Genugtuung auf.

»Tja, das hättest du wohl nicht gedacht, dass sich Hannes an mich ranmacht.«

»Du bist vielleicht in anderen Umständen, aber sicher nicht von Hannes. Und je schneller du deine Lüge zugibst, desto besser.«

»Du glaubst tatsächlich, dass Hannes mich nicht anrühren würde? Pah!« Herausfordernd grinste sie Alma an und stand auf. »Ja, ich bekomme ein Kind, und zwar von deinem Hannes!«

Alma blickte ihr weiter ungläubig ins Gesicht. »Du glaubst mir nicht? Was denkst du, wo unser Vater am Nachmittag war? Bei Hannes' Vater natürlich, beim alten Engels! Er hat mit ihm über die Hochzeit gesprochen. Glaubst du etwa, wenn ich gelogen hätte, hätte er mich nicht schon windelweich geprügelt? Hannes wird mich heiraten. So ist es abgemacht.« Käthe klang schadenfroh.

Almas Empörung wankte. Käthe schien so sicher. Und eins stimmte: Wenn ihr Vater dem alten Engels eine Lüge aufgetischt hätte – und sicher hatte der Hannes sofort befragt – dann wäre Käthe jetzt längst überall grün und blau. Trotzdem, es konnte einfach nicht wahr sein.

»Hannes hätte sich niemals mit dir ...« Sie erstarrte, als sie erkennen musste, das Käthe nicht log. »Und du? Wie konntest du dich mit ihm einlassen? Mit meinem Verlobten. ... Wie konntest du dich von ihm ...« Ihre Stimme stockte. Ihre eigene Schwester hatte sich von ihrem Verlobten schwängern lassen. Unwillkürlich musste Alma an Hannes' heiße Küsse denken, an seine Hand, die versuchte, sich heimlich unter ihren Rock zu stehlen. Und sie widerstand jedes Mal, auch wenn es ihr immer schwerer fiel. War sie etwa selber schuld, dass Hannes sich sein Vergnügen bei einer anderen gesucht hatte? Aber ausgerechnet bei Käthe?

Auch wenn sie Zwillingsschwestern waren, konnten sie unterschiedlicher nicht sein. Alma war hochgewachsen, hatte lange braune Haare und ein liebliches Gesicht. Käthe dagegen war kräftig gebaut, hatte eine kurze, runde Nase und fleischige Wangen. Nur ihre flachsblonden Haare wirkten anziehend auf Männer. Einzig die blauen Augen mit den langen Wimpern, die sie beide von ihrer Mutter mit auf den Lebensweg bekommen hatten, waren der Beweis, dass sie tatsächlich Schwestern waren. Und obwohl Käthe öfter etwas anstellte und weder so geschickt noch so fleißig wie Alma war, wurde die Schwester meist bevorzugt. In der Gunst der Männer jedoch stand Alma weit über ihr, was Käthe seit einigen Jahren zu viel Boshaftigkeit und Tücke verleitete. Doch dass sie so weit gehen würde, machte Alma sprachlos. Nur mit Mühe brachte sie die nächsten Worte hervor.

»Und er ... er will dich heiraten?« In einem halben Jahr, kurz nach ihrem zwanzigsten Geburtstag, wollte Hannes den Vater um ihre Hand bitten. So hatte er es versprochen. Hannes war ein staatse Kääl, wie Tante Heidi sich immer ausdrückte, ein stattlicher Mann, und sicher gab er einen guten Ehemann ab. Er hatte Arbeit in der Stellmacherei seines Vaters, war ordentlich erzogen, sogar zehn Jahre zur Schule gegangen und nie in Prügeleien verwickelt. Außerdem konnte er gut küssen. Das hatte er ihr schon ein paar Mal bewiesen, auch wenn Alma ihn immer wieder in die Schranken weisen musste. Aber so war das wahrscheinlich bei jungen Männern, wenn sie verliebt waren. Sie konnten sich nicht gedulden. Hatte er sich deshalb diesen Fehltritt geleistet?

»Natürlich will er mich heiraten!« Käthe ging zur Waschschüssel und hielt beide Hände ins kalte Wasser. »Was hast du denn gedacht? Vater hat alles mit dem alten Engels besprochen. Ich werde die Ehefrau vom Sohn des besten Stellmachers der Stadt. Glaubst du etwa, ich bin dumm? Ich weiß genauso gut wie du, dass er den Betrieb in wenigen Jahren erbt.« Sie lächelte boshaft. »Und jetzt, mit meinem Kind, werde ich auch nicht mehr lange in der Nähstube helfen können.«

»Und liebst du ihn?« Die Worte kamen Alma kaum über die Lippen.

»Liebe? …« Käthe drehte ihr Gesicht weg. »Natürlich liebe ich ihn.«

Bestürzt hielt Alma inne. Alles drehte sich. Ihre Zwillingsschwester hätte jeden Mann genommen, wenn sie ihn nur Alma entreißen konnte. Und allein wegen Käthes kindlicher Eifersucht sollte sie nun einen fremden Mann heiraten.

Wie gelähmt verließ sie das Zimmer. Mathilde kam die Treppe hoch. Nebenan sah Alma durch die geöffnete Tür. Fritz lag schon im Bett. Mit einem kleinen Zinnsoldaten fuhr der Siebenjährige durch die Luft und machte merkwürdige Geräusche.

»Was ist denn eigentlich los?«, flüsterte Mathilde verschwörerisch. »Wer ist Hermann Stieglitz? Tante sagt, er kommt am Sonntag zum Essen.«

»Er ist vielleicht mein zukünftiger Ehemann.«

Mathilde schreckte zusammen. »Und Hannes?«

»Er wird Käthe heiraten.« Selbst Fritz, der natürlich gelauscht hatte, hielt nun inne. Mathilde sagte nichts, aber fasste Almas Hand. Sie war schon so klug für ihr Alter. Klug genug, um zu wissen, dass das Wort des Vaters unumstößlich war.

»Möchtest du in meinem Bett schlafen? Ich kann ja zu Käthe gehen.«

Die Tränen schossen Alma in die Augen. Der erste Mensch, der ihre Misere bedauerte, war ausgerechnet ihre kleine vernünftige Schwester. Fritz hatte sich aufgesetzt und starrte die beiden neugierig an.

»Das ist so lieb von dir.« Sie drehte sich zu dem Kleinen und versuchte, tapfer zu lächeln. »Darf ich denn bei dir in der Kammer schlafen?«

Das Gesicht des Siebenjährigen erhellte sich. »Liest du mir dann auch Geschichten vor?«

»Heute bitte nicht, aber ab morgen jeden Tag, bis ich …« Sie brach in Tränen aus. Mathilde, die ihr erst bis zu den Schultern ging, umarmte sie und wiegte sie in ihren kindlichen Armen, bis Alma sich endlich wieder fasste.

»Wirst du wenigstens weiter hier in der Nähe wohnen, wenn du geheiratet hast?«

Alma schüttelte verzweifelt den Kopf. »Ich weiß es nicht. Ich weiß es wirklich nicht.«

KAPITEL ZWEI

KÖLN, EIN PAAR TAGE SPÄTER

Alma kramte in ihrem Beutel nach den Münzen und reichte das Geld über die Theke. Das Pferdefleisch, das bereits einige Tage in der Beize gelegen hatte, war schwer. Der Metzger reichte ihr das in dickem Papier eingeschlagene Bratenstück. Alma verstaute es in einem ihrer Körbe. Es musste für sieben Personen reichen. Das Essen solle etwas hermachen, hatte Vater gesagt, wenn Hermann Stieglitz auf Brautschau vorbeikomme.

Tante Heidi hatte das Fleisch direkt am nächsten Tag bestellt, und nachdem Alma sich für ein paar Tage nur im Haus aufgehalten hatte, durfte sie heute wenigstens einkaufen gehen. Sie hatte bereits Kartoffeln und Mairübchen in ihrem Korb.

Vor der Metzgerei blieb sie für einen Moment auf dem Pflaster stehen. Die Sonne schien wieder, und es war bestes Kaiserwetter. Ihr Vater und auch Tante Heidi hatte ihr wiederholt klargemacht, dass sie unter keinen Umständen zu Hannes gehen durfte. Die Stellmacherei lag nur wenige Straßen von hier entfernt. Alma zögerte. Die Neugierde zu erfahren, was vorgefallen war, und die große Enttäuschung brannten ihr auf der Seele. Aber neben den Ermahnungen hatte sie noch einen weiteren Grund, ihre Schritte nicht in Richtung der großen Werkstatt zu lenken. Sie war sich mittlerweile sicher, dass Käthe von Hannes schwanger war. Wie es dazu gekommen war, blieb ein Geheimnis, aber allein dass Hannes sich ihrer Schwester zugewandt hatte, sprach gegen ihn.

Wie sollte sie ihm jemals wieder begegnen? Überhaupt, was gab es jetzt noch zu klären? Es war zu spät. In ihrem Korb lagen die Zutaten für das erste Essen, das sie für ihren zukünftigen Mann zubereiten würde. Sie gab sich einen Ruck und warf einen letzten Blick zum Ende der Gasse. Dann ging sie mit zügigen Schritten zur Hauptstraße des Viertels.

Als sie um die Ecke kam, blieb sie abrupt stehen. Fast wäre sie mit jemandem zusammengestoßen. Der Mann drehte sich um und Alma wurde bleich. Sie hatte beinahe den alten Engels umgerannt. Auch wenn das gar nicht möglich war, denn Hannes' Vater war von imposanter Gestalt. Er hatte Hände wie Schaufeln. Sein Körper war muskulös und sein Gesicht gesprenkelt von den vielen kleinen Brandnarben, die er sich beim Schmieden der Eisen zugezogen hatte. Alma spürte einen Stich. So würde Hannes auch einmal aussehen. Er war genauso groß wie sein Vater und hatte breite gestählte Schultern. Nur die Narben im Gesicht fehlten, und er hatte noch volles Haar.

Der alte Engels stand neben einer Pferdedroschke und hielt das Pferd am Zaum fest. Auch er erkannte sie, und nachdem sich seine Lippen erst zu einem kleinen Lächeln verzogen hatten, trat nun ein bedauernder Ausdruck auf sein Gesicht.

»Fräulein Alma.« Es klang fast wie eine Frage. »Guten Tag, Herr Engels.« Sie wusste nicht, was sie sagen sollte. Bis vor wenigen Tagen hatte sie noch gedacht, dieser manchmal etwas brummige Hüne würde ihr Schwiegervater werden. Sie wusste, dass er sie mochte. Das hatte Hannes ihr verraten. Doch jetzt verflog der Stolz über seine Sympathie.

»Ich muss einkaufen.« Sie klang, als würde sie sich dafür entschuldigen, dass sie hier mitten am Tag auf der Straße herumlief.

Sein Blick fiel auf das große Stück Fleisch in ihrem Korb, aber er sagte nichts.

»Wir bekommen am Sonntag Besuch«, beeilte sie sich zu erklären. »Ich mache Sauerbraten.« Hoffentlich fragt er nicht, wer zu Besuch kommt, dachte sie, und sie fühlte, wie ihr bei dem Gedanken, ihrem früheren Schwiegervater von einem möglichen neuen Ehemann erzählen zu müssen, das Blut ins Gesicht schoss.

Der alte Engels hob den Blick. Für einen Moment ruhten seine Augen auf ihr. »Ich hoffe, deine Schwester kann wenigstens gut kochen.«

Die Worte blieben ihr im Hals stecken. Es war also beschlossene Sache. Tränen schossen ihr in die Augen, und sie merkte, wie ihre Unterlippe anfing zu zittern. Schnell senkte sie den Kopf.

»Ja, meine Schwester kann auch kochen. Ich … ich muss jetzt nach Hause«, murmelte sie und stand schon mit einem Fuß auf der Straße, als sie seine schwere Hand auf ihrem Arm spürte. Er riss sie zurück, dass sie fast auf das Trottoir fiel. Im gleichen Moment fuhr ein Wagen hupend an ihnen vorbei.

»Verdammt, diese stinkenden Kraftdroschken bringen einen noch um.«

Alma starrte dem Gefährt hinterher. Beinahe wäre sie unter die Räder des stählernen Ungetüms geraten.

»Danke«, flüsterte sie. Dann richtete sie sich auf. »Mein Vater ärgert sich auch immer über diese Dinger. Er sagt, es sei nur eine Modeerscheinung.«

»Wollen wir's hoffen«, antwortete der alte Engels stirnrunzelnd. »Es ist schon das dritte Automobil, das ich heute gesehen habe. Und die Fabrik vom Horch stellt schon wieder neue Leute ein, hab ich gehört.« Als fiele ihm erst jetzt auf, dass er mit einer Frau sprach, fügte er hinzu: »Na, macht ja nichts, Kindchen. Ist ja nochmal gut gegangen. Aber pass in Zukunft auf dich auf.« Erst jetzt ließ er sie los.

In Almas Hals hatte sich ein dicker Kloß gebildet. Es drängte sie so sehr, endlich zu erfahren, wie diese Verbindung von Hannes und Käthe zustande gekommen war. Ihre Schwester würde ihr sowieso nur Lügen auftischen. Und obwohl ihr Drang nach der Wahrheit so groß war, war es ausgeschlossen, den alten Engels zu fragen.

»Sagen Sie bitte … Sagen Sie Hannes einen Gruß von mir.« Alma drehte sich schnell um und ging. Es war, als hätte ihr erst die Begegnung mit Hannes' Vater klargemacht, dass etwas in ihrem Leben unwiderruflich zu Ende gegangen war. Ihre Knie zitterten, als sie in ihre Straße einbog. Die katastrophalen Ereignisse zu Hause waren ihr bisher unwirklich vorgekommen. Aber Hannes' Vater hatte ihr bestätigt, was sie nicht hatte glauben wollen. Käthe würde den Mann heiraten, mit dem sie verlobt gewesen war, und in ihrem Korb lag das

Essen für ihren Zukünftigen. Plötzlich fühlte sie sich verloren, als wäre sie aus der Welt gefallen.

»Nicht so fest. Du bringst mich ja um!«

»Aber du sollst doch schön aussehen.« Mathilde hielt inne.

»Es ist doch völlig egal, wie ich aussehe. Wenn Vater es so will, muss ich diesen Mann auf jeden Fall heiraten.« Alma versuchte, tief Luft zu holen. »Mach es wieder etwas lockerer. Es sieht noch viel blöder aus, wenn ich am Tisch die ganze Zeit nach Luft schnappe.«

Sie hasste es, ein Korsett zu tragen, aber zu bestimmten Anlässen ließ es sich nicht vermeiden. Tante Heidi hatte eigenhändig ihr gutes Kleid aufgebügelt, während Alma seit den frühen Morgenstunden schon in der Küche gestanden hatte. Die Familie war bereits gestern Abend zur Messe gegangen, was dem Vater nur recht war, weil Alma dann nicht in der Kirche auf Hannes traf. Aber sie brauchte ohnehin den ganzen Vormittag, um den Braten und alles andere rechtzeitig vorzubereiten. Jetzt war alles fertig, und ihr blieb noch eine halbe Stunde, um sich zurechtzumachen. Tante Heidi stand in der Küche und musste nur noch die Kartoffelklöße ins Wasser geben. Und Käthe musste heute servieren. Da kannte Vater keine Rücksicht, auch wenn ihre Hände immer noch weh taten.

Pünktlich fuhr eine Kutsche vor, und Alma hörte, wie der Vater mit dem Besuch sprach. Leise vernahm sie die Stimme der Tante, die mit ihrem kleinen Bruder schimpfte. Fritzchen war laut die Stiege heruntergepoltert, obwohl er herausgeputzt worden war und seinen neuen Matrosenanzug trug. Alle mussten sich schick anziehen, und die Kinder waren nach dem Frühstück ermahnt worden, sich heute nur von ihrer besten Seite zu zeigen. Mathilde stand ihr in der Schlafstube zur Seite. Beide warteten, bis sie den Vater rufen hörten.

Ihre kleine Schwester umarmte sie, als nähmen sie voneinander Abschied. Unsicher schritt Alma die Treppe hinab. Da stand er, Hermann

Stieglitz – der Mann, mit dem sie nach dem Willen ihres Vaters den Rest ihres Lebens verbringen sollte. Vor ein paar Tagen hatte sie ihn sich nicht richtig angeschaut. Zu sehr war sie in Gedanken gewesen. Jetzt merkte sie, dass er sie ebenso begutachtete.

Anscheinend hatte auch er sich herausgeputzt. Er trug einen Anzug aus feiner Wolle, nicht zu elegant, aber da Alma sich mit Stoffen auskannte, wusste sie, dass der Anzug nicht ganz billig gewesen war. Seinen Kaiser-Wilhelm-Schnauzbart hatte er mit Pomade in Form gebracht. Als Alma jetzt das Gesicht näher betrachtete, dachte sie, dass er um einige Jahre älter als sie sein musste. Er war sicherlich schon über dreißig. Das richtige Heiratsalter für Junggesellen, sagte Tante Heidi immer. Da haben die Männer schon etwas geschafft und nicht mehr so viele Flausen im Kopf. Alma stellte bedauernd fest, dass Adelheid Quanz offensichtlich recht mit ihrer Meinung behalten hatte.

»Guten Tag.« Sie blieb stehen und wollte einen Knicks machen, aber Hermann Stieglitz hielt ihr die Hand hin. Zögernd griff sie danach, und er führte ihre Hand an den Mund.

»Entzückend. Das Kleid steht Ihnen ausgezeichnet. Sie sind noch viel schöner, als ich Sie in Erinnerung hatte.« Seine Augen blitzten auf.

Alma errötete. Stieglitz war zuvorkommend. Hannes hatte noch nie ihre Hand geküsst.

»Und das ist meine jüngste Tochter Mathilde«, sagte der Vater stolz.

Mathilde blieb im Hintergrund und machte einen leichten Knicks.

»Lassen Sie uns doch in das Esszimmer gehen. Da s Essen ist fertig.« Der Vater ging voran und hielt Herrn Stieglitz die Tür auf. Wie immer setzte Vater sich im kleinen Salon ans Tischende, Hermann Stieglitz nahm am anderen Ende Platz. Tante Heidi hatte ihren Stammplatz für ihn geräumt.

»Nein, Alma, du setzt dich natürlich zu Herrn Stieglitz.« Tante Heidi schob sie auf den Platz, auf dem normalerweise Mathilde saß. Sie lächelte entschuldigend und drückte Alma auf den Stuhl. »Ich geh und helfe Käthe.«

»Darf ich Ihnen etwas Wein einschenken?« Alma hatte sich wieder gefasst. Sie war es nicht gewohnt, bedient zu werden. Normalerweise war das Auftischen ihre Aufgabe.

»Gerne.« Hermann Stieglitz lächelte gelassen. Anscheinend war er mit der Wahl seiner Zukünftigen vollkommen zufrieden.

Tante Heidi hielt die Tür auf, und Käthe kam mit einer Suppenterrine herein. Unsanft stellte sie das gute Porzellan auf den Tisch. Sie war ganz und gar nicht zufrieden mit ihrer Rolle. Leopold Hinrichs ließ seine Tochter spüren, dass sie in Ungnade gefallen war. Seine Stimme bekam einen warnenden Unterton.

»Herr Stieglitz, das ist unsere andere ältere Tochter, Katharina.«

Käthe nickte knapp und setzte sich auf ihren Platz.

Stieglitz' Blick wanderte von Alma zu Käthe und zurück. »So, und wer von beiden ist die Ältere?«

Für einen Moment entstand eine unangenehme Pause, dann sagte Leopold Hinrichs: »Alma. Alma ist die Ältere.«

»Sie ist zehn Minuten älter als Käthe.« Der Vater warf Fritz einen bösen Blick zu und schaute dann tadelnd zu Tante Heidi, als wäre es ihre Schuld, dass der Junge unaufgefordert sprach. Barsch rückte die Tante den Stuhl des Jungen an den Tisch und legte ermahnend den Finger auf seine Lippen.

»Kinder am Tisch, stumm wie ein Fisch.« Dann setzte auch sie sich.

Hermann Stieglitz begriff schnell.

»Ah, Zwillinge.« Verblüfft musterte er Alma und Käthe. »Man sollte gar nicht meinen …«

»Sie sehen sich nicht sehr ähnlich, ja, ich weiß, das ist sehr selten. Alma ist also so etwas wie eine Rarität. Käthe, würdest du bitte die Suppe verteilen?«, beeilte sich der Vater zu sagen.

Käthe stand wieder auf. Sie hatte die Warnung verstanden. So schnell würde sie den Einsatz des Rohrstocks nicht mehr herausfordern.

Alma spürte, wie ihr flau wurde. Das Korsett saß immer noch sehr eng, und plötzlich kam es ihr im Zimmer sehr stickig vor. Trotzdem fragte sie höflich: »Schmeckt Ihnen der Wein?« Sie wusste, was von ihr erwartet wurde.

»Vorzüglich. Kennen Sie sich mit Wein aus?«

»Nein, gar nicht.« Es klang, als hätte ihr jemand eine alberne Frage gestellt. Wie sollte sie sich mit Wein auskennen? Aber sie wollte nicht unhöflich wirken, deshalb fügte sie erklärend hinzu: »Ich trinke selten Wein.«

»Das ist angenehm. Ich finde, Frauen sollten sich beim Trinken mäßigen. Nicht wahr, Herr Hinrichs? Sind Sie nicht auch meiner Meinung?«

»Absolut. Ich sehe, Sie haben sehr vernünftige Ansichten.«

»Ich hab' letztens in einem Salon ein Frauenzimmer gesehen, das ganz ungeniert geraucht hat. Das scheint ja immer mehr in Mode zu kommen. Was halten Sie davon?«

Irritiert schaute Alma auf. Hatte er etwa sie gefragt? Aber der Vater antwortet bereits.

»Unerhört. Völlig undenkbar. Wenn meine Töchter sich so etwas erlauben würden, würde ich ihnen die Seele aus dem Leib prügeln.«

Alma riskierte einen kurzen Blick zu Käthe. Sie hatte einmal auf einer Feier bei einem Nachbarsjungen an der Zigarette gezogen. Aber daran dachte Käthe wahrscheinlich gerade nicht. Sie löffelte ihre Suppe und warf dem Gast abschätzende Blicke zu. Anscheinend missfiel er ihr. Oder ihre säuerliche Miene war dem Umstand zuzuschreiben, dass der augenscheinlich wohlsituierte Mann wegen Alma hier war. Das wäre mal wieder typisch Käthe, dachte Alma bitter. Kaum hatte sie ihr eine gute Partie abspenstig gemacht, genügte ihr das nicht mehr. Sie war wütend auf Käthe, und das aus gutem Grund. Sie durfte sich ruhig einige gemeine Gedanken über ihre Schwester erlauben. Seit sie Käthe geohrfeigt hatte, hatte sie kaum noch ein Wort mit ihr gesprochen. Und sie wusste, es wurmte Käthe immens, dass sie dieses Mal nicht petzen gehen konnte. Als Käthe den Rohrstock zu spüren bekommen hatte, war sie auch in der Gunst ihres Vaters gesunken. Und Tante Heidi richtete ihr Verhalten immer nach ihm aus.

»Wohnen Sie hier in der Nähe?« Es war eine kleine Pause entstanden, und Alma versuchte, das Gespräch auf ein anderes Thema zu lenken. Außerdem betraf sie die Antwort unmittelbar. Sie hoffte sehr, dass sie nach der Hochzeit nicht allzu weit wegziehen würden.

Hermann Stieglitz lehnte sich zurück und legte seinen Löffel hin. Sein Teller war noch nicht einmal halbleer, aber plötzlich schaute er Alma eindringlich an.

»Im Moment wohne ich ganz in der Nähe des Barbarossaplatzes.«

Alma lächelte zurückhaltend. Der Barbarossaplatz war nicht weit weg. Das war ein netter Spaziergang. »Wie angenehm. Eine gute Wohngegend.«

»Ja, aber schon bald werde ich umziehen müssen.«

Alma wurde rot. Wahrscheinlich hatte er nur eine kleine Wohnung gemietet, oder er war wie so viele Junggesellen Kostgänger bei einer Witwe. Wollte er mit dem Umzug etwa hier am Tisch auf die Hochzeit anspielen? Oder etwa darauf, dass für Kinder kein Platz vorhanden war? Sie hatte ihren Vater natürlich nicht gefragt und wusste nicht, wie weit die beiden die Hochzeitspläne bereits besprochen hatten. Hatte Hermann Stieglitz schon offiziell bei ihrem Vater um ihre Hand angehalten? Das hätte er ihr doch sicher gesagt. Andererseits war es für ihn eine Selbstverständlichkeit, über die Köpfe seiner Kinder hinweg zu entscheiden. Aber vielleicht sollten beim Sonntagsessen erst noch Almas Qualitäten als Ehefrau geprüft werden. Möglicherweise war noch nichts entschieden.

»Ich werde Köln verlassen müssen.«

Der Vater und Tante Heidi schauten überrascht auf. Mathilde warf Alma einen schmerzlichen Blick zu.

Leopold Hinrichs räusperte sich. »Wohin zieht es Sie denn?«, fragte er angespannt.

Auch er schien erstaunt. Dann war die Vermählung doch noch nicht abgesprochen. Für einen Moment schöpfte Alma Mut. Vielleicht hatte Hermann Stieglitz seine Absichten geändert. Vielleicht war ihm etwas dazwischengekommen und er musste seine Heiratspläne verschieben.

»Ich trete eine neue Stelle an, als Faktor für eine Handelsfirma.« Er drehte sich zu Alma und fügte bedeutungsvoll hinzu: »Ich werde in den Kolonien eine der größten deutschen Handelsfirmen vertreten.« Stolz strahlte er über das ganze Gesicht.

Alles Blut wich aus Almas Kopf. Sie merkte nicht einmal, dass Mathilde unter dem Tisch nach ihrer Hand fasste. Noch immer starrte sie Hermann Stieglitz an, der auf eine Reaktion von ihr wartete. Doch sie brachte keinen Ton heraus.

»Waren Sie schon mal im Ausland, Fräulein Alma?« Er schien begeistert zu sein, als hätte er gerade eine besonders gute Nachricht verkündet.

Alma rührte sich nicht. Die Kolonien! Afrika. Wilde Tiere, noch wildere Menschen.

Der Vater schien sich als Erster gefasst zu haben. »Unsere Mädchen sind nie weiter als zwanzig Kilometer den Rhein rauf- oder runtergefahren.«

Tante Heidi fragte mit spitzer Stimme: »Sie müssen in die Kolonien? Zu den Mohren?«

Alma schwieg, während sie weiteraßen. Nachdem Käthe die Suppenteller abgeräumt hatte, legte Mathilde ihr ein Stück vom rheinischen Sauerbraten auf den Teller. Alma bekam kaum mit, dass ihr Vater und Hermann Stieglitz sich über die Weltpolitik und die wirtschaftliche Bedeutung der Kolonien für das Reich unterhielten. Mit leerem Blick schob sie das Fleisch und den Kloß auf ihrem Teller hin und her, ohne einen Bissen davon zu nehmen.

Am liebsten wäre sie davongelaufen.

Auf der anderen Tischseite rutschte Käthe unruhig auf ihrem Stuhl herum. Sicher schwankte sie zwischen Schadenfreude und Neid. Wieder bekam Alma etwas, was ihr nie zugestanden werden würde. Alma würde ins Ausland reisen, übers Meer fahren und exotische Tiere sehen. Andererseits kannte Käthe ihre Schwester gut genug, um zu wissen, dass Alma beträchtliche Angst hatte. Mathilde blieb stumm, und Tante Heidi beschränkte ihre Konversation auf einige wenige Höflichkeitsfloskeln. Auch sie schien diese Nachricht sehr getroffen zu haben.

Noch hatte Alma einen letzten Rest Hoffnung, dass der Vater nicht zustimmen würde. Seine Tochter mit einem fast völlig fremden Mann zu verheiraten, war eine Sache. Aber wenn dieser sie mit sich in ein fremdes Land nahm, Tausende Kilometer von Köln entfernt, dann musste der Vater seine Entscheidung doch wohl überdenken.

Nach dem Essen verabschiedeten sich die Frauen und gingen in die Küche. Hermann Stieglitz stand auf und zog Almas Stuhl galant nach hinten, sodass sie aufstehen konnte. Dann nahm er wieder ihre Hand und lobte das herausragende Essen. Jeder Mann könne sich mit solch einer guten Köchin glücklich schätzen, sagte er bedeutungsvoll. Dann zogen die beiden Männer sich in die gute Stube zurück, um zu rauchen.

Alma stand in der Küche am Fenster und schaute hinaus. Nur wenige Meter von ihr entfernt wurde über ihr Leben verhandelt. Sie war überzeugt, dass Hermann Stieglitz gerade um ihre Hand anhielt, und der Vater lediglich prüfte, ob das Los sie nicht allzu schwer treffen würde. Aber angesichts der hohen Stellung, die Hermann Stieglitz einnehmen würde, sprach kaum etwas gegen ihn. Er hatte tadellose Manieren, hatte studiert und war völlig von Almas Schönheit eingenommen. Das reichte ihrem Vater, um sie jedem beliebigen Fremden zu versprechen. Als könnte er mich nicht schnell genug loswerden, dachte Alma bitter. Sie hatte nichts Schlimmes getan. Warum schloss er sie so leichten Herzens aus der Familie aus? Sie war hilflos und wütend zugleich. Schon immer lag dieser Schatten auf ihr. Alma wusste, dass ihr Vater sie von allen Kindern am wenigsten liebte. Auch schon zu Lebzeiten der Mutter. Aber jetzt ging es nicht darum, dass sie ungerecht behandelt wurde, sondern ihr ganzes Leben stand auf dem Spiel!

»Hilf mit spülen!«, raunzte Käthe sie an.

Doch Tante Heidi sprang energisch dazwischen. »Du spülst heute alleine, Käthe. Daran kannst du dich schon mal gewöhnen. Und du, Mathilde, gehst mit Fritz aufs Zimmer!«

Dann legte sie ihre knochigen Arme um ihre Nichte. Alma konnte sich nicht daran erinnern, dass ihre Tante sie jemals umarmt hatte.

»Alma, ich …« Ihre Stimme stockte. Sie lockerte ihren Griff. »Mach dir keine Sorgen. Dieser Hermann Stieglitz scheint ein ordentlicher Mensch zu sein. Er hat Manieren. Und eine gute Stellung. Wenn du nach ein paar Jahren wiederkommst, wird es dir besser gehen als uns.«

Alma drehte sich um und fiel ihr schluchzend in die Arme.

»Er bringt mich weit weg von hier. Zu den Wilden.«

Tante Heidi streichelte ihr Haar. »Ich weiß. Das wird hart. Ganz alleine. Ich weiß.« Mit einem Mal schob sie Alma von sich, schniefte in ihr Taschentuch und griff zu einem Tablett. »Ich bringe den Männern ihren Kaffee.«

Alma drehte sich wieder zum Fenster. Sie wusste, dass Käthe sie jetzt, da sie alleine waren, nur allzu gerne herumkommandiert hätte. So brachte die Katastrophe, die gerade über sie hereinbrach, immerhin etwas Gutes mit sich: ihre Stellung gegenüber Käthe hatte sich grundlegend verbessert. Trotzdem wünschte sie sich nichts sehnlicher, als dass alles wieder so wäre wie vorher. Dass sie mit einem Fremden verheiratet werden sollte, machte ihr weniger Angst als die Aussicht, ans andere Ende der Welt verschleppt zu werden.

Die Kolonien, das hieß Afrika, Neger, Menschen mit einer so dunklen Hautfarbe, dass man sie in der Nacht nicht bemerkte, wenn sie kamen, um die Weißen in ihren Betten umzubringen.

Letztes Jahr, als sie im Zoo eine Gruppe Eingeborener bei einer Völkerschau gesehen hatte, war es ihr eiskalt über den Rücken gelaufen. Die Afrikaner sahen wild aus, waren kaum ausreichend bekleidet. Die schwarzen Menschen hatten äußerst befremdliche Sitten und sprachen in einer Sprache miteinander, die sie sicher niemals verstehen, geschweige denn sprechen würde.

Und dann das Land – es war genauso wild und gefährlich wie die Menschen. In den Betten fand man Schlangen, Spinnen und Skorpione. Alma hatte von abartigen Krankheiten gehört, von riesigen Beulen, die einem am Körper wuchsen. Von Tieren, die sich unter die Haut bohrten und sich dort vermehrten. Würmer fraßen sich in die Beine und krochen aus den Augen wieder heraus. Ameisen verspeisten einen bei lebendigem Leib. Immer wiederkehrende Fieberkrämpfe. Und weit und breit weder ein Krankenhaus noch ein passabler Arzt.

»Alma, du sollst zu deinem Vater kommen.« Tante Heidi war zurück und legte ihr zärtlich die Hand auf den Arm. Diese Geste war so untypisch für sie, dass Alma das Schlimmste befürchtete.

Zaghaft klopfte sie an. Als sie eintrat, strahlten beide Männer sie an. Es kam ihr so unwirklich vor. Sie fühlte sich, als würde sie zum Schafott geführt.

»Fräulein Alma.« Hermann Stieglitz streckte ihr beide Hände entgegen.

Alma trat einen Schritt näher, doch Stieglitz musste nach ihren Händen greifen. Er küsste beide und ließ ihre linke Hand los. Die rechte hielt er fest und blickte ihr tief in die Augen. »Ich habe mit Ihrem Herrn Vater geredet, und wie Sie sicher schon ahnen, habe ich … Ich will … Ich möchte Sie bitten, meine Frau zu werden und mit mir in die deutsche Südsee zu kommen.«

Alma schluckte und blickte zu ihrem Vater, der ihr aufmunternd zunickte. Doch sie war sprachlos. Immerhin war die Südsee nicht Afrika, auch wenn sie diesen Teil der Welt nicht einzuordnen wusste.

»Ich bewundere Ihre Schönheit und Ihre Anmut. Sie können ausgesprochen gut kochen, und wie mir Ihr Herr Vater versicherte, sind Sie fleißig und folgsam. Ich könnte mir keine bessere Frau an meiner Seite wünschen, wenn ich zu diesem Abenteuer aufbreche.« Er blickte sie fordernd an. »Nun, was sagen Sie?«

Alma schwieg. Stieglitz lächelte unsicher, blickte fragend zu ihrem Vater und schaute dann wieder sie an.

»Nun sag doch was, Alma. Zier dich nicht.« Ihr Vater klang gereizt und zog ermahnend die Augenbrauen hoch.

Sie blickte in die warmen Augen von Hermann Stieglitz. Unvermittelt stieß sie hervor: »Gibt es dort Kannibalen?«

»So ein bodenloser Unsinn, Alma. Was soll das?«, entgegnete Leopold Hinrichs ungehalten.

»Na ja, Herr Hinrichs – so ganz Unrecht hat Alma nicht. Auf einigen Inseln der Südsee gibt es Menschenfresser, und auch Kopfjäger.« Er wandte sich wieder Alma zu. »Aber nicht auf Samoa, wo wir leben werden. Bitte sagen Sie Ja, Fräulein Alma, und machen Sie mich glücklich.«

Mit erschrockenen Augen schaute Alma Hermann Stieglitz an. Also doch Menschenfresser. Wie konnte ihr Vater sie nur weggeben?

Alma zog die Decke über den schmalen Körper des Jungen. Fritz hatte sich heute doch noch gut betragen, und wie versprochen las sie ihm jeden Abend vor dem Schlafengehen eine Geschichte vor. Heute hatte sie ihm das Märchen vom Tapferen Schneiderlein erzählt, seine Lieblingsgeschichte. Mit einem Lächeln auf dem Gesicht war er eingeschlafen.

Leise zog Alma die Tür zu. In Nachthemd und Pantoffeln schlich sie die Stiege hinab, um niemanden zu wecken.

Sie wollte sich noch einen Becher Wasser holen. Ohnehin würde sie kaum ein Auge zumachen, wie in den Nächten zuvor. Zu ihrem Erstaunen hörte sie Stimmen, als sie vor der Küchentür stand. Tante Heidi sprach ungewohnt eindringlich auf den Vater ein. Natürlich ging es um sie und die Eheschließung. Alma drückte sich an die Tür und lauschte.

»Du weißt doch genau, dass das nicht gut gehen würde, wenn Käthe Hannes Engels heiratet und die beiden sich ständig über den Weg laufen. Deswegen ist es von Vorteil, wenn Alma nicht mehr hier in der Nähe wohnt.«

»Aber wir kennen Hermann Stieglitz überhaupt nicht.«

»Du hast ihn doch kennengelernt. Gute Manieren, gebildet, eine feste Anstellung. Er hat eine gute Reputation und ist ausreichend betucht. Folglich ein Ehemann, wie er im Buche steht. Ich versteh dich nicht. So jemanden würde sich jede Mutter für ihre Tochter wünschen.«

»Wie lange kennst du ihn schon? War er früher schon mal bei dir?«

»Papperlapapp. Er ist ohne Zweifel ein Ehrenmann. Er hat prompt gezahlt, und was noch viel wichtiger ist: Alma hat ihm ausnehmend gut gefallen.«

»Alma gefällt vielen Männern. Deswegen braucht sie doch nicht in die Fremde zu ziehen, zu den Mohren. Wir finden auch hier in Köln einen guten Ehemann für sie.«

Die Tante hatte sich beim Vater noch nie so sehr für sie eingesetzt. Und jetzt kämpfte sie für ihre Nichte, selbst wenn Alma wusste, dass dieser Kampf aussichtslos war.

»Alma muss weg. Es wird Schwierigkeiten geben, wenn Käthe und Hannes erst verheiratet sind.«

»Dann schick sie doch in einen Haushalt, irgendwo auf dem Land, und nach ein paar Jahren hat sich alles beruhigt.«

»Du glaubst doch wohl nicht, dass ich es riskiere, dass Alma mit einem Bastard nach Hause kommt! Gerade weil sie allen Männer so gut gefällt, muss sie schnell heiraten. So ein Mädchen gehört unter die Haube, je schneller, desto besser.«

»Aber Alma ist gehorsam. Sie hat schließlich nichts Ungehöriges getan.«

Leopold Hinrichs schlug mit der Faust auf den Tisch. »Schluss jetzt! Käthe heiratet Hannes, und Alma Hermann Stieglitz. Du müsstest doch wissen, wie viel Glück wir haben, dass Hannes' Vater sofort der Heirat zugestimmt hat. Ich darf gar nicht an die Schande denken, wenn er Käthe sitzengelassen hätte. Das weißt du am besten, Weib.«

Tante Heidis flehende Stimme wurde lauter. »Aber vielleicht sehen wir Alma nie wieder. Die Seereise, und was sie sich alles für Krankheiten holen kann. Und wenn sie ein Kind bekommt, ist kein Arzt zur Stelle und keine Hebamme. Sie könnte sterben.«

Fröstelnd schlang Alma ihre Arme um den Oberkörper. Daran hatte sie noch gar nicht gedacht.

»Immerhin wird sie verheiratet sein, wenn sie ein Kind bekommt. Und das ist das Wichtigste. Untersteh dich, meine Entscheidung in irgendeiner Weise infrage zu stellen.«

»Bitte, Leopold. Ich hab dich nie um etwas gebeten, aber jetzt bitte ich dich darum, dass Alma hierbleiben kann.«

»Nach allem, was deine Schwester und ich für dich getan haben, steht es dir auch nicht zu, um etwas zu bitten«, entgegnete der Vater und fuhr in ruhigerem Ton fort: »Ich verstehe dich wirklich nicht. Es gibt doch sowieso viel zu wenig heiratsfähige Männer im Reich. Käthe ist jetzt gut versorgt, und Alma wird weit über ihrem Stand heiraten. Sie wird ein eigenes Haus haben und sogar Bedienstete! Das ist doch ein Grund, sich zu freuen.«

»Du schickst sie in den Dschungel, zu den Wilden! Wir werden sie bestimmt nie wiedersehen.«

»Ich habe nun genug Geduld mit dir gehabt.« Ihr Vater wurde wieder wütend. »Gerade du hast kein Recht, irgendjemandem gute Ratschläge zu erteilen.« Wieder landete seine Faust krachend auf dem Tisch.« Ich will hier nicht noch mehr Unruhe im Haus. Ohne die beiden in der Werkstatt wird es ohnehin schon schwer genug. Ich werde mir einen Schneidergesellen besorgen müssen.«

»Wo soll der schlafen?« Tante Heidi klang erschrocken. »Unten in deiner Kammer. Und du kommst hoch zu Mathilde. Sie wird ohnehin langsam zu alt, um noch mit ihrem Bruder in einem Zimmer zu schlafen.« Der Vater stand jetzt nah an der Tür.

»Jetzt müssen wir uns unbedingt darum kümmern, Käthe schnell zu verheiraten. Engels hat versprochen, baldmöglichst einen Termin festzusetzen. Dann wird sang- und klanglos geheiratet. So unauffällig wie möglich.«

In dem Moment riss der Vater die Tür auf und trat in den Flur. Alma löste sich aus ihrer Umklammerung und war mit einem Sprung auf den Beinen. Doch zu spät. Erstaunt blickte ihr Vater sie an. In seiner Miene spiegelte sich Bestürzung. Alma konnte nicht an sich halten, und es brach aus ihr heraus:

»Wie kannst du mich einfach einem Fremden versprechen? Liebst du mich denn gar nicht? Bin ich denn nicht deine Tochter?«

Die Augen des Vaters wurden groß, und sein Unterkiefer mahlte. Plötzlich hatte Alma Angst vor ihm.

Hinter ihm stand Tante Heidi und blickte Alma entsetzt an. »Wie lange hast du schon gelauscht?«, fragte sie mit gebrochener Stimme.

Doch Alma wich dieses eine Mal nicht zurück. »Lange genug, um zu wissen, dass ihr mich einfach so fortschickt.« Ihr Vater drehte sich zur Tante um. »Denk an dein Versprechen!«, sagte er in einem so scharfen Ton, dass selbst Alma das Gefühl hatte, jemand schlage ihr ins Gesicht. Dann ließ er die beiden stehen und verschwand in dem kleinen Raum am Ende des Flurs, wo er schlief.

Tante Heidis Mund zuckte, und dann passierte etwas, was Alma noch nie erlebt hatte. Sie fing an zu weinen. Alma wusste nicht, was sie tun sollte. Tante Heidi barg das Gesicht in ihren Händen. Als Alma ihre Arme um sie legen wollte, drehte sie sich abrupt um.

»Geh ins Bett!« Krachend schloss sie die Tür hinter sich.

Alma stand noch für einen Moment auf dem Flur. Aus der Küche hörte sie Geräusche. Tante Heidi schluchzte, aber die Botschaft war klar: Ihr Vater und Tante Heidi teilten ein Geheimnis.

Ihr Atem stockte, und sie atmete tief durch. Trotzdem spürte sie eine Beklemmung in der Brust. Aus irgendeinem Grund war sie ihrem Vater gleichgültig, und Alma hätte nur zu gerne gewusst, warum. Ihre Brust zog sich zusammen, und nur mit Mühe gelang es ihr, nicht laut zu schluchzen.

Auf Zehenspitzen schlich sie hoch in ihre Kammer und hockte sich auf die Bettkante. Als sie dem leisen Atem ihres kleinen Bruders lauschte, dachte sie, wie sehr sie ihn vermissen würde und Mathilde. Sie musste alles aufgeben: ihre Familie, ihr Zuhause, ihre Heimat, wahrscheinlich sogar ihre Sprache. Und vielleicht hatte ihre Tante sogar recht. Möglicherweise würde sie niemanden von ihnen jemals wiedersehen. Alma kauerte sich auf die harte Matratze. Womit hatte sie das nur verdient? Leise weinte sie sich in den Schlaf.

KAPITEL DREI

KÖLN, SOMMER 1899

Die standesamtliche Hochzeit hatte gestern in denkbar kleinstem Rahmen stattgefunden. Alma hatte am Pult des Standesbeamten gestanden und sich an ihrem Blumenstrauß festgeklammert. Natürlich hatte sie eingewilligt, aber sie kam sich vor, als wäre sie verurteilt worden. Wenn sie nur gewusst hätte, wie sie sich hätte wehren können. Ihr Vater hatte hinter ihr gestanden und schien aufzupassen, dass sie im letzten Moment nicht doch noch weglief. Tante Heidi hatte nur stumm geweint.

Die kirchliche Trauung heute verlief ohne großes Aufsehen, und die anschließenden Feierlichkeiten waren eher bescheiden. Die dreiundzwanzig Personen passten alle in die kleine Wirtsstube, die Almas Vater angemietet hatte.

Hermanns Eltern lebten nicht mehr, und seine einzige Schwester war unabkömmlich, da sie gerade ihr sechstes Kind erwartete. Sie hätte die beschwerliche Reise aus Hannover nicht ohne Risiko bewältigen können. Deshalb hatten Almas neue Schwägerin und ihr Schwager nur eine Grußadresse und ein kleines Paket mit bestickter Tischwäsche geschickt.

Die Gäste stammten fast ausschließlich aus Almas Kreis, aber anscheinend machte es Hermann nichts aus. Er schien sich bereits von Köln, ja von Deutschland verabschiedet zu haben. Hermann hatte nur zwei Männer eingeladen, die wie er Mitglieder in der Deutschen Kolonialgesellschaft in Köln waren.

Hannes war auch eingeladen worden. Schließlich würde es laut ihrem Vater einen merkwürdigen Eindruck machen, da er in einer Woche selbst Teil der Familie sei. Der alte Engels hatte endlich ein Aufgebot bestellt und Leopold Hinrichs war beruhigt. Käthes Hochzeit wäre ohnehin eine reine Formalie ohne Feierlichkeiten. Außer einem freien Vormittag musste nichts geplant werden. Noch war von Käthes Schwangerschaft nichts zu erkennen, aber die Zeit drängte. Übel gelaunt saß Käthe am Tisch und machte ein langes Gesicht. Aus irgendeinem Grund war Hannes nicht gekommen.

Alma war heilfroh, dass sie die Hochzeit ihrer Schwester mit dem Mann, der eigentlich ihr Bräutigam hätte sein sollen, verpasste. Als wäre ihre momentane Situation nicht schon schlimm genug. Die Festlichkeiten kümmerten sie nicht. Vater hatte sie zu einer positiven Antwort gedrängt. Niemand scherte sich um ihre Gefühle. Weder ihr Vater noch ihre Zwillingsschwester, geschweige denn Hannes. Sie musste sich in ihr Schicksal fügen. Mit einem Mal war ihr klargeworden, wieso sie so viele verbitterte Frauen mit verhärmtem Gesicht kannte. Trotz ihrer tiefen Enttäuschung konnte sie sich nicht mit dem Gedanken abfinden, dass sie genauso abstumpfen würde wie diese Frauen. Aber was hatte sie dem schon entgegenzusetzen?

Alma stand neben ihrem alten Lehrer, der, wie es sich gehörte, auch zu ihrer kleinen Feier eingeladen war. Zur Belustigung der Hochzeitsgäste hatte er den großen Schulatlas mitgebracht.

»Na, da wollen wir doch mal sehen, wo diese Inseln liegen. Hier haben wir Australien und hier Neuseeland, und …« Sein langer dünner Finger fuhr suchend am äußersten Kartenrand hoch und runter, aber den Ort schien er nicht zu finden. »Hier haben wir Kaiser-Wilhelm-Land. Auf jeden Fall ein ziemlich großes Stück Deutschland und am anderen Ende der Welt. Gehören die Inseln nicht vielleicht dazu?«

»Nein, das ist Neuguinea. Samoa muss irgendwo unterhalb des Äquators liegen.« Einer von Hermanns geladenen Gästen tat sich mit seinem Wissen hervor.

Der Lehrer suchte weiter und alle beugten ihre Köpfe tiefer über die Karte. Plötzlich richtete sich der alte Schulmeister auf, nahm seine Brille ab und putzte sie mit dem Taschentuch.

»Mir scheint, werter Herr Stieglitz, Ihre Inseln sind von der Karte verschwunden. Ich kann sie nirgends finden.«

Alle lachten, nur Alma war überhaupt nicht zum Spaßen zumute. Hermann Stieglitz, seit ihrem ersten zaghaften Kuss vor zwei Wochen für sie nur noch Hermann, hatte ihr von Samoa erzählt. Die Inseln sollten wunderschön sein. Überall wuchsen Kokospalmen und Kakaobäume. Man konnte Bananen und Mangos einfach so von den Bäumen pflücken, wie hierzulande Äpfel. Nun, immerhin wusste Alma, wie Bananen aussahen, doch unter Mangos konnte sie sich rein gar nichts vorstellen. Auch Hermann hatte zugegeben, dass er noch keine gegessen hatte. Aber er hatte von weißen Sandstränden und dem türkisfarbenen Meer geschwärmt und ihr versichert, dass die Samoaner keine gewöhnlichen Wilden seien. Die paradiesische Landschaft sei auf das Gemüt und das Aussehen der Ureinwohner übergegangen. Entsprach das wirklich der Wahrheit? Denn schließlich hatte Hermann bisher auch nur einige Diapositivvorträge von Südsee-Reisenden besucht.

Dass die Inseln so klein waren, dass sie kaum zu finden waren, machte Alma Sorgen. Hermann hatte versprochen, sie würden in Apia leben, der Hauptstadt von Samoa, wo sich der Hauptsitz seiner Firma für die gesamte Südsee befand. Und auch wenn ihr klar war, dass die Stadt vermutlich nicht mit Köln mithalten konnte, fühlte Alma sich nun tief verunsichert.

Hermanns zweiter Kollege beugte seinen Kopf über den Atlas. »Eigentlich brauche ich gar nicht zu suchen. Hier ist ja so gut wie alles in deutscher Hand: die Salomonen, die Karolinen, die Marianen und Palau.«

»Ich weiß nicht, ob wir das Geld nicht besser für etwas anderes ausgegeben hätten. Bisher haben sich die Schutzgebiete als nicht sehr wirtschaftlich erwiesen. Wir buttern mehr rein, als wir herausbekommen.« Almas Vater stand den kostspieligen Neuerwerbungen eher kritisch gegenüber. Er wusste, woher ihr Kaiser das Geld nahm: es waren seine Steuergelder. Verärgert schüttelte er den Kopf. Nicht alle im Deutschen Reich verfolgten die gleichen Interessen.

»Aber Herr Hinrichs, denken Sie nur an die Rohstoffe; Gold in Amerika und Diamanten in Südafrika, Bananen, Kaffee und Kakao aus Südamerika. Wir sind schon viel zu spät dran. Die deutsche Regierung hätte schon vor dreißig Jahren handeln müssen.«

Hermann studierte den Atlas. Er wollte wohl nicht, dass es auf seiner Hochzeit zu einer hitzigen Diskussion kam, und rief: »Ah, sehen Sie, hier haben wir sie ja. Samoa! Rechts von der nordwestlichen Spitze Australiens. Dann weiter östlich kommen die Fidschi-Inseln.«

Der Lehrer betrachtete interessiert die Karte und zog erstaunt die buschigen Augenbrauen hoch.

»Die sind aber sehr klein.« Auch Alma beugte sich nun tief über die Karte und erschrak. Waren die Inseln winzig! Dort sollten sie leben? Sie schluckte.

Als Hermann ihren erschrockenen Blick sah, legte er ihr den Arm um die Schulter.

»Keine Angst, mein Kind. Wir werden dort ein angenehmes Leben führen. Das verspreche ich dir.«

Alma nestelte an dem Kragen ihres Kleides herum. Es war August und unglaublich heiß. Und sie trug ein elegantes hochgeschlossenes Kleid aus leichtem, dunkelblauem Baumwollstoff, das Tante Heidi ihr genäht hatte. Ein festliches Gewand, das sie auch in ihrer neuen Heimat anziehen konnte, wenn sie in die Kirche gingen.

In ein paar Tagen schon reisten sie nach Hamburg, um sich dort einzuschiffen. Die letzten Wochen waren wie im Flug vergangen. Alma hatte ihre Aussteuer vervollständigt, wobei sie das Porzellan Mathilde geschenkt hatte. Es würde die lange Fahrt ohnehin nicht heil überstehen, hatte Hermann gesagt und versprochen, auf Samoa feinstes englisches Porzellan zu kaufen. Alma war überrascht, denn auf Samoa sollten zurzeit noch genauso viele Engländer wie Deutsche leben. Aber Hermann hegte große Hoffnung, dass sich das Zahlenverhältnis bald ändern würde.

Zu Hause stand bereits alles in Kisten verpackt bereit. Nur ihre zwei großen Reisetaschen waren heute in die kleine Wohnung von Hermann gebracht worden. Alma hatte fast allen Freunden, Nachbarn und entfernten Familienmitgliedern Lebewohl gesagt. Und nun wurde es langsam Zeit, dass sie sich von ihren Gästen verabschiedeten. Erst ab heute, mit dem Segen der Kirche, wohnte Alma bei ihrem angetrauten Ehemann.

Ein Umstand, der sie aufwühlte. Tante Heidi hatte sie vor ein paar Tagen zur Seite genommen und ihr erklärt, was zwischen Mann und Frau passierte. Alma war fast ein wenig belustigt, wie mühsam Tante Heidi versuchte, die richtigen Worte zu finden. Das Wichtigste wusste Alma eh, weil sie häufiger nicht nur kopulierende Hunde gesehen, sondern auch die Schweine im Stall der Nachbarin und bei Sonntagsspaziergängen die Pferde beobachtet hatte. Natürlich war bei den Tieren keine Liebe im Spiel. Und auch in dem Buch, das ihr Vater vor ihnen versteckte und das Käthe einmal gefunden und heimlich mit auf die Stube gebracht hatte, fand sich keine Erklärung. Auch wenn Alma grundsätzlich wusste, dass der Mann sein Geschlechtsteil in sie hineinsteckte, sah sie diesem Ereignis mit Furcht entgegen. Zum ersten Mal in ihrem Leben würde sie sich vor einem Mann entkleiden. Und sie hoffte inständig, dass Hermann nicht mit ihr darüber reden wollte, denn allein bei dem Gedanken schoss ihr das Blut in den Kopf.

So war Tante Heidi wahrscheinlich ganz froh gewesen, dass Alma nicht näher nachfragte. Das Einzige, was Alma interessierte, konnte die kinderlose Tante Heidi ihr ohnehin nicht erklären. Zu gerne hätte Alma gewusst, woran sie frühzeitig merkte, dass sie schwanger war. Und mit Käthe würde sie keinesfalls darüber sprechen.

»Da reist also ausgerechnet unser stilles Fräulein Alma in die weite Welt und erobert uns Deutschen einen Platz an der Sonne, wie man so schön sagt.« Der Lehrer riss sie aus ihren Gedanken.

Aufmerksam schaute er sie an. »Nun, ich muss auch erst herausfinden, wie ich mich dort mache.«

Die Umstehenden lachten. Es war neu für Alma, dass die Menschen jetzt, da sie eine verheiratete Frau war, eine Antwort und Meinung von ihr erwarteten. Hermanns Kollegen standen daneben, und ihr Vater legte sogar eine Hand auf ihren Arm.

»Unsere Alma, immer bescheiden. So ist sie. Hermann, du musst immer schön auf sie achtgeben. Alma ist fleißig und folgsam, aber von der weiten Welt hat sie keine Ahnung.«

»Na, dafür hat sie ja mich.« Hermann fasste um ihre Taille, was Alma höchst unangenehm war, besonders in der Gegenwart des Lehrers.

»Wie lebt es sich denn auf Samoa?« Der Lehrer hatte allmählich Gefallen an Hermann Stieglitz gefunden.

»Nun, es gibt dort echtes deutsches Bier. Damit ist bewiesen, dass die deutsche Kultur in der Ferne die Übermacht hat.«

Wieder lachten alle.

»Mir wäre es lieber, es gäbe dort eine deutsche Bäckerei und einen deutschen Metzger«, rutschte Alma heraus. Die Männer blickten sie stumm an. Doch mit einem Mal prusteten sie los.

»Natürlich, Kleines. Da hast du recht. Es gibt Bäcker und Ärzte, und wohl auch mehr als einen Kaufladen. Du bist so herrlich praktisch veranlagt. Was habe ich nur für ein Glück mit dir.« Hermann gab ihr schnell einen Kuss auf die Wange.

Alma lief rot an und drehte sich weg. Sollten doch die Männer alleine weiterschwadronieren. Ihr war diese Art der Aufmerksamkeit unangenehm. So oder so würden sie bald auf ihr Lieblingsthema zu sprechen kommen: sowie auch nur die Wörter England oder Britisches Empire fielen, bildete sich eine geschlossene Front. Darüber konnten die Männer ganze Tage diskutieren.

Die dicke Federdecke war schwer, und Alma schwitzte, aber keinesfalls würde sie die Decke zur Seite schlagen. Hermann hatte gewartet, bis sie aus dem Badezimmer zurückgekommen war, und war dann selbst hineingegangen, um sich zu waschen. In der Hochzeitsnacht logierten sie in einem Hotel.

Alma schloss die Augen, als die Tür ging. War Hermann nackt? Sie wollte es gar nicht wissen. Wenn sie es nur schon hinter sich hätte. Sie spürte, wie er neben ihr unter die Decke kroch. Seine Hand tastete unter der Bettdecke nach ihrer.

»Alma, Liebste. Ich weiß, es ist für dich das erste Mal. Weißt du, was jetzt passiert?«

Mit geschlossenen Augen nickte Alma. Noch immer lag sie starr auf dem Rücken.

Hermann drückte zärtlich ihre Hand. »Ich werde ganz vorsichtig sein, aber beim ersten Mal tut es immer weh. Das ist von Natur aus so. Also sei mir bitte nicht böse.«

Sie merkte, wie er näher an sie heran rutschte, und sie begann zu zittern.

»Du brauchst keine Angst haben. Wir sind doch jetzt Mann und Frau. Es ist ganz normal. Schließlich wollen wir doch viele Kinder haben.« Er tastet sich weiter zum Saum ihres Nachthemdes und zog es langsam hoch. Mühsam versuchte Alma, normal zu atmen. Ihr Herz pocht und sie hatte unglaubliche Angst. Vielleicht hätte sie Tante Heidi doch noch die eine oder andere Frage stellen sollen.

Hermanns Hand wanderte immer höher, über ihre Oberschenkel und den Bauch bis zu ihrem Busen. Als er ihre Brust fest umfasste, spürte sie an ihrem Oberschenkel plötzlich etwas Hartes. Es war also so weit. Hermann atmete schwer. Er küsste sie. Seine Zunge drängte sich zwischen ihre Lippe und Alma wusste nicht, wie ihr geschah. Was für eine Reaktion erwartete Hermann von ihr?

Vorsichtig schob er ihr Nachtkleid weiter hoch, zog es ihr über den Kopf und ließ es neben das Bett fallen. Mit einem Mal war Hermann ganz auf ihr und schob seine Hand zwischen ihre Beine. Alma spürte seine Erektion, vergeblich versuchte er, in sie einzudringen. Ihre Schamhaare ziepten. Keuchend hob er den Kopf.

»Du musst deine Beine breitmachen. Sonst klappt das nicht.«

Alma wäre am liebsten vor Scham vergangen. Sie hatte immer geglaubt, dieses Mysterium der Ehe, der Vollzug, sei etwas Heiliges und löse besondere Gefühle in ihr aus.

Sie schrie laut auf.

Hermann hatte sich endlich in sie hineingeschoben. Er blieb kurz unbeweglich auf ihr liegen und streichelte ihr übers Haar. »Jetzt hast du das Schlimmste schon überstanden, Liebes.«

Doch das stimmte nicht, denn nun stieß er zu, und Alma presste die Lippen aufeinander, um einen weiteren Schrei zu unterdrücken. Sie wollte Hermann nicht enttäuschen. Schließlich war es ihre Hochzeitsnacht. Er war ihr Mann und hatte das Recht, ja sogar die Pflicht, die Ehe mit ihr zu vollziehen.

Aber es war furchtbar. Hermann bewegte sich immer schneller. Sein Atem kam gepresst, und er schnaufte und schwitzte. Grob drückte er ihren Busen, und sein Mund fuhr hart über ihre Lippen. Sie bekam kaum noch Luft. Endlich hob er seinen Kopf und stieß laut den Atem aus. Sein Unterleib bewegte sich immer schneller. Es tat so weh. Sie hatte das Gefühl, als würde sie von innen zerrissen. Tränen liefen ihr über das Gesicht. Endlich hielt Hermann inne und stieß noch einmal heftig zu. Ein merkwürdiger Laut entschlüpfte ihm, und er brach schnaufend auf ihr zusammen.

Es dauerte eine Weile, bis er sich wieder regte. Er stemmte sich hoch und küsste Alma sanft. »Na, das war doch schön, nicht wahr?«

Alma sagte nichts und versuchte, wieder Luft zu bekommen. Vor Schmerzen biss sie die Zähne zusammen. Hermann drehte sich zur Seite, schwang die Beine aus dem Bett und knipste die Nachttischlampe an.

Erschrocken und verschämt schlang Alma die Arme um ihren Oberkörper. Hermann stand neben ihr und schaute zufrieden auf das blutige Bettlaken.

»So soll es sein«, sagte er zufrieden. »Ich hätte es auch nicht anders erwartet. Euer Vater scheint gut auf euch aufgepasst zu haben.« Dann bemerkte er Almas entsetzten Gesichtsausdruck und schaute an sich herunter. Sein Glied hing halb aufrecht zwischen seinen Beinen. Mit einem entschuldigenden Lächeln auf dem Gesicht setzte er sich aufs Bett und nahm ihre Hand.

»Alma, ich weiß, in der Kirche sagen sie manchmal andere Dinge, aber wir beide, wir sind so, wie Gott es gewollt hat. Mann und Frau. Es ist nichts Unnatürliches daran. So werden Kinder gemacht. Und Gott hat nichts dagegen, wenn wir viele Kinder bekommen. Du willst doch viele Kinder haben, oder?«

Alma nickte. Jetzt zog er auch noch ihre andere Hand beiseite. Im Schein des Lichts wanderte Hermanns Blick über ihren nackten Körper.

»Ich habe wirklich eine Schönheit geheiratet. Du musst dich nicht schämen vor mir. Ich bin dein Mann.«

Das beruhigte Alma keineswegs. Er ließ ihre Hand los und streichelte ihre Beine. Er strich über ihre Schamhaare, ihren Bauch und berührte ihren Busen. Sie senkte den Blick und bemerkte, wie sein Glied schon wieder anfing, größer zu werden.

»Meinst du, wir können es nochmal versuchen? Es tut doch bestimmt kaum noch weh, oder? Weißt du, es wird mit jedem Mal weniger schmerzhaft.«

Alma schluckte. Wie sollte sie ihm das abschlagen? »Können wir bitte das Licht ausmachen? Bitte!«

Alma verstand die Welt nicht mehr. Es war überhaupt nichts Heiliges, nichts Mystisches. Letztendlich gab es keinen großen Unterschied zu den Tieren. Hermann lag neben ihr und schnarchte leise. Er hatte noch einmal den Beischlaf vollzogen, und Almas große Hoffnung war, dass sie möglicherweise schon schwanger war.

Trotzdem weinte sie stumm, und die Tränen tropften auf die Bettdecke. Ihre Scham brannte. Sie hatten sich noch schnell gewaschen, bevor sie wieder züchtig angekleidet ins Bett gegangen waren.

Für Frauen war es anders, darauf hatte Tante Heidi sie schon vorbereitet. Es würde in der ersten Zeit weh tun. Manchmal blieb es sogar ein Leben lang so. »Unter Schmerzen sollst du gebären«, sagte schon die Heilige Schrift. Und damit die Frauen wussten, worauf sie sich einließen, tat es bereits bei der Zeugung weh.

Obgleich der Akt für Hermann wesentlich angenehmer gewesen zu sein schien, hatte die Leidenschaft gefehlt. Er hatte sich ziemlich anstrengen müssen und beim zweiten Mal noch mehr geschwitzt. Am Ende hatte er so laut geröchelt, dass Alma fast befürchtete, er hätte etwas mit dem Herzen. Doch was war daran so faszinierend? Die Liebe? Das musste es sein! Wahrscheinlich würde sie mit der Zeit mehr empfinden, wenn sie Gefühle für Hermann entwickelte.

Der körperliche Schmerz war auszuhalten. Nein, sie weinte, weil sie einfach nicht verstand, wie Hannes für dieses Gestöhne und unangenehme Treiben ihre gemeinsame Zukunft aufgegeben hatte. Genau darauf war er aus gewesen, als er mit drängenden Küssen nach ihrem Rocksaum tastete. Alma hatte sich ihm verweigert, und von Käthe hatte er schließlich bekommen, was er wollte. Sie war davon ausgegangen, dass dieser Akt so unglaublich sei, dass Männer nicht umhinkonnten, dafür alles aufs Spiel zu setzen. Aber jetzt wurde ihr klar, dass das unmöglich der Grund sein konnte. Für dieses Rumgerutsche hätte Hannes sich sicher noch ein paar Monate gedulden können. Was also war zwischen Hannes und Käthe vorgefallen?

Es war noch früh am Morgen, und Alma schaute hoch zu den riesigen gusseisernen Bögen, die sich über den Bahngleisen spannten. Seit dem großen Umbau des Bahnhofs vor fünf Jahren war Alma nicht mehr hier gewesen. Damals hatten sie einen Spaziergang hierher gemacht, weil jeder Kölner einmal diese Pracht und die gewaltigen Ausmaße der Bahnsteighalle bewundern wollte. Doch damals, in ihrem jugendlichen Alter, hatte sie die außergewöhnliche Ingenieursleistung und die Architektur nicht zu würdigen gewusst. Und auch heute war sie viel zu aufgeregt, um sich um solche Nebensächlichkeiten zu kümmern. In wenigen Minuten würde sie ihre Familie verlassen, vielleicht für immer. Seit ihrer Hochzeit vor fünf Tagen war sie nicht mehr zu Hause gewesen. Zu viel musste organisiert werden. Mathilde hatte sie einmal mit Fritzchen besucht. Aber da Hermanns Wohnung praktisch nur aus zwei kleinen Zimmern bestand, waren sie in eine Kaffeestube auf dem Barbarossaplatz gegangen. Jetzt hielt Alma Ausschau nach ihrer Familie, ihre Augen wanderten über den Bahnsteig.

Als ihre jüngeren Geschwister auf sie zuliefen, wurde ihr ganz warm ums Herz. Hinter ihnen tauchten ihr Vater und Tante Heidi auf. Käthe war nirgendwo zu sehen. Alma umarmte alle. Sogar ihr Vater legte kurz die Arme um sie.

Als sie zurücktrat und Hermann dem Vater die Hände schüttelte, fragte sie verwundert.

»Wo ist Käthe?«

Tante Heidi warf Leopold Hinrichs einen verbitterten Blick zu und sagte: »Käthe fühlt sich unwohl. Sie lässt euch beiden aber liebe Grüße ausrichten und wird dir schreiben, Alma.«

Alma war überrascht. Bis zum letzten Augenblick hatte die Zwillingsschwester ihr den Aufenthalt in dem Elternhaus zur Hölle gemacht. Immer wieder legte Käthe die Hand auf ihren Bauch, obwohl noch nichts zu sehen war, und behauptete, Hannes und sie würden sich lieben, wenngleich dieser sich nicht ein einziges Mal hatte blicken lassen.

Dass er nicht zu ihrer Hochzeit gekommen war, war anständig von ihm. Möglicherweise hegte er doch noch Gefühle für sie. Käthe hatte sicher den gleichen Schluss gezogen und war darüber wütend. Vielleicht war sie deshalb heute fortgeblieben.

»Alma.« Tante Heidi trat an sie heran und nahm ihre beiden Hände. »Ich weiß, ich hätte dir mehr mit auf den Weg geben müssen. Doch du sollst wissen …« Sie biss sich auf die Lippen und senkte den Kopf. »Ich hab' ein Abschiedsgeschenk für dich. Hermann war so freundlich und hat mir Schützenhilfe geleistet. Er weiß Bescheid.« Für einen Moment war Alma überrascht, dass Tante Heidi und Hermann sich duzten. Aber ganz offensichtlich hatten sie sich ohne Alma getroffen, um die Überraschung perfekt zu machen. »Es ist schon verpackt und bei eurem anderen Gepäck. Du wirst es also erst sehen, wenn du auf Samoa ankommst, aber ich wollte es dir trotzdem schon sagen. Ich habe dir eine Nähmaschine gekauft.«

Alma sog die Luft ein. »Eine Nähmaschine? Nur für mich?« Woher hatte Tante Heidi das Geld? Hermann hatte alles, was sie unterwegs auf der langen Reise nicht brauchten, bereits vor Tagen nach Hamburg vorgeschickt. Es wurde auf ihr Schiff verladen, ohne dass sie sich weiter darum kümmern mussten. Und in Sydney wurde es kurz eingelagert für ihre Weiterreise nach Samoa. Sie würde die Maschine also tatsächlich erst in Apia in Empfang nehmen. Trotzdem freute Alma sich unbändig und fiel der Tante um den Hals.

»Danke. Tausend Dank. Das ist so lieb von dir.« Sie ließ sie los.

Tante Heidi griff nach Hermanns Hand. »Bitte, Hermann, pass gut auf unsere Alma auf. Sie wird dir sicher eine gute Frau sein, aber sie war noch nie in der Fremde.« Tränen rannen ihr übers Gesicht. Dann riss sie Alma wieder in ihre Arme. Solche Gefühlsausbrüche war Alma von ihrer Tante nicht gewohnt, aber vielleicht begriff sie als Einzige außer ihr, was dieser Abschied bedeutete.

Der Schaffner pfiff. Nun hieß es einsteigen. Alma küsste ihre Tante auf die Wange, ihr Vater drückte sie noch ein letztes Mal, und auch Fritz wischte sich eine Träne aus den Augen.

»Kommst du denn bald wieder?« Wenn sie das nur wüsste. Alma hatte Hermann schon einige Male gefragt, wie lange ihr Aufenthalt in der Kolonie dauern würde, aber er hatte immer nur vage geantwortet.

»So schnell wie möglich. Ich werde dich so vermissen.« Sie drückte Fritz an sich.

»Hier, den schenk ich dir.« Fritz hielt ihr eine kleine Figur hin. Es war sein Lieblingssoldat, der mit dem Pferd. »Dann denkst du immer an mich.«

Alma umarmte ihren kleinen Bruder ein letztes Mal. »Ich denk doch sowieso immer an dich, mein Kleiner.«

Sie nahm die Figur, drückte noch einmal Mathilde und ergriff Hermanns Hand, der bereits auf der Plattform des Waggons auf sie wartete.

Sie hob ihre Hand, um zu winken, als plötzlich Mathilde mit auf die Plattform sprang.

»Hier, das hab ich vor lauter Aufregung fast vergessen.« Etwas Silbernes lag in ihrer geöffneten Handfläche. »Der soll dir Glück bringen.« Alma nahm die feine Kette mit einem Amulett des heiligen Christophorus, des Schutzheiligen der Reisenden. Der Anhänger war aus billigem Blech, aber Alma wusste die Geste zu würdigen. Mathilde und Fritz würde sie am schmerzlichsten vermissen.

Mathilde umarmte sie noch ein letztes Mal. Und als der Vater schon ermahnend rief, legte sie ihren Mund ganz nah an Almas Ohr. »Hannes hat Käthe sitzenlassen. Er wird sie nicht heiraten. Der alte Engels weigert sich, sie zu unterstützen. Käthe ist schon weggeschickt worden.«

Dann sprang sie herunter und stellte sich neben die anderen. Als ob nichts geschehen wäre, hob sie die Hand und winkte. Der Zug setzte sich in Bewegung.

Alma spürte Hermanns Hand auf ihrer Schulter, und sie brach in Tränen aus. Den ganzen Morgen hatte sie sie unterdrückt, aber jetzt konnte sie sie nicht mehr zurückhalten. Sie weinte noch, als die beiden Spitzen des Kölner Doms schon lange nicht mehr zu sehen waren.

KAPITEL VIER

INDISCHEN OZEAN, 1899

Es kam ihr so unwirklich vor. Alma hatte Köln, Hamburg, Deutschland weit hinter sich gelassen und schaute nun auf den weiten Indischen Ozean. Das neue Leben hatte nichts mehr mit ihrem alten gemein – weder die Orte noch die Menschen, ja nicht mal mehr den Erdteil. Wie so oft in den letzten Wochen fragte sie sich, wieso ihr Vater sie so leichten Herzens hatte ziehen lassen. Machte er sich denn keine Sorgen, welchen Gefahren er seine Tochter aussetzte? Natürlich musste sie als Ehefrau Hermann zur Seite stehen, egal wohin es ihn zog. Aber gerade hier, mitten im blauen Nirgendwo, wurde ihr zum ersten Mal bewusst, dass sie sich bisher nicht einmal selbst gefragt hatte, was sie eigentlich wollte. Ihr Weg schien vorbestimmt zu sein: Hannes heiraten, Kinder kriegen, einen großen Haushalt führen. Und dann war alles in die Brüche gegangen. Sie hätte wahrscheinlich auch jeden anderen Mann geheiratet, wenn der Vater sie genug bedrängt hätte. Schließlich hatte sie keine andere Wahl, außer ein Leben als einsame Frau zu fristen, so wie Tante Heidi – nicht versorgt, nicht geliebt, und keine eigenen Kinder. Sie musste heiraten, das schien außer Frage.

Immerhin besaß das neue Leben auch spannende Seiten. In den letzten Wochen hatte sie viele unbekannte Tiere gesehen, aber vor allem gefielen ihr die Delfine. Jetzt gerade schwamm schon wieder eine Schule in etwa hundert Metern Entfernung. Die Delfine sprangen aus dem Wasser und drehten sich, als gäben sie eine Vorstellung für Alma.

Vor drei Tagen hatten sie Buckelwale gesichtet, und gestern hatte ein riesiger Blauwal das Schiff ein Stück begleitet. Lächelnd dachte Alma daran, dass sie Mathilde und Fritz von den fliegenden Fischen an der westafrikanischen Küste schreiben würde. Die Fische segelten dutzende Meter über die Wasseroberfläche, bevor sie wieder im tiefgründigen Blau verschwanden. Zuerst hatte sie geglaubt, die Mitreisenden würden ihr wieder einen Bären aufbinden. Doch einmal war einer dieser silbernen Fische direkt neben dem Schiff aus dem Wasser gesprungen. Hätte sie es nicht mit eigenen Augen gesehen, sie würde es nicht glauben: Fische, die fliegen konnten. Es kam ihr vor, als habe sie in den letzten Wochen mehr neue und aufregende Dinge erlebt als in den ganzen zwanzig Jahren davor.

Alma atmete tief die salzige Luft ein und nahm sich fest vor, das Beste aus ihrem Schicksal zu machen. Eines Tages würde sie nach Deutschland zurückkehren, und sie hoffte, dass Tante Heidis Prophezeiung sich bewahrheitete und sie besser dastehen würde. Aber wo auch immer es sie hin verschlug, sie würde sich ihren Platz in dieser Welt erkämpfen.

Sie hatte Hamburg, Antwerpen und Lissabon gesehen. Sie waren die ganze westafrikanische Küste entlanggesegelt, und vor drei Tagen hatten sie Kapstadt hinter sich gelassen. Nun steuerten sie auf Australien zu. Die Küstenlinie war nicht mehr in Sicht. Selbst bei dem stetigen Seewind brannte die Sonne auf der Haut, und Alma stand mit einem Fächer, den sie sich in Lissabon gekauft hatte, an Deck.

»Und? Wie geht es Ihrem Gemahl heute?« Alma drehte sich um und entdeckte Mrs. Mellissa Williams, die auf sie zukam. Die deutsch-englische Lady war ihr sofort auf dem Australiakai in Hamburg aufgefallen, als sie mit einer unglaublichen Anzahl an Koffern und in einem äußerst eleganten Kostüm an Bord gegangen war. Da sie nur wenige Jahre älter war als Alma, hatten sie sich schnell angefreundet. Alma verstand sich gut mit der gebürtigen Britin. Und alle anderen Mitreisenden der ersten Klasse waren bedeutend älter, sodass auch Hermann die Gesellschaft von Mrs. Williams genoss.

Zwar gehörte es sich nicht, dass eine Dame alleine reiste, andererseits war sie mit ihren vierundzwanzig Jahren bereits Witwe und fuhr nun nach Australien, wo sie eine arrangierte Ehe mit einem reichen Australier einging. Nicht nur, weil sie alleine reiste, hatte Hermann beschlossen, ihr bei den seltenen Landausflügen zur Seite zu stehen, sondern sie war ihm auch sympathisch, weil sie keinen Standesdünkel zu kennen schien. Wann würde er wohl je wieder mit einer echten Lady plaudern? Mrs. Williams zeigte sich eher amüsiert über seine Ritterlichkeit, war es ihm doch die meiste Zeit über ohnehin nicht möglich, ihr Beistand zu leisten.

Alma hatte schnell gelernt, dass Hermanns Bekanntschaften sich nicht auf Sympathie gründeten, vielmehr hielt er Ausschau nach Leuten, die ihm nützlich sein konnten. »Oh, danke, dass Sie sich erkundigen. Seit wir auf offener See sind, ist es schlimmer denn je.«

»Hat er denn auch das Ingwerpulver genommen?«

»Wir haben bald nichts mehr übrig, wenn er so weiter macht.« Alma musste lächeln. Das war glücklicherweise leicht übertrieben. Sie hatten zwei große Säcke Ingwerpulver in Lissabon erstanden. Dennoch linderte das Pulver die Symptome der Seekrankheit nur in eingeschränktem Maße. Kaum dass sie aus dem Hamburger Hafen ausgelaufen waren und die Elbmündung verlassen hatten, traten schon die ersten untrüglichen Symptome auf. Hermann wurde zunehmend blasser, dann kam Schwindel dazu. Zwei Tage später klagte er über Kopfschmerzen, die in anhaltende Übelkeit und Erbrechen übergingen. Von Tag zu Tag wurde seine Laune schlechter.

Eigentlich hatte Alma erwartet, dass sie zweiter Klasse reisten. Nachdem die Zugreise von Köln nach Hamburg eher unkomfortabel gewesen war, hatte Alma schon mit Schrecken daran gedacht, wie sie wohl mehrere Wochen unter Deck in einer kleinen Kabine zurechtkamen. Allerdings habe er extra für seine junge weltunerfahrene Frau die erste Klasse gebucht, hatte Hermann ihr vollmundig erklärt, als sie ihre luxuriösen Kabinen mit eigenem Personal bezogen. Allmählich schwante Alma, warum er ihr so ein teures Hochzeitsgeschenk gemacht hatte. Womöglich hatte Hermann diesen sicher nicht ganz billigen Aufpreis in Kauf genommen, weil er wusste, dass er wahrscheinlich seekrank werden würde, und nicht, weil er seiner jungen Frau eine Freude machen wollte. Auf einer Reise nach London hatte er vor einigen Jahren die Erfahrung gemacht, dass ihm Seereisen nicht bekamen. Trotzdem nahm er die Strapazen dieser langen Reise über zwei Ozeane auf sich, was für seinen Willen sprach, sich nicht von seinem Ziel abbringen zu lassen.

»Ich war gerade wieder unten. Momentan geht es ihm sehr schlecht. Er hat mich fortgeschickt und einen Stewart beauftragt, ihm heißes Wasser für das Pulver zu bringen.« Fortgeschickt war vielleicht nicht ganz das richtige Wort, aber es klang besser, als wenn Alma zugegeben hätte, dass er laut geflucht hatte und sie geflohen war.

»Der Arme. Er kann einem wirklich leidtun. Ihn hat es schwer erwischt. Gestern hat einer der Seemänner erzählt, dass manche schon aus lauter Hoffnungslosigkeit über Bord gesprungen sind.«

Alma erschrak. »Tatsächlich?« Oder war das wieder eine von diesen hanebüchenen Geschichten, diesem Seemannsgarn, das ihr anscheinend jeder an Bord auftischen wollte? Erst hatte man sie hochgenommen und den Schiffsjungen mit einem Eimer Küchenreste unter Deck geschickt, um die angeblichen Bilgenschweine im untersten Teil des Schiffs zu füttern. Und als der Kapitän diesen Streich am Abend aufklärte, war Alma zum Gespött der Gesellschaft geworden. Sie war ebenfalls darauf reingefallen, dass man bei der Äquatorüberquerung eine Linie im Wasser sehen würde. Und nach wie vor versuchten einige der Mitreisenden, sie zum Narren zu halten.

»Ich hab' es so gehört. Aber jetzt lassen Sie uns von etwas anderem sprechen. Ich will Ihnen doch nicht die Nachtruhe rauben. Und, haben Sie auch fleißig gelernt?«

Alma zeigte das kleine Büchlein, in das sie jeden Tag neue englische Worte schrieb. Mrs. Williams hatte es sich zur Aufgabe gemacht, Alma Englisch beizubringen, bevor sich in Sydney ihre Wege trennten. Alma wusste nicht, wie sie ihr danken sollte, denn über die fremde Sprache hatte sie sich noch gar keine Gedanken gemacht.

Aber Mrs. Williams hatte darauf bestanden, sie zu unterrichten. Andernfalls, hatte sie nach drei Tagen auf See mit ernster Stimme erklärt, sterbe sie auf der langen Fahrt vor Langeweile. Alma zu unterrichten sei der einzige interessante Zeitvertreib für sie. Und Alma war eine gelehrige Schülerin.

Wie fast jeden Vormittag gingen sie in den Salon und Mellissa Williams bestellte Eistee und Shortbread. Ihre Kleidung war wie immer atemberaubend elegant. Alma bewunderte ihre zahllosen raffinierten Kostüme. Sie hatte sich sogar schon kleine Skizzen gemacht, w kennengerlernt eil sie für sich das eine oder andere Stück nähen wollte. Heute hatte Mellissa Williams ein Kleid aus beigefarbener Wolle an, an der Taille gerafft mit dunkelroten Ziernähten. Ein großer runder Kragen betonte ihre schöne helle Gesichtshaut und die kastanienbraunen Haare. Dazu trug sie einen passenden Hut, der ihre vornehme helle Haut vor der grellen Sonne schützte.

Die Witwe eines deutschen Adeligen schien zufrieden mit Almas Fortschritten. Sie beherrschte bereits die Bezeichnungen für Kleidung, einfache Wörter für Farben und Alltagsgegenstände, Dinge aus dem Haushalt und Speisen. Außerdem hatten sie einfache Konversation geübt. Alma konnte schon kurze Sätze bilden und sich zum Beispiel über das Wetter unterhalten oder fragen, wie viel etwas koste. Deshalb hatten sie zuletzt die Zahlen bis Hundert durchgenommen.

»Also bezahlen kann ich. Und wann kostet schon mal was über hundert Pfund oder hundert Mark? Mein Mann wird ja eh das Finanzielle regeln.« Alma kicherte, aber Mrs. Williams sah sie plötzlich mit einem merkwürdigen Ausdruck an.

»Mrs. Stieglitz«, sagte sie mit gedämpfter Stimme. »Ich will Ihnen ja nicht zu nahetreten, aber mir scheint, mit meiner Erfahrung als Ehefrau sollte ich Ihnen ein paar Ratschläge mit auf den Weg geben.« Sie sah sich im Salon um, und als sie mit Zufriedenheit feststellte, dass keiner der anwesenden Herren in ihrer Nähe saß, beugte sie sich zu Alma hinüber. »Überlassen Sie die finanziellen Angelegenheiten niemals nur Ihrem Mann. Eine Frau muss über so etwas Bescheid wissen, sonst rennt sie offenen Auges in ihr Verderben.«

Alma zog überrascht die Augenbrauen hoch. So hatte sie Mrs. Williams bisher gar nicht kennengelernt. »Aber ich vertraue meinem Mann.«

»Das sollen Sie ja auch. Dennoch, Bescheid zu wissen, ist immer von Vorteil. Mein seliger Mann zum Beispiel, ein Prachtexemplar eines guten deutschen Ehemannes, hatte eine Leidenschaft für das Pokern. Er hat zwar nicht unser Hab und Gut verspielt, aber wir haben über unsere Verhältnisse gelebt. Es hätte sicher ein unglückliches Ende genommen, wenn er nicht vorzeitig verschieden wäre.« Sie unterstrich ihre Überzeugung mit einem Kopfnicken.

Alma sah sie irritiert an. »Und was kann ich ändern?«

»Wenn Sie feststellen oder auch nur den Verdacht hegen, es könnte zu wirtschaftlichen Engpässen kommen, müssen Sie vorbereitet sein.«

Verblüfft schaute Alma die Lady an, die ihre Wohlerzogenheit für einen Moment außer Acht gelassen hatte. Trotzdem wusste Alma immer noch nicht so genau, auf was ihr Gegenüber anspielte, und schaute Mrs. Williams fragend an.

»Na, Sie müssen sich etwas zurücklegen. Damit Sie im Falle eines Falles nicht ohne einen Notpfennig, so sagt ihr Deutschen doch, dastehen. Zweigen Sie sich etwas vom Wirtschaftsgeld ab. Legen Sie sich immer ein Zehntel zur Seite.«

»Aber dann würde ich doch sein Geld unterschlagen.«

Mrs. Williams lachte hell. »Nein, meine liebe Alma. So dürfen Sie das nicht sehen. Sie sorgen für die Familie vor. Stellen Sie sich vor, Ihr Mann verprasst das Geld und Ihre Kinder kämen dann nicht mehr in den Genuss einer angemessenen Erziehung.«

Allmählich verstand Alma, worauf ihre Freundin hinauswollte.

»Es käme mir aber trotzdem unehrlich vor.«

Mrs. Williams seufzte. »Sie werden schon noch Ihre eigenen Erfahrungen als Ehefrau machen. Aber so viel darf ich Ihnen sagen: Verlassen Sie sich nie zu sehr auf Ihren Mann. Nehmen Sie Ihr Schicksal in die eigene Hand. Oder glauben Sie etwa, ich würde hier sitzen und zu einem steinreichen Ehemann fahren, wenn ich meine Hände in den Schoss gelegt hätte?«

Alma war fassungslos. So etwas hatte ihr noch nie jemand nahegelegt. Ihr Mund stand noch immer staunend offen, als plötzlich ein Stewart am Tisch auftauchte.

»Frau Stieglitz, Ihr Mann wünscht Sie dringend zu sprechen.« Er machte eine kurze Pause. »Er glaubt, er müsse bald sterben.« Sein Mund zuckte. Nur mühsam konnte der Mensch seine Belustigung unterdrücken.

O je, armer Hermann. Wenn dem wirklich so war, dann sprangen Seekranke vielleicht wirklich aus lauter Verzweiflung über Bord. Also hatte Mrs. Williams sie nicht angelogen. Und das mit dem Notpfennig war wahrscheinlich auch nicht so weit hergeholt. Und überhaupt: Was, wenn Hermann wirklich starb? Würde sie etwas erben? Am Ende vielleicht sogar Schulden? Oder bekam sie von der Firma etwas bezahlt, wenn ihrem Mann während seiner Reisen zu den Firmenablegern auf den anderen Inseln etwas passierte? Immerhin nicht ganz unwahrscheinlich, bei alldem, was sie über die anderen Schutzgebiete gehört hatte. Sie musste sich unbedingt Klarheit verschaffen.

Alma besann sich und lächelte Mrs. Williams zu, als sie aufstand. »Wir holen unseren Unterricht so schnell wie möglich nach. Mir scheint, Sie können mir noch viel mehr beibringen als nur eine neue Sprache.«

»Das ist die richtige Einstellung. Aber sagen Sie Ihrem Gatten besser nichts davon. Ich fürchte, es würde seinen Gesundheitszustand nur weiter verschlechtern.«

Hermann saß im Rauchsalon und trank einen Tee. In den letzten zehn Tagen hatte er sich etwas erholt. Die Symptome waren zwar nicht gänzlich abgeklungen, aber endlich schaffte er es, den größten Teil des Tages oben an Deck zu verbringen, und er konnte wieder feste Nahrung zu sich zu nehmen, auch wenn er weiterhin bei den Zutaten sehr wählerisch blieb. Immerhin schlug er gegenüber Alma wieder einen freundlicheren Ton an.

Entlang der westaustralischen Küste war das Meer weniger rau, was aber möglicherweise auch nur an der Jahreszeit lag. Sie fuhren geradewegs in den australischen Sommer hinein. Nachdem sie endlich die australische Küste erreicht hatten, hatte Hermann in Fremantle beinahe den Boden geküsst, als er nach seiner wochenlangen Tortur von Bord durfte. Er hatte sich auf die nächstbeste Kiste gesetzt, die am Hafenkai stand, und sein Gesicht in die Sonne gehalten, ungeachtet der Menschen, die ihn mit merkwürdigen Blicken bedachten.

Alma war es peinlich gewesen, aber alle Aufforderungen halfen nichts. Erst als ein grobschlächtiger Seemann ihn ansprach, sah Hermann sich genötigt, aufzustehen. Fast mitleidig sah er zu, wie die Kiste auf ein kleines Beiboot gebracht wurde.

Mittlerweile sprach Alma sehr passabel Englisch, was sie außergewöhnlich stolz machte, denn als sie in Fremantle Zeit an Land verbringen durften, konnte sie fast anstandslos ein üppiges Mahl für Hermann bestellen, der in den letzten Wochen beängstigend abgenommen hatte. Und nicht nur das gelang ihr mit Bravour. Sie hatte ihr bestes Kostüm angezogen, und war stolz mit ihrem Ehemann über die Promenade flaniert. Erst jetzt, da jeder Gentleman den Hut vor ihr zog und die Angestellten sie in den Geschäften zuvorkommend behandelten, wurde ihr die Bedeutung einer sogenannten guten Partie bewusst. Sie war kein Fräulein mehr, sondern eine Dame. Und dank Milli wusste sie sich auch so zu benehmen.

Mellissa Williams hatte sie nach ihrem ersten Gespräch unter Ehefrauen unter ihre Fittiche genommen und ihr feines Benehmen und eine stolze Haltung beigebracht. Auch wenn sie sich häufig noch wie die junge Alma Hinrichs fühlte, vergegenwärtigte sie sich immer häufiger, dass sie nun eine erwachsene Frau von Ansehen war. Und sie war sehr zufrieden darüber, wie sie ihre Weltumschiffung bisher gemeistert hatte. Anders als Hermann hatte sie nicht ein einziges Mal unter Übelkeit gelitten. Und da er zu nichts im Stande war, hatte sie das Regiment übernommen, ihn gepflegt und, soweit nötig, den Alltag organisiert. Wenn sie an Deck stand und ihre Nase in den Wind hielt, spürte sie fast ein wenig Abenteuerlust. Ganz sicher würde sie bei Hermann mehr

Freiheiten genießen als bei ihrem Vater, und offensichtlich konnte sie mehr als nur gut nähen und fleißig sein.

Nach dem willkommenen Aufenthalt in Fremantle steuerte ihr Schiff Adelaide an, ein hübsches freundliches Städtchen, in dem viele Deutsche lebten, sodass Alma das große Bedürfnis überkam, einfach hierzubleiben. Doch es ging weiter über Melbourne und nun lag die vorerst letzte Etappe ihrer großen Seereise vor ihnen.

Alma freute sich vor allem auf Sydney, die Stadt, von der der Kapitän und die Offiziere seit Tagen schwärmten. Auch Milli hatte schon so viel von dieser Stadt gehört, was es dort alles zu bestaunen und zu entdecken gab. Seit Stunden bewunderte Alma die Steilküste aus Sandstein, die sich mit breiten weißen Sandstränden abwechselte. Immer mehr Passagiere kamen an Deck und suchten nach einem guten Platz an der Reling. Jetzt konnte es nicht mehr lange dauern, bis sie Sydney erreichten.

»Na, ihr Damen. Habt ihr euch ein schönes Plätzchen gesucht?« Alma drehte sich um und erblickte Hermann. Unter seiner leicht gebräunten Haut war er noch immer blass. Trotzdem stand ihm die Freude über die Ankunft in Sydney ins Gesicht geschrieben. Endlich wieder festen Boden unter den Füßen. Alma hakte sich bei ihm ein und zog ihn zwischen Milli und sich an das Geländer.

»Es ist wirklich wunderschön. Ich bin so aufgeregt.« Milli war ganz aus dem Häuschen.

Alma seufzte. »Ich wünschte, wir könnten auch hierbleiben. Es sieht traumhaft aus.«

»Keine Bange, unsere Inseln sollen noch schöner sein.«

Hermann zog Alma fest an sich. Mit einem Mal hörten sie aufgeregte Stimmen. Macquarie Lighthouse, der Leuchtturm vor den Toren von Sydney, kam in Sicht. Jetzt waren sie bald am Ziel. Geschäftig bereiteten die Seeleute alles für die Ankunft im Hafen vor. Am Bug drängelten sich immer mehr Leute.

Das große Schiff drosselte die Fahrt, und gemächlich fuhren sie in die breite Mündung Richtung Port Jackson, den Hafen von Sydney, ein.

Auf den bewaldeten Hügeln der sich vor ihnen ausbreitenden Meeresbucht standen prächtige Villen und herrschaftliche Anwesen, umsäumt von blühenden Gärten. Kleine weißgetünchte Dampfboote verkehrten zwischen den am Ufer der Bucht liegenden Anlegern.

Von Port Jackson, der tief in das Land eindringenden Meeresbucht, zweigten mehrere Meeresarme ab. Endlich kam die Stadt in Sicht, auf die alle so sehnsüchtig gewartet hatten: Sydney, die Königin des Südens. Die helle Silhouette der Stadt lag in der Nachmittagssonne, und golden blinkten die Aufbauten der vielen im Hafen liegenden Segelschiffe. Es war ein wahrlich majestätischer Anblick. Alma war überwältigt. Und auch Hermann strahlte über das ganze Gesicht.

Milli beschattete ihre Augen mit der Hand und zeigte auf etwas. »Seht ihr, dort, der grüne Hügel. Das muss der Botanische Garten sein, wenn ich mich nicht irre. Und etwas weiter rechts davon liegt *Circular Quay*. Dort werden wir mit den Beibooten hinübergebracht. Ist es nicht wunderbar?«

Alma schaute Milli an. Ihre neue Freundin war nicht nur aufgeregt, weil sie endlich am Ende ihrer langen Reise angelangt war, sondern ihr zukünftiger Ehemann, Mr. Edward Harris, sollte sie am Kai abholen. Er war unermesslich reich. Leider besaß Milli nur ein altes Foto von ihm. Alma drückte ihr beide Daumen, dass sie mit ihrem unbekannten Ehemann das große Glück finden würde. Nicht auszudenken, wenn sie eine Enttäuschung erlebte und die lange Reise umsonst gemacht hätte.

»Wie groß ist Sydney? Wie viele Menschen wohnen hier?«

Hermann wusste natürlich Bescheid. In den letzten Tagen hatte er den Herrengesprächen im Rauchsalon wieder folgen können und so einiges über Land und Leute erfahren.

»Es müssen gut an die halbe Million sein.«

»Eine halbe Million?« Alma staunte nicht schlecht. »Da wirst du reichlich Abwechslung haben, Milli, wenn du in der Regenzeit hierher kommst.«

Milli hatte ihr erzählt, dass die betuchteren Australier, vor allem die Frauen, die mehrere Monate dauernde Regenzeit oft an der Küste verbrachten. Wer es sich leisten konnte, kam nach Sydney. Andere schafften es nur bis Brisbane, Townsville oder Cooktown, wenn man zu weit oben im Norden wohnte.

»Wenn es nach mir ginge, dürfte es ruhig das ganze Jahr über im Busch regnen. Ich verspüre wirklich wenig Lust, mitten im Nirgendwo zu wohnen.«

Hermann warf Milli einen missbilligenden Blick zu. Seit es ihm besser ging, hatte er wieder zu sich selbst gefunden. Mellissa Williams' Auftreten erschien ihm manchmal zu selbstständig. Alma hatte insgeheim das Gefühl, dass er froh war, dass sie bald nicht mehr unter dem Einfluss von Milli stand. Aber er war zu höflich, um in ihrer Gegenwart darüber zu sprechen. Deshalb sagte er nur:

»Melbourne soll ja moderner sein, und größer. Immerhin muss man Sydney zugutehalten, dass es die reichste Stadt der australischen Kronkolonie ist.«

Milli seufzte. Sie hatte sich ihr Schicksal zwar selbst gewählt, doch Zweifel blieben natürlich. Wenn ihre Ehe misslang, hatte sie immerhin genug Geld, um nach Europa zurückzureisen, aber das wollte sie eigentlich nicht. Nachdem sie als Engländerin einen Deutschen geheiratet hatte, war sie nicht mehr recht willkommen in England. Und in Deutschland war sie die Engländerin. Als sie nach dem Tod ihres Mannes zurück in ihre Heimat gezogen war, hatte sie sogar ihren Mädchennamen wieder angenommen, um sich vor den Anfeindungen ihrer Landsleute zu schützen.

Der Konkurrenzneid zwischen dem Britischen Empire und dem Deutschen Reich steigerte sich ins Unermessliche. Seit Jahren schon rüstete Kaiser Wilhelm II. seine Kriegsflotte auf, und spätestens, seit er vollmundig angekündigt hatte, England, damit also der britischen Krone und seiner eigenen Großmutter, Queen Victoria, die Vormachtstellung auf See streitig zu machen, waren auch die letzten Sympathien zwischen den beiden Nationen erloschen. In Australien erhoffte Milli sich ein Leben ohne abschätzige Blicke, abseits dieses aberwitzigen Säbelrasselns. Und die Erzählungen von den unglaublichen Reichtümern einiger australischer Herren hatten sie in ihrem Entschluss nur bestärkt.

»Ich denke, ich werde mich jetzt etwas zurechtmachen. Schließlich will ich Mr. Harris beeindrucken.« Milli verabschiedete sich und ging.

Die Ärmste, dachte Alma. Hermann war ihr fremd gewesen, aber immerhin hatte sie ihn kennengelernt, bevor sie der Ehe und der langen Reise zustimmen musste. Und nun schien es ihr, als habe sie es mit Hermann doch einigermaßen gut getroffen. An Hannes dachte sie nur noch mit großem Widerwillen, denn sie war entsetzt über sein schändliches Verhalten. Das hätte sie ihm wirklich nicht zugetraut. Etwas Schlimmeres konnte man einer Frau nicht antun: sie schwanger und unverheiratet sitzenzulassen. Wenn ihr Vater nicht sehr geschickt vorging, war Käthes schweres Schicksal für den Rest ihres Lebens besiegelt.

Wie es ihr jetzt wohl erging? Hatte der Vater vielleicht zur äußersten Maßnahme gegriffen und einen Engelmacher hinzugezogen? Einen dieser Scharlatane, die die gefallenen Mädchen von ihrer Frucht befreiten – aber häufig genug mussten die jungen Frauen dafür mit ihrem Leben bezahlen. Alma hoffte inständig, dass der Vater ihrer Schwester diesen Schritt erspart hatte, denn sonst war Käthe vielleicht schon tot. Wenn nicht, dann war ihr Zustand bestimmt schon deutlich zu erkennen, und sie würde weit weg von Köln ihr Kind zur Welt bringen. Was geschah mit dem armen Wurm? Sie hatte ihren langen Brief mit all den Fragen schon geschrieben, und sobald sie in Sydney war, würde sie ihn aufgeben. Doch es würde Monate dauern, bis ihr Brief Köln erreichte und eine Antwort der Familie bei ihr auf Samoa eintraf.

Das Schiff war zum Stillstand gekommen, und die Anker ratterten laut ins Wasser. Hermann lächelte Alma glücklich an. »Du kannst dir gar nicht vorstellen, wie sehr ich mich auf diesen Moment gefreut habe.«

Alma lächelte zurück. Sie dachte an all die Dinge, die sie in Sydney zu sehen bekam. »Ich mich auch.«

»Weißt du, dieses Mal reisen wir natürlich noch mit dem Schiff nach Samoa, aber ich hege die berechtigte Hoffnung, dass schon in wenigen Jahren die Luftschifffahrt so weit ist, dass wir zumindest die großen Strecken nicht mehr auf dem Seeweg zurücklegen müssen. Ich wette, noch innerhalb der nächsten zehn Jahre überquert eines von diesen Luftfahrzeugen den Atlantik.«

Alma schluckte. Zehn Jahre! Wie lange würde sie ihre Heimatstadt nicht mehr zu Gesicht bekommen? Mit einem Schlag wurde ihr klar, dass das größte Hindernis für eine baldige Rückkehr nach Deutschland nicht etwa fehlende Geldmittel oder berufliche Verpflichtungen waren, sondern die Tatsache, dass Hermann einer langen Seereise zustimmen musste.

Er schaute zum Himmel hinauf, und Alma folgte seinem Blick. Der australische Himmel strahlte in einem freundlichen Blau und war beinahe wolkenlos.

»Ja«, stimmte Alma zu. »Das wäre ein großes Glück für uns.«

KAPITEL FÜNF

SYDNEY, OKTOBER 1899

»Ich sage Ihnen, das ist Vorsehung. Zwei Vulkanausbrüche, und jedes Mal haben wir alles verloren.« Theodor Sieveking war genauso gesprächig wie seine Frau. Es war, als wollten die beiden einundzwanzig Jahre fehlende Konversation nachholen. Sieveking hatte in Neupommern verschiedene Handelsstationen der Neuguinea-Compagnie geleitet, von denen einige wahrscheinlich fast im Dschungel gelegen haben mussten.

»Das erste Mal an Silvester 1883 auf der Insel Bougainville. Das war ein echtes Feuerwerk.« Er lachte.

»Ja, jetzt können wir darüber spotten, aber glauben Sie uns, Frau Stieglitz, das war kein Spaß.« Bertha Sieveking war eine dralle, muntere Frau mit roten Wangen und kleinen Augen. Ihr glaubte Alma sofort, wenn sie sagte, dass sie das Leben abseits der Zivilisation gründlich satthabe.

Hermann hatte die beiden vor ein paar Tagen kennengelernt. Das ältere Ehepaar war selbst erst vor ein paar Wochen in Sydney angekommen. Die Sievekings wollten in Australien neu anfangen, und Herr Sieveking hatte bereits Kontakt geknüpft zum deutschen Konsul. Da die Expansion der deutschen Schutzgebiete zügig voranging, suchte der Konsul jemanden, der ihm in den Handelsfragen, die die deutsche Südsee betrafen, beratend zur Seite stand. Und Theodor Sieveking war ohne Zweifel der richtige Mann mit der nötigen Erfahrung. Hermann hatte ihn sofort zu einem Bier eingeladen. Seitdem hatten sie sich bereits zwei Mal mit dem Ehepaar getroffen.

»Und dann letztes Jahr der Ulawun in Neubritannien. Und wir zählen nicht einmal die zahlreichen kleineren Lavaausbrüche auf den

Inseln des Bismarck-Archipels mit. Das ist da ja fast normal.« Bertha Sieveking trank ein Glas kühlen Champagner und ließ sich sofort vom Ober nachschenken. »Australien mag ja voll von Engländern sein, aber immerhin gibt es hier weit und breit keine Vulkane.«

»Wir hatten zuerst überlegt, ob wir uns in Neuseeland niederlassen sollen. Aber wissen Sie: Da gibt es auch Vulkane.« Theodor Sieveking lehnte sich zurück. Ein Bediensteter kam und brachte ihnen ihr Essen.

»Letztes Jahr sind wir gerade nochmal mit dem Leben davongekommen. Beim ersten Mal waren wir ja noch jung. Da haben wir einfach neu angefangen. Nicht davon zu reden, dass wir natürlich im Sommer des gleichen Jahres schon den Ausbruch des Krakataus mitbekommen haben. Erinnern Sie sich noch an die riesige Explosion? Im August 1883? Na, da waren Sie wahrscheinlich noch ein kleines Kind. Aber es war ein Ereignis, das die Welt erschüttert hat.«

Bertha Sieveking hatte ihr Glas schon wieder leer getrunken. Sie schien einiges vertragen zu können, denn schon wieder schwenkte sie das leere Glas über ihrem Kopf in Richtung Ober. »Angeblich soll man den Ausbruch in einem Drittel der Welt gehört haben. Sogar noch in Perth. Kennen Sie Perth? Waren Sie nicht in Fremantle? Das liegt ja direkt daneben.« Alma wollte etwas sagen, aber Bertha Sieveking sprach einfach weiter. »Können Sie sich das vorstellen? Und wir waren ja viel näher dran. Es war unbeschreiblich laut, kann ich Ihnen sagen.«

»Im gesamten Pazifik gibt es Vulkane. Wo werden Sie nochmal leben?«

Alma öffnete den Mund, aber wieder war sie zu langsam.

»Ah, ich weiß wieder: Samoa.« Herr Sieveking nickte bedeutsam mit dem Kopf. »Dann ja wahrscheinlich in Apia auf Upolu, der Hauptinsel. Da soll es ja nur auf der Nachbarinsel noch einen aktiven Vulkan geben, hab' ich gehört.«

»Sie Glückliche.« Bertha Sieveking lächelte sie mit ihren traurigen Augen an. »Dann werden Sie wenigstens nicht mitten im Schlaf von heißer Lava überrascht.«

»Bertha, mach doch Frau Stieglitz keine Angst!«

Alma hatte das deutliche Gefühl, dass es für eine solche Ermahnung zu spät war. Verunsichert blickte sie auf ihren Hummer. Sie hatte so etwas noch nie gesehen, geschweige denn gegessen. Wie sollte man das anfangen? Sie beobachtete Frau Sieveking, die sich genüsslich mit bloßen Fingern über das Tier hermachte. Hummer war hier äußerst preiswert, genau wie Austern, die Alma nicht mochte. Und sie hatte große Zweifel, dass das Tier, das über ihren Tellerrand hinausreichte, schmeckte.

»Probieren Sie«, nuschelte Frau Sieveking zwischen zwei Bissen. »Das Fleisch ist köstlich. Kein Wunder, dass das Tier es einem so schwermacht, dranzukommen.« Sie lachte so laut über ihren Scherz, dass selbst ihr Mann sie scheel anschaute.

Alma war erbost, dass Hermann sie einfach mit dem deutschen Ehepaar hier zurückgelassen hatte, auch wenn das Australia-Hotel in der Castlereagh Street die erste Adresse in Sydney war und man nirgendwo so elegant speiste wie hier. Erfreulicherweise war einheimisches Essen sehr preiswert, wie alles, was aus dem Land selbst kam. Musste es aber von Europa eingeführt werden, mussten sie natürlich sehr viel mehr bezahlen als in ihrer Heimat. Hermann war unglaublich froh, wieder herzhaft mit Appetit essen zu können, und hatte in den ersten Tagen wahre Fleischberge vor sich aufgetürmt und Unmengen von Bier getrunken. Beides war sehr günstig zu haben.

Umso erstaunlicher, dass er Alma alleine ließ, weil er unbedingt zum Telegrafenamt musste. Was konnte nur so dringend sein, dass er sogar auf das Mittagessen verzichtete? Sein Gesichtsausdruck hatte sie beunruhigt. Er war im Rauchsalon gewesen und seiner Lieblingsbeschäftigung nachgegangen: sich in den kühlen Räumlichkeiten mit anderen eleganten Herren bei Eistee und Zigarre über die Weltpolitik zu unterhalten. Alma hatte mit Milli den Vormittag im *Queen Victoria Building* an der George Street verbracht. Sie konnte sich nicht sattsehen an den vielen Boutiquen in dem riesigen Gebäude, in dem man nicht nur praktisch alles kaufen konnte, was in der Welt zu finden war, sondern auch vorzüglichen Tee serviert bekam. Milli hatte sich gerade verabschiedet und war auf ihr

Zimmer gegangen, denn im Gegensatz zu Hermann und Alma, die nur zum Essen hierherkamen, logierte sie in diesem exklusiven Hotel.

Ihr Ehemann in spe, Mr. Edward Harris, der reiche Rinderbaron, hatte Milli doch nicht am Kai abgeholt. Lediglich per Telegramm hatte er im Hotel in Auftrag gegeben, sie sollen Lady Williams vom Schiff abholen und bei ihnen einquartieren, bis er Zeit hatte, selbst nach Sydney zu kommen. Wann das war, hatte er offen gelassen. Milli war einerseits empört über dieses Verhalten, andererseits jedoch froh, noch ein paar Tage alleine in der lebhaften Stadt zu verbringen.

Jetzt machte sie sich gerade frisch, während Alma mit dem Ehepaar Sieveking am Tisch saß und sie ihr aufnötigten, den Hummer zu versuchen. Hermann war hektisch und mit hochrotem Kopf aus dem Salon gestürmt.

Es war empörend, fand Alma, und schmunzelte zugleich heimlich bei dem Gedanken, dass sie noch vor drei Monaten nicht einmal gewusst hatte, dass sie so etwas empörend fand. Sie schaute wieder zu Bertha Sieveking. Beherzt packte sie eine Hummerschere und setzte die Zange an, bis es knackte. Mit einer dünnen Gabel pulte sie nach dem hellen Fleisch, und überraschenderweise musste sie Frau Sieveking recht geben. Das Fleisch war köstlich. Es schmeckte dezent nach Fisch und war ausgesprochen zart. Nach und nach kämpfte Alma sich durch die harte Schale. Immerhin hatte der hartnäckige Kampf mit dem Essen zur Folge, dass die Konversation auf ein Minimum beschränkt blieb. Als sie fertig waren, sah der Tisch ein wenig nach einem Schlachtfeld aus, aber der Ober, der ihnen feuchte Tücher brachte, schien sich nicht daran zu stören.

Hermann kam in den Speisesaal, noch immer hatte er einen roten Kopf. Stumm setzte er sich zu ihnen an den Tisch. Alma schaute ihn fragend an. Sie war neugierig, wie er sein barsches Verhalten erklären wollte, aber er sagte nichts und bestellte sich einen großen Eistee. Dann rief er dem Ober hinterher, er solle ihm auch einen Whisky bringen.

»Hermann, was ist denn los?«, fragte Alma mit leiser Stimme. Allmählich bedrückte sie sein ungewohntes Verhalten.

»Später, meine Kleine, später«, wich er aus und schob sich den Finger zwischen Hals und Kragen.

Doch da trat schon ein älterer Herr an den Tisch. »Na, werter Herr Stieglitz. Hab gerade an der Bar gesessen, als ich Sie zurückkommen sah. Haben Sie sich von dem Schrecken schon wieder erholt?«

Hermann schaute stumm zu dem Herrn hoch und blickte schnell zu Alma. Aber bevor ihm eine Ausrede einfiel, kam der Herr ihm zuvor.

»Aber, aber, Stieglitz. Sie haben doch eine grandiose Möglichkeit, Ihren Nationalstolz und Patriotismus zu beweisen.« Sein grauer Schnurrbart zitterte erhaben.

Alma machte große Augen. »Was ist denn los?«

»Alma, Kleines, du darfst dich nicht aufregen. Es hört sich schlimmer an, als es ist. Und wir wissen noch nichts Genaues. Schließlich sind die letzten Nachrichten schon Wochen alt. Vielleicht ist alles schon längst wieder vorbei.«

»Sag schon.«

Hermann seufzte und wollte gerade zu einer Erklärung ansetzen, als der Grauhaarige dazwischenfuhr: »Auf Samoa sind die Kämpfe wieder aufgeflammt. Es geht gegen die Briten, jawohl. Und dieses Mal werden wir es ihnen zeigen!« Er reckte eine Faust in die Höhe, als wolle er gleich hier einen von ihnen erschlagen. Glücklicherweise waren alle anderen Tische leer. Sie waren die letzten Gäste im Restaurant.

Alma schaute in die glanzlosen Augen des Hummers. Als würde es ihr recht geschehen, dass sie nach einer solchen Metzelei selbst in gefährliches Terrain einziehen musste, bedeutete ihr sein trüber Blick. Sie nahm ihre Stoffserviette und warf sie über den Kopf des Tiers. Damit hatte sie nun nicht gerechnet.

»Frühestens morgen Vormittag kann ich mit einer Antwort aus Hamburg rechnen. Wahrscheinlich wird es sogar noch länger dauern. Und die neuesten Nachrichten bekomme ich sowieso eher am Hafen. Ich werde gleich morgen Früh hingehen und schauen, ob ein Schiff angelegt hat, das in den letzten Wochen auf Samoa war.« Hermann versuchte schon den ganzen Nachmittag, Alma zu beruhigen, was ihm aber nur mit mäßigem Erfolg gelang.

»Wirst du kämpfen müssen? Was passiert mit mir, wenn du stirbst?« Aufgeregt lief sie im Hotelzimmer auf und ab.

»Alma, beruhige dich doch. Natürlich wäre es meine vaterländische Pflicht, zu kämpfen, aber es sind doch Truppen vor Ort. Ich habe der Gesellschaft telegrafiert. Sie sollen mir sagen, wie es weitergeht. Je nachdem, wie heftig die Kämpfe sind, macht es wenig Sinn, weiterzureisen. Und für dich schon gar nicht.«

»Du lässt mich doch nicht hier alleine?«

»Ich dachte, es gefällt dir in Sydney. Und Milli ist auch noch da.« Das war ja wieder typisch. Mal sollte sie den Kontakt mit Milli vermeiden, mal war ihre Gesellschaft von Vorteil. Hermann richtete es sich immer so ein, wie es ihm gerade passte.

»Milli reist in wenigen Tagen ins Landesinnere. Untersteh dich, mich hier alleine zu lassen!« Das würde er nicht wagen. Alma schäumte vor Wut.

Hermann blickte sie überrascht an. »So kenn ich dich gar nicht.«

»Ich hab dich geheiratet, obwohl wir uns überhaupt nicht gekannt haben. Ich bin dir um die halbe Welt gefolgt, weil ich deine Frau bin und weil es meine Pflicht ist. Und deine Pflicht ist es, dich um mich zu kümmern.« Ihr Vater hatte sie schon im Stich gelassen, und jetzt wollte ihr Mann sie auch noch verlassen.

»Dann willst du mitkommen, obwohl gekämpft wird?« Hermann schien überrascht über ihren Ausbruch.

»Das hab ich nicht gesagt.« Abrupt setzte Alma sich auf die Bettkante. »Können wir nicht einfach hierbleiben? Kannst du die Inseln nicht von hier aus besuchen, wenn sich alles wieder beruhigt hat?«

Hermann lachte und setzte sich neben sie. »Hast du es denn nicht im Atlas gesehen: Australien und Samoa liegen so weit auseinander wie … wie … keine Ahnung. Genauso gut könntest du vorschlagen, ich solle von Köln aus Kontore in Kairo betreuen.« Er griff nach ihren Händen und zog sie an sich. »Aber weißt du was? Wenn du so furios wirst, gefällst du mir ganz besonders.«

Alma kannte bereits den Ausdruck in seinen Augen, wenn er sie so ansah.

»Hermann, es ist mitten am Tag«, wies sie ihn zurück.

»Und? Es weiß doch keiner.« Seine Hand lag schon auf ihrem Knie und schob ihr Kleid höher. »Na komm schon. Wir haben schließlich einiges nachzuholen.« Er mochte es gar nicht, wenn sie Widerworte gab.

Alma atmete tief ein. Hermann schien die zwei Monate auf See, als er seekrank gewesen war, jetzt in Sydney nachholen zu wollen. Sie war schon ganz wund. »Ich kann jetzt nicht. Ich fühl mich nicht gut.« Energisch schob sie seine Hand weg.

»Wenn es wegen dem Krieg ist, da mach dir keine Sorgen. Mir passiert nichts. Und dir auch nichts, dafür sorge ich schon.« Seine Hand wanderte wieder höher.

Alma fing sie auf der Mitte ihres Oberschenkels ab. »Nein, ich kann nicht, weil … weil ich … ich bin unpässlich.«

»Ahh.« Hermann ließ sie los. Wissend schaute er sie an, und ein betrübter Ausdruck erschien auf seinem Gesicht.

»Dann bist du nicht in anderen Umständen.«

»Noch nicht«, entgegnete Alma hastig, »das wäre dann aber schnell gegangen. Schließlich sind wir gerade erst verheiratet.« Sie biss sich auf die Lippe. Sollte sie es wagen? »Und ehrlich gesagt wäre es mir lieber, wenn wir erst einmal auf Samoa ankommen würden, bevor ich schwanger werde. Nicht auszudenken, wenn für mich die Überfahrt genauso heikel wie für dich werden würde.« Sie sah ihn zweifelnd an. War sie zu forsch gewesen?

Hermann blickte sie nachdenklich an. »Oh, das ist in der Tat ein Argument. Wer würde sich dann um mich kümmern?«

Alma atmete erleichtert durch. »Und was ist jetzt mit dem Krieg gegen die Briten? Musst du trotzdem dorthin?«

»Ich hoffe, dass ich morgen mehr erfahre. Sie bekommen mein Telegramm in Deutschland erst in ein paar Stunden. Momentan ist alles sehr vage.« Hermann stand wieder auf. »Ich glaube aber, dass es sich als Sturm im Wasserglas herausstellt. Die Briten haben gerade ganz andere Dinge zu tun. Die Buren schlagen in Südafrika mal wieder Krach. Und in Südafrika gibt es Diamanten. Dagegen ist Samoa wirtschaftlich ein Fliegengewicht. Ich kann mir nicht vorstellen, dass die Briten ernsthaft wegen der kleinen Inseln einen Krieg gegen das Deutsche Reich führen wollen. Aber bei den Amerikanern bin ich mir da nicht so sicher.«

»Die Amerikaner sind auch da?«

»Ach, Kleines, hab ich dir das nicht alles schon erklärt? Schau, Samoa steht doch seit zehn Jahren unter gemeinsamer Schirmherrschaft der drei Mächte: der Briten, Amerikaner und Deutschen. Zuvor wurde dort gekämpft, aber bevor Schlimmeres passieren konnte, ist ein Zyklon durch die Bucht gerast. Als hätte Gott mit seinem Zorn gedroht. Danach hat man sich geeinigt. Und seitdem finden höchstens noch kleinere Scharmützel statt.« Doch Hermann sah nicht so aus, als glaube er selbst an das, was er sagte.

»Und wenn Samoa so unwichtig ist, wieso führen sie dann überhaupt Krieg?«

»Den Krieg haben wohl die Häuptlinge angefangen.«

»Die Eingeborenenhäuptlinge? Ich denke, die Weißen haben das Kommando.«

»Ja, aber man muss die Eingeborenen und ihre Kultur so weit wie möglich akzeptieren, damit keine Unruhen ausbrechen. Im vergangenen Jahrzehnt haben verschiedene Häuptlinge gegeneinander gekämpft, und die Briten, die Amerikaner und die Deutschen haben jeweils eine Seite unterstützt. Jetzt ist es wieder zu Unruhen gekommen und im Januar gab es eine Schießerei.«

Erschrocken griff Alma sich an den Hals. »Die Wilden haben Gewehre?« Eine Hiobsbotschaft jagte die nächste.

»Nein. … Ja … Auf jeden Fall geht es nicht darum. Im Januar ist der Konflikt eskaliert, was auch immer. Und dass im März die britischen und amerikanischen Kanonenboote Apia beschossen haben, hat mir meine Firma ebenfalls vorenthalten. Kurz vor unserer Abreise haben die noch behauptet, es habe unbedeutende Scharmützel gegeben, die bereits wieder beigelegt worden seien. Zu dumm, dass ausgerechnet heute der Konsul nicht in der Stadt ist. Der müsste doch eigentlich Bescheid wissen. Und Sieveking hat eine andere Route genommen und konnte davon nichts wissen.«

»Kanonenboote haben auf Apia geschossen? Dort, wo wir wohnen werden?« Alma funkelte ihn wütend an. Milli hatte ja so recht: Sie durfte ihrem Mann nicht alles alleine überlassen. Er hatte schon bei seinem Heiratsantrag gewusst, dass es auf Samoa Krieg geben konnte, und kein Sterbenswörtchen darüber verloren.

Hermann setzte sich wieder auf die Bettkante neben Alma, legte einen Arm um ihre Schulter und strahlte sie an: »Weißt du was? Wenn dort wieder Krieg ist, verlange ich von meiner Firma mehr Gehalt.«

KAPITEL SECHS

SYDNEY, NOVEMBER 1899

Die Sonne hing wie eine glühende Scheibe über Sydney und brannte unerbittlich herab. Einige der typisch australischen Wolken, unten flach wie eine Flunder und oben bauschig wie ein Federkissen, verloren sich am weiten Himmel. Die Australier mochten diese Hitze vielleicht gewohnt sein, aber für Alma war es eine Qual. Jeder neue Tag schien noch heißer zu sein als der vorangegangene. Ihr langes Kleid aus blauer Wolle war schwer und viel zu warm. Sie schwitzte und hatte furchtbaren Durst.

Wie sehr wünschte sie sich, noch ein letztes Mal im Queen Victoria Building in einer der feinen Kaffeestuben mit Milli plaudern zu können. Milli hatte immer Tee getrunken, wenn sie dort unter den Arkaden gesessen hatten. Alma bedauerte sehr, dass sie ihren reichen Ehemann nicht mehr kennenlernte. Da es Hinweise auf Rinderpest im Landesinneren gab, war er im Moment unabkömmlich. Selbstverständlich ging die Sicherung des Viehbestands vor. Das sah auch Milli ein.

Ihr zukünftiger Mann stammte ursprünglich aus England und hatte in Australien erst Gold gefunden und sich dann damit eine Rinderzucht aufgebaut, die ihm ein enormes Vermögen einbrachte. Hermann konnte nicht genug bekommen von Millis Erzählungen, wie ihr Mr. Harris zu Geld gekommen war. Alma war eher skeptisch, denn Millis Wissen stammte lediglich aus den wenigen Briefen, die er ihr geschrieben hatte.

Hermann konnte von solchen Geschichten, die vor Pioniergeist und Abenteuertum strotzten, nicht genug bekommen. Und in den Bars und Salons Sydneys kursierten viele alte Geschichten von unglaublichen Goldfunden. Hermanns Augen bekamen dann immer einen besonderen Glanz.

Alma nestelte an ihrem Kragen. Der Schweiß lief ihr am Hals herunter. Sie wünschte sich, sie hätte etwas Leichteres angezogen als ihr Hochzeitskleid. Aber es war ihr bestes Kleid und sie wollte einen guten Eindruck machen, wenn sie zum ersten Mal auf ihre Mitreisenden an Bord traf. Leise seufzend blickte sie den staubigen Weg hoch, auf dem ihre Kutsche vor einer halben Stunde verschwunden war, nachdem sie sie hier am Hafen abgesetzt hatte. Hinter ihr schaukelte der australische Frachtsegler in der sanften Dünung. Der Dreimaster, der bedeutend kleiner war als ihr Dampfschiff, mit dem sie nach Australien gekommen waren, war mit dicken Tauen an den Eisenpollern auf der Kaimauer festgemacht. Die Taue strafften und entspannten sich im Rhythmus der Wellen. Auf der Brücke entdeckte sie einen Offizier, der das geschäftige Treiben an Deck beaufsichtigte.

Feindselig blickte Hermann zu ihm hoch. Er atmete schwer.

»Eine Unverschämtheit, uns hier draußen in der Hitze warten zu lassen. Wir sind doch keine Ochsen!« Er schimpfte schon seit zehn Minuten und wischte sich unentwegt mit dem Taschentuch übers Gesicht. Der Schweiß rann ihm die Stirn herunter, und sein Gesicht war rot angelaufen. Er zog seine Uhr aus der Westentasche und warf einen erbosten Blick darauf. »Das darf man sich doch nicht gefallen lassen. Das machen diese Engländer doch mit Absicht!«

»Aber es sind doch gar keine Engländer, es sind Australier«, versuchte Alma ihn zu beruhigen.

»Das ist noch schlimmer. Engländer sind wenigstens nur Engländer. Aber Australier sind Engländer, die die Engländer nicht mehr haben wollten.«

Ein hochgewachsener schnauzbärtiger Mann, der gerade angekommen war, wandte sich zu ihm um. Er trug einen merkwürdigen Hut zu seinem leicht abgetragenen Anzug. Sein Gesicht verzog sich zu einem spöttischen Grinsen, bevor er sich schnell wieder wegdrehte.

Alma senkte ihre Stimme. »Das stimmt doch so gar nicht. Nicht alle Australier sind ehemalige Strafgefangene. Hermann, beruhige dich bitte. Sie werden uns schon gleich aufs Schiff lassen.« Alma hoffte sehr darauf, dass sie in Kürze an Bord gehen durfte. Sie musste sich dringend frischmachen.

Sie war froh, dass sie sich einen größeren Sonnenschirm in Sydney gekauft hatte. Sicher würde sie nach einer halben Stunde in der erbarmungslosen Sonne aussehen wie eine reife Tomate. Sie hatte ohnehin nicht verstehen können, warum Hermann darauf bestanden hatte, so früh hierherzufahren. Die Kabinen waren gebucht. Entgegen Hermanns Meinung, man könne sich noch eine der schöneren Kabinen aussuchen, wenn man nur früh genug da sei, war Alma überzeugt, dass längst feststand, wo sie einquartiert wurden. Natürlich wusste sie, was Hermann eigentlich meinte, wenn er von schöneren Kabinen sprach. Er wollte in der Mitte des Rumpfs untergebracht werden, wo das Schiff weniger schlingerte. Je näher die Seereise rückte, umso mehr verschlechterte sich seine Laune. Sie ahnte, dass in den nächsten zwei Wochen mit Hermann nicht gut Kirschen essen sein würde. Dass er so viel schimpfte, war ein deutliches Zeichen seiner Nervosität. Sie mussten nun mal einen australischen Frachtsegler besteigen, um nach Samoa zu kommen, und ihm passte weder die Beförderungsart noch die Tatsache, dass sie kein Schiff unter deutscher Flagge für den letzten Teil ihrer Reise gefunden hatten.

Im Moment hatte Alma nur das Bedürfnis, möglichst schnell an Bord zu kommen. Hier am Hafenkai herrschte ein großes Durcheinander. Gerade wurden Kühe über die breite Gangway gezogen, nachdem bereits einige Pferde auf das Schiff getrieben worden waren. Sie hatten gescheut und ein Hengst war sogar ausgebrochen. Einige der Seeleute verfolgten ihn. Doch das stolze Tier war ihnen entwischt und auf und davon galoppiert. Eingefangen wurde er schließlich von zwei Straßenjungs, die sich am Hafen bestens auskannten. Sie hatten ihn mit etwas Heu in einen Pferch gelockt und sich vom Kapitän mit etlichen Shillings dafür bezahlen lassen, den Aufenthaltsort des Hengstes zu verraten.

Vor der Kulisse des Frachtseglers hatte sich eine kleine Traube Menschen versammelt, die sich auf Kosten der Seeleute amüsierten. Alle lachten über das Schicksal des Kapitäns, plötzlich auf solch raffinierte Strolche angewiesen zu sein. War Hermann zuerst noch beeindruckt vom unverfrorenen Verhandlungsgeschick der Jungen, merkte er plötzlich, dass dieses Schauspiel sie wertvolle Zeit kostete. Die Seeleute waren mit dem Laden des Gepäcks ins Hintertreffen geraten und hatten kurzerhand am Heck des Schiffs eine einzelne Planke auf die Kaimauer geschoben, über die nun in waghalsiger Manier ein Seemann nach dem anderen balancierte.

Alma hätte sich gerne irgendwo hingesetzt, aber Hermann hatte ihr aufgetragen, das Gepäck im Auge zu behalten. Sie hatten die Pakete mit dem, was sie in Sydney erstanden hatten, und ihre Reisekoffer zu dem ständig wachsenden Berg an Gepäckstücken stellen lassen. Hermann hatte vorsorglich durchgezählt. Die australischen Seeleute begannen endlich, das Gepäck aufs Schiff zu tragen.

»Unsere Koffer. Sie tragen unsere Koffer aufs Schiff!« Alma stellte sich neben Hermann. Es sah gefährlich aus, wie die starken Männer die schweren Gepäckstücke auf die Schulter hievten und mit vielen kleinen, aber schnellen Schritten über die schmale Holzplanke hasteten. Gerade schnappte sich wieder ein braungebrannter Seemann ein schweres Paket. Sein Hemd stand offen, die Ärmel waren hochgekrempelt, und Alma konnte seine starken Muskeln sehen. Mit Leichtigkeit hob er das Paket an, in dem Tante Heidis Geschenk war.

»Meine Nähmaschine!« Almas Trägheit war mit einem Schlag verschwunden. »Passen Sie auf. Das ist sehr wertvoll.«

Der Mann drehte sich halb zu ihr um, während er das Paket auf seiner linken Schulter balancierte. Er war einen ganzen Kopf größer als sie und blickte mit verständnislosem Blick auf sie herab.

Alma rief nochmal auf Englisch: »*Attention, please.*« Der Seemann belächelte ihren Ausruf und lief leichtfüßig über die wippende Planke. Auf der anderen Seite angekommen, verschwand er in einer schmalen Luke.

»Wenn er es bloß in die richtige Kabine bringt«, murmelte Alma.

»Du Dummerchen. Es kommt ohnedies in die Gepäckabteilung«, erklärte Hermann gereizt, der sich zu ihr an die Kaimauer gesellt hatte. »In der Kabine ist doch dafür gar kein Platz.«

Stumm verfolgten sie, wie die Seemänner mit großen oder manchmal auch zwei kleineren Gepäckstücken über die Planke liefen. Das Schiff lag ruhig im Wasser. Nur gelegentlich hüpfte die Planke gefährlich auf der Bordkante des Seglers. Dann hielten die Männer inne, warteten, bis sich alles wieder beruhigt hatte, und setzten ihren Weg fort.

Plötzlich drehte Hermann sich um. »Du bist schon ganz erhitzt, meine Liebe. Ich bringe dich jetzt rein ins Schiff, in die kühle Kabine.« Er wischte sich noch ein letztes Mal mit dem Taschentuch übers Gesicht, griff nach der großen Reisetasche, in der sie das Wichtigste verstaut hatten, und nahm Almas Hand. Er wartete einen Moment, und als gerade kein Seemann zu sehen war, zog er sie hinter sich her.

In dem Moment wurde Alma schlagartig klar, was Hermann vorhatte. Er wollte nicht abwarten, bis die breite Gangway für die Passagiere freigegeben wurde, sondern über die schmale Planke auf das Schiff gelangen.

»Hermann, ich geh' da nicht rüber.«

»Sei ruhig und mach schnell.«

»Ich kann das nicht!«, zischte sie so leise wie möglich. »Es sind doch höchstens vier Meter bis zum Schiff. Und der Steg ist so breit wie … na, jedenfalls breit genug.«

Hermann stand bereits auf dem einen Ende der Planke. »Komm jetzt.« Er zog an ihrem Arm, wie die Männer vorhin die störrischen Kühe am Strick gezogen hatten.

Alma stemmte sich dagegen. »Nicht Hermann, ich falle ins Wasser.«

»Stell dich nicht blöd an, dann fällst du auch nicht rein.« Er zog weiter an ihrem Arm, und schon stand sie auf dem kaum hüftbreiten Stück Holz. Ihr Rocksaum kräuselte sich in der Brise.

»Siehst du, die Hälfte hast du schon fast geschafft. Nun komm.« Kleine Wellen schlugen an den Schiffsrumpf.

»Nur noch ein kleines Stück.« Er machte zwei Schritte vorwärts.

»Komm, du bist schon fast an Bord.« Durch seine Bewegungen und Almas zusätzliches Gewicht wippte die Planke auf und ab, und Hermann verlor die Balance und ließ sie los. Er fasste die schwere Reisetasche mit beiden Händen und hielt sie schwankend fest. Alma fuchtelte mit den Armen in der Luft, um nicht zur Seite zu kippen. Als Hermann endlich das Gleichgewicht wiedergefunden hatte, sprang er schnell die letzten zwei Meter über das Holz, und mit einem schweren Satz landete er auf dem Deck. Stolz drehte er sich zu Alma um und ließ die große Reisetasche fallen.

Doch sein Sprung hatte die Arme arg in Bedrängnis gebracht. Alma versuchte, auf dem wippenden Steg stehen zu bleiben, und sah erschrocken zu Hermann, der seine Arme ausgebreitet hatte. Sie streckte ihre Arme nach vorne, was sie nicht hätte tun dürfen. Ganz langsam kippte sie zur Seite. »Ich kann nicht schwimmen …«

Alma fiel. Sie konnte noch den stahlblauen Himmel sehen, doch von einem Moment zum anderen brach alles über ihr zusammen. Mit einem Mal war es sehr kalt, und ihr Herz raste. Die Wassermassen drängten sich um sie und hüllten sie ein. Es gab kein Oben und kein Unten mehr. Ihre Arme fanden keinen Halt. Salzwasser drückte sich in ihre Nase, und obwohl sie große Angst hatte, riss sie die Augen auf. Tausende weiße Perlen schwammen in dem Blau umher, glitzerten, warfen ihre Strahlen durch die Gischt. Dann sah Alma Licht. Eine unruhige Oberfläche. Doch das Wasser zog unerbittlich an ihr, und sie sank tiefer und tiefer wie ein Sack Mehl. Und genauso eingeschnürt fühlte sie sich auch. Die vielen Lagen Stoff wickelten sich um ihre Beine, legten sich wie ein mit Blei ausgestopfter Mantel um sie und zogen sie in die Tiefe. Sie konnte den Atem nicht weiter anhalten. Die Lunge brannte und ihr Körper zuckte.

Plötzlich ertönte ein lautes Geräusch, und es bildeten sich unzählige Wasserbläschen. Etwas schnellte auf sie zu, ergriff sie hart am Arm und riss sie hoch. Sie durchstieß die Wasseroberfläche und schnappte nach

Luft. Eine Hand schoss vor, packte sie von hinten unter dem Busen. Alma ruderte mit den Armen, wusste endlich wieder, wo der Himmel war, und wischte sich das Wasser aus den Augen.

Jemand hatte sie gerettet. Es war nicht Hermann, wie Alma jetzt sehen konnte, der, umringt von Seeleuten, auf sie hinabblickte. Gegenüber an Land drängelten sich die anderen Passagiere und starrten sie neugierig an. Ihre Münder bewegten sich, aber Alma konnte nichts verstehen. Alle schrien ihr etwas zu, doch dumpf, sehr dumpf vernahm sie nun ein »Geht es wieder?« auf Englisch.

Als Antwort prustete sie. Sie hatte nicht viel Wasser geschluckt, doch sie musste ununterbrochen husten. Und noch während sie nach Luft schnappte, schnürte ihr Retter plötzlich ihr Kleid auf. Alma keuchte heftiger und, endlich wurde ihr bewusst, dass er sie hier, vor allen Leuten, ausziehen wollte. Sie drehte und wand sich wie ein Fisch, den man gerade aus dem Fluss gezogen hatte.

»Zu schwer. Sie sind mit dem Kleid zu schwer«, hörte sie eine Stimme sagen, aber das war ihr egal. Sie trat um sich, und er ließ sie los. »Ihre Kleider sind zu schwer. So kriege ich Sie nicht aus dem Wasser«, schrie er sie an.

Alma wollte etwas sagen, aber Wasser schwappte ihr in den Mund. Prustend griff sie nach ihm, krallte sich an seinen Schultern fest und drückte ihn hinunter.

Wieder riss er sie beide hoch und packte sie. »Ich muss Ihnen das Kleid ausziehen.«

»Unterstehen Sie sich!«, keuchte Alma.

»Okay, dann lasse ich Sie jetzt los, und Sie schauen, wie Sie alleine die Strickleiter hochkommen.« Der Kerl meinte es ernst.

»Ich kann mich doch nicht hier … vor allen Leuten.« Sie schnappte nach Luft.

»Dann ertrinken Sie. Aber ich will nicht mit Ihnen untergehen. Ich lasse Sie los. Entweder, oder!« Es schien für ihn ein Leichtes zu sein, sie beide über Wasser zu halten. Allmählich hörte Alma auf zu zappeln. Sein Blick wurde weicher. »Vertrauen Sie mir.«

Alma nickte unter Tränen. Was für eine Blamage. Er rief etwas nach oben, und etwas wurde heruntergelassen. »Halten Sie sich daran fest. Ich mache Ihnen jetzt Ihr Kleid auf.« Er zog sie durchs Wasser zu den Seilen, die zu einer Strickleiter verknotet worden waren.

Alma krallte sich fest. Trotzdem entglitten die Stricke ihren Händen. Die Leiter schwang im Rhythmus der Wellen hoch und runter. Wasser schwappte ihr ins Gesicht. Als Alma sich an der Leiter hochzuziehen versuchte, merkte sie, dass der Seemann recht hatte. Ihre Kleider waren mit Wasser vollgesogen wie ein Schwamm. Sie schaffte es kaum eine Handbreit die Leiter hoch, so sehr zog sie das Gewicht nach unten. Endlich hatte er die Schnüre gelöst und unter viel Ziehen und Zerren und Flüchen, von denen sie Gottlob nur die Hälfte verstand, befreite er sie endlich aus dem Kleid.

»Klettern Sie hoch und gehen Sie sofort in die Kabine, okay? Ich bringe Ihnen das Kleid. Und den Schirm«, fügte er hinzu. Die Leiter schwang hin und her. Immer wenn Alma dachte, sie würde die Sprosse erreichen, trat sie ins Leere. Da erst merkte sie, dass ihr zwei Seeleute etwas zuriefen. Als sie endlich die Strickleiter fest umklammerte, zogen die beiden sie in die Höhe.

Sie packten Alma links und rechts unter den Achseln und hievten sie das letzte Stück hoch. Schon stand sie auf der Planke wie ein begossener Pudel. Das Unterkleid klebte an ihrem Körper und überließ kaum etwas der Fantasie. Man konnte durch den dünnen Stoff ihre Unterwäsche sehen, ebenso ihr Hemdchen. Schnell verschränkte sie die Arme vor dem Körper und zog den Kopf ein. Die beiden Matrosen verdeckten sie zwar zum größten Teil, aber nicht alle Herren auf der Kaimauer hatten sich gesittet umgedreht. Und oben auf Deck betrachteten einige Matrosen sie neugierig, bevor einer der Offizier sie verscheuchte. Die zwei Seeleute schoben Alma über die Planke, und Hermann legte seine Anzugjacke über ihre Schultern. Einer der beiden fremden Männer führte sie zu ihrer Kabine.

Unbeholfen drehte Alma sich um sich selbst. Dann fiel ihr ein, wem sie es zu verdanken hatte, dass sie wie eine nasse Katze vor den Augen aller aus dem Wasser gefischt worden war, und funkelte Hermann wütend an.

»Du dummes Kind. Wieso bist du nicht gesprungen, so wie ich?« Hermann schloss die Tür hinter ihnen und nahm ihr die Anzugjacke von den Schultern. Er klang jedoch nicht erbost. Sein Blick wanderte über ihren Körper. Der Stoff ihres Unterkleids klebte an ihrem Körper und die Spitzen ihrer Brüste ragten durch das Unterhemd und das Unterkleid hervor. Erschrocken drehte Alma sich weg. Sie schlotterte. Es musste der Schock sein, denn in der Kabine war es stickig. Bisher war keines ihrer Gepäckstücke hier unten angekommen. Alma musste noch warten, bis sie sich umziehen konnte, aber vorher wollte sie sich sowieso waschen. Doch Hermanns lüsterner Blick deutete auf etwas anderes hin.

»Ich hab doch gesagt, ich falle ins Wasser. Wieso musstest du mich unbedingt zwingen?«

Hermann fasste sie bei den Schultern. »Alma, Liebes, es tut mir leid.« Seine Hände wanderten über ihren Körper zu den Brüsten, er umfasste sie. Sein Mund strich über ihren Hals, und er küsste sie ungestüm.

Er wollte sie doch wohl nicht jetzt hier … in der Kabine … nachdem sie nur knapp dem Tod entronnen war? Empört wollte sie sich wegdrehen, als es klopfte.

Hermann machte einen Satz zurück. »Ja!«

Alma blieb mit dem Rücken zur Tür stehen. Hatte sie heute nicht schon genug Erniedrigung erlebt? Wer musste sie denn ausgerechnet jetzt in ihrer Kabine aufsuchen? Die Tür ging auf, und ein junger Bursche stand mit gesenktem Blick auf dem Gang. Während er auf seine nackten Füße blickte, hielt er Hermann ein Handtuch hin. Alma warf einen Blick über ihre Schulter. Der Junge konnte nur wenige Jahre älter sein als Fritz.

»Der Käpt'n … Der Kapitän lässt Ihnen seine Entschuldigung ausrichten. Er hofft, dass es Ihrer Frau …« Der Bursche schluckte und blickte für einen Moment in Almas Richtung. »Er lässt ausrichten, dass sie in Kürze baden kann. Das Wasser wird gerade erhitzt. Und das hier …«, in seiner anderen Hand entdeckte Alma ein Wasserglas, fast randvoll mit einer braunen Flüssigkeit, »... soll sie trinken ... wegen dem schmutzigen Wasser.« Sein Blick blieb an Almas Rocksaum hängen, der feucht an ihren Schnürstiefeln klebte.

Alma atmete durch, drehte sich zu ihm um und griff nach dem Glas. Es roch scharf. Sie probierte einen Schluck und keuchte. Whisky!

»Sie sollen das Glas bitte austrinken, sagt der Kapitän, wegen dem Wasser. Also wegen dem schmutzigen Wasser im Hafenbecken. Sonst ..., sagt der Kapitän, ... werden Sie noch krank auf der Reise.« Der junge Bursche starrte sie nun an, als erwarte er, dass sie das Glas in einem Zug hinunterkippte. Alma blickte von dem Jungen zu Hermann und nahm einen großen Schluck. Ein Feuerstrahl schoss von ihrem Mund in den Magen. Laut atmete sie aus.

»Los, trink alles aus. Der Bursche hat recht. Das Wasser hier, mit all dem Dreck. Wenn du dir jetzt was eingefangen hast. Und wir sind zwei Wochen auf See!« Hermann nickte ihr ermunternd zu.

Alma trank das Glas aus. Sie hustete, und Tränen schossen ihr in die Augen. Der Alkohol war scharf und er wirkte schnell. Sie schwankte. Hermann lachte, und der Bursche stimmte in sein Lachen mit ein. Als Alma ihre Augen wieder öffnete, blickte sie auf einen hochgewachsenen Kerl, der hinter dem Burschen in der Kabinentür stand. Der Mann hatte ein braungebranntes Gesicht und stechend blaue Augen. Seine feuchten welligen Haare klebten an seinem Kopf und er schaute überrascht in die Kabine. Sein Blick wanderte über ihren Körper, an dem noch immer ihr Unterkleid klebte wie eine zweite Haut. Als er sich räusperte, nahmen ihn die anderen beiden auch wahr.

»Ma'am, Ihr Kleid und Ihr Schirm.« Er hielt beides mit ausgestrecktem Arm vor.

Almas Kehle brannte noch immer. Sie wollte etwas sagen, aber es gelang ihr nicht. Wortlos griff sie nach dem Kleid und drückte es an sich. Hustend brachte sie ein verstümmeltes ›Danke‹ über ihre Lippen.

»Sie sind also der Matrose, der meine Frau gerettet hat.«

Der große Kerl nickte stumm, während der Bursche sich wortlos an dem Mann vorbei drängelte und verschwand. Als Hermann ihm die Hand entgegenstreckte, blickte er ihn überrascht an.

»Stieglitz, Hermann Stieglitz, und lassen Sie mich auch im Namen meiner Frau für Ihren heldenhaften Einsatz danken, Mister … ähm.«

»Fitzgerald.« Er schüttelte Hermanns Hand, während sein Blick wieder auf Alma ruhte. »Gut, dass Sie den Whisky getrunken haben.« Er trat einen Schritt zurück. »Ich muss wieder an Deck.« Ohne ein weiteres Wort war er verschwunden.

Hermann blieb an der offenen Tür stehen und rief ihm hinterher: »Ich wollte ja selbst springen. Doch Sie waren schneller.« Er blickte sich zu Alma um und überlegte. »Ich schau mal, wo unser Gepäck bleibt.« Erst jetzt merkte er, dass er noch immer das Handtuch in der Hand hielt, und warf es auf eine Pritsche. »Ich suche den Kapitän auf. Vielleicht bekommen wir eine bessere Unterbringung. Ich habe schließlich für eine Kabine bezahlt und nicht für eine Kajüte.« Hermann schaute sich noch ein letztes Mal in dem kleinen holzvertäfelten Raum um, dann eilte er davon.

Endlich war Alma alleine. Schnell schloss sie die Tür und wickelte sich das Handtuch um. Was für eine Schande. Alle hatten sie gesehen. Die Seemänner, die Passagiere, und dieser Hüne hatte ihr sogar das Kleid ausgezogen. Mister Fitzgerald.

Trotz ihrer nassen Unterkleider setzte sie sich auf die Kante der Pritsche, leckte mit ihrer Zunge den letzten Rest Whisky aus dem Glas und ließ sich nach hinten fallen.

Mister Fitzgerald, der Mann mit den blauesten Augen, die Alma jemals gesehen hatte.

Als sie frisch gebadet und umgezogen an Deck trat, wurde ihr bewusst, dass sie den Abschied von Sydney verpasst hatte. Traurig schaute Alma auf die schmale Küstenlinie. Bald würde nichts mehr vom australischen

Festland zu sehen sein, denn sie nahmen Kurs auf Neuseeland. Hermann hatte die Chance genutzt und es tatsächlich geschafft, eine Kabine zu bekommen, die zwar mittschiffs lag, aber größer war sie deshalb trotzdem nicht. Jetzt stand er mit Alma an Deck und atmete tief durch. Solange sie am Horizont noch Land sahen, war es nicht ganz so schlimm. Sein Blick war fest auf die Linie geheftet.

Alma wäre am liebsten unten in der Kabine geblieben, denn sie wusste nicht, wie sie den Mitreisenden und den Seemännern nach diesem Debakel unter die Augen treten sollte. Andererseits konnte sie sich schlecht vierzehn Tage unter Deck verstecken. Außerdem waren ihre langen Haare noch immer nass, und ohne Ofen gab es nur eine Möglichkeit, die Haare zu trocknen – in der Sonne.

Unter der heißen australischen Sonne dauerte es nicht lange und sie konnte sich eine Spange in die fast trockenen Haare stecken. Sie blickte umher, auf der Suche nach dem Seemann, der sie gerettet hatte.

»Hermann, was meinst du? Sollte ich mich beim Kapitän entschuldigen, dass ich ihm solche Umstände gemacht habe?«

»Das ist eine gute Idee. Ich werde mich noch für die Kabine bedanken.«

Hermann wusste, wo die Brücke war. Der Kapitän kam ihnen entgegen und blieb stehen, als er sie sah.

»Mr. Stieglitz, wie ich sehe, ist Ihre Frau wohlauf.« Ein interessierter Ausdruck lag auf seinem Gesicht.

»Kapitän Foster, ich möchte mich noch einmal herzlich für die neue Kabine bedanken.« Hermann wandte sich zu Alma um. »Und meine Frau möchte sich ebenfalls bedanken.«

Der Kapitän nickte und machte ein ernstes Gesicht. »Mrs. Stieglitz, wie geht es Ihnen? Haben Sie sich verletzt?«

»Höchstens mein Stolz ist verletzt.« Alma lächelte unsicher. »Ihre Männer haben wirklich vollen Einsatz gezeigt.«

»Ah, kommen Sie bitte mit.« Kapitän Foster ging zur Tür, die auf die Brücke führte.

Hermann und Alma folgten ihm.

Ihr stockte der Atem. Der Mann, der nicht lange gefackelt und sie so grob aus dem Wasser gezogen hatte, stand am Steuerrad und blickte starr geradeaus.

»Mister Fitzgerald, hier ist jemand für Sie.« Der große Mann blickte erst den Kapitän und dann Alma an.

»Ich …« Sie hielt inne. Was sollte sie denn sagen? Ihr war es immer noch höchst unangenehm, dem Mann gegenüberzustehen, der ihr vor nur wenigen Stunden das Kleid ausgezogen hatte. Und dass er auch noch ziemlich gut aussah, machte es nicht einfacher. Doch er schaute sie lediglich schweigend und mit unergründlichem Gesichtsausdruck an. Alma hielt ihm ihre Hand hin. »Ich möchte mich ganz herzlich bei Ihnen bedanken, dass Sie mich gerettet haben.«

Erstaunt blickte er zu Hermann und dann zum Kapitän, bevor er ihre Hand ergriff. »Gern geschehen.« Sofort umfasste er wieder das Ruder und blickte stur geradeaus.

Alma war etwas verwirrt und wusste nicht, ob er unhöflich war oder ob er sich aufgrund der Gegenwart des Kapitäns so förmlich verhielt.

»Mister Fitzgerald ist unser Rudergänger. Aber nicht mehr lange, denn er macht gerade das Patent zum Steuermann. Nicht wahr, Fitzgerald?«

»Aye, Sir!« Er starrte immer noch geradeaus.

»Und in ein paar Jahren dann das Kapitänspatent, was Fitzgerald?«

»Aye, Sir!«

Alma konnte ihren Blick kaum von ihm abwenden. Vor hin unter Deck hatte er in verschmutzten Hosen und nassem Hemd vor ihr gestanden. Doch jetzt war er förmlicher gekleidet, und trotzdem, oder gerade deswegen, sah er äußerst anziehend aus. Seine breiten Schultern kamen in dem frischen weißen Hemd gut zur Geltung. Seine dunklen, schulterlangen Haare waren von der Sonne und dem Salzwasser ausgeblichen und in leichten Wellen ordentlich nach hinten gekämmt. Aber vor allem seine ausdrucksstarken blauen Augen nahmen Alma gefangen.

Der Kapitän riss sie aus ihren Träumen und stellte ihr den Steuermann und den Ersten Offizier vor. Gemeinsam stand Hermann mit den Männern vorne am Fenster, und sie schauten auf den weiten Horizont.

»Wie ich höre«, sagte der Steuermann, »sind Sie nicht ganz seefest.«

Hermann räusperte sich. »Ja, ich muss es wohl zugeben. Es geht mir manches Mal sehr schlecht. Umso dankbarer bin ich Ihrem Kapitän, dass wir eine neue Kabine mittschiffs bekommen haben. Aber es sieht doch nach gutem Wetter aus. Wir werden keine raue See bekommen, oder?«

Alma warf einen Seitenblick auf Fitzgerald und sah noch, wie er schnell zur Seite schaute. Er hatte sie beobachtet. Es war ihr unangenehm, aber gleichzeitig verspürte sie ein merkwürdiges Kribbeln. Sie blickte zu den Männern, die sich nun angeregt über das Wetter in den australischen Gewässern unterhielten. Wieder hatte sie das Bedürfnis, in diese blauen Augen zu schauen, doch sie traute sich nicht, sich umzudrehen. Sie hatte das unbestimmte Gefühl, beobachtet zu werden.

Plötzlich rief jemand von draußen. »Joshua?«

Ein älterer Seemann trat ein, und als er den Kapitän sah, nahm er sofort Haltung an. Er tippte an seine Mütze, grüßte alle und trat zu Fitzgerald. Sie tuschelten leise. Fitzgerald warf Alma einen kurzen Blick zu, und für einen Moment hatte sie das Gefühl, er würde ihr zulächeln. Schnell drehte sie sich nach vorne und heftete ihren Blick auf Hermanns Rücken. Joshua hieß er also. Sie wurde rot, wenn sie daran dachte, wie er seine kräftigen Arme um sie geschlungen hatte. Joshua Fitzgerald, ihr Retter.

Die Offiziere durften mit in der Messe essen, und auch Joshua Fitzgerald saß an einem Nebentisch. Als er vorhin gekommen war, hätte Alma schwören können, dass sein Blick für einen Augenblick suchend umhergeschweift war. Jetzt saß er schräg hinter ihr, und sie konnte ihn nicht mehr sehen. Vielleicht bildete sie es sich ein, aber wieder hatte sie das Gefühl, dass sie beobachtet wurde.

Die meisten Passagiere hatte sie bereits kurz kennengelernt, denn beinahe alle spazierten am ersten Tag auf Deck umher. Mit ihnen am

Tisch saßen ein amerikanisches und ein neuseeländisches Ehepaar. Alma versuchte, die Neuseeländerin zu ignorieren. Sie war sicher nur wenige Jahre älter als Alma, sah aber bereits sehr verhärmt aus. Sie machte häufig ein missmutiges Gesicht, was Alma schon heute Nachmittag abgeschreckt hatte. Gottlob gingen sie in wenigen Tagen in Auckland von Bord.

»Ich würde mich ja auch ins Wasser stürzen, wenn mich ein so gutaussehender Mann retten würde.« Ungeniert blickte die Frau zum Nachbartisch, an dem Joshua Fitzgerald ohne Frage ihre Worte gehört haben musste. Ihr Mann rümpfte nur stumm die Nase, als erübrige sich jeglicher Kommentar.

Alma war wütend. Das war jetzt schon die dritte unpassende Bemerkung. Alle anderen Mitreisenden hielten sich wenigstens höflich zurück oder tuschelten verhalten. Wie zuvor schon lief sie rot an. Diese unverschämte Person. Endlich regte sich Widerstand in ihr. Sie wusste, wenn sie dem nicht sofort Einhalt gebot, würde sie sich für den Rest der Reise dem Spott der anderen aussetzen. Sie fragte sich, was Milli getan hätte, dann umklammerte sie ihr Weinglas und atmete tief durch.

»Ich kann Ihnen gar nicht sagen, wie unendlich froh ich wäre, wenn Sie ins Wasser springen würden.« Sie machte eine kurze Pause. Für einen Moment herrschte Stille. Die Neuseeländerin schnappte nach Luft, dann fuhr Alma fort: »Dann würden nach Ihrer Rettung wenigstens alle Sie anstarren, anstatt mich mit ihren unverschämten Blicken zu belästigen.« Alma trank einen Schluck Wein.

»Hört, hört. Das ist mein Mädchen.« Hermann hob sein Weinglas. »Auf alle Abenteuer, die noch vor uns liegen!« Er zwinkerte Alma zu, während er sein Glas an den Mund setzte. Alle taten es ihm nach. Endlich kam das Essen, und nach Almas Ausbruch wagte es keiner mehr, sie mit Bemerkungen oder Blicken zu belästigen.

»Alma, Kleines. Ich kann dir gar nicht sagen, wie stolz ich auf dich bin. Der hast du es aber gezeigt.« Sie waren zurück in der Kabine und machten sich zur Nachtruhe fertig. Plötzlich legte Hermann seine Hände von hinten um ihre Taille. »Mein Mädchen braucht sich vor niemanden zu schämen.« Noch immer hatte ihn die Seekrankheit nicht voll erwischt. Auch wenn er sich in den letzten Tagen in Sydney denkbar zurückgehalten hatte, schienen seine Vorsätze mit einem Mal verschwunden. Er strich über ihren Busen, vergrub seinen Kopf an ihrem Hals und küsste sie leidenschaftlich. Im Nu hatte er ihr Kleid hochgezogen. Es dauerte nicht lange und Alma lag auf der Kabinenpritsche. Eilig riss Hermann sich die Hose herunter und legte sich neben sie, aber schon mit dem ersten Kuss war er auf ihr.

So ungestüm war Hermann noch nie gewesen, und etwas daran gefiel Alma. Sie fühlte sich begehrt. Zum ersten Mal empfand sie den Akt als nicht mehr so unangenehm. Ihre Arme fassten um seinen Körper und selbst Hermann schien zu bemerken, dass etwas anders war. Inbrünstig stieß er zu. Alma schloss wie immer die Augen, aber dieses Mal versuchte sie nicht, an nichts zu denken. Dieses Mal erschien ein Gesicht vor ihren Augen, von einem großen, breitschultrigen Mann, der unglaublich blaue Augen hatte. Und in ihrer Vorstellung lag er auf ihr und küsste sie.

KAPITEL SIEBEN

PAZIFISCHER OZEAN, 1899

Oh, wäre jetzt nur Milli hier! Alma wusste zwar nicht, ob sie sich wirklich getraut hätte, ihrer Freundin von ihren verwirrten Gefühlen zu erzählen, doch sie hatte das dringende Bedürfnis, sich mit jemandem auszutauschen. Sie stand an der Reling und schaute auf das schier endlose blaue Meer. Über Nacht waren sie aufs offene Wasser hinausgefahren, und wie zu erwarten ging es Hermann schlechter. Erfreulicherweise hatte der Kapitän ihn auf die Brücke eingeladen. Hier schaukelte es am wenigsten. Alma fand Kapitän Foster ausnehmend freundlich. Und auch Hermann war plötzlich glücklich über den Umstand, dass er diesen Frachtsegler gebucht hatte.

Alma hatte Hermann noch ein Stück begleitet, doch als sie Joshua Fitzgerald erblickte, der wie gestern hinterm Steuerrad stand, schreckte sie zurück. Zu unanständig waren die Bilder, die gestern Abend in ihrem Kopf herumgespukt waren. All die Dinge, die Hermann mit ihr machte, hatte sie mit Joshua Fitzgerald getan. Sie hatte sich ihm hingegeben, und zu ihrer größten Verwunderung fühlte sie sich heute nicht so wund wie sonst.

Doch als sie dem Seemann begegnete, zuckte sie zusammen, als könne er ihr an der Nasenspitze ansehen, was sie dachte. Mit hochrotem Kopf ließ sie Hermann allein auf der Brücke zurück. Allmählich erholte sie sich von dem Schreck und atmete tief durch.

»Gestatten, dass ich mich vorstelle. Cornelius Lamberty. Ich glaube, wir haben das gleiche Ziel.«

Überrascht drehte Alma sich um und erblickte einen dünnen Mann. Gestern im Hafen von Sydney war er ihr schon aufgefallen. Er trug diesen merkwürdigen Hut, der sie an die Zeichnungen von amerikanischen Cowboys aus den Karl-May-Büchern erinnerte, die sie Fritz gelegentlich vorgelesen hatte.

»Alma Hin … Stieglitz.« Alma verzog den Mund. Noch immer hatte sie sich nicht ganz an ihren neuen Namen gewöhnt. »Sie reisen auch nach Samoa?«

»Ja, ich werde auf Upolu auf einer Kakaoplantage erwartet. Ich bin Agraringenieur, und wir experimentieren mit neuen Samen. Wir wollen die Erträge steigern.«

Alma lächelte ihn warm an. Er schien sie für eine gleichberechtigte Gesprächspartnerin zu halten, mit der man sich über wirtschaftliche Dinge unterhalten konnte.

»Das wird meinen kleinen Bruder freuen. Er liebt Schokolade. Er kann gar nicht genug davon bekommen.«

»Dann werd' ich mir besonders viel Mühe geben. Aber auch so läuft der Kakaoanbau ganz ausgezeichnet auf Samoa.«

»Waren Sie schon mal dort?«

Cornelius Lamberty schüttelte den Kopf. »Nein, um ehrlich zu sein, bin ich bisher noch nie außerhalb Deutschlands gewesen, und jetzt reise ich um die halbe Welt.«

»Mir geht es genauso.« Alma war glücklich. Herr Lamberty schien keinerlei Witze auf ihre Kosten machen zu wollen, obwohl er doch gestern ihr peinliches Missgeschick mitbekommen haben musste. Nein, er war ihr ausgesprochen sympathisch. Welch' ein Glück. Jetzt kannte sie schon einen netten Menschen auf Samoa.

Wie aus dem Nichts stand Hermann plötzlich neben ihr. »Hermann? Darf ich dir Herrn Lamberty vorstellen? Er wird auch auf Samoa leben. Er baut Kakao an.«

Die Männer gaben sich die Hände und beäugten sich. Mit einem Mal schoss Alma die Frage durch den Kopf, ob Hermann wohl eifersüchtig war? Er musste gesehen haben, wie Lamberty sie angesprochen hatte. Lamberty schien ein paar Jahre jünger zu sein als Hermann, aber vielleicht täuschte das auch. Bald unterhielten sich die Männer über Plantagenanbau und stellten fest, dass die Kakaoplantage Hermanns Gesellschaft belieferte. Und sofort waren sich beide einig, wie wichtig es war, Deutschland ausreichend mit den wichtigsten Kolonialwaren zu versorgen.

»Dann sind Sie sicher auch heilfroh über die jüngsten Entwicklungen auf Samoa. Deutsch-Samoa, wie es ja wahrscheinlich bald heißen wird.« Hermann hatte nach dem unseligen Essen mit den Sievekings sein Versprechen wahrgemacht und war am nächsten Morgen sofort zum Hafen gegangen, um sich zu informieren.

Allmählich begriff Alma, warum man den im Ausland noch unerfahrenen Hermann Stieglitz als Faktor einer großen Firma in die Südsee geschickt hatte. Er war äußerst geschickt, was Verhandlungen anging, und wusste, die richtigen Leute für seine Zwecke einzuspannen und strategische Freundschaften zu schließen. Er war gewieft, gewissenhaft und fleißig. Alma glaubte nun endlich zu wissen, was Hermann in die Ferne getrieben hatte: er wollte sich gesellschaftlich verbessern, ein Vorhaben, das im Deutschen Reich schwierig war. Da er nicht der bevorzugten Schicht angehörte, blieben ihm bestimmte Positionen und Möglichkeiten im Heimatland auf immer verwehrt. Doch Hermann wollte hoch hinaus und wusste, dass ihm das nur im Ausland möglich war. Dass er sogar eine solche Seereise dafür in Kauf nahm, zeigte seine Entschlossenheit.

Und Alma war genau die Frau, die Hermann brauchte: sie fügte sich und war fleißig, hatte gute Manieren und man konnte sie in der Öffentlichkeit präsentieren.

In Sydney hatte er alles in Erfahrung gebracht, was er wissen musste, und war spät abends ins Hotel zurückgekehrt. Das Telegramm hingegen, das ihm seine Firma gesandt hatte, beinhaltete lediglich veraltete Informationen.

»Wissen Sie von dem Treffen der Kommission im Mai?«, fragte er Lamberty nun freundlich. Als der stumm verneinte, fuhr er fort: »Im Mai sind Vertreter der drei Mächte auf einem amerikanischen Schlachtschiff vor Samoa zusammengekommen und haben eine Lösung gefunden. Ich muss sagen, ich bin auf ganzer Linie zufrieden mit dem Abkommen. Samoa wird aufgeteilt. Die kleineren östlicheren Inseln gehen an die Amerikaner. Die zwei großen, Upolu und Savai'i und ein paar kleine Inseln bekommen wir. Im August ist der Deutsche Wilhelm Solf von den drei Mächten als Verwaltungsoberhaupt gewählt worden. Er hat sich sofort die Zustimmung der Eingeborenen gesichert, indem er den beliebten Mata'afa als höchsten Häuptling bestimmt hat. Darüber hinaus haben die Eingeborenen so etwas wie ein Repräsentantenhaus bekommen. Es setzt sich zusammen aus den Vertretern der angesehensten samoanischen Familien, das den höchsten Häuptling berät. Alle scheinen höchst zufrieden und die Briten ziehen sich zurück.«

»Die Briten zieh'n sich freiwillig zurück?«

»Na ja, zum einen haben sie im Moment keine freien Kräfte für weitere Auseinandersetzungen. Sie müssen sich im südlichen Afrika um die aufständischen Buren kümmern, die sich wieder einmal den Besitzansprüchen des Empires entgegenstellen. Wir haben in Fremantle und in Sydney gesehen, wie sich sogar australische Truppen sammelten und auf einen Marschbefehl nach Südafrika warteten. Außerdem haben die Briten unsere zwei Salomon-Inseln bekommen.« Hermann lachte laut. »Ist das nicht herrlich? Jetzt haben die Briten die elendigen Menschenfresser am Hals. Sollen die sich doch um die kümmern.«

Lamberty stimmte in sein Lachen ein. Alma schaute Hermann konsterniert an. Er hatte ihr zwar erzählt, was auf Samoa passiert war, ihr jedoch verschwiegen, dass es auf den Salomonen Menschenfresser gab. Aber das Problem schien ja jetzt gelöst zu sein. Nicht auszudenken, wenn Hermann diese Inseln hätte besuchen müssen! Doch grundsätzlich gefiel ihr nicht, dass Hermann großzügig darüber bestimmte, welche Informationen er vor ihr geheim hielt. Was verheimlichte er ihr noch, von dem er glaubte, es wäre besser, wenn sie es nicht wüsste?

»Noch in diesem Jahr soll es ein Abkommen geben. Die Verträge werden hoffentlich baldmöglichst unterschrieben. Dann können wir in Ruhe so viel anbauen und so viel Land bewirtschaften, wie wir wollen.«

»Das lass ich mir gefallen.« Lamberty hatte beste Laune. »Und das mit dem Repräsentantenhaus ist eine gute Idee. Es ist besser, wenn das Volk mitbestimmt, als dass es von oben regiert wird.«

Die Männer sprachen weiter über Politik, und während Alma mit halbem Ohr zuhörte, sah sie, wie Joshua Fitzgerald seinen Kopf wegdrehte. Anscheinend hatte er sie die ganze Zeit über beobachtet. Verunsichert drehte sie sich zur Reling. Er war nun wahrlich nicht der einzige Seemann, der sie anschaute. Vielleicht hatte es gar nichts zu bedeuten, aber sie spürte wieder dieses merkwürdige Kribbeln. Ihre Gefühle schienen Karussell mit ihr zu fahren.

Nach vier Tagen auf See kam endlich wieder Festland in Sicht. Das Schiff glitt in angemessener Entfernung vorbei an den bizarren Linien der steilen, felsigen Nordküste Neuseelands. Immer wieder umschifften sie idyllische Inseln, bis sie endlich Auckland ansteuerten.

Hermann trat an die Reling. Nach seiner Unterhaltung mit Lamberty war es ihm rapide schlechter gegangen. Zwar hatte er an diesem Abend noch etwas gegessen, doch die nächsten zwei Tage kam er nicht mehr an Deck.

Alma versorgte ihn so gut es ging mit Tee und Zwieback. Ihre Ingwerpulverreserven hatten sie in Sydney aufgestockt. Jetzt war er froh, dass sie bald in den Hafen einliefen.

Etwas fahl im Gesicht blickte Hermann zur Küste. »Mein Gott, was bin ich froh. Das erste Drittel haben wir geschafft.« Alma sagte nichts, wusste sie doch, dass die restliche Strecke sie nur noch über die unendlichen Weiten des Pazifischen Ozeans führen würde. Und im Sommer konnte hier das Wetter überraschend umschlagen.

»Ich glaube, Lamberty ist bei den Sozialdemokraten. Besser, wir halten uns von ihm fern, wenn wir auf Samoa sind. Er ist ja ein netter Kerl und als Ingenieur sicherlich erfahren, aber ich will nicht den Eindruck aufkommen lassen, ich würde mit den Sozialisten sympathisieren.«

Hermann und Lamberty hatten sich gerade wieder unterhalten, während Alma, wie in den letzten Tagen schon, wieder in der Nähe der Brücke stand und aufs Meer hinaus starrte. Wie von einem Magneten angezogen suchte sie die Nähe dieses Seemanns. Sie begegneten sich auffällig häufig, als wäre es ein Zufall. Doch Alma wusste es besser. Wie eine Katze vor dem Mauseloch schlich sie in der Nähe der Brücke umher, um auch einen Blick auf Joshua Fitzgerald zu erhaschen.

»Cornelius Lamberty?« Alma war Hermanns Worten nicht so recht gefolgt.

»Wenn ich es dir doch sage. Er scheint außerordentlich freiheitliche Ideen zu vertreten. Sobald wir auf Samoa sind, werden wir vorsichtshalber auf Abstand gehen. Vielleicht irre ich mich ja, aber wenn nicht, dann ist es besser, wir haben nichts mit ihm zu tun. Letzten Endes ist er gar Kommunist. Man kann nicht vorsichtig genug sein.«

Alma seufzte. Sie wollte nicht auf Abstand zu Lamberty gehen, den sie schon ins Herz geschlossen hatte. Er war ein wirklich netter Kerl, wenn auch ein wenig zu ernst. So wie mit Milli konnte sie mit ihm nicht lachen, aber immerhin leistete er Alma an Deck Gesellschaft.

Und Lamberty hatte sie auf etwas aufmerksam gemacht. Er erklärte sich die größere Freizügigkeit der Engländer im Ausland mit ihrem ausgeprägten Pioniergeist. Schließlich hatten sie eine lange Tradition, fremde Länder und Kontinente zu besiedeln. Und von den Amerikanern erwartete man ja eine weltoffene Mentalität.

Alma fühlte sich mit jedem Tag freier und konnte das nur bestätigen. Und Milli als Engländerin hatte ihren eigenen Kopf. Sydney war eine pulsierende Stadt, in der echte Erfahrungen und Hilfsbereitschaft mehr zählten als Stand und Titel. Und auch an Bord des australischen Frachters ging es nicht annähernd so formell zu wie in Köln oder Berlin. Alma hoffte, dass es auf Samoa auch so war. Deswegen glaubte sie nicht, dass Lamberty politische Flausen im Kopf hatte. Vielleicht ging es ihm wie ihr: Sie war glücklich, zumindest einen Teil der Zwänge hinter sich gelassen zu haben.

Hermann hingegen konnte es gar nicht leiden, wenn sie seine Anweisungen in Zweifel zog, deshalb antwortete sie nur: »Wenn du meinst.« Sie wusste schon, dass Cornelius Lamberty sich nicht in Apia niederließ. Die Kakaoplantage war auf der flacheren Seite der Insel im Süden von Upolu. »Meinst du, du kannst heute Abend wieder etwas Richtiges essen?«

»Wir können in Auckland von Bord, nicht wahr? Ob ich nun etwas essen kann oder nicht, ist mir egal. Hauptsache, ich spüre festen Boden unter mir.« Mit offenem Mund atmete Hermann tief durch. Sein Blick hing fest am Horizont.

»Hermann, soll ich dir etwas Tee holen?«

»Nein, lass nur, Liebes. Mein Magen ist gerade leer, und ich möchte hier keine Aufmerksamkeit erregen.« Hermann krallte sich an der Reling fest.

Alma schaute ihn an. Würde er ihr Leben auf eine Weise bereichern, die sie früher nicht für möglich gehalten hatte? Hermann behandelte sie meistens sehr anständig. Und wenn nicht, dann lag es an seinem kläglichen Zustand. Aber allmählich bekam sie das Gefühl, er könnte ihr das geben, was sie in den letzten Jahren so bitterlich vermisst hatte: das Gefühl, zu jemanden zu gehören.

Bin ich denn nicht auch deine Tochter? Sie hatte auf ihre Frage keine Antwort erhalten, weder von ihrem Vater noch von ihrer Tante. Wie schrecklich war die Wahrheit, wenn eine Antwort unmöglich schien? Oder bildete sie es sich nur ein? Aber nein, offensichtlich gab es ein Geheimnis, und sie wusste nicht, ob es etwas mit ihr zu tun hatte. Denk an dein Versprechen, hatte der Vater Tante Heidi ermahnt. Und wofür schuldete Tante Heidi Almas Eltern Dank? Alma hätte sonst was dafür gegeben, zu erfahren, was dahintersteckte. Stattdessen reiste sie ans Ende der Welt und würde wahrscheinlich nie das Geheimnis ergründen.

Sie hatten Auckland schon vor einigen Tagen hinter sich gelassen. Joshua Fitzgerald stand neben ihr. Seine Hände waren nur wenige Zentimeter von ihren entfernt.

»Übermorgen überqueren wir die Datumsgrenze.« Alma hing an seinen Lippen, auch wenn sie kaum noch etwas sehen konnte. Es war bereits dunkel. Seit sie die Küste Neuseelands hinter sich gelassen hatten, hatte sie jeden Abend an der Reling gestanden. Und jeden Abend kam Joshua Fitzgerald wie zufällig vorbei, und sie sprachen ein paar Worte miteinander. Er blieb immer sehr reserviert, doch für Alma war es wie ein Sog. Nach ihrer ersten abendlichen Begegnung hatte Alma sich einen Platz abseits der abendlichen Schiffsbeleuchtung gesucht. Sie aß rasch zu Abend, kümmerte sich um Hermann und ging noch ein letztes Mal an Deck, um frische Luft zu schnappen. Es war wie ein Ritual. Wenn sie nach dem Essen die Messe verließ, zitterten ihre Hände vor lauter Aufregung.

Hermann ging es so schlecht, dass er nichts mitbekam. Doch einigen Crewmitgliedern schien es bereits aufgefallen zu sein, dass Joshua Fitzgerald sich auffällig häufig mit der Passagierin unterhielt. Sie stießen ihn in die Seite, wenn sie ihr begegneten, und machten Bemerkungen, die Alma aber glücklicherweise nicht verstand.

Aber es interessierte sie nicht. Nur wenn die anderen Passagiere etwas mitbekämen, wäre es eine Katastrophe. Eigentlich war Alma die Situation höchst peinlich, aber sie schaffte es nicht, sich von dem Australier fernzuhalten. Zudem sie nicht einmal wusste, ob es ihm genauso ging. Außer den abendlichen Unterhaltungen hatte sie keine weiteren Anzeichen ausmachen können, dass er ein ähnlich starkes Interesse an ihr hatte. Sie benahm sich wie ein unreifes Mädchen. Glücklicherweise gingen sie in wenigen Tagen auf Samoa an Land, während das Schiff mit Joshua Fitzgerald weiterfuhr. Nicht auszudenken, was sonst noch alles hätte geschehen können. In seiner Nähe schien Alma keinerlei Kontrolle mehr über sich zu haben.

»Wenn wir den hundertachtzigsten Längengrad passieren, haben wir noch einmal für vierundzwanzig Stunden den gleichen Tag. Also haben wir achtundvierzig Stunden lang das gleiche Datum?«

»Ja, wenn man von Westen nach Osten reist, also der Sonne entgegen, gewinnt man bei jedem zurückgelegten Längengrad vier Minuten.«

Alma lauschte verzückt. Die Themen, über die sie sprachen, waren immer sehr harmlos: das Meer, Schiffe und die einzelnen Inseln, die sie ansteuerten. Und Joshua Fitzgerald unterhielt sich anscheinend gerne mit ihr.

Seine Stimme war dunkel, aber verheißungsvoll sanft, und kein Vergleich zu ihrer ersten Begegnung, als er sie im Wasser angeschrien oder sich auf der Brücke in der Gegenwart des Kapitäns wortkarg gegeben hatte. Doch auch wenn Alma wusste, dass es niemals zwischen ihnen eine Annäherung geben würde, wartete sie die ganze Zeit auf ein Zeichen, eine Bemerkung, eine Geste, die ihr verriet, dass es ihm genauso ging. Dass er sich von ihr angezogen fühlte und ihre Nähe genauso suchte wie sie seine. Wann immer sie ihm begegnete, schenkte sie ihm ihr bezauberndstes Lächeln, und meistens lächelte er höflich zurück.

»Und wenn man dann wieder zurückfährt?«

»Dann verliert man einen Tag. Wenn wir Samoa verlassen, überspringen wir den fünften Dezember.«

Alma nickte stumm. Das Schiff würde nur eine Nacht lang im Hafen von Samoa liegen, dann fuhr es weiter. Und sie blieb zurück und würde ihn nie wiedersehen. Ihr Magen krampfte sich zusammen. Plötzlich wusste sie nichts mehr zu sagen, denn alles, was ihr in den Sinn kam, war viel zu persönlich. Sie wollte ihr Interesse an ihm nicht so offenkundig zeigen. Denn sie durfte einfach keine Gefühle für ihn hegen, die sie so dermaßen verunsicherten, dass ihr schwindlig wurde. Eigentlich sollte sie dem Seemann besser aus dem Weg gehen. Jetzt zögerte sie wieder den Moment des Abschieds hinaus. Sie wusste, wenn Fitzgerald keine Seemannsgeschichten mehr einfielen, verabschiedete er sich förmlich und wünschte ihr eine gute Nacht, als sei sie eine normale Mitreisende.

»Werden Sie auf See sein, wenn das neue Jahrhundert anbricht?« Alma war froh, dass ihr eine unverfängliche Frage eingefallen war.

»Nein, ich bin dann in Sydney bei meiner Familie.«

»Oh«, entfuhr es Alma. Sie war enttäuscht.

Doch schnell fügte Fitzgerald hinzu: »Ich meine, bei meiner Schwester und ihrer Familie. Sie leben in unmittelbarer Nähe von Sydney, und wir werden noch vor Weihnachten zurück im Hafen sein.«

»Oh.« Alma war bewusst, dass ihr zweites Oh verräterisch erfreut klang. Was sollte das? Sie war verheiratet, und das allein reichte doch, um nicht weiter über bestimmte Dinge nachdenken zu müssen. Es sollte ihr völlig egal sein, ob Joshua Fitzgerald in Sydney eine Frau und zwei Kinder hatte oder als Junggeselle seine Schwester über die Festtage besuchte.

Wieder entstand eine unangenehme Pause. Alma befürchtete, dass Joshua Fitzgerald sich nun von ihr verabschieden würde, doch dann sagte er: »Sie werden sich sicher sehr wohlfühlen in Ihrer neuen Heimat. Samoa ist wunderschön.«

Alma lachte leise. »Waren Sie schon mal dort?«

»Ich war schon ein paarmal an Land. Apia ist wunder schön, und die Leute sind sehr nett. Unser Schiff ...« Er stockte plötzlich, rückte etwas von ihr ab und verbeugte sich förmlich vor ihr: »Ma'am, ich wünsche Ihnen eine ruhige Nacht.«

Die Amerikanerin, Mrs. McKenzie, hatte das Deck betreten. Joshua Fitzgerald verließ Alma mit einem kurzen Kopfnicken, wechselte zwei Sätze mit Mrs. McKenzie und verschwand auf die Brücke.

Alma seufzte enttäuscht, aber da trat Mrs. McKenzie schon auf sie zu. »Was für ein wunderschöner Abend. Am Himmel der Südhalbkugel sieht man viel mehr Sterne als bei uns.« Als Alma nicht antwortete, fuhr sie fort: »Und heute war es auch nicht so drückend heiß.«

Die Amerikanerin war immer sehr nett zu ihr. Sie hatte etwas Mütterliches an sich. So eine liebenswerte Frau hätte sich Alma als Mutter gewünscht. Die Erinnerungen an ihre Mutter verblassten zusehends. Sie war erst zehn, als ihre Mutter kurz nach Fritz' Geburt starb, und ihr blieb nur das Angedenken an eine Frau, die zu viel in ihrem Leben gearbeitet hatte und mit den Jahren bitter geworden war.

»Ja, die Luft ist kühler geworden, ich hoffe nur, dass kein Sturm aufkommt«, antwortete sie höflich. »Das würde meinem Mann gar nicht gut bekommen.« Sie war Mrs. McKenzie nicht böse, dass sie ihre Unterhaltung mit Joshua Fitzgerald unterbrochen hatte. Es hatte ja doch keinen Sinn. Mehr als abends mit dem Namen Joshua Fitzgerald auf den Lippen einzuschlafen, war ihr nicht vergönnt.

KAPITEL ACHT

SAMOA, NOVEMBER BIS DEZEMBER 1899

Alma schaute auf die kleinen grünen Flecken mitten in dem unermesslich weiten Blau. Sie würden die Inselgruppe umrunden, um vom Norden her in den Hafen von Apia einzulaufen. Ihr blieb also noch etwas Zeit. Trotzdem hatte sie bereits nach dem Frühstück alles zusammengepackt. Sie wollte unbedingt an Deck sein, denn immerhin war das ihre letzte Chance, mit Joshua Fitzgerald unter vier Augen zu sprechen.

Schon als die Inseln in der Wasserwüste wie schwimmende Kokosnüsse aussahen, kamen die ersten Passagiere an Deck. Mr. McKenzie stand an der Reling und erklärte lautstark: »Die kleinere und etwas flachere Insel ist Upolu mit dem Hauptort Apia. Das daneben ist Savai'i. Seien Sie vorsichtig, wenn Sie die Nachbarinsel besuchen. Der letzte Vulkanausbruch ist gerade erst dreiunddreißig Jahre her.« Mrs. McKenzie gesellte sich zu Alma. Sie hatte selbst deutsche Vorfahren, und anders als ihr Mann hatte sie nichts gegen die Deutschen.

Auch Mr. McKenzie kam nun dazu. »Na, die Deutschen dürfen sich über die Vulkane nicht beklagen. Schließlich profitieren ihre Pflanzer am meisten von den fruchtbaren Lavaböden.«

»Ach du. Hör schon auf rumzumeckern.« Mrs. McKenzie wandte sich an Alma. »Seien Sie unbesorgt. Die Samoaner selbst sind das netteste Volk unter der Sonne.«

»Und das faulste«, warf der Amerikaner lautstark ein. »Stolz, Honey. Sie sind stolz. Du würdest ja schließlich auch nicht für Fremde arbeiten wollen.«

Ihr Mann schnaubte laut, wie es sich als Antwort auf eine solch abstruse Bemerkung gehörte, und drehte sich weg. Er würde nun seine ganze Aufmerksamkeit Cornelius Lamberty zuteilwerden lassen, bis hoffentlich ein Landsmann oder wenigstens ein englischer Passagier an Deck auftauchte.

»Sie sind zwar stolz und man muss sie zum Arbeiten antreiben, aber sie sind das schönste Volk, das ich je gesehen habe. Und wir sind wirklich viel herumgekommen. Ich beneide Sie, dass Sie hier leben dürfen.«

Alma schluckte und lächelte stumm. Sie stand an der Reling und schaute auf die beiden Inseln, denen sie sich langsam näherten. Auf dieses grün schimmernde Fleckchen Erde hatte sie das Schicksal also verschlagen. Hermann hatte auf ihre Nachfragen, wann sie wieder nach Deutschland zurückkehren würden, ausweichend geantwortet. Es werde sich alles zeigen, und Samoa solle doch so schön sein. Allmählich gewann Alma den Eindruck, er habe gar nicht vor, heimzukehren. Wenn sie wenigstens in Sydney hätten bleiben können. In Australien kannte sie immerhin Milli, und es ging zivilisiert zu. Was würde sie hier erwarten? Keine Einkaufspassagen, keine Theaterhäuser, keinerlei Abwechslungen und kein Joshua Fitzgerald.

Noch war nichts von dem geschäftigen Treiben zu spüren, das sich bei der Besatzung immer vor Einfahrt in einen Hafen einstellte. Heimlich huschte Almas Blick erneut zu der schmalen Treppe, die zum Deck führte. Es war die letzte Gelegenheit, dem großen Seemann Lebewohl zu sagen, und sie fürchtete und sehnte zugleich diesen Zeitpunkt herbei.

»Savai'i bedeutet in der samoanischen Sprache große Insel, aber Upolu ist die schönere von beiden, soweit ich das beurteilen kann. Ich war ja nur drei Wochen da.« Mrs. McKenzie lächelte. »Ich mache mich jetzt etwas frisch, bevor wir an Land gehen. Wir haben ja nur ein paar Stunden Aufenthalt. Da muss man jede Minute auskosten.«

Warum konnten sie nicht auch weiter mitfahren? Wenn sie nur daran dachte, dass sie bloß noch wenige Augenblicke gemeinsam mit dem australischen Seemann verbringen würde, schnürte es ihr die Kehle zu. Aber die Trennung war unvermeidlich. Alma schluckte. Just in diesem Moment tauchte sein Haarschopf auf. Aber Joshua Fitzgerald war nicht alleine. Abrupt blieb er stehen.

»Komm schon. Wir haben nicht ewig Zeit.« Sein Begleiter stieß ihn ruppig in die Seite und ging davon.

Joshua schaute sie an. »Ich hoffe, wir sehen uns gleich noch auf der Insel, Mrs. Stieglitz.«

Das Herz klopfte ihr bis zum Hals. »Das hoffe ich auch«, gab Alma leise zurück. Gottlob war Hermann anscheinend immer noch damit beschäftigt, sich anzukleiden.

»Ich … muss dann jetzt.« Fitzgerald blickte in die Richtung, in der sein Kamerad verschwunden war. Eine merkwürdige Stille trat ein. Alma fühlte sich so beklommen, dass sie keinen Ton herausbrachte.

Plötzlich hob Joshua Fitzgerald seinen Kopf und schnupperte. »Riechen Sie das? Es riecht nach Land.«

Alma sog die Luft ein. Nach so vielen Tagen auf See mischten sich andersartige Gerüche in die Salzwasserbrise.

»Sie haben recht. Es riecht anders.«

»Mein Zeichen. Ich muss noch was tun. Wir sehen uns dann später in Apia.« Ganz leicht streifte seine Hand ihre Finger. Und dann war er weg.

Diese sanfte Berührung fühlte sich wie ein elektrischer Schlag an. Almas Lider flatterten, als sie ihm hinterher blickte. Mühsam wandte sie sich ab, gerade noch rechtzeitig, denn plötzlich erschien Hermann. Als er die schmale Treppe hochstieg, sah er so glücklich wie schon lange nicht mehr aus. Er legte Alma den Arm um die Schultern.

»Endlich geschafft!« Diese Worte kamen von Herzen. So schnell war Hermann sicher nicht bereit, ohne triftigen Grund eine lange Schiffspassage in Kauf zu nehmen.

»Und, was denkst du? Sieht doch schön aus.« Das Schiff schlingerte leicht, und sofort krallte er sich an der Reling fest.

Mittlerweile waren sie nicht mehr weit von Upolu entfernt. Vor ihnen lag die Insel in ihrer ganzen Pracht. Weithin sichtbar war schon das Wahrzeichen von Apia zu sehen, die alles überragende, weiße Mulivai-Kathedrale mit ihren zwei wuchtigen Türmen. Apia und sein Hafen lagen in einer halbmondförmigen Bucht, umgeben von Korallenriffen, wodurch es bei starkem Wellengang für Schiffe zu gefährlich war, in den Hafen einzufahren. Dann gingen sie hier draußen vor Anker. Aber heute herrschte nur eine leichte Dünung.

Der Segler glitt bei strahlendem Sonnenschein langsam durch das türkisblaue Wasser. Niedrige weiße Häuser säumten die Küstenlinie, umgeben von Kokospalmen, die sich in der Ebene ausbreiteten und sich wie ein Band um die ganze Insel zogen. Im Hinterland bedeckten dichte grüne Wälder die Berge. Fruchtbares Land und Dschungel, egal wohin man blickte. Die Insel war viel höher, als Alma erwartete hatte. Wenigstens nahm dieser Anblick ihr eine Sorge. In ihren Vorstellungen hatte sie sich schon von der rauen See über eine kleine Insel spülen sehen.

Hermann deutete in eine Richtung. Hinter einem Riff lag das berühmte Wrack der SMS Adler. Der riesige Schiffsrumpf des einstmals so stolzen deutschen Kanonenbootes lag wie ein angefressener Kadaver, in zwei große Teile gerissen, auf der Seite. Die noch am Kiel festsitzenden langen Spannten wirkten wie abgenagte Rippenbögen. Am Riffsaum waren weitere Teile der im Orkan von 1889 zerschellten Schiffe zu sehen. Die Wucht des Sturms hatte drei deutsche und drei amerikanische Kriegsschiffe und mehrere zivile Handelsboote zerstört oder seeuntauglich gemacht. Lediglich ein britisches Kriegsschiff hatte sich rechtzeitig in Sicherheit bringen können. So hatte letztendlich der Zyklon eine weitere kriegerische Auseinandersetzung verhindert. Angesichts der Wucht dieser Naturgewalt und der mehr als zweihundert toten Seeleute blieb den Menschen nichts anderes übrig, als sich in einer Schicksalsgemeinschaft zu verbünden. Und nun, nachdem der Konflikt um die Inselherrschaft in den letzten Jahren wieder aufgeflammt war, hatte man Samoa dem deutschen Reich zugesprochen.

Hermann schnaubte und schaute sich kurz um, ob er nicht vielleicht einen der anwesenden Herrn beleidigen würde. Dann sagte er: »Immerhin hat Gottes Laune und nicht die verdammten Engländer für den Untergang der stolzen Schiffe gesorgt. Es ist gerade zehn Jahre her, und nun schau, was die Natur aus der Technik gemacht hat. Dynamit konnte der deutschen Ingenieurskunst nichts anhaben, aber zehn Jahre tropisches Klima zerfrisst sogar Eisen.«

Doch Almas Blick schweifte ab. Auf der anderen Seite der Bucht erschienen Dutzende von Kanus: die ersten Samoaner, die sie zu Gesicht bekam. Menschen in bunter Kleidung paddelten auf ihr Schiff zu. Neugierig verfolgten Alma und Hermann die kleinen Boote mit den Seitenauslegern, die sich immer schneller näherten. Kaum war der Anker in die Tiefe gerauscht, da kletterten die ersten Eingeborenen schon an Bord.

Männer mit entblößtem Oberkörper sprangen an Deck und Alma versteckte sich hinter Hermann. Das waren also die Wilden. Schon umzingelten sie das Ehepaar McKenzie, das völlig ungerührt blieb. Mit einem Mal kam ein Samoaner auf sie zu. Almas Finger krallten sich in Hermanns Jacke.

Doch der Eingeborene schien freundlich gesinnt und lächelte strahlend. Er hatte einen aus Palmblättern geflochtenen Korb mit, in dem eine frisch aufgeschlagene Kokosnuss lag. Der hochgewachsene Mann stellte den Korb ab und hielt Hermann die Nuss zur Begrüßung hin. Seine Arme waren muskulös, seine Haut bronzefarben und hinter seinem Ohr steckte eine rote Hibiskusblüte. Er machte so gar nicht den Eindruck eines wilden Kämpfers. Als er etwas auf Samoanisch sagte, klang es ausnehmend freundlich.

Hinter ihm erschien ein Mädchen, sie war vielleicht zwölf oder dreizehn Jahre alt, und zu Almas Entsetzen trug sie ebenfalls nichts weiter als ein Stofftuch um die Taille und mehrere Blumengirlanden über dem nackten Oberkörper. Ihre kleinen Brüste waren deutlich zu sehen. Ohne jede Scham nahm sie eine Girlande von ihrem Hals und hielt sie Hermann hin. Ihre langen schwarzen Haare flossen ihr über die Schulter, aber sie unternahm nicht den geringsten Versuch, ihre Brüste wenigstens mit den Haaren zu bedecken. Hermann starrte ungeniert auf den Busen des Mädchens.

Mit einem Mal verstand Alma, warum die Männer all abendlich getuschelt hatten und sie immer dann innehielten, wenn sich eine der

Frauen dem Tisch näherte. Und Hermann hatte davon gewusst und ihr nichts gesagt!

»*Talofa lava*!«, rief das Mädchen erfreut, und während Hermann sie angrinste und die Kokosnuss in Empfang nahm, die ihm der Mann reichte, trat das Mädchen zu ihr. Sie strahlte Alma an und zeigte ihre blendend weißen Zähne.

»*Talofa lava*!«, sagte sie und erklärte in brüchigem Englisch »Es heißt: Sei gegrüßt.« Mit diesen Worten nahm sie eine weitere Blütengirlande und hielt sie Alma hin, die ihren Kopf neigte. Und schon trug sie eine Kette aus süßlich duftenden Frangipaniblüten. Mit einem Kichern drehten die beiden sich weg, und das Mädchen ging zu Cornelius Lamberty. Alma befürchtete, dass sie sich ihrer dürftigen Brustbedeckung ganz entledigt hatte, bevor sie das Boot wieder verließ.

»Lass uns unser Gepäck holen.« Alma wusste gar nicht, wohin sie schauen sollte. Den Männern fielen fast die Augen aus dem Kopf, während sich von den wenigen Frauen, außer Mrs. McKenzie, alle zu genieren schienen. Alma packte Hermann am Arm, doch er bewegte sich nicht vom Fleck.

»Wir haben doch noch Zeit«, bemerkte er leise und ließ seinen Blick über die anderen Mädchen gleiten. Nur ein Mädchen trug eine kurze Bluse, die aber kaum mehr verdeckte als die üppigen Blumengirlanden.

»Schämen muss man sich für euch.« Alma ließ ihn stehen. Sie würde sich nicht noch länger von der Anwesenheit der nackten Mädchen kompromittieren lassen.

Als sie in ihrer Kabine angelangt war, trat sie wütend gegen die Holzvertäfelung. So eine Unverschämtheit! Ihre Reisetaschen standen fertig gepackt bereit, und Alma ließ sich auf die Pritsche fallen. Wieso nur war das Schicksal so ungnädig mit ihr? Was hatte sie falsch gemacht, dass Gott sie so strafte? Wenn die Frauen schon auf dem Schiff bei Fremden so zügellos waren, wie würde es erst an Land sein?

Dann fiel ihr ein, dass Joshua Fitzgerald sie hätte vorwarnen können. Bestimmt kannte er die Sitten und Gebräuche. Doch als sie daran dachte, stieg ihr das Blut in die Wangen. Es wäre nicht angebracht gewesen, in ihrer Anwesenheit von nackten Brüsten zu sprechen. Allein schon der Gedanke an ein Gespräch mit ihm, in dem er auch nur andeutete … Ihr wurde plötzlich noch heißer. Sie stand auf und griff zum Wasserkrug. Mit dem letzten bisschen Wasser wischte sie sich über die Stirn und den Nacken. Wie gut, dass sie von Bord gingen.

In dem Gewimmel von Passagieren und weißen und dunkelhäutigen Inselbewohnern fühlte Alma sich verloren. Überall standen Gepäck und die Waren für die Kaufläden herum, dazwischen das Vieh für die Pflanzer. Die Menschen von Apia versammelten sich am Hafen, um ihre Post abzuholen. Andere brachten Pakete zum Ende des Stegs, während sich einige Männer um ein halbes Dutzend Schweine versammelten, die hier ihren Bestimmungsort gefunden hatten. Etwas entfernt stand Cornelius Lamberty und hielt zwei Pferde am Zaumzeug. Er debattierte mit einem Einheimischen, der in Richtung des Dorfs zeigte, während Cornelius ihm anscheinend die Pferde übergeben wollte. Der Dunkelhäutige lächelte ihn an, sah aber offensichtlich keine Veranlassung, ihm die Tiere abzunehmen.

Alma stand mit zwei großen Reisekoffern und ihrer Tasche am blütenweißen Strand. Mit dem Beiboot waren sie zu einem schmalen Steg gebracht worden, der ins türkisblaue Meer hinausragte. Alma hatte von Hermann den Auftrag, mit dem Gepäck hier stehen zu bleiben. Joshua Fitzgerald war nirgendwo zu sehen. Auch wenn er schon als Rudergänger arbeitete, musste er beim Einlaufen in einen Hafen noch beim Löschen der Ladung helfen. Langsam verzweifelte sie. Was, wenn sie ihm nicht einmal mehr Lebewohl sagen konnte?

Es zerriss ihr das Herz zu wissen, dass sie ihn nie mehr wiedersehen würde. Aber sie war verheiratet, und er war Engländer, ja schlimmer noch: Australier, und ein Seemann dazu. Genau deshalb hatte es sein Gutes, dass ihre Bekanntschaft hier endete. Manchmal glaubte sie selbst schon, dass sie viel zu kindisch sei, so wie Hermann sie zurechtwies. Denn nur ein Kind ließ sich zu solch abwegigen Gefühlen hinreißen. Und doch hatte sie den letzten Teil der Reise wie in einem Fieber verbracht. Sie konnte nachts kaum schlafen, tagsüber musste sie sich sehr bemühen, nicht ständig seine Gegenwart zu suchen. Mehr als einmal hatte sie mitbekommen, dass die anderen Seeleute über sie spotteten. Aber Joshua Fitzgerald war immer höflich geblieben. Und ihre abendlichen Gespräche waren wie Balsam auf einer offenen Wunde.

Jetzt klopfte ihr Herz so wild, dass sie dachte, es müsse zerspringen. Ja, es war gewiss das Beste, dass sie sich nicht mehr begegneten, bevor etwas Unabwendbares passierte. Sie achtete nicht auf die beiden Reisetaschen und den großen Koffer, sondern suchte stetig den Horizont ab nach einem kleinen Beiboot, auf dem die nächste Ladung Gepäck an Land gebracht wurde.

»Mrs. Stieglitz, hier stecken Sie also.« Alma fuhr erschrocken herum. Hinter ihr stand Joshua Fitzgerald und schaute sie mit einem bekümmerten Gesichtsausdruck an.

»Mister Fitzgerald … Wie schön, dass wir uns noch sehen … Wie erfreulich …« Ihre Stimme stockte. Sie konnte kaum atmen. Sie war so unendlich froh, ihn zu sehen. Beim Blick in seine blauen Augen zog sich ihr Herz zusammen.

»Ich habe nach Ihnen Ausschau gehalten.« Joshua Fitzgerald sah aus, als wolle er eigentlich etwas anders sagen.

Ein Lächeln huschte über Almas Gesicht. Er hatte sie also auch gesucht. »Nun … Ich wollte mich von Ihnen verabschieden und Ihnen noch einmal für meine Rettung danken.«

Sein Mund zuckte, als versuche er zu lächeln, aber es gelang ihm nicht. »Sie sollten unbedingt schwimmen lernen. Sie leben jetzt auf einer Insel. Da sollte man schwimmen können.«

Sie konnte sich von seinem Anblick nicht losreißen. Die Welt um sie herum schien nicht zu existieren. »Ja … ähm … Da haben Sie wahrscheinlich recht. Vielleicht finde ich ja jemanden, der es mir beibringt.«

Sie wusste nicht, wie sie sich von ihm verabschieden sollte. Tausend Mal hatte sie überlegt, was sie ihm bei ihrer Abreise sagen wollte, und obwohl sie die Sätze sogar geübt hatte, brachte sie nun keine einzige Silbe heraus.

»Ich könnte Ihnen behilflich sein.« Fitzgerald klang aufrichtig. So, wie er es sagte, klang es fast wie eine Einladung, und doch war es nicht anzüglich.

Alma wurde rot. »Es ist wirklich sehr schade, dass sich unsere Wege heute trennen. Ich hätte gerne noch …«

Joshua Fitzgerald unterbrach sie. »Aber es ist doch gar nicht …« Er hatte ihre Hand er griffen, ließ sie aber im gleichen Moment wieder los.

»Alma, Kleines. Hier bist du.« Hermann blieb schnaufend vor ihnen stehen, zog sein Taschentuch heraus und wischte sich über die Stirn. »Es ist schon alles auf dem Wagen. … Ach, Mister Fitzgerald, wie gut, dass ich Sie hier treffe. Würden Sie mir wohl zur Hand gehen? Die beiden Koffer müssten noch rüber zur Kutsche.« Er wies befehlend in eine Richtung.

Joshua warf Alma einen eigentümlichen Blick zu, unter dem sie zurückzuckte. Plötzlich war sie sich sicher, dass auch ihm dieser Moment etwas bedeutete, bei dem sie so unvermittelt gestört worden waren. Musste Hermann ihnen beiden ausgerechnet bei ihrer letzten Begegnung vorführen, welche Kluft zwischen ihnen bestand? Entsetzt starrte Alma in Fitzgeralds Gesicht, wollte eine Entschuldigung stammeln. Doch Hermann wurde ungeduldig.

»Nun komm schon, du musst sofort den Missionar und seine Frau kennenlernen. Sie haben schon auf uns gewartet.«

Alma stolperte hinter Hermann her, während sie Joshua einen letzten Blick zuwarf. Sein von der Sonne und Salzwasser gebleichtes Haar fiel ihm ins Gesicht, als er sich bückte und scheinbar mühelos einen Koffer auf seine rechte Schulter hievte. Er versuchte ihren Blick zu erhaschen, aber schon schoben sich andere Passagiere zwischen Alma und ihn.

Alma konnte sich gerade noch beherrschen, dass sie nicht anfing zu weinen. Joshua Fitzgerald war lediglich ein australischer Seemann und sie eine verheiratete Deutsche. Das war die bittere Wahrheit. Hermann hatte ihr deutlich gemacht, was sie nicht wahrhaben wollte. Ihr wurde übel, und ihr Magen verkrampfte sich. So durfte es nicht enden.

»Da sind sie. Schau.« Hermann blieb so abrupt stehen, dass sie mit ihm zusammenstieß. Schnell wischte sie sich eine Träne aus den Augen. Er packte sie bei den Schultern und schob sie ein Stück nach vorne, als bereits eine laute Stimme ertönte.

»Frau Stieglitz, wie schön. Wir haben Sie sehnlichst erwartet.« Die Frau war so rund, wie sie klein war. Mit funkelnden Äuglein fixierte sie Alma. »Sie müssen heute Abend unbedingt bei uns essen. Wir haben uns so viel zu erzählen. Ich werde mich um Sie kümmern, bis Sie sich eingelebt haben.« Mit diesen Worten ergriff sie Almas Arm und hakte sich ein. »Wie schön, dass nun eine weitere deutsche Familie hier lebt. Wissen Sie, es sind einfach zu viele Engländer hier. Sie müssen viele Kinder bekommen.« Die Missionarsfrau blieb stehen und betrachtet Alma von oben nach unten. »Nicht wahr, Adolph, sie sieht doch prächtig aus. Gesund, vielleicht etwas zu dünn. Sie müssen stämmiger werden, aber das kommt ja mit dem Kinderkriegen von ganz alleine.« Sie lachte, als freute sie sich schon darauf, dass Alma einmal so aussehen würde wie sie. Adolph Hartmann, ein großer hagerer Mann, der neben Hermann ging, blickte nicht einmal auf.

»Ja, ja, recht hast du.« Almas Blick suchte wieder Joshuas. Während Frau Hartmann weiter auf sie einredete, mussten sie immer wieder Leuten ausweichen. Halbnackte Eingeborenenkinder sprangen um sie herum. Wenn sie nicht unangenehm auffallen wollte, musste sie sich auf das Gespräch konzentrieren.

»Wie viele Kinder haben Sie denn?« Das war wahrscheinlich das falsche Thema, denn die Missionarsfrau schaute sie mit säuerlicher Miene an, als habe sie auf eine Zitrone gebissen.

»Gott schenkt nicht allen die Gunst, eigene Kinder zu bekommen. Aber ich habe ja Hunderte von Schützlingen im Laufe der Jahre aufgezogen.« Sie schob Alma weiter in Richtung ihrer Kutsche. »Sie sehen etwas mitgenommen aus. Am besten, Sie fahren erst einmal zu Ihrem neuen Heim und richten sich ein. Heute Abend gehen wir gemeinsam in die Messe und danach wird bei uns gegessen. Da können Sie mir alles über sich erzählen.«

Mit diesen Worten entließ sie Alma, die bemerkte, dass einer der Koffer bereits aufgeladen war. Mit klopfendem Herzen blickte sie in die Richtung, aus der Joshua jeden Augenblick mit dem zweiten Koffer kommen musste.

»Alma? Alma! Möchtest du dich nicht verabschieden?«, fragte Hermann unwirsch.

Alma konnte ihren Blick kaum losreißen von der Gestalt, die nun mit dem schweren Koffer auf sie zukam.

»Herr Hartmann, Frau Hartmann, es ist sehr nett von Ihnen, uns zum Essen einzuladen. Wir kommen gerne. Ich werde sicher ein wenig Zeit brauchen, bis ich mich in meiner neuen Küche zurechtfinde.« Es war nicht Joshua, der den letzten Koffer auf die Gepäckablage warf. »Ich ... ich freue mich ... außerordentlich ... auf heute Abend ...« Ihr Blick schweifte unruhig über ihre Köpfe hinweg. Die Missionarsfrau sah sie irritiert an, und auch ihr Mann warf ihr einen merkwürdigen Blick zu. »Ich bin noch sehr durcheinander von der Reise«, beeilte Alma sich zu erklären. »Es ist so rücksichtsvoll von Ihnen, uns heute einzuladen.«

Hermann, der nichts mitbekommen hatte, sprang vorne auf den Sitz und hielt Alma die Hand hin. »Ich freue mich so sehr auf ein gutes deutsches Essen. Der Seeweg hat wirklich an mir gezehrt.« Er klopfte sich auf den Bauch, der merklich kleiner geworden war. »Bis heute Abend. Wir werden pünktlich sein.«

Der Boy, der die Kutsche lenkte, schnalzte mit der Zunge, und zwei Pferde setzten sich in Bewegung. Alma drehte sich zum Meer um und tat so, als winke sie den Hartmanns, aber ihr Blick wanderte weiter über die Menschenmenge. Joshua war nirgendwo zu sehen. Das war es also. Das war ihr letzter Augenblick mit ihm gewesen. Sie setzte sich aufrecht hin und krallte sich an der Sitzbank fest.

Die Kutsche ruckelte über eine Brücke, von der Hermann bereits den Namen wusste. Darunter floss der *Vaisigano*, der in den Hügeln im

Landesinneren entsprang. Er war einer der zwei Flüsse, die in Apia ins Meer mündeten und die Bewohner mit frischem Süßwasser versorgten.

Der Boy lenkte die Kutsche ganz gemächlich über die breite staubige Straße von Apia. Das Dorf oder die Stadt, wie Apia bezeichnet wurde, bestand weitestgehend aus einer langen befestigten Straße, die entlang der Bucht verlief und von den weißen Holzhäusern der Europäer gesäumt wurde. Sie kamen an einem Kaufladen vorbei. Links an einer Straßenkreuzung lag unverkennbar das zweistöckige Tivoli-Hotel, und auf der Veranda standen Leute, die sie neugierig betrachten. Der Boy wies auf die Straße, die hier von der Hauptstraße abzweigte und in die Berge führte.

»*Waterfall*«, erklärte er und grinste. Hermann nahm Almas Hand. Er freute sich. Endlich wieder an Land und unter Leuten. Und bald würde er seine Stellung antreten, für die er den weiten beschwerlichen Weg auf sich genommen hatte. Er war nun der oberste Handelsvertreter einer großen Kolonialwarengesellschaft, also einer der wichtigsten Männer auf der Insel. Das bedeutete zwar, dass er immer wieder die Insel verlassen musste, um zu den einzelnen Niederlassungen in der Südsee zu fahren, doch nur für kurze Zeit.

»Liebes, ist das nicht herrlich? Ich bin so gespannt auf unser Haus.«

Alma konnte noch immer keinen klaren Gedanken fassen.

»Was ist denn mit dir? Du siehst ja ganz blass aus.«

»Ich glaube, ich habe mir doch noch was eingefangen. Mein Magen. Mir ist übel.« Wirklich gelogen war das nicht. In ihrem Magen klumpte sich etwas zusammen.

Sie fuhren am Büro des *Samoan Weekly Herald* vorbei. Es folgte ein Kaufladen, ein weiterer Gasthof, über dem die schwarz-weiß-rote kaiserliche Reichsflagge wehte, mehrere Kneipen, alles außer der Zeitung war anscheinend in deutscher Hand.

»Schau mal, die englische Kathedrale.«

Alma betrachtete das große weiße Gebäude mit den zwei Türmen, das sie schon vom Meer aus gesehen hatte. Weiter die Straße runter lagen die Gebäude der deutschen und der samoanischen Post, daneben eine

Stehbierhalle. Nach einigen hundert Metern kamen sie am Kontor und den Lagerräumen der Handelsgesellschaft vorbei. Die Bebauung auf der Seeseite der Straße hörte auf und Alma hatte wieder freie Sicht auf die Bucht von Apia. Der australische Frachtsegler ankerte nur wenige hundert Meter vom Land entfernt, trotzdem schien die Entfernung unüberwindbar.

In Sogi, dem wohlhabenderen Teil Apias, hielt die Kutsche vor einem großen weißen Holzhaus. Hermann war verblüfft, und auch Alma staunte, als sie endlich ihr neues Heim sah. Das zweigeschossige Haus lag etwas zurückgesetzt von der Straße. Es sah herrschaftlich und hell aus, so ganz anders, als Alma es sich vorgestellt hatte. Die Fenster des schmalen Hauses ihres Vaters in Köln ließen nur wenig Licht herein. Dieses weiß gestrichene Gebäude hingegen war zu den Seiten hin ausladend breit, und unten wie oben verlief eine breite überdachte Veranda um das gesamte Gebäude. Etliche Flügeltüren führten hinaus auf die Veranda.

Hinter dem Haus, das auf Stelzen erbaut war, standen hohe Palmen, die den hier so notwendigen Schatten spendeten. Eine Seite der Veranda war breiter und in der hinteren Ecke entdeckte Alma Korbmöbel und einen Tisch, auf dem bereits ein Teeservice gedeckt stand. Alma stieg sprachlos aus, und Hermann war mit einem Sprung neben ihr.

»Kolossal!« Er war begeistert.

Zwei Gestalten tauchten aus dem Schatten der hinteren Veranda auf. Ein Boy, nur bekleidet mit einem typischen bunten Hüfttuch, lief die Treppe herab, während sich ein Mädchen im Hintergrund hielt. Erleichtert stellte Alma fest, dass sie eine Bluse mit halblangen Ärmeln trug und man ihren Busen nicht sehen konnte. Der Mann, der ihre Kutsche gelenkt hatte, gesellte sich zu den beiden anderen.

Immer noch etwas verunsichert griff Alma nach Hermanns Hand und drückte sich an ihn. Doch Hermann zog sie mit sich. Unten vor dem Haus blieb er stehen, stemmte die Hände in die Hüfte und nickte den dreien freundlich zu.

»Das ist Aveolela«, stellte der Kutscherboy das Mädchen, das zurückhaltend lächelte, vor. Dann zeigte er auf den Mann mit dem Hüfttuch.

»Das ist Etena und ich heiße Taua.« Er war offensichtlich der Älteste und so etwas wie der Ranghöchste.

Taua und Etena waren sehr groß, Etena jedoch sehr viel schmaler gebaut. Er wirkte, als sei er zu schnell in die Höhe geschossen, während Taua muskulös war. Alle drei hatten goldbronzene Haut und dichtes schwarzes Haar. Das Haar der jungen Frau floss über ihre Schultern bis zu ihren Hüften. Nun lächelten alle drei und sahen überhaupt nicht so einschüchternd aus, wie Alma befürchtet hatte.

Sie nickte ihnen zögerlich zu, und schon kam das Mädchen, Aveolela, die Treppe herunter und nahm sie bei der Hand. »Ich zeigen das Haus«, sagte sie.

Hermann grinste, als Alma an der Hand hinter dem Mädchen die Treppe hochlief. Innen war es kühl. Endlich, nachdem ihr die ganze Zeit so schwer ums Herz gewesen war, huschte ein Lächeln über Almas Gesicht. Sie würde viel Arbeit haben, das Haus wohnlich zu gestalten, aber zum ersten Mal, seit sie Köln verlassen hatte, dachte sie wieder daran, dass sie ihren eigenen Haushalt führen durfte.

Sie standen im Salon, von dem an jeder Seite ein Zimmer abging. Im kühlsten Raum stand ein großes Bett mit einem Moskitonetz. Ein großer Kasten stand in einer Ecke, daneben ein schmaler Schrank und in der Ecke war der Waschtisch mit eingelassener Waschschüssel und einem Krug frischem Wasser. Dahinter schloss sich ein Zimmer mit einem Stuhl und einem Schreibtisch an. Außerdem erblickte Alma ein leeres Bücherregal und einen gemütlich aussehenden Sessel mit Fußschemel. Als sie das dritte Zimmer im Erdgeschoss betrat, war sie überrascht. Es war leer.

»Wo ist denn die Küche?«

»Kochen draußen«, antwortete Aveolela und nahm wieder ihre Hand. Wie auch in dem gegenüberliegenden Zimmer konnte man von hier aus auf die Veranda treten. Zwei Stufen führten in einen verwilderten Garten. Aveolela führte Alma ums Haus, vorbei an einem kleinen Badehaus mit einer Brausevorrichtung direkt neben dem großen Wassertank, der das Regenwasser vom Dach auffing.

Vor einer kleinen gemauerten Hütte stand ein breiter Ofen unter einem überdachten Vorsprung. Die Vorräte wurden offensichtlich hinter dicken Mauern untergebracht. Alma öffnete die Holztür und trat in den kleinen Raum. Sie schraubte einige alte Dosen auf, aber sie waren alle leer.

»Es ist sehr liebenswürdig von den Hartmanns, uns heute Abend einzuladen. Ich wüsste wirklich nicht, wie ich hier kochen sollte. Und vor allem was?«

Hermann stand in der Tür und schaute interessiert in die Speisekammer. Er lächelte zufrieden. »Na, das wird schon. Morgen lasse ich uns ein Konto einrichten beim deutschen Laden, und wir kaufen das Nötigste ein. Liebevoll nahm er Alma in die Arme. »Wir haben es endlich geschafft.«

Diese zärtliche Geste raubte ihr die Selbstbeherrschung. Sie konnte nicht mehr an sich halten. Sie schmiegte sich an ihn und begann laut zu schluchzen, und die Tränen liefen ihr über die Wangen.

»Ach Kleines, nun komm. Alles wird sich fügen.« Er streichelte ihr über das verschwitzte Haar. »Bis du dich an alles gewöhnt hast, essen wir im Hotel. Und da ist ja noch Avevo … Ach, nennen wir sie einfach Eva. Sie kann doch erst einmal das Kochen übernehmen.«

Aveolela steckte neugierig ihren Kopf herein. »Haus nicht gut?«

Alma schniefte, und Hermann lachte laut auf. »Doch, doch. Das Haus ist wirklich sehr schön.«

ᔓ

Alma saß auf der Veranda und blickte zur Kathedrale. Von hier bis zum Zentrum Apias war es kaum ein Kilometer. Etena und Taua hatten noch das Gepäck hereingetragen und sich wieder unter eine Palme in den Schatten verzogen. Viel hatte Alma nicht von ihnen mitbekommen, und es war ihr ganz recht. Einige Samoaner hatten sie vorhin am Hafen in einem so unverständlichen Englisch angesprochen, dass Alma nicht wusste, was sie antworten sollte. Und alle kicherten immerzu, als mache sie etwas falsch. Trotzdem schienen sie überaus höflich zu sein.

Von hier vorne aus konnte sie weit hinten in der Bucht die blanken Masten des Frachtseglers erkennen. Für den Rest ihres Lebens würde sie sich an Joshuas gequälten Gesichtsausdruck erinnern. Sie war sich sicher, dass es ihm genauso erging. War sie etwa verliebt, tat ihr deshalb das Herz so weh, verkrampfte sich ihr Magen, zitterten deshalb ihre Hände? Dann konnte die Liebe ihr gestohlen bleiben. So etwas wollte doch kein Mensch freiwillig aushalten. Nein, das konnte keine Liebe sein, denn soviel sie wusste, war Liebe ein herrliches Gefühl. Es war besser, wenn sie Joshua nicht wiedersah.

Nichts dergleichen hatte Alma je für Hannes empfunden, und sie war überzeugt gewesen, dass sie ihn liebte. Und ihre Gefühle für Hermann brauchten Zeit, um zu wachsen.

»Bist du so weit?« Hermann stand hinter ihr. Er hatte sich gewaschen und war frisch rasiert. Er hatte seinen Bart gezwirbelt und mit Pomade das Haar zurück gestrichen, das auf der Seereise zu lang geworden war.

Alma war schon lange fertig. Sie hatte sich erst gar nicht damit aufgehalten, eines ihrer Pakete aufzumachen. Selbst die Nähmaschine, auf die sie so neugierig war, blieb ungeöffnet. Es war ein so wertvolles und lieb gemeintes Geschenk. Sie wollte ihre Freude darüber nicht trüben, indem sie es zu einem Zeitpunkt öffnete, an dem sie sich schlicht nicht freuen konnte.

Sie trug ein leichtes helles Kleid, ihr war sehr warm. Der hochgeschlossene Kragen und die langen Ärmel hielten zwar die Moskitos ab, aber sonst war es denkbar unpraktisch. Es wurde früh dunkel, und die Dämmerung dauerte nicht lange. Schon in Sydney hatte Alma sich an die schnellen Sonnenuntergänge gewöhnt. Auf See jedoch verlor sie jedes Zeitgefühl, deshalb war sie so erstaunt, dass es hier noch schneller dunkel wurde als in Australien. Sie mussten sich beeilen, wenn sie den Weg zur Kathedrale noch im letzten Tageslicht zurücklegen wollten.

Hermann strich über ihren Arm. »Und, was meinst du? Wirst du dich hier wohlfühlen?« Er schaute sie ermutigend an.

Für einen Moment war sie verdutzt. Manchmal konnte Hermann überaus mitfühlend sein. Vielleicht war er bisher nur so barsch gewesen, weil er Angst vor der Seereise gehabt hatte. Auf See war er kaum wiederzuerkennen. In den letzten Wochen war er ein Häuflein Elend gewesen, aber hier trat er plötzlich wieder als der stattliche zuvorkommende Mann auf, den Alma vor weniger als einem halben Jahr in der Schneiderei ihres Vaters kennengelernt hatte. Er trug sogar den hellen Anzug, den sie damals für ihn genäht hatte. Ja, sie hatte das Richtige getan, sich nicht ihren Gefühlen hinzugeben. Hermann war ein guter Mann, und er würde für sie sorgen.

»Es wird bestimmt nicht leicht am Anfang, aber es wird schon.« Sie konnte ihm kaum in die Augen blicken.

Auf einmal drückte Hermann sie fest an sich. »Auch wenn ich diese Person genauso wenig leiden kann wie du: Ich finde, Frau Hartmann hat recht. Wir sollten ganz schnell viele Kinder machen.« Er presste seinen Mund auf ihre Lippen und umfasste ihren Po.

Erschrocken und empört schob Alma ihn von sich. »Doch nicht hier auf der Veranda!«

Er lachte laut. »Ich hab' nicht den Eindruck, als störe es hier jemanden, wenn ich meine Frau küsse.« Noch einmal zog er sie an sich und drückte ihr einen Kuss auf den Mund. Immerhin legte er die Hände nicht mehr auf ihr Hinterteil. »Komm, jetzt schauen wir uns um.«

Der Weg war kürzer, als Alma angenommen hatte, und als sie vor der Kathedrale ankamen, stand dort schon das Ehepaar Hartmann und erwartete sie. Allen Vorsätzen zum Trotz konnte Alma nicht umhin, immer wieder die Straße hoch- und runterzublicken. Nicht einmal mehr die Schemen des australischen Seglers waren in der Dunkelheit noch auszumachen.

So freundlich wie möglich begrüßte Alma die Missionarsfrau, die ein lauerndes Auge auf sie geworfen hatte wie ein Fuchs auf ein krankes Huhn. Frau Hartmann nahm sie in Beschlag, kaum dass sie das Portal erreicht hatten. Sofort wurde sie zwei weiteren Frauen vorgestellt. Alma hatte nicht die geringste Chance zu entkommen.

In der Kathedrale war es kühl, wenn auch nicht so kühl, wie Alma gehofft hatte. Mehrere Dutzend Augenpaare richteten sich neugierig auf sie. Sie wusste, sie würde die nächsten Wochen damit verbringen, all diese Menschen kennenzulernen. Doch heute fühlte sie sich nicht in der Lage, alle mit freundlichen Gesten und einem Lächeln zu begrüßen. Glücklicherweise begann der Gottesdienst bald.

In der Einsamkeit des Gebets stahlen sich ihre Gedanken wieder zu Joshua Fitzgerald, und Traurigkeit übermannte sie. Niemals würde sie mehr in sein Gesicht blicken. Ihr Mund wurde trocken, und sie hatte das Gefühl, gleich ohnmächtig zu werden. Ihr Atem ging immer heftiger, und selbst Frau Hartmann, die neben ihr saß, schaute sie merkwürdig an. Alma löste den ersten Knopf ihrer geschlossenen Halskrause. Sie musste hier raus, an die frische Luft, auch wenn man die tropische Schwüle dort draußen nicht wirklich so nennen konnte. Sie fächelte sich mit der Hand Luft zu, aber als ihr Atem sich weiter beschleunigte, beugte sich Frau Hartmann zu ihr.

»Wollen Sie sich nicht kurz die Beine vertreten? Diese Schwächeanfälle kenne ich. Die hatte ich in der ersten Regenzeit auch ständig.« Sie nickte ihr aufmunternd zu.

Alma stand leise auf. Noch bevor sie den Gang erreichte, sah sie aus den Augenwinkeln, wie Frau Hartmann eine Geste zu ihrer Nachbarin machte, die besagte, Alma sei schwanger. Als wüsste sie etwas, was die anderen noch nicht wussten. Mit flammenrotem Gesicht huschte Alma zum Portal hinaus.

Draußen war es bereits dunkel. Durch die hohen Kirchenfenster fielen bunte Lichtstrahlen, aber der Mond überstrahlte alles. Alma drückte sich mit dem Rücken an die Wand. Sie fühlte sich überfordert. So fernab der Heimat, diese schwüle Hitze, die fremden Leute, auf die sie in den nächsten Jahren auf Gedeih und Verderben angewiesen war. Sie atmete heftig.

Auf der Straße gingen zwei Samoaner vorbei, die interessiert zu ihr herüberblickten. Erschrocken drückte Alma sich in den Schatten. Sie musste sich an sie gewöhnen, das wusste sie, aber nicht heute Abend. Eine Gruppe grölender Seeleute kam die Straße hoch. Vielleicht wollten sie zur englischen Kirche oder in eine Wirtschaft.

Aufgeregt beobachtete Alma sie. Sie hätte Joshua sofort erkannt. Er war größer als alle anderen. Enttäuscht blickte sie den Männern hinterher, doch dann sah sie ihn. Er ging mit einigem Abstand alleine hinter den anderen. Ständig drehte er sich um, während sein Blick neugierig umherwanderte. Suchte er sie etwa? Konnte das wahr sein? Almas Herz machte einen Sprung. Sie trat aus dem Schatten, und als hätte er auf ein Zeichen gewartet, blieb er stehen.

Keiner von beiden rührte sich. Plötzlich eilte er auf sie zu. Kaum hatte er sie erreicht, fasste er ihre Hand und ging mit ihr auf die Seite der Kathedrale. Hier war es dunkel. Er hielt ihre Hände fest.

»Ich weiß, dass es sich nicht schickt. Aber sagen Sie ein Wort, und ich lasse Sie sofort los.« Er atmete ebenso heftig wie Alma zuvor in der Kirche.

»Ich …« Er wartete. Sie musste nun etwas sagen. Er ließ ihre Hände los und legte sie auf ihre Taille. Sie musste sich von ihm freimachen, doch das Gefühl, seine Hände auf ihrem Kleid zu spüren, überwältigte sie.

Ganz langsam zog er sie an sich. »Alma.« Sie fühlte seine Lippen auf ihren, und als er sie fest an sich drückte, spürte sie, was sie auch bei Hermann spürte, bevor sie miteinander schliefen. Im ersten Moment erschrak sie, aber anders als bei Hermann verursachte seine Erregung keinen Unwillen bei ihr, ja, im Gegenteil. Mit einem Mal bekam sie Angst. Davor, dass etwas passierte, was sie nicht mehr kontrollieren konnte, oder wollte.

»Joshua, ich … Nicht … Ich …«

»Willst du mich nicht küssen, oder hast du Angst, weil du verheiratet bist?«

»Angst, ja.«

Er zog sie wieder an sich. »Sag nur ein Wort, und ich lass dich gehen«, flüsterte er in ihr Ohr. Doch antworten ließ er sie nicht, denn dieses Mal küsste er sie so leidenschaftlich, wie nicht einmal Hannes sie geküsst hatte.

Auf einmal fingen die Kirchenglocken an zu läuten. Erschrocken trat Alma zurück. Joshua ließ sie los, und sie konnte sein Gesicht sehen.

Seine blauen Augen funkelten im Mondlicht. Sie warf sich in seine Arme, küsste ihn ungestüm und verschwand schnell um die Ecke.

In einiger Entfernung von der schweren Holztür blieb sie stehen, die in diesem Moment aufschwang, und schon strömten die ersten Kirchgänger ins Freie. Joshua Fitzgerald war in der Dunkelheit verschwunden.

KAPITEL NEUN

SAMOA, DEZEMBER 1899

Wenn sie nun jemand gesehen hatte? Wenn Hermann wüsste, dass sie einen fremden Mann geküsst hatte? Oh mein Gott. Nein, besser sie betete in diesem Fall nicht zu Gott, der ihr schändliches Verhalten sicher nicht gutheißen würde. Alma war außer sich. Was sollte sie nur tun?

Doch das Verwirrendste war, dass ihr Kopf zwar sagte, dass sie falsch gehandelt hatte, aber ihr Herz sprach eine ganz andere Sprache. In ihrem ganzen Leben hatte sich noch nie etwas so richtig angefühlt. Auch wenn ihre Begegnung nur wenige Minuten gedauert hatte – dieses Gefühl würde sie niemals mehr vergessen, und das machte ihr große Angst. In diesem einen Kuss, den sie so freiwillig und hitzig verschenkt hatte, lag ihr Protest gegen all die Ungerechtigkeiten, die ihr angetan worden waren. Etwas war aufgebrochen, das sie seit dem Sommer zu verdrängen versuchte. Ein lang angestautes Aufbegehren hatte sich Bahn gebrochen. Alma warf sich unruhig im Bett hin und her, zum ersten Mal in ihrem Leben wünschte sie sich, sie brächte genug Mut auf, um ihr Schicksal selbst in die Hand zu nehmen.

Außerdem: Joshua hatte sie zuerst geküsst. Was bedeutete das nun wieder? Hegte er die gleichen Empfindungen wie sie? Verbargen sich hinter seinen verstohlenen Blicken und den Gesprächen an Bord doch mehr als nur höfliche Konversation und alltägliches Interesse? Er hatte so leidenschaftlich geklungen, bevor er sie geküsst hatte. Und dieses Mal schien er sich ebenso wenig unter Kontrolle gehabt zu haben wie sie. Hatte ihn das gleiche Fieber erwischt? Oder war es nur ein Kuss, den er sich von einer naiven jungen Frau gestohlen hatte? Eine Gelegenheit, die jeder Mann ausnutzen würde, wenn die Frau nur dumm genug war, sich anzubieten. Schließlich war er Australier. Die legten auf formelles Verhalten und Etikette nicht gerade besonders großen Wert. Aber hatte er ihr nicht die Wahl gelassen? Sag nur ein Wort, und ich lass dich gehen. Sie hätte Nein sagen können. Er wollte wissen, was sie für ihn empfand. Es war also auch für ihn mehr als nur ein Kuss!

Sie dankte dem Himmel, dass ihr Vater nicht da war, oder Käthe. Beide hätten sofort gemerkt, dass etwas mit ihr nicht stimmte. Aber Hermann kannte sie noch nicht gut genug, und eine Magenverstimmung war in den Tropen ja etwas völlig Normales. Außerdem war ihr tatsächlich übel. Schon während des Abendessens bei den Hartmanns hatte sie keinen Bissen heruntergebracht, und das war ihr nur recht, denn so dachten alle, sie habe sich etwas eingefangen. Auch wenn es für Frau Hartmann ein weiteres Indiz für ihren Zustand war. Hermann dagegen erfreute sich an dem deutschen Braten mit Klößen und Kohl. Leider hatte Frau Hartmann darauf bestanden, am nächsten Tag vorbeizukommen, um nach ihr zu sehen.

Hermann war frühmorgens zusammen mit Taua zu dem deutschen Kaufladen gefahren. Eigentlich sollte Alma mitkommen, doch sie schaffte es gerade mal aufzustehen und sich anzukleiden. Ihr war speiübel, ihre Knie knickten weg, und sie brachte nur eine Tasse Tee hinunter.

Am Nachmittag saß die Missionarin wieder bei ihr, in einem viel zu engen Kleid, und fächelte sich pausenlos Luft zu. Etena hatte Kaffee gemacht. Sie benutzten das alte Porzellan von ihrem Vorgänger, der das Haus vor mehreren Monaten kurz nach den Schießereien auf der Insel überstürzt verlassen hatten.

Alma hatte im Schlafzimmer zusammengekauert auf dem Bett gelegen und sah sich nun genötigt aufzustehen. Sie wusste, wenn sie nicht auf der Veranda erschien, würde diese impertinente Frau es wagen, in ihr eheliches Schlafzimmer vorzudringen.

Als Alma in die Sonne trat, verwünschte sie die Missionarin, die sich nicht hatte abwimmeln lassen. Hatte sie denn nichts anderes zu tun? Anscheinend nicht, und so musste Alma sich endlos gute Ratschläge anhören.

»Danke, Aveolela«, sagte sie mit leiser Stimme, als die junge Frau ihr einen Ingwertee brachte. Sie wollte es nun auch einmal mit Hermanns Rezept gegen Übelkeit versuchen.

Frau Hartmann hatte selbstgemachten Butterstollen mitgebracht, aber auch Hermann schien ihre Anwesenheit nicht gerade zu genießen. Nachdem er Kaffee getrunken und sich zwei Stückchen Stollen einverleibt hatte, war er zurück ins Haus gegangen. Morgen war sein erster Tag im Kontor, er konnte es kaum erwarten. Am liebsten wäre er heute schon hingegangen und hätte sich alles angeschaut. Aber da es Alma noch so schlecht ging und Herr Hartmann später nachkommen wollte, blieb Hermann mit den beiden Frauen zu Hause. Gelegentlich hörte Alma seine Stimme aus dem Innern des Hauses, wo er den beiden Boys befahl, wo sie was hinstellen sollten. Überall standen Kisten herum, alles war halb ausgeräumt, und Alma war nicht imstande, auch nur einen Finger zu rühren.

»Sie haben ja wirklich Glück mit Ihrem Haus. So viel Platz. Aber freuen Sie sich nicht zu früh. Gelegentlich haben wir Springfluten, und hier in der alten Villenkolonie schwappt das Meer dann über die Strandpromenade und strömt bis zu Ihrer Treppe. Dann kommen Sie manchmal tagelang nicht ohne nasse Füße in die Stadt.«

Almas Blick wanderte über das Ufer zur Bucht, in der ein kleiner Küstendampfer ankerte und einige Langboote der Samoaner auf den Wellen tanzten. Außerhalb der Bucht lag das deutsche Kriegsschiff. Mindestens ein deutsches Schiff war immer in der Nähe der Inseln, damit es im Zweifelsfalle die Hoheitsansprüche des Deutschen Reichs verteidigen konnte. Der australische Frachter hatte schon frühmorgens die Segel gesetzt. In Almas Magen krampfte sich alles zusammen.

Die Missionarin, etwas überrascht darüber, dass Alma nicht antwortete, rutschte unruhig auf ihrem Korbsessel herum. Sie versuchte es mit einem anderen Thema.

»Wenn Sie die Straße weiter hochfahren, kommen Sie zur Landzunge Mulinu. Dort befindet sich der ehemalige samoanische Königssitz.« Sie senkte ihre Stimme. »Dass Sie drei samoanische Hilfen haben, ist Segen und Fluch zugleich. Die Samoaner sind sehr stolz, was zur Folge hat, dass sie sich nicht gerne kommandieren lassen. Aber sie sind intelligent und lassen sich gut anlernen. Ich dagegen hab zwei schwarze Jungs vom Bismarck-Archipel, die nichts weiter können, als im schlimmsten Pidgin-Englisch zu schwatzen. Ich bring sie ganz schön auf Trab, aber glauben Sie mir: Ich muss ihnen jede Woche die einfachste Hausarbeit neu erklären.«

Alma schaute kurz die Missionarin an und glaubte für einen Moment, sie müsse sich übergeben. Sie atmete tief durch und sackte in sich zusammen. Es war heiß, es war schwül, und sie hatte seit gestern Nachmittag keinen Bissen mehr zu sich genommen. Sie hatte das Gefühl, jeden Augenblick bewusstlos zu werden. Hermann trat auf die Veranda und die Besucherin atmete erleichtert auf.

»Ich glaube, wir sollten Ihre Frau ins Bett schaffen. Sie kann sich kaum noch aufrecht halten.«

Alma regte sich. Sie wollte gegenüber der Missionarin nicht noch mehr Schwäche zeigen.

»Danke, ich schaff es schon alleine.« Sie stand auf und ging mit zittrigen Beinen zurück ins Schlafzimmer, in dem das eiserne Bett stand. Sie konnte diese Frau nicht ertragen, und sie brachte es nicht fertig, Hermann in die Augen schauen. Joshuas Schiff war schon lange außer Sichtweite. Alma zog sich die Bettdecke über den Kopf und schluchzte leise.

Erst am nächsten Tag hatte Alma sich wieder so weit im Griff, dass sie sich gemeinsam mit Hermann auf in die Stadt machte, um im deutschen Laden einen Großeinkauf zu tätigen. Alma war überwältigt, was es alles zu kaufen gab.

»Schau nur, Rettich, Tomaten, Gurken, Bohnen und frischer Salat!« Sie langte in eine Kiste. »Sogar Radieschen. Als hätte man sie gerade erst aus dem Garten ausgegraben.«

»Das kommt von dem fruchtbaren Boden. Hier gedeiht alles prächtig. Das Gemüse wächst das ganze Jahr über. Kaum dass man es abgeerntet hatte, kommen die nächsten Früchte.« Der Inhaber des Ladens, Anton Hofer, stand neben ihnen. Wie alle Insulaner auf Upolu schien auch er neugierig auf die neuen Bewohner zu sein, obwohl er etwas mürrisch wirkte. Er war gerade dabei gewesen, eine Lieferung für eine abgelegene Plantage zusammenzustellen. Sein dunkler Bartschatten ließ sein Gesicht noch schroffer erscheinen, aber natürlich konnte das täuschen. Anton Hofer ging nach hinten und kam mit einer Kiste mit gelben Früchten zurück.

»Die sind gerade erst gekommen, bitte sehr. Probieren Sie.« Er brach zwei große Bananen von der Staude ab und reichte sie Alma und Hermann.

»Bananen, Hermann!« Alma war ganz aufgeregt. »Ja, und hier, das kennen Sie wahrscheinlich noch nicht.

Diese lange Wurzelknolle ist Yams. Die Eingeborenen kochen sie sehr gerne. Sie schmecken ein wenig nach unseren Kartoffeln, oder nach Esskastanien. Das kommt darauf an, wen man fragt. Hier haben wir Bataten, die Süßkartoffeln. Und hier auf der anderen Seite die verschiedenen Früchte: Mangos, Apfelsinen, Zitronen, Papayas und Butterbirnen.«

Alma stand da mit ihrer Banane in der Hand und sah zu, wie Hermann seine schälte. Sie machte es ihm nach und war überrascht, was darunter zum Vorschein kam.

»So dick sind die Schalen? Das hätte ich nicht gedacht.« Vorsichtig biss sie ein kleines Stück ab und kaute. »Schmeckt ganz anders als alles, was ich kenne.«

»Aber sehr delikat. Da nehmen wir auf jeden Fall ein paar mit.« Hermann konnte sich ebenso wenig sattsehen wie Alma.

Als sie eine halbe Stunde später mit dem Wagen wieder zurückfuhren, lagen neben dem bekannten Gemüse viele fremde Früchte in ihren Kisten. Zudem hatte Alma noch Brot und Kartoffeln gekauft, Reis und Büchsenkonserven. Sie hatte sogar zwei Gläser Pflaumenmarmelade erstanden. Außerdem hatten sie sich ein Kännchen Milch und eine Kugel Butter einpacken lassen. Hermann war bei dem Anblick des neuseeländischen

Schinkens das Wasser im Mund zusammengelaufen, und so fand ein großes Stück davon ebenfalls den Weg auf den Wagen. Gestern Abend war von der hiesigen Eisfabrik eine große Stange Eis geliefert worden, sodass sie ihre Einkäufe sofort im Kühlkeller verstauen konnten.

Außer den Lebensmitteln hatte Alma noch luftige Mullgardinen erworben, mit denen sie ebenso wie ihre Nachbarn die Fenster dekorieren wollte. Das Moskitonetz über ihrem Bett war eingerissen, und sie brauchten dringend ein neues, denn diese Viecher waren eine echte Plage.

Selbstverständlich waren sie nicht aus dem Laden gekommen, ohne eine Einladung zu erhalten. Eine ältere Deutsche, deren Namen Alma schon wieder vergessen hatte, hatte Hermann ihre Besuchskarte gegeben. Schon heute Abend sollten sie zu ihrer Familie zum Essen kommen. Es war, als hätte die Dame nur darauf gelauert, dass das Ehepaar Stieglitz einkaufen ging. Man riss sich geradezu um sie. Anscheinend wollte ganz Apia sie einladen. Alma fühlte sich unwohl, und ihr graute davor, dass innerhalb kürzester Zeit alle bei ihnen vorbeikommen wollten.

Alles war noch so neu. Das Kochen und Backen schien viel aufwendiger zu sein als in Köln. Draußen stand der Herd, der trotz der herrschenden Hitze befeuert werden musste. Und heute Morgen hatte es leicht geregnet, als sie gerade draußen in der Kochhütte Wasser für den Kaffee heißmachte. Noch war sie nur leicht nass geworden, als sie zurück ins Haus gelaufen war. Doch sie hatte davon gehört, dass es während der Regenzeit wie aus Kübeln goss. Wie sollte sie da im Trockenen kochen? Die überdachte Kochstelle sah nicht so aus, als würde sie starken Regen abhalten.

Sehr viel bequemer war allerdings das Duschen. Man musste das Wasser für die Dusche nicht extra erwärmen, denn man war froh, wenn es frisch war. In Köln hatten sie nur einen Wasserhahn, und sie mussten das Wasser für das wöchentliche Bad auf dem Ofen heißmachen. Hier stellte man sich einfach draußen im Garten in den Verschlag mit der Brause. Das Wasser kam direkt aus dem großen Metalltank, in den das Regenwasser vom Dach lief.

Es war herrlich.

Und wenigstens einen hilfreichen Tipp hatte Alma von der Missionarin bekommen. Auch wenn die meisten Samoaner sich nur ungern herabließen, für die Weißen zu arbeiten: Aus unerklärlichem Grund wuschen sie gerne Wäsche. So konnten sie viele Eingeborene zum Waschen engagieren. Alma hatte beschlossen, dass sie Aveolela fragen würde, ob sie zwei gute Wäscherinnen kannte.

Nachdem sie zurück und die Kutsche abgeladen worden war, stieg Hermann wieder auf den Bock und fuhr davon. Die Einkäufe waren eingeräumt und die drei Bediensteten nirgendwo zu sehen. Wie Alma in den letzten Tagen bereits bemerkt hatte, saßen Aveolela oder die Boys an der schattigen Seite der Veranda und unterhielten sich, sobald sie keine konkrete Aufgabe hatten. Sie gingen und kamen, wie sie wollten. Das Einzige, was sie ohne Aufforderung taten, war, sich um die zwei Pferde zu kümmern und die Kutsche an- oder auszuspannen.

Alma war sich unsicher, wie sie mit ihnen umgehen sollte. Zwar sah sie, wie alle anderen Weißen die Samoaner und anderen Arbeiter herumkommandierten. Doch Alma hatte einen berechtigten Grund, wie sie fand, nicht unhöflich zu werden. Denn was, bitte schön, sollte diese Menschen, die sich hier bestens auskannten, Gewehre hatten, ja sogar als bewaffnete Schutztruppe in Apia auftraten, davon abhalten, die Weißen, die in der Unterzahl waren, einfach ins Wasser zu jagen oder zu erschießen? Und obwohl Alma zugeben musste, dass alle sich ihr gegenüber anständig benahmen und immerzu lächelten, waren sie ihr nicht geheuer. Und dass die Boys mit nacktem Oberkörper herumliefen und meistens nur ein buntes Wickeltuch trugen, machte die Sache für Alma nicht einfacher. Außerdem hatte sie es niemals gelernt, anderen Befehle zu erteilen. Im Gegenteil, sie war doch diejenige, die ihr Leben lang immer gehorcht hatte. Auf ihre höflichen Bitten reagierten die Eingeborenen zwar, doch sobald Alma ihnen den Rücken zudrehte, wurden die Dinge eher zufällig oder gar nicht erledigt. Morgens tauchten sie plötzlich aus dem Nichts auf. Und genauso schnell schienen sie über Tag wieder vom Erdboden zu verschwinden. Noch hielt

Alma sich von Etena und Taua möglichst fern, aber Aveolela war ihr sehr sympathisch. Die junge Frau war immer ausgesprochen höflich zu ihr, auch wenn sie Alma das Gefühl vermittelte, dass sie weniger von ihr bedient wurde, als dass Aveolela ihr eher gelegentlich einen Gefallen gewährte. Immerhin erschien sie immer mit einer Bluse über ihrem *Lavalava*, dem Wickelrock, den auch die samoanischen Männer trugen.

Jetzt waren sie gerade wieder wie vom Erdboden verschluckt. Alma rief nach ihnen, aber niemand erschien. Die Koffer und Kisten waren ausgepackt. Die Kleider hingen auf einer Stange und mussten ordentlich gewaschen werden, aber erst wenn sie Wäscherinnen gefunden hatte.

Alma stand hinten auf der Terrasse und blickte in den überwucherten Garten. Hermann würde noch Stunden weg sein. Kochen musste sie nicht, denn sie waren für heute Abend ja eingeladen. Also musste sie eine andere Beschäftigung finden. Alma zog sich ihr ältestes Kleid an, nahm einen Zinneimer und die kleine Harke und Schaufel, die sie hinter dem Badehäuschen gefunden hatte. Zwischen Schlingpflanzen und Unkraut versuchte sie das übriggebliebene noch essbare Gemüse auszugraben. Sie wollte auf andere Gedanken kommen, die Sehnsucht quälte sie. Doch die willkommene Ablenkung währte nur kurz, denn innerhalb von wenigen Minuten zog sich der Himmel zu, und es fing fürchterlich an zu regnen.

Ein Kanonenschuss ertönte. Es war Sonntagmittag, Punkt zwölf Uhr. Beim ersten Mal hatte Alma sich zu Tode erschrocken und geglaubt, die Kämpfe brächen wieder aus, aber nun, am dritten Sonntag, hatte sie sich daran gewöhnt. Gestern war das deutsche Postschiff angekommen, und sie war wie alle Bewohner der Stadt aufgeregt zum Postamt gelaufen. Es herrschte ein heilloses Durcheinander, ganz Upolu schien auf den Beinen zu sein.

Sehnsüchtig hatte Alma auf Post aus ihrer Heimat gehofft, und tatsächlich war ein Brief von Tante Heidi dabei. Jetzt las sie ihn zum wiederholten Mal, während sie nach einem versteckten Hinweis suchte, wie es Käthe ergangen war. Hermann wusste weder, dass Hannes Käthe sitzengelassen hatte, noch von der Schwangerschaft. In Almas Kopf hallten noch die Worte ihrer jüngeren Schwester wider, die sie ihr am Bahnhof zugeflüstert hatte. Käthe ist schon verschickt worden. Wohin? Was geschah mit ihr, und was mit dem unschuldigen Kind? Durfte Käthe nach Köln zurückkommen, oder musste sie irgendwo auf dem Land eine Stellung annehmen, wo keiner die Familie Hinrichs kannte? Und warum hatte Hannes sie wenige Tage vor ihrer Hochzeit im Stich gelassen?

Stattdessen schrieb Tante Heidi vom Ende des Sommers, den Herbststürmen und wie gut sich Mathilde in der Nähstube machte. Besonders Fritz vermisste Alma sehr, doch kein Wort darüber, dass auch Käthe nicht mehr in der Nähstube arbeitete.

»Und? Wie war die Hochzeit?«

Alma schreckte zusammen. Hermann hatte die englische Zeitung überflogen. Sein Englisch hatte sich verbessert, weil er sich häufig, trotz der vielen Deutschen, auf Englisch verständigen musste.

Alma zögerte einen Augenblick. »Da steht nichts über die Hochzeit.« Da sie Hannes zu ihrer Hochzeit eingeladen hatten, wusste Hermann natürlich, dass die andere Schwester auch bald heiraten sollte.

Ihr Ehemann war verblüfft. »Nichts über die Hochzeit? Das überrascht mich aber.«

»Mich auch. Obwohl, könnte ja sein, dass ein früherer Brief verloren gegangen ist. Es hört sich so an, als hätte ich einiges an Neuigkeiten verpasst.«

Alma konnte schlecht lügen, aber ihrem Mann auch nicht die Wahrheit sagen. Würde er dann nicht denken, dass Hannes Käthe sitzengelassen hatte, weil er Alma so sehr liebte? Und würde das nicht einen Schatten auf sie werfen? Vielleicht dachte Hermann dann, dass sie noch heimlich in Hannes verliebt war? Dabei war Alma sich nach ihren jüngsten Erfahrungen sehr sicher, dass das niemals zugetroffen hatte.

Nun wusste sie, warum es ihr in den ersten Tagen auf der Insel so schlecht gegangen war. Sie hatte sich in Joshua Fitzgerald verliebt. Nur das konnte die Erklärung für ihr törichtes Verhalten sein. Sie verstand jetzt die Bedeutung, wenn jemand sagte: Liebe macht blind. Wie nur hatte sie ein solches Risiko eingehen und den australischen Seemann küssen können? Sie war gerade nochmal mit einem blauen Auge davongekommen. Mittlerweile hatte sie mitbekommen, was mit unehrenhaften Frauen geschah, die Schimpf und Schande über die Familie brachten.

Hannes hatte Käthe sitzenlassen, und der Vater hatte sie verbannt. Ihre Schwester und das Kind sahen einer ungewissen Zukunft entgegen. Selbst wenn Alma damit unzufrieden war, dass der Vater sie ohne Weiteres mit einem fremden Mann verheiratet und um die ganze Welt geschickt hatte, musste sie zugeben, dass ihr Schicksal wesentlich gnädiger mit ihr verfahren war. Sie lebte in einem großen Haus, hatte Bedienstete und erlebt e jeden Tag Neues, von dem sie vor einem halben Jahr nicht einmal geträumt hätte. Und auch wenn sie sich häufig unsicher und übergangen fühlte, war sie eine ehrbare Frau, die ihren eigenen Haushalt führte. Das blieb Käthe womöglich ein Leben lang verwehrt, nur weil sie einmal einen großen Fehler begangen hatte. Natürlich war es nicht richtig, was sie getan hatte, und Alma war noch immer wütend auf ihre Schwester, aber sie machte sich vor allem Sorgen. Und zum ersten Mal in ihrem Leben erschien ihr die gottgegebene Ungleichheit zwischen Mann und Frau sehr ungerecht. Hannes hatte den gleichen Fehler gemacht, aber er musste für nichts büßen. Und das unschuldige Kind, das in Käthes Bauch heranwuchs, würde auf eine hartherzige, erbarmungslose Welt stoßen.

»Ja, das soll öfter vorkommen.«

Alma starrte Hermann an. »Bitte?«

»Na, dass Briefe verschwinden. Die Engländer sollen deutsche Post verschwinden lassen in der Hoffnung, dass wichtige Nachrichten und Bestellungen verloren gehen und so die deutschen Pflanzer ins Hintertreffen geraten. Deswegen gibt es ja seit vielen Jahren schon die Reichspostdampfer. Sonst würde hier wahrscheinlich überhaupt keine wichtige Post ankommen.«

Alma nickte. Ja, und jetzt, da Hermann es selbst sagte, glaubte sie, dass vielleicht tatsächlich ein Brief abhandengekommen war. Sie hatte ihren Brief in die Heimat schon in den ersten Tagen abgegeben, aber sie würde sofort einen neuen aufsetzen und zwischen den Zeilen geschickt nach Käthe fragen. Sie musste wissen, was mit ihrer Schwester passiert war.

Von Unruhe getrieben stand Alma auf und lehnte sich an die Veranda. Sie blickte in den grau verhangenen Himmel. Es regnete schon wieder, und der Wind war stärker geworden. Trotz des Wetters buddelte im Garten nebenan ihr Nachbar Kartoffeln aus. Sie bedauerte Theodor Keller, den sie bisher nur kurz kennengelernt hatte. Anscheinend war er die einzige Person in ganz Apia, der die neuen Einwohner nicht einladen wollte. Er trank, hatte ihr Frau Hartmann verraten. Und er war eine von diesen unheiligen Mischehen eingegangen, die sie absolut missbilligte. Ihre Freude darüber, dass die junge Samoanerin den Trinker schon nach zwei Jahren verlassen hatte, hatte Gertrude Hartmann kaum verhehlt. Überhaupt schien Klatsch und Tratsch eine der Lieblingsbeschäftigungen in Apia zu sein. Alma wagte gar nicht, daran zu denken, was die Missionarin schon alles über sie weitererzählt hatte.

Hermann stellte sich neben Alma. Das Haus von Keller, einstmals sicher sehr prachtvoll, sah heruntergekommen aus. Es brauchte einen neuen Anstrich, und die Treppenstufen waren brüchig. Nur der Garten machte einen gepflegten Eindruck.

»Wie der immer schuftet. Gestern hab' ich gesehen, wie er alleine versucht hat, die Wurzeln einer großen Palme auszugraben.«

Aber Hermann sah auf die erdverschmierten Hosenbeine. »Da sieht man es eben wieder. Solche Arbeit ist nichts für feine Damen. Mir wär es recht, du würdest es lassen. Feldarbeit ist nichts für dich. Lass das die Boys machen. Ich mag es nicht, wenn meine Frau durchs Unterholz kriecht. Das schickt sich nicht.«

»Aber wir sparen Geld, wenn ich das Gemüse selbst ziehe.«

»Deine Sparsamkeit in Ehren, aber das bisschen Gemüse können wir uns schon noch leisten. Ich hab' schließlich keine Bauersfrau geheiratet.« Hermann schaute sie grimmig an.

»Ich mach es doch gerne.« Alma hatte den Garten gejätet, von allem befreit, was sie nicht identifizieren konnte, und einiges selbst angepflanzt. Die Arbeit machte ihr Spaß und lag ihr.

»Das tut nichts zur Sache. Ich will es nicht, und damit Schluss. Du kannst gerne zusehen, wenn Taua und Etena sich abrackern, aber ich will nicht, dass meine Frau Drecksarbeit macht. Wir haben einen Ruf zu wahren«

Alma presste die Lippen aufeinander. Je länger sie auf der Insel war, desto mehr behandelte Hermann sie wieder wie ein Kind. Gleichzeitig verlangte er selbstredend, dass sie sich damenhaft verhielt. War er auf See milde gewesen, weil es ihm nicht gut gegangen war? Alma wagte immer weniger, Hermanns Vorgaben infrage zu stellen, denn jetzt lernte sie einen neuen Wesenszug an ihrem Angetrauten kennen. Er konnte ziemlich aufbrausend sein, und manches Mal wurde er richtiggehend wütend, wenn sie eine abweichende Meinung äußerte. Immer wieder musste Alma an ihre Zeit mit Milli denken. Sie hatte ihr gute Ratschläge erteilt und gezeigt, wie man sich als feine Dame durchsetzte. Aber ohne Milli fühlte Alma sich gelegentlich wie ein unerfahrenes Fräulein und nicht wie eine ehrbare Ehefrau.

Und es war nicht nur Hermann, der sie einengte. Hier auf der Insel ging es nicht so freizügig zu wie in Sydney oder auf dem australischen Frachter. Alma fühlte sich von allen Seiten beobachtet und beurteilt. Es war beinahe wie in Köln. Als wäre zu dem Thema nun alles gesagt, beugte Hermann sich über die Balustrade der Veranda und schaute zum Strand.

»Mein Gott, schau dir das an. Schwarz wie die Nacht.« Alma blickte in die Richtung, aus der der Wind kam.

Erschrocken entfuhr ihr ein ängstlicher Laut. Der Himmel hatte sich dunkelgrau gefärbt. Das an den Rändern gelblich grüne Wolkengebirge wirkte wie eine geschlossene Front, die den Inseln den Kampf angesagt hatte. In der Ferne erkannte sie einen dichten Regenschleier, der zwischen der Wolkendecke und dem Meereshorizont hing. Wie eine geschlossene Wand flogen die Wolkenungetüme auf die Inseln zu, dass einem angst und bange wurde. Solch eine große Sturmfront hatte Alma noch nie gesehen. Die Inseln erschienen ihr wie Murmeln in der Hand Gottes. War das etwa das Urteil, was Gott über sie fällte? Alma erkannte einzelne Blitze und plötzlich krachte es laut. Ein lautes dumpfes Grollen zog über sie hinweg.

ഗ

Die Fenster waren alle geschlossen, aber es gab keine Läden, die Alma vor das Glas hätte sperren können. Besorgt beobachtete sie, wie Theodor Keller versuchte, die Fenster seines Hauses mit Brettern zu vernageln. Doch der Wind riss sie ihm immer wieder aus der Hand.

Hermann war zur Firma gefahren, um seine Hilfe anzubieten und um zu erfahren, was ihnen bevorstand. Etena und Taua waren mal wieder nirgendwo aufzufinden, und Aveolela war heute Vormittag erst gar nicht erschienen. Alleine stand Alma nun auf der Veranda und wartete ungeduldig auf Hermanns Rückkehr. Doch ihr Blick glitt immer wieder zum Meer. Ob Joshua gerade auf See war? Vielleicht lag sein Schiff auch in einem sicheren Hafen. Möglicherweise war er so weit weg, dass er nichts von dem Sturm mitbekam. Aus Angst, zu viel von ihren Gefühlen preiszugeben, hatte sie sich nicht getraut, ihn nach seiner Route zu fragen. Wo immer er sich auch aufhielt, sie wünschte sich von Herzen, dass er in Sicherheit war.

Weiße Gischt peitschte über den Strand, und das Wasser stieg immer höher. Schon leckten die ersten Wellen an der Strandpromenade. Was, wenn Hermann nicht rechtzeitig zurückkam? Der Wind hob an, und als Alma gerade dachte, er könne nicht stärker werden, erfasste sie eine Böe, und sie musste sich an einem Balken der Veranda festkrallen. Nur mit Mühe schaffte sie es ins Haus und zog schnell die Tür hinter sich zu. So etwas hatte sie noch nicht erlebt.

Unten im Erdgeschoss klapperte es laut. Alma vermutete, dass eine Tür nicht richtig geschlossen war, aber es war Hermann, der bis auf die Haut durchnässt ins Haus stürzte.

»Alma? … Alma, wo bist du?« Hermann sah sie oben an der Treppe stehen und war sichtlich erleichtert. »Ah, Gott sei Dank.«

»Alles in Ordnung?« Auch Alma war besorgt. »Wie ist es im Kontor?«

»Alle sind völlig aufgelöst. Die, die hier schon vor zehn Jahren gelebt haben, glauben, dass sich das Unglück von 1889 wiederholt. Die Frauen flüchten in die Kirche, um zu beten. Die Männer verbarrikadieren die Häuser. Alle glauben, dass wieder ein Zyklon kommt.«

»Und? Wird einer kommen?« Alma war höchst beunruhigt. So etwas hatte sie schon befürchtet.

In diesem Moment hörten sie ein heftiges Rauschen. Hermann stürzte die Treppe hoch, und gemeinsam liefen sie in das Zimmer, wo das Geräusch am lautesten war. Wie ein geschlossener Vorhang zog der Starkregen über das Dach und schoss über die Regenrinne. Die Veranda wurde überflutet. Das Wasser stand bis vor den Holztüren.

Als sie hinausschauten, krachte es links von ihnen. Der Regentank wankte leicht, um sich dann in einer langsamen Kreiselbewegung zur Seite zu neigen. Es krachte laut, und das Wasser ergoss sich mit gewaltiger Wucht über die Beete.

Die Kochhütte und das Badehaus standen sicher schon längst unter Wasser. Der Sturm peitschte den Regen waagrecht gegen die Fenster, und sie konnten draußen nichts mehr erkennen. Und schon bahnte sich die nächste Katastrophe an: Es fing mit einem leisen Klappern an, bis Hermann und Alma hörten, dass das Geräusch aus dem leeren Nachbarraum kam. Sie rannten zurück in den Flur. Das Klappern wurde unerträglich laut. Ein Teil des Dachs hatte sich vom Gebälk gelöst, und immer höher riss der Wind an dem Wellblech. Schon flog die erste Ecke weg. Ohne das Dach wäre das Haus dem Sturm schutzlos ausgeliefert. Der Regen peitschte in das Zimmer, und es lösten sich weitere Dachplatten. Eine wurde mit großer Wucht in das Zimmer geschleudert. Hermann schob Alma zurück in den Flur.

KAPITEL ZEHN

SAMOA, FRÜHJAHR 1900

»Gottes Hand hat über Sie gewacht. Sie hatten so viel Glück.« Alma verstand nicht so recht, worin ihr Glück bestehen sollte. Obwohl nur eine Hälfte des Dachs abgedeckt worden war, regnete es nach wie vor ins Haus, wenn auch nicht mehr ganz so schlimm. In den Lagerhallen der Firma hatten Hermanns Arbeiter einige alte Segel und wachsgetränkte Tücher gefunden und damit die Lücke im Dach geschlossen, die der Sturm hinterlassen hatte. Doch bis genügend Wellblech für alle auf Upolu betroffenen Häuser eintraf, konnte es Wochen dauern. Und ausgerechnet Frau Hartmann hatte sich sofort genötigt gesehen, sie bei sich unterzubringen, bis das Haus wieder bezugsfertig war.

Und so wohnten sie nun schon den dritten Tag bei den Missionaren, und Alma hatte das Gefühl, diese Frau nicht einen Tag länger ertragen zu können. Ausgerechnet heute war Hermann zu seiner ersten Reise aufgebrochen. Es ging nur für zwei Tage nach Fidschi, trotzdem war er tagelang weg. Und auch wenn abgemacht war, dass sie danach die Freundlichkeit der Hartmanns nicht mehr in Anspruch nehmen wollten: Solange Hermann weg war, konnte Alma nicht alleine ins Hotel ziehen, wo es für eine einzelne Dame ohnehin gerade kein freies Zimmer mehr gab.

Also blieb sie hier, zählte die Stunden und flüchtete sich tagsüber in ihr Haus, um dort so weit wie möglich die kleineren Schäden zu beseitigen und Etena und Taua zu beaufsichtigen. Die beiden Boys waren von Hermann angewiesen worden, die Kochhütte und das Badehaus wieder auf Vordermann zu bringen. In beide Hütten war Schlamm eingedrungen, und Alma musste fast alle Lebensmittel aus dem Vorratskeller wegschmeißen. Auch die Beete waren zum großen Teil hin. Es war zum Verzweifeln. Alma hatte gedacht, nach all den Unwägbarkeiten der letzten Monate, in denen ihr Leben völlig auf den Kopf gestellt worden war, würde sich endlich so etwas wie Normalität einstellen. Aber der Sturm hatte ihre Hoffnung hinweggefegt, und mit ihr Almas Tatkraft.

Am liebsten wäre sie mit Hermann mitgefahren, aber er hatte ihren Vorschlag, den er außerordentlich kindisch fand, brüsk abgelehnt. Sie könne ja wohl einmal ein paar Tage allein bleiben. Außerdem sei sie bei den Hartmanns gut aufgehoben und müsse sich um nichts Sorgen machen. Schließlich habe er sich auf seine Aufgabe als Handlungsbevollmächtigter zu konzentrieren und wolle den Leuten auf den anderen Inseln nicht vermitteln, dass sein Besuch nur ein Ausflug sei. Es galt, Stichproben in den Büchern zu machen, zu kontrollieren, ob alles richtig und pünktlich eingetragen war und die Materialbestellung mit der tatsächlichen Lieferung aus Deutschland korrekt übereinstimmte. Auch wollte er sich mit den Männern abends zusammensetzen, um von ihnen das zu erfahren, was nicht in den Büchern stand. Und er musste klarstellen, dass er der Mann war, der über ihr Wohl zu befinden hatte. Alma hätte da nur gestört.

Trotzdem wäre sie lieber heute als morgen auf ein Schiff gestiegen und hätte die Insel verlassen. Sie war den Leuten hier auf Gedeih und Verderb ausgeliefert. Natürlich waren sie nett, aber sie mischten sich in alles ein, wollten alles wissen und tratschten. Und das betraf nicht nur die Hartmanns. Es waren kaum fünfhundert Weiße auf der Insel, auch wenn viele von ihnen nicht in Apia lebten. Auf See war ihr das Leben viel freier vorgekommen.

Überraschenderweise musste Alma zugeben, dass sie am liebsten zurück nach Sydney gefahren wäre und gar keine Sehnsucht nach Köln hatte. Sie verspürte eine unbändige Lebenslust, wenn sie an das Leben in der australischen Großstadt dachte. Milli würde sich immer für ein paar Monate im Jahr dort aufhalten. Sicher könnte Hermann dort eine gute Anstellung finden. Es gab große Geschäfte, Restaurants und elegante

Theater. Und auch wenn im Süden Australiens ein viel wärmeres Klima als in Köln herrschte, so gab es dort Jahreszeiten und man wurde von Zyklonen verschont. Und Joshua Fitzgerald besuchte seine Schwester an den Feiertagen in Sydney.

Alma verbot sich, an ihn zu denken. Dieses Kapitel war endgültig abgeschlossen, und sie konnte von großem Glück sagen, dass niemand mitbekommen hatte, was zwischen ihr und dem australischen Seemann vorgefallen war. Sollte Hermann jemals von dem Kuss erfahren, würde das Schicksal sie ebenso hart treffen wie Käthe.

»Unglaublich, im Süden der Insel ist eine halbe Plantage ins Meer gefegt worden. Und bei den Hufnagels ist das Haus komplett eingebrochen. Da ist nichts mehr zu retten.«

»Ja, Sie haben sicher recht. Ich muss mich glücklich schätzen, dass wir nur das Dach neu decken müssen.« Alma dachte an die Wäsche, die gewaschen werden musste und im Moment nicht trocknen würde, weil es noch immer regnete. Sie dachte an ihre Beete, an die Pflanzen, die sie umsonst gesetzt hatte, und an den Schlamm, der ins Haus geschwemmt worden war. Wie von alleine wanderten ihre Gedanken zu den Läden im Queen Victoria Building mit ihren polierten Fensterrahmen aus Messing, das wie Gold funkelte. Was sie daran erinnerte, dass sie noch rüber in den Laden von Herrn Hofer wollte. Heute Morgen war das erste Schiff nach dem Sturm eingetroffen und sie hatte einiges vorbestellt.

»Dann ist kein Ingwerpulver mitgekommen?« Alma hatte es schon bei ihrem ersten Großeinkauf vorbestellt. Nicht auszudenken, wenn Hermann ein Schiff besteigen müsste, ohne wenigstens die Hoffnung auf ein bisschen Linderung zu haben.

»Sie hätten früher kommen müssen. Ich hab' heute Morgen alles verkauft.«

Alma schaute den Mann wütend an. Nicht zum ersten Mal ärgerte sie sich über den Ladenbesitzer. Schon zwei Mal hatte Anton Hofer sich zu Almas Ungunsten verrechnet, und beim zweiten Mal war Alma sich sicher gewesen, dass er es absichtlich tat. Einmal hatte er ihr wertlose chinesische Münzen unter das Rückgeld gemischt, und ein anderes Mal war die Milch sauer gewesen. Und die zwei Bananen, die er Hermann und Alma beim ersten Mal so großzügig überreicht hatte, hatte er anschließend berechnet.

»Aber ich habe doch gesagt, dass ich es dringend brauche. Ich habe es extra bestellt!«

»Die Leute bestellen bei mir so viel vor, was sie dann doch nicht abholen. Da kann ich nicht immer Rücksicht drauf nehmen.«

Alma schnaubte. Wie sollte sie das Hermann erklären? Sie konnte den Händler ja verstehen, dass sie im Moment nicht zu den besten Kunden zählte. Aber sobald das Haus wieder bezugsfertig war und sie wieder selbst kochte, wäre sie doch auf Jahre hin eine treue Kundin.

Anton Hofer schaute sie von oben herab an. »Brauchen Sie sonst noch etwas?«

Natürlich dachte er, dass Alma auf ihn angewiesen war. Außer seinem Laden gab es nur den einer englischen Witwe. Aber fast alle Deutschen gingen zu Hofer, und die Engländer kauften im englischen Laden. Alma funkelte den Ladenbesitzer wütend an. Wenn er glaubte, sie herumkommandieren zu können, hatte er sich getäuscht. »Nein danke, dann versuche ich mein Glück bei Mrs. Fox.«

Anton Hofer presste die Lippen aufeinander, als habe er Galle geschluckt. Ein zufriedenes Grinsen lag auf Almas Gesicht, als sie den Laden verließ und mit großen Schritten die Hauptstraße hinunterging. Beschwingt nahm sie die zwei Stufen zum englischen Laden. Eine kleine Glocke klingelte, als sie den Laden betrat.

»Ich komme sofort«, ertönte es freundlich aus dem Lager. Natürlich hatte die Frau auf Englisch gerufen. Alma wartete geduldig und schaute sich um. Im Wesentlichen gab es eine ähnliche Auswahl wie bei Hofer, aber der Laden war netter eingerichtet. Mit den begrenzten Möglichkeiten, die einem hier zu Verfügung standen, hatte Mrs. Fox ihr Geschäft dekoriert. In Hofers Laden stand einfach nur alles nebeneinander. Alma entdeckte auch einiges, was sie dort nicht bekam. Schokominzkugeln, Shortbread und eine viel bessere Auswahl an Tees standen in den Regalen. Die Inhaberin erschien. Sie trug eine große Kiste und setzte sie geräuschvoll auf dem Boden ab.

»Ah, welche Überraschung, Mrs. Stieglitz. Mein Name ist Heather Fox.«

Ihre Wangen waren gerötet, was zu ihrer Haarfarbe passte. Sie trug ein leichtes Baumwollkleid, das etwas abgetragen aussah, und darüber eine Schürze, an der sie sich die Hände abwischte. Mit einem strahlenden Lächeln streckte sie Alma die Hand entgegen. »Sie brauchen nicht überrascht zu sein, natürlich kenne ich Ihren Namen. Hier auf der Insel bleibt ja nichts geheim.«

Alma schaute die Frau an, die gut zwanzig Jahre älter war als sie. Sie wirkte rundlich, war aber vor allem kräftig gebaut. Und sie hatte eine offene Art, sodass Alma sie auf Anhieb sympathisch fand. Sie ergriff die ausgestreckte Hand.

»Freut mich, Sie kennenzulernen. Ich wollte schon länger mal vorbeischauen.« Hoffentlich hatte Mrs. Fox das Pulver auf Lager. Nicht auszudenken, wenn sie den unfreundlichen Hofer anbetteln müsste, es für sie nachzubestellen.

»Ich hab' gehört, dass Ihr Haus durch den Sturm in Mitleidenschaft gezogen worden ist. Haben Sie schon neues Material? Ich habe Nägel und Hammer und anderes Werkzeug, aber neues Wellblech habe ich erst mit der letzten Fracht bestellt. Tut mir leid, es ist ausverkauft.«

»Nein, mein Mann hat schon alles bestellt. Ich bin eigentlich auf der Suche nach Ingwerpulver. Haben Sie zufällig welches da?«

»Aber sicher. Sogar das Gute aus indischem Ingwer, nicht das minderwertige westafrikanische, was man sonst bekommt.«

Alma nickte. Sie wusste sofort, wen Mrs. Fox mit sonst meinte. Dann gab es also einen Unterschied? Vielleicht wirkte das indische besser.

»Wie viel brauchen Sie denn?«

Alma atmete tief durch. Das war ja fantastisch. Zum ersten Mal begegnete sie auf der Insel jemandem, der ihr rundherum sympathisch war. »Viel, sehr viel sogar. Und ich glaube, ich nehme auch noch Shortbread mit.«

Taua war heute nicht gekommen, obwohl noch längst nicht alles aufgeräumt war. Immerhin war die Kochhütte wieder sauber, die dahinterliegende Vorratskammer vom Schlamm befreit, und das Badehaus hätten sie benutzen können, wenn der Regenwassertank schon stehen würde. Aber zuerst musste der Schmied kommen, um einige Nähte zu schweißen, die entstanden waren, als der riesige Tank zu Boden krachte. Sie zogen erst wieder ein, wenn das Dach fertig war, aber immerhin sah es nicht mehr ganz so verwüstet aus.

Trotz aller Widrigkeiten hatte Alma sich vorgenommen, bis zu Hermanns Rückkehr alles so weit wie möglich wieder herzustellen. Sie wollte ihm unbedingt beweisen, dass er sich auf sie verlassen konnte. Er wäre stolz auf sie, wenn er sah, was sie in seiner Abwesenheit geschafft hatte. Und vielleicht würde er dann endlich aufhören, sie wie ein unmündiges Kind zu behandeln. Sie wollte das Leben hier meistern, würde sich selbst ihren Stand in der kleinen Gemeinschaft erkämpfen, auch gegenüber Hermann.

Obwohl Feldarbeit bei den Samoanern eigentlich Männerarbeit war, hatte Aveolela nichts dagegen, die Beete vom Schlamm zu reinigen, während Etena sich bei der erstbesten Gelegenheit verdrückte. Alma seufzte. Ob sie ihren Anweisungen jemals folgen würden? Vielleicht war sie zu nett zu ihnen. Ihre Höflichkeit gründete im Wesentlichen auf ihrer immer noch bestehenden Angst vor den Eingeborenen und der Unerfahrenheit, anderen Befehle zu erteilen. Aber möglicherweise lag es gar nicht an ihr. Sie hatte noch keinen Weißen kennengelernt, der sich nicht ständig über seine farbigen Bediensteten beschwerte, egal, woher sie stammten.

Alma saß auf der Veranda und beobachtete die junge Frau, während sie eine ungekühlte Zitronenlimonade trank. Sie fühlte sich unwohl, weil sie selbst nichts tat, während Aveolela in der tropischen Hitze für sie arbeitete. Ihre langen schwarzen Haare fielen ihr über die Schultern. Es gab viele schöne Samoanerinnen, wie Alma mittlerweile festgestellt hatte, aber Aveolela zählte sicherlich zu den schönsten.

Die Bluse der Samoanerin war durchgeschwitzt, und die Zipfel ihres Wickelrocks hatte sie in den Bund gesteckt, damit er nicht schmutzig wurde. Barfuß stand sie im Beet und schien Gefallen an der Arbeit zu haben.

Ob Aveolela wohl Lohn gezahlt bekam?, überlegte Alma. Sie musste unbedingt Hermann fragen, obwohl sie glaubte sich zu erinnern, dass sowohl das Haus, die Kutsche mit den Pferden als auch die Bediensteten der Firma gehörten. Sie hatten alles gestellt bekommen.

Aveolela schien es nichts auszumachen, für sie zu arbeiten. Entgegen der Klagen der anderen Weißen erschien sie jeden Morgen, wenn auch nicht zur gleichen Zeit. Sie besaß eine angenehme Höflichkeit. Immerzu lächelte sie, sprach mit sanfter Stimme, und ihr glockenhelles Lachen erfüllte das Haus. Sie lachte viel und gerne.

Alma beneidete sie. Wann hatte sie das letzte Mal aus vollem Herzen gelacht? Es musste Monate her sein. Selbst die angenehmen Stunden mit Milli und die wundervollen Momente mit Joshua waren stets von einer Last überschattet gewesen, die sie erdrückte. Wie konnte ihr Vater nur so gefühllos sein und sein eigen Fleisch und Blut fortschicken? Offensichtlich hatte sie ihm nichts bedeutet. Und nun war sie mit einem Mann verheiratet, den sie noch immer kaum kannte und dem es genau wie ihrem Vater egal war, was sie wollte.

Hermann hatte wiederholt unmissverständlich klargemacht, dass er sie unter keinen Umständen noch einmal in einem Beet erwischen wollte. Wenn sie sich schon selbst nicht die Hände schmutzig machen durfte, so konnte sie doch wenigstens die Planung übernehmen. Vor ihrem Haus wollte sie links und rechts vom Weg jeweils einen Papaya- und einen Mangobaum pflanzen.

Mrs. Fox hatte ihr bereits versprochen, sich nach großen Pflänzlingen umzuschauen. Hinter dem Haus würde sie eine Passionsblume pflanzen lassen, die Passionsfrüchte trug. Alma hatte in ihrem ersten Brief an Tante Heidi fast eine ganze Seite über die exotischen Früchte geschrieben, aber besonders lang hatte sie sich über die Passionsfrucht ausgelassen. Das Innere der hässlichen Frucht mit der schrumpeligen Schale war erstaunlich süß. Aus dem Fruchtfleisch konnte man herrliche Limonade machen. Alma hoffte, schon in ein oder zwei Jahren ernten zu können, denn offensichtlich wuchs hier alles mit atemberaubender Geschwindigkeit.

Weil sie Mrs. Fox mochte, kaufte Alma auch heute wieder bei ihr eine Schachtel Schokominzkugeln, obwohl sie sie eigentlich nicht so gerne aß. Sie hatte keine Lust, schon wieder in das Haus der Missionarin zurückzugehen, und spazierte die lange Strandpromenade bis zu ihrem Haus. Dort gab sie die Bonbons Aveolela. Etena erschien plötzlich wie aus dem Nichts. Sicherlich hatte er sich nur in die Nähe zurückgezogen, um ein Nickerchen zu machen.

»Etena, du und Taua müsst hinten am Garten diese dicken Schlingen wegmachen.«

Etena hatte offensichtlich nichts verstanden, denn er schaute sie mit einem glücklichen Lächeln an. Die Schokobonbons schmeckten ihm vorzüglich. Entnervt griff Alma zu einer Axt und stapfte zwischen den Beeten in den hinteren Teil des Gartens, wo sich der Dschungel schon wieder sein Territorium zurückeroberte.

»Hier, dieser Baum muss weg. Er wächst sonst immer wieder in den Garten hinein.« Alma dachte, er habe immer noch nicht begriffen, was sie meinte, und tat so, als wollte sie mit der Axt einen der vielen Stämme dieses merkwürdigen Baums kappen.

Entsetzt schaute Etena sie an. Das Lächeln war aus seinem Gesicht verschwunden. Mit wenigen Sätzen war er bei ihr und riss ihr die Axt aus den Händen. Dass Etena sich so schnell bewegen konnte, hätte Alma nicht gedacht. Erbost schimpfte er auf Samoanisch, aber natürlich verstand Alma keinen Ton. Wütend ging er fort, die Axt nahm er einfach mit.

Alma sah überrascht zu Aveolela, die nur den Kopf schüttelte, als spreche sie mit einem kleinen Kind.

»Das ist ein Banyanbaum. Der darf nicht geschlagen werden.« Auch sie wandte sich um und ging. Alma sah sich gezwungen, die Gartengeräte selbst einzusammeln.

Als sie im Zentrum von Apia beim Haus der Missionarin ankam, hörte sie schon von Weitem ihre Stimme. Alma ging in den Garten hinter dem Haus, wo heute die Wäsche vorbereitet werden sollte. Morgen war großer Waschtag.

»Was hab' ich dir schon hundert Mal gesagt? Du hast es wieder kaputtgemacht. Für diesen Monat bekommst du keinen Lohn.« Jedes der Worte war begleitet von einem Schlag auf den Kopf.

Ein junges Mädchen duckte sich unter den Hieben. Für sie schien es nichts Ungewöhnliches zu sein. Sie weinte nicht einmal. Die Missionarin prügelte unkontrolliert mit der flachen Hand weiter auf ihren Kopf und den Rücken. Erst als sie Almas entsetztes Gesicht sah, hielt sie inne. »Man muss ihnen den Gehorsam früh genug einbläuen. Wenn man zu spät damit anfängt, begreifen sie es nie. Es ist nur zu ihrem eigenen Besten.«

Alma stand mit offenem Mund da. Nicht einmal ihr Vater hatte sich so gehen lassen. Das Mädchen nutzte die Gelegenheit und entwischte.

»Sehen Sie sich das an. Das Bettlaken, voller Löcher.«

Perplex starrte Alma auf das nasse Laken. »Hat sie denn schon gewaschen? Ich dachte, heute sollte die Wäsche erst eingeweicht werden.«

Gertrude Hartmann winkte ab. »Sie verstehen das nicht. Wenn ich sie heute nicht bestrafe, wird sie mir morgen mein Bettlaken genauso zurichten. Sie werden das noch lernen. Die Eingeborenen sind wie kleine Kinder. Sie hören nicht auf das, was man ihnen sagt. Nur wenn man es ihnen einprügelt, können sie es sich für eine Weile merken.«

Alma drehte sich um und ging ins Haus. Eigentlich hatte sie Frau Hartmann nach der Bedeutung des Banyanbaumes fragen wollen. Doch unter diesen Umständen konnte sie der älteren Deutschen kaum die Geschichte erzählen, die ihr gerade widerfahren war. Offensichtlich hatte

Alma überhaupt keine Ahnung, wie sie mit den Eingeborenen umgehen sollte. Weder verstand sie sie, noch wusste sie, was ihnen wichtig war. Und schon gar nicht war sie imstande, ihnen Befehle zu erteilen. Aber eines wusste Alma: Lieber würde sie die Wäsche alleine waschen, als gegen ein kleines Mädchen die Hand zu erheben.

Hermann hatte es mal wieder geschafft. Seine allererste Reise in die Zweigstelle der Firma auf Fidschi war nicht nur beruflich von Erfolg gekrönt gewesen, sondern er hatte sogar genügend Wellblech für ihr Dach mitgebracht. Damit konnten die Handwerker schon am nächsten Tag ans Werk gehen. Nach Hermanns Rückkehr hatten sie noch drei Tage bei den Missionaren gewohnt, dann waren sie endlich wieder in ihr Haus umgezogen.

Obwohl Etena den Vorfall mit dem Banyanbaum am nächsten Tag vergessen zu haben schien und wieder freundlich zu Alma war, beobachtete er sie, wenn sie in den Garten ging. Die Axt blieb allerdings verschwunden. Aveolela tat so, als sei nichts passiert, aber bei Taua hatte Alma das Gefühl, dass er ihr ein wenig skeptischer gegenübertrat.

Doch Alma wollte sich nicht einschüchtern lassen. Sie hatte nun mehrmals darauf bestanden, dass die Boys im Garten halfen, und solange Alma zuschaute, machten sie sich auch nützlich.

Ihr erstes Weihnachten fern der Heimat hatten Alma und Hermann zu Gast bei verschiedenen Familien verbracht. Am ersten Abend hatte es Gänsebraten gegeben und am nächsten einen riesigen, sehr schmackhaften Fisch. Während man aß und Punsch trank, erzählte man sich alte Geschichten.

Ihr Haus war wieder in Ordnung, und endlich auch wieder trocken. Alma fand sich nun einigermaßen zurecht und heute war ihr großer Tag als Gastgeberin. Hermanns Wunsch nach ihrem rheinischen Sauerbraten hatte Alma ablehnen müssen, weil sie das Fleisch, zwei Tage vor Silvester, nicht so schnell vorbereiten konnte. Dafür gab es eine von Hermanns neuen Lieblingsspeisen: Süßkartoffelpüree.

Sie hatten gut zwanzig Leute eingeladen, und Alma war froh, sich endlich von ihrer besten Seite zeigen zu können. Es gab Unmengen Champagner, eine Fruchtbowle und Limonade für die Helfer. Der Abend war amüsant, und Alma hatte etliche neue Leute kennengelernt, denn Hermann hatte vor allem die Plantagenbesitzer eingeladen. Schließlich waren das die Lieferanten, die ihm den Umsatz sicherten. In wenigen Minuten würde das neue Jahrhundert anbrechen, und alle waren aufgeregt.

Aufgrund ihrer großzügigen Gastfreundschaft hatten sie wohl oder übel auch die Hartmanns einladen müssen. Adolph Hartmann stand mit mehreren Männern abseits und debattierte schon den ganzen Abend über die Zukunft der Inseln. Nun war es amtlich. Samoa wurde deutsche Kolonie. Nach zähen Verhandlungen in Berlin hatte man ein Abkommen getroffen. Die Engländer gaben Samoa ganz auf und die Amerikaner hatten die östlichen samoanischen Inseln zugesprochen bekommen. Die britischen wie die amerikanischen Regierungsvertreter würden nach und nach die Inseln verlassen. Und auch wenn einige Plantagenbesitzer ihren Besitz verkaufen wollten, die meisten Farmer und die Missionare würden bleiben. Jeder versuchte, einen Vorteil daraus zu schlagen. Adolph Hartmann sah seine Chance gekommen, die Protestanten und Anglikaner von den Inseln zu verbannen. Doch bei den Plantagenbesitzern stieß er mit seinem Anliegen auf Granit, die nur die nächste Ernte interessierte.

Cornelius Lamberty kam zu Alma und ließ sich von ihr ein Glas Bowle einschenken.

»Sie haben es aber sehr gut getroffen. Ein wunderschönes Haus, so groß, und so freundlich eingerichtet.« Lamberty war mit seinem Arbeitgeber, einem wohlhabenden Plantagenbesitzer, gekommen. Der Mann hatte keine Ehefrau, und ihm war die Strecke um die halbe Insel alleine zu einsam.

»Aber sicher haben Sie schon von unserem Unglück gehört?«

»Nein. Was ist denn passiert?«

»Na, wir haben doch durch einen Sturm unser Dach verloren.« Lamberty schaute bestürzt drein, aber als er das frisch gedeckte Dach sah, entspannten sich seine Gesichtszüge.

»Das ging aber schnell. Wir sind für den Jahreswechsel im Tivoli-Hotel untergekommen. Mindestens zwei Familien wohnen noch immer dort und warten darauf, dass ihre Häuser repariert werden.«

»Mein Mann hatte das Glück und hat das nötige Material von den Fidschis mitgebracht.«

»Ja, Ihr Mann scheint mir in vielerlei Hinsicht ein echter Glückspilz.« Er prostete ihr zu und nahm einen Schluck. In seinen Augen lag Traurigkeit. »Vorzüglich, die Bowle. Da fühlt man sich fast wie zu Hause.«

»Haben Sie auch Heimweh?«, rutschte es Alma heraus, obwohl sie wusste, dass es sich nicht ziemte, so etwas zu sagen.

»Nein, eigentlich nicht.« Lamberty schmunzelte. »Ich genieße das Leben hier. Ganz anders als in Deutschland. Hier sagt mir nur einer, was ich zu tun habe. In Deutschland kann man sich ja kaum auf der Straße bewegen, ohne dass einem ein Schutzmann oder ein Blaublütiger sagt, wie man sich zu verhalten hat.«

Alma schaute ihn verdutzt an. So hatte sie es noch nie betrachtet. Wenn man einmal davon absah, dass die Insel klein war und es wenig Abwechslung gab, wurde das Leben in der Kolonie tatsächlich von weniger Zwängen bestimmt als in Köln, auch wenn es nicht Sydney war und Cornelius Lamberty als Mann sehr viel mehr Freiheit genoss als sie. Alma hatte bisher ganz andere Sorgen gehabt, als sich darüber Gedanken zu machen.

»Dann haben Sie Ihre Arbeiter alleine gelassen?« Lamberty blickte sie erstaunt an. »Nein, natürlich nicht. Es sind melanesische Arbeiter.

Silvester feiern sie ohnehin nicht. Unser Vorarbeiter ist dageblieben, um sie zu beaufsichtigen.« Es entstand eine unangenehme Pause, bis Lamberty sagte: »Und vor allem bin ich froh, dass das Fleisch viel billiger ist als zu Hause. Ich hab' in meinem ganzen Leben noch nicht so viel gute Steaks gegessen wie hier. Ich glaub', zu Hause hab' ich überhaupt noch nie ein Steak gegessen, nur Braten.« Er lachte, und Alma stimmte mit ein.

Hermann trat auf die Veranda und schaute auf seine Westentaschenuhr.

»Alle mal herhören! Keine fünf Minuten mehr, und wir beginnen das neue Jahrhundert.«

Er öffnete weitere Champagnerflaschen und Alma füllte die Gläser der Gäste nach. Sie standen oben auf der Veranda und schauten auf Apia. Ein Kanonenschuss kündigte den Jahreswechsel an. Adolph Hartmann stimmte mit seiner sonoren Stimme die Nationalhymne an und sofort sangen alle mit. Es herrschte eine selige Stimmung, in der wahrscheinlich alle an ihre weit entfernte Heimat dachten.

Hermann brachte den ersten Toast aus: »Auf das neue Jahr und das neue Jahrhundert. Auf dass es ein Triumph wird für jeden von uns, für das Reich und für das gesamte deutsche Volk.«

Zustimmendes Murmeln war zu hören. Neben Alma waren nur noch drei weitere Frauen anwesend.

»Auf die deutsche Vorherrschaft – auf Samoa und auf der ganzen Welt.« Wieder stießen sie an und prosteten sich zu. Bald gingen das Gemurmel und gegenseitige Beglückwünschen in weinseliges Gerede über.

Plötzlich stand Hermann neben Alma. Er goss ihr Champagner nach und legte seinen Arm um ihre Taille. »Meine liebe Alma, ich wünsche uns viel Glück und unserer Ehe Segen. Ich bin fest davon überzeugt, dass wir schon das nächste Silvester mit unserem Stammhalter feiern.« Übermütig drückte er ihr einen Kuss auf die Wange.

Alma lächelte zurück. Wenn es nur schon so weit wäre. Sie war noch immer nicht schwanger. Und seit Hermann wieder festen Boden unter den Füßen hatte, ließ er keine Chance aus, sich um Nachwuchs zu kümmern.

Die ersten Sämlinge hatten gekeimt und Alma konnte den Pflanzen fast beim Wachsen zusehen, so schnell sprossen die grünen Blätter aus der dicken dunklen Erde. Nachdem das Haus wieder instand gesetzt worden war, hatte sie auch den Garten auf Vordermann bringen lassen, und alles wuchs und gedieh. Nicht mehr lange und sie konnte ihren ersten eigenen Salat ernten.

Die hintere Veranda war mittlerweile ihr Lieblingsplatz. Dort standen die Korbmöbel in der schattigen Ecke und manchmal zog ein leichter Wind ums Haus. Außerdem hatte sie von hier aus den besten Blick auf die Kochhütte, das Badehaus, wo auch gewaschen wurde, und auf ihre Beete.

Vor ihr auf dem Tisch stand ein Glas Eistee. Sie hatte gewartet, bis Hermann ins Kontor gegangen war, um den Brief in Ruhe zu lesen. Er war in dem Paket mit den Stoffbinden gelegen, das sie gestern bekommen hatte. Zunächst belustigte sie es, was Tante Heidi sich dabei gedacht hatte, ihr Einlagen für die Monatsblutung um die halbe Welt zu schicken. Doch als sie den versteckten Brief fand, verstand sie sofort, was ihre Tante dazu bewogen hatte. Niemals käme Hermann auf die Idee, in das Paket zu schauen, und dieser Brief war offensichtlich nicht für ihn bestimmt. Frauenthemen stießen Hermann sowieso ab. Erst heute Morgen hatte er mürrisch das Haus verlassen, weil Alma noch immer nicht schwanger war. Doch das kannte sie schon. Nur mühsam hatte sie sich zügeln können, den Brief nicht zu lesen.

Köln, am 4. Jänner 1900

Liebe Alma,

unsere Weihnachtstage waren dieses Jahr viel ruhiger als in den letzten Jahren. Und auch zum Anbruch des neuen Jahres wollte so recht keine Freude aufkommen. Du kannst Dir ja denken, wieso. Die zwei großen Schwestern außer Haus, und alles andere im Umbruch. Dein Vater hat sehr viel zu tun, und ohne Eure helfenden Hände bleibt auch mehr für mich liegen. Es vergeht kein Tag, an dem Fritz nicht von Dir spricht, und auch Mathilde liegt es sehr auf der Seele, dass du fort bist. Sie hat jetzt wirklich sehr viel zu tun. Alles andere steht in dem großen Brief, den Du auch Deinem Mann zu lesen geben kannst.

Deshalb hier nur so viel: Käthe war in Bonn in einem Entbindungsheim und hat vor drei Tagen anonym ein Mädchen entbunden. Mehr wissen wir nicht, und wir müssen warten, bis sie uns

persönlich mehr berichtet. O Alma, ich wünschte, Worte könnten ausdrücken, wie schwer mir das Herz darüber geworden ist.
Die Nachbarn wissen von nichts. Käthe ist offiziell zu Verwandten ins Niederrheinische gefahren, um dort bei der Familie Deines Vaters eine kranke Tante zu pflegen. Wenn sie in ein paar Tagen wiederkommt, wird alles so sein wie früher. Ich denke jeden Tag an die Kleine, so wie ich auch immer an Dich gedacht habe.
Liebste Grüße von Tante Adelheid

Tante Heidi konnte Almas ersten Brief noch nicht erhalten haben, als sie ihren eigenen abgeschickt hatte. Sie musste geahnt haben, welche Fragen Alma auf der Seele brannten. Nun war alles entschieden: Die Kleine war auf der Welt. Was wurde bloß aus der Tochter von Käthe und Hannes? Ein Kind des Verrats an der eigenen Schwester. Alma wusste nicht, wie sie zu dem Kind stehen sollte. Eine Träne lief ihr über die Wange.

Sie las den Brief noch einmal. Irgendetwas ließ sie aufmerken. Und was sollte dieser merkwürdige letzte Satz von ihr: Ich denke jeden Tag an die Kleine, so wie ich auch immer an Dich gedacht habe. Tante Heidi musste sich verschrieben haben. Wahrscheinlich war sie sehr aufgewühlt gewesen. So wie sie an mich denkt, hieß es doch richtig.

Jetzt kehrten Almas Gedanken zurück an das Gespräch, das sie zwischen ihrem Vater und der Tante belauscht hatte. Was hatte ihr Vater gesagt? Endlich fiel es ihr wieder ein: Nach allem, was deine Schwester und ich für dich getan haben, steht es dir nicht zu, um etwas zu bitten.

Diese Bemerkung hatte sie schon damals höchst merkwürdig gefunden. Schließlich war es Tante Heidi gewesen, die nach dem Tod der Schwester ihre gute Stellung in dem Haushalt in Bad Godesberg aufgegeben hatte, um für ihre Nichten und den kleinen Neffen zu sorgen. Sie hatte doch Vater einen Gefallen getan, nicht andersrum. Was hatten denn ihre Eltern für die Tante getan, dass sie ihnen dankbar sein musste? Sollte sie die Tante in ihrem nächsten Brief danach fragen? Alma fühlte, dass die Antwort etwas mit dem Geheimnis zu tun hatte, über das ihr Vater und ihre Tante schwiegen. Aber wahrscheinlich gab die Tante ihr keine offene Antwort. Alma schüttelte den Kopf, faltete den Brief zusammen und steckte ihn sorgsam in die Tasche ihrer Schürze.

Von Unruhe getrieben, stand sie auf und schaute hinaus aufs Meer, das in der Vormittagssonne glitzerte. Auf der Strandpromenade vor ihrem Haus war mehr Betrieb als gewöhnlich. Es wurde alles für den großen Tag, den 1. März 1900, vorbereitet. Schon in zwei Tagen war es so weit. Dann wurde offiziell die deutsche Flagge über Samoa gehisst, in Mulinu, einem Ort, der auf der schmalen Landzunge weiter oben an der Straße lag.

Anlässlich der Flaggenhissung gab Hermann eine Feier für alle wichtigen Plantagenbesitzer, die er bisher noch nicht kannte. Denn kein Deutscher ließ es sich nehmen, zu diesem würdigen Ereignis zu erscheinen.

Während Alma sich umzog, ließ sie Taua die Kutsche anspannen. Sie hatte bei Mrs. Fox eine Bestellung aufgegeben, und die nächsten zwei Tage musste sie mit Aveolela viel vorbereiten. Hermann war erst wütend gewesen, als er erfahren hatte, dass seine Frau bei der Engländerin einkaufte. Selbst dass Herr Hofer ihm kein Ingwerpulver reserviert hatte, hatte ihn nicht umgestimmt. Aber nachdem er auf einer kurzen Seereise das Pulver von Mrs. Fox benutzt hatte, flaute sein Zorn ab, und Alma durfte wieder gelegentlich bei ihr einkaufen, nicht zuletzt weil Hermann sehr gerne Shortbread aß.

Alma ging nur noch selten in den Laden von Anton Hofer, und auch nur, um nicht den Unmut der Deutschen auf sich zu ziehen.

Heute allerdings hatte ihr Heather Fox versprochen, dass mit dem nächsten Schiff neue Tischwäsche und englisches Porzellan kam. Das alte Porzellan des Vormieters war an einigen Stellen angeschlagen, und für die große Feier der Flaggenhissung sollte alles perfekt sein.

Mrs. Fox war in Hektik. Gerade kam eine neue Lieferung, und sie musste gleichzeitig hinter dem Haus die Pakete annehmen und auspacken und vorne bedienen. Ihre Wangen glänzten rot.

»Wenn Sie mögen, können Sie sich gerne setzen und eine Tasse Tee trinken. Ich hab' ihn gerade frisch aufgebrüht. Oder Sie kommen in einer Stunde wieder. Ich muss kontrollieren, ob alles da ist, was ich bestellt hab'.«

»Mrs. Fox, lassen Sie sich ruhig Zeit. Ich kann warten. Und Ihr Tee ist sowieso der beste, den man in Apia bekommt.«

Eilig lief Heather Fox nach hinten und Alma setzte sich in einen der beiden Korbsessel, die um ein Tischchen in einer Ecke des Ladens standen. Wenn die Kunden von außerhalb kamen und einige Stunden Anreise hinter sich hatten, servierte Mrs. Fox ihnen gerne erst einmal eine Tasse Tee. Auch wenn es die anderen nicht gerne sahen, wusste Alma, dass sie nicht die einzige Deutsche war, die diese Geste schätzte.

Aus der feinen Porzellankanne stieg der Duft von kräftig aufgebrühtem schwarzem Tee. Alma goss sich eine Tasse ein, nahm etwas von der Sahne und einen Löffel Zucker und griff zu einem Journal. Es war über ein Jahr alt, aber hier auf Upolu bekam man keine druckfrischen Magazine.

Schon lange plante sie, sich ein neues Kleid zu nähen, und vielleicht fand sie neue Anregungen. Bereits in den ersten Tagen auf Samoa war ihr klargeworden, dass sie ihre Zeichnungen von Millis Kostümen nicht als Vorlage nutzen konnte. Millis Kleidungsstil war viel zu elegant für Apia. Sie musste sich etwas Schlichteres und vor allem Luftigeres nähen. Bisher hatte sie nur für Hermann und sich leichte Nachtkleidung aus dünnem Leinen genäht. Die langen Nachthemden aus Deutschland waren viel zu dick.

In einem der oberen Zimmer in der Villa hatte Alma sich ein Nähzimmer eingerichtet. Nach langer Suche erstand sie aus dem Haushalt einer englischen Familie, die die Insel verlassen hatte, einen großen Tisch mit einem Stuhl. Und endlich hatte auch ihre Nähmaschine, auf die sie so stolz war, ihren eigenen Platz bekommen. In ihrem ganzen Leben hatte Alma noch nichts so Wertvolles geschenkt bekommen, und dann ausgerechnet von Tante Heidi, die ihr immer mehr Rätsel aufgab.

»Guten Tag, Mrs. Stieglitz.« Für einen Moment blieb Almas Herz stehen, dann fing es an zu rasen. Fassungslos sprang sie auf, und das Journal fiel zu Boden.

»Mr. Fitzgerald! … Wieso …?« Ihre Stimme versagte. Unsicher stand Joshua Fitzgerald an der Tür, die nach hinten ins Lager führte. »Ich hoffe, Sie haben sich eingelebt.« Er war verschwitzt, sein Hemd stand offen, und eine Strähne fiel ihm ins Gesicht.

»Ich … Ich …« Joshua Fitzgerald! Der Mann, den sie bei ihrer letzten Begegnung geküsst hatte und den sie, sosehr sie sich auch bemühte, nicht vergessen konnte. Von dem sie geglaubt hatte, ihn nie wiederzusehen!

Beide hörten, wie Mrs. Fox schwer atmend nach vorne kam. Joshua Fitzgerald machte Platz und wollte der englischen Händlerin helfen. Doch sie kämpfte sich eilig vor bis zur hölzernen Theke und stellte eine schwere Kiste vorsichtig ab.

»Schauen Sie nur, Mrs. Stieglitz. Da ist schon das Porzellan. Ich räume es erst gar nicht weg. Wenn es Ihnen gefällt, können Sie es gleich mitnehmen.« Sie atmete durch und schaute die beiden an. Ihr Blick wanderte von dem Seemann zu Alma und wieder zurück. Noch immer herrschte vielsagende Stille.

»Mr. Fitzgerald und ich kennen uns«, brachte Alma hervor. »Wir sind mit dem gleichen Schiff gekommen.«

Erst jetzt bemerkte sie, dass das Journal auf dem Boden lag. Vergeblich versuchte sie zu verbergen, wie sehr ihre Hände zitterten, als sie es aufhob.

»Mrs. Stieglitz war einer der Passagiere, die wir Anfang Dezember hierher gebracht haben.« Auch Joshua Fitzgerald klang, als wolle er sich für etwas rechtfertigen.

»Ahh«, sagte Mrs. Fox vielsagend, und ihr Blick sprach Bände. Einen Moment verharrte sie mit unergründlichem Gesichtsausdruck, dann schepperte es im Lager. »Ich muss nach hinten. Ich komm dann später … wenn Sie sich in Ruhe das Porzellan angesehen haben.«

Alma war völlig verunsichert. »Ja … ja sicher.« Wieder war sie alleine mit Joshua Fitzgerald. Durch die Scheiben sah sie Taua, der geduldig vorne auf dem Kutschbock saß und wartete. Auf der Straße gingen Leute vorbei.

»Dann … kommen Sie öfter hier vorbei?« Sie rang nach Atem.

»Das hatte ich versucht, Ihnen zu sagen, als wir … als wir uns das letzte Mal so abrupt trennten.« Für einen Augenblick schienen beide an ihren letzten gemeinsamen Moment hinter der Kathedrale zu denken, dann fuhr Fitzgerald fort: »Wir fahren Apia regelmäßig an. Es liegt auf unserer festen Route. Wir beliefern Mrs. Heathers Laden beinahe pünktlich alle zwei Monate. Wir sind dieses Mal etwas später dran, weil wir im Dezember in mehrere Stürme geraten sind. Das Schiff musste repariert werden.« Es klang fast, als wolle er sich für seine Unpünktlichkeit entschuldigen.

Tonlos entgegnete Alma: »Das ist wirklich eine Überraschung!«

KAPITEL ELF

SAMOA, FEBRUAR 1900

Alma wandte sich von dem großen Mann ab. Sie durfte ihm nicht ins Gesicht blicken, nicht in diese Augen mit ihrem intensiven Blau. Joshua Fitzgerald! So sehr hatte sie versucht, nicht mehr an den australischen Seemann zu denken. Selten hatte sie bei etwas, das sie sich fest vorgenommen hatte, so grundlegend versagt. Schnell trat sie an die Theke und griff nach dem Paket mit dem Porzellan. Sie bemühte sich, so unbeteiligt wie möglich zu klingen.

»Bleiben Sie noch bis zur Flaggenhissung in zwei Tagen?«

»Nein, wenn das Wetter uns keinen Strich durch die Rechnung macht, lichten wir morgen Abend die Anker.«

Mit zittrigen Fingern suchte Alma nach dem Anfang der Schnur, mit der das große Paket verschnürt war. »Das ist ja schade. Hier finden anscheinend selten größere Feierlichkeiten statt. Es wird bestimmt sehr aufregend. Alle Bewohner von Upolu und der Nachbarinsel kommen nach Apia.«

»Ja, ich weiß. Wir haben dieses Mal fast doppelt so viel Fracht wie üblich für Mrs. Heather. Allerdings ist es bloß für das Kaiserreich ein Festtag. Für uns Bewohner des Britischen Imperiums stellt die Übergabe der Inseln an die Deutschen eher eine Niederlage dar.«

Daran hatte sie nicht gedacht. Alma drehte sich zu ihm um und wollte gerade eine Entschuldigung aussprechen, als sie sein Schmunzeln sah. Ihr Mund zuckte, aber sie ließ sich nicht zu einem Lächeln verleiten. »Trotzdem, es ist gut zu wissen, dass Sie regelmäßig kommen.« Die Röte stieg ihr ins Gesicht, als ihr bewusst wurde, wie sehnsuchtsvoll ihre Worte geklungen haben mussten. »Ich meine, nur … Ich habe nur sagen wollen, dass … Die Tour von Sydney nach Samoa ist ja eine sehr schöne Route, meine ich.« Ihre Hände krallten sich ineinander.

Joshua kam einen Schritt näher und für einen Moment glaubte Alma, er wolle sie wieder küssen. Joshua stand dicht neben ihr. Sein herber Geruch nach Salzwasser und Schweiß zog ihr in die Nase. Auf einmal zückte er ein Taschenmesser und durchtrennte an mehreren Stellen die Schnur. Alma verharrte regungslos. Am liebsten hätte sie ewig so dagestanden, denn sie wusste, wenn sie tat, was sie eigentlich tun wollte, würde das eine Katastrophe nach sich ziehen.

»Das Paket … Es ist offen. Wollen Sie nicht nachschauen, wie das Porzellan aussieht?« Sein Atem streifte ihr Haar. Auch er entfernte sich keinen Schritt von ihr.

Alma atmete tief durch, als könne sie so die Erinnerung an seinen Geruch festhalten.

»Ja, natürlich.« Ihre Hände zitterten, als sie das dicke Papier auseinander faltete. »Das ist gutes Papier. Mrs. Fox kann es bestimmt noch gebrauchen«, entschuldigte sie sich für ihr umständliches Auspacken. Doch in Wahrheit versuchte sie nur den Moment hinauszuzögern, der sie wieder trennen würde.

Eine merkwürdige Benommenheit benebelte ihren Geist. Der Glaube, ihn nie wiederzusehen, hatte ihr geholfen, sich nicht vollends in ein Gefühlswirrwarr zu verstricken. Sie hatte ihn geküsst. Das war nun drei Monate her. Sie hatte vorher noch niemals einen Mann aus eigenem Antrieb geküsst. Ihr Benehmen war schamlos gewesen. Sie genierte sich ungemein. Am Tage schaffte sie es meistens, die Erinnerung an ihr zügelloses Verhalten, ihre Gefühle und die damit verbundenen Vorstellungen zu unterdrücken. Bisher hatte sie versucht, sich einzureden, dass sie sich vielleicht alles nur eingebildet hatte: sein Kuss, ihr Kuss, ihre Gefühle. Aber abends, wenn sie im Bett lag und Hermanns lauten Atem hörte, gestattete sie sich zuweilen einige unerhörte Träumereien.

Und auf einmal stand Joshua Fitzgerald leibhaftig vor ihr. Und viel schlimmer noch: Er würde immer wiederkommen. Was sollte sie nur tun?

»Warten Sie, ich helfe Ihnen.« Seine Hände legten sich auf ihre und ein elektrischer Schlag durchfuhr ihren Körper. Joshua schien keine Zweifel an seiner Zuneigung aufkommen lassen zu wollen, denn er rückte nicht von ihr ab. Schließlich zog Alma ihre Hände weg, als habe sie sich verbrannt, und trat einen Schritt zurück.

»Das … das ist sehr nett.« Ihr war so heiß. Sie hatte das Gefühl zu fiebern und konnte ihm kaum in die Augen schauen. Bevor die Beine nachgaben, setzte sie sich zurück auf den Korbsessel und griff nach der Teetasse. Doch sie hielt sie sich nur an die Lippen. Sie bekam keinen Schluck herunter.

Joshua sah sie unschlüssig an. Doch dann schlug er die dicken Lagen aus Pappe beiseite und nahm ein Stück Porzellan heraus, das in altes Zeitungspapier eingepackt war. Er reichte ihr einen Teller.

Ihre zitternden Finger konnten ihm nicht verborgen bleiben. Rasch wickelte sie den Teller aus.

»Oh, wie wunderschön.« Ein Suppenteller mit einem Relief, in dem ein wunderschönes Blumenornament eingearbeitet war, kam zum Vorschein.

Joshua trat zu ihr.

»Eine englische Rose.«

»Rosen sind meine Lieblingsblumen.«

»Meine auch.«

Alma warf ihm einen kurzen Blick zu, ehe sie ihre Augen wieder fest auf das Porzellan heftete. »Leider wachsen auf Samoa keine Rosen.«

»Oh, das würde ich nicht sagen«, entgegnete Mrs. Fox keuchend, die wieder schwer beladen in den Laden stapfte. Vor dem Regal mit den Konservendosen ließ sie ein Paket polternd auf den Holzboden fallen. Sie stemmte ihre Hände in die Hüften und bog ihren Oberkörper nach hinten. »Mrs. Langford hat ein paar schöne Englische Rosen in ihrem Garten gezüchtet. Aber ich gebe zu, gute Setzlinge sind schwer zu kriegen. Aber wenn Sie wollen, kann ich es ja mal versuchen.« Sie war fertig mit ihrer Dehnübung und gesellte sich zu ihnen.

Sofort trat Joshua einen Schritt nach hinten, und auch Alma versuchte, sich nichts anmerken zu lassen.

»O bitte, das wäre wundervoll. Ich hätte gerne echte Englische Rosen in meinem Garten.«

»Mrs. Stieglitz ist nämlich eine ausgezeichnete Gärtnerin, musst du wissen, Joshua. Sie vollbringt wahre Wunder in ihrem Garten.«

Verlegen betrachtete Alma den Porzellanteller. »Nein, Pflanzen brauchen nur ein bisschen Liebe und Zuwendung.«

»Stellen Sie Ihr Licht nicht unter den Scheffel. Sie sind sehr begabt. Das hab' ich schon von mehreren Seiten gehört.« Sie griff nun ebenfalls in das Paket und packte einen weiteren Reliefteller aus. »Wirklich wunderschön! Und, was meinen Sie? Wollen Sie es haben?«

Alma wollte gerade fragen, wie viel es kosten würde, aber dann wurde ihr mit einem Schlag klar, dass es ihr völlig egal war, wie teuer es war. »Ich nehme es. Auf jeden Fall.« Sie strahlte Mrs. Fox an.

Von hinten aus dem Lager ertönte eine erboste Stimme. »Josh, verdammt noch mal. Wo bleibst du denn?« Ein bärtiger Mann polterte in den Verkaufsraum und blieb abrupt stehen. »Ach, hier bist du. Ich dachte schon, so lange kann der doch gar nicht pi… Oh, Entschuldigung, Ladys!« Er neigte den Kopf zum Gruß und schaute wieder zu Joshua. »Kommst du, oder soll ich etwa den Wagen alleine abladen?«

»Mrs. Stieglitz, es hat mich gefreut, Sie zu treffen.« Joshua Fitzgerald nickte ihr freundlich zu. »Dann sehen wir uns bestimmt bald wieder. Vielleicht sogar schon morgen.« Mit einem vielsagenden Ausdruck auf dem Gesicht drehte er sich um und ging. Alma schaute ihm nach. Dann nahm sie das Journal und fächerte sich Luft zu.

»Alma, nun schau dir diese Bescherung an! Der Stoff ist durchgescheuert. Den Anzug kann ich nicht mehr anziehen.«

Alma wischte sich mit dem Ärmel über die Stirn. Obwohl sie nur ein leichtes Unterkleid anhatte, war ihr unerträglich heiß. Wie im Fieber arbeitete sie in der Küche und im Haus. Je mehr sie sich anstrengte, desto leichter war es, nicht daran zu denken, dass Joshuas Schiff in der Bucht vor Anker lag. Wenn sie wollte, konnte sie ihn sehen, ihm nahe sein und ihn sogar berühren. Aber sie durfte ihren kindischen Fantastereien nicht nachgeben.

»Alma, wo steckst du denn?«

Seit gestern Mittag schuftete sie wie besessen. Nach dem sie sich endlich aus ihrer Starre gelöst und Taua sie nach Hause gefahren hatte, war etwas Unvermutetes in ihr aufgestiegen: Verunsicherung. Was wollte Joshua Fitzgerald von ihr? Wie sollte sie sein Verhalten deuten? Hegte er wahrhaftige Gefühle für sie oder spielte er nur mit ihr? Wenn, dann hatte sie es ihrem schamlosen Verhalten zuzuschreiben. Sie hätte sich nie zu diesem Kuss hinreißen lassen dürfen. Und als er gestern seine Hände auf ihre gelegt hatte, hatte sie sich nicht gewehrt. Womöglich war das für ihn alles nur ein Spiel, ein Spiel mit den Gefühlen einer naiven jungen Frau. Schließlich war er ein Seemann, und sie wusste, was man über Seemänner sagte – in jedem Hafen ein anderes Mädchen.

Hermann stand in der Tür zu dem Raum, den sie sich als Küche eingerichtet hatte. Auch wenn draußen gekocht wurde, waren hier das Geschirr, die Gerätschaften und alle Lebensmittel, die nicht kühl gelagert werden mussten. Der große Holztisch war mit Zucker und Mehl bedeckt, genauso wie sie selbst.

»Mein Gott Alma, nun mach mal eine Pause. Wie viele Kuchen willst du denn noch backen? Wir haben doch nicht die ganze Insel eingeladen!«

»Nur noch dieser hier. Außerdem darf es nicht zu wenig sein. Wenn etwas übrigbleibt, können wir es immer noch verteilen.« Wütend rollte sie mit einer alten Flasche den Teig aus.

»Schau doch, meine Hose.«

Stöhnend richtete Alma sich auf. Schweiß lief zwischen ihren Brüsten hinunter und hinterließ eine Spur auf dem Mehlstaub. Hermann blickte ungeniert in ihren Ausschnitt. Er packte sie um die Taille und zog sie an sich. »Wenn ich nicht so viel zu tun hätte, dann …«

»Hermann!?«

»Also gut. Aber nun schau doch. Du musst mir einen neuen guten Anzug nähen.«

»Für morgen?« Alma Stimme überschlug sich. Das sollte ja wohl ein Scherz sein.

»Nein, nein. Aber ich muss noch in den englischen Laden. Wie heißt noch diese Frau?«

»Du meinst Mrs. Fox? Was willst du denn von ihr?«

»Natron, gegen mein Sodbrennen. Der Hofer hatte das gestern nicht da.«

»Wieso bist du nicht direkt zu Mrs. Fox gegangen?« Alma strich sich die Haare aus der Stirn.

»Ich hab Adolph Hartmann vor der Tür getroffen, und wir haben uns unterhalten. Danach muss ich es vergessen haben.«

Das heißt, du wolltest dir vor dem Missionar nicht die Blöße geben und zu der Engländerin in den Laden gehen, dachte Alma.

»Ich kann es dir mitbringen, wenn ich übermorgen dort bin.« Vor der Abreise des Frachters würden sie keine zehn Pferde in die Stadt bringen. Heute Nacht, als sie heimlich aufgestanden war, hatte sie sich im Mondschein ein Versprechen abgerungen. Sie würde einfach nicht mehr in den Laden gehen, wenn ein australisches Schiff einlief. Immer wenn sie Joshua Fitzgerald nahe war, spielten ihre Gefühle verrückt und ihr Verstand setzte aus.

Er hatte es leicht. Für ihn stand nichts auf dem Spiel, für sie hingegen alles: ihre Ehe mit Hermann, ihr Ruf in dieser kleinen Gemeinschaft, ihr behütetes Leben. Wenn sie es nicht schaffte, gegen diese Gefühle anzukommen, musste sie zu einer anderen Lösung greifen: ihm einfach aus dem Weg gehen. Und vielleicht beruhigten sich ihre Gefühle im Laufe der Zeit von ganz alleine.

»Aber morgen ist doch schon die Feier. Glaubst du etwa, bei all den Leckereien, die du vorbereitest, will ich mich mit Sodbrennen rumplagen? Und wenn ich schon hin muss, kannst du gefälligst mitkommen. Hast du nicht heute Morgen gesagt, du bräuchtest auch noch ein paar Dinge?«

Alma griff wieder nach der Flasche. »Das kann Aveolela machen. Nimm sie doch mit.«

»Ach was, wenn sie einkauft, drehen sie ihr immer minderwertige Waren an.«

»Das macht nur der Hofer, nicht Mrs. Fox.«

»Ich bitte dich, zieh dich um.« Entgegen dem Inhalt seiner Worte klang Hermanns Stimme überhaupt nicht bittend. »Wir fahren gleich. Du hast doch gesagt, das ist der letzte Kuchen. Den Rest kann Eva übernehmen.«

Wie auf Kommando erschien die junge Samoanerin just in diesem Moment an der Tür zur Terrasse. Sie hatte sich daran gewöhnt, dass Hermann sie Eva nannte. »Mrs. Stieglitz, die Sahne ist sauer.«

Alma schaute sie fragend an. Aveolela zog den Deckel von der Blechkanne und hielt die Kanne hoch.

Alma stöhnte laut auf. »Ich hab' sie doch gestern erst frisch gekauft!« Wie hatte das nur passieren können? Sie hatte die Sahne ausnahmsweise bei Anton Hofer gekauft, weil morgen das große deutsche Fest war und sie dieses Mal ihren Patriotismus unter Beweis stellen wollte. Entweder hatte Anton Hofer ihr mal wieder Sahne älteren Datums angedreht, oder die Jungs hatten sich gestern über einen Teil der Sahne hergemacht. Taua und Etena tranken liebend gerne frische Sahne. Und weil sie glaubten, es falle weniger auf, tranken sie sie aus der Kanne. Mittlerweile war Alma sich sicher, dass sie gelegentlich den Schlüssel zur Kühlkammer stibitzten. Kurz schoss ihr durch den Kopf, warum Aveolela gerade jetzt die Qualität der Sahne überprüfte, aber eine Diskussion brachte nichts. Hermann würde ihr nur wieder einen Vortrag darüber halten, dass sie zu nachsichtig mit den Angestellten umging. Deshalb schüttelte sie wortlos den Kopf.

»Also, Alma. Eva soll den Kuchen fertigmachen. Wir fahren in zehn Minuten. Ich hab Taua schon Bescheid gesagt. Er spannt die Pferde gerade vor die Kutsche.« Hermann ließ sie stehen.

Wütend drückte sie den Teig auf das Backblech. Zehn Minuten, wie sollte sie sich denn in dieser Zeit einigermaßen zurechtmachen?

»Mr. und Mrs. Stieglitz? Brauchen Sie noch was für den großen Tag morgen? Hier geht es zu wie in einem Taubenschlag.« Mrs. Fox' Gesicht war hochrot, und sie schien ein wenig überrascht.

Als Alma und Hermann vor dem Laden ankamen, drängten sich die Leute an der Eingangstür. Anscheinend brauchten alle noch schnell etwas vor dem großen Festtag.

»Wir bräuchten eine Kanne frische Sahne und Natron. Zucker, Eier, und mir fehlen noch Zwiebeln und Kraftbrühe.«

Mrs. Fox starrte sie an. Sie schien verunsichert durch Almas barschen Ton. Und normalerweise war ihre deutsche Kundin nicht so ungeduldig.

»Eine ganze Kanne Sahne? Ich glaube, so viel habe ich nicht mehr da. Ich geh mal eben nachschauen.« Doch sie rührte sich nicht vom Fleck, sondern schaute neugierig von Alma zu ihrem Mann, der sich vor das Regal mit den Stoffballen stellte.

Alma atmete tief durch und blickte starr auf das abgegriffene Holz der Ladentheke. Als würde sie sich verraten, wenn sie auf die Ecke mit den Korbstühlen schaute, vermied sie jeden Blick in diese Richtung.

»Ähm, ich geh dann mal«, entschuldigte sich Mrs. Fox. »Sie haben sicher noch sehr viel für morgen vorzubereiten.«

»Ja, danke«, antwortete Alma mit einem gezwungenen Lächeln. Jetzt erst ließ sie ihren Blick durch den Laden schweifen. Mrs. Fox war nach hinten gegangen, aber außer ihr schien niemand im Lager zu sein. So ein Glück, Joshua Fitzgerald war nicht in der Nähe! Sie wollte nicht hier sein, und jetzt, da sie es ohne Zwischenfälle durchs Dorf geschafft hatten, wollte sie nur schnellstmöglich wieder zurück.

»Der Stoff würde sich hervorragend eignen.« Sie war zu Hermann an das Regal mit den Stoffen getreten und hatte den erstbesten Ballen hervorgezogen.

»Findest du? Meinst du nicht, das Braun ist zu dunkel?«

»Aber du wolltest doch einen eleganten dunklen Anzug.«

»Sollte ich mir nicht besser noch einen weißen Anzug anschaffen?« Alma blinzelte nervös. Sie konnte ihre innere Unruhe kaum verbergen. »Ich kann dir auch zwei Anzüge nähen.«

»Wie wäre es denn mit dem hier? Der feine, hellbeige Wollstoff?« Hermann zeigte auf einen Stoff, der zuunterst lag.

»Ja gut. Wenn du willst?«

»Na, ich will wissen, was du davon hältst. Schließlich hab' ich dich deswegen mitgenommen.« Hermann wurde langsam ungehalten. Er war es nicht gewohnt, dass seine Frau so launenhaft war.

Alma seufzte entmutigt. »Also gut, aber ich muss erst sehen, ob er durch die Sonne keine Flecken bekommen hat. Und ob es überhaupt für einen Anzug reicht.«

Während Hermann den Ballen hervorzog, kam Mrs. Fox zurück in den Laden. »Ich habe keine Sahne mehr, aber ich hab' Sammy rüber zu den Taylors geschickt. In einer halben Stunde bekommen Sie wenigstens eine halbe Kanne.«

Statt des erwarteten Danks sah Alma sie erschrocken an. »So lange können wir nicht bleiben.«

»Alma, nun hab' dich nicht so. Natürlich haben wir die Zeit. Du bist doch zu Hause mit den Vorbereitungen fertig. Wir haben Zeit, Mrs. Fox. Meine Frau rühmt immer Ihren exzellenten Tee. Ich würde gerne mal etwas davon probieren.«

Alma sank in sich zusammen. Jetzt konnte sie nur noch beten.

»Gerne, ich setz schnell das Wasser auf.« Auf Mrs. Fox' Hals hatten sich hektische rote Flecken gebildet. »Interessieren Sie sich für den Wollstoff? Was wollen Sie daraus machen? Ein Kleid?«

»Nein, einen Anzug für meinen Mann.«

»Oh, das könnte knapp werden. Wie viele Meter brauchen Sie denn? Ich messe das gleich nach. Denken Sie daran, dass viele englische Stoffe nur ein Yard breit sind. Sie brauchen dann vermutlich die doppelte Länge.«

Alma gab sich geschlagen. So schnell kam sie hier nicht weg. Schicksalsergeben musterte sie Hermanns Silhouette. Seit sie hier auf der Insel lebten, hatte er wieder sein altes Gewicht erreicht und sogar noch ein wenig zugelegt.

»Besser, wir nehmen acht Meter mit.« Mrs. Fox hatte gerade den Stoff in Papier eingeschlagen, und Taua alles auf der Kutsche verstaut, als sie erfreut ausrief: »Ach, sehen Sie, da kommt schon Ihre Sahne.«

Alma drehte sich um und sah durchs Fenster, wie Sammy die Stufen zum Laden hochlief. Dem Mischlingsjungen folgte ein großer Mann – Joshua Fitzgerald.

Almas Knie wurden weich. Sie stützte sich an einem Regal ab. Glücklicherweise war Hermann schon eine ganze Weile mit einem englischen Plantagenbesitzer ins Gespräch vertieft.

Joshua betrat den Laden und blickte sich suchend um. Ein Lächeln erschien auf seinem Gesicht, als er Alma erblickte, und er trat zu ihr.

»Wie schön, dass Sie gekommen sind. Dann sehen wir uns doch noch einmal, bevor ich fahre.« Er strahlte sie an.

Alma wandte den Kopf ab. Genau diese Situation hatte sie befürchtet. Ihr Atem ging stoßweise und für einen Moment wurde ihr schwarz vor Augen. Ihre Knie sackten weg, und sie spürte, wie jemand sie an beiden Ellbogen packte und festhielt. Sie hörte eine warme weibliche Stimme.

»Mrs. Stieglitz, geht es Ihnen nicht gut?« Mrs. Fox! Sie flüsterte mit Fitzgerald. »Ihr Mann ist hier. Um Gottes willen, mach keinen Ärger und geh nach hinten ins Lager! Ich bitte dich!«

Als Alma wieder die Augen öffnete, sah sie noch, wie ein Schatten durch die Tür verschwand. Sprachlos drehte sie sich zu Mrs. Fox um. Hatte die Engländerin sie etwa durchschaut?

»Ich schütte Ihnen schnell die Sahne in Ihre Kanne um. Dann können Sie mit Ihrem Mann sofort fahren.« In ihrem Blick lag Besorgnis. »Etwas anderes kann ich im Moment nicht für Sie tun.«

»Mrs. Fox, ich bin …«

»Sagen Sie Heather zu mir. Das ist einfacher.«

»Heather, ich bin Ihnen unendlich dankbar«, flüsterte Alma.

Kaum saß Alma auf der Kutsche, kam Heather noch einmal aus dem Laden. »Das hätte ich in der Aufregung fast vergessen. Hier, eine reife Ananas für Ihr Fest. Glauben Sie mir, es gibt nichts Köstlicheres. Eine wahre königliche Frucht.« Sie reichte sie Hermann.

»Das ist aber eine nette Geste. Herzlichen Dank. Wir werden sie uns schmecken lassen.«

Alma spürte, wie sich Heathers Fingernägel heimlich in ihre Hand krallten, und sie ihr einen Zettel zusteckte. Dann trat sie von der Kutsche zurück.

»Ich wünsche Ihnen eine schöne Feier morgen. Bis bald.« Mit einem knappen Winken verschwand sie.

»Das ist wirklich eine sehr nette Frau. Du hattest recht. Ihr Tee ist ausgezeichnet. Also, geh, wann immer du magst, bei ihr einkaufen.« Hermann legte ihr den Arm um die Schultern, als die Kutsche anfuhr.

»Ja, das werde ich machen.« Unbeobachtet schob Alma den Zettel in den Ärmel ihrer Bluse.

KAPITEL ZWÖLF

SAMOA, HAUPTINSEL UPOLU, 1. MÄRZ 1900

Die Stimme des Kapitäns des Kreuzers SMS Cormoran verkündete donnernd die Botschaft, die direkt vom Kaiser kam. Ab sofort war Samoa deutsch, und würde es für alle Zeiten bleiben. Die Worte galten sowohl den Samoanern, denen der Vertreter der deutschen Kriegsflotte unumstößlich deutlich machen wollte, wer hier das Sagen hatte. Aber auch die deutschen Bürger sollten sich in Sicherheit wiegen, dass der Kaiser seine Untertanen, auch wenn sie am anderen Ende der Welt lebten, nicht vergaß. Ihre Mühen und Investitionen würden sich lohnen, und wenn es noch einmal zur Debatte stand, verteidigte das deutsche Militär ihre Interessen.

Denn mit dem heutigen Datum, dem 1. März 1900, wurden die westsamoanischen Inseln offiziell zum deutschen Schutzgebiet und somit ein Teil des Deutschen Reiches. Mittlerweile umfassten die Kolonien weltweit ein Gebiet, das sechsmal größer war als das deutsche Mutterland. Stolz standen die Deutschen um den Fahnenmast und lauschten dem Auftrag ihres Kaisers mit stolzgeschwellter Brust. Nach fast einem halben Jahrhundert Auseinandersetzungen, verschiedenster Abkommen, wiederkehrender politischer Krisen und kriegerischer Scharmützel war nun ein Ausrufezeichen hinter die Geschichte dieser Südseeinseln gesetzt worden. Endlich nahmen sie diesen Landstrich für das Reich und im Namen aller Deutschen in Besitz.

Alma wankte. Ihr war heiß. Sie stand nun schon über eine Stunde in der brütenden Hitze, aber die Versammlung zu verlassen kam nicht infrage. Hoch oben, über den Kronen der Kokospalmen, wehte die schwarz-weiß-rote Flagge. Auch wenn Alma stolz war, bei der Hissung des deutschen Adlers dabei zu sein, hielt sie sich nur mühsam und widerwillig aufrecht.

Durch die Menschenmenge erhaschte sie einen Blick auf den Strand. Das blaue Meer vor der Halbinsel war durchbrochen von grünen Flecken, die mit dem Türkis des seichteren Wassers verschwammen. Weiter draußen schützte ein Riffsaum den Strand vor schweren Brechern. Die Wellen glitzerten, in einem großen Halbkreis lagen die bunt geschmückten Langboote der Samoaner im Wasser. Alle waren offiziell eingeladen zu der großen Feierlichkeit.

Heute bekam Alma das erste Mal *Mata'afa*, den samoanischen Oberhäuptling, zu Gesicht. Ein älterer Herr mit weißen Haaren und einem gestutzten weißen Schnurrbart. Er war schon fast siebzig Jahre alt und hatte bis vor Kurzem im Exil gelebt. Nun war endlich seine Zeit gekommen. Herrschaftlich trug er eine blütenweiße Jacke mit der traditionellen Lavalava, dem Stoffrock, und war barfuß. Er machte auf Alma einen resoluten Eindruck, wirkte fast ein wenig griesgrämig, wie er dort stand und der Inbesitznahme seiner Insel durch die Deutschen zuschaute.

Soweit sie wusste, hatten die Deutschen ihm den Vorzug gegeben und ihn zum *Tupu*, zum samoanischen Oberhäuptling krönen lassen, weil *Mata'afa* die breite Mehrheit der samoanischen Bevölkerung hinter sich hatte. Aber sowohl die Briten als auch die Amerikaner vertraten in Bezug auf diesen Punkt eine andere Ansicht.

Neben *Mata'afa* stand Gouverneur Solf, den Alma bereits kennengelernt hatte. Hermann hatte öfter mit ihm zu tun, doch eigentlich ärgerte er sich immerzu über ihn. Der Gouverneur zeigte Tendenzen, sich zu sehr für die Interessen der Samoaner einzusetzen. In anderen Teilen der Welt war es üblich, die Eingeborenen der Schutzgebiete zu allen, auch schweren Arbeiten heranzuziehen. Nur auf Samoa nicht. Aber Gouverneur Solf war noch nicht lange im Amt, und Hermann setzte große Hoffnung in den Schutzbrief des Kaisers. Jetzt, da die Inseln nur noch unter deutschem Regime standen und man sich nicht mehr mit anderen Regierungen absprechen musste, konnte man hier schalten und walten, wie es einem beliebte. Alma fächelte sich Luft zu. Die Regenzeit ging langsam zu Ende, doch es war noch immer schwül. Sie musste dringend in den Schatten. Würde diese Zeremonie denn niemals enden? Jetzt tanzten die Samoaner eine traditionelle *Fiafia*. Das dauerte, denn dem Publikum wurden Tänze von unterschiedlichster Bedeutung präsentiert. Zum Schluss tanzte eine einzelne Samoanerin. Alma bemerkte, dass die Tänzerin den anwesenden Frauen zuliebe etwas züchtiger gekleidet war als traditionell üblich.

In den drei Monaten, die Alma nun hier lebte, hatte sie sich ein wenig daran gewöhnt, dass sie immer wieder barbusigen Samoanerinnen begegnete, sobald sie die nähere Umgebung von Apia verließ. Aber das war gerade wirklich nicht ihr vorrangiges Problem.

Hier, im grellen Sonnenschein und der unerträglichen Hitze wanderten Almas Gedanken zurück zu den eilig hingekritzelten Zeilen von Joshua. Sie hatte erst gewagt, den Zettel zu lesen, als Hermann noch einmal zum Kontor gefahren war und Aveolela im Kochhaus putzte.

Ich werde in zwei Monaten wieder zurückkommen. Alma, wartest Du auf mich? Joshua

Was sollte das bedeuten: Warten? Als wenn sie von hier flüchten könnte, von dieser Insel, aus ihrer Ehe, aus diesem Leben. Und er nannte sie beim Vornamen. Das taten die Briten und Australier zwar im Allgemeinen sehr viel schneller als die Deutschen, doch gestern und vorgestern im Laden hatte er sie so höflich angesprochen, wie es sich für einen fremdländischen Seemann einer deutschen Frau gegenüber gehörte. In seiner Anrede, Alma, lag eine Vertrautheit, als hätten sie bereits eine Art innige Beziehung. Was ging in Joshua Fitzgerald vor? Wollte er sie zu etwas herausfordern, was sie unter keinen Umständen wagen durfte? Oder ging es ihm so wie ihr? Was, wenn er genauso litt wie sie? Was, wenn seine Gefühle für sie aufrichtig waren?

Alma starrte auf den Rücken der Frau, die vor ihr stand. Sie atmete laut und wedelte hektisch mit einem Fächer, genau wie ihre Nachbarin.

Alle hatten sich ungeachtet der Hitze in ihre Staatstracht geworfen. Außer Alma waren fast alle ganz in Weiß gekleidet. Das galt nicht nur für die Frauen, auch die Matrosen und die Galauniformen der deutschen Kolonialbeamten und der samoanischen Polizeitruppe waren weiß, ebenso wie die Anzüge der Pflanzer und Handelsvertreter. Alma brauchte dringend weitere helle Kleidungsstücke. Sobald wie möglich würde sie sich ans Nähen machen.

Wie auf ein Signal hin bewegten sich die vielen weißgekleideten Menschen plötzlich. Die offizielle Zeremonie war beendet. Die Menschenmenge verlief sich auf dem Platz. Es waren einige Tische mit Getränken aufgebaut und jeder suchte nach einem Platz im Schatten.

Alma sehnte sich danach, in die kühle Villa zurückzukehren, doch sie musste noch viele Hände schütteln. Upolu war keine kleine Insel, und viele besuchten Apia seit mehreren Monaten wieder zum ersten Mal. Und schon in den letzten Tagen waren viele Bewohner der Nachbarinsel Savai'i rübergekommen. Man beglückwünschte sich gegenseitig zu dem großartigen Ereignis, und Alma hatte ihre liebe Not, sich alle Namen zu merken. Endlich, als Hermann sich mit dem Verwalter der größten Kakaoplantage der Insel unterhielt, nahm sie sich ein frisches Glas Champagner und ging zum Strand. Hier herrschte nicht so viel Trubel.

Dieser Teil der schmalen Landzunge trug den Namen *Mulinu*. Hier stand der alte Palast des verstorbenen Königs *Malietoa Laupepa*, der bis vor fast zwei Jahren dort gewohnt und geherrscht hatte. Neben dem alten Palast befanden sich einige Regierungsgebäude. Man hatte einen herrlichen Blick über die Bucht von Apia, die dahinterliegenden Hügelketten bis zum Apiaberg, dessen Spitze sich nicht selten in den Wolken versteckte. Von hier aus konnte man sehen, welche Schiffe in den Hafen von Apia einliefen.

Wie angekündigt war Joshuas Frachter gestern Abend ausgelaufen. Nun würde es zwei Monate dauern, bis er zurückkehrte. Zwei Monate, in denen Alma mit sich kämpfen musste. Sie hatte Joshua Fitzgerald zuletzt drei Monate nicht gesehen, und trotzdem hatte ihr Zusammentreffen in einem Desaster geendet.

Mrs. Fox, Heather, hatte zwar ihre Haut gerettet, aber nun wusste sie Bescheid. Alma musste dringend mit ihr reden. Wenn Heather nur halb so redselig war wie der Rest der Inselbewohner, wusste jetzt schon halb Apia Bescheid. Morgen Vormittag würde sie zu ihr gehen. Alma flehte zum Himmel, dass ihr bis dahin noch eine zündende Idee kam, denn im Moment sah sie sich zu keinem klaren Gedanken imstande. Und was in zwei Monaten passieren würde, daran wollte sie jetzt nicht denken.

»Frau Stieglitz, ich hatte mir schon gedacht, dass wir uns hier treffen.« Cornelius Lamberty strahlte sie an, als er auf sie zukam.

»Ach, Herr Lamberty, ja, es scheint so, als seien alle Deutschen von beiden Inseln da. Ich habe so viele neue Leute kennengelernt, dass ich sicher die Hälfte der Namen sofort wieder vergessen habe.« Sie reichte ihm freundlich die Hand, glücklich über das Zusammentreffen. Seit Silvester hatten sie sich nicht mehr gesehen. Auf dem Schiff von Sydney nach Samoa hatte sie sich oft angeregt mit Cornelius Lamberty unterhalten und herausgefunden, dass er nur sieben Jahre älter war als sie selbst. Obwohl er bisher vermutlich kein besonders komfortables Leben geführt hatte, oder vielleicht gerade deswegen, schien er auf Samoa glücklich zu sein. Er schaffte es sicher, ihre düsteren Gedanken zu vertreiben.

»Was für ein erhebender Moment. Jetzt leben wir nicht mehr in der Fremde, sondern unsere Füße stehen auf deutschem Boden.«

Alma spielte mit ihrer Schuhspitze in dem feinen weißen Sand. »Ja, so kann man es auch sehen«, lachte sie und stieß mit ihm an. »Kommen Sie auch wieder zu unserer Feier? Mein Mann hat groß eingeladen, sobald die Feierlichkeiten hier oben zu Ende sind.«

»Ich bedaure, nein. Dieses Mal scheint nur der erlauchte Kreis der Wohlhabenden eingeladen worden zu sein.« Lamberty zwinkerte schelmisch, er schien nicht beleidigt.

»Oh, dass tut mir wirklich sehr leid, aber Hermann muss nun mal seinen Pflichten nachkommen. Aber Sie müssen mir versprechen, wann immer Sie in Apia sind, uns einen Besuch abzustatten. Ihre Geschichten sind weit aus vergnüglicher als die der anderen Bewohner von Apia, die mir immer nur schaurige Kriegsgeschichten aus den letzten Jahrzehnten erzählen.«

»Aber das ist ja jetzt Gottlob vorbei. Man kann sagen, wir haben den perfekten Moment gewählt, um uns auf Samoa niederzulassen.«

»Ich hoffe sehr, dass es ruhig bleibt. Ich hab' schon so viele schlimme Geschichten gehört, dass mir ganz bange wird.«

»Ach, da machen Sie sich mal keine Gedanken. Dieses Jahrhundert hat triumphal begonnen. Die deutsche Wirtschaft brummt. Bald haben wir die Engländer eingeholt. Hier sind die schwersten Zeiten vorbei. Ich wette, dieses Jahrhundert wird noch viele große Überraschungen für uns bereithalten. Sie werden schon sehen.«

»Wahrscheinlich haben Sie recht. Ich brauche vielleicht nur etwas länger Zeit, bis ich mich eingewöhnt habe. Ich ... Oh, entschuldigen Sie. Ich glaube, es ist so weit. Ich muss gehen.« Hermann stand ein paar Meter weiter und winkte sie zu sich. »Aber Ihr Versprechen gilt, ja? Das nächste Mal kommen Sie auf einen Kaffee und Kuchen vorbei. Ich würde mich wirklich freuen.«

»Ja, sicher. Nur allzu gerne«, antwortete Lamberty und strahlte.

»Alma, darf ich dir meinen Handelsgehilfen vorstellen, Otto Zabel? Er kommt aus Leipzig.« Im größten Trubel auf der unteren Veranda tauchte Hermann plötzlich vor ihr auf, einen Mann an seiner Seite, der kaum größer war als Alma und einen riesigen Schnauzbart trug.

Alma fühlte sich gehetzt. »Herr Zabel, wie angenehm, dass ich Sie endlich kennenlerne. Mein Mann hat mir schon einiges von Ihnen erzählt. Sie sind auch noch nicht so lange in Apia, oder?« Sie blickte sich nach Hermann um, der schon in der Menge verschwunden war.

»Madam.« Otto Zabel nahm ihre Hand, die sie ihm gereicht hatte, und gab ihr galant einen Handkuss. »Sie haben recht, ich bin noch kein Jahr hier.« Er ließ ihre Hand nicht los.« Ihr Mann hat mir gar nicht erzählt, dass er eine so bezaubernde Frau hat.«

Alma zog ihre Hand zurück. Sie war verschwitzt und Otto Zabel hatte sehr feuchte Hände. »Nun … ähm …haben Sie schon etwas zu trinken? Warten Sie, ich hole Ihnen etwas Champagner.«

»O nein, bemühen Sie sich nicht. Dafür haben Sie doch Personal.«

Eigentlich wollte Alma gerade sowieso in die Küche, aber in diesem Moment kam Hermann schon wieder auf sie zu, zwei weitere unbekannte Personen an seiner Seite.

»Nun, dann wünsche ich Ihnen noch eine schöne Feier. Wir sehen uns sicher bald wieder.«

»Das will ich hoffen«, erwiderte Zabel mit einem süffisanten Lächeln.

Alma ließ Otto Zabel stehen und ging zu Hermann, der ganz aufgeregt war. »Hoher Besuch, meine Liebe. Darf ich vorstellen: der amerikanische Konsul George Heimrod und seine entzückende Tochter Dorothea.«

Alma begrüßte die beiden höflich.

Plötzlich drängte sich Otto Zabel neben sie. »Mr. Heimrod, ist das nicht wunderbar? Vor nicht einmal einem Jahr haben die britischen und amerikanischen Schiffe im Kampf gegen die Deutschen Apia beschossen, und heute freuen wir uns alle zusammen über die gütliche Einigung. Die Briten sind weg und wir Deutsche haben das größere Stück vom Kuchen bekommen. Wenn das kein Grund zum Jubeln ist.«

Der Konsul lächelte zerknirscht, und auch seine Tochter sah aus, als habe sie auf eine Zitrone gebissen. Dass sie an der Feier teilnahmen, die eigentlich den deutschen Triumph feierte, war Hermanns diplomatischem Geschick zu verdanken. Er wollte sich mit allen Pflanzern auf Samoa gut stellen, denn nur so ließ sich möglichst viel Kopra und Kakao nach Deutschland verschiffen. Mit einem solchen Seitenhieb seines Mitarbeiters hatte er wohl nicht gerechnet.

Hermann blickte äußerst pikiert in die Runde. »Ja, sicher, Zabel. Wir sind doch heute alle hier, um es uns gut gehen zu lassen.« Brüsk stellte er sich vor seinen Mitarbeiter, sodass dieser vom weiteren Gespräch abgeschnitten war. »Die Verhandlungen waren glücklicherweise für unsere beiden Länder von Erfolg gekrönt, nicht wahr? Schließlich ist Pago Pago auf Amerikanisch-Samoa der beste Hafen von allen samoanischen Inseln. Wirklich hervorragend geeignet, Schiffe auf der Route nach Australien und Neuseeland aufzunehmen. Das amerikanische Interesse richtete sich ja ohnehin mehr auf die Wahrung eines Stützpunkts als auf eine Besiedlung.« Langsam führte Hermann sie weiter um die Ecke zur nächsten Sitzgruppe.

Alma konnte nicht mehr hören, was der Konsul antwortete, aber sie war zuversichtlich, dass Hermann den Fauxpas wieder ausbügelte. Otto Zabel stand etwas verlassen auf der Veranda. Sie verspürte nicht die geringste Lust, sich weiter mit ihm zu unterhalten.

»Ich muss rasch in die Küche. Wenn Sie mich bitte entschuldigen?« Schnell verschwand sie um die Ecke.

Sie brauchte einen Augenblick für sich, und anstatt in die Küche zu gehen, stieg sie rasch die Treppe hoch. Seit drei Tagen fühlte sie sich unwohl und zusehends erschöpft. In ihrem Schlafzimmer stand die Waschschüssel mit frischem, kaltem Wasser. Sie tauchte ihre Handgelenke ein. Das tat gut. Nur ein bisschen Ruhe, ein wenig Abstand, und sie stand auch den Rest der Feier durch. Es würde nicht mehr lange dauern, bis sich die meisten Gäste verabschiedeten. Der Weg nach Hause war für einige sehr weit. Nur diejenigen, die in Apia wohnten oder im Hotel übernachteten, würden länger bleiben.

Am schwierigsten fand sie es, die ganze Zeit über große Begeisterung für die deutsche Sache zu heucheln. Ihre Freude über die Inbesitznahme dieser Inseln am Ende der Welt hielt sich in Grenzen. Sie verstand nicht so recht, warum allen so sehr daran gelegen war, so zu tun, als sei man mitten in Deutschland. Hermann war auf gute Geschäfte aus, und wenn man deswegen die Inseln in eine exotische Heimat verwandelte, konnte sie es verstehen. Trotzdem fragte sie sich, ob ihr Vater nicht doch recht gehabt hatte. Lohnte es sich wirklich, die Waren von so weit her zu transportieren? Würden nicht am Ende die kleinen Leute für den Luxus zahlen, dass sich Reiche und Adelige Kokosnüsse und Bananen leisten konnten? Und man brauchte auch keine Schokolade, um satt zu werden, nur Brot und Butter und Kartoffeln, und davon gab es zu Hause mehr als hier.

Aber es half nichts. Sie wusste, was Hermann von ihr erwartete, und im Kreise dieser ausgemachten Vaterlandsfreunde, zu denen überraschenderweise sogar Lamberty zu zählen schien, kam sie sich verloren vor und wagte nicht, die deutsche Expansion öffentlich in Zweifel zu ziehen. Sie hatte Hermann seit vielen Wochen nicht mehr gefragt, wann sie zurückkehren würden. Es dauerte wahrscheinlich noch einige Jahre, und sie war entschlossen, das Beste daraus zu machen.

Deshalb musste sie nun auch zurück und sich um die Gäste kümmern. Als sie das Schlafzimmer verließ, sah sie gerade noch, wie sich die gegenüberliegende Tür schloss. Wer war denn in ihrem Nähzimmer? Sie stieß die Tür auf, und jemand in einem hellen Anzug sprang zur Seite.

»Herr Zabel? … Aveolela?« Aveolela schaute sie mit verschreckten Augen an. Ein Zipfel ihrer Bluse hing aus ihrem Wickelrock. Ohne einen Ton zu sagen, drückte sie sich an Alma vorbei und lief geräuschvoll die Treppe hinunter. »Ich … Was … Kann ich Ihnen irgendwie helfen?« Alma starrte Otto Zabel an.

»Nein, Ihr Mädchen wollte mich nur im Haus herumführen.«

»In meinem Nähzimmer?« Zabel blickte sich um, als nehme er erst jetzt wahr, wo er war. »Ja, das wundert mich auch. Aber Sie wissen ja, wie die Samoanerinnen sind. Schön, aber dumm.« Er strich sich eine Haarsträhne, die auf der Seite herabhing, über seine hohe Stirn.

Apia schien nach dem Trubel der letzten Tage, der gestern seinen Höhepunkt erreicht hatten, wie in einem Dornröschenschlaf versunken. Eine ungewohnte Stille war eingekehrt. Die Straßen waren leer, und man hörte nur die sachte Brandung.

Gestern Abend hatten Alma Aveolela und zwei weitere Mädchen, die sie für gestern bestellt hatte, beim Spülen der Berge von Geschirr und Töpfen beaufsichtigt. Natürlich war viel zu viel Kuchen übriggeblieben, und Alma hatte den Mädchen zwei große Platten mitgegeben. Heute Nachmittag würde sie zu Theodor Keller hinübergehen und ihm etwas bringen. Er sprach zwar nicht viel, aber im Laufe der letzten Wochen hatte Alma ihm gelegentlich Kuchen oder auch einmal einen Stück Braten vorbeigebracht. Und er hatte sich mit etlichen Setzlingen für Salat und Kohlköpfen bei ihr revanchiert.

Erschöpft saß Alma nun bei einer Tasse Tee auf der Veranda und schaute in den Garten. Taua und Etena luden neben dem Haus die Möbel auf einen Pritschenwagen, die sie sich von mehreren Nachbarn für die Feier geliehen hatten. Aveolela putzte den Boden im Haus, und Hermann war zum Tivoli-Hotel gefahren. Er wollte die Gelegenheit nutzen und noch einige der Gespräche von gestern Abend fortführen. Die Pflanzer, die auf der anderen Seite der Insel lebten, kamen nur selten nach Apia und blieben bloß für einige Tage.

Als Taua und Etena einen großen Tisch auf die Ladefläche hochstemmten, löste sich plötzlich das Wickeltuch von Taua. Es rutschte über seine Hüften und glitt zu Boden. Alma erschrak. Zwar konnte sie nur die Rückseite seines nackten Körpers sehen, und da Taua meistens nur mit seinem Lavalava herumlief, war sie den Anblick seines muskulösen Rückens gewöhnt. Doch was sie nun sah, erschreckte und überraschte sie gleichermaßen.

Taua war ungefähr dreißig Jahre alt, sehr kräftig gebaut und hatte die typische bronzene Hautfarbe der Samoaner. Sie hatte schon ein paar Mal an die Worte von Mrs. McKenzie denken müssen, dass die Samoaner wohl das schönste Volk der Erde seien. So viel kannte Alma nicht von der Welt, um das beurteilen zu können, aber zweifelsohne waren sie das schönste Volk, das sie kannte.

Aber nicht der blanke Hintern erregte Almas Interesse. Gelegentlich hatte sie schon einen kurzen Blick durch den offenen Saum eines Lavalavas erhascht, aber noch nie hatte sie eine vollständige Tätowierung gesehen. Von der Hüfte abwärts über den Po und die kräftigen Schenkel bis hinunter zu den Knien zogen sich seltsame Muster und Linien.

Frau Hartmann hatte ihr schon von dieser martialischen Angewohnheit berichtet. Mittels Haifischzähnen wurde ein Farbstoff in die Haut eingehämmert. Eine sehr schmerzhafte Prozedur, die die Männer mit Stolz und Würde ertrugen. Auch die Samoanerinnen ließen sich tätowieren, aber es waren wahrscheinlich eher kleine Verzierungen am Oberschenkel. Diese rituelle Körperbemalung war nicht für fremde Augen bestimmt und wurde nur bei bestimmten traditionellen Anlässen gezeigt.

Neugierig und gleichzeitig verschämt betrachtete Alma Tauas Rückseite, um dann hastig den Blick abzuwenden. Sie tat so, als hätte sie nichts mitbekommen, als Taua sich seinen Lavalava wieder umwickelte. Es war merkwürdig, weil der Eingeborene sich nicht etwa wegen seiner Nacktheit schämte, sondern sich beeilte, die symbolhaften Zeichnungen zu überdecken, damit sie niemand Unbefugtes sah.

Im Zimmer hinter ihr öffnete Aveolela die Tür. Wie immer, sah sie zufrieden aus. Doch Alma musste noch etwas mit ihr klären.

»Aveolela, kommst du mal bitte.« Die Angestellte trat hinaus auf die Veranda und schaute Alma freundlich an. »Was ist gestern passiert? Warum hast du diesen Mann nach oben ins Nähzimmer geführt?«

»Er hat gesagt, oben ist ein Fleck. Er hat Wein verschüttet.«

So etwas in der Art hatte sie sich schon gedacht. Die Missionarin und auch etliche andere Frauen hatten sie bereits vor den Lügen der Samoanerinnen gewarnt. Sie taten alles, um den weißen Frauen die Männer wegzunehmen. Sie logen und sie machten sich schamlos an die weißen Männer heran, um Geschenke und Geld zu bekommen.

»Aber da war kein Fleck.«

Aveolelas Miene verdüsterte sich. »Ich weiß. Er gelogen«, antwortete sie, während ihre Unterlippe sich trotzig vorschob. Ein Ausdruck, den Alma nicht von ihr kannte.

»Er hat gelogen?!« Alma stutzte. Für einen Moment dachte sie daran, wie Otto Zabel sie begrüßt hatte. Ihr war es unangenehm gewesen, dass er ihre Hand länger als nötig gehalten hatte. Und dann sein ungehöriges Benehmen dem amerikanischen Konsul gegenüber. Als er sich schließlich von ihr verabschiedet hatte, war sie froh gewesen, dass Hermann neben ihr stand. Etwas an ihm war ihr unangenehm. Und Aveolela hatte bisher keinen Anlass zur Klage gegeben.

Alma nickte vage. »Ja, das scheint mir wahrscheinlich.«

Aveolela ließ das nicht auf sich sitzen. »Nein, nicht wahrscheinlich. So ist es. Ich habe nichts falsch gemacht. Wir sind anders als weiße Frauen. Wir sind gerne mit Männern zusammen, aber nicht alle weißen Männer sind gut. Nicht alle weißen Männer kennen gutes Benehmen.«

Alma war erstaunt, dass sie so wütend war. Und irritiert, weil sie nicht wusste, ob sich Aveolelas Empörung eher gegen ihre Anschuldigung oder gegen weiße Männer wie Otto Zabel richtete.

»Ich … Es tut mir leid, Aveolela. Ich wollte dir nicht unterstellen, …« Doch, genau das hatte sie im ersten Moment vermutet, dass nämlich Aveolela sich ungebührlich benommen und Zabel mit einer List nach oben gelockt hatte. Verlegen schaute sie zu Taua und Etena, die gerade mit der Kutsche losfuhren. »Du hast recht. Dieser Mann kann sich nicht gut benehmen. Ich entschuldige mich bei dir. Auch für sein Verhalten. Wenn er so etwas noch einmal versucht, dann sag mir Bescheid.«

»Ich weiß. Dieser Mann ist nicht gut. Er fasst oft Frauen an, ohne zu fragen. Er wird geholt von *Aitus*.«

»Wer? Von wem?« Alma schaute Aveolela fragend an. Heute lernte sie anscheinend mehr über samoanische Traditionen und Mentalität, als ihr lieb war.

»Ein *Aitus*. Ein Geist, der im Dschungel lebt. Eine tote Seele, aber er findet keine Ruhe. Wenn er dich holt, bist du verloren, für immer.«

Also so etwas wie unsere Teufel, dachte Alma. Verängstigt sprang sie aus ihrem Korbsessel auf und verließ die Veranda. »Ich muss noch in den Laden, zu Mrs. Fox.« Sie hatte schon genug Angst vor den Kreaturen im dichten samoanischen Urwald, den Schlangen und Spinnen und den Fledermäusen. Da wollte sie nicht noch Spukgeschichten hören.

Vor dem Laden zögerte Alma. Auch im Herzen von Apia war es ungewohnt ruhig. Alle hatten gestern gefeiert, und da es hier selten Abwechslung gab, sprachen viele der Bewohner dem Alkohol zu. Sie sah keine Menschenseele auf der Straße und hoffte, dass auch Mrs. Fox' Laden leer war.

Wie sollte sie Heather erklären, was vor zwei Tagen vorgefallen war? Sie trat ein. Die kleine Glocke ertönte, und ein Deckenventilator summte leise, aber niemand war im Laden. Auch von hinten aus dem Lager hörte Alma keine Geräusche. Unschlüssig blieb sie stehen. Sollte sie vielleicht wieder gehen? Nein, besser sie klärte es schnell, denn sonst breiteten sich Gerüchte in der Stadt aus, was sehr unschöne Folgen haben konnte.

»Mrs. Fox?« Sie bekam keine Antwort. Alma trat an die Theke.

»Heather?« Nichts rührte sich. Alma schaute sich im Laden um. Alles war so wie immer. Als eine weitere Minute verstrichen war, ging sie vorsichtig durch den Durchgang und schielte nach hinten ins Lager. Die Tür zum Hof war verschlossen und im Lager niemand zu sehen. Auf einmal bemerkte sie einen kleinen Raum, der zur Seite hinausging. Alma horchte. Leise Geräusche drangen durch den Türspalt. Sie schaute vorsichtig durch den schmalen Spalt.

Heather Fox saß in einem bequemen Sessel und schlief. Ihr Kopf lag schief auf der Lehne, und sie schnarchte leise. Unter einem Fenster stand ein kleiner Kanonenofen mit einem Kessel. Dampfwölkchen stiegen auf, und das Fenster dahinter war schon ganz beschlagen. Zügig durchschritt Alma den Raum und griff eilig nach einem Topflappen. Der Kessel war sehr heiß, und scheppernd stellte sie ihn zum Abkühlen auf den Boden.

»Mrs. Stieglitz?« Alma drehte sich um. Die ältere Frau war aufgewacht und massierte ihren Nacken. »Ich …« Sie gähnte herzhaft und räkelte sich, »… muss wohl eingeschlafen sein. Es war aber auch viel los in den letzten Tagen.« Sie stand auf und kam zum Fenster. »Der Laden war heute so leer, und ich wollte mir nur rasch eine Tasse Tee machen. Da muss ich wohl eingedöst sein. Was kann ich für Sie tun?«

»Ich wollte … Sie …« Himmel, was sollte sie ihr denn sagen? »Ich wollte mich dafür bedanken, dass Sie mich bei meinem kleinen Schwächeanfall aufgefangen haben. Die schwüle Hitze hier macht mir doch mehr zu schaffen, als ich dachte.« Alma hatte sich dazu durchgerungen, Heather eine Ausrede aufzutischen, auch wenn ihr nicht wohl bei dem Gedanken war. Erstens konnte sie nicht gut lügen, und zweitens bezweifelte sie, dass diese welterfahrene Frau ihr das abkaufen würde. Aber sie brachte es einfach nicht fertig, die Wahrheit zu sagen. Sie schaffte es ja nicht einmal, sich selbst die Wahrheit einzugestehen.

Heather Fox schaute sie mit einem unbestimmten Blick an und sagte: »Setzen Sie sich doch. Ich mach' uns Tee.« Sie nahm eine Zeitung von dem zweiten Sessel weg.

Alma setzte sich und beobachtete, wie Heather Fox neues Wasser in den Kessel goss. Dann setzte sie die Kanne wieder auf die Mitte des schmalen Kanonenofens und gab zwei Löffel Tee in eine kleine silberne Kanne.

Sie blickte Alma an, als wolle sie etwas fragen, doch dann wandte sie sich wieder ab. »Ich bin jetzt seit zwanzig Jahren hier, und ich glaube kaum, dass ich diese Insel je wieder verlassen werde. Mein Mann liegt auf dem kleinen Friedhof neben der Kathedrale, und auch meine Tochter habe ich dort begraben. Sie ist gestorben, als sie fünf war. Typhus … Einer der Seemänner hat die Krankheit wahrscheinlich auf die Insel gebracht. Seitdem führe ich diesen Laden alleine. Aber nichts von alledem habe ich je gewollt.« Sie drehte sich zu Alma um. Tränen standen ihr in den Augen. Lautstark schnäuzte sie sich in ein Taschentuch und steckte es wieder weg. »Ich wollte nie auf diese Insel, so weit weg von meiner Familie. Ich wollte Schottland nie verlassen oder einen Laden führen.«

Alma schaute sie sprachlos an. »Wissen Sie, wem ich das alles verdanke? Meinem Mann. Und natürlich meinen Eltern, die mich mit diesem Mann verheiratet haben. Ich wollte Lehrerin werden, aber ich war schon dreiundzwanzig, und meine Eltern hatten Angst, dass ich niemals einen Mann finden würde, so wie meine ältere Schwester. Also haben sie mich kurzerhand mit einem viel älteren Witwer aus dem Nachbardorf verheiratet.«

Sie setzte sich Alma gegenüber in den Lehnsessel und schaute sie traurig an. »Mein Mann hatte schon lange Jahre Gicht, und es wurde immer schlimmer. Ein Arzt sagte ihm, dass ihm ein wärmeres Klima guttun würde. Also zogen wir hierher. Er, ich und seine zwei Söhne aus erster Ehe. Die beiden leben schon lange in Australien.« Sie stand wieder auf und holte zwei Tassen aus einem Regal. »Ich brauchte lange, bis ich endlich schwanger wurde. Heute glaube ich, dass wir so lange kinderlos blieben, weil ich ihn nicht liebte. Wenn man jemanden nicht liebt, ist es schwer, schwanger zu werden. Aber irgendwann kam doch meine Tochter, Rosie. Und als sie fünf war, starb sie. Drei Wochen später starb mein Mann. Nur das Grab meiner Tochter hält mich hier.«

Sie goss Wasser in die Kanne und setzte sich wieder. Schweigend schaute sie Alma an. Ihre Augen wirkten tieftraurig, aber ihren Mund umspielte ein Lächeln.

»Das ist wirklich sehr bedauerlich. Heather, ich … Heather, ich bin mir nicht sicher, ob ich weiß, warum Sie mir das erzählen.«

Die rothaarige Frau schaute sie an, atmete laut aus und fragte ohne Umschweife: »Lieben Sie Ihren Mann?«

Betroffen und empört schnappte Alma nach Luft.

»Ich frage mich immer, wie viel Liebe im Spiel ist, wenn junge Frauen mit älteren Männern verheiratet werden. Das geht ja auch oft gut. Aber als ich Sie und Joshua zum ersten Mal …«

Alma sprang auf. »Das ist nicht wahr!« Ihre Stimme überschlug sich.

Heather schüttelte nur den Kopf.

»Natürlich ist es wahr, und Sie wissen es. Ihr beide habt euch ineinander verguckt. Ihr könnt mir nichts vormachen. Diese Blicke, dieses Lächeln, der Zettel.«

Zitternd stand Alma an der Tür. Am liebsten wäre sie weggelaufen. Aber sie war doch hier, um den Schaden zu begrenzen. Heather Fox wusste schon zu viel von ihrem Gefühlsleben.

Die Engländerin stand auf und ging zu der kleinen Anrichte. »Aber keine Angst, ich verrate nichts. Ich für meinen Teil habe zu viele unglückliche Frauen gesehen, und zu viele Ehemänner, die sich kein bisschen dafür schämen, dass sie sich mit Eingeborenenfrauen vergnügen.« Sie hielt Alma eine Tasse Tee hin. »Na los, setzen Sie sich wieder.«

Alma nahm die Tasse und setzte sich erschöpft hin. Heather goss ihr ein wenig Sahne in den Tee. Mit gesenktem Blick rührte Alma in ihrer Tasse.

»Ich habe Ihnen meine Geschichte erzählt, damit Sie wissen, wie Ihr Leben aussieht, wenn Sie nichts unternehmen.«

Alma trank einen Schluck. Die Tasse zitterte leicht auf dem Unterteller, als sie sie zurückstellte. Der Zucker fehlte, aber Alma war zu gelähmt, um danach zu fragen.

»Es gibt Frauen, die nehmen ihr Schicksal selbst in die Hand. Ich bedauere heute, dass ich nicht rechtzeitig etwas unternommen habe. Das will ich Ihnen eigentlich damit sagen. Und von mir haben Sie nichts zu befürchten. Sie können gerne jederzeit in meinen Laden kommen, auch wenn eine neue Lieferung aus Sydney kommt.«

Alma setzte ihre Tasse auf dem Tisch ab und erhob sich langsam. Ihr Mund fühlte sich taub an. Am liebsten hätte sie Heather ihr Herz ausgeschüttet. »Ich danke Ihnen. Ich glaube, ich muss nach Hause. Ich fühle mich nicht gut.«

Heather nickte und folgte ihr zurück in den Laden. Alma drehte sich noch einmal um. »Ich schlafe so schlecht. Diese Hitze. Haben Sie viel leicht etwas für mich?«

»Sicher. Ich gebe Ihnen eine Flasche Laudanum mit. Je mehr Sie nehmen, umso süßer träumen Sie.«

»Danke.« Alma kramte einige Münzen aus ihrer Tasche.

Die kleine Glocke ertönte, und eine ältere Engländerin, die Alma flüchtig kannte, betrat den Laden. Sie begrüßten sich, und Heather gab ihr noch einen Rat mit auf den Weg: »Wissen Sie, jetzt wo es bald wieder trockener wird, sollten Sie einen Ausflug in die Berge machen und für ein paar Tage die Kühle genießen. Es ist kaum zu glauben, aber dort wird es nachts manchmal richtig kalt.«

Die Engländerin stimmte ihr zu. »Ja, ein paar Tage in luftiger Höhe wirken Wunder. Wir machen das auch jedes Jahr zwei Mal.«

»Ich werde es meinem Mann vorschlagen. Danke für den guten Rat.« Erleichtert schloss Alma die Ladentür hinter sich. Obwohl das Gespräch mit Heather nicht den gewünschten Verlauf genommen hatte, war sie beruhigt.

Es war Alma schleierhaft, wie die drei Frauen diese Hitze ertrugen. Aveolela hatte die beiden Frauen mitgebracht, Polivia hieß die ältere und Laulii die größere. Beide stammten aus ihrem Dorf, und offenbar wuschen sie für mehrere Deutsche hier in Apia. Die drei Samoanerinnen arbeiteten nun bereits den ganzen Tag im Waschhaus. Gestern hatten sie den großen Waschbottich angefeuert und die Wäsche über Nacht einweichen lassen. Zuerst hatte Alma sie beaufsichtigt, aber anscheinend wussten die beiden, wie die Deutschen am liebsten ihre Wäsche gewaschen haben wollten. Außerdem machte der heiße Wasserdampf, der aus dem Waschkessel aufstieg, Alma sehr zu schaffen. Deshalb hatte sie die Frauen seit heute Morgen alleine gelassen.

Von der oberen Veranda aus schaute sie immer wieder in den Garten hinunter zum Waschhaus. Alma konnte ihnen nicht verdenken, dass sie langsam arbeiteten, denn sie selbst hätte es in dieser Hitze nicht schneller geschafft. Zwischendurch ging sie in ihre Nähstube, wo leichter Durchzug herrschte. Der erste Anzug für Hermann war schon zugeschnitten, und nun heftete sie die Teile aneinander, bevor sie morgen mit dem Nähen anfing. Diese Arbeit hatte sie in Köln in den letzten Jahren täglich verrichtet, nur musste sie hier keine Termine einhalten. Es machte Alma glücklich, endlich wieder etwas Sinnvolles zu tun. Sie hörte die Stimmen der drei Frauen, die ohne Unterbrechung miteinander schwatzten.

Oft fühlte Alma sich einsam und vermisste Mathilde und Tante Heidi – und sogar Käthe. Bis auf Heather hatte sie noch niemanden gefunden, mit dem sie sich unbefangen unterhalten konnte. Und Heather sah sie nur im Laden. Sie würde sie demnächst einladen, an einem Sonntag, wenn der Laden geschlossen hatte. Am besten, wenn Hermann gerade unterwegs war, dann konnten sie in aller Ruhe zusammen Tee trinken.

Es waren drei Wochen seit ihrem denkwürdigen Gespräch vergangen, und sie war mehrere Male in Heathers Laden gewesen. Mit jedem neuen Besuch entspannte Alma sich mehr, und beim letzten Mal hatten sie sogar zusammen gelacht. Sie würde hier noch einige Jahre verbringen, und eine gute Freundin zu haben, konnte nicht schaden. Die obligatorischen Besuche bei der Missionarin und den Frauen der Pflanzer, mit denen Hermann zu tun hatte, waren nicht annähernd so angenehm wie die Stippvisiten bei der schottischen Ladenbesitzerin.

Hermann trat auf die Veranda. Er war gerade nach Hause gekommen, hatte sich umgezogen und frisch gemacht. Schweigend stellte er sich an die Balustrade. Er hatte sie nicht einmal begrüßt. Zu groß war seine Enttäuschung gewesen, als er gesehen hatte, wie sie sich heute Morgen einen Stoffstreifen für ihre Monatsblutung genommen hatte.

»Es gibt Kohlrouladen.« Hermann mochte Kohlrouladen. Immer wenn er wütend war, kochte sie ihm etwas, was er besonders gern mochte. Doch er antwortete nicht.

Alma betrachtete ihn. Er wünschte sich nichts mehr, als dass sie ihm viele Kinder gebar. Und sie wünschte sich auch nichts sehnlicher. Schließlich war das ihre oberste Pflicht als Ehefrau. Aber über ihre eigene Enttäuschung konnte Alma nicht mit Hermann sprechen.

Heathers Worte gingen ihr immer wieder durch den Kopf. Wenn man jemanden nicht liebt, ist es schwierig, schwanger zu werden. Stimmte das? War es ihre Schuld? Liebte sie Hermann einfach nicht genug? Und wie würde sie sich in fünf Wochen verhalten, wenn Joshua wiederkam? Auf Heathers Verschwiegenheit konnte sie sich verlassen, aber was, wenn jemand anderes etwas bemerkte, zum Beispiel Frau Hartmann? Nicht auszudenken, was das für Folgen haben könnte!

Plötzlich schlug sich Hermann auf den Hals, und Alma erschrak. Er hatte nach einem Moskito geschlagen. Hier in Sogi, im nordwestlichen

Teil von Apia, an den die Sümpfe grenzten, war die Plage besonders schlimm.

»Kohlrouladen, hm?«

»Die magst du doch so gern, oder?« Sie musterte ihn. Besser, sie gab noch ein paar Zentimeter zu, damit der Anzug länger passte.

Er antwortete nicht, sondern blickte in den Garten. »Sind das unsere Wäscherinnen?«

Sie stand auf und legte die Stoffteile vorsichtig auf dem Stuhl ab. Als sie neben ihn an die Balustrade trat, seufzte sie laut. »O nein, sie haben sich schon wieder ausgezogen!« Barbusig standen die beiden Wäscherinnen im Garten und hängten die Wäsche auf. »Ich hab ihnen doch gesagt, dass sie das nicht dürfen.«

Hermann starrte die eine Frau an. Alma kannte diesen Blick.

»Lass sie doch. Ihnen ist sicher sehr heiß.« Der Busen der größeren Frau wippte bei jeder Bewegung. Hermann wandte den Blick nicht ab. Anscheinend war es ihm egal, dass Alma neben ihm stand.

Sie schnaubte. »Nein, das geht zu weit.« Wütend lief sie hinunter. Als sie auf die untere Veranda trat, stand die größere Frau direkt vor ihr. Ein nasses Wäschestück noch in der Hand, beugte sie sich weit nach hinten und schaute hoch zur oberen Veranda. Als wenn sie sich extra präsentieren will, dachte Alma grimmig. Offensichtlich unterhielt sie sich mit Hermann.

»Ich heiße Laulii.« Sie lachte und zeigte makellose weiße Zähne.

Erbost stemmte Alma die Hände in die Hüften. »Aveolela? … Aveolela, wo bist du?« Ihre Angestellte kam aus der Waschhütte. Wenigstens sie hatte noch ihre Bluse an. Schnell ging Alma zu ihr. »Aveolela, ich hab dir doch gesagt, dass ihr euch nicht ausziehen dürft!«

»Aber es ist so heiß!«

»Das ist mir egal. Mein Mann ist da, und jetzt sorg dafür, dass die beiden sich sofort wieder anziehen!« Sie blieb vor dem Badehaus stehen.

Hermann starrte weiter auf die Brüste und lächelte die junge Frau an.

»Sofort!«, trieb Alma ihre Angestellte zur Eile an. Aveolela rief die beiden Frauen zu sich. Alma schaute nach oben und sah, wie Hermann ganz ungeniert dieser Laulii hinterher blickte, als sie mit wogenden Hüften zurück zum Badehaus ging. Aus seinem Gesichtsausdruck sprach pure Lüsternheit. In dem Moment kamen ihr Heathers Worte wie eine Prophezeiung vor. Es gab auf der Insel zu viele Männer, die sich schamlos mit Samoanerinnen vergnügten.

KAPITEL DREIZEHN

ENDE APRIL BIS ANFANG MAI 1900

»Kindchen, Sie müssen mehr essen. Wenn Sie mehr auf dem Hüften haben, fühlt sich auch das Baby wohler. Sie werden schon sehen. Ein paar Kilo mehr auf den Rippen und ruckzuck sind Sie in anderen Umständen.«

»Danke, ich werde versuchen, Ihren Rat zu beherzigen.« Alma lächelte gequält. Sie hatte Frau Hartmann auf dem Postamt getroffen. Der deutsche Postdampfer war eingelaufen, und auch wenn Alma den Trubel der ersten Stunden eigentlich vermeiden wollte, konnte sie ebenso wenig wie die anderen Inselbewohner ihre Neugierde im Zaum halten. Wer von den Lieben daheim hatte an einen gedacht? War vielleicht sogar ein Päckchen gekommen? War die bestellte Ware mitgeliefert worden? Hatte der Dampfer Zeitungen und Illustrierten aus der alten Heimat dabei? Und vor allem: Was gab es Neues aus dem Deutschen Reich zu berichten?

Alma hatte ein Päckchen bekommen und es sofort geöffnet. Oben lag ein Brief von Tante Heidi und ein zweiter von Mathilde. Nur allzu gerne hätte sie gewusst, was in dem Päckchen war, aber zuerst musste Alma sich möglichst elegant aus den Fängen der Missionarin befreien. Sie bekam auch etliche Briefe und Depeschen von der Firma für Hermann ausgehändigt und legte sie in ihren Korb.

Geschickt mogelte sie sich an einer Menschentraube vorbei. Als sie auf die Ausgangstür zusteuerte, fiel ihr Blick auf das Titelblatt einer Zeitung. Sie blickte sich kurz um, nahm die Deutsche Kolonialzeitung und blätterte durch die Seiten. Schnell legte sie ein paar Shilling auf den Tresen. Obwohl sie sich auf deutschem Boden befand, bezahlte man auf den Inseln fast ausschließlich mit amerikanischem und englischem Geld. Das würde wahrscheinlich noch lange so bleiben, denn die meisten Waren bekam man von den Nachbarinseln, von Schiffen, die über Hawaii aus Amerika kamen, oder eben von den Frachtern aus Australien und Neuseeland.

Sie bezahlte für eine Zeitung, die beinahe drei Monate alt war, doch mit einem merkwürdigen Gefühl der Befriedigung stellte Alma fest, dass sie es sich leisten konnte. Sie musste nicht erst lange nachrechnen, ob das Geld reichte. Sie konnten Fleisch essen, wann immer sie wollten, nicht nur sonntags oder zu einem besonderen Anlass. Sie trank nur echten Bohnenkaffee, besaß feines Porzellan und hatte praktisch immer gekühlten Champagner zu Hause. Es war über ein halbes Jahr her, dass sie sich selbst an einen Waschtrog hatte stellen müssen. Und letzte Woche hatte sie sich bei Heather für ein neues Kleid ohne schlechtes Gewissen einen wunderschönen zartrosafarbenen Chintz ausgesucht. Es war die teuerste Ware, die Heather vorrätig hatte.

Und damit tat sie ein gutes Werk. Heathers Laden lief schlechter, seit Samoa deutsch geworden war. Es gab immer weniger Engländer und Amerikaner auf der Insel, die bei ihr einkauften.

»Kommen Sie auch am Sonntagabend?« Alma schaute sich um. Gertrude Hartmann hatte sie doch noch vor der Post eingeholt. So ein Pech. »Was ist denn am Sonntag?«

»Wir Frauen müssen schließlich zusammenhalten. Wenn hier schon sonst keiner für Zucht und Ordnung sorgt«, entgegnete Frau Hartmann empört.

»Wobei denn? Was ist der Anlass des Treffens?«

»Wir sammeln Unterschriften und gehen damit zum Gouverneur und verlangen von ihm, dass er den Siva verbietet. Als gute deutsche Ehefrau sind Sie doch sicher auch dafür?«

Auch wenn Alma bisher nur Gerüchte gehört hatte, wusste sie, das man als Siva den Liebestanz der Samoanerinnen bezeichnete, bei dem sie kaum mehr trugen als einen kurzen Wickelrock und eine Hibiskusblüte im Haar. Die weißen Männer gingen in den Busch, und nach den Tänzen wurden wahre Orgien gefeiert.

»Und wenn der Gouverneur schon dabei ist, soll er auch direkt das Tätowieren verbieten. Die Männer kommen wochenlang nicht zur Arbeit, wenn sie bemalt werden. Es ist nicht nur heidnisch, sondern ungeheuerlich, sich einfach so dem Dienst zu entziehen.« Frau Hartmanns Augen funkelten erbost. »Da sind Sie doch sicher auch dafür!«

Alma nickte. Sie verspürte wahrlich keine Neigung, mit Hermann darüber zu streiten, ob er sich an diesen Liebestänzen ergötzte. Besser, man schaffte sie ab.

»Am Sonntag kommt mein Mann nach Hause. Da kann ich nicht weg.«

»Aber Sie werden uns doch sicher in unserer Sache unterstützen?«

»Selbstverständlich. Ich komme Anfang der Woche bei Ihnen vorbei und werde unterschreiben.« Alma hoffte inständig, dass damit ihre Pflicht erfüllt war und die Missionarin sie nun entließ.

Gertrude Hartmann war sichtlich zufrieden. »Und wo wir gerade dabei sind: Im Sinne der deutschen Sache sollten wir alle nur noch bei Herrn Hofer einkaufen gehen.«

Auf diese Diskussion hatte Alma sich schon lange vorbereitet. »Ja, wenn Herr Hofer auch im Sinne der deutschen Sache arbeiten und nicht immer wieder versuchen würde, mir alte Lebensmittel und überteuerte Werkzeuge anzudrehen, würde ich mir das ja überlegen. Aber sehr stark scheint sein Herz nicht für seine Landsleute zu schlagen.« Mutig blickte Alma der Missionarin ins Gesicht, die eine solche Antwort wohl nicht erwartet hatte. »Außerdem wissen Sie genau, dass sich mein Mann mit allen Pflanzern auf der Insel gut stellen muss. Wir können ja national gesinnt sein, aber wir dürfen nicht zu national handeln. Das werden Sie sicherlich verstehen.«

Gertrud Hartmann starrte sie erstaunt an. Alma hatte sich dieses Mal nicht einschüchtern lassen.

»Ja natürlich, das verstehe ich.« Sie blickte sich irritiert um. Eine deutsche Bekannte überquerte gerade die Straße und kam auf sie zu, was Frau Hartmann sehr gelegen zu kommen schien. »Ah, da ist ja

Frau Hufnagel. Der muss ich auch noch Bescheid geben.« Mit einem zerknirschten Nicken verabschiedete sie sich von Alma.

Hermann war schon vor über drei Wochen zu der bisher längsten Reise aufgebrochen. Dieses Mal ging es nach Kaiser-Wilhelms-Land auf der Insel Neuguinea, und auf dem Rückweg zu einigen Inseln im Bismarck-Archipel. Alma bereitete es ziemliche Sorgen, dass er in Bougainville und in Herbertshöhe auf Neupommern für einige Tage an Land ging.

Auf ihr beharrliches Nachfragen hin hatte Hermann zugeben müssen, dass dort noch Kannibalismus betrieben wurde. Zwar hatte er ihr glaubhaft versichert, dass er sich keinesfalls leichtherzig in Gefahr bringen werde. Ja, er habe nicht vor, eine Plantage im Landesinneren zu besuchen, sondern werde sich ausschließlich in den Städten aufhalten. Trotzdem betete Alma jeden Abend für ihn. Was würde mit ihr geschehen, wenn doch etwas passierte? Als wäre nicht jede Seereise schon gefährlich genug. Jederzeit musste man mit Stürmen, Untiefen, auf denen die Schiffe auflaufen konnten, oder Piraten rechnen. Da war seine Seekrankheit nur eine lästige Nebensache.

Wie oft hatte sie um Joshua Angst! Schon häufiger hatte sie Schauergeschichten über verunglückte Schiffe gehört. In zwei Tagen sollte sein Schiff in Apia einlaufen.

Ganz in Gedanken ging sie nach Hause. Eigentlich hatte sie sich geschworen, ihn zu ignorieren, doch ihr Entschluss geriet immer wieder ins Wanken. Und als wäre es vom Schicksal vorbestimmt, war Hermann ausgerechnet jetzt Hunderte von Seemeilen entfernt. Sollte sie Heathers Laden doch aufsuchen und Joshua deutlich machen, dass sie eine anständige Ehefrau war? So leicht war sie nicht zu haben. Und wenn er sich erst ihre Tändelei aus dem Kopf geschlagen hatte, würde es auch ihr leichter fallen, ihn zu vergessen.

Entschlossen, sich dieses Mal der Situation zu stellen, ging sie mit energischen Schritten weiter. In der Stadt hatte sie eine neue Axt gekauft.

Die alte war seit dem Vorfall am Banyanbaum nicht mehr aufgetaucht. In das Eisen war ein »Made in Germany« gestanzt. Alma musste fast lächeln bei dem Gedanken, wie die Briten sich mit diesem Stempel, der eigentlich als Warnung für ihre Landsleute gedacht gewesen war, sich selbst ein Ei ins Nest gelegt hatten. Anstatt dass die Engländer einen großen Bogen um die billigere Importware aus dem Deutschen Reich machten, kauften jetzt alle verstärkt deutsche Waren. Auf jedem Produkt aus Deutschland musste dieser Hinweis stehen, der sich schnell zum einem Qualitätssiegel entwickelt hatte. Eine bessere Reklame hätten sich die deutschen Händler selbst kaum ausdenken können.

Alma hatte das Zentrum von Apia verlassen, und rechts neben ihr kam der Ufersaum der Bucht in Sicht. Wie immer nahm dieser paradiesische Anblick des türkisgrünen Wassers, das sanft an den weißen Sandstrand schlug, sie gefangen. Plötzlich blieb sie stehen. Was war das denn? Treibholz?

Nein. Dafür war das Bündel am Ufer zu groß.

Alma stieß einen spitzen Schrei aus, als es sich bewegte. Ein Mensch! Womöglich ein in Seenot geratener Matrose. Schnell eilte sie ans Ufer und kniete sich hin. Ein Mann lag im Schatten einer Palme. Seine Kleider waren zerrissen, und er trug keine Schuhe.

»Hallo, hören Sie mich?« Sollte sie ihn anfassen? »Geht es Ihnen gut?« Sie rüttelte vorsichtig an seiner Schulter. »Hallo?«

Als Antwort kam nur ein unwilliges Grunzen. Alma beugte sich vor, aber sie konnte sein Gesicht nicht sehen, das in seiner Armbeuge verborgen war. Vorsichtshalber fragte sie noch einmal in Englisch nach, und obwohl der Mann sich leicht bewegte, blieb er stumm. Alarmiert sprang Alma auf und lief zurück zur Uferstraße. Es waren nur wenige hundert Meter bis zu ihrem Haus.

»Taua! Etena! Schnell!« Sie kehrte mit den beiden Boys zurück an den Strand.

Die beiden hoben ihn hoch. Wie ein nasser Sack hing er zwischen ihnen. Sein Bart war zottelig, und er hatte ein von Falten zerfurchtes

Gesicht. Er roch nach altem Schweiß und Salzwasser, aber Alma nahm noch einen anderen Geruch wahr.

Er roch nach Alkohol.

Taua lachte. »Das ist Joseph.« Er schien in keiner Weise beunruhigt über den Zustand des alten Mannes.

»Du kennst ihn?«

»Jeder kennt Joseph. Joseph lebt schon lange hier.« Alma war verunsichert. Sie hatte noch nie von einem Joseph gehört. »Wo wohnt er denn? Am besten bringen wir ihn nach Hause.«

Etena lachte laut. »Joseph wohnt überall.« Schnell sagte er etwas auf Samoanisch, und jetzt lachte auch Taua.

Was nun? Joseph war offenbar ein Strandstreuner. Es gab anscheinend einige auf den Inseln, wie Alma gehört hatte. Sie lebten meistens mit den Samoanern in deren Dörfern, und man bekam sie selten in den Siedlungen der Weißen zu Gesicht. Gelegentlich verdienten sie sich auf den Plantagen etwas dazu, aber nur, um sich davon Alkohol zu kaufen.

»Nun gut. Bringen wir ihn erst einmal zu uns. Eine ordentliche Mahlzeit wird ihm sicher nicht schaden.« Und ein Bad auch nicht, dachte Alma. Aber sie bezweifelte, dass dieser Joseph daran interessiert war.

Doch sie irrte sich. Wider Erwarten nahm Joseph die Einladung, sich gründlich zu waschen, mit Freuden an. Und er verlangte sogar nach einer Schere, um sich den Bart zu stutzen. Aveolela kam mit den schmutzigen Sachen von Joseph und fragte, ob sie sie waschen sollte. Und als Alma das dreckige Hemd und die vor Schmutz starre Hose erblickte, nickte sie. Noch während Joseph unter der Dusche im Freien stand, durchsuchte sie Hermanns Sachen nach Kleidungsstücken, die sie ihm geben konnte.

Bald fand sie eine Hose, die an einigen Stellen schon sehr dünn war. Sie würde zwar etwas zu groß sein, aber sie hatte gesehen, dass Joseph einen Gürtel hatte. Sie griff sich eins der Unterhemden, von denen Hermann so viele hatte, dass er kaum merken würde, wenn eins fehlte. Zum Schluss nahm sie schweren Herzens eins der weißen Hemden. Auch wenn es

Hermann schon etwas am Bauch spannte, war es absolut in Ordnung. Sie konnte den Mann ja wohl kaum im Unterhemd wegschicken.

Eine Stunde später saßen sie gemeinsam auf der Veranda, und Aveolela brachte das Essen. Linsensuppe mit viel Speck. Alma überlegte angestrengt, über was sie sich mit ihrem merkwürdigen Gast unterhalten sollte, aber zu ihrer Erleichterung schaufelte er die Suppe in sich hinein, als hätte er seit Wochen nicht Vernünftiges mehr zu essen bekommen. Trotzdem versuchte sie nach einer Weile, mit ihm ein Gespräch anzufangen.

Er nickte nur dann und wann, gab einsilbige Antworten, und das einzige Mal, dass er einen vollständigen Satz sagte, war, als er um Nachschlag bat. Als Alma gerade aufgeben wollte, kratzte er seinen Teller aus, dass es einem um das Geschirr leidtat, ließ sich in den Korbsessel fallen und sah sie mit glückseligem Gesichtsausdruck an.

»Das ist sehr anständig von Ihnen, 'nem alten Seebären wie mir so was Leckeres zu essen zu geben.«

»Aber das ist doch selbstverständlich. Schließlich sind wir hier unter Christen. Die Nächstenliebe …«

»Die Nächstenliebe hält viele Weiße nicht davon ab, mich vom Hof zu jagen«, unterbrach er sie und lächelte. »Und dann machen Sie mir noch so wertvolle Geschenke.« Er zupfte an dem Hemdkragen, der ihn am Hals scheuerte.

Alma hatte die Vermutung, dass es nicht lange dauerte, bis er sich das Hemd über den Kopf zog. Aber solange er sich nicht hier am Tisch der Kleidung entledigte, war es ihr egal. »Wo leben Sie denn?«

»Im Moment in einem kleinen Dorf bei Mulifanua. Es liegt an der Nordwestküste. Von dort hat man den schönsten Blick auf Savai'i. Hätten Sie etwas Schnupftabak für einen alten Mann?«

Alma musste fast lachen über seine Unverfrorenheit. Da beköstigte sie ihn, kleidete ihn ein und er fragte nach Schnupftabak.

»Nein, tut mir leid.« Doch dann erinnerte sie sich, dass Hermann für Gäste Zigarren bereithielt. »Warten Sie einen Moment. Ich bin gleich wieder da.«

Fünf Minuten später saß Joseph mit einem zufriedenen Gesicht auf der Veranda und paffte einen Stumpen. Dabei strahlte er, als sei heute der glücklichste Tag seines Lebens.

»Taua sagt, Sie leben schon lange hier. Wie sind Sie hierhergekommen?«

»Auf einem Walfänger. Ich war Seemann bei einer Walfangflotte aus Bremerhaven. Aber das ist schon lange her.« Genüsslich zog er an der Zigarre.

»Wie lange?« Alma hatte Aveolela angewiesen, noch Kaffee zu bringen. Nachdem sie sich von ihrem ersten Schreck erholt hatte, war sie erfreut über ihren ungewöhnlichen Gast. Er brachte sie auf andere Gedanken.

»Mal sehen. Ich war das erste Mal 1856 hier. Aber da war ich noch sehr jung. Aber ein paar Jahre später war ich wieder hier und hab mich abgesetzt.« Er lachte heiser. »Das haben viele gemacht, damals. Nicht nur hier auf Samoa.«

»Dann leben Sie hier schon an die vierzig Jahre!« Alma war erstaunt. Vierzig Jahre, das konnte sie sich kaum vorstellen.

»Ich muss so in Ihrem Alter gewesen sein, als ich hiergeblieben bin.«

»Und waren Sie immer hier auf den Inseln?«

»Nein, zwischendurch war ich mal auf den Fidschis und auf Tonga. Einmal bin ich sogar bis nach Tahiti gekommen. Aber die Sprache hat mir nicht zugesagt. Ich wollte nicht noch eine neue Sprache lernen.«

Erstaunt zog Alma ihre Augenbrauen hoch. »Wie viele Sprachen sprechen Sie?«

»Na, Englisch natürlich, ein bisschen Französisch, ein bisschen Holländisch. Hab mal zwei Jahre auf Java gelebt.« Wieder lachte er heiser. »Guten Tabak haben die da angebaut, die Holländer. Guten Tabak. Aber ich wollte weg, bevor ich mir die Malaria einfange. Hab' zwei Jahre Glück gehabt. Das ist mehr, als man erwarten darf.«

Er paffte die Zigarre und schien mit seinem Schicksal absolut zufrieden zu sein. »Natürlich sprech ich Samoanisch. Damit hab' ich mir all die Jahre mein Geld verdient. Als Übersetzer für die deutschen Plantagenbesitzer und die Diplomaten. Früher hab' ich auch für den englischen

Konsul gearbeitet, und eine Zeit lang bin ich mit einem amerikanischen Landvermesser über die Inseln gezogen.« Er stieß den Rauch in kleinen Wölkchen aus. »Aber das hat in den letzten Jahren nachgelassen. Viele Samoaner können ganz gut Deutsch und noch besser Englisch. Und immer mehr Deutsche können Englisch. Ich werde immer seltener gebraucht.«

»Dann wissen Sie ja eine Menge über die Inseln und über das Leben hier.«

»Ja, sehr viel mehr als die meisten Weißen, so viel ist sicher!«

Alma schaute sich um, und nachdem sie sich vergewissert hatte, dass weder die Boys noch Aveolela in der Nähe waren, fragte sie: »Hatten Sie denn nie Angst, die Eingeborenen könnten Ihnen etwas antun?«

»Wieso sollten sie?« Joseph lachte laut auf.

»Weil sie für uns arbeiten müssen.« Alma senkte ihre Stimme. »Ich verstehe nicht …« Wieder blickte sie sich vorsichtig um. In Gegenwart von Hermann oder anderen Weißen hatte sie es nie gewagt, diese Frage zu stellen. »Ich verstehe einfach nicht, warum die Samoaner sich das gefallen lassen. Die Einheimischen sind uns doch zahlenmäßig haushoch überlegen.«

Da Joseph sie verwirrt anschaute, fügte Alma erklärend hinzu: »Was hält die Samoaner davon ab, uns etwas anzutun oder uns zu verjagen, wenn sie so viele sind? Ich bin immer freundlich zu ihnen. Je mehr Angst ich vor ihnen habe, umso freundlicher bin ich.«

Alma war sehr verwundert, als Joseph in ein dröhnendes Lachen ausbrach, das bestimmt weithin zu hören war. Die Asche der Zigarre fiel auf seine neue Hose, was er nicht einmal bemerkte. Als er endlich wieder normal atmete, lächelte er sie aus vollem Herzen an.

»Ihre Einstellung gefällt mir. Wirklich. Sie haben das Herz am richtigen Fleck.«

Meine Güte, sie hatte tatsächlich ihren eigenen Geburtstag vergessen! Und da sonst niemand Bescheid wusste, hatte sie ihn nicht gefeiert.

Alma hielt das Fläschchen Kölnisch Wasser hoch. Es war, reichlich in altes Zeitungspapier eingepackt, im Paket gewesen. Selbst die Zeitungen waren wie ein Geschenk. Sie würde später die Seiten glattstreichen und lesen, was es aus ihrer Heimatstadt zu berichten gab. Tante Heidi und die anderen gratulierten ihr herzlich und hofften, dass sie einen schönen Tag verlebt habe. Alma versuchte sich zu erinnern, was sie am 10. April getan hatte. Vielleicht hatte sie zufällig Kuchen gegessen, aber Geschenke hatte sie keine bekommen. Und niemand hatte ihr gratuliert, nicht einmal Hermann.

Sie drehte das Fläschchen auf und sog den Duft ein. Es roch nach zu Hause, wie Frühling in ihrer Gasse in Köln Ehrenfeld. Es erinnerte sie an die Glocke, die ertönte, wenn man die Schneiderei betrat. Als Käthe und sie neun Jahre alt gewesen waren, hatten sie verbotenerweise mit der Schmuckschatulle der Mutter gespielt und dabei das Parfüm umgeworfen. Mein Gott, gab das ein Gezeter. Der Vater hatte ihnen den Hintern versohlt. Ihr mehr als Käthe, weil sie die Ältere war und auf ihre Schwester hätte aufpassen müssen. Zehn Tage konnte sie nicht sitzen, und die Striemen, die der Rohrstock auf ihrer Haut hinterlassen hatte, waren noch lange zu sehen. Es hatte so wehgetan. Sie verstand nicht, dass jemand, der seine Kinder liebte, ihnen derartige Schmerzen zufügen konnte. Nie wieder war sie auch nur in die Nähe der Schmuckschatulle gegangen.

Ein Jahr später war ihre Mutter bei der Geburt von Fritz gestorben und die Schatulle verschwand irgendwo in einem Schrank. Alles, was ihrer Mutter gehört hatte, wurde aus dem alltäglichen Leben verbannt. Damals holte Vater Tante Heidi zu ihnen, die vorher in einem vornehmen Haushalt in Bad Godesberg als Dienstmädchen gearbeitet hatte. Sie gab ihre gute Stellung auf und kümmerte sich fortan um die Kinder ihrer Schwester. Aber alles, die Erinnerungen, Köln und ihre Familie waren so weit weg.

Es war ihr erstes Parfüm. Alma tupfte sich zwei Tropfen hinter das Ohr und zog andächtig den Duft ein. Dann stellte sie die Flasche neben das geöffnete Paket und legte die Briefe von Tante Heidi und Mathilde daneben. Sie erwartete nicht, etwas über Käthes Schicksal oder den Verbleib des Kindes zu erfahren. Aber vielleicht hatte Tante Heidi ja wieder etwas für sie versteckt. Ganz unten im Paket unter den alten Zeitungen lag ein gefaltetes Stück Papier. Aufgeregt faltete sie es auseinander.

Die Tränen stiegen ihr in die Augen. »Für meine liebste Alma« stand dort in Kleinjungenschrift. Auf die Rückseite hatte Fritz einige Zeilen gekritzelt:

Wann kommst Du wieder nach Hause? Ich vermisse Dich so.

Vorne hatte Fritzchen etwas mit Wachsmalstiften gemalt. Vater, Tante Heidi, Mathilde und er standen um einen Tannenbaum herum. Käthe hatte wie Alma das letzte Weihnachten nicht zu Hause verbracht. Der Christbaum war mit Kerzen und buntem Weihnachtsschmuck geschmückt. Kleine Schneeflocken schwebten vom Himmel herab.

Almas Herz wurde schwer. Weihnachten hatten sie hier zwar auch gefeiert, aber was war Weihnachten ohne Schnee, Kaminfeuer, heißen Punsch und Christmette im Kölner Dom? Und ohne Weihnachtsbaum? Sie hatte Silvester im Warmen verbracht, und statt an Neujahr im Schnee spazieren zu gehen, hatte sie auf der Veranda eisgekühlte Limonade getrunken.

Vor einigen Wochen hatten sie Ostern gefeiert und waren zusammen mit den anderen Deutschen an drei Tagen in die englische Kathedrale gegangen, wo Herr Hartmann in Ermangelung eines eigenen Geistlichen die Messe ins Deutsche übersetzte.

Am meisten vermisste Alma Fritz. Für ihn war sie so etwas wie eine Ersatzmama geworden. Auch wenn Tante Heidi gut für sein leibliches Wohl sorgte und Mathilde sich sicher rührend um den Jungen kümmerte, litt er bestimmt genauso unter der Trennung wie sie. Fritz war nun acht Jahre alt. Und Alma wusste, wie bitter es war, die Mutter zu verlieren. Sie war zwar nicht tot, jedoch unerreichbar für ihn. Alma schniefte laut in ihr Taschentuch.

In einigen Monaten hatte er Geburtstag, und sie würde ihn mit etwas ganz Besonderem überraschen. Fritz war Ende Oktober geboren, und in Köln war es dann kalt und regnerisch. Doch jetzt, Anfang Mai, sprießte in ihrem Schrebergarten in Lindenthal das Gemüse. Sie wollte Mathilde in ihrem nächsten Brief fragen, wer sich nun um den Garten kümmerte. Zwar war ihr Garten hier größer als zu Hause, aber da Alma mehr selbst mit anpacken durfte, vermisste sie den Schrebergarten umso mehr.

Plötzlich wurde ihr bewusst, dass sie seit über einem Jahr im stetigen Sommer lebte. Seit letztem April war sie praktisch nirgendwo mehr gewesen, wo die Temperatur unter zwanzig Grad fiel. Sie hätte nie gedacht, dass sie je den kalten Herbstwind vermissen würde, der nach dem ersten Schnee roch.

Seufzend nahm Alma den Brief von Mathilde. Ihre Schrift war erwachsener geworden. Sie schlief weiterhin mit Fritzchen in der alten Kammer. Tante Heidi schlief nebenan mit Käthe in der Dachkammer, was der Tante wahrscheinlich wenig gefiel, seit Käthe vor einigen Wochen zurückgekehrt war. In Tante Heidis früherem Zimmer wohnte nun ein Schneidergehilfe. Matthias, der sechzehnjährige Sohn eines Tagelöhners und einer Wäscherin aus dem Bergischen, sah immer sehr traurig aus. Aber da er sich nicht genug wusch, wie Mathilde sich empörte, und deshalb streng roch, wollte sie nichts mit ihm zu tun haben. Aber Vater mochte ihn. Endlich noch ein Mann im Haus, und außerdem stellte Matthias sich recht geschickt an in der Nähstube.

Seit Käthe zurück war, wurde Mathilde etwas im Haushalt entlastet, trotzdem hatte sie nur wenig Zeit. Wenn sie von der Schule kam, musste sie sich um Fritz kümmern, in der Nähstube aushelfen und hatte mehr Pflichten im Haus halt zu erfüllen als je zuvor. Doch jetzt im Sommer sei die Volksschule zu Ende, und Tante Heidi habe vorgeschlagen, sie könne doch auf die Schule für höhere Töchter gehen, aber der Vater hatte sich noch nicht entschieden.

Alma nickte, als sie die nächsten Zeilen las, denn schon war eine ihrer Fragen beantwortet: Käthe musste sich nun um den Schrebergarten kümmern. Aber erst im Sommer würde sich herausstellen, ob ihre Gartenarbeit so ertragreich wie Almas war. Mathilde ahnte wahrscheinlich schon, dass, wenn sie nicht weiter zur Schule ging, ihr auch noch diese Last aufgebürdet würde. Denn sowohl der Vater als auch Tante Heidi ließen Käthe nur noch ungern unbeaufsichtigt aus dem Haus. Und auch Mathilde fühlte sich viel mehr unter Beobachtung als noch vor dem Malör. Alma musste lächeln. Malheur war falsch geschrieben. Mathilde versuchte immer, ein wenig erwachsener zu sein, als sie es tatsächlich war.

Die Tante schrieb vom Karneval, der in Köln immer einen zentralen Punkt im Leben der Menschen darstellte. Auf Samoa kannte man keinen Karneval, und selbst die Deutschen kamen aus so vielen unterschiedlichen Ecken, dass sie dieses regionale Fest nicht feierten.

Anfang März war der große Rosenmontagszug gewesen, der dieses Mal unter dem Motto »Zwei Jahrtausende rheinischen Lebens mit dem Held Carneval« stand. Prinz Karneval sagte man erst seit wenigen Jahren, und bei den Älteren hatte sich die Namensänderung noch nicht durchgesetzt.

Tante Heidi schrieb zwar nichts über Käthe und ihr uneheliches Kind, aber dafür berichtete sie von einer Nachbarin, die zur Ehebrecherin geworden und geschieden worden war: Trudchen, die am Ende der Straße im Eckhaus gewohnt hatte. Alma kannte Trudchen, seit sie denken konnte. Bevor sie eigene Kinder hatte, hatte sie ihr und ihren Geschwistern immer selbstgemachte Bonbons zugesteckt. Sie war eine unscheinbare, freundliche Frau, hatte aber einen kleinen Buckel, wodurch sie schon in jungen Jahren älter ausgesehen hatte. Erst spät hatte sie geheiratet und zwei Kinder bekommen, einen Buben und ein Mädchen. Christian war der beste Freund von Fritz. Sie gingen in die gleiche Klasse und spielten häufig zusammen. Trudchen, eine Ehebrecherin? Das war absurd. Es gab wohl keine Frau, der Alma eine derartige Verfehlung weniger zugetraut hätte als ihr. Sie bekam keinen Unterhalt. Deswegen nahm man ihr die zwei Kinder, sechs und acht Jahre alt, weg, und es hieß, dass man sie auf einem Verdingmarkt im Koblenzer Raum angeboten hatte, versteigert wie Vieh. Wahrscheinlich war sie bei einem Weinbauern gelandet und musste sich jetzt Kost und Logis hart erarbeiten. Trudchens Mann war nicht lange allein geblieben. Eine junge Frau in Käthes Alter wärmte schon wieder sein Bett.

Alma schaute in ihren grünen Garten, wo die Pflanzen sprossen. Etena lag im Schatten einer Palme und döste. Das Leben hier war viel langsamer als zu Hause. Sie musste nicht mehr annähernd so hart körperlich arbeiten wie früher. Außerdem hatte sie mehr Geld für schöne Dinge. Durch ihre plötzliche Heirat führte sie ein Leben, von dem sie nie zu träumen gewagt hätte. Aber alles konnte mit einem Schlag zu Ende sein. Wenn Hermanns Geduld erschöpft war, weil sie ihm keine Kinder gebar, schaute er sich sicher früher oder später nach einer anderen Frau um. Dann erginge es ihr nicht viel besser als Trudchen. Das Leben schien manchmal so ungerecht. Was ein Mann sich mit Leichtigkeit erlauben durfte, konnte sie als Frau Kopf und Kragen kosten.

Plötzlich war sie wütend auf Joshua, der ihr heimlich Zettel zustecken ließ, ungeachtet der möglichen Folgen, die das für sie haben konnte. Wenn Hermann beschloss, sie zu verstoßen, war sie ihrem Schicksal schutzlos ausgeliefert. Mit Entrüstung dachte sie an Hermann. Würde sie einem Mann auch nur ein einziges Mal solch lüsterne Blicke zuwerfen, wie er den barbusigen Samoanerinnen, wäre sie schneller geschieden, als sie ein Brot backen konnte.

Käthe war in Ungnade gefallen, aber für Hannes hatte der Seitensprung keine Konsequenzen gehabt. Er musste noch nicht einmal für das Kind aufkommen. Würde es bekannt werden, dass Käthe ein uneheliches Kind bekommen hatte, wäre sie für die einen eine gefallene Unschuld und für die anderen eine Dirne. Und für alle Männer wäre sie wie ein angefaulter Apfel. Keiner würde sie noch haben wollen.

Hier in Apia liefen etliche dieser Mischlingskinder herum, gezeugt von weißen Männern und sanftmütigen Samoanerinnen, die eine Ehe nach den Regeln der *Fa'a Samoa* eingingen. Man legte sich zueinander und war verheiratet. Und genauso schnell war der Bund der Ehe auch wieder gelöst. Bis auf einige Frauen wie die Missionarin und betrogene

Ehefrauen kümmerte das aber hier niemanden. Aber würde sich eine weiße Frau so etwas erlauben, wäre der Teufel los.

Nein, sie konnte nicht in Heathers Laden gehen, wenn der australische Frachter einlief. Sie hatte sich nicht unter Kontrolle und durfte deshalb ihr Schicksal nicht herausfordern. Ihre Verliebtheit war auf dem Schiff den anderen Seemännern aufgefallen. Hier an Land war ihr Kuss zwar unbemerkt geblieben, aber Heather hatte sofort mitbekommen, was sie für Joshua Fitzgerald empfand. Man konnte es ihr an der Nasenspitze ansehen.

Panisch sprang Alma auf und lief hoch auf die obere Veranda. Heather erwartete das Schiff in den nächsten zwei Tagen. In vier Tagen sollte Hermann zurück sein. Es blieben zwei Tage, an denen sie der Versuchung widerstehen musste. Ihr Blick lief über die Bucht. Das deutsche Kriegsschiff lag gut sichtbar außerhalb der Bucht. Einige kleine Barkassen, die als Fähren zu den Nachbarinseln dienten, ankerten in der Bucht. Sie würde sich schnell anziehen und alles Notwendige für die nächsten Tage in Heathers Laden besorgen. Für Hermanns Rückkehr hatte sie einen Braten mit Sonntagsgemüse und Süßkartoffelpüree geplant, denn sie kochte immer etwas Besonderes, wenn Hermann von einer Reise zurückkam. Und sie würde Heather vorgaukeln, dass es ihr nicht gut gehe, sich einfach zwei Tage ins Bett legen und ihr Schlafzimmer nicht mehr verlassen, bis der australische Frachter den Hafen wieder verlassen hatte.

Als sie die Treppe herunterkam, klopfte es an der Vordertür. Alma öffnete selbst. Otto Zabel nickte ihr freundlich zu. Alma versteifte sich und überlegte, wo Aveolela war.

»Herr Zabel, was für eine Überraschung.« Sie schaute ihn fragend an. Er wusste, dass Hermann noch einige Tage verreist war. »Ich bin etwas in Eile. Was kann ich für Sie tun?«

Er erwartete wahrscheinlich, dass sie ihn hereinbat, aber Alma machte keine Anstalten. Enttäuscht räusperte er sich.

»Das ist aber schade. Ich wollte Ihrem Mann einige Papiere bringen, die er dringend unterzeichnen muss, wenn er zurückkommt.« Wie zum Beweis hielt er eine schwarze Aktenmappe vor seinen Bauch.

»Mein Mann wird sicher Montag als Erstes ins Kontor gehen.« Alma stand in der Tür, als müsse sie das Haus gegen ihn verteidigen.

»Nun ... Ich dachte, ich schaue mal vorbei, ob bei Ihnen alles in Ordnung ist. Sie wissen doch, wenn der Mann so lange außer Haus ist, kann vieles passieren.«

Alma starrte ihn an. Was meinte er damit? »Danke, es ist alles in bester Ordnung.«

»So ganz alleine mit den Hausangestellten. Ich meine, Sie wären nicht die erste Frau, auf die die Kanaken nicht hören, wenn der Mann außer Haus ist.«

In Almas Ohren klang das fast wie eine Drohung.

»Ich komme zurecht. Ich muss mich nun auf den Weg machen.« Sie blieb an der Tür stehen, ohne sich zu rühren. Otto Zabel klemmte sich die Aktenmappe unter den Arm und sagte vernehmlich verstimmt: »Ja, dann will ich Sie nicht weiter stören.« Er ging die drei Stufen hinunter und drehte sich noch einmal um. »Wollen Sie nach Apia? Ich kann Sie mitnehmen.«

Alma stockte der Atem. Wie anmaßend! Hatte der Kerl keine Manieren? »Nein danke, ich muss mich noch umziehen und möchte nicht Ihre wertvolle Zeit vergeuden. Sie haben sicher im Kontor noch viel zu tun, jetzt, da mein Mann nicht da ist.«

»Äh, ... ja. Natürlich.« Otto Zabel nickte ihr zu und ging.

Hermann hatte also recht. Schon einige Male hatte er sich ihr gegenüber beschwert, dass im Büro während seiner Abwesenheit alles liegen blieb. Otto Zabel hatte sicher genug Arbeit zu erledigen, aber stattdessen scharwenzelte er um die Frau seines Chefs herum. Was für eine Frechheit.

Auf der Veranda sammelte Alma den Inhalt des Päckchens zusammen. Sie wollte das Parfüm in den Karton zurückstecken, als sie auf dem Boden des Kartons einen weiteren gefalteten Zettel entdeckte. Sie musste lächeln. Die Päckchen aus der Heimat entwickelten sich allmählich zu einem Versteckspiel.

Liebe Alma,
Käthe ist nun wieder zurück, aber es ist kaum etwas aus ihr herauszukriegen. Die Nonnen springen mit den jungen Frauen wohl nicht gerade zimperlich um. Die Tage im Entbindungsheim müssen schlimm gewesen sein für sie, aber ich hoffe inständig, dass es ihr eine Lehre sein wird.
Sie hat ein kleines Mädchen bekommen, was auf den Namen Edelgard getauft werden sollte. Mehr weiß sie selbst nicht, denn die Kleine ist sofort in ein Kinderheim in der Nähe von Bonn gekommen.
Hannes ist wieder aufgetaucht, doch er hat sich hier nicht ein einziges Mal blicken lassen. Und Dein Vater war nicht dazu zu bewegen, auch die kleine Edelgard aufzunehmen.
Eine innige Umarmung von mir, Adelheid

Edelgard, so hieß also der arme Wurm. Alma stand wie erstarrt auf der Veranda. Was aus ihr werden würde? Über die Zustände in den Kinderheimen redete man besser nur hinter vorgehaltener Hand. Alma war ganz und gar nicht der Meinung, dass die Hartherzigkeit und die Schläge, mit denen die Nonnen die Kinder erzogen, wirklich in Gottes Sinne waren. Und so lag nun ein Leben voller Prügel, harter Arbeit und Verzicht vor ihr. Nicht einmal seinem ärgsten Feind wünschte man so ein Dasein.

Unten auf der Straße lief Tofi vorbei, der Boy von Theodor Keller. Ihm folgte ein junger Mann, der eine sehr dunkle Hautfarbe hatte, offensichtlich kein Samoaner.

Wie viel doch in dieser Welt davon abhing, wo man geboren wurde! Tofi, ein Halbblut, oder wie man hier sagte, ein *Afatasi*, war hier auf der Insel aufgewachsen, wurde als Samoaner anerkannt und hatte somit die gleichen Rechte. Die Eingeborenen kannten keine Bastarde, schauten jedoch auf die von Neuguinea oder den Salomonen verschleppten Menschen herab. Für die Samoaner standen die Schwarzen, die hier niedrige

Arbeit für die Weißen verrichteten und auf den Plantagen hart arbeiteten, in der Hierarchie ganz klar unter ihnen. Trotzdem hatte man auf Samoa als Weißer die besten Karten, und selbst so ein armes Menschlein wie Edelgard würde hier ein gnädigeres Schicksal erfahren.

Alma überlegte, ob sie Hermann von Otto Zabels Besuch erzählen sollte. Nein, sie würde damit warten. Sie war noch zu aufgewühlt und hatte die letzten zwei Tage praktisch nichts gegessen. Der australische Frachter war pünktlich eingelaufen, und wie Alma sich geschworen hatte, blieb sie im Haus. Nur dann und wann riskierte sie einen Blick auf die Bucht. Das Schiff lag vor Anker, und ziemlich sicher wartete Joshua Fitzgerald auf ein Zeichen von ihr. In der Nacht hatte Alma sich im Bett schwitzend und zitternd von einer Seite zur andern geworfen und nicht eine Minute geschlafen. Immer wieder dachte sie, sie höre Geräusche. Dass unten auf der Veranda jemand war oder an der Balustrade hochkletterte. Wirklich lachhaft! Joshua wäre nicht so dumm, so etwas zu tun. Er würde als Dieb verhaftet werden, wenn man ihn erwischte. Ganz zu schweigen, was ihr blühen würde, käme jemand auf die Idee, sie des Ehebruchs zu beschuldigen. Auf ein so waghalsiges Unternehmen würde Joshua sich nicht einlassen. Zumal er gar nicht wusste, dass Hermann verreist war.

Als gestern Abend mit der einsetzenden Flut das Schiff davon gesegelt war, hatte Alma Tränen in den Augen. Doch sie war stolz auf sich. Sie hatte der Versuchung widerstanden.

Kaum einen halben Tag später sollte das Schiff mit Hermann einlaufen. Alma hatte schon den ganzen Morgen ungeduldig gewartet, und als sie die weißen Segel in der Ferne sah, zog sie ihr schönes neues Kleid an. Das Zartrosa stand ihr ausgezeichnet. Sie puderte sich dezent und legte einen Hauch Parfüm auf.

Taua fuhr sie nach Apia, aber der Segler wartete draußen vor der Bucht noch auf günstigeren Wind. Es war heiß, die Sonne stand hoch am Himmel, und da Joshua abgereist war, betrat Alma Heathers Laden.

»Meine Güte, Alma. Das Kleid ist formidabel!« Alma freute sich. »Einfach wunderbar, mit einer Damenschneiderei in Sydney würdest du ein Vermögen machen.« Heather konnte mit ihrer Begeisterung gar nicht an sich halten.

»Danke. Ich hab' die Idee aus einer deiner Illustrierten«, entgegnete Alma bescheiden.

»Ach ja, Sydney. Da fällt mir noch was ein.« So ein Mist, dachte Alma wenig schicklich. Hatte Joshua nach ihr gefragt? Hatte Heather mit ihm über sie gesprochen? Schließlich hielt er Heather für verschwiegen genug, dass er Alma durch sie Zettel zustecken ließ, und schreckte bestimmt nicht davor zurück, mit ihr über sie zu reden.

Heather Fox ging nach hinten und kam mit einem Brief zurück. Zögernd nahm Alma ihn. Doch als sie auf den Absender sah, hellte sich ihre Miene auf. »Ein Brief von Milli. Wie wunderbar. Ich hatte schon so sehr darauf gewartet.«

Alma faltete den Brief von Milli zusammen und schob ihn in das Kuvert zurück. Sie hatten gerade gegessen, und Hermann schien sehr zufrieden mit sich zu sein. Bei einem kräftigen Kaffee saßen sie zusammen auf der Veranda, während er die Zeitungsseiten las, mit der Tante Heidi das Paket ausgestopft hatte. Alma hatte sie ihm gebügelt. Aber nicht nur das gute Essen und die Aufmerksamkeit seiner Frau trugen zu Hermanns Zufriedenheit bei. Denn neben all den Damen, die aus purer Neugierde oder weil sie jemanden abholten, auf der kurzen Landungsbrücke gewartet hatten, stach Alma mit ihrer Schönheit hervor wie eine Rose aus einem Gemüseacker. Das neue Kleid war ihm sofort aufgefallen und er war äußerst stolz auf sie. Eine bildschöne Frau, sicher die Schönste auf der ganzen Insel, die ungeduldig auf die Rückkehr ihres Ehemanns wartete, wie es sich für eine liebende Ehefrau gehörte.

»Und, was schreibt deine Freundin? Ist ihr Ehemann so reich, wie sie geglaubt hat?« Hermann war mehr an dem australischen Rinderbaron interessiert als an dem Schicksal von Mellissa Williams.

»Ja, Edward Harris scheint sehr reich zu sein.« Und sehr alt, dachte Alma, die besser nicht aus dem Brief zitierte, denn das meiste, was Milli schrieb, würde Hermann nicht gefallen. »Er hat unermesslich viel Land, und Mellissa schreibt, dass er zudem noch Goldminen betreibt und im Opalgeschäft tätig ist.«

»Aha!« Hermann merkte auf. »Der Glückliche. Dieser Harris muss ein echter Selfmademan sein, wie die Amerikaner sagen. Das gefällt mir.«

»Die Hochzeit hat unbeschreiblich viel Geld gekostet und drei Tage gedauert. Es waren über zweihundert Gäste dort.« Und danach, so schrieb Milli, habe sie drei Monate alleine auf der Ranch gesessen und kaum Abwechslung gehabt. Ihr Mann war ständig unterwegs und kam oft tagelang nicht nach Hause, wenn er die Minen besuchte oder die Außenbezirke seines Territoriums kontrollierte.

»So, so.« Hermann klang, als sei er unzufrieden, dass er seiner Frau nicht so einen Reichtum bieten konnte, und griff nach einer Zeitungsseite. »Nun ja, wenn wir Deutschen so weitermachen, geht es uns auch bald so gut wie den Briten.« Er hielt die Seite ein Stück von sich weg, um sie besser lesen zu können. »Hier zum Beispiel. Wären wir in Europa, würde ich mit dir nach Paris reisen. Dort finden dieses Jahr nicht nur die Olympischen Spiele statt, sondern auch die Weltausstellung. Dort gibt es Unglaubliches zu sehen! Filme mit Ton. Und etwas, was man Rolltreppe nennt. Das muss man sich mal vorstellen. Eine Treppe, auf die man sich stellt und die von alleine nach oben fährt. Verrückt.«

Alma schüttelte den Kopf. »Für was soll das denn gut sein?«

»Und bald soll es auch eine Bahn unter der Erde geben. Die Metro, wie man sie in Paris nennt.«

»Unmöglich! Wie kann man so etwas bauen, direkt neben den Abwasserkanälen?« Alma konnte sich nicht vorstellen, dass sie gerne mit einer solchen Maschine fahren würde. Sie hatte schon von der Bahn in London gehört, die unter der Innenstadt verlief. In Berlin war etwas Ähnliches in Planung. Niemals würde sie sich in ein solches Ungetüm setzen. Es konnte nur eine Frage der Zeit sein, bis der erste Tunnel nachgab und die darüber stehenden Häuser in das Loch stürzten.

»Meine liebe Alma, du wirst den Fortschritt nicht aufhalten.« Hermann stand auf und verließ die Veranda.

Alma schüttelte den Kopf und griff nach den Seiten. Im Februar hatte man in Köln einen neuen Erzbischof geweiht. Auf einer anderen Seite fand sie einen Artikel über die erfolgreiche Aufholjagd bei dem Ausbau der deutschen Flotte. Die Deutschen verstärkten ihre Anstrengungen, um der Royal Navy endlich ihre Vormachtstellung auf See streitig zu machen. Glücklicherweise waren keine Steuererhöhungen vorgesehen.

Das würde den Vater freuen, der den Ausbau der Seeflotte schon immer mit Skepsis betrachtet hatte. Unter dem Artikel war in patriotischer Manier ein kleiner Junge in einem Matrosenanzug abgebildet, wie sie in den letzten Jahren so sehr in Mode gekommen waren. Fritz hatte natürlich auch einen, den er sonntags beim Spaziergehen tragen musste. Selbst für Mädchen gab es ähnliche Kostüme.

Hermann kehrte zurück und setzte sich. Gleich darauf erschien Aveolela mit Eistee, den sie vor Hermann auf den Tisch stellte.

»Möchten Sie auch einen Tee?« Alma schaute hoch. »Ähm, ja gerne.«

»Ach Liebes, entschuldige. Ja, Eva, bring meiner Frau auch ein Glas.« Hermann vertiefte sich wieder in die Artikel.

Alma saß stumm am Tisch. Für einen Moment kam ihr in den Sinn, Hermann vorzuschlagen, das Mädchen von Käthe zu adoptieren. Natürlich würde sie ihm niemals sagen, von wem das Kind war. Nein, besser, sie hielt den Mund. Hermann wollte einen eigenen Stammhalter, am liebsten einen ganzen Stall davon. Wieso sollte er da ein wildfremdes Kind, dazu noch ein Mädchen adoptieren?

Alma ging in ihr Nähzimmer und legte den Brief von Milli in ihre Briefschachtel. In der gleichen Schublade waren auch die Stoffstreifen für ihre Monatsblutungen. Sie lauschte, und als sie keine Geräusche auf dem Flur und der Veranda vernahm, holte sie die beiden Briefe von Tante

Heidi heraus, die sie mit dem Zettel von Joshua dort versteckt hatte. Sie las noch einmal den letzten Brief.

Dein Vater war nicht dazu zu bewegen, auch die kleine Edelgard hier aufzunehmen.

Schon wieder stolperte sie über etwas, das ihre Tante falsch geschrieben hatte. Wieso *AUCH?* Wen hatte ihr Vater denn noch aufgenommen? Schon wieder so ein komischer Fehler wie im letzten Brief. Sobald sie wieder zu Hause war, würde sie ihre Tante unter vier Augen fragen, für was sie denn so dankbar sein musste. In einem Brief konnte sie nicht danach fragen. Denn wenn Tante Heidi seit fast zwanzig Jahren bereits dieses Geheimnis hütete, musste es etwas Schwerwiegendes sein.

KAPITEL VIERZEHN

KURZ VOR WEIHNACHTEN 1900

Es war kaum zu glauben. Ein Jahr lebte sie nun schon auf Samoa. Alma schaute überrascht auf den kleinen Kalender, der an der Holzwand in Heathers Laden hing. In weniger als zwei Wochen war Weihnachten. Sie hatte die Regenzeit ertragen, einen Zyklon überlebt, der ihr Dach abgedeckt hatte, und sich in der Trockenzeit nach einer frischen Brise gesehnt. Seit einigen Wochen zogen wieder Wolken über den Himmel, es regnete nachmittags und der Wind hatte zugenommen.

Auch wenn sie noch nicht weit auf der Insel herumgekommen war, kannte Alma mittlerweile fast jeden Weißen persönlich. Hermann legte großen Wert darauf, mit den Plantagenbesitzern, gleich welcher Nation, in freundlichem Kontakt zu stehen. Oft genug bekam Alma unerwarteten Besuch. Leute, die für ein paar Tage in Apia waren, um ihre Vorräte aufzufrischen, standen plötzlich vor der Tür. Es hatte sich schnell herumgesprochen, dass es bei den Stieglitz' immer frischen Kaffee gab. Hermann wollte nicht, dass Alma das Kaffeepulver, so wie in den meisten Haushalten üblich, ein zweites oder drittes Mal aufbrühte. Wann immer ein Frachtschiff im Hafen von Apia anlegte, hatte sie einen Kuchen gebacken oder ein größeres Abendessen vorbereitet, weil Hermann fast jedes Mal Gäste mitbrachte, die sie mit den neuesten Nachrichten aus der britischen Kolonie und den umliegenden Archipelen versorgten.

»Alma, meine Liebe. Hier ist das Gewürzbrot, von dem ich dir erzählt habe. Ich bin mir sicher, es wird auch Hermann schmecken.« Heather kam von hinten aus dem Lager. »Lass es deine Landsleute probieren. Ich wünschte, ich hätte mehr deutsche Kunden.«

Alma schaute Heather besorgt an. »Wieso? Was ist denn los?«

»Nun, seit Upolu zum Deutschen Reich gehört, sind immer mehr Engländer weggezogen. Und die Amerikaner fahren rüber auf die amerikanischen Samoa-Inseln. Die Geschäfte gehen immer schlechter.«

»O Heather. Das tut mir so leid. Wenn ich etwas für dich tun kann, sag mir Bescheid.«

Heather lachte. »Du kaufst ja schon alles bei mir.« Dann kniff sie ihre Augen zu und sagte mit eindringlicher Stimme: »Mein Angebot steht noch. Ich würde liebend gerne selbstgenähte Kleider nehmen, um sie weiterzuverkaufen. Diese Woche hat schon wieder eine Frau von deinem hellblauen Kostüm geschwärmt.«

»O Heather, ich würde es sofort tun, aber du weißt doch: Hermann erlaubt es nicht, dass ich mich als Schneiderin verdinge. Es wäre eine Schmach für ihn, wenn seine Frau selbst Geld verdienen würde.« Es tat Alma aus tiefstem Herzen leid, dass sie ihr nicht helfen konnte. Heather war mittlerweile eine gute Freundin geworden.

»Weißt du, was ich mir überlegt habe?«, flüsterte die ältere Schottin verschwörerisch. Alma schüttelte den Kopf. »Du könntest doch nähen, wenn Hermann weg ist, und ich verkaufe die Kleider nach Sydney. Ich hab dort eine alte Freundin, die das arrangieren könnte. Niemand hier auf der Insel würde etwas davon erfahren. Du würdest Geld verdienen, und ich auch, und Hermann betritt dein Nähzimmer ohnehin nie.«

»Das stimmt, aber … ich kann ihn nicht anlügen. Es käme mir wie ein Verrat vor. Heather, es tut mir so leid. Aber bei meinem Kaffeekränzchen am Donnerstag mit den deutschen Damen werde ich nur das Leckerste aus deinem Laden servieren. Versprochen.«

Heather umarmte Alma schnell, weil gerade eine Kundin in den Laden kam. »Das ist lieb von dir. Kommst du selbst vorbei, um die Bestellung abzuholen?«

»Ja, sicher.«

Alma ging zu Fuß nach Hause. Heute hatte sie kaum etwas eingekauft, sondern nur Waren bestellt. Heathers Vorschlag ging ihr durch den Kopf. Sie war vielfach auf ihre schönen Kleider angesprochen worden.

In diesem Jahr hatte sie praktisch ihre komplette Garderobe erneuert. Die alten Kleider waren ohnehin zu dick und zu schwer für das tropische Klima. Und die dunklen Stoffe machten sich in der Hitze auch nicht gut. Für Hermann hatte sie ebenfalls drei neue Anzüge genäht, und einige Hosen für ihre Boys und mehrere Blusen für Aveolela. Obwohl die junge Bedienstete gerne ihre Geschenke annahm, trug sie nicht die Röcke, die Alma ihr genäht hatte, sondern verschenkte sie weiter. Niemals kam sie ohne einen ihrer buntbedruckten Lavalava zur Arbeit.

Da Alma nun ausreichend eingedeckt war mit leichter und luftiger Kleidung, saß sie gerade an einem Kleid für Heather, das sie ihr zu Weihnachten schenken wollte. Dagegen konnte Hermann schließlich nichts haben.

Sie war ihrer Freundin wirklich sehr dankbar. Heather hatte sie nie wieder auf Joshua angesprochen, dem sie nicht wieder begegnet war. Drei Mal hatte sein Schiff schon wieder in Apia angelegt, und während dieser Zeit hatte Alma Heathers Laden gemieden. Sie fragte sich, wie es ihm wohl ging und ob er überhaupt noch diese Route fuhr oder mit seinem Steuermannspatent, das er mittlerweile erworben haben musste, auf einem anderen Schiff angeheuert hatte. Doch all diese Fragen führten ihr nur allzu deutlich vor Augen, dass sie noch immer Gefühle für Joshua hegte, die sie verraten könnten.

Zu Hause war heute großer Waschtag. Alma setzte sich auf die Veranda und beobachtete, wie Aveolela mit Laulii und Polivia die Wäsche aufhängte. Sie trugen alle Blusen. Seit dem Vorfall machte Alma Aveolela jedes Mal vorher darauf aufmerksam, dass es ihre Aufgabe sei, streng darauf zu achten.

Da Aveolela beschäftigt war, machte Alma sich selbst einen Eistee. Im Kühlhaus schlug sie einige Eisstückchen aus dem Block und tat sie in ein Glas. Drei weitere Stücke brachte sie zu den Frauen.

»Hier, etwas Abkühlung wird euch guttun.« Die drei Samoanerinnen standen völlig verschwitzt vor ihr. Der heiße Wasserdampf aus dem Waschkessel, die schwere körperliche Arbeit, alles ließ den Schweiß in Strömen rinnen. Dankbar nahmen sie das Eis an.

Aveolela rieb sich sofort das kühle Nass über die Stirn, Polivia lutschte an dem Eis, während Laulii ihren Hals damit abrieb. Goldene Ohrringe zierten ihre Ohrläppchen. Doch als Laulii Almas Blick bemerkte, drehte sie sich schnell weg.

»Es ist so schön kalt. Danke sehr.« Alma nahm ihren Eistee und ging ins Haus. Heute wollte sie die Stoffränder für das Kleid für Heather einfassen.

Sie war überrascht, als Hermann früh nach Hause kam. Doch er rief nicht nach ihr, und als sie zehn Minuten später nachschaute, wo er blieb, stand er auf der unteren Veranda.

Normalerweise ging er immer als Erstes ins Schlafzimmer, das gegenüber dem Nähzimmer lag, wo er seine verschwitzte Kleidung ablegte und sich frischmachte. Doch jetzt hatte er seinen Anzug noch an. In der Hand hielt er eine kalte Flasche Bier.

»Hermann, hier bist du! Wieso bist du nicht nach oben gekommen?« Alma folgte seinem Blick. Laulii und Aveolela hängten gerade die letzten Wäschestücke auf. Hermann reagierte nicht.

»Hermann!« Alma war wütend. Seitdem er die beiden Wäscherinnen barbusig gesehen hatte, hoffte er anscheinend auf eine Wiederholung. Er verharrte immer noch reglos. »Du kannst so lange dahin starren, wie du willst. Sie ziehen sich nicht weiter aus. Dafür habe ich gesorgt.« Sie drehte sich weg und wollte gerade gehen, als Hermann sie an der Hand zurück riss.

»Das sind wenigstens echte Frauen.« Er funkelte sie wütend an. Alma ahnte schon, was nun kam.

»Weißt du, was ich heute erfahren habe? Die Frau vom Schmidt ist schon wieder schwanger. Drei Kinder in fünf Jahren. Erzähl mir nicht noch einmal, es liege am Klima!«

Alma wich zurück. Hermann war leicht angetrunken. Sie wusste nicht, wie sie ihn besänftigen sollte.

»Wir sind jetzt bald anderthalb Jahre verheiratet und noch immer ist kein Nachkomme in Sicht. Weißt du eigentlich, was die Leute über uns denken?«

»Aber ich wünsche mir doch auch nichts sehnlicher als ein Kind.«

»Anscheinend nicht genug.«

Sollte sie es wagen und ihm endlich den Vorschlag unterbreiten, über den sie schon so oft nachgedacht hatte? »Hermann, ich möchte nichts lieber haben als eine große Familie. Das musst du mir glauben.« Sie griff nach seiner Hand. »Manchmal denke ich, wenn wir ein Waisenkind adoptieren würden, dann kämen unsere gemeinsamen Kinder sicher auch bald.«

Hermanns rote Gesichtsfarbe wechselte mit einem Schlag zu Weiß. Voller Verachtung blickte er Alma an, dass diese es mit der Angst zu tun bekam. Er riss seine Hand weg, und für einen Moment dachte sie, er würde sie schlagen.

»Sag das nie wieder, Weib!« Seine Handknöchel traten weiß hervor. »Denk nicht einmal daran! Hier werden keine fremden Blagen herangezogen. Ich will mein eigenes Fleisch und Blut. Und zwar bald.« Er drehte sich wieder zum Garten und schaute demonstrativ den Wäscherinnen zu.

Alma schluckte. Das war also weder der richtige Zeitpunkt gewesen noch der richtige Vorschlag. Leise schlich sie ins Haus. Die Tränen liefen ihr übers Gesicht und tropften auf den hellgrünen Leinenstoff, aus dem Alma das Kleid für Heather machen wollte. Sie stritten sich immer häufiger, und Hermann wurde immer aggressiver. Beinahe jedes Mal war er kurz davor, die Hand gegen sie zu erheben. Was sollte sie nur tun? Sie wurde einfach nicht schwanger. Vielleicht schliefen sie nicht oft genug miteinander?

Erst die lange Seereise, und im letzten Jahr war Hermann viel weg gewesen, aber selbst wenn man das berücksichtigte, war nicht von der Hand zu weisen, dass Alma eigentlich längst hätte schwanger sein müssen.

Vielleicht wusste Heather Rat? Möglicherweise gab es dafür ein Mittel. Oder hatte Frau Hartmann recht und sie sollte an Gewicht zulegen? Ach was, Gerda Schmidt war zwar etwas kleiner als Alma, aber hatte dieselbe zarte Statur. Wenn sie nicht zu dünn war, dann war Alma es auch nicht. Aber all diese Dinge wollte Hermann nicht hören.

»Herrlich, der Kuchen ist so saftig. Und mit Streuseln, so wie meine Mutter ihn früher gemacht hatte.«

»Möchten Sie noch etwas Sahne?« Alma schob Joseph die kleine Schüssel mit der steifgeschlagenen Sahne hin. Mit vollem Mund nickte er und tat sich zwei große Löffel auf seinen Apfelkuchen. »Joseph, ich muss Sie etwas fragen. Was hat es mit den Würmern auf sich? Taua und Etena sind letzten Monat ein paar Tage fortgeblieben, und dann kamen sie zurück und sagten, sie seien wegen der Würmer nicht gekommen.«

»Ach, sie meinen bestimmt die Palolowürmer.« Er kaute und schluckte den Bissen hinunter. Dann nahm er genüsslich einen Schluck Kaffee. »Immer im November, acht Tage nach dem letzten Vollmond, kommen die Palolowürmer im Morgengrauen aus den Riffen in die Nähe der Brandungszone vor Apia. Männchen wie Weibchen stoßen millionenfach ihre Hinterteile ab, die man dann an der Wasseroberfläche ganz einfach mit Netzen abfischt. Der Palolowurm ist äußerst nahrhaft.«

»Die Samoaner essen diese Würmer?«

Joseph lachte schallend, denn Alma musste sehr empört ausgesehen haben. »Ja, ich hab sie auch schon gegessen. Nun, auch wenn Ihr Kuchen mit Sicherheit tausend Mal besser schmeckt, macht der Palolo richtig satt.« Er steckte sich ein Stück mit Sahne bestrichenem Kuchen in den Mund und redete weiter: »Auf Savai'i kann man das Ganze übrigens einen Monat früher erleben. Passen Sie auf, nächstes Jahr …«, er schluckte seinen Bissen herunter, »… nehme ich Sie mit, und Sie können die Meereswürmer probieren.«

»Niemals. Ich esse doch keine Würmer!« Alma verzog das Gesicht.

Joseph lachte wieder, doch plötzlich hielt er inne und blickte zur Verandatür. Alma drehte sich um. Hermann war gekommen. Es war früher Nachmittag, und normalerweise kam er nie um diese Zeit, zumal er gerade erst vor einer Stunde nach dem Mittagessen ins Kontor gegangen war.

Mit erstauntem Blick trat er näher. Alma sprang auf. Sie hatte Hermann nichts von Joseph erzählt, der alle paar Monate bei ihr aufkreuzte und natürlich immer gerne eine Einladung zum Essen annahm. Ihr war klar, dass Joseph nicht damit gemeint war, wenn Hermann davon sprach, man müsse zu allen Bewohnern gastfreundlich sein.

Auch Joseph stand jetzt auf und wischte sich die Hand an der Hose ab, bevor er sie Hermann zum Gruß hinhielt.

Doch Hermann schaute nur auf die Hose, die ihm wahrscheinlich merkwürdig bekannt vorkam. Statt ihm die Hand zu geben, fragte er unhöflich: »Was soll das?«

»Das ist Joseph. Ein ehemaliger deutscher Walfänger. Er lebt schon lange auf Samoa. Er hat früher als Übersetzer gearbeitet«, beeilte sich Alma zu erklären.

»Und jetzt? Jetzt schnorrt er sich durch, oder was?« Voller Geringschätzung blickte Hermann den älteren Mann an.

Bevor Alma noch etwas sagen konnte, griff Joseph zu seinem merkwürdigen Hut aus Bananenblättern und seiner Machete, die auf der Treppenstufe lagen.

»Ich glaube, es ist besser, wenn ich jetzt gehe, Mrs. Alma.« Er nickte ihr und Hermann freundlich zu.

»Und Sie brauchen auch nicht mehr wiederzukommen. Haben Sie mich verstanden?« Hermann schaute Joseph wutentbrannt hinterher, bis er hinter dem großen Banyanbaum verschwunden war. Dann drehte er sich zu Alma um. »Und du!« Er war hochrot angelaufen. »Bist du verrückt geworden? Füttern wir jetzt hier jeden Köter durch, der kein Herrchen hat?«

»Hermann!«

»Was? Du glaubst, ich bin gottlos, wenn ich arbeitsscheue Geschöpfe nicht unterstütze? Frage doch mal deine Freundin, die Missionarin, ob die ihn gerne durchfüttern würde. Ich wette, die würde ihn auch auf die Straße setzen.«

Darauf wette ich ebenfalls, dachte Alma. Frau Hartmann brachte nicht gerade viel christliches Mitgefühl für andere auf, obwohl sie ständig darüber sprach. Und ganz sicher war sie nicht ihre Freundin!

»Er erzählt mir viel Interessantes über die Samoaner. Ich hab' von ihm Dinge erfahren, die mir sonst niemand hier erklärt.«

»Ich dachte, du seist meine Frau. Muss eine Frau nicht auf Seiten ihres Mannes stehen?«

»Aber ich steh doch auf deiner Seite!«

»Nicht wenn du dich auf solche Leute einlässt, die die Samoaner für gleichwertige Menschen halten. Ich versuche hier, für uns und unser Volk etwas aufzubauen, und du … du lässt dir von solchen Knalltüten Flausen in den Kopf setzen.«

»Aber er hat doch gar nichts darüber gesagt.«

»Mein Gott, du bist so naiv. Ich weiß gar nicht, wie ich dich nur heiraten konnte.« Abrupt drehte er sich um und ging in sein Arbeitszimmer. Einen Augenblick später trat er mit wütenden Schritten wieder auf die Veranda. Er hielt eine Kladde in der Hand. »Ein Wink des Schicksals, dass ich das hier vergessen habe. Sonst hätte ich wahrscheinlich nie von dem Geheimnis meiner Frau erfahren.« Wütend stürmte er zur Vordertür hinaus.

Alma blieb mit offenem Mund stehen. Wie sollte sie Hermann jemals etwas recht machen? Es war unmöglich. Sie räumte den Tisch ab, während sie immer wieder zum Banyanbaum hinüberschaute. Doch Joseph blieb verschwunden.

Er tauchte auch nicht mehr auf, bis Hermann sich zwei Tage später auf seine letzte Reise vor Weihnachten begab. Dieses Mal ging es zur benachbarten Inselgruppe Tonga. Er bestieg frühmorgens das Schiff und kehrte schon in vier Tagen abends zurück. Als hätte er genau diesen Moment abgepasst, tauchte Joseph plötzlich an der hinteren Gartengrenze auf und blieb stehen.

Als Alma ihn bemerkte, lächelte er, rührte sich jedoch nicht. Sie ließ das Kleid sinken, das sie für Heather nähte. Sie war schon fast fertig und musste nur noch einige Knöpfe annähen. Unentschlossen schaute sie zu dem älteren Mann hinüber. Dann stand sie auf und winkte ihn zu sich.

»Joseph, es tut mir wirklich leid. Ich … Mein Mann …«

»Schon gut, schon gut. Ich weiß, was die Leute über mich denken.« Er blieb vor der Veranda stehen. Für einen Moment entstand eine unangenehme Stille.

»Ich hab' noch etwas kalten Braten da von gestern. Möchten Sie ein Stück?«

»Aber immer, Mrs. Alma.« Er lächelte, und man sah eine lückenhaften Zahnreihe.

Etwas später saßen sie zusammen auf der Veranda und machten sich über die Reste des gestrigen Essens her.

Alma entschuldigte sich noch mehrmals für Hermanns Verhalten, doch ließ sie keinen Zweifel daran, dass Joseph nicht mehr kommen konnte, wenn Hermann auf der Insel war. Der nahm es gelassen hin.

»Ich weiß, dass all die feinen Herren von oben auf mich herabschauen. Aber im Grunde ihres Herzens sind sie alle aus dem gleichen Grund da wie ich: Sie suchen ein freieres Leben. Es gibt fast kaum einen, der nicht früher oder später den Reizen dieser Insel erliegt.«

Alma hielt inne. »Was meinen Sie damit? Den Reizen der Insel?«

Joseph blickte hinüber zu Aveolela, die barfuß im Gemüsebeet stand und Unkraut jätete.

Alma hielt die Luft an. »Sie wollen doch nicht andeuten, dass mein Mann und Aveolela …« Die sah kurz auf, als sie ihren Namen hörte, denn Alma hatte laut gesprochen.

»Nein, nicht Aveolela.«

»Wer dann?« Sie blickte ihn betroffen an. Als er nach einer Weile immer noch nichts sagte, beantwortete sie die Frage selbst. »Laulii?!«

»Laulii mag weiße Männer. Und sie mag Geschenke.«

Alma schob ihren Teller weg und starrte zum Meer.

Dann hatte sich Hermann also von ihr abgewandt. Ihr verschlug es die Sprache. Sie dachte an Lauliis schöne goldene Ohrringe.

Hastig aß Joseph seinen Teller leer. Er befürchtete wohl, dass er als Überbringer schlechter Nachrichten vom Hof gejagt würde, aber Alma fühlte sich wie gelähmt. Ohne zu fragen, nahm er sich noch zwei Klöße und etwas kalte Soße, aß sie ebenfalls schnell auf, bevor er aufstand und sich leise verabschiedete.

»Danke Joseph. Ich glaube, ich brauche jetzt etwas Ruhe. Ich … Sie sind herzlich eingeladen zu kommen, wenn … wenn mein Mann nicht da ist.« Sie hatte den Eindruck, dass ihr alter Bekannter keine Schwierigkeiten hatte, diese Augenblicke abzupassen, denn offensichtlich wusste er sehr genau, was auf der Insel vor sich ging.

Wozu war sie eigentlich noch gut? Hermann hielt sich eine Geliebte, machte ihr teure Geschenke und war zu ihr wahrscheinlich sehr viel aufmerksamer. Und Alma sollte seine Ehefrau spielen, wenn Gäste kamen, ihm deutsches Essen kochen und für den gelegentlichen Vollzug der ehelichen Pflichten zur Verfügung stehen. Die neue Axt lag gut in ihrer Hand. Sie setzte zum Hieb an. Mit voller Wucht fuhr der Stahl in das Holz.

Erst jetzt fiel ihr auf, dass Hermann sie in den letzten zwei Monaten weniger bedrängt hatte als früher. Bisher war sie froh darüber gewesen, aber da sie nun den Grund kannte, wusste sie nicht, was sie davon halten sollte. Nicht auszudenken, was passierte, wenn sie nicht bald ein Kind bekam! Würde Hermann sie verstoßen und sich eine schöne Samoanerin nehmen, so wie viele Männer in Ermangelung weißer Frauen?

Wütend hob Alma die Axt. Warum durften hier eigentlich alle machen, was sie wollten, nur sie nicht? Selbst die meisten Samoaner genossen mehr Freiheit als sie. Sie holte weit aus, und die Axt traf auf das Holz, das splitternd weg spritzte. Als könne dieser Baum etwas für ihr Leid, hieb sie weiter wutentbrannt auf ihn ein. Alma hatte das Gefühl, alles habe sich gegen sie verschworen.

Mit einem Mal kam Taua um die Ecke. Aveolela musste ihm Bescheid gegeben haben. Er war mit Etena in Apia gewesen, um etwas für die Firma auszuliefern, und ausnahmsweise kümmerte sich Etena um die

Pferde. Taua schimpfte laut auf Samoanisch. Alma richtete sich zornig auf. Ihre Augen funkelten wütend.

»Geh zur Seite!« Sie fuchtelte so wild mit der Axt herum, dass Taua stehen blieb und sein Vorhaben aufgab, sie Alma zu entreißen.

»Ab heute werdet ihr alle drei machen, was ich sage!« Aveolela tauchte auf und blieb in sicherem Abstand stehen. »Sagt das auch Etena. Wenn ich euch etwas befehle, wird es so gemacht, wie ich will.« Alma schaute Taua herausfordernd an, der fast einen Kopf größer war. »Oder ich stelle jemand anderen ein. Und ich werde diesen blöden Baum nun fällen, ob ihr wollt oder nicht. Er wächst in meinen Garten hinein. In meinen Garten!«, schrie sie wütend.

Taua wich einige Meter zurück. Obwohl er ihre Worte genau verstand, besagte Tauas Miene, dass er Alma für verrückt hielt. Wieder schlug sie mit aller Macht auf eine dicke Luftwurzel. Sie hatte schon auf einer ganzen Seite die Stränge durchtrennt.

Nun kam auch Etena dazu und starrte entsetzt auf Almas Machwerk. Auch er wollte sie aufhalten, doch wieder schwang Alma die Axt hin und her. »Lass mich in Ruhe. Ich mach', was ich will. Und ihr gehorcht mir ab sofort. Habt ihr mich verstanden?«

Sie wollte nicht, dass sie glaubten, sie sei verrückt geworden. Selten war ihr Verstand so klar gewesen wie in diesem Moment. Etena und Taua setzten sich in einiger Entfernung auf den Boden und beobachteten Alma. Ihr riss der Geduldsfaden.

»Taua, du reparierst jetzt das Dach vom Pferdeunterstand. Und du, Etena, hilfst ihm dabei. Es sollte schon seit Wochen fertig sein.«

»Wir haben kein Blech für das Dach.«

»Hatte ich nicht schon letzte Woche gesagt, dass ihr es bei Mrs. Fox holen sollt?« Sie schnaubte. »Wenn das Dach nicht spätestens morgen Abend fertig ist, braucht ihr übermorgen erst gar nicht wiederzukommen!«

Verunsichert standen die zwei auf und gingen. Aveolela war schon im Haus verschwunden. In der Mittagszeit arbeitete sie am liebsten drinnen. Im gleißenden mittäglichen Licht hieb Alma noch drei Stunden auf den Banyanbaum ein. Der Schweiß lief ihr in Strömen herab, doch es machte ihr Spaß zuzusehen, wie sie einen Wurzelstrang nach dem anderen kappte.

Sie hatte schon mehr als die Hälfte geschafft, als sie spürte, wie ihre Zunge am Gaumen klebte. Sie musste dringend etwas trinken. Ein wenig benommen wankte sie ins Haus und goss sich frisches Wasser ein. Sie trank zwei große Gläser und musste sich setzen. Ihr Schädel dröhnte. Plötzlich hatte sie furchtbare Kopfschmerzen. Ihr Nacken war steif von der ungewohnten schweren Arbeit, und an den Händen hatte sie Blasen. Außerdem war ihr Kleid von oben bis unten verschmutzt. Mühsam schleppte sie sich ins Schlafzimmer. Als sie vor dem Spiegel stand, sah sie, dass ihr Gesicht stark gerötet war. Hatte sie sich einen Sonnenbrand zugezogen oder kam es von der schweren Arbeit?

Alma zog das Kleid aus, wusch sich und feuchtete ein Tuch an, das sie sich in den Nacken legte. Als sie sich aufs Bett legte, drehte sich alles noch schneller. Und die dröhnenden Kopfschmerzen wurden heftiger. Ächzend stand sie wieder auf, schleppte sich zu ihrer Kommode und zog die Schublade auf. Das Fläschchen Laudanum war fast leer. Plötzlich war ihr zum Heulen zumute, aber merkwürdigerweise kam keine Träne. Im Unterkleid riss sie die Verandatür auf und rief zu Taua in den Garten: »Spann die Pferde an. Ich muss in die Stadt.«

Und erstaunlicherweise saß Taua fertig auf dem Kutschbock, als sie zehn Minuten später hinunterkam. Ihr war übel, aber sie musste zu Heather. Sie war ihre einzige Rettung. Mein Gott, ihr war noch nie so schlecht gewesen.

Taua musste sehr langsam und vorsichtig fahren. Unentwegt tupfte Alma sich mit einem feuchten Tuch das Gesicht ab. Sie hatte ihren Sonnenschirm aufgespannt und versuchte verzweifelt, sich nicht zu übergeben.

Immer wieder schaute Taua nach hinten, als hätte er Angst, dass sie von der Kutsche fiel. Vor Heathers Laden stieg er sogar ab und half ihr herunter.

»Heather!« Taua hatte sie tatsächlich bis in den Laden gebracht und blieb neben ihr stehen.

Die Schottin erschien kurz nachdem die Ladenglocke erklungen war, und starrte Alma erstaunt an. »Was ist denn mit dir passiert?« Sofort kam sie um die Theke herum und stützte Alma.

»Ich brauche dringend etwas gegen meine Kopfschmerzen. Ich habe das Gefühl, mein Kopf zerplatzt.«

»Was hast du getan?« Doch statt von Alma eine Antwort zu erwarten, schaute Heather Taua vorwurfsvoll an, als trage er die Schuld an dem Elend seiner Hausherrin.

»Sie hat den Banyanbaum gefällt. Nicht ganz, aber viel.«

Alma drehte sich um und hob ermahnend den Finger. »Und wenn ihr mit dem Unterstand fertig seid, macht ihr mit dem Baum weiter.« Es klang nicht annähernd so herrisch, wie sie es beabsichtigt hatte. Denn in diesem Moment drehte sich ihr Körper einfach weiter, und sie sank zu Boden.

Das Letzte, was sie wahrnahm, war, wie Heather und Taua sie zusammen nach hinten in den Raum neben dem Lager trugen.

ꙮ

Alma stöhnte. Sie konnte sich kaum bewegen, denn ihr ganzer Körper schmerzte. Jemand tupfte ihr Gesicht mit einem feuchten Tuch ab. Sie öffnete ihre Augen und sah in ein Paar blaue Augen. Die blauesten Augen, die sie kannte.

Joshua Fitzgerald rief: »Mrs. Heather, sie kommt zu sich.« Dann wischte er ihr lächelnd über die Stirn.

Heathers Kopf erschien neben seinem, und ihre Freundin schaute sie mit großen fragenden Augen an.

»Alma, wieso hast du das nur gemacht?« Für einen Moment verstand Alma nicht, was Heather meinte. »Der Baum. Du hast stundenlang auf den Banyanbaum eingeschlagen, hat Taua gesagt.« Alma riss die Augen und wollte sich aufsetzen. Taua! Und Joshua war hier! Das durfte nicht sein. Sie würde sich verraten. Und Taua würde es Hermann verraten.

Heather drückte sie zurück in den Sessel, auch wenn das eigentlich nicht nötig war. Alma hätte es niemals geschafft, alleine aufzustehen.

»Ich hab' Taua nach Hause geschickt. Ich werde dich über Nacht hierbehalten. Du kannst auf keinen Fall alleine zu Hause bleiben.«

»Nein! Ich muss nach Hause. Ich kann doch das Haus nicht unbeaufsichtigt lassen.«

»Sie haben einen schlimmen Sonnenstich, Mrs. Stieglitz.«

»Aber das Haus ...«

»Taua hat mir versprochen, dass er heute Nacht auf der Veranda schläft. Dafür habe ich ihm eine ganze Kanne Sahne versprochen. Du brauchst dir also keine Sorgen zu machen.«

»Und ich ...«

»Alma, du würdest es in deinem Zustand nicht einmal alleine die Stufen hoch schaffen. Wir haben eine anstrengende Nacht vor uns. Glaub mir, du wirst die ganze Nacht ...« Heather schaute Joshua vielsagend an.

Im Laden klingelte es und Heather ging rasch nach vorne. Sie schloss die Tür hinter sich. Alma war so elend, dass sie sich wirklich anstrengen musste, sich nicht sofort vor Joshua Fitzgeralds Augen zu übergeben. Draußen hörte sie die Stimmen von Heather und Frau Hufnagel. Mein Gott, was, wenn sie sie hier so sehen würde – mit einem australischen Seemann, der sich liebevoll um sie kümmerte.

»Joshua, Mr. Fitzgerald. Hat Taua Sie ...?«

»Nein, er hat mich nicht gesehen. Ich bin erst gekommen, als er wegfuhr. Mein Schiff hat außerplanmäßig Apia angefahren. Wir haben oben aus dem Norden ein Dutzend Gänse mitgebracht. Eine Sonderbestellung des deutschen Gouverneurs für Weihnachten. Wir legen auch gleich wieder ab.«

»Mr. Fitzgerald, ich hab ... Der Zettel ...«

»Schhh.« Joshua legte den Finger auf ihre Lippen. Sein Lächeln wurde weich. »Besser, du redest nicht. Ich weiß, das mit dem Zettel war gefährlich. Aber ich musste endlich etwas unternehmen. Ich wollte nicht einfach nur warten.«

Alma schaute ihn mit großen Augen an. Was wollte er ihr damit sagen?

»Schon vom ersten Augenblick an, damals, als wir beide uns getroffen haben, hab' ich mich in dich verliebt. Nun ja, vielleicht noch nicht im schmutzigen Hafenwasser, aber unter Deck, als ich dich das erste Mal richtig gesehen habe.« Zärtlich strich er ihr eine Haarsträhne aus der Stirn.

»Aber ich bin verheiratet.«

»Ich weiß. Aber ich glaube nicht, dass du deinen Mann liebst.« Empört wollte Alma sich aufsetzen, doch er drückte sie sanft zurück in die Kissen. »Es stimmt doch, dass dein Vater dich verheiratet hat, oder? Ich hab' gehört, wie dein Mann Kapitän Foster einmal auf der Brücke erzählt hat, wie ihr euch kennengelernt habt. Da war mir klar, dass es für dich keine Liebesheirat war. Sag mir, wenn ich mich irre.«

Bestürzt schaute Alma ihn an. Wie konnte er es wagen, ihr auf den Kopf zuzusagen, dass sie ihren Mann nicht liebte?

»Alma, keine Angst. Ich werde schweigen wie ein Grab. Ich glaube einfach nicht, dass du ihn liebst. Aber ich weiß, du magst mich. Oder irre ich mich?«

Alma senkte den Blick. Oh mein Gott, wie konnte er so etwas nur laut aussprechen?

»Du magst mich sogar sehr, oder?« Sein intensiver Blick hätte jede Lüge sofort entlarvt. Sie blieb stumm. Seine Lippen kamen immer näher, und er küsste sie sachte. »Ich weiß, mehr kann ich nicht wagen. Es könnte fürchterliche Folgen für dich haben. Und damit meine ich nicht deinen Sonnenstich. Aber du musst wissen, dass ich auf dich gewartet habe. Und ich werde weiterhin auf dich warten. Es ist mir egal, dass du verheiratet bist.«

Noch immer wusste Alma keine Antwort, aber zumindest war ihr nun klar, dass er nicht mit ihr spielte. Er hegte aufrichtige Gefühle für sie.

»Josh!« Eine männliche Stimme ertönte von hinten aus dem Lager.

Heather antwortete und dann klopfte es. Sie steckte den Kopf herein und sagte in eindringlichem Ton: »Fitzgerald, dein Schiff legt ohne dich ab, wenn du nicht bald gehst.«

Ohne auf Heather zu achten, küsste Joshua Alma noch einmal sanft. Er stand auf. »Ich hoffe, wir sehen uns nächstes Mal, wenn ich wieder da bin.« Dann eilte er zur Tür hinaus.

Alma schaute Heather leidend an. Ihr war so hundeelend, dass sie kaum sprechen konnte.

»Hier trink das, wenn du kannst. Ingwertee. Aber in ganz kleinen Schlucken. Sonst musste du …«

Zu spät. Alma beugte sich über den Blecheimer, den Heather ihr schnell vor das Gesicht hielt, und übergab sich in hohem Bogen. Und es war nicht das letzte Mal in den nächsten vierundzwanzig Stunden.

KAPITEL FÜNFZEHN

FEBRUAR 1901

Obwohl Apia im Gegensatz zu Köln um einiges klein er war, erleichterten viele Einrichtungen Alma das Leben. Es gab eine Bäckerei, eine Apotheke, eine Buchdruckerei, Anstreicher, Tischler und Stellmacher, einen Uhrmacher und sogar ein Fotostudio. Alma betrat den Laden und sofort erschien Mr. Johnson.

»Mrs. Stieglitz, wie angenehm.« Er reichte ihr die Hand. Sie kannten sich bereits flüchtig. Hermann hatte einmal ein Foto von sich für das Kontor machen lassen. Er sagte, wenn er von oben an der Wand auf seine Leute herabschaute, würden sie vielleicht auch dann arbeiten, wenn er nicht persönlich anwesend war. Alma hatte noch nie zuvor das Fotostudio betreten. Eigentlich hatte sie für Fritz ein Foto zum letzten Geburtstag machen wollen, es aber wieder vergessen. Jetzt wollte sie es nachholen, und nicht nur für Fritz.

»Hallo, Mr. Johnson. Ich möchte eine Aufnahme von mir machen lassen. Sie ist für meine Familie zu Hause.«

»Aber gerne. Da nehmen wir am besten einen exotischen Hintergrund, was? Ich geh nur schnell nach hinten und richte das Studio ein. Bitte, setzen Sie sich doch. Es dauert nur ein paar Minuten.«

Der Fotograf verschwand, und Alma schaute sich um. Überall an der Wand hingen Fotomotive von Samoa. Viele im Postkartenformat, sodass man die Fotos direkt verschicken konnte. Vielleicht sollte sie auch einige als Grußkarten verschicken.

Alma trat näher und suchte nach einer passenden Karte. Einige waren nachkoloriert. Deutsche Kriegsschiffe vor Apia, der samoanische Häuptling *Mata'afa*, samoanische Krieger und Frauen bei der Zubereitung von *Kava*, einem Nationalgetränk der Samoaner. Und natürlich viele Aufnahmen von der wunderschönen Landschaft, auf denen teilweise Samoaner in traditioneller Kleidung abgebildet waren. Aber vor allem stachen die vielen Fotos der Samoanerinnen ins Auge, meist nur mit einem Baströckchen bekleidet, was den Gewohnheiten der Inselbewohnerinnen entsprach.

Man tat so, als handele es sich nur um Darstellungen historischer Gepflogenheiten, obwohl die Postkarten ganz offensichtlich verkauft wurden, damit die Männer sich an der Nacktheit der schönen Exotinnen ergötzen konnten. Empört trat Alma wieder an den Tresen, auf dem ein Umschlag und darunter weitere Fotos lagen. Auf dem Umschlag stand »Otto Zabel«.

Neugierig schob sie das weiße Papier ein Stück zur Seite, und die Schamesröte schoss ihr ins Gesicht. Sie erblickte keine barbusigen Samoanerinnen, sondern die Frauen waren ganz nackt! Als wollten sie sich gerade räkeln, standen sie vor einem Hintergrund aus Blättern. Man konnte sogar die Schamhaare erkennen.

»So, sind Sie soweit? Kommen Sie bitte nach hinten durch.«

Grimmig dachte Alma, dass Hermann diese Fotos sicherlich gesehen hatte. Wahrscheinlich besaß er selbst welche. Vielleicht hing sogar ein Foto von Laulii hier irgendwo an der Wand.

Sie ging nach hinten, setzte sich auf den Schemel und versuchte, sich nichts anmerken zu lassen. Fritz und Mathilde sollten sich doch freuen, wenn sie das Foto bekamen.

Otto Zabel. Natürlich. Etwas anders hätte sie vom ihm auch nicht erwartet. Er war rundherum unsympathisch. Gelegentlich brachte er Unterlagen zu Hermann oder kam zufällig auf einem Spaziergang an ihrer Villa vorbei. Immer war er ihr gegenüber aufdringlich. Ob er nun bei der Begrüßung ihre Hand länger festhielt, als es sich gehörte, oder ihr bei Unterhaltungen zu nahe rückte, bei Alma blieb ein ungutes Gefühl zurück. Zabel hatte keine Ehefrau, schien jedoch auch nicht vorzuhaben zu heiraten. Er fand sein Vergnügen anderswo, da war Alma sich sicher. Natürlich konnte sie Hermann darauf nicht ansprechen, den lediglich interessierte, ob sein Mitarbeiter fleißig war.

Wütend betrat Alma Heathers Laden.

»Alma, wie wunderbar. Du hast wieder ein neues Kleid fertig. Es sieht wunderschön aus.«

»Und, was glaubst du, bekämen wir dafür in Sydney?«

Heather schaute ihre Freundin verdutzt an. »Ich verstehe nicht ganz.«

»Ich habe es so satt. So satt.« Alma schlug mit der Faust auf den Tresen. »Hermann macht mir in einem fort Vorschriften und verbietet mir alles, woran ich Spaß habe und was ich gut kann. Aber er, der feine Herr, nimmt sich alle Freiheiten heraus. Warst du schon mal in dem Fotostudio drüben?«

»Bei Mr. Johnson?«

»Ja. Das ist doch die Höhe. Diese Fotos von den nackten Frauen, schamlos. Ich bin mir sicher, dass Hermann welche hat.«

»Aber das kannst du doch nicht wissen.«

»Aber eine Geliebte hat er. Das weiß ich.« Jetzt war es raus. Sie hatte Heather bisher nichts davon erzählt, aber sie konnte nicht länger schweigen. »Eine unserer Wäscherinnen.«

»O Alma. Das tut mir so leid.« Heather biss sich auf die Lippe. »Aber das war früher oder später zu erwarten.«

Alma schaute Heather betroffen an. »Du meinst, weil ich nicht schwanger werde?«

Heather nahm ihre Freundin in den Arm. »Um Gottes willen, so was darfst du nicht denken. Dich trifft keine Schuld. Nein, ich glaube, es gibt hier überhaupt keinen einzigen weißen Mann, ob alt oder jung, verheiratet oder nicht, der nicht irgendwann den Verlockungen erlegen wäre.«

Alma schluckte und blickte erstaunt Heather an, die schon seit über zwei Jahrzehnten auf der Insel lebte. Sie wusste, wovon sie sprach.

»Du meinst, nicht einmal der keusche Adolph Hartmann kann widerstehen?«

»Wenn ich meiner Hilfe glaube, gab es da vor zehn Jahren eine Frau aus ihrem Dorf, die dringend geistlichen Beistand brauchte. Du kennst doch Sammy, der mir hier gelegentlich hilft?«

Alma knallte mit der flachen Hand laut auf den Tresen. »Nein! Sag jetzt nicht …!«

»O doch! Er hat zwar nicht die große Nase seines Vaters geerbt, aber das energische Kinn.« Heather grinste ihre Freundin an.

Alma wusste nicht mehr, was sie denken sollte. »Das ist doch ungeheuerlich. Da tun immer alle so fromm und anständig, und ich versuche hier …« Ihr verschlug es die Sprache.

»Ja, Alma, so ist es. Ich glaub' dir sofort, wenn du sagst, Hermann hätte eine Geliebte. Alles andere würde mich schon sehr wundern.«

Alma rang mit sich. »Also gut. Du musst mir versprechen, dass du es so einfädelst, dass Hermann und auch sonst niemand davon erfährt. Ich werde dir die schönsten Kleider nähen, die du dir vorstellen kannst. Alles, was du willst und was in Sydney gerade Mode ist. Erwartest du den australischen Frachter pünktlich nächste Woche?«

»Ich nehme an, du fragst nicht nur wegen der Kleider.« Heather legte ihr eine Hand auf den Arm. »Du weißt, dass ich dich immer unterstützen werde, aber sei um Himmels willen vorsichtig.«

»Heather, ich …«

»Alma, eines solltest du wissen. Joshua Fitzgerald hat jedes Mal auf dich gewartet, wenn sein Schiff hier vor Anker lag. Er hat mich gebeten, dir nichts zu sagen. Er wollte, dass du aus freien Stücken kommst. Und als er beim letzten Mal deinen Zusammenbruch miterlebt hat, hat er nicht eher Ruhe gegeben, bis er sich vergewissert hatte, dass du nicht von deinem Ehemann verprügelt worden bist.«

»Wieso denkt er, dass Hermann mich schlägt? Hast du ihm von unseren … Schwierigkeiten erzählt?« Heather hatte ihr neulich Lebertran mitgegeben, in der Hoffnung, dass es ihren körperlichen Zustand verbesserte.

»Nein, ich hab' ihm nichts gesagt. Du weißt doch, in Liebesdingen kann man keine vernünftigen Ratschläge geben. Es hört ja doch keiner zu.«

Joseph war noch am gleichen Abend gekommen, an den Hermann zu seiner Reise auf die andere Seite der Insel aufgebrochen war, wo er einige Plantagen besuchen wollte.

Aber vermutlich machte er es sich einige Tage bei Laulii gemütlich. Merkwürdigerweise machte es Alma kaum noch etwas aus. Gut, dass er nun öfter verreiste, und dass Joseph noch am Abend gekommen war. Wenn es dunkel wurde, konnte sie ohnehin nicht nähen. Doch sie hatte sich vorgenommen, wenigstens ein Kleid fertig zu bekommen, bevor der australische Frachter in wenigen Tagen anlegte. Sie würde einfach ihr rosafarbenes Kleid nachnähen, mit etwas weiteren Maßen. Der Schnitt war fertig, und Heather hatte den Rest des Chintzstoffs noch nicht verkauft.

Manchmal hatte Alma den Verdacht, dass Joseph sie heimlich beobachtete. Er wusste immer, wenn Hermann weg war, und kam immer dann, wenn noch etwas vom Braten oder Kuchen übrig war. Im Gegenzug erhielt Alma praktische Tipps. Vor welchen Schlangen sie sich zum Beispiel in Acht nehmen musste, und welche Sträucher einen üblen Juckreiz auslösten.

Heute kam Joseph auf ihre drängendste Frage zurück: Wieso die Samoaner es sich gefallen ließen, dass die Weißen ihre Inseln in Besitz nahmen.

»In den fünfziger Jahren des letzten Jahrhunderts kamen die ersten Schiffe der Weißen, die mit den Samoanern Handel betrieben. Die Samoaner kannten so etwas wie Geld nicht. Es wurde alles in Naturalien getauscht. Deswegen konnten sie nichts damit anfangen, dass die Händler ihnen Kredit gaben, und waren irgendwann völlig überschuldet. Jeder deckte sich mit den neuen Waffen der Weißen ein, um gegen die Nachbardörfer gewappnet zu sein. Um ihre Schulden zu begleichen, gaben sie nach und nach ihr Land ab, und die Händler besaßen bald riesige Plantagen.«

»Sie kannten kein Geld?«

»So war es. Und mit den neuen Waffen, den Messern aus Metall und den Gewehren, die sie gegen Kokosnüsse oder Land eingetauscht hatten, regelten sie dann ihre Stammesfehden. Sie müssen wissen, früher gab es hier nicht so etwas wie einen obersten Häuptling oder König. Die einzelnen Dörfer bekämpften sich schon seit Jahrhunderten. Mal hatten die einen die Oberhand, mal die anderen. Entscheidung waren nicht von langer Dauer gewesen, bis die Weißen sich einmischten. 1880 führten die Weißen das Amt des *Tupu*, des Oberhäuptlings, ein, was in den letzten Jahren nur zu Neid und Zwietracht zwischen den Stämmen geführt hat. Das hat den Weißen genutzt, weil sich die Samoaner gegenseitig bekämpft haben, statt sich vereint gegen die Besatzer zu stellen. Erst als die Besatzer auftauchten, fingen die großen Kriege an. Welches Dorf auch siegte, immer verkauften die Samoaner das Land des Besiegten an die Weißen. Deswegen hatten sie auch ein großes Interesse daran, dass sich die einzelnen Clans weiter bekriegten. Die Streitigkeiten zwischen den Stämmen machten sich die Engländer, die Amerikaner und die Deutschen zunutze. Jede Partei setzte auf einen anderen Häuptling und versprach ihm die Macht über die Inseln und die anderen Stämme, wenn er ihre Interessen unterstützte. Und natürlich versorgten alle ihre Leute mit Waffen. So kämpften die Samoaner gegeneinander und ohne es zu wissen im Interesse der Weißen.« Joseph spie auf den Boden. »Der Einzige, der das erkannt hat, war dieser Stevenson, ein englischer Schriftsteller. Die Samoaner nannten ihn *Tusitala*, der Geschichtenerzähler. Aber die Samoaner sind in manchen Dingen wie Kinder. Sie haben nicht auf ihn gehört.« Joseph schüttelte den Kopf. »Außerdem verstehen es die Samoaner nicht, Handel zu treiben, sie sind nicht besonders geschickt im Verhandeln. Sie sehen immer nur den kurzfristigen Nutzen, nicht die langfristigen Folgen. Irgendwann waren die meisten Samoaner verschuldet, weil sie immer mehr Dinge von den Weißen haben wollten. Und als sie ihre Schulden nicht bezahlen konnten, schickte man deutsche Kriegsschiffe, die sie mit Kanonen beschossen. Man vertrieb sie von dem

Land, das nicht mehr ihnen gehörte. Dagegen konnten die Stämme nichts machen und unterwarfen sich den Weißen.« Joseph trank von dem kühlen Bier. »Das war wirklich verhängnisvoll.«

»Und jetzt ist *Mata'afa* der König.«

»Sozusagen. Man nennt ihn *Ali'i Sili*, was so viel heißt wie Oberhäuptling. Aber der deutsche Kaiser ist der *Tupu Sili*, der höchste Häuptling. Und *Mata'afa* hat genau wie seine Vorgänger *Laupepa* und auch *Tamasese*, immer mal zu den Engländern und mal zu den Deutschen gehalten. Nach jahrelangen Scharmützeln, die vor allem den reibungslosen Handel beeinträchtigten, einigte man sich 1889 darauf, Samoa zum neutralen Gebiet zu erklären. Der frühere König *Laupepa* wurde aus Kamerun, seinem Exil, geholt und wieder eingesetzt. Als *Laupepa* 1898 starb, entwickelte sich erneut ein Konkurrenzkampf zwischen Tamasese und *Mata'afa*. Aber Letzterer brachte größere Teile der Bevölkerung hinter sich. Also wählten die Deutschen ihn.«

»Dann hat also *Mata'afa* erst gegen die Deutschen gekämpft, und jetzt akzeptieren sie ihn als Oberhäuptling?«, fragte Alma.

»Genauso ist es. Im Januar 1889 haben seine Leute das deutsche Konsulat und ein gutes Dutzend anderer Gebäude niedergebrannt. Und jetzt ist er unserer Verbündeter.«

»Fragt sich, wie lange.«

Joseph zuckte mit den Schultern. »Das weiß keiner.«

»Dann hab' ich doch recht mit meinen Befürchtungen. Alle Eingeborenen haben noch ihre Waffen. Auch wenn wir ein Kriegsschiff mit Kanonen haben: Es sind noch immer tausende gegen ein paar hundert. Wieso unternehmen sie nichts? Die Amerikaner und die Engländer sind weg, und wenn sie die Deutschen vertreiben würden, wären sie wieder frei.«

»Aber es liegt doch ein Kriegsschiff draußen vor der Bucht.« Joseph schüttelte lächelnd den Kopf. »Manchmal glaube ich, Mrs. Alma, Sie wollen einen Aufstand.«

»Nein, ich hab' nur furchtbare Angst davor. Immer wieder steht etwas in den Zeitungen über Morde an weißen Siedlern.«

»Aber das ist meistens in Afrika, oder?«

»Schon, aber was ist mit dem Boxeraufstand in China?«

»Der ist auch niedergeschlagen worden. Im Januar wurde ein Friedensvertrag ausgehandelt.«

Alma stutzte. Wieder etwas, das Hermann ihr nicht erzählt hatte. Sie wunderte sich schon gar nicht mehr, woher Joseph diese aktuelle Information hatte. Er kannte fast alle Seeleute und fuhr gelegentlich zu den benachbarten Inseln. Die Samoaner tauschten sich anscheinend rege über die neuesten Dinge aus, die sie bei der Arbeit in den Häusern der Weißen erfuhren. Da Joseph in vielen Dörfern ein willkommener Gast war, kannte er stets den neuesten Klatsch und Tratsch.

»Trotzdem – überall kommt es immer wieder zu Aufständen. Was nutzt mir das Kriegsschiff, wenn ich morgen mit einer durchgeschnittenen Kehle im Bett liege?«

»Mrs. Alma, haben Sie keine Angst. Bevor Sie ermordet werden, sind hier erst mal andere Leute dran.«

Alma zog die Augenbraue hoch. Was bedeutete das schon wieder?

»Damit will ich sagen, Sie gelten bei den Samoanern als gute Seele. Ihnen wird niemand etwas tun.«

Alma nahm einen Schluck Bier. Sie wusste nicht, ob diese Information sie nun eher beruhigte, oder ob sie nicht genau das Gegenteil davon auslöste. Warum trug Joseph dann immer eine Machete mit sich herum?

»Darf ich Sie mal etwas fragen? … Die Frage fällt mir nicht leicht.«

Joseph lächelte sie verschmitzt an. »Stimmt es, dass alle Männer den Reizen der Samoanerinnen erliegen?« Der alte Mann hielt kurz inne. Damit hatte er wahrscheinlich nicht gerechnet, aber dann breitete sich wieder ein Lächeln auf seinem Gesicht aus.

»Mrs. Alma, man kann es den Männern nicht verdenken. Die Samoaner sind ein wunderschönes Volk. Die Männer wie die Frauen. Und wenn es einem so leicht gemacht wird, sich wie im Paradies zu fühlen, dann … na ja, wie sagte man so treffend: Gelegenheit macht Diebe.«

»Aber wir Frauen tun so etwas nicht.«

»Aber ich bin mir sicher, sie würden es, wenn sie es könnten. Ich könnte es ihnen nicht verdenken.«

»Das heißt, Sie hätten nichts dagegen, wenn eine weiße Frau sich mit einem Samoaner einließe?«

»Mrs. Alma, was glauben Sie denn, warum ich desertiert bin? Warum hab' ich auf einem Schiff angeheuert, von dem ich wusste, dass es wieder in die Südsee fährt? Ich hatte es so satt, dass man mir wegen jeder Kleinigkeit Vorschriften machte. Wen ich wie zu grüßen habe, bei wem ich buckeln musste, wem ich auf dem Bürgersteig Platz machen musste, in welches Geschäft ich nicht gehen durfte, weil man mich sonst rauswarf.« Genüsslich trank Joseph seinen letzten Schluck Bier. »Ich weiß, die meisten Weißen hier schauen auf mich herab, aber ich weiß es besser. Ich habe den größten Teil meines Lebens ein freies Leben geführt, ohne Zwang, ohne Vorgesetzte, ohne eine engstirnige Verwaltung. Es war kein leichtes Leben, manchmal sogar verdammt hart, ich hatte nicht immer was zu essen. Aber wissen Sie was? In Bremen hab ich als Junge auch oft Hunger gehabt und musste im kalten Winter auf altem Stroh schlafen. So gesehen hab ich es hier besser angetroffen.«

FEBRUAR 1901

Seit Wochen regnete es jeden Tag. Es rauschten wahre Sturzbäche nieder, meistens am Nachmittag. Deswegen fuhr Alma früh am Vormittag nach Apia. Denn ihr erstes für den Verkauf bestimmte Kleid sollte vor dem Transport nach Sydney keinen Schaden nehmen.

Heather hatte bereits einen Brief für ihre Freundin geschrieben, und auch Milli bekam einen Brief von Alma, in dem sie ihr mitteilte, dass sie nun endlich ihren Rat beherzigte und sich eigenes Geld zurücklegte.

Aber natürlich stattete sie nicht nur wegen des Kleids Heather einen Besuch ab. Mit der Morgendämmerung war der australische Frachter eingelaufen. Und Alma war unglaublich aufgeregt, weil sie heute endlich Joshua wiedersehen würde. Vor Heathers Laden stieg sie ab und schickte Taua wieder nach Hause. Ihre Hände zitterten, als die kleine Ladenglocke ertönte. Heather drehte sich um. Sie sortierte gerade die ersten frisch gelieferten Konserven – Corned Beef und Schifferbrot.

»Alma, so früh schon?« Alma blickte sich suchend um. »Sie kommen gleich wieder. Sie sind gerade zum Landungssteg, um die nächste Fuhre zu holen. Joshua hat sich schon nach dir erkundigt.«

Alma konnte nicht anders und lächelte. »Ich hab' das Kleid mitgebracht.« Sie legte das Paket auf den Tresen. Wie sie es früher in Köln für die Kunden getan hatte, war das Kleid in dickes Papier eingeschlagen. Jetzt holte sie es hervor. »Es wird zerknittert sein, wenn es in Sydney ankommt. Aber mit genügend Wasserdampf und einem Bügeleisen bekommt man es leicht wieder in Form.«

»Alma, es ist bezaubernd.« Heather hatte sich unglaublich über das Kleid gefreut, das Alma ihr zu Weihnachten geschenkt hatte. Mit ihren rötlichen Haaren stand ihr der grüne Leinenstoff ausgezeichnet, und sie trug das Kleid gelegentlich, wenn sie nicht arbeiten musste. Das neue Kleid war allerdings noch eleganter.

»Ich bin mir sicher, wir werden gut verdienen. Wir müssen etwas für die Passage nach Sydney abziehen, den Preis für den Stoff und auch etwas für meine Freundin, aber es bleibt immer noch genug übrig.«

Hinten im Hof hörten sie das laute Schnauben von Pferden. Alma packte das Kleid wieder in das Papier. Heather würde es später noch verpacken und adressieren. Der australische Frachter segelte noch in die nördliche Südsee, aber dann ging es über die Salomonen, Britisch-Guinea und die englische Kolonie Queensland im Norden des australischen Kontinents zurück nach Sydney.

Aufgeregt wartete Alma im Laden und tat so, als schaue sie sich um. Durch die geöffnete Hintertür sah sie ihn schon. Geschickt nahm Joshua eine schwere Kiste auf die rechte Schulter und trug sie die zwei Stufen hoch in den Lagerraum. Er setzte die Ladung ab und wischte sich die Hände an der Hose ab.

»Mrs. Stieglitz«, begrüßte er sie förmlich, während sein Blick durch den Laden schweifte. Nachdem er sich vergewissert hatte, dass sie alleine waren, schaute er sie mit seinen strahlend blauen Augen an. »Alma. Ich darf doch Alma sagen?«

Sie nickte.

»Wie geht es dir? Du bist wieder wohlauf?«

»Ja, es war ziemlich unvernünftig von mir, stundenlang im Garten zu arbeiten.« Es war ihr sehr unangenehm, dass er sie zuletzt in diesem erbärmlichen Zustand gesehen hatte. Sie musste ein schreckliches Bild abgegeben haben. »Ich muss mich für die Umstände entschuldigen, die ich Ihnen gemacht habe.«

Er nahm ihre Hand. »Möchtest du nicht Joshua zu mir sagen?«

Erschrocken zog Alma ihre Hand weg. Jederzeit konnte sie jemand hier überraschen. Trotzdem sagte sie: »Sehr gerne, Joshua.« Sie standen vor der Tür zum Laderaum. Draußen drehte sich sein Kollege eine Zigarette, während er sich mit Heather unterhielt.

»Ich hab' hier noch zu tun und muss gleich zurück zum Schiff, aber ab heute Nachmittag hab ich Landgang. Ich habe schon mit Mrs. Heather gesprochen. Ich esse heute bei ihr zu Abend und würde mich freuen, wenn du auch kommen würdest.«

Alma schaute verunsichert von ihm zu Heather, die ihr ein Lächeln zuwarf und dann weiter mit dem Seemann plauderte.

»Mrs. Heather wäre natürlich die ganze Zeit anwesend«, fügte Joshua hinzu.

»Ich werde sehen, was sich machen lässt. Ich kann nichts versprechen.«

»Ich kann Heather nicht krank alleine lassen. Sie hat sich doch auch so rührend um mich gekümmert.« Alma hatte ein schlichtes Kleid ausgewählt.

»Kann sich denn nicht jemand anders um sie kümmern?« Hermann war es gar nicht recht, dass Alma heute Abend weggehen wollte.

»Das weiß ich nicht. Aber schließlich war sie für mich da, als ich sie brauchte.«

»Schlimm genug, dass du dich noch in die Stadt geschleppt hast.« Irgendwie hatte Hermann von ihrem Sonnenstich erfahren. Dass sie die Nacht bei Heather verbracht hatte, hatte schnell die Runde gemacht.

Kaum war Hermann den ersten Tag wieder im Kontor gewesen, kam er wütend nach Hause. Nachdem er ihr eine Strafpredigt, gehalten hatte, ließ er Taua, Etena und Aveolela antreten und machte ihnen schwere Vorwürfe, sodass Alma ein schlechtes Gewissen bekam, weil sie sich verantwortlich fühlte. Dass die Boys ihre Missus nicht aufgehalten hätten, Aveolela nicht auf seine Frau aufgepasst habe. Wenn so etwas noch einmal vorkomme, würden sie ohne Bezahlung entlassen. Er hatte Taua und Etena zudem befohlen, den Banyanbaum ganz zu fällen, was jedoch bisher nicht geschehen war.

»Hermann, ich mach mir Sorgen um Heather. Schick mir einfach heute Abend die Kutsche. Ich möchte nicht alleine im Dunkeln zurücklaufen. Das Essen ist schon fertig. Aveolela wird es für dich warmmachen.«

Alma nahm etwas Suppe mit, die sie noch gekocht hatte. Sie hatte Hermann gesagt, dass Heather sich nicht wohlfühle. Auch wenn ihm Almas Freundschaft mit der schottischen Ladenbesitzerin mittlerweile egal war, wollte er den Abend nicht alleine verbringen sollte. Dass sie oft alleine zu Hause saß, bedeutete ja nicht, dass Alma umgekehrt das gleiche Recht hatte. Doch murrend ließ er sie ziehen.

Alma war nur selten in den Räumen über dem Laden gewesen. Im oberen Stock war neben der guten Stube noch das Schlafzimmer von Heather und ein kleiner Raum, in dem sie persönliche Dinge lagerte. Früher war es das Zimmer ihrer kleinen Tochter gewesen.

Der Tisch in der guten Stube war bereits gedeckt, als Alma aufgeregt eintrat. Sie hatte sich zwei Flaschen Wein anschreiben lassen. Bei den vielen Gesellschaften, die Hermann gab, wurde oft und viel Wein getrunken, und diese zwei Flaschen würden nicht auffallen.

Heather stand draußen unter dem kleinen Anbau, in dem ihre Kochnische untergebracht war. Der kleine Wellblechverschlag war weniger komfortabel als Almas Kochhütte. Wenn es heftig regnete, wurde alles nass, und häufig stand man im Matsch. Deshalb kochte Heather oft kleine Gerichte auf dem Kanonenofen in ihrem Hinterzimmer. Obwohl der Wind heftig blies, hatte sie heute einen Lammeintopf zubereitet. Er duftete herrlich. Gerade als sie fertig war, fielen die ersten Tropfen.

Almas Herz begann heftig zu klopfen. Was, wenn jemand Heather beim Kochen beobachtet hatte und es zufällig Hermann erzählte? Würde er Verdacht schöpfen? Aber wieso sollte es ihm jemand erzählen? Es war schließlich ganz normal, dass Mrs. Fox gelegentlich draußen stand und kochte.

Als Alma eine Flasche Wein öffnete, hörte sie, wie Heather mit jemandem sprach. Das musste Joshua sein. Sie hörte seine schweren Schritte auf der Holztreppe und dann stand er vor ihr. Für einen Moment stockte Alma der Atem.

Auch Joshua hatte sich zurechtgemacht. Wie gut er in seinem weißen Hemd und seiner Anzughose aussah. Die Jacke des hellen Anzugs hatte er sich über die Schulter geschlungen. Er war frisch rasiert und die Haare, die er ein wenig kürzer trug als zu der Zeit, als sie sich kennengelernt hatten, waren nach hinten gekämmt.

In der anderen Hand hielt er ebenfalls eine Flasche Wein. Sie lachten etwas unbeholfen. Für einen Moment herrschte betretene Stille. Nur der Regen war zu hören, der plötzlich heftig auf das Dach trommelte. Glücklicherweise kam direkt hinter ihm Heather mit dem heißen Topf in der Hand die Treppe hoch.

Während des Essens bestritt Almas Freundin den größten Teil der Unterhaltung. »Joshua, was ist denn nun mit deinem Steuermannspatent? Zahlt es sich aus?«

Er zögerte mit seiner Antwort und warf Alma einen flüchtigen Blick zu. »Da auf unserem Schiff keine Stelle als Steuermann frei ist, warte ich noch ein wenig, bis sich die richtige Gelegenheit ergibt.«

Alma schlug die Augen nieder. Meinte er damit, dass er die Route nur noch fuhr, um Alma weiterhin sehen zu können? Vereitelte sie ihm etwa die Karriere? Dann musste ihm wirklich viel an ihr liegen. Die ganze Zeit hatte sie sich schon gefragt, was zum Teufel sie hier eigentlich machte. Sie wusste doch, dass sie keine Affäre mit ihm beginnen konnte. Sie konnte sich nicht einfach zu ihm legen, so wie Hermann zu Laulii. Aber was sollte das dann hier? Im Grunde verlängerte dieses Abendessen nur ihr Leid, und seins auch.

Trotzdem hatte sie es nicht übers Herz gebracht, die Einladung auszuschlagen. Es war doch nichts dabei. Sie aß mit ihrer Freundin zu Abend, die Besuch hatte. Niemand außer ihnen wusste um die Bedeutung dieses Treffens.

»Und machst du jetzt auch das Kapitänspatent?«

»Nein, damit kann ich erst weitermachen, wenn ich Erfahrung als Steuermann habe.« Heathers Fragen schienen ihm unangenehm zu sein, denn er wechselte rasch das Thema. »Dann habt ihr also vor, einen Kleiderhandel von Samoa aus zu betreiben?«

Als sie Almas überraschten Gesichtsausdruck sah, erklärte Heather schnell: »Ich hab Joshua das Kleid mitgegeben. So sparen wir uns die Postgebühr. Er wird es persönlich bei meiner Freundin abgeben.« Sie richtete wieder das Wort an ihn. »Du hast es ja nicht gesehen, aber Alma kann fantastisch nähen. Ich bin so gespannt, was meine Freundin dazu sagt.«

»Ich hoffe, dass das Geschäft ein Erfolg wird. Ich finde es begrüßenswert, wenn Frauen auf eigenen Beinen stehen.« Joshua blickte Alma an. Seine langen schwarzen Wimpern betonten seine strahlenden blauen Augen, in denen eine gewisse Forderung lag. In dem Moment wurde ihr bewusst, dass sie sich früher oder später entscheiden musste.

»Und waren Sie … warst du am ersten Januar zu den Feierlichkeiten in Sydney? Dort hat doch bestimmt ein riesiges Fest stattgefunden, oder?«

»Aber natürlich. Wir sind gerade noch rechtzeitig eingelaufen. Das ganze Land hat gefeiert. Ich bin jetzt offiziell kein Engländer mehr, der in den britischen Kolonien lebt, sondern ein waschechter Australier.«

»Du bist in Australien geboren?« Joshua lachte.

»Nein, das nicht, aber ich habe einen australischen Pass.«

»Der *Commonwealth of Australia*. Klingt gut. Ich wette, das hat Queen Victoria gar nicht gefallen. Da sagen sich die unverschämten Sträflinge doch tatsächlich von Ihrer Majestät los.« Heather gluckste vor Vergnügen.

»Böse Zungen behaupten, sie sei deshalb drei Wochen später verstorben. Aber ich glaube das nicht. Sie wäre ja immer noch unsere Regentin, wenn sie noch leben würde. Nur weil wir jetzt nicht mehr eine britische Kolonie sind, bleiben wir doch ein Teil des Empires.«

Joshua hob sein Weinglas. »Auf Queen Victoria, ruhe sie in Frieden. Und auf ihren Nachfolger, Eduard VII. und Australien.«

Heather hob auch ihr Glas, aber Alma zögerte. »Nun komm schon. Queen Victoria war doch mit einem deutschen Prinzen verheiratet. Eduards Vater war ein Deutscher. Es kann doch nicht verboten sein, auf den Onkel von eurem Kaiser zu trinken.«

Heather hatte recht. Alma griff nach ihrem Glas und prostete ihnen zu.

Als sie drei Stunden später eine Kutsche hörte, sprang Alma auf und nahm eilig ihre Sachen. Sie wollte nicht, dass Taua hereinkam. Doch Joshua hielt sie fest. Er sah aus, als wolle er sie küssen, aber dann ließ er sie los und nahm ihre Hand sanft zwischen seine Hände.

»Versprich mir, dass wir uns beim nächsten Mal wiedersehen.«

Alma nickte. »Ich versuche es.« Sie hastete zur Tür hinaus, als Taua gerade absteigen wollte. Der Regen hatte schon wieder aufgehört, aber der Wind peitschte heftig von der See übers Land.

KAPITEL SECHZEHN

ANFANG MAI 1901

Seit nunmehr vier Tagen hatte sie kaum etwas gegessen. Das erste Mal hatte sie sich übergeben, kurz nachdem Heather ihr die schlimme Nachricht überbracht hatte. Irgendwie hatte sie sich zusammengerissen, bis sie Taua zu Hause abgesetzt hatte. Sechs Wochen waren seit dem Abendessen mit Joshua vergangen. Sein Schiff war am nächsten Morgen früher als geplant in See gestochen, um dem Sturm davonzusegeln. Den ganzen nächsten Tag hatte Alma den Himmel beobachtet, aus Angst vor einem neuerlichen Zyklon. Joshuas Schiff fuhr zunächst nach Norden, und mit ein wenig Glück entkamen sie der Sturmfront, die über Samoa hinwegzog.

Es gab zwar keinen Zyklon wie im letzten Jahr, aber der Sturm tobte eine ganze Woche lang, wühlte das dunkelblau schimmernde Meer auf und spülte allerlei Unrat an den Strand. Immer wieder war Alma auf die Veranda getreten, als könne sie von hier oben sehen, dass Joshuas Schiff dem Unwetter entkommen war. Bei heftigem Seegang gingen gelegentlich Besatzungsmitglieder über Bord. Und ein mulmiges Gefühl hatte sich in ihrem Magen ausgebreitet.

Seit Längerem strahlte der Himmel nun in einem unschuldigen Hellblau, und Alma hatte sich allmählich beruhigt.

Aber vor vier Tagen hatte sie die Nachricht erreicht, dass ein Schiff gesunken sei. Keiner wusste etwas Genaues, aber in der Torres-Straße am Cape York, der Nordspitze von Australien, war aller Wahrscheinlichkeit nach ein Frachtschiff auf einen Unterwasserfelsen aufgelaufen. Das ganze Schiff war mit Mann und Maus untergegangen. Nur Trümmer des Rumpfes und einzelne Kisten, die auf dem Wasser trieben, legten Zeugnis davon ab.

Alma war wie benommen. Ständig war ihr übel. Zum ersten Mal seit Langem hoffte Hermann wieder, dass sie schwanger war, und kümmerte sich rührend um sie. Alma wusste es besser, was wiederum bedeutete, dass sie Hermann wieder enttäuschen würde. Sie wollte ihn nicht in seinem Glauben bestärken und bestand deshalb darauf, dass sie lediglich etwas Verdorbenes gegessen habe. Und zu allem Unglück waren sie ausgerechnet heute beim Gouverneur eingeladen.

»Alma, Liebes. Bist du so weit?« Hermann strahlte sie an. Sie hatte wieder ihr schönes rosafarbenes Kleid an. Obwohl sie im Gesicht bleich war, war Hermann stolz auf seine schöne Frau.

Taua saß vorne auf dem Kutschbock. Das Gefährt ruckelte über den holprigen Weg, an Kokospalmen vorbei, in deren Schatten die Hütten der Samoaner standen. Außerhalb von Apia fiel einem besonders die üppige tropische Vegetation die Insel auf. Brotfruchtbäume standen neben wilden Orangen. Bananen wuchsen neben dem Weg und immer wieder tauchten kleine Zuckerrohrfelder auf, an deren Rand Ananasfrüchte gediehen. Alle hundert Meter duftete es nach einer anderen Frucht oder der Hauch einer süßlichen Blüte stieg ihnen in die Nase.

In dieser Gegend war Alma noch nie gewesen. Als das Haus des Gouverneurs endlich in Sicht kam, sagte sie verblüfft: »Meine Güte, ist das herrschaftlich.«

»Nicht wahr? Hier lässt es sich aushalten. Der Gouverneur erzählte mir, dass das Klima hier um einiges frischer ist als unten an der Küste.« Hermann war schon zwei Mal in beruflichen Angelegenheiten hier gewesen.

»Ich hätte nicht gedacht, dass dieser englische Schriftsteller so reich gewesen ist.«

»Wie hieß er noch mal?«

»Stevenson, Robert Louis Stevenson wenn ich es richtig behalten habe. Aber die Samoaner sollen ihn *Tusitala* genannt haben, das bedeutet: der Geschichtenerzähler.«

»Sie hätten ihn besser den großen Hausbauer nennen sollen, denn es gibt wohl kaum ein schöneres Haus auf der Insel.«

Hermann hatte recht. Alma konnte sich nicht sattsehen an den großen Räumen der Eingangshalle und der für samoanische Verhältnisse prächtigen Ausstattung. Der deutsche Gouverneur begrüßte sie freundlich. Oben auf der Veranda trafen sie auf die anderen Gäste. Es waren noch zwei Vertreter von anderen, kleineren Handelsgesellschaften eingeladen, und Alma hatte sofort den Eindruck, dass es trotz der Anwesenheit von ihr und einer anderen Dame wieder nur um Politik und Wirtschaft gehen würde.

Deshalb genoss sie den fantastischen Ausblick, den man von hier oben hatte. Unter ihnen breitete sich die Küste aus, und man konnte ganz Apia sehen. Zwischen hohen Palmen blitzten die weißen Häuser hindurch, die den Strand auf mehreren hundert Metern säumten. Die Bucht von Apia lag in einem satten Meeresgrün vor ihnen. Weiter draußen schimmerte das Meer türkis. Da heute nahezu Windstille herrschte, waren kaum Schaumkronen zu sehen. Von hier oben wirkte Apia idyllisch.

Es dauerte nicht lange, und sie wurden zu Tisch gebeten. Alma gegenüber saß Frieda Molitor, eine ältere Dame, die schon einige Jahre hier lebte. Obwohl sie sich bereits mehrere Male bei den Treffen der deutschen Frauen begegnet waren, hatten sie sich noch nie länger unterhalten.

Ihr Mann war wesentlich gesprächiger als sie. »Ich bin mal gespannt, was es zu essen gibt. Hoffentlich keine fliegenden Hunde. *Flying foxes*, wie die Australier sie nennen. Sie sollen zwar gut schmecken, aber auf diese Erfahrung kann ich verzichten.«

Es sollte ein Scherz sein, aber Alma schaute Herrn Molitor überrascht an. »Diese riesigen Vögel kann man essen?«

»Angeblich ja. So hab' ich gehört. Und es sind keine Vögel. Sie sind verwandt mit den Fledermäusen.«

Alma verzog ihr Gesicht bei der Vorstellung, Fledermäuse zu essen.

»Ich habe mal Krokodil probiert, in Australien. Erinnerst du dich, Alma?«, fragte Hermann.

Alma schüttelte den Kopf. »Nein.«

»Na, vielleicht warst du gerade wieder mit deiner Freundin Tee trinken. Auf jeden Fall war es sehr schmackhaft. Es schmeckt ein wenig nach Hühnchen.«

Interessant, dachte Alma. Interessant, dass ich davon mal wieder nichts weiß. Nach einer Suppe wurde ein schmackhaftes Gericht aus Rindfleisch, einheimischem Gemüse und Kokosmilch aufgetischt. Alma bemühte sich zu essen, doch mit ihren Gedanken war sie woanders. Da auch Frau Molitor keinen Versuch machte, mit ihr ein Gespräch zu beginnen, unterhielten sich die Männer bereits während des Essens über die üblichen Themen.

Die Einführung der deutschen Reichsmark stand kurz bevor. In zwei Monaten sollte niemand mehr auf Deutsch-Samoa mit englischen Pfund oder amerikanischen Dollar bezahlen. Außerdem sollte die Kopfsteuer für die Samoaner eingeführt werden. Doch das Geld der Einheimischen floss nicht in die Kassen des Deutschen Reichs, sondern diente ausschließlich der Förderung der samoanischen Selbstverwaltung. Ja, die Samoaner sollten es sogar selbst verwalten.

Diese Entscheidung fanden die meisten Weißen nicht richtig. Warum zahlten die Eingeborenen eigentlich keine Steuern? Hermann war sich da mit seinen zwei Kollegen einig. Und wenn sie schon einmal beim Thema waren: Wieso sollte man die Samoaner wie in allen anderen Schutzgebieten nicht auch zur schweren Arbeit verpflichten? Warum durften sich hier nicht noch mehr Pflanzer ansiedeln? Die Inseln waren nicht klein, und wenn sie die Samoaner verpflichteten, mehr Wald zu roden, konnten sie weitere Anpflanzungen vornehmen. Die weißen Plantagenbesitzer und die Handelsvertreter forderten eine möglichst gewinnbringende Ausbeutung von Boden und Einheimischen der Schutzgebiete. Gouverneur Solf allerdings lehnte diesen Vorschlag rundherum ab.

»Wir können hier keine Siedlungskolonie aufbauen. Erstens ist es zu weit weg vom Deutschen Reich. Die Kosten für den Transport würden den möglichen Gewinn auffressen. Und zweitens müssen wir den Samoanern genug Platz lassen. Sonst ist ihre Kultur gefährdet.«

An dieser Stelle meldete sich plötzlich Frau Molitor zu Wort. »Und wenn schon? Es sind Heiden mit heidnischen Bräuchen. Wozu um alles in der Welt sind die Missionare hierhergekommen, wenn nicht, um genau diese heidnischen Rituale auszurotten?«

Alle schauten Frieda Molitor an, in deren Worten unerklärliche Bitterkeit mitschwang. Keiner der Männer antwortete ihr, bis Hermann endlich die Stille brach.

»Ach, mir sind ihre Traditionen egal; solange sie nicht die Wirtschaft beeinträchtigen, sollen sie sie behalten.«

»Ich verstehe nicht, wieso Sie die Eingeborenen schützen wollen?«, wandte Franz Molitor sich an Gouverneur Solf.

»Damit es zum Beispiel nicht wie in China zu einem Boxeraufstand kommt. Je massiver man gegen die einheimische Bevölkerung vorgeht, desto heftiger ist ihr Widerstand.«

»Aber letztendlich hat es den Chinesen nichts genutzt. Sie haben alle Europäer gegen sich aufgebracht. Deutsche Truppen haben Seite an Seite mit den russischen, britischen und französischen Truppen gekämpft. Das Bündnis der Kolonialmächte war lange Zeit nicht mehr so stark.« Herr Molitor sprach aus, was alle am Tisch zu denken schienen.

Erfreulicherweise war das Essen zu Ende, und Alma und Frau Molitor konnten den politischen Debatten entfliehen und gingen im Garten spazieren, während sich die Männer in den Rauchersalon zurückzogen. Zum Glück war Frieda Molitor auch an Gartenarbeit interessiert, und so konnte Alma sich mit ihr über den Anbau der ergiebigsten Gemüsesorten in den Tropen austauschen. Die Unterhaltung der Männer gab ihr wieder reichlich Fragen auf für ihren nächsten Besuch von Joseph.

Liebe Schwester,

endlich finde ich die Zeit, Dir zu schreiben. Du kannst Dir gar nicht vorstellen, was für ein beschwerliches Leben ich führe, seit Du weg bist. Ich kann praktisch keinen Schritt mehr alleine aus dem Haus machen. Außer Arbeit bleibt mir nichts mehr. Gerade bereite ich den Garten vor, zusammen mit Mathilde. Und wenn ich nach Hause komme, muss ich das Abendessen machen. Und wie viel in der Nähstube zu tun ist, weißt Du ja selber.

Ich habe Deine ersten Briefe gelesen und muss sagen, dass das Schicksal es über Gebühr gut mit Dir meint. Du hast Angestellte, musst nicht mehr selbst waschen, und Du kannst Dir alles kaufen, was Du willst. Wie Du weißt, blieb mir das Glück als Ehefrau bisher verwehrt. Und da ich praktisch ans Haus gefesselt bin, ergeben sich auch keine Möglichkeiten, einen geeigneten Mann kennenzulernen, der mich aus diesen Umständen erlösen könnte.

Deshalb möchte ich Dich bitten, lasse mich zu Dir kommen. Überall hört man, wie knapp es in den Schutzgebieten um Frauen bestellt ist. Praktisch jedes Mädchen soll innerhalb ihres ersten Jahres heiraten, gleich, in welcher Kolonie sie lebt. Die Zeitungen sind voll mit Annoncen, in den Männer aus Übersee nach heiratswilligen Frauen suchen. Nun scheint mir Samoa ein weitaus angenehmerer Ort zu sein als Afrika, wenn es auch weiter entfernt liegt.

Bitte, Alma, wenn Du Vater schreiben würdest, dass Du mich einlädst, weil es einige passende Verehrer gibt, bin ich mir sicher, dass Du Vater überreden kannst. Hier in Köln sehe ich keine glückliche Zukunft für mich. Und als Deine Schwester appelliere ich an Deine Verpflichtung der Familie gegenüber. Bitte überdenke meine Bitte gewissenhaft.

Alles Gute, Käthe

Alma konnte nur mit dem Kopf schütteln. Aus jeder Zeile war die Käthe herauszuhören, wie sie sie kannte. Unüberlegt, schuldlos an ihrem eigenen Schicksal, die Käthe, die andere für ihre Fehler verantwortlich machte. Allein die Vorstellung, Käthe würde hier in ihre Nähe leben, jagte Alma unangenehme Schauer über den Rücken. Sie legte den Brief auf den Tisch und setzte sich auf die Treppenstufe. Vor ihr lag der üppig wuchernde Garten.

Es nieselte leicht, und Alma saß stumm da und genoss das Gefühl von Wasser auf ihrer Haut, das allmählich ihre Kleidung durchnässte. Nach den vielen schwülen Wochen und dem ewigen Salzwasser, das die Haut verklebte, waren die kühlen Regentropfen eine willkommene Abwechslung. Die Regenzisterne füllte sich wieder, und die Pflanzen in den Beeten bekamen ausreichend Wasser.

Ja, Käthe hatte recht. Von außen betrachtet meinte das Schicksal es gut mit ihr. Aber nach wie vor lag eine ungewisse Zukunft vor ihr. Plötzlich wurde Alma wütend.

Als wäre ihr alles in den Schoß gefallen. Als hätte sie nicht genug gelitten. Und ein bedeutender Teil ihres Leidens war durch Käthe verursacht worden. Nein, sie würde nicht an ihren Vater schreiben, dass Käthe hier willkommen war. Es würde nicht lange dauern, bis ihre Schwester sich etwas zuschulden kommen ließ, denn eines war so sicher wie das Amen in der Kirche: Auf Almas Worte oder Ermahnungen hörte Käthe nicht.

Und sie konnte Hermann schließlich nicht erzählen, was für ein ungezügeltes Temperament ihre Schwester besaß, ohne ihm die Hintergründe zu schildern, die zu ihrer eigenen Eheschließung geführt hatten. Hermann würde sich zu Recht hintergangen fühlen. Alma musste auf jeden Fall verhindern, dass er von ihrer Verlobung mit Hannes Engels und von Käthes Ausrutscher erfuhr. Hermann fand es schon reichlich merkwürdig, dass die Auflösung von Käthes Verlobung so ohne Weiteres von der Familie hingenommen wurde. Natürlich hatte Alma Hermann irgendwann davon erzählt, doch sie tat so, als habe sie keine Ahnung, was nach ihrer Abreise vorgefallen war.

»Alma, Kind. Was machst du denn da?« Hermann war früh zurück. Er stand in der Tür und schaute sie verwundert an.

»Endlich wieder Regen. Ich konnte nicht anders, ich musste mich ein wenig abkühlen.«

Hermann trat auf die Veranda. Solange er immer noch glaubte, Alma könnte schwanger sein, ließ er ihre alle Launen durchgehen. Leider wusste

Alma es besser. Noch immer aß sie zu wenig, aber sie zwang sich dazu, denn Hermann machte sich Sorgen.

»Oh, ein Brief aus Köln?« Schon nahm er ihr ihn aus der Hand. »Ist noch mehr Post gekommen?«

»Mathilde hat auch geschrieben, und deine Schwester. Ich hab' ihn auf deinen Schreibtisch gelegt.«

Hermann überflog die Zeilen von Käthe und runzelte die Stirn. Alma stand auf und strich sich die feuchten Haare aus der Stirn. Angespannt wartete sie, was Hermann sagen würde.

»Wäre deine Schwester dir eine große Hilfe, hier … ich meine, wenn unser Nachwuchs kommt?«

Alma reagierte prompt. »Nein, sicher nicht. Ich war immer diejenige, die sich um Fritz gekümmert hat. Und für alles andere hab' ich ja Aveolela. Ich bin mir nicht sicher, ob es auf die Dauer gut gehen würde. Wir sind einfach zu unterschiedlich«, erklärte sie, als sie Hermanns überraschten Gesichtsausdruck sah.

»Wenn du meinst? Aber sie hat natürlich recht. Es gibt hier viel zu wenige deutsche Frauen. Wenn sie keine großen Ansprüche stellt, was ihre Verheiratung mit einem der Pflanzer angeht, und gut zupacken kann, kann sie meinetwegen gerne kommen.«

»Ihre Ansprüche sind gerade das, was mir am meisten Sorgen macht.«

Hermann stieß ein entrüstetes Lachen aus. »Nun, Alma, es ist dir sicher nicht neu, wenn ich sage, dass Käthe, obwohl sie deine Zwillingsschwester ist, nicht annähernd so schön ist wie du. Sie sollte sich bescheidener geben.«

»Bescheidenheit war noch nie eine von Käthes Tugenden.« Alma war sich bewusst, wie garstig ihre Worte klangen.

»Ich bin wirklich überrascht, wie wenig du für deine Schwester übrighast. Und was ist mit Mathilde? Was schreibt sie? Will sie etwa auch kommen?«

Alma lachte erleichtert auf. »Nein, Mathilde ist doch noch viel zu jung, um zu heiraten. Sie ist erst vierzehn. Obwohl sie ein wirklich fleißiges Mädchen ist. Ihr Brief ist nur kurz. Sie schreibt von einer Völkerschau, die demnächst durch Köln ziehen soll. Vater hat schon versprochen, dass sie alle zusammen dort hingehen werden.«

»Tatsächlich? Werden denn auch Südseeinsulaner mit dabei sein?«

»Ich weiß es nicht. Aber ich werde in meinem Antwortbrief danach fragen.«

Hermann blickte aufs Meer. »Ja, und was Käthe anbelangt – schreib, was du magst. Du kannst es am besten beurteilen, ob Käthe hierher passen würde. Ohnehin ist es in erster Linie die Entscheidung deines Vaters.«

Alma atmete auf. Das war genau die Antwort, auf die sie gehofft hatte.

JUNI 1901

Hermann hatte sich gewissenhaft auf seine anstehende Reise vorbereitet. In den letzten Tagen vor der Abreise war er angespannt gewesen. Und als wäre Alma nicht schon nervös genug, weil sie immer noch nichts Genaues über den untergegangenen Frachter wusste, hielt Hermann sie auf Trab mit allerlei Besorgungen, die sie zu erledigen hatte.

Dieses Mal führten Hermann seine Geschäfte weit fort, nach Jaluit, einem Atoll in der Nähe der Marshallinseln in der nördlichen Südsee. Mit etwas Glück und Geschick würde es ihm gelingen, einen Vertrag auszuhandeln, dass seine Faktorei Lieferant von wertvollem Guano wurde, den getrockneten Exkrementen der dort heimischen Seevögel.

Dieses weiße Zeug war ein hochwertiger Dünger. Reinstes phosphathaltiges Substrat, das man praktisch nur noch einzusammeln und in Schiffe zu verladen brauchte. Auf den Böden ausgestreut, würde es nicht nur auf Samoa die Erträge der Plantagen erhöhen. Es wurde schon jetzt im großen Stil nach Deutschland transportiert und sorgte dort für die Steigerung der Ackererträge. Das deutsche Volk wuchs rasend schnell und brauchte mehr und mehr Nahrungsmittel. Die in Jaluit zuständige Handelsgesellschaft war klein und noch kein Zulieferer für Hermanns Firma. Deswegen nahm er die lange Reise auf sich.

Kaum war Hermann zwei Tage weg, da hieb Aveolela sich mit der Axt in den Fuß. Der Schnitt sah böse aus, und Alma säuberte die Wunde, so gut es ging. Anschließend machte sie einen Verband aus ausgekochten Bandagen. Nur mit Mühe konnte sie Aveolela dazu bewegen, im Haus zu übernachten. Doch schon am nächsten Tag erhöhte sich ihre Temperatur. Der deutsche Arzt begutachtete die Verwundung und ließ Alma etwas Jod da. Sie solle die Verbände zweimal am Tag wechseln, war der einzige Ratschlag, dann verschwand der Doktor schon wieder.

Aveolela hatte starke Schmerzen und bestand darauf, dass man sie in ihr Dorf brachte. Alma hatte sie selten so resolut erlebt. Deshalb schickte sie nach Taua, richtete Aveolela ein gemütliches Plätzchen auf der Sitzbank der Kutsche ein und gab ihr frische Stoffverbände mit. Die Flasche mit dem Jod übergab sie Taua, mit dem Hinweis, was die Dorfbewohner zu tun hatten.

Mit einem mulmigen Gefühl sah sie der Kutsche hinterher. Als Taua und Etena abends zurückkehrten, wussten sie nichts weiter zu erzählen, als dass Aveolela in der Hütte ihrer Familie untergebracht worden war.

Alma hielt es nicht länger aus. Nicht nur dass sie sich um Joshua und Hermann sorgte, nun musste sie auch noch befürchten, Aveolela vielleicht niemals mehr lebend wiederzusehen. Sie konnte sich auf nichts konzentrieren. Nicht einmal das Nähen konnte sie ablenken. Eigentlich hatte sie sich vorgenommen, in Hermanns Abwesenheit zwei Kleider zu nähen, doch als sie schon beim ersten Kleid den Stoff falsch zuschnitt, ließ sie alles liegen.

In Heathers Laden versorgte Alma sich mit allem, von dem sie annahm, es könne ihr bei ihrem Ausflug in den Dschungel nützlich sein. Aveolelas Heimatdorf lag eine halbe Tagesreise entfernt. Normalerweise übernachtete Aveolela bei einer befreundeten Sippe, die sich in der Nähe von Apia niedergelassen hatte. Alma nahm Taua mit. Etena sollte auf das Haus aufpassen, solange sie fort war.

Sie waren früh aufgebrochen, um der Mittagshitze zu entgehen. Trotzdem wurde die Reise immer beschwerlicher. Die ersten paar Kilometer hatten sie zwar an der Küstenstraße entlanggeführt, doch dann ging es landeinwärts und hinauf in die Berge. Je weiter sie vorankamen, umso holpriger wurde der Weg, bis sie schließlich anhalten und die letzte halbe Stunde laufen mussten. Taua schulterte den größten Teil des Gepäcks, aber auch Alma trug einen schweren Korb und hatte sich Wasser in einer großen Flasche mitgenommen.

Als sie endlich das Dorf erreichten, wurden sie von den Kindern freundlich begrüßt. Alma blieb zunächst am Rand des Dorfs stehen. Sie wusste, sie war nicht angemeldet, und Taua ging zunächst zur Hütte des *Matai*, des Clanchefs, um nachzufragen, ob er mit ihrem Besuch einverstanden war.

Alma sah sich um. Auf einer kleinen Lichtung im Dschungel standen acht oder neun Hütten – *Fales*, wie sie von den Samoanern genannt wurden. Rundhütten, eine Konstruktion aus Holzpfählen. Die Dächer waren mit Palmenblättern gedeckt, sodass kein Regenwasser durchkam. Die Seiten blieben offen.

Endlich wurde Alma zur Hütte des *Matai* geführt, eines kleinen alten Mannes mit einem runzligen Gesicht. Taua übersetzte ihr Gespräch. Sie hatte einiges an Geschenken mitgebracht, ein Dutzend Eier, zwei Gläser eingekochte Marmelade und etwas frisches Gemüse aus dem Garten. Doch am meisten freute sich der Alte über das Büchsenfleisch.

»*Pisupo*«, rief der *Matai* stolz und hielt jede der drei Konservendosen in die Höhe, damit es auch alle sahen.

Alma schaute sich um. Am Rand stand die *Tanoa*, eine große hölzerne Schale mit vier Beinen. Alma hatte noch nie einer Kava-Zeremonie beigewohnt, und wenn sie Hermann glauben durfte, war das auch kein Spaß. *Kava*, ein fermentiertes Gebräu aus dem Pfefferstrauch, schmeckte fürchterlich und hatte eine ähnliche Wirkung wie Alkohol. Es wurde zu bestimmten Zeremonien von der Jungfrau des Dorfs aus der *Tanoa* an die Männer ausgeschenkt.

Der Häuptling nahm die Geschenke wie selbstverständlich an und Alma hoffte, dass er sie an seine Dorfgemeinschaft weiterverteilte. Obwohl der Häuptling wusste, wer Alma Stieglitz war und welche Stellung ihr Mann hatte, sprachen sie noch einmal ausführlich darüber.

Erst nachdem der offizielle Teil beendet war, wurde Alma von einer alten Frau zur Hütte von Aveolelas Familie gebracht. Sie hatte keine Geschenke für die Familie, aber das machte nichts. Aveolela hatte häufig schon Dinge von ihr geschenkt bekommen. Alma entdeckte den großen Sonnenhut, mehrere Kissen und auch die große Wolldecke, die Aveolela letztes Jahr zu Weihnachten bekommen hatte.

Aveolela selbst lag auf zwei großen *Tapas*, den typischen Bastmatten, die in aufwendiger Handarbeit aus der Rinde des Maulbeerbaums von den Frauen der Dörfer hergestellt wurden. Je mehr *Tapas* eine Familie besaß, umso angesehener waren sie. Weitere Matten lagen aufgerollt an der Seite. Ein kleines Mädchen saß mit einem Fliegenwedel neben der kranken jungen Frau, die schwitzte und einen mitgenommenen Eindruck machte. Besorgt kniete Alma sich neben sie.

»Aveolela, wie geht es dir?«

Aveolela öffnete die Augen. Ein schwaches Lächeln huschte über ihr Gesicht, als sie sie erkannte. »Mrs. Stieglitz.« Mehr sagte sie nicht, setzte sich je doch auf. Alma legte ihr eine Hand auf den Arm. »Wie geht es deinem Fuß?« Sie blickte auf den schmutzigen Verband. »Wann hast du den Verband das letzte Mal gewechselt?«

»Gestern«, antwortete die junge Eingeborene ausweichend.

Eine ältere Frau kam und brachte zwei Schalen, in denen eine trübe Flüssigkeit schwamm. Aveolela nickte der Frau zu, die sich sofort wieder an den Rand der Hütte zurückzog. »Das ist meine Tante.«

»Wo ist deine Mutter?«

»Schon lange tot.«

»Oh, das tut mir leid.« Alma senkte den Blick. Wie beschämend. Erst hier wurde ihr bewusst, wie wenig sie eigentlich über ihre Angestellte wusste. Aveolela trank die Schale aus. Obwohl sie keine Lust verspürte, dieses Gebräu zu sich zu nehmen, nahm Alma einen Schluck und verzog sofort das Gesicht. Aveolela rang sich ein Lächeln ab. »Du weißt ja, dass *Kava* uns Weißen nicht besonders gut schmeckt«, entschuldigte sich Alma.

»Das ist nicht *Kava*. Das ist Noni, eine Frucht. Sehr gut für den Körper, sehr heilsam.«

»Ah«, bemerkte Alma einsilbig. Sie hatte noch nie davon gehört. Medizin, das erklärte den bitteren Geschmack. »Was ist mit deinem Fuß?«

Aveolela bewegte den Oberkörper vor und zurück. »Es tut sehr weh.« Alma berührte den Fuß und wickelte vorsichtig den Verband ab. An der Art, wie die Binde gewickelt war, konnte sie erkennen, dass sie zuletzt die Wunde verbunden hatte.

»Aveolela, du solltest die Wunde jeden Tag neu verbinden. Wo sind die anderen Stoffwickel?«

Aveolelas Blick wanderte zum *Matai* rüber. Alma rief Taua und erklärte kurz, was sie wollte. Doch Taua weigerte sich, vom *Matai* des Dorfs die Stoffwickel zurückzufordern.

Alma wurde wütend. »Sag ihm, wenn er sie nicht herausgibt, wird Aveolela sterben. Wenn sie tot ist, kann sie nie wieder Geschenke mitbringen. Wenn er mir die Stoffbandagen gibt, bringt sie das nächste Mal fünf Dosen *Pisupo* mit.«

Taua war wenige Minuten später zurück und legte die Stoffbandagen vor Alma hin.

»Ich brauche heißes Wasser zum Auswaschen.«

Aveolela schickte die ältere Frau zum Wasserholen.

Nachdem Alma die verkrustete Binde vom Fuß entfernt hatte, kam die Frau und stellte einen Blechtopf mit dampfendem Wasser neben ihr auf den Boden. Mit einem sauberen Stück Stoff reinigte Alma die Wunde.

Der Schnitt war nicht so groß, wie sie in Erinnerung hatte. Trotzdem sickerte noch immer ein wenig Blut aus der Wunde. Das war gleichzeitig gut und schlecht. Gut, weil das Blut schädliche Erreger und Schmutz ausschwemmte. Und schlecht, weil der andauernde Blutverlust Aveolela bereits geschwächt hatte.

Es durfte nicht weiterbluten. Also nahm Alma ein Brenneisen, das sie von Heather geliehen hatte, und gab es der älteren Frau. Taua übersetzte wieder und die Frau ging damit zur Feuerstelle.

Alma reinigte die Wunde. Aveolela biss die Zähne zusammen. Sie war sehr tapfer, aber ihr Stöhnen wurde immer lauter. Alma griff zu der Flasche Brandy, die sie mitgebracht hatte, und schüttete etwas in Aveolelas Trinkschale. Aveolela trank drei Schalen, während Alma darauf wartete, dass die Wirkung des Alkohols einsetzte. Als Aveolela sich benommen auf den Rücken legte, tupfte Alma reichlich Kokain auf den Schnitt. Heather hatte es ihr mitgegeben. Es würde dafür sorgen, dass das Ausbrennen kaum Schmerzen verursachte.

Es dauerte noch eine Weile, bis die ältere Samoanerin das an der Spitze glühende Eisen zurückbrachte. Alma wies Taua und die Frau an, Aveolela festzuhalten, und schickte das kleine Mädchen weg, das die ganze Zeit mit staunendem Gesicht dabeigestanden hatte. Alma rechnete schon mit einem fürchterlichen Schrei, doch als sie das Brandeisen ansetzte, zuckte Aveolela heftig zusammen und fiel in Ohnmacht. Es dauerte nicht lange und die Blutung war gestillt. Trotzdem war die Gefahr noch nicht gebannt. Als Nächstes desinfizierte Alma den Schnitt mit Jod, das sie selbst mitgebracht hatte.

Völlig verschwitzt richtete Alma sich auf und betrachtete das Gesicht von Aveolela. Sie würde warten, bis sie aufwachte. Und am liebsten würde sie die junge Frau überreden, mitzukommen.

Zum ersten Mal merkte sie, wie sehr ihr die Samoanerin ans Herz gewachsen war. Aveolela war nett, hilfsbereit und lernte gerne von ihr. Trotzdem war sie nicht unterwürfig und widersprach Alma, wenn sie glaubte, Alma mache etwas falsch. So hatte sie ihr gezeigt, wie man Yamswurzel richtig zubereitete, und Alma einige samoanische Wörter beigebracht. Außerdem war sie im Gegensatz zu vielen anderen Einheimischen nicht schwatzhaft. Alma wurde etwas bange, wenn sie daran dachte, dass sie sich vielleicht einen Ersatz suchen musste. Sie ergriff den Fliegenwedel, den das kleine Mädchen liegengelassen hatte, und scheuchte die Insekten weg.

Die Kinder hatten sich heimlich hinter ihr versammelt. Als sie sahen, wie Alma die Moskitos verscheuchte, fingen sie an zu kichern. Das

Mädchen von vorhin stand auf und kam näher. Ängstlich riss es seine Augen auf und murmelte leise etwas.

Taua sah Alma an und sagte: »Es will wissen, ob Aveolela tot ist.«

»Nein.« Alma lächelte nervös. »Sie schläft.«

Taua übersetzte und das Kind riss die Arme hoch. Wieder sagte es etwas, das Alma nicht verstand, und die anderen Kinder jubelten.

»Schh, seid leise. Ihr dürft sie nicht stören.«

Das verstanden die Kinder sogar ohne Übersetzung, denn Alma hatte geflüstert und einen Finger auf die Lippen gelegt. Die Kleine hockte sich neben Aveolela und nahm Alma den Wedel aus der Hand.

Erschöpft saß Alma auf der Kutsche. Zwei Männer und Taua hatten Aveolela zurückgetragen. Aveolela lag nun in ihren Armen und schlief. Der *Matai* musste die junge Frau, die so große Angst hatte, außerhalb ihres Dorfes zu sterben schließlich überreden, Alma zu begleiten. Ein wenig hatte Alma das Gefühl, als ginge es dem Alten mehr um das Büchsenfleisch als um Aveolelas Wohlergehen, aber das spielte keine Rolle. Aveolela kam mit zurück nach Apia.

Alma hatte die Wunde erst wieder verbunden, nachdem sie sie noch einmal mit Jod bestrichen hatte. Wenn sie sich jetzt nicht entzündete, hatte die junge Frau das Schlimmste überstanden.

Nur das leise Rauschen der Palmenblätter begleitete sie. Die rumpelnde Kutsche und die schnaufenden Pferde ließen den sonst so geräuschvollen Urwald verstummen. Kein Vogel schrie, und im Gebüsch regte sich nichts. Der Wagen ruckelte langsam über den unebenen Boden, und bei jedem Rumpeln über eine Bodenwelle stöhnte Aveolela auf. Durch das dichte Grün blitzte gelegentlich die tiefstehende Abendsonne.

Sie erreichten die Küstenstraße rechtzeitig in der Dämmerung. Im Dunkeln über den schmalen Weg durch den dichten Dschungel fahren zu müssen, wäre eine Zumutung für die Pferde und die Insassen gewesen. Einige Meilen hatten sie noch vor sich.

Als sie den ersten Blick auf Apia erhaschten, war es bereits dunkel. Die kleine Stadt lag vor ihnen, nur zu erkennen an den vielen erhellten Fenstern, deren warmes Licht zwischen den Schatten der Palmen und den jetzt schwarz erscheinenden Flammenbäumen zu sehen war. Dahinter lag die fast halbkreisrunde Bucht von Apia. Das Wasser glitzerte im hellen Mondschein, als würden Tausende Sterne unter der finsteren Oberfläche funkeln. Es war ein wunderschöner Anblick. Auf einmal setzte Almas Herz aus. Mehr als eine dunkle Silhouette erkannte sie nicht, aber dort in der Bucht lag ein Segelschiff vor Anker.

Erregt setzte sie sich auf, und Aveolela stöhnte und öffnete für einen Moment die Augen. Geistesabwesend strich Alma ihr über die Wange.

Konnte es wahr sein? War Joshua doch nicht mit seinem Schiff untergegangen? Alma starrte ungeduldig hinaus auf den Segler in der Bucht, immer wieder verdeckt durch eine Palme oder ein einen Strauch. Die ersten Häuser kamen in Sicht, und bald schon fuhr der Wagen durch die Straßen von Apia. Das Einzige, was Alma erkennen konnte, war die kleine Positionslampe hinten am Heck und zwei oder drei vom Licht erhellte Stellen, wo vermutlich einige Seeleute Karten spielten.

Almas Hände zitterten. Ihr Herz raste. Sehnsüchtig hatte sie in den letzten Wochen auf diesen Anblick gewartet, und jetzt machte er ihr Angst. Was, wenn Joshua nicht an Bord war? Wenn man einen anderen Frachtsegler als Ersatz geschickt hatte? Doch die Silhouette des Schiffs ähnelte dem australischen Frachtsegler. Alma schaute sich fieberhaft um und hielt verzweifelt in den erleuchteten Häusern nach einem bekannten Gesicht Ausschau. Als sie an der Stehbierhalle vorbeikamen und sie laute Männerstimmen hörte, hielt nur Aveolelas ermatteter Körper sie auf dem Sitz. Sonst wäre sie von der Kutsche gesprungen, denn womöglich feierten einige von Joshuas Kameraden oder sogar er selbst dort ihren Landgang.

Ungeduldig trieb sie Taua an, bis sie vor ihrer Villa zum Stehen kamen. Etena hatte ihre Ankunft sofort bemerkt, und gemeinsam trugen sie Aveolela auf die hintere Veranda. Etena musste ein Lager bereiten, Wasser heißmachen und die Petroleumlampen anzünden, während Alma

Taua dazu abstellte, Butterbrote zu schmieren und Tee zu kochen. Sie gab ihm den Schlüssel zum Kühlraum.

»Ich muss zu Heather in den Laden. Ich brauche noch Medikamente.« Zur größten Verwunderung der beiden Boys stieg sie selbst auf den Kutschbock und schnalzte mit der Zunge. Die beiden Pferde setzen sich in Bewegung. Sie kannten die Strecke auswendig. Es konnte Alma gar nicht schnell genug gehen, aber sie wollte kein Aufsehen erregen. Es war nicht ungewöhnlich, dass Frauen alleine Kutsche fuhren, für Alma war es allerdings das erste Mal.

Im Schatten hinter Heathers Laden hielt sie und sprang herunter. Heather riss die Tür auf, sie hatte sie kommen hören. Wissend nickte sie ihr zu.

»Ich hab' eben Besuch bekommen.« Alma stürzte durch den Lagerraum ins Hinterzimmer.

Joshua stand dort, frisch gekämmt und mit einem unbekümmerten Lächeln auf den Lippen.

»Du lebst!« Ihr Herz raste, und vor Erleichterung liefen ihr Tränen über die Wangen.

Er schaute sie verblüfft an. »Natürlich.« Alma war viel zu verwirrt, um darüber nachzudenken, warum er nicht im Geringsten überrascht war, sie zu sehen. Mit zwei Schritten war sie bei ihm und fiel ihm um den Hals.

»Ich bin so froh!« Im gleichen Moment knickten ihr die Beine ein und Joshua fing sie auf. Behutsam setzte er sie auf einen Sessel und kniete sich auf den Boden vor ihr. Alma konnte nicht mehr an sich halten. Sie schluchzte laut, während ihre Hände seinen Kopf festhielten. »Du bist gar nicht ertrunken!«, stammelte sie.

Joshuas schaute erst ein wenig amüsiert, aber dann schien ihm endlich einzufallen, warum Alma so aufgelöst war. »Du hast von dem Schiff gehört, vom Untergang in der Torres-Straße, richtig?«

Alma nickte mit tränennassem Gesicht. Er zog sie an sich. »O Alma, ich wusste ja nicht …«

Seine Lippen berührten ihre Haare, streiften ihre Wangen und endlich fanden sich ihre Münder.

Es war der zärtlichste Kuss, den Alma jemals bekommen hatte. Er schmeckte nach Liebe und der bittersüßen Sehnsucht, die sie die letzten Wochen gequält hatte. Sie klammerte sich an Joshua fest, und es kam ihr so vor, als würden sie sich ewig küssen. Als sie endlich wieder nach Luft schnappte, lächelte Joshua sie voller Liebe an und strich ihr mit dem Daumen eine Träne von der Wange. »Ich verspreche dir hiermit, niemals unterzugehen. Niemals.«

KAPITEL SIEBZEHN

MAI BIS JUNI 1901

Alma schniefte und musste ein wenig lachen. »Du weißt gar nicht, wie viel Angst ich hatte.«

Joshua war wieder da! Er lebte. Es war also nicht sein Schiff gewesen, das dort in der Torres Straße untergegangen war, wie sie eine halbe Ewigkeit lang befürchtet hatte. Er lebt, und er war wieder da.

Alma sah sich um und entdeckte ein Taschentuch, das auf der Anrichte lag. Sie musste sich dringend die Nase putzen und die Tränen trocknen. Vermutlich sah sie nach ihrer Tagesreise durch den Dschungel sowieso abgekämpft und verschwitzt aus. Sie hatte soeben Aveolela aus ihrem Dorf geholt. Die Kranke wurde dort nicht richtig versorgt. Deshalb hatte sie sie wieder mitgenommen. Den ganzen Tag im Dschungel, war ihre Kleidung verschwitzt, genau wie sie.

Doch Joshua schien das alles nicht zu bemerken. Er ließ sie keinen Augenblick aus den Augen. Und als Alma sich wieder setzte und zur Seite drehte, damit sie ihm nicht direkt ins Gesicht schniefte, lächelte er sie immer noch verliebt an.

»Alma, ich bin so froh … dass du endlich deinen Gefühlen nachgibst. Ich habe so lange darauf gewartet.« Wieder zog er sie an sich und küsste sie ungestüm. Seine Lippen pressten sich auf ihre, und für einen Moment war sie ganz benommen. Dann ließ der Druck nach, und plötzlich fühlte sie, wie seine Zunge über ihre Lippen streifte. Ganz sanft, liebevoll, als würde sie um Erlaubnis fragen.

Leicht öffnete Alma ihren Mund, und sofort schlüpfte seine Zunge hinein. Ihre Spitzen berührten sich spielerisch. Von einer Sekunde auf die andere stand Almas Körper in Flammen. Sie atmete heftig. Ihr Herz hämmerte, als wolle es aus ihrem Brustkorb springen. Auch Joshuas Atem ging schneller. Ungewohnte Laute entschlüpften ihnen.

Alma rutschte vom Sessel auf ihre Knie, und Joshua presste sie an sich. Noch nie im Leben war Alma sich ihres Körpers so bewusst gewesen wie in diesem Moment. Das Blut schoss durch ihre Adern und versetzte jede Faser in fiebrige Schwingung. Hitze durchflutete sie von den Fußspitzen bis zu den Haaren. Sie fühlte sich, als würde sie in Lava baden. Jede Stelle ihres Körpers glühte. Seine Lippen waren überall – auf ihrem Mund, ihrer Wange, ihrem Hals.

Alma warf ihren Kopf in den Nacken. Sie wollte mehr, sie wollte ihn. Sie spürte eine ungeahnte Leidenschaft. Und obwohl diese Erkenntnis sie in ihrem Innersten erschütterte, verschwendete sie keinen Gedanken daran. In diesem Moment zählte nur ihr Verlangen. Sie begehrte den Mann, der dort vor ihr kniete. Seine Lippen strichen über die empfindliche Haut über ihrem Busen, den sie ihm willig entgegenreckte.

»Alma?« Es dauerte einen Augenblick, bis sie Heathers Stimme wahrnahm, in der ein alarmierender Unterton lag. Als würde sie aus einem Traum hochschrecken, riss Alma den Kopf hoch und starrte Joshua an. Draußen wieherten die Pferde ungeduldig. Nach diesem langen Tag waren sie sicher hungrig und durstig. Joshua schaute sie fragend an.

»Ich weiß nicht … noch nicht … Ich brauche noch …«

»Zeit. Du brauchst Zeit. Ich verstehe das. Ich halte es zwar kaum aus, aber ich werde warten.« Seine Worte kamen stoßweise. Selbst völlig außer Atem stand er auf und half ihr hoch. Er umfasste ihr Gesicht, als sei es sein kostbarster Besitz. »Mein Schiff legt morgen Mittag ab. Vielleicht kannst du dich morgen früh, wenn dein Mann zur Arbeit …«

»Hermann ist weg, auf Geschäftsreise«, erwiderte sie zögernd. Was wollte sie ihm damit sagen? Dass sie heute Nacht alleine in dem großen Haus war? Dass sie auf ihn warten würde?

Joshua blickte sie undurchdringlich an. »Wenn du es auch möchtest, dann …« Alma schüttelte den Kopf. »Aveolela ist krank. Sie hat eine böse Schnittwunde am Fuß. Taua und Etena sind jetzt bei ihr.«

»Und werden die beiden die ganze Nacht bleiben?«

Alma konnte ihm nicht böse sein. Doch auch wenn sie sich nichts sehnlicher wünschte, musste sie vernünftig sein. »Die beiden verschwinden sicher irgendwann heute Nacht, aber ich muss mich um Aveolela kümmern. Ihr geht es sehr schlecht.«

Joshua nickte verständnisvoll.

»Aber morgen früh, ja? Du kommst, ja?«

Jetzt strahlte Alma wieder. »Ja, ich werde da sein.«

Ohne zu fragen, was los gewesen war, übergab Heather Alma die Zügel. An der Tür zum Lager stand Joshua mit ernstem und zugleich glücklichem Gesichtsausdruck. Alma warf ihm einen letzten Blick zu, bevor sie sich umdrehte und mit der Zunge schnalzte. Die Zügel strafften sich, als die Pferde lostrabten.

Was um alles in der Welt erwarteten Joshua und sie eigentlich? Alma stand vor dem Spiegel. Sie sah schrecklich aus. Unter ihren Augen lag ein dunkler Schatten und ihr Haar war strähnig. Aber nicht deswegen hatte sie ihr schönstes Kleid wieder ausgezogen. Sie wollte nicht auffallen und vermeiden, dass irgendein Dorfbewohner sich Fragen stellte, warum sich Alma ausgerechnet heute so herausputzte. Deshalb trug sie ein schlichtes beigefarbenes Kleid.

Seit den frühen Morgenstunden war Aveolela endlich auf dem Weg der Besserung. Alma hatte kaum ein Auge zugemacht und die halbe Nacht im Freien verbracht, da Aveolela darauf beharrte, nicht im Haus zu schlafen. Während sie heißes Wasser kochte, um die Stoffbinden zu desinfizieren oder Tee zu kochen, hatte sie immer wieder über ihren Gefühlsausbruch nachgedacht.

Vor einer Stunde waren Taua und Etena erschienen, viel früher als normalerweise. Endlich hatte sie sich zurückziehen können, aber zum Schlafen blieb keine Zeit. Sie hatte sich geduscht und umgezogen. Nun war sie endlich fertig.

Wie gestern wollte sie alleine mit der Kutsche nach Apia fahren. Dass Taua sich um Aveolela kümmern musste, war eine willkommene Ausrede, denn sie wollte nicht, dass er vor dem Laden auf sie wartete. Sie hatte ihn gebeten, die Kutsche vorzufahren. Doch bevor er aufstieg, würde sie ihm noch etwas anderes auftragen, damit er aus dem Weg war.

Wie würde das Wiedersehen mit Joshua ausfallen? Würde sie ihm wie gestern um den Hals fallen und ihn stürmisch küssen? Er hatte gesagt, dass er so lange darauf gewartet hatte. Und sie wollte es doch auch. Sie konnte an nichts anders denken, als daran, wie sich sein Mund angefühlt hatte, als er über ihre Haut streifte und jeden Zentimeter geküsst hatte. Sie brauchte sich nichts vorzumachen.

Auch wenn sie sich Heathers Verschwiegenheit sicher war – wie sollte es weitergehen? War Joshua ein Gentleman, würde er ihr vorschlagen, sie mitzunehmen und sie zu heiraten? Ihr war bewusst, welche Schmach und Schande über sie kommen würde, wenn sie die Scheidung einreichte. Sie wäre von jetzt auf gleich eine Ausgestoßene. Jeder weitere Tag in Apia wäre das reinste Spießrutenlaufen. Und sie musste mindestens so lange ausharren, bis die Scheidung vollzogen war. Zudem wusste sie nicht einmal, ob sie sich überhaupt in Apia scheiden lassen konnte oder dafür zurück nach Deutschland musste.

Und außerdem, auch wenn ihre Gefühle sie im Moment völlig überwältigten: Hatte sie nicht selbst erlebt, wie leicht sie sich täuschen ließ? Obwohl sie Hannes jahrelang gekannt hatte, hätte sie nie gedacht, dass er sich Käthe zuwandte und sie trotz seines Heiratsversprechen sitzenließ. Ihn hatte sie weitaus besser gekannt und ihm solche Heimtücke nicht zugetraut. Und von Joshua wusste Alma rein gar nichts. Ja, sie hatte nicht einmal eine Adresse von ihm.

Hin- und hergerissen zwischen ihren Gefühlen und ihren Verpflichtungen hatte sie sich heute Nacht eingestehen müssen, dass sie sich nicht sicher sein konnte, ob Joshua auf sie warten würde. Womöglich kam er nicht mehr zurück. Wenn er jetzt bekam, was er wollte, könnte sein Interesse an ihr nachlassen. Oder ihm ging in den nächsten zwei Monaten auf, was für eine Belastung eine Ehefrau wäre, die in Sydney auf ihn wartete. War Joshua Fitzgerald wirklich ein Ehrenmann?

Weil sie keinen klaren Gedanken fassen konnte, hatte sie sich fest vorgenommen, dass sie heute nichts in eine prekäre Situation brachte. Sie musste in aller Ruhe versuchen, mit Joshua zu reden. Möglicherweise wusste er Rat. Und wenn er es nicht ernst meinte, so würde sie es hoffentlich merken.

Es klopfte. Gehetzt lief sie die Treppe hinab. Konnte das Joshua sein? Verwundert und mit pochendem Herzen öffnete sie die Tür. Erstaunen breitete sich auf ihrem Gesicht aus, als sie den Besucher erkannte.

»Herr Zabel?« Dieser schien völlig aufgelöst zu sein. Einzelne Haarsträhnen hingen auf einer Seite herunter, und sein Gesicht war fleckig. Sofort vermutete Alma, dass er getrunken hatte. »Mein Mann …«

»Ich weiß, ich weiß, dass er nicht da ist«, unterbrach er sie unhöflich. »Aber ich wollte Ihnen sagen, dass ich ihn in einer äußerst dringenden Angelegenheit sprechen muss. Sofort, wenn er zurück ist. Noch am gleichen Abend.« Er verhaspelte sich beinahe, so schnell sprudelten die Worte aus ihm heraus. Hektisch rieb er sich mit einem Taschentuch den Schweiß von der Stirn. »Ich habe heute Nachricht erhalten …« Er wedelte hektisch mit einem Umschlag vor ihrer Nase, und Alma zuckte zurück. Weniger aus Höflichkeit, sondern weil er davon ausging, dass Alma nicht an dem Inhalt der Nachricht interessiert war, steckte Zabel den Umschlag zurück. »Sie müssen es ihm sagen, sobald er ankommt.«

»Ich werde ihm die Dringlichkeit Ihres Anliegens schildern. Leider muss ich mich jetzt entschuldigen.« Alma machte Anstalten, die Tür zu schließen.

»Nein, nein. Wirklich. Sie wissen ja nicht …« Blitzschnell trat Otto Zabel vor und ergriff ihr Handgelenk. »Ich muss ihn wirklich dringend sprechen.« Er sah sie eindringlich an, während er fest zudrückte.

»Ich erwarte ihn nicht vor übermorgen zurück.« Alma blickte ihm in die Augen, die unruhig umherwanderten. War etwas mit der Firma? Was brachte Otto Zabel so aus der Fassung? Etwas nachsichtiger entgegnete sie: »Ich verspreche, es wird das Erste sein, was ich ihm nach seiner Rückkehr sage.«

Er ließ sie los und schaute erschrocken, als er bemerkte, dass sich ihr Handgelenk rot verfärbt hatte.

»Bitte verzeihen Sie. Es war nicht meine Absicht, Ihnen weh zu tun. Ich weiß gar nicht, was … Ich bin nur so …«

Er schaute so verzweifelt aus, dass er Alma leidtat. »Schon gut, aber ich muss mich jetzt wirklich verabschieden.«

Otto Zabel warf einen Blick auf die Kutsche. Taua führte gerade die Pferde am Zügel ums Haus.

»Ich muss auch in die Stadt«, erwiderte er geistesabwesend, als ob es ihm gerade erst eingefallen sei.

Alma war unschlüssig. Die Höflichkeit gebot es eigentlich, dass sie ihm anbot, ihn mitzunehmen. Hoffentlich deutete er ihr Zögern richtig und ging. Doch Zabel musterte eindringlich die Kutsche, als könne sie sein Problem lösen.

Alma seufzte leise. »Wohin müssen Sie denn?« Sie würde Zabel mit nach Apia nehmen und Taua unter einem Vorwand zurückschicken.

»Zu Mrs. Fox. Ich muss dem Frachtsegler dringend eine Nachricht mitgeben.«

Alma sank in sich zusammen. Schlimmer hätte es nicht kommen können.

Die Kutsche hielt vor Heathers Laden. Es war noch früh, aber im Laden tat sich etwas. Vielleicht wartete Joshua schon auf sie. Mit stockendem Atem wandte sie sich an Otto Zabel, der während der Fahrt kaum ein Wort gesprochen hatte, sich aber ständig mit seinem Taschentuch übers Gesicht gewischt hatte, obwohl die Sonne noch gar nicht so hoch stand.

»Sie haben es eilig. Bitte gehen Sie schon vor. Ich muss noch etwas mit Taua besprechen.«

Zabel sprang von der Kutsche und verabschiedete sich mit einem knappen Nicken. Schon war er im Laden verschwunden. Alma atmete unwillkürlich auf.

»Taua, sei so gut und fahr rüber zu Anton Hofer.« Wenn Taua erstaunt über ihren Wunsch war, ließ er sich nichts anmerken. Die Kutsche setzte sich in Bewegung und zwei Minuten später kamen sie bei Hofers Laden an. Mit einem mulmigen Gefühl öffnete Alma die Ladentür. Hofer begrüßte sie kühl. Sie hatte bei ihm lange nicht mehr eingekauft. Schnell sagte sie, was sie wollte. Mit säuerlicher Miene stellte er acht Dosen Büchsenfleisch vor sie hin. Erst jetzt merkte sie, dass sie kein Geld dabeihatte. Und da sie nur so selten bei Hofer einkaufte, hatte sie auch kein Konto mehr bei ihm.

»O je. Ich hab meine Geldbörse zu Hause vergessen.«

»Ich kann es anschreiben«, bot er ihr überraschenderweise an.

»Nicht nötig. Taua kann sie schnell holen.« Eilig machte Alma auf dem Absatz kehrt. Doch draußen vor der Tür hielt sie inne. Sie konnte Taua nicht in ihr Schlafzimmer schicken, wo sie ihre Börse aufbewahrte. Die oberste Etage war tabu für alle außer Aveolela, die sich dort aber auch nur zum Putzen aufhalten durfte.

Sie ging zurück in den Laden. »Ich hab' es mir überlegt. Ich komme die Woche noch vorbei und begleiche den Betrag. Und ich bräuchte noch eine Flasche Sahne, wenn Sie eine vorrätig haben.«

Taua fuhr sofort los. Erfreut über das Geschenk von Alma trieb es ihn eilig zurück nach Hause, wo er sich die Sahne mit Aveolela und Etena teilen sollte. Alma blickte ihm nach, wie er auf der staubigen Straße verschwand. Dann ging sie zurück zu Heathers Laden. Inständig hoffte sie, dass Otto Zabel seine Nachricht bereits abgegeben hatte. Doch zu ihrer großen Enttäuschung saß er auf einem Korbstuhl und brütete schwitzend über einem Briefbogen. Heather hatte ihm netterweise eine Tasse Tee hingestellt.

Als habe sie schon auf Alma gewartet, rief Heather bei ihrem Eintreten sofort: »Alma, wie schön. Ich habe gestern neuen Stoff bekommen, den du dir sicher anschauen willst. Komm nach hinten durch.«

»Gerne.« Unsicher blickte Alma auf Otto Zabel, der nur kurz aufsah. Im Hinterzimmer saß Joshua. Er sprang sofort auf, als Alma eintrat, während Heather sich geräuschvoll im Lager zu schaffen machte.

Mit einem Satz war Joshua bei ihr und riss sie in seine Arme. Alles, was Alma sich zurechtgelegt hatte, schien vergessen. Er küsste sie ungestüm. Erst als Heather eintrat, einen Stoffballen in der Hand, und sich leise räusperte, ließ er von ihr ab.

»Schau mal, ist dieses Himmelblau nicht herrlich?«, fragte Heather laut, damit es auch Zabel mitbekam.

Alma löste sich aus Joshuas Armen. »Er ist wirklich wunderschön«, antwortete sie, während sie Joshua tief in die Augen schaute. Der lächelte stumm. Heather trat an sie heran und flüsterte. »Mr. Zabel hat Joshua gesehen. Er setzt einen Brief auf und hat schon dreimal gesagt, dass er unbedingt sofort an Bord gebracht werden müsse. Ich konnte ihn nicht dazu überreden, ihn mir dazulassen. Er scheint ziemlich aus der Fassung zu sein.«

»Ich weiß«, antwortete Alma leise. »Er war vorhin bei mir. Etwas sehr Schlimmes muss passiert sein. Aber ich weiß nicht was.«

»Ich geh besser wieder nach vorne, damit er keinen Unfug macht.« Heather schloss die Tür hinter sich. Der himmelblaue Stoff lag auf einem der Sessel.

»Joshua, ich muss mit dir reden. Ich weiß, wir haben nicht viel Zeit, und …«

Er verschloss ihren Mund mit einem Kuss. Als er sich wieder von ihr löste, blickte er ihr tief in die Augen. »Mir ist bewusst, wie schwierig die Lage für dich ist.«

»Mr. Fitzgerald, ich glaube, wir sind hier vorne so weit.« Heathers Stimme hatte einen warnenden Unterton.

»Alma, ich werde auf dich warten, das hab' ich dir versprochen. Aber du musst dich entscheiden. Nächstes Mal, wenn ich wiederkomme, müssen wir über unsere Zukunft sprechen.« Joshua küsste sie wieder und ließ sie los. An der Tür drehte er sich noch einmal um. »In zwei Monaten?« Er sprach so leise, dass sie ihm die Worte von den Lippen ablesen musste.

»In zwei Monaten!«, nickte sie flüsternd. Sie blickte ihm nach, und als er verschwunden war, ließ sie sich erschöpft in den Sessel fallen. Das Schicksal war so ungerecht zu ihr.

»Der arme Teufel.« Hermann schien Otto Zabel tatsächlich zu bedauern. »Man stelle sich vor, alles zu verlieren. Ohne einen einzigen Pfennig steht er nun da. Ihm gehört nur noch, was er am Leib trägt, und einige wenige Habseligkeiten in einem Reisekoffer.«

»Wie kann denn so etwas passieren?«

»Die Bank hast sich verspekuliert – Aktiengeschäfte. So wie er sagt, haben sie zudem noch einige riskante Geschäfte unterstützt. Na ja, das haben sie jetzt von ihrer Habgier. Der ehrenwerten Leipziger Bank fehlen vierzig Millionen Goldmark. Ein normaler Mensch kann sich gar nicht so viel Geld auf einem Haufen vorstellen, und sie verlieren es einfach. Skandalös!«

»Und er bekommt nicht einen einzigen Pfennig zurück?«

»Nun, er hat einen Anwalt beauftragt, der in seinem Namen Rückzahlungsforderungen stellt. Wenn er Glück hat, bekommt er wenigstens noch einen Teil zurück. Es wäre natürlich einfacher für ihn, wenn er vor Ort wäre. Er hat mich gefragt, aber ich kann ihn nicht einfach zurück nach Sachsen fahren lassen. Aber er wäre ja über Monate weg.«

Alma musste zugeben, dass ihr dieser Gedanke gefiel. »Kannst du ihn denn nicht ersetzen?«

»Liebe Alma, wie stellst du dir das vor? Soll ich etwa einen von den Plantagengehilfen einstellen, die kaum lesen und schreiben können?« Er betrachtete sie. »Bist du soweit?«

»Ja, ich bin fertig.« Alma warf noch einen letzten Blick in den Spiegel. Et was lustlos hatte sie sich zurechtgemacht. Obwohl es so wenig Abwechslung gab, verspürte sie keinen Drang, heute Abend auszugehen. Die Pasternaks, ein deutscher Landvermesser und seine Frau, hatten zum Grammofonabend geladen.

Beim letzten Mal hatten die anwesenden Männer eine quälende Debatte über die Einführung des Frauenwahlrechts in Australien geführt. Beinahe alle Männer waren dagegen. So was hätten deutsche Frauen nicht nötig. Schließlich könnten sie sich getrost auf die Entscheidungen ihrer Männer verlassen.

Keine der Frauen hatte widersprochen. Stattdessen hatte Irmgard Pasternak darüber gehetzt, dass eine Amerikanerin in Pago Pago, dem Hafen von Amerikanisch-Samoa, in dem Ruf stand, mit mehr als einem Offizier eine Affäre zu haben. Wiederholt hatte Frau Pasternak betont, dass man sie hier auf Upolu mit Schimpf und Schande verjagen würde.

Alma hatte das Gefühl, dass sie solche Debatten heute nicht verkraften konnte. Joshua war schon zwei Wochen weg, aber noch immer glühte ihre Haut, wenn sie nur daran dachte, wie er sie geküsst hatte.

Eine dünne graue Linie zog am Himmel über sie hinweg. Keine Regenwolke, sondern eine Wolke aus Rauch und Asche. Es roch verbrannt, nach verkohltem Holz und Schwefel. Sogar hier, viele Meilen entfernt von der Nachbarinsel Savai'i, konnte man die Lava riechen. Alma stand am Ufer. Man konnte außer der Rauchwolke nichts erkennen.

Die Leute hatten sich am weißen Sandstrand versammelt, als gelte es, gegen die Natur zusammenzuhalten. Alle redeten durcheinander. Es wurden Vermutungen angestellt, auf welcher Seite der Insel der Vulkan ausgebrochen war und ob dort Menschen lebten. Würde es dieses Mal wieder eine Plantage treffen? Versiegte der Lavaausbruch bald, oder kam es zu einer befürchteten Eruption, die Brocken heißen Gesteins über Meilen hinweg durch die Luft spie? Häuser konnten in Brand geraten, auch wenn Alma schon gehörte hatte, dass man im weit entfernten Apia wohl nichts zu befürchten hatte.

Schließlich ging Alma zurück ins Haus. Ein Lächeln huschte über ihr Gesicht, als sie Joseph auf der Veranda entdeckte.

Er hatte ein unglaubliches Gespür dafür, zur richtigen Zeit aufzutauchen. Sie lud ihn ein, denn sie war sich sicher, dass Hermann heute viel zu tun hatte und nicht so bald nach Hause kommen würde. Schließlich konnte auf der Nachbarinsel eine Plantage in Brand geraten, die die Firma belieferte.

»Ich dachte, ich sollte vielleicht besser vorbeikommen, um Bescheid zu geben, dass keine Gefahr besteht.«

»Wissen Sie, was dort drüben passiert?« Alma schaute Joseph fragend an.

»Es tritt nur ein bisschen Lava aus und setzt ein paar Bäume in Brand.«

»Woher wissen Sie das?«

Joseph tippte sich an die Nase. »Ich hab' ein Gespür dafür.«

Alma lachte. »Ich bitte Sie, dafür kann man doch kein Gespür haben.«

»Doch, schließlich weiß ich ja auch immer, wann Sie frischen Kuchen gebacken haben.« Er grinste, und Alma sah, dass ihm schon wieder ein Zahn mehr fehlte.

Sie lachte auf und erklomm die Veranda. »Tja, das lässt sich nicht leugnen. Der Kuchen ist gerade fertig. Und dieses Mal hab ich noch etwas für Sie.«

Sie verschwand in der weißen Holzvilla und kehrte kurz darauf mit einem Paar abgetragener Schuhe zurück. »Ich weiß ja nicht, ob sie passen, aber sie sind noch in Ordnung.« Hermann hatte sich zwei Paar neue Schuhe aus Sydney kommen lassen und das alte Paar ausrangiert.

Joseph probierte die Schuhe an. Sie waren etwas zu groß, aber mit ein wenig Zeitungspapier in der Spitze würde es schon gehen. Alma vermutete ohnehin, dass Joseph sie nur zu bestimmten Gelegenheiten trug. Während er das erste Stück von Almas leckerem Streuselkuchen aß, fragte sie ihn weiter über die Vorgängen auf der Nachbarinsel aus.

»Ganz Savai'i ist überzogen mit erloschenen Vulkanen. Praktisch alle Erhebungen, die man von hier sehen kann, sind alte Krater. Alle Inseln hier sind vulkanischen Ursprungs. Auch Upolu.«

»Aber die Vulkane sind doch nicht mehr aktiv, oder? Können sie noch ausbrechen?« Plötzlich musste Alma an die Erzählungen von den Sievekings denken, dem Ehepaar, das sie in Sydney kennengelernt und das nach zwei Jahrzehnten aufgrund der ständigen Gefahr eines Vulkanausbruchs sein Leben in der Südsee aufgegeben hatte.

»Keine Angst, Mrs. Alma. Hier auf Upolu sind sie schon sehr lange nicht mehr aktiv. Auf Savai'i strömt gelegentlich etwas Lava. Einen richtigen Ausbruch hat es das letzte Mal weiter östlich bei den kleinen amerikanisch-samoanischen Inseln gegeben. Aber glücklicherweise unter Wasser. Da soll ein hoher Krater entstanden sein. Noch kann man an der Wasseroberfläche nichts sehen, aber wer weiß, vielleicht bekommen die Amerikaner ja mehr Land, als ihnen lieb ist.« Joseph lachte vielsagend. »Aber sehen Sie, was uns die Vulkane hinterlassen haben. Mehrere Inseln mit viel fruchtbarer Erde. Hier auf Upolu gibt es viele Kraterseen. Waren Sie schon mal am Lake Lanotoo schwimmen? Es ist herrlich.«

»Ich hab' nur davon gehört. Ich dachte immer, es seien normale Süßwasserseen.«

»Süßwasser ist es schon. Die Kraterseen erkennt man daran, dass sie fast kreisrund sind. Eines Tages …«, er kaute geräuschvoll, »… nehme ich Sie mit zum Lake Lanotoo. Sie sollten einmal dort gebadet haben. Es ist das Paradies auf Erden.«

»Ich kann doch nicht schwimmen«, erwiderte Alma und erinnerte sich an Joshuas Angebot, ihr das Schwimmen beizubringen.

Als Alma im Begriff war, Joseph das zweite Stück Kuchen zu reichen, hörten sie Schritte auf der Veranda. Sofort griff Joseph sich das Stück Streuselkuchen und stand leise auf. Mit dem Kuchen in der einen und den alten Schuhen in der anderen Hand sprang er hinunter in den Garten, als Hermann um die Ecke kam.

»Alma?« Hermann stutzte, als er Joseph sah. Sie konnte förmlich sehen, wie Ärger in ihm aufstieg. »Was macht dieser Taugenichts hier? Hatte ich nicht gesagt, dass ich dich nie wieder hier sehen will?« Mit zwei Schritten war er am Tisch, ergriff die Tasse, die vor dem leeren Platz stand, und warf sie samt Inhalt nach Joseph.

Die Tasse prallte an Josephs Schulter ab. Schnell wie ein Fuchs war er im Gebüsch hinter dem Garten verschwunden. Hermann baute sich drohend vor ihr auf.

»Ich kann nicht einmal zur Arbeit gehen, ohne dass du dich hinter meinem Rücken mit Gesindel triffst.« Es ging so schnell, dass Alma die Hand nicht kommen sah. Plötzlich flammte ihre linke Wange auf. Der Korbsessel wackelte, so heftig war der Schlag gewesen. Und schon schlug Hermann mit voller Wucht ein zweites Mal zu, und Almas Kopf flog in die andere Richtung. Ihr Oberkörper prallte gegen den Tisch, und sie riss das Porzellan zu Boden. Die Kanne mit dem Kaffee zerbrach auf den Holzplanken, und die braune Flüssigkeit spritzte über die Veranda.

»Nun sieh dir an, was du getan hast!« Hermann schaute erbost auf seine Hosenbeine, die über und über mit Kaffee befleckt waren. Wutentbrannt ging er ins Haus.

Alma war wie erstarrt. Ihr Atem ging schnell, und sie wagte es nicht, laut zu weinen. Hermann hatte sie geschlagen! Sie fragte sich, ob es wirklich wegen Josephs Besuch war oder weil sie sich ihm gestern Abend verweigert hatte. Sie waren lange genug verheiratet, dass Hermann wusste, es gab nur einen Grund, warum seine Frau ihm den Geschlechtsverkehr verweigerte: Sie hatte ihre Monatsblutungen.

Sie war immer noch nicht schwanger. Ihr war klar, dass er sie früher oder später verlassen würde, wenn sie ihm keine Kinder gebar. Trotzdem, mit jedem Mal fiel es ihr schwerer, sein Gestöhne und Rumgerutsche zu ertragen. Aber es war völlig undenkbar, sich ihm ohne einen triftigen Grund zu widersetzen, denn dann jagte er sie wahrscheinlich sofort zum Teufel. Und so musste sie weiterhin seine Demütigungen ertragen.

Womöglich war das gar nicht der Grund. Vielleicht hatte er erfahren, was sich im Hinterzimmer von Heathers Laden abgespielt hatte. Alma kniete sich hin und sammelte die Scherben ein. Was ihr dann bevorstand, daran wollte sie nicht denken. Mit eisernem Willen bemühte sie sich, auch noch das kleinste Stück Scherbe aufzulesen. Immerhin hatte es nicht das gute Rosenporzellan getroffen.

KAPITEL ACHTZEHN

JUNI BIS OKTOBER 1901

»Joseph?« Alma war überrascht, als ihr alter Freund bereits nach zwei Tagen wieder auftauchte.

»Keine Sorge, ich hab' drauf geachtet, dass mich keiner sieht, Mrs. Alma.«

Alma stand etwas unschlüssig auf der Veranda. Sie hatte nicht damit gerechnet, dass Joseph so schnell wieder auftauchen würde. Zum Kaffee konnte sie ihn nicht mehr einladen.

»Es tut mir so leid, was passiert ist. Ich hätte besser aufpassen müssen.«

»Ach, Mrs. Alma, das ist doch nicht Ihre Schuld. Ich wollte mich nur erkundigen, wie es Ihnen geht.«

Alma druckste herum. »Nun ja, ich bin nicht schwer verletzt, wenn du das meinst. Ich glaube auch ehrlich gesagt nicht, dass es dabei um deinen Besuch gegangen ist. Ich bin …«

»Ich weiß«, unterbrach Joseph sie. Sie warf Joseph einen erstaunten Blick zu. Er sah sich verschwörerisch um. »Laulii ist in anderen Umständen. Diese Nachricht hat Ihren Mann wahrscheinlich erbost.«

Alma starrte Joseph mit offenem Mund an. Diese Neuigkeit erwischte sie so eiskalt, als hätte sie wieder jemand geschlagen. Laulii, die Wäscherin, war schwanger. Von Hermann!

»Womöglich glaubt er, dass seine Untreue nun ans Licht kommt«, fügte Joseph hinzu.

Alma lachte nervös.

Sie wusste, dass Joseph falschlag. Hermann war wegen etwas ganz anderem wütend gewesen. Ihre Knie wurden weich, und mit versteinerter Miene setzte sie sich.

»Mrs. Alma?« Joseph beobachtete sie überrascht. Er hatte wahrscheinlich mit einer anderen Reaktion gerechnet.

»Bitte, Joseph. Ich glaube, ich muss jetzt ein wenig allein sein.« Als Joseph sich umdrehte und ging, rief sie ihm noch ein Dankeschön hinterher.

Hermann war ein intelligenter Mann. Auch wenn sie es nicht offen aussprachen, musste er doch schon selbst auf den Gedanken gekommen sein, dass ihre Kinderlosigkeit an ihm lag. Jetzt hatte er den Beweis, dass er sehr wohl Kinder zeugen konnte. Und das bedeutete, dass er eine unfruchtbare Frau geheiratet hatte.

Liebe Alma,
Dein letzter Brief hat uns sehr verwirrt. Wir wussten gar nicht, dass Käthe darum gebeten hat, bei Dir auf Samoa leben zu dürfen. Du kannst Dir vorstellen, wie wütend Dein Vater gewesen ist, als er davon erfuhr. Käthe ist schwieriger denn je. Alle Strafen scheinen sie nur darin zu bestärken, sich schnell zu verheiraten. Mit wem, scheint ihr fast egal zu sein. Ich kann natürlich gut verstehen, dass Hermann nicht über Leopolds Kopf hinweg eine Entscheidung treffen will.
Hier geht es drunter und drüber, denn Dein Vater ist sehr krank. Deswegen kann ich auch nur kurz schreiben. Ich hoffe, Dir im nächsten Brief bessere Nachrichten überbringen zu können.
Liebste Grüße, Deine Adelheid

Der Brief war vor wenigen Tagen mit dem Reichspostdampfer gekommen, wie alle Briefe aus der Heimat. Alma war sich im Klaren darüber, dass Käthe über ihre Antwort nicht erfreut gewesen sein durfte. Aber hatte ihre Schwester ernsthaft erwartet, dass Alma ihre Zustimmung geben würde, über die Köpfe von Hermann, Vater und Tante Heidi hinweg? Wohl kaum. Das machte mal wieder deutlich, wie wenig Käthe noch immer über die Konsequenzen ihres Handelns nachdachte.

Aber traf dieser Vorwurf sie nicht ebenso? Nachdem Alma zwei Monate auf Joshua gewartet hatte, hatten sie wieder nur kurz Küsse in Heathers

Hinterzimmer ausgetauscht und waren nicht zum Reden gekommen. Noch am gleichen Tag stach Joshuas Schiff in See, um einer Schlechtwetterfront davon zu segeln. Fast hätte Alma ihn gar nicht gesehen.

Jetzt lag sein Schiff wieder im Hafen, und dieses Mal mussten sie endlich miteinander reden.

Das Leben mit Hermann war unerträglich geworden. Zwar hatte er sie nach dem einen Vorfall nicht mehr geschlagen, aber er war immer öfter außer Haus. An den Wochenenden besuchte er häufig, laut eigener Aussage, die Plantagen, doch Alma wusste es besser. Er besuchte seine Geliebte, die mit einem zusehends wachsenden Bauch durch Apia stolzierte. Alma hatte keine Ahnung, wer alles etwas von Hermanns Affäre mitbekommen hatte.

Doch früher oder später wäre es nicht mehr zu übersehen, dass Hermann Stieglitz ein Halbblut gezeugt hatte. Zumindest würde es sich als Gerücht verbreiten. Und es würde die kinderlose Ehefrau sein, sie selbst, über die schlecht geredet wurde, nicht Hermann. Deshalb hatte sie sich vorgenommen, mit Joshua ernsthaft über ihre Zukunft zu reden. Er musste sich erklären. Alma wollte von ihm wissen, was er sich vorstellte, wenn er sagte: Ich warte auf dich. Wollte er auf ihre Scheidung warten? Wollte er sie heiraten? Oder wollte er einfach mit ihr in einem ungeklärten Verhältnis zusammenleben?

Und selbst dann? Wie würde sie sich entscheiden? Sie liebte Joshua und wollte mit ihm zusammen sein. Doch sie hatte auch vor Gott und dem Staat ein Versprechen abgegeben und gelobt, in schweren Zeiten zu ihrem Mann zu stehen. Wie folgenschwer so ein Versprechen doch sein konnte. Aber wenn es eine Chance für sie und Joshua gab, wollte Alma mit ihm gehen.

Es zerriss ihr das Herz, denn sie war sich über eines im Klaren: Nach einer Trennung oder Scheidung von Hermann konnte sie nie wieder nach Deutschland zurückkehren. Ja, wahrscheinlich würde sich sogar ihre Familie von ihr abwenden. Ihr Vater sicherlich, und Tante Heidi schloss sich ihm in allem an. Mit Käthes Unterstützung konnte sie ohnehin nicht rechnen. Fritz war noch zu jung, um das alles zu begreifen, aber vielleicht würde Mathilde eines Tages Verständnis zeigen, vorausgesetzt, Alma wagte diesen Schritt.

Und nicht nur ihre deutsche Heimat bliebe ihr verwehrt, auch auf Samoa könnte sie nicht länger leben. Wenn sie erst in Sydney wohnte, konnte sie allerdings auch kaum darauf hoffen, Joshua häufiger zu sehen als jetzt. Denn natürlich bestand keine Möglichkeit, ihn auf seinen Reisen zu begleiten. Eines jedoch beschäftigte sie mehr als alles andere: Was würde Joshua tun, wenn er merkte, dass sie keine Kinder bekommen konnte?

Alma war sich sicher, dass Hermann sie bisher nur noch nicht verstoßen hatte, weil er nicht alleine leben wollte. Alma kümmerte sich um den Haushalt. Und sie war eine der schönsten Frauen auf der Insel, sosehr Hermann sich auch zu den freizügigen Samoanerinnen hingezogen fühlte. Aus zweckmäßigen Überlegungen ginge er niemals öffentlich mit einer von ihnen eine Verbindung ein. Das würde seiner Reputation zu Hause und in der Firma großen Schaden zufügen. Und hier auf der Insel gab es, von wenigen Ausnahmen wie Heather abgesehen, keine ledigen weißen Frauen.

Zwar wesentlich seltener, aber nach wie vor forderte er sein Recht als Ehemann ein. Ob er sich etwas beweisen wollte oder seinem Trieb nachgab, war ihr einerlei. Es war schier unerträglich. Wenn Alma ehrlich war, war dies ein weiterer wichtiger Beweggrund, warum sie in Erwägung zog, dem australischen Seemann auch ohne Scheidung nach Sydney zu folgen. Ob sie darauf hoffen durfte, wollte sie heute erfahren.

Taua und Etena waren im Auftrag der Firma unterwegs, und Aveolela, die sich bestens von ihrer Verwundung erholt hatte, trug sie einige Aufgaben auf.

Alma hatte sich sorgfältig angekleidet. Heute wollte sie Joshua nicht den Kopf verdrehen, sondern mit ihm reden.

Dieses Mal war sie früher da als er. Zwei Seemänner kamen und belieferten Heather wie gewohnt, aber Joshua ließ sich nicht blicken. Heather wollte schon fragen, wo denn Joshua Fitzgerald blieb, aber

Alma hinderte sie daran. Sie lenkte sich ab und half, die Konserven in die Regale einzuräumen. Doch als die Seemänner gingen, saß sie noch immer alleine im Hinterzimmer.

»So, fertig. Wie schön, ich hab' wieder mehr Kundschaft.« Heather hatte gerade mehrere Kunden bedient. »Deine Reklame scheint geholfen zu haben. Es kommen immer mehr Deutsche.«

Alma lächelte Heather an. Sie war ihr zu so viel mehr Dankbarkeit verpflichtet.

»Heather, ich hab' dich nie gefragt, was du eigentlich von ... Wieso denkst du eigentlich nicht schlecht von mir?« Jetzt war es heraus. Alma hatte diese Frage schon lange stellen wollen, sich aber nicht getraut.

Heather schaute sie verblüfft an. »Du kennst meine Antwort doch. Die Männer machen hier, was sie wollen und mit wem sie es wollen. Und wir Frauen dürfen nur dumm zuschauen. Ich kann dir nur sagen, wenn du dein Glück gefunden hast, dann halte es fest. Das ist der beste Rat, den ich dir geben kann.«

Als habe Joshua nur auf ihre Worte gewartet, klopfte es an der Hintertür. Alma sprang aus dem Sessel auf, aber Heather öffnete bereits die Tür. Er trat herein, und Alma sah sofort die Veränderung. Er trug eine schmucke Uniform. Galant setzte er seine Mütze ab und strahlte Alma stolz an.

Sie sagte nichts, aber Heather ergriff das Wort. »Joshua, dann bist du jetzt also ein Steuermann?« Der Seemann wirkte etwas unbeholfen. »Noch nicht. Zunächst bin ich Ersatz-Navigationsoffizier.«

»Nun, dann lass ich euch mal alleine. Ich hab' jede Menge wegzuräumen.« Heather ging hinaus.

Joshua und Alma traten aufeinander zu. Er fasste sie bei den Händen und zog sie langsam an sich, als wenn er nicht genug von ihrem Anblick bekommen konnte. Dann küsste er sie zärtlich.

Alma erwiderte seinen Kuss, trat dann aber hastig einen Schritt zurück. »Ich muss dich etwas sehr Wichtiges fragen.«

Mit einem unergründlichen Gesichtsausdruck schaute er Alma an und führte sie zu den beiden Sesseln. Alma setzte sich, und auch er nahm Platz. Noch bevor sie etwas sagen konnte, begann er: »Ich habe sehr gehofft, dass wir dieses Mal mehr Zeit haben.«

Alma schaute ihn ernst an. »Wie soll es mit uns weitergehen?«

Er nickte, und antwortete mit der gleichen Ernsthaftigkeit: »Alma, ich möchte dich bitten, mit mir zu kommen. Es ist mir egal, dass du noch verheiratet bist.«

Alma schnappte nach Luft. »Dann willst du so mit mir zusammenleben?« Sein Vorschlag traf sie, denn sie hatte gehofft, dass er von Ehe sprechen würde.

»Natürlich nicht, Alma. Sobald du geschieden bist, werden wir heiraten.« Er ging vor ihr auf die Knie. »Selbstverständlich nur, wenn du mich willst.« Aus seinem Jackett holte er eine kleine Schatulle hervor. »Ich weiß, ich kann dir jetzt noch keinen Ring anstecken, aber ich möchte, dass du dieses Geschenk hier als Zeichen meiner Liebe annimmst.«

Ein Strahlen breitete sich auf Almas Gesicht aus. Sie öffnete das Döschen, während Joshua noch einmal in seine Innentasche griff und einen verknitterten Brief herausholte. Ohne darauf zu blicken, legte er ihn neben sich auf den Sessel.

In der kleinen Dose lag ein silberner, herzförmiger Anhänger, in dessen Mitte ein schillernder Stein eingefasst war. »Das ist ein Opal. Eine Opalart, die man besonders häufig in Australien findet. Ich schenke dir mein australisches Herz.«

Ergriffen schaute Alma zwischen dem Opal und seinen blauen Augen hin und her. Dann schlang sie ihre Arme um ihn. Das war, was sie sich erhofft hatte. Er meinte es ernst mit ihr und wollte sie heiraten. Von der Sorge und ihren Ängsten befreit liefen ihr Tränen über die Wangen. Erleichtert ließ sie sich zurück in den Sessel fallen.

»Ich kann es nicht glauben. Ich bin so …« Ihre Stimme versagte.

Joshua nahm ihre Hand. »Wenn du möchtest, nehme ich dich sofort mit. Wir brechen morgen Früh auf. Dir bleibt sogar noch Zeit, zu packen.« Erwartungsvoll blickte er sie an.

Sie zögerte. Mit dieser plötzlichen Wendung hatte sie nicht gerechnet. Sie blickte zu Boden, als würde sie dort die Antwort finden. Wollte sie es wirklich wagen? Konnte es so einfach sein? Und war es nicht genau das, was sie wollte?

Ihr Blick fiel auf den Brief, der neben Joshua auf dem Polster lag. Sie erkannte ihren Namen auf dem Umschlag. Ohnehin schon verwirrt, stutzte sie. Die Briefumschläge von Milli sahen anders aus. Sie verwendete immer bestes Büttenpapier. Das hier war eher billig. Aber wer sonst außer Milli schrieb ihr aus Australien? Wie von einer unsichtbaren Kraft gezogen, griff sie nach dem Umschlag. Es stand kein Absender auf dem rauen Papier, nur ihr Name und ein Stempel des Postamts von Sydney.

Joshua hatte den Brief schon fast vergessen. »Ach ja. Den wollte ich dir persönlich überbringen. Jemand hat dir ein Telegramm geschickt.«

Alma blickte ihn besorgt an. Telegramme bedeuteten meistens nichts Gutes. Sie riss den Umschlag auf. Hastig las sie die wenigen Zeilen wieder und wieder. Erstarrt hielt sie das Papier in den Händen.

»Alma? Was ist denn?«, fragte Joshua verdutzt. Nach längerem Schweigen ließ sie den Brief sinken und brach in lautes Schluchzen aus.

Heather riss die Tür auf. »Was ist los?«

Joshua blickte sie hilflos an. »Ich weiß es nicht.«

Alma keuchte. Für einen Augenblick hatte sie das Gefühl zu ersticken. Ihre Hände zitterten. In einer Hand hielt sie noch immer den Anhänger. Sie schluckte. Ihr Mund öffnete sich, aber sie brachte keinen Ton heraus.

Heather nahm ihr den Brief aus den Händen. Ihre Stirn legte sich in Falten.

»Ich kann leider kein Deutsch.« Sie zeigte die Zeilen Joshua, der ebenfalls ratlos mit den Schultern zuckte. Er ergriff Almas Hände. Doch sie riss sich los und stand auf. Sie wirkte wütend und verzweifelt.

»Dort steht … steht, dass mein Vater gestorben ist.« Eine Flut von Tränen brach aus ihr heraus. Heather wollte sie umarmen, aber Alma hielt sie davon ab. Endlich fand sie ihre Sprache wieder. »Aber viel wichtiger noch: Dort steht auch, dass meine Schwester … mit meinem kleinen Bruder … auf dem Weg hierher ist.«

Joshuas und Almas Blick trafen sich. Beide wussten, was das für ihre Liebe bedeutete.

KAPITEL NEUNZEHN

MÄRZ 1902

Alma schaute hinauf zu den Hügeln, die sich hinter Apia erhoben. Selbst von hier konnte man noch die Nebelschwaden sehen, die sich in den hohen Baumkronen verfingen. Samoa bestand aus fruchtbaren Inseln mit sattgrünen Landschaften, soweit das Auge reichte. Für alle anderen musste es das Paradies sein, aber sie fühlte sich gefangen wie in einem Käfig.

Vor ihr auf dem Tisch lagen zwei Fotografien. Die eine zeigte ihre Familie bei ihrer Hochzeit. Leopold Hinrichs hatte sich hinter seine Kinder platziert. Rechts von ihm stand Tante Heidi, und Alma mit Hermann natürlich in der Mitte.

Das andere Foto hatte sie letztes Jahr als Weihnachtsgeschenk bekommen, auch wenn es erst im April angekommen war. Käthe saß auf einem Stuhl, Mathilde und Fritz standen neben und der Vater und Tante Heidi hinter ihnen. Man hätte meinen können, die beiden seien ein Ehepaar. Alma hatte sich die Fotografie in die Innenseite ihres Kleiderschranks gesteckt. Jeden Tag schaute sie sie an.

Käthe hatte einen bitteren Zug um den Mund und war etwas schmaler geworden. Das war ihr gleich aufgefallen, nicht aber, wie müde ihr Vater aussah. Er hatte sich in seinem Leben nie geschont und viele Schicksalsschläge einstecken müssen. Schon immer hatte er harte Gesichtszüge gehabt. Und nun war er tot.

Etwas überrascht stellte Alma fest, dass diese Nachricht sie wider Erwarten nicht so hart getroffen hatte. Anscheinend hatte sie ihrem Vater nie richtig verziehen, dass er sie so leichtfertig, ja fast herzlos, an einen fremden Mann verheiratet hatte.

Mathilde war nun fast eine junge Frau. Sie hatte ihre mädchenhaften Züge so gut wie verloren, und auch Fritz war gewachsen. Immer wieder wunderte Alma sich darüber, wie wenig sie den anderen ähnelte. Käthe und Fritz hatten die strohblonden Haare und die Pausbacken von ihrer Mutter, nur Mathilde glich mit ihren braunen Haaren und dem schmalen Gesicht dem Vater.

Wenn sie Käthe so ansah, konnte sie kaum glauben, dass sie Zwillingsschwestern sein sollten. Und jetzt war ausgerechnet die ungeliebte Schwester auf dem Weg zu ihr. Auch wenn Alma sich unglaublich auf Fritz freute, saß sie nun wegen ihm und Käthe hier fest.

Sie hörte Schritte. Hermann trat auf die Veranda. Seit sie vom Tod ihres Vaters erfahren hatte, hatte seine Launenhaftigkeit etwas nachgelassen. Ja, seit langer Zeit hatte er ihr sanft übers Haar gestrichen, als täte sie ihm leid. Seine Eltern waren beide schon vor Jahren gestorben, und er wusste wahrscheinlich, wie schwer es war, plötzlich Waise zu sein.

Über Käthe und Fritz verlor er kaum ein Wort, und Alma fühlte sich nicht in der Lage, über ihren unerwarteten Familienzugang zu sprechen. Doch Hermann wusste, dass die Entscheidung so oder so gefallen war. Außerdem sah er ein, dass Alma nun als älteste Tochter bestimmte Pflichten übernehmen musste.

Auch jetzt blieb er nicht öfter zu Hause, was Alma entgegenkam. Sie wollte die letzten Tage vor der Ankunft der Geschwister genießen.

»Alma, es ist Post für dich gekommen.« Hermann gab ihr einen Brief. Alma blickte gespannt auf. Nach dem sehr kurzen Telegramm wartete sie sehnsüchtig auf einen ausführlichen Brief von Tante Heidi.

Hermann setzte sich zu ihr, als wolle er ihr beistehen. Ungeduldig überflog Alma die Zeilen.

»Die Beerdigung war wohl schlicht, aber sehr schön. … Ah, Vater ist an Tuberkulose gestorben.«

»Ja, ich habe schon gehört, dass es derzeit häufiger Fälle von Tuberkulose im Reich gibt.«

Alma nickte und las schnell weiter. Erst auf der dritten Seite kam Tante Heidi auf das, was sie am meisten interessierte. Überrascht rief sie: »Käthe und Fritz sind erst vor kurzer Zeit aufgebrochen!«

»Was? Ich dachte, sie würden jeden Tag eintreffen.«

Alma schüttelte unmerklich den Kopf. »Nein … erst musste das Geschäft verkauft werden. Sie haben nur wenige Rücklagen. Jetzt wo Vater tot ist, haben sie ja kein Einkommen mehr«, erklärte Alma und las weiter. »Hier steht es: Sie haben sich im Februar in Hamburg eingeschifft, und fahren über Amerika.«

»Dann sind sie nicht vor Ende des Monats da. Vielleicht sogar erst im April!«

Alma schaute vom Brief auf. Hermann hatte die Stirn gerunzelt. Beide dachten sie daran, dass sie die Chance verpasst hatten, die beiden zum Verbleib in Deutschland zu bewegen. Doch Alma durfte Käthe nicht zurückweisen. Hier würde sie viel schneller einen Mann finden. Und Fritz, welche Zukunft hatte ein mittelloser Neunjähriger ohne Eltern? Nein, es war die richtige Entscheidung.

»Was ist denn eigentlich mit Mathilde? Warum kommt sie nicht mit?« Hermann schien noch die Optionen abzuwägen.

Alma überflog den Brief. »Tante Heidi scheint aus ihrer früheren Zeit als Dienstmädchen noch Kontakte zu haben. Sie werden beide nach Bad Godesberg in einen Haushalt gehen. Tante Heidi als Hauswirtschafterin und Mathilde als einfaches Hausmädchen.«

Erleichtert seufzte Alma auf. Sie würden beide ihr Auskommen haben. Und Tante Heidi konnte weiter auf Mathilde aufpassen. Sie zögerte. Auch wenn sie ihm nicht die volle Wahrheit sagen konnte, musste sie Hermann darauf vorbereiten, dass Käthe schwierig war. Bestimmt würde sie nicht auf Alma hören, wenn sie erst einmal hier war. »Wie schade, dass ausgerechnet Mathilde bei Tante Heidi bleibt.«

Hermann blickte erstaunt auf. »Aber sie ist doch noch zu jung, um zu heiraten, oder? Wie alt ist sie jetzt?«

»Sie wird im Mai fünfzehn Jahre alt.«

»Na also, zu jung. Und deine Zwillingsschwester verheiraten wir, so schnell es geht. Das sollte hier in der Kolonie kein Problem sein. Ich lade einige geeignete Herren ein. Selbst eine Frau wie Käthe kann sich hier die Männer aussuchen. Und dann müssen wir uns nur noch um Fritz kümmern.« Hermann lächelte sie tatsächlich an. »Das ist vielleicht ganz nett, endlich noch einen Mann im Haus zu haben.«

»Mann ist etwas übertrieben. Fritz ist gerade mal neun.«

Hermann neigte den Kopf zur Seite und überlegte. »Ich frage mich, warum im Telegramm stand, dass sie schon unterwegs seien. Das kann nur ein Übersetzungsfehler gewesen sein. Fast alle Telegrammstationen auf dem Weg nach Sydney sind englischsprachig. Ich wünschte, wir würden endlich an das Telegrafennetz angeschlossen.«

»Besteht denn Hoffnung darauf?«

»Nein. Mit etwas Glück wird Deutsch-Neuguinea in den nächsten Jahren angeschlossen. Immerhin. Und mit dem Schiff ist es auch nicht so weit wie bis nach Australien oder Neuseeland. Allerdings verkehren die deutschen Schiffe wesentlich seltener. Na ja, wie es auch sei.« Hermann stand auf. »Ich nehme morgen die Kutsche. Ich bin für zwei Tage weg.«

Alma senkte den Kopf. Natürlich würde Hermann keine Plantage besuchen. Laulii hatte vor drei Monaten, zwei Tage vor Weihnachten, ein Mädchen zur Welt gebracht.

Aveolela hatte es ihr gesagt. Außerdem hatte Alma erfahren, dass Hermann schon mehrmals die Wäscherin in ihrem Heimatdorf an der Südküste der Insel besucht hatte.

Alma nahm es ihm nicht übel. Hermann wollte Kinder, und immerhin schien es ihn versöhnlich zu stimmen, dass er nun eine Tochter hatte. Was Alma natürlich nicht aus der Pflicht entließ, ihm offiziell einen Stammhalter zu gebären. Es wunderte Alma immer wieder, wie mühelos Hermann mit seiner Untreue fertig wurde. Sie hatte Joshua nur ein paar Mal geküsst, und ihr schlechtes Gewissen brachte sie fast um.

Sie blickte ihrem Mann nach, als er ins Haus ging. Sein erster Ausflug im Februar an die Südküste hatte Alma die Gelegenheit gegeben,

Joshua zu treffen. Sie konnte es nicht fassen, dass er trotz der großen Enttäuschung, die sie ihm bereitet hatte, immer noch an ihr festhielt. Wie üblich hatten sie sich bei Heather getroffen, und als Alma ihm mitteilte, dass sie liebend gerne mit ihm gegangen wäre, aber es nun nicht mehr möglich sei, hatte Joshua ihre Entscheidung nicht nur hingenommen, sondern er konnte sie sogar verstehen. Es sei eines der Dinge, die er an ihr liebe, dass sie einerseits gefühlvoll und impulsiv sei, aber auf der anderen Seite Verantwortung übernahm.

Trotzdem hatte sie um ihre Liebe geweint, und während sie bittere Tränen vergoss, hatte Joshua sie in den Armen gehalten. Aber beiden war klar, dass sie jetzt nicht einfach die Koffer packen konnte.

APRIL 1902

Hermann war unterwegs nach Fidschi. Nach mehr als einem Jahr war es Zeit, sich als Vorgesetzter und Prüfer in Erinnerung zu bringen. Dieses Mal blieb er fast eine Woche weg. Und Heather erwartete Nachschub. Jeden Tag stand Alma früh auf und hielt nach dem australischen Segler Ausschau. Auch wenn er eine feste Route hatte, auf den Tag genau konnte man nie sagen, was für ein Wind ihn nach Samoa trug.

Drei Tage nach Hermanns Abreise traf das Schiff endlich ein. Alma machte sich besonders schick. Sie wusste nicht, ob sie jemals noch eine solche Gelegenheit bekommen würde. Mit Käthe und Fritz im Haus war es um ein Vielfaches schwieriger, sich ein paar einsame Stunden zu stehlen.

Sie nahm das große Paket, das sie schon vor zwei Tagen gepackt hatte. Mittlerweile hatte sie es sich zur Gewohnheit gemacht, häufiger alleine mit der Kutsche zu fahren. Taua spannte die Pferde an und legte das Paket neben sie auf den Sitz.

»Alma, ich bin begeistert.« Heather hielt eine ihrer neuesten Kreationen hoch. Es war ein modern geschnittenes Kleid, elegant, aber aus leichtem Stoff. Genau das Richtige für die betuchten Frauen von Sydney. Sie hatten schon sechs Kleider verkauft, und wenn Alma mehr Zeit gehabt hätte, hätten es leicht doppelt so viele sein können.

Aber jetzt hatte Alma mehrere Kleider gleichzeitig fertiggestellt, das musste für die nächsten paar Monate reichen. Demnächst musste sie das Nähzimmer für Käthe räumen. Fritz bekam das leere dritte Zimmer im Obergeschoss. Hermann hatte beim Schreiner bereits zwei Bettgestelle in Auftrag gegeben.

Die schottische Ladenbesitzerin war immer begeistert, wenn Alma ein neues Kleid brachte. Zu Weihnachten hatte Alma ihr ein leichtes Kostüm geschenkt. Seitdem trug sie fast nichts anderes, wenn sie sonntagvormittags in die Kirche ging.

Heather legte alles wieder zusammen. Sie würde die Kleider vor dem Transport nach Australien noch gut verpacken.

»So, Alma. Ich habe mehrere Überraschungen für dich.« Heather schaute kurz in den Laden, bevor sie zur Anrichte ins Hinterzimmer huschte. Aus einem kleinen Beutel nahm sie ein ganzes Bündel Scheine.

»Das ist für dich.« Alma betrachtete das Geld. Es waren lauter britische Pfundnoten. »Ist das etwa alles für die Kleider?«

Heather nickte.

»Und was ist mit deinem Anteil?«

»Den hab' ich schon abgezogen. Du bist wirklich sehr gefragt.« Sie lächelte ihre deutsche Freundin verschmitzt an. »Außerdem lässt eine sehr feine Lady anfragen, ob du ihr genau so ein Kleid wie das rosafarbene nähen kannst.« Sie griff nach einem Stoffballen und schlug das feine Papier auseinander. »Schau dir das an. Das ist reine Seide. Allein der Stoff muss ein Vermögen wert sein.«

Alma strich über die feingesponnene Seide, die in einem zarten Silbergrau schimmerte. »Meine Güte, ich glaube, ich habe noch nie so einen wertvollen Stoff in Händen gehabt.« Für einen Moment vergaß Alma sogar Joshua. »Aber wie soll ich …«

»Hier.« Heather hielt ihr einen Zettel mit verschiedenen Zahlen hin. »Das lag dabei. Mit der Bitte, ihr genau das gleiche Kleid zu nähen, nur mit ihren Maßen.« Heather stupste Alma in die Seite. »Und das Geld hat sie auch schon dazugelegt.«

Sie öffnete ein Kuvert und zeigte Alma die Scheine, die überrascht nach Luft schnappte. »Aber das ist ja fast doppelt so viel, wie wir normalerweise nehmen.«

Mit gespielter Entrüstung stemmte Heather die Hände in die Hüften. »Na hör mal. Ich bin schließlich Geschäftsfrau. Das bedeutet doch nur, dass wir unsere Preise anpassen können.« Sie lachte Alma breit an. »Und weil du nicht nur meine Partnerin, sondern auch meine Freundin bist, hab' ich noch eine Überraschung für dich. Warte hier.«

Alma hörte, wie Heather die Treppe hochlief und wieder herunterkam. Sie trug einen Picknickkorb bei sich, den sie auf einem Sessel abstellte. Daneben legte sie eine Wolldecke.

Neugierig streckte Alma die Hand aus, aber Heather legte resolut die Hände auf die Klappe des Korbs. »Nein, du darfst nicht gucken! Es ist eine große Überraschung!«

Etwas bestürzt schaute Alma ihre ältere Freundin an. »Du willst heute mit mir picknicken gehen?« Besorgt flog ihr Blick zur Tür. »Aber du weißt doch, dass ich …«

»… dass du auf Joshua wartest. Natürlich weiß ich das. Und deswegen werde auch nicht ich mit dir picknicken, sondern Joshua. Er wartet auf dich. Oben, hinter der Weggabelung bei den Flammenbäumen.«

»Aber wenn ihn jemand sieht!«

»Joshua weiß doch, dass er aufpassen muss. Er wird dich sicher nicht in eine unangenehme Situation bringen.«

Alma verharrte einen Augenblick und betrachtete überrascht den Korb.

Jetzt wurde es Heather aber zu bunt. Sie nahm ihn und drückte ihn Alma in die Hand. »Nun geh schon. Das ist ja nicht zum Aushalten. Ihr könnt doch nicht immer nur in meiner Hinterstube herumscharwenzeln. So eine Gelegenheit bekommst du vielleicht nie wieder!« Eindringlich schaute sie ihre Freundin an. Auch Heather war klar, was es für Alma bedeutete, dass bald Käthe und Fritz bei ihr wohnen würden.

Almas Atem beschleunigte sich. Auf dem Boden in der Kutsche neben ihr stand der Korb, gut versteckt unter der Decke. Unruhig wanderte ihr Blick von einer Straßenseite zur anderen. Sah jemand, was sie da machte? Folgte ihr jemand, und sei es nur zufällig? Aber da war nichts, außer dem Staub, den ihre Kutsche aufwirbelte.

Es war April, und die Regenzeit hatte sehr früh aufgehört in diesem Jahr, und schon jetzt war es ungewöhnlich trocken. Alma hoffte, dass Heather ihnen genug zu trinken eingepackt hatte, denn sie hatte großen Durst. Schnell ließ sie Apia hinter sich und entdeckte bald die Weggabelung, an der Joshua auf sie warten wollte.

Mehrere Flammenbäume standen hier. Die Briten nannte sie Flamboyants. Es waren ursprünglich afrikanische Bäume, die aber von den englischen Kolonialisten aus Indien eingeführt worden waren. Alma fand sie wunderschön. Nur zu gerne hätte sie einen solchen Baum in ihrem Garten.

Wenn man im hellen Sonnenlicht auf das kleine Wäldchen zufuhr, sah es aus, als stünden die Bäume in Flammen. Über und über waren die ausladenden Äste mit orangeroten Blüten bedeckt, die sich an Schönheit zu überbieten schienen. Die kleine Ansammlung der Bäume wirkte unter dem blauen Himmel wie ein brennender See. Sie fuhr unter die Bäume und zog die Zügel an.

»Alma!« Joshua sprang auf den Wagen auf und zog sie an sich. Sein Kuss war ungestüm und drängend. Und schon befürchtete Alma wieder, entdeckt zu werden.

»Joshua!« Sie drehte sich zur Straße um.

»Es ist niemand da. Ich hab' genau aufgepasst.« Joshua küsste sie kurz und fasste nach den Zügeln. Er blickte schelmisch zu ihr hinüber und fragte: »Weißt du noch, wie ich dir versprochen habe, dir das Schwimmen beizubringen?«

Joshua nahm den schmalen Weg hoch in das Hinterland. Vor dem Eingang zu einer kleinen Schlucht machten sie Halt. Hier konnten die Pferde ungestört grasen, ohne entdeckt werden zu können. Alma und

Joshua setzten ihren Weg über einen Trampelpfad unter dem dichten grünen Dach des Urwalds fort, bis sie an einen kleinen Wasserlauf kamen. Joshua trug in der einen Hand den Korb, mit der anderen zog er Alma mit sich. Endlich waren sie am Ziel ihres Ausfluges angelangt. Ein kleiner Wasserfall plätscherte von moosbewachsenen Felsen herab in einen glasklaren Teich. Alma tauchte ihre Hände in das kühle Wasser und trank. Es schmeckte köstlich.

»Mein Gott, das ist ja paradiesisch!« Pflanzen mit riesigen Blüten wuchsen am Rande des Teichs. Es sah aus wie eine gemalte Idylle.

Ein paar größere Felsen ragten aus dem Wasser heraus. Dort breitete Joshua die Decke aus und setzte sich. Einladend hielt er Alma die Hand hin. Zögernd nahm sie neben ihm Platz und sofort umfasste Joshua ihr Gesicht mit beiden Händen.

»So sollte es immer sein. Früher oder später wird es so für uns sein, wenn wir beide es nur wollen.« Zärtlich küsste er sie, seine Zunge drängte sich zwischen ihre Lippen.

Alma ließ es zu. Ja, sie genoss es. Sie hatte das Gefühl, genauso in Flammen zu stehen wie die Bäume mit ihrem überreichen Blütenzauber. Hier mit Joshua, auf einer Insel der Glückseligkeit, fühlte sie sich sicher. Niemand würde sie hier entdecken. Endlich konnte sie sie selbst sein und tun, was sie wollte. Sie schlang ihre Arme um ihn und ihre Oberkörper sanken langsam auf die Decke.

Sie küssten sich leidenschaftlich. Alma atmete stoßweise, und auch Joshua wurde immer mehr von seiner Begierde mitgerissen. Mit einem Mal lag er über ihr, und sie war überwältigt von der Wollust, die sie erfasste. Ihre Hände fuhren unter seinem Hemd, und sie spürte seine nackte Haut.

»Alma!« Er atmete heftig. »Du darfst nicht glauben, dass ich dich nur hierher gebracht habe, um mit dir … um dich zu verführen.« Er hörte nicht auf, sie zu küssen. Da, wo er sie streichelte, brannte die Haut wie Feuer. Er tastete unter den Saum ihres Kleides und schob es weiter nach oben. Sanft glitt er mit seinen Händen an den Innenseiten ihrer Schenkel hinauf.

Alma fühlte sich wie im Rausch. Sie konnte und wollte sich nicht beherrschen. Gleichzeitig mischte sich in ihre ungezügelte Leidenschaft eine leise Beklommenheit, was sie erwarten würde. Seine Hand erreichte ihr verborgenes Dreieck.

Alma stöhnte verzückt auf. Seine Finger glitten in ihre Spalte. Die Gefühle, die ihren Körper zum Glühen brachten, überwältigten sie auf fast beängstigende Weise. Es war eine ganz neue Erfahrung. Wie wild wand sie sich von einer Seite zur anderen. Ihr ganzer Körper spannte sich an, und Joshua fesselte sie mit seinen Augen. Sie spürte seine Finger an ihrer geheimsten Stelle, und was sie mit ihr anstellten, war so köstlich, dass es nur verboten sein konnte. Ihr Atem ging immer schneller, und ihr Oberkörper drückte sich gegen ihn. Joshuas Finger spielten mit ihrer Lust, einer Lust, von der sie nicht gedacht hätte, dass sie überhaupt existierte. Endlich schrie sie in einer nie gekannten Erlösung auf.

Während Alma versuchte, wieder zu Atem zu kommen, zog Joshua hastig die Hose aus. Sofort war er über ihr und drückte mit seinen Knien ihre Beine sanft auseinander.

»Alma«, er küsste sie ungestüm und sie spürte sein steifes Glied an ihrem Oberschenkel. »Wenn du mich nicht aufhältst, werde ich endlich das tun, wovon ich schon so lange geträumt habe.«

Alma konnte keinen klaren Gedanken fassen. Die süßeste Verzückung hatte von ihr Besitz ergriffen und ihr ganzer Körper bebte vor Verlangen. Sie blickte ihm tief in die Augen und lächelte, als er in sie eindrang. Es war so schön, so zärtlich, so vollkommen.

Sie spürte, wie er sich in ihr bewegte. Er drang immer tiefer in sie ein, und als er an ihrem Blick erkannte, wie sehr es ihr gefiel, stieß er hart zu. Alma schrie auf. Joshua hielt kurz inne, aber es war kein Schmerzschrei gewesen. Erregt stöhnte Alma: »Hör nicht auf. Hör nie wieder auf.«

Ermattet lagen sie nebeneinander auf der Decke. Alma fühlte sich benommen. Das war also das Wunder der Liebe. Das war dieses Gefühl, von dem alle Welt vorgab, es zu kennen, aber keiner sprach darüber. Das gerade Erlebte erschütterte sie zutiefst. Nichts in ihrem Leben hatte sie jemals so verändert wie diese nie gekannte Lust. Sie drehte sich zu Joshua. Sein Brustkorb hob und senkte sich. Die Geräusche ihrer Lust hatten eben noch den Dschungel erfüllt.

Erschöpft versuchte er, sie anzulächeln. »Meine Alma. Jetzt bist du wirklich meine Alma.« Er richtete sich auf und schaute voller Liebe auf sie herab. »Weißt du, dass wir jetzt praktisch verheiratet sind?«

Alma zog neckisch ihre Stirn in Falten.

»Nach samoanischer Tradition sind Mann und Frau dann verheiratet, wenn sie sich zueinander legen.« Er schnappte noch immer nach Luft. »Wir sind zwar nicht zusammen in eine Hütte eingezogen, aber wir haben beieinandergelegen.« Er küsste sie auf die Nasenspitze.

»Ich wünschte, es wäre so!« Alma richtete sich nun auch auf. Sie wollte weiterreden, aber Joshua legte ihr einen Finger auf die Lippen.

»Schh, ich weiß, das hier ändert alles. Stünde nur dein Mann zwischen uns, würde ich dich hier und heute entführen. Aber ich weiß, dass du Verpflichtungen gegenüber deiner Familie hast. Deswegen lass uns heute nicht darüber sprechen und die kostbaren Minuten genießen.«

Er nahm den Korb. Heather hatte an alles gedacht: Sie hatte nicht nur eine Flasche Wein, zwei Gläser und mehrere Sandwiches, sondern auch ein Schwimmkostüm und ein Handtuch eingepackt.

Alma goss ihnen Wein ein, während Joshua sich ganz auszog und mit einem Satz ins Wasser sprang. Sie blickte ihm hinterher. Sein Körper war muskulös. Allein der Anblick seiner Nacktheit weckte in ihr wieder das Verlangen. Er tauchte auf und schwamm zurück zum Felsen. »Komm ins Wasser. Es ist herrlich!«

»Ich kann nicht schwimmen.«

»Ich werde dich nicht eine Sekunde loslassen. Das verspreche ich dir.« Er stützte sich auf dem Felsen auf und kletterte aus dem Wasser. Wasserperlen bedeckten seinen Körper. Er schien sich überhaupt nicht zu genieren, dass er nackt vor ihr stand.

Mit einem Ruck zog er Alma hoch. »Komm, zieh dich aus. Du brauchst kein Badekostüm.« Er stand hinter ihr, und schon machten sich seine Finger an den Bändern zu schaffen, die das Kleid zusammenhielten.

Alma hielt inne. Sie spürte, wie Erregung erneut ihren Körper erfasste, als er ihr das Kleid über den Kopf zog. Schnell lag auch das Unterkleid auf dem Boden und Joshua streichelte sie überall. Sie spürte seinen starken Körper an ihrem Rücken, spürte, wie auch seine Erregung wieder wuchs. Seine Hände glitten über ihre Haut, über ihren Bauch, und während er mit der einen Hand ihre linke Brust umschloss, glitt die andere zwischen ihre Spalte. Alma presste ihr Becken gegen seine Hand. Sie stöhnte laut auf. Das unwiderstehliche Begehren überkam sie abermals. Es war nun Teil ihres Lebens geworden, und sie wollte nie wieder darauf verzichten.

KAPITEL ZWANZIG

JUNI BIS AUGUST 1902

Dieses Mal war an ein Treffen mit Joshua nicht zu denken. Es war Wochenende, und Hermann war zwar im Kontor, aber er konnte jeden Moment nach Hause kommen oder am Hafen auftauchen, wie so viele Leute, wenn ein Schiff angelegt hatte.

Also verließ Alma nicht das Haus. Immerhin blieben ihr die Erinnerungen vom letzten Mal. Und sie hatte Joshua einen langen Brief geschrieben, in dem sie ihm erklärte, wie verwirrt sie sei, wie sehr sie ihn liebe und wie gerne sie einfach mit ihm ginge. Sie hatte den Brief eilig zu Papier gebracht. Wahrscheinlich klang er ein wenig konfus und sprunghaft. Heather würde Joshua den Brief übergeben. Alma hoffte, dass Joshua nicht dachte, sie wolle ihn nicht sehen. Aber nach der überwältigenden Erfahrung vom letzten Mal fürchtete sie, sich noch weniger beherrschen zu können. Und wenn sie in einem solchen Zustand Hermann in die Arme lief, konnte das katastrophale Folgen haben.

Sie brauchten nur etwas mehr Zeit. Vielleicht würden sie schon in wenigen Monaten wie Mann und Frau zusammenleben. Alma hoffte, Käthe schnellstmöglich zu verheiraten. Und wenn Fritz bei ihr blieb, wäre der Weg für eine Scheidung frei.

Sehnsüchtig stand Alma oben auf der Veranda und schaute auf die Bucht von Apia. Es war heißer als normalerweise im Juni. Und auch wenn die Regenzeit lange vorbei war, spülte der ein oder andere Regenschauer den Staub von den Straßen und Hausdächern. Aber es hatte seit Wochen nicht geregnet. Taua und Etena mussten mit Eimern das Süßwasser aus den Flüssen holen und die Regenwasserzisterne damit auffüllen. Sie waren praktisch kaum mit etwas anderem beschäftigt und gerade erst wieder aufgebrochen.

Almas Blick wanderte über den türkisfarbenen Saum, an dem sich kleine weiße Schaumkronen brachen. Das Meer lag ruhig und einladend vor ihr. Seit sie mit Joshua einige Schwimmversuche unternommen hatte, traute sie sich näher an das Wasser heran.

Plötzlich sah sie eine Gestalt am Strand. Der Mann ging zügig und schien ein Ziel zu haben. Je näher die Gestalt kam, desto schneller pochte Almas Herz. Ja, es war Joshua. Wollte er sie etwa besuchen? Alma rannte in ihr Schlafzimmer, betrachtete sich im Spiegel, richtete ihr Haar und eilte wieder hinaus auf die Veranda. Sie warf einen Blick in den Garten. Aveolela zupfte in dem kleinen Feld mit Gemüse Unkraut. Sie ging wieder zur vorderen Veranda.

Joshua stand nun gegenüber ihrer Villa am Strand und blickte zu ihr hinauf. Er kam näher, blieb aber unschlüssig an der Straße stehen. Für einen Moment blickten sie sich an, dann hielt Alma es nicht mehr aus. Sie rannte in die untere Etage und trat zur Tür hinaus. Ihr Herz pochte wild.

Auf einmal kam Aveolela um die Ecke. »Wenn wir die Pflanzen nicht gießen, gehen sie ein. Soll ich etwas Wasser aus der Zisterne nehmen?« Sie stand neben Alma und bemerkte jetzt auch den Besucher. Neugierig wanderte ihr Blick zwischen den beiden hin und her.

Mit schnellen Schritten überquerte Joshua die Straße und blieb an der Treppe zur Veranda stehen.

»Mrs. Stieglitz, Mrs. Fox bat mich, Ihnen das Telegramm zu bringen. Es scheint eine dringende Nachricht zu sein.«

»Oh, das ist aber nett von Ihnen«, antwortete Alma eine Spur zu laut. Sie nahm den Umschlag, den er aus dem Jackett gezogen hatte. Zögernd fügte sie hinzu: »Ihnen muss ja fürchterlich heiß sein. Kommen Sie doch in den Schatten. Aveolela, bitte hol dem Herrn einen Eistee.«

Aveolela schien nichts ungewöhnlich zu finden an der Situation. Das Ehepaar Stieglitz empfing häufig unangekündigten Besuch. Sie drehte sich um und entfernte sich.

Joshua blickte Alma sehnsüchtig an. »Alma, ich musste dich sehen. Ich muss wissen, was in dem Telegramm steht. Vielleicht kommen deine Geschwister ja doch nicht. Dann nehme ich dich dieses Mal sofort mit.«

Alma lächelte ihn an und riss hektisch den Umschlag auf. »Sie kommen, aber erst später.« Ihre Stirn legte sich in Falten. Telegramme wurden nach Anzahl der Wörter bezahlt und Tante Heidi hatte wohl kein Geld verschwenden wollen, aber sie wünschte sich, Tante Heidi wäre dieses eine Mal freigebiger gewesen. »Hier steht, sie wollten schon im Februar den Atlantik überqueren, aber es gab heftige Unwetter. Sie kommen mit der nächsten Passage ab Hamburg.«

»Wann wird das sein?«

»Das steht hier nicht.« Bekümmert sah Alma Joshua an. Sie schwiegen, bis Joshua die Stille durchbrach: »Ich hab' gehört, dass es ungewöhnlich heftige Stürme auf dem Atlantik gegeben hat. Britannien wird von einer Kältewelle überrollt, und auch im Norden Amerikas muss es furchtbar kalt sein. Selbst die Niagarafälle sollen vereist sein.«

»Dann bleibt uns immerhin mehr Zeit.« Alma versuchte ein Lächeln. Doch sie war tief enttäuscht. Zu sehr hatte sie gehofft, dass Joshuas Wunsch in Erfüllung gehen würde. Sie hätte sofort ihre Koffer gepackt. Sie lachte gekünstelt auf. »Kaum zu glauben, dass es so kalt sein soll. Hier ist es seit Wochen heiß, und es regnet überhaupt nicht mehr.«

Joshua blieb für einen Moment stumm. »Alma, wie stellst du dir das vor? Was wird aus uns, wenn deine Geschwister kommen?«

»Ich weiß es nicht. Käthe ist hoffentlich schnell verheiratet. Aber ich muss mich um Fritz kümmern. Immerhin hat er seinen Vater verloren. Er ist noch so jung und schon Waise.« Je länger sie über Fritz' Schicksal nachdachte, desto unsicherer wurde sie. Konnte sie den Jungen wirklich in der Obhut von Käthe lassen?

»Wir könnten ihn einfach mit nach Australien nehmen.« Joshua trat dicht an sie heran.

Alma kamen die Tränen. Es war unglaublich, welche Schwierigkeiten Joshua für sie in Kauf nahm. Sie wäre ihm am liebsten um den Hals gefallen, aber in dem Moment erschien Aveolela mit einem Glas Eistee.

»Ähm, aber bitte, kommen Sie doch nach hinten in den Schatten.« Ungelenk wies Alma ihm den Weg.

Aveolela ging vor und stellte das Glas auf dem kleinen Tisch ab. Joshua setzte sich in den Korbstuhl. Förmlich saß er auf der vorderen Kante, als wolle er jeden Augenblick aufspringen.

»Aveolela, holst du mir bitte auch ein Glas?«, sagte Alma mit belegter Stimme.

Die nickte und verschwand.

Als sie alleine waren, blickte Joshua sich mit einem betrübten Gesichtsausdruck um. »Hier ist es ausgesprochen schön.«

»Ich würde sofort alles aufgeben für dich«, flüsterte Alma eindringlich. Sie atmete tief durch. »Hast du meinen Brief bekommen?«

»Ja, und keine Angst, Alma, ich sehe es genauso. Wenn es nur ein paar Monate mehr sind, halte ich durch. Dir zuliebe. Unserer Liebe zuliebe. Du musst dich um deine Familie kümmern, aber sobald deine Schwester versorgt ist …«

Es klopfte an der Vordertür. »Frau Stieglitz? Hallo?« Alma erkannte sofort die Stimme und schnellte hoch. »Herr Lamberty?« Dieser schaute um die Ecke und kam erfreut auf sie zu. »Frau Stieglitz, wie schön, dass ich Sie antreffe.«

Als er Joshua am Tisch sitzen sah, stutzte er für einen Moment, dann wandte er sich wieder an Alma. »Frau Stieglitz, Sie haben schon Besuch. Ich wollte nicht stören.«

»Aber Sie stören doch gar nicht.« Joshua hatte sich schon erhoben und stand etwas verloren da. »Ich habe nur ein dringendes Telegramm vorbeigebracht.«

»Ach, dann sind Sie Australier?« Lamberty hielt nun auch ihm die Hand hin und sah ihn prüfend an. »Aber natürlich, wir kennen uns von der Überfahrt. Cornelius Lamberty.«

»Stimmt. Joshua Fitzgerald.« Jetzt erkannte auch Joshua den Mann, der vor über zwei Jahren auf seinem Schiff von Sydney nach Apia gefahren war. Er schüttelte ihm die Hand.

»Wie geht es Ihnen? Waren Sie nicht der Seemann, der damals Steuermann werden wollte?« Er blickte auf Joshuas Uniformjacke. »Und wie ich sehe, sind Sie aufgestiegen.« Etwas verwirrt blickte er zu Alma. »Ähm, dann ist es aber sehr nett von Ihnen, persönlich das Telegramm vorbeizubringen. Dann … ähm, also herzlichen Glückwunsch zu Ihrer Beförderung.«

»Bisher bin ich nur Navigationsoffizier.« Unschlüssig trat Joshua von einem Bein aufs andere. »Ich wollte ohnehin bis zur Spitze der Halbinsel gehen. Und Mrs. Fox hat mich gebeten, das Telegramm mitzunehmen. Es war wohl dringend. Ja, ich muss dann auch mal wieder.«

»Mr. Lamberty, Mrs. Stieglitz, wie nett, Sie beide nach so langer Zeit einmal wiederzusehen.« Er nickte und ging mit schnellen Schritten davon. Alma sah ihm sehnsüchtig nach.

»Ich hoffe, ich komme nicht ungelegen.« Lamberty drehte unsicher seinen großen Hut zwischen den Händen.

»Nein, aber natürlich nicht. Ich hatte ihm nur einen Eistee bringen lassen. Es ist doch so heiß.« Alma setzte sich und bot ihm einen freien Platz an.

»Allerdings. Wenn nicht bald etwas Regen fällt, bekommen wir große Probleme auf unserer Plantage.«

Aveolela kam mit dem nächsten Glas Eistee. Lamberty bedankte sich höflich und rutschte unruhig auf seinem Stuhl herum.

»Frau Stieglitz, ich bin eigentlich gekommen, weil ich Sie um Rat fragen möchte.« Er holte einen Zettel aus seiner Hosentasche und strich ihn glatt. »Es ist eine etwas ungewöhnliche Bitte, aber das machen sehr viele Männer in den Schutzgebieten. Ich wollte wissen, was Sie davon halten.«

Noch ganz in Gedanken wegen Joshua nahm Alma den Zettel, den er ihr über den Tisch schob.

Ungeduldig platzte Lamberty heraus: »Mir ist wirklich viel an Ihrer Meinung gelegen. Meinen Sie, ich sollte es tun?«

Mit erstaunter Miene las sie den Text. »Sie möchten eine Heiratsannonce aufgeben?«

»Ja«, erwiderte Lamberty eifrig. »Ich bin jetzt zwei Jahre hier und ich habe sehr hart gearbeitet. Ich konnte etwas Geld zurücklegen. Ein kleines Haus in der Nähe der Plantage könnte ich mir also leisten. Wie finden Sie den Text?«

»Aber hier leben doch kaum ledige Frauen.«

»Ich würde die Anzeige natürlich nach Deutschland schicken. Dort erscheint sie dann im Deutschen Kolonialblatt. Ich denke, das wäre die richtige Wahl.«

»Ja, da haben Sie wahrscheinlich recht.« Alma starrte in den Garten. Sie mochte Cornelius Lamberty. Er war ein netter Kerl, und sie wünschte ihm alles Gute. Aus einer plötzlichen Eingebung heraus streckte sie die Hand über den Tisch und legte sie auf Lambertys Arm. »Sind Sie denn sicher, dass Sie eine Frau heiraten möchten, die Sie nicht kennen? Und die Sie nicht kennt?«

»Aber das machen doch alle!«

Alma lächelte zögerlich. »Ja, das stimmt«, entgegnete sie und fügte hinzu: »Und wenn es nicht die Richtige ist? Wenn Sie sie nicht lieben?« Ihre Ermahnung war so eindringlich, dass Lamberty sie plötzlich merkwürdig anschaute.

Zögernd legte er seine Hand auf ihre und sagte mit heiserer Stimme: »Frau Stieglitz, ich darf mir keine großen Hoffnungen machen. Sie sind doch verheiratet.«

Alma stutzte, dann begriff sie. Mit einem Ruck zog sie ihre Hand weg und sprang auf. »Herr Lamberty, ich fürchte, Sie haben mich da falsch verstanden.«

»Ich … O nein. Ich wollte nicht … Ich habe Sie nicht kränken wollen.« Auch er sprang auf und stieß dabei so heftig an den Tisch, dass die Gläser umfielen und der Eistee sich über die Holzplatte und auf den Boden ergoss.

Alma sprang schnell zur Seite. Lambertys Hose hatte etwas abbekommen. Doch er achtete nicht darauf. Wie versteinert stand er vor ihr und rang nach Worten.

Ausgerechnet jetzt hörte Alma, dass Hermann nach Hause kam. Wie üblich machte er sich gar nicht erst die Mühe, durchs Haus zu gehen, sondern betrat von außen die Veranda herum.

»Alma. Ach, und Herr Lamberty. Wie geht es meinen Kakaofrüchten an der Südküste?«

Lamberty schaute Hermann konsterniert an und stotterte: »Regen … wir brauchen Regen. Wenn nicht bald Regen kommt, wird die Ernte dieses Jahr schlecht ausfallen.«

Erst jetzt sah Hermann das feuchte Hosenbein. Doch bevor er eine Bemerkung machen konnte, kam Bewegung in Lamberty. »Ich muss aufbrechen. Ich habe noch so viel zu erledigen. Frau Stieglitz. Herr Stieglitz. Es hat mich sehr gefreut.« Er stürmte um die Ecke und war verschwunden.

Hermann blickte ihm verwundert nach. »Welcher Teufel ist denn hinter dem her?«

Alma schüttelte den Kopf. »Ich weiß es nicht.«

»Was wollte er denn?«

»Du weißt doch, dass er uns immer besuchen kommt, wenn er in Apia ist.«

Cornelius Lamberty kam ein bis zwei Mal im Jahr, wenn er von der Plantage nach Apia fuhr, um Erledigungen zu machen. Jedes Mal unangemeldet, aber Alma hatte sich bisher immer sehr über seinen Besuch gefreut. Niemals war er so ungelegen gekommen wie heute, hatte sie noch vor wenigen Minuten gedacht. Doch jetzt war sie äußerst froh, dass er hier gesessen hatte und nicht Joshua.

Hermann griff nach dem Zettel, den Lamberty in der Eile vergessen hatte. »Was ist das denn?«

»Er will eine Heiratsannonce aufgeben und hat mich um Rat gefragt.«

»Aber das ist ja fantastisch!« Er blickte Alma an, als müsse sie wissen, warum ihn diese Nachricht so freute. »Na, sobald Käthe hier ist, werden wir ihn einladen. Ich hoffe, du hast ihm von deiner Schwester erzählt.«

»Dazu bin ich leider nicht mehr gekommen. Er hat die Gläser umgeworfen, und darüber war er wohl so erschrocken, dass er gehen wollte«, log Alma.

Gütiger Himmel, daran hatte sie nicht gedacht. Es stand zu befürchten, dass Hermann seinen Plan wahrmachte und Lamberty umgehend mit Käthe verkuppeln würde. Dabei war der doch so ein feiner Kerl. Alma konnte nur hoffen, dass ihre eindringlichen Worte ihn trotz seiner Gefühle für sie von dummen Ideen abhielten.

AUGUST 1902

Alma stand am Landungssteg und trat von einem Bein aufs andere. Hermann wartete neben ihr und war nicht halb so aufgeregt. Der amerikanische Passagierdampfer hatte angelegt, und nachdem sie im Juni vergeblich gewartet hatten, mussten ihre Geschwister dieses Mal an Bord sein. Ein kleines Ruderboot brachte die ersten Reisenden ans Ufer.

»Da sind sie! Da sind sie!«, schrie Alma aufgeregt.

Die beiden strohblonden Köpfe – das konnten nur Käthe und Fritz sein. Das Beiboot kam langsam näher. Alma konnte es nicht fassen. Fast genau drei Jahre hatte sie ihre Geschwister nicht mehr gesehen. Fritz war da. Ihr kleiner süßer Bruder. Sie winkte heftig, sie freute sich so unbändig auf ihn, dass es ihr in diesem Augenblick nichts ausmachte, dass Käthe mitkam und durch ihre Ankunft die Erfüllung ihrer Träume platzten.

Fritz stieg als Erster über die kleine Leiter hoch auf den Landungssteg. Noch bevor er sie erblickte, riss Alma ihn an sich. Sie ließ ihn erst los, als Hermann sagte: »Na, nun lass mich doch auch mal den jungen Mann anschauen.«

Fritz war gewachsen und sah mager aus. Aber er hatte Farbe im Gesicht und lächelte aufgeregt.

»Mein Junge, du musst dich aber erst einmal richtig sattessen, was? Wir werden dich ordentlich aufpäppeln.« Hermann strich ihm kurz übers Haar.

Endlich stieg auch Käthe die Leiter hoch. Die Schwestern blickten sich stumm an, und plötzlich hatte Alma großes Mitleid mit Käthe. Sie hatte ebenfalls einiges an Gewicht verloren, und ihr Gesicht trug jetzt schon einen verhärmten Zug. Die letzten drei Jahre mussten für sie sehr entbehrungsreich gewesen sein. Sicherlich war ihr klar, dass sie mit Alma einiges klären musste.

»Willst du deine Schwester denn nicht begrüßen?« Hermann klang verwundert.

»Natürlich. Natürlich.« Alma trat auf Käthe zu und drückte sie kurz an sie. »Ihr seid sicher sehr erschöpft.« Sie legte den Arm um Fritz' Taille. »Meine Güte, du bist ja bald so groß wie ich!«

Ihr Bruder grinste sie glücklich an. »Ich soll euch herzlich von Tante Heidi und Mathilde grüßen. Sie wollen uns ganz oft schreiben.«

»Das ist schön. So, nun fahren wir alle zusammen nach Hause.« Alma führte die beiden vom Landungssteg auf den Sandstrand. »Das ist Etena. Er wird sich um euer Gepäck kümmern.«

Fritz streckte seine Hand aus, und Etena schaute ihn überrascht an. Dann ergriff er sie und grinste den Jungen an.

»Ich heiße Fritz. Fritz Hinrichs.«

Etena lachte freundlich und drehte sich zu Käthe.

Auch ihr hielt er nun die Hand hin, doch Käthe blickte ihn nur erschrocken von oben bis unten an. »Ich muss dem Wilden doch nicht die Hand geben, oder?« Empört drehte sie sich zu Alma um.

Die seufzte. »Nein, natürlich nicht. Aber freundlich solltest du schon sein.« Käthe lächelte Etena gequält an, der aber kaum enttäuscht zu sein schien.

Hermann rief nach ihm.

Die ersten Gepäckstücke kamen an.

Taua stand etwas weiter vom Ufer entfernt und passte auf die beiden Kutschen auf. Wegen des Gepäcks hatten sie sich eine Kutsche beim Nachbarn geliehen. Käthe stapfte über den Strand und fluchte über den feinen heißen Sand, der sich in ihren Schuhen sammelte.

Alma erklärte schon während der Kutschfahrt, wo welche Geschäfte und andere Einrichtungen in Apia waren. Fritz zeigte sich wenig begeistert von der Aussicht, auch hier weiter zur Schule gehen zu müssen.

Zu Hause wartete Aveolela schon auf sie. Fritz sprang von der Kutsche herunter und blieb staunend stehen. Auch Käthe stand für einen Moment oben auf der Kutsche und bekam den Mund nicht mehr zu.

»Ist ja riesig! Herr Stieglitz, dann sind Sie sehr reich, was?« Fritz war überwältigt. Eine Villa, so groß und vornehm. Und im Gegensatz zu Almas Ankunft vor fast drei Jahren war nun alles herausgeputzt und sauber. Überall standen Blumentöpfe, und Gardinen hingen an den Fenstern.

Hermann schaute Fritz verblüfft an. Ihm war wahrscheinlich schon lange nicht mehr der Gedanke gekommen, dass er zumindest wohlhabend war. Etwas enttäuscht blickte er zur Villa und sagte: »Das Haus gehört mir ja nicht einmal, Fritz. Und nenn mich bitte Onkel Hermann.«

Käthe stieg ehrfurchtsvoll vom Wagen und konnte anscheinend immer noch nicht fassen, dass sie hier jetzt leben würde. Sie konnte sich kaum sattsehen.

»Alma, du hast es aber sehr gut getroffen. Da kann man sich nicht über das Schicksal beschweren.«

Alma funkelte Käthe böse an. Sie hatte sich schon fast gedacht, dass Käthe es so drehen würde, dass Alma froh über ihre Verfehlung sein musste, weil sie ja nur deshalb zu einem so wohlhabenden Ehemann gekommen war. Aber damit würde ihre Schwester nicht durchkommen. Sie hatte sich vorgenommen, sobald wie möglich mit Käthe ein ernstes Wort zu reden. In ihrem Haus musste sie auf Alma hören.

Aveolela wartete oben auf der Veranda. Wie immer hatte sie ein freundliches Lächeln aufgesetzt. Fritz sprang die Stufen hoch und streckte auch ihr die Hand hin.

Doch anstatt dass Aveolela die Hand nahm, strich sie ihm überrascht übers Haar. »So hell und glänzend … wie Gold!«

Fritz war es etwas unangenehm, weil er nicht wusste, wie er sich zu verhalten hatte, aber dann wandte sich Aveolela Käthe zu. »Willkommen.«

»Mein Haar lässt du aber schön in Ruhe!« Käthe schaute Aveolela erschrocken an.

Alma musste lachen. »Sie tut dir schon nichts, Käthe. Du brauchst keine Angst zu haben. Kommt, ich zeig euch eure Zimmer.«

Fritz sprang erfreut in seinem Zimmer herum. Dass er ein Zimmer für sich haben sollte, überwältigte ihn. So viel Platz hatte er noch nie für sich alleine gehabt.

Noch war es karg eingerichtet. Ein Bett stand dort, und die Matratzen, die sie bei Heather bestellt hatten, waren auch schon gekommen. Außerdem befand sich ein alter Schreibtisch mit einem Stuhl darin und eine Kiste, wo Fritz seine Kleider verwahrte.

»Und das hier ist dein Zimmer, Käthe.« Almas Schwester trat ein, und sofort merkte Alma, dass sie enttäuscht war. »Es ist eigentlich mein Nähzimmer«, erklärte Alma schnell.

»Warum habt ihr das nicht Fritz gegeben? Ich brauche doch viel mehr Platz als er.«

Alma drehte sich wütend um. »Sei nicht so undankbar.« Sie drehte sich um und ging zu Fritz. Taua und Etena schleppten die Pakete hoch und stellten erst einmal alles im Flur ab.

»Das und das hier muss zu mir rein«, herrschte Käthe Taua an, der sie verwundert anschaute. Hermann sprach meistens herrisch mit ihm, aber von einer Frau war er solche Töne nicht gewohnt.

»Na, was ist?« Käthe wandte sich an Alma. »Versteht er mich nicht?«

Alma kochte vor Wut. Sie hatte nicht damit gerechnet, dass ihre Schwester sich so aufführen würde. »Taua versteht dich sehr gut, nur gehen wir hier im Haus freundlich miteinander um.«

»Na, na, was ist denn hier los?« Hermann brachte einen Koffer hoch und schaute verwundert zwischen den beiden Frauen hin und her.

»Käthe scheint nicht zufrieden mit ihrer Unterbringung im Nähzimmer.«

Hermann wandte sich an Käthe. »Aber es ist doch ohnehin nur für kurze Zeit. Wirst schon sehen. Du wirst schneller verheiratet, als du es dir vorstellen kannst. Schon für morgen Abend haben wir einige passende Bewerber eingeladen. Nicht wahr, Alma?«

Sie nickte zustimmend. Sie wusste zwar nicht, wer genau eingeladen war, aber neben den Pasternaks und den Molitors hatte Hermann einige Herren dazu gebeten. Es war ein rustikaler Abend geplant, mit viel Fleisch, das über dem offenen Feuer gebraten wurde.

Fassungslos blickte Käthe sie an. Damit hatte sie wohl nicht gerechnet.

»Was denn? Du hattest doch selbst darum gebeten, dir hier einen heiratsfähigen Mann zu suchen.« Als Alma sich wegdrehte, konnte sie ein Grinsen nicht verbergen. Sie trat in Fritz' Zimmer und nahm den Jungen in die Arme.

»Ach, ich bin so froh, dass du hier bist. Wir werden viel unternehmen.«

»Gehen wir auch angeln?«

»Angeln?«

»Ja, unser Lehrer hat mir erzählt, dass es hier nur Fisch gibt. Und dass die Eingeborenen jeden Tag zum Angeln fahren.«

»Du meinst raus zum Fischen fahren. Ich weiß nicht so recht.« Alma bemerkte seinen enttäuschten Gesichtsausdruck. »Wir fragen Taua später danach. Ich bin mir sicher, dass sich das einrichten lässt. Und schau mal hier.« Alma hielt ihm etwas hin. »Das hab' ich in meinem Schrank aufbewahrt. Und er hat mich jeden Tag an dich erinnert.« Neugierig kam Fritz näher, bis er sah, was Alma da in der Hand hielt. Es war der kleine Zinnsoldat, den er ihr bei ihrer Abreise in Köln gegeben hatte. »Du kannst ihn wiederhaben. Ich brauche ihn nicht mehr. Ich hab' ja jetzt dich.«

Fritz umarmte seine große Schwester ganz fest.

Alma war erleichtert, denn Hermann schien Fritz sofort ins Herz geschlossen zu haben. Gemeinsam fachten sie am nächsten Abend das Feuer an. Fritz saugte alles Neue in sich auf. Er war ein Stadtkind, und so viel freie Natur hätte ihn wohl auch in Deutschland beeindruckt, aber hier war alles dazu noch völlig fremd. Doch er ging mit der unbekümmerten Art eines Kindes auf alles Fremde neugierig zu.

Als Alma zu den beiden hinüberblickte, wurde ihr warm ums Herz. In diesem Moment wusste sie, dass sie sich richtig entschieden hatte. Sie dachte an Lambertys Worte von damals, wie viel freier man hier auf Samoa lebe. Für Fritz begann ein traumhaftes Leben.

»Hallo, Frau Stieglitz!« Die Pasternaks, die gerade mit ihrer Kutsche angekommen waren, winkten ihr zu. Alma winkte zurück und fragte sich, wo Käthe eigentlich blieb. Im Haus hörte sie Stimmen. Käthes Stimme hallte durch das ganze Haus. Alarmiert eilte Alma die Treppe hinauf.

Käthe schimpfte wüst mit Aveolela. Als sie Alma hörte, drehte sie sich um. »Sie hat versucht, mir meine Sachen zu klauen.«

Alma seufzte. »Nein, das hat sie nicht. Ich hab Aveolela gesagt, sie soll dir beim Auspacken helfen.« Käthe war gestern Abend schnell verschwunden und hatte heute lange geschlafen.

»Aveolela, es tut mir leid. Hilf mir unten in der Küche. Die letzten Gäste sind gerade gekommen. Und du, Käthe, kommst besser bald nach. Alle wollen dich kennenlernen und warten auf dich.«

»Aber diese Wilde hier wollte mein …«

Alma schnitt ihr das Wort ab. »Diese Wilde hat einen Namen, mit dem du sie auch ansprechen wirst. Aveolela ist seit drei Jahren bei mir, und bisher fehlt kein einziger Löffel. Du wirst sie gefälligst höflich behandeln. Sie ist nicht deine Sklavin, verstanden?«, zischte Alma, weil sie keine Szene vor den Gästen machen wollte. Es gelang ihr nur schwer, sich zu beherrschen. »Und jetzt komm endlich. Ich stelle dich unseren Gästen vor.«

Die Pasternaks und die bereits früher angekommenen Molitors begrüßten Käthe interessiert, während ihr Nachbar, Theodor Keller, sich gewohnt wortkarg gab. Alma glaubte nicht, dass Käthe ihm, geschweige denn er Käthe gefallen würde. Vielleicht verbarg sich hinter ihrer vorschnellen Annahme eher der Wunsch, dass Keller ihre Schwester nicht heiraten würde, da sie sonst direkte Nachbarn wären.

Hermann hatte zwei seiner ledigen Angestellten eingeladen. Zu Almas großer Überraschung war einer davon Otto Zabel. Soweit sie wusste, hatte er schließlich noch einen kleinen Anteil seines Ersparten zurückbekommen, und auch wenn er alles andere als vermögend war, so war er doch im richtigen Alter, um zu heiraten. Alma war wenig erfreut über seine Anwesenheit. Die Vorstellung allerdings, Käthe könnte ausgerechnet Otto Zabel heiraten, fand sie eher belustigend. In gewisser Weise waren sich die beiden sehr ähnlich, zu ähnlich, als dass sie sich mögen würden.

Hermann hatte auch Cornelius Lamberty eine Nachricht geschickt, aber leider schien er unabkömmlich zu sein. Das war Alma nur recht. Zwar hoffte sie sehr, dass er sie bald wieder einmal besuchte, aber am besten erst, wenn Käthe schon vergeben war.

Der Abend hielt nicht viele Überraschungen für sie bereit. Fritz und Käthe aßen viel Fleisch, das Etena und Taua über dem Feuer brieten. Alma hätte etwas mehr Zurückhaltung von Käthe erwartet, zumindest, da Gäste anwesend waren. Doch das schien sie nicht zu stören.

Sowohl Otto Zabel als auch sein Kollege verabschiedeten sich früh. Theodor Keller blieb, was wahrscheinlich weniger an Käthe als an dem süffigen Bier lag, das Hermann besorgt hatte. Die Molitors verabschiedeten sich als Nächste, und während Käthe sich mit Irmgard Pasternak über die unverhofften Zwischenfälle bei einer Atlantiküberquerung unterhielt, hatte Hermann eine interessante Unterredung mit ihrem Mann.

Alma saß zwar bei den Frauen, aber sie hörte mit halbem Ohr zu. Hermann fragte Gottfried Pasternak nach den neusten Entwicklungen in Bezug auf die Landvermessung auf dem Bismarck-Archipel aus. Merkwürdig dabei war nicht, dass er sich für neue Plantagen interessierte, sondern die Art, wie er fragte. Das fiel wahrscheinlich auch Pasternak auf, der ihn scherzhaft fragte, ob er sich etwa selbst als Pionier versuchen wolle.

»Ich sehe jeden Tag, wie viel man verdienen kann, wenn man es geschickt anpackt. Andererseits bringe ich meiner Firma viel mehr Umsatz. Und was hab' ich davon? Kaum etwas. Ich kann vielleicht jedes Jahr eine kleine Gehaltsverbesserung rausschlagen, aber das große Geld macht man doch nur, wenn man in die eigene Tasche wirtschaftet, nicht wahr?«

Verwundert hörte Alma hörte zu. Hermann war in letzter Zeit unzufrieden gewesen, aber sie dachte, es sei, weil die Erträge nach seinem Dafürhalten zu niedrig ausfielen. Dass seine Unzufriedenheit an etwas anderem lag, auf diese Idee wäre sie gar nicht gekommen.

»Haben Sie das aus Texas gehört? In der Nähe von Beaumont soll man letztes Jahr schon wieder riesige Erdölvorkommen gefunden haben. Wenn man nur zur richtigen Zeit am richtigen Ort ist, kann man ein reicher Mann werden.«

»Texas, ja, ja. Das schwarze Gold. Wollen Sie etwa dorthin? Juckt Sie das Fell? Sicher kann man dort ein Vermögen verdienen, aber man braucht auch viel Geld, um Land zu kaufen. Nur wenn Sie Land kaufen, dürfen Sie nach Öl bohren.«

»Ich weiß, ich weiß. Nein, nach Texas zieht es mich nicht. Es ist doch so: Hier auf Samoa erfahren wir doch immer als Letzte, was passiert. Vor uns weiß schon die ganze Welt Bescheid. Nein, ich wäre sicher zu spät.«

»Mein lieber Stieglitz. Sie scheinen Hummeln im Hintern zu haben. So kenn ich Sie ja gar nicht.«

Ich auch nicht, dachte Alma verwundert. Ich auch nicht.

SEPTEMBER 1902

Obwohl Käthe erst wenige Wochen hier war, machte sie Alma das Leben schwer. Fritz hatte sich gut eingelebt, nur dass in der Schule Englisch gesprochen wurde, überforderte ihn manchmal. Auf der Schiffsreise hatte er allerdings schon einige Vokabeln aufgeschnappt. Und er war noch jung und würde die fremde Sprache schnell lernen.

Käthe dagegen konnte nur wenige Brocken, und sie weigerte sich, Englisch zu lernen. Schließlich befinde sie sich auf deutschem Boden, war ihre Meinung zu dem Thema. Heather hatte Almas Familie einige Tage nach deren Ankunft eingeladen, um mit ihr die Krönung von König Eduard VII., Queen Victorias Nachfolger, zu feiern. Da Heather so gut wie kein Deutsch sprach, war eine Annäherung zwischen ihr und Käthe so gut wie ausgeschlossen.

Hermann wurde zusehends unleidig. Mit Fritz verstand er sich gut, solange der Junge sich gescheit anstellte und ihn nicht in seiner liebgewonnenen Routine störte. Aber Käthe fiel ihm unangenehm auf. Dass sie keinen seiner beiden Angestellten für eine Ehe in Betracht zog, fand er nicht dramatisch, wohl aber ihre Begründung, weshalb. Der eine war zu alt, der nächste nicht standesgemäß oder sprach sie nicht an. Hermann hatte schon einmal deutlich gemacht, dass eine Frau mit Käthes Aussehen nicht mit einer ausgesprochen guten Partie rechnen könne. Alma konnte nicht umhin, angesichts dieser Bemerkung ein wenig Schadenfreude zu empfinden. Sie wusste aber auch, dass das Thema damit noch nicht für Käthe abgeschlossen war.

Heute am Sonntag hatten sie einen Ausflug ins Inland geplant. Seit Monaten schon brannte die Sonne unerbittlich auf sie herab, und die Folgen der anhaltenden Trockenheit traten immer deutlicher zutage. Die ersten Plantagenbesitzer sprachen bereits von einer Dürreperiode.

Wenige Meilen südwestlich der Stadt, in den Hügeln vor dem Apiaberg, lagen die Papase'ea Sliding Rocks. Von einem natürlichen Wasserloch konnte man auf glatten Felsen wie auf einer Rutsche in einen tiefer gelegenen Wasserpool hinuntergleiten. Jungens, und auch erwachsene Männer freuten sich an dieser Erfrischung.

Fritz war schon seit drei Tagen aufgeregt, denn er hatte bereits in der Schule viel von diesem Vergnügen gehört. Auch Alma freute sich, weil es oben im Dschungel wenigstens ein paar Grad kühler war. Eine Abkühlung konnte sie wirklich gut gebrauchen.

Hermann saß oben auf dem Kutschbock und fuhr selbst. Die Inselattraktion war so beliebt, dass ein breiter Pfad dahin führte. Alma breitete im Schatten neben der kleinen Lichtung die Picknickdecke aus, während Hermann und Fritz sich sofort im Wasser tummelten. Sie blickte hinüber und hörte ihren kleinen Bruder vor Vergnügen jauchzen. Innerhalb weniger Wochen war er aufgeblüht, für Alma ein Geschenk des Himmels.

Käthe stand am Rande der Lichtung und beobachtete das Treiben. Auf der anderen Seite des kleinen Wasserlaufes saß eine Gruppe von Samoanern, die ebenfalls Rast machten.

Aveolela blieb bei Alma und half, das Essen, das sie eingepackt hatten, aufzutischen. Plötzlich schaute sie hinüber auf die andere Seite. Jemand hatte sie gerufen. »Da ist Laulii und ihre Familie. Wollen Sie mitkommen und sie begrüßen?«

Es wäre Aveolela sicher merkwürdig vorgekommen, wenn Alma abgelehnt hätte. Sie stand auf und versuchte, sich nichts anmerken zu lassen. Auch Hermann hatte sie bemerkt, denn Alma spürte, wie sein Blick sie durchbohrte. Was glaubte er wohl, was jetzt passieren würde? Dass Laulii ihr von seiner Vaterschaft erzählte, war kaum anzunehmen. Fritz rief nach Hermann, wollte schon wieder an den seitlichen Felsen hochklettern, um zum wiederholten Mal die glatten Steine hinunterzurutschen, aber Hermann beachtete ihn nicht. Alma sah aus den Augenwinkeln, wie er in dem kleinen Wasserpool auf der Stelle schwamm und sie beobachtete.

Laulii saß mit vier Frauen im Schatten. Aveolela stellte sie als Cousinen vor, was für Samoaner so viel hieß, dass sie weitläufig verwandt waren. Anscheinend waren hier alle mehr oder weniger miteinander verwandt. Deshalb verstand Alma nicht, wieso die einzelnen Clans sich dennoch oft nicht vertrugen. Andererseits musste sie sich doch nur ihr Verhältnis zu Käthe anschauen.

Zwei kleine Kinder krabbelten nackt auf allen Vieren vor den Frauen herum, während Laulii ihr Baby auf dem Arm trug. Aveolela begrüßte alle herzlich, während Alma sich zunächst etwas abseits hielt. Dann trat sie näher und sagte steif: »Laulii, wie schön, dich wiederzusehen.«

Hinter Alma stand Käthe, die überraschenderweise mitgekommen war. »Käthe, das ist Laulii. Sie war unsere Wäscherin, bevor sie ein Kind bekommen hat.«

Käthe starrte die barbusigen Frauen an, und erst jetzt fiel Alma ein, dass sie Käthe bisher eine wichtige Eigenheit der Samoanerinnen vorenthalten hatte. In Apia selbst war es mittlerweile normal, dass die

Frauen Blusen oder Kleider trugen. Alma hatte schon so lange keinen Gedanken mehr daran verschwendet. Merkwürdig, dachte sie, wie sehr das Land den Menschen prägt.

Sie betrachtete die Kleine in den Armen ihrer Mutter. Laulii hielt sie ihr hin. »Das ist Faana, meine Tochter.« Alma schluckte, dann nahm sie das Kind in ihre Arme.

Die Kleine wedelte freundlich mit ihren Ärmchen vor ihrem Gesicht herum und grinste sie zuckersüß an. Ein warmes Lächeln huschte über Almas Gesicht.

»Sie ist ein wunderschönes Mädchen, Laulii. Wirklich, so hübsch wie ihre Mutter.« Sie gab sie Laulii zurück.

Plötzlich entfuhr es Käthe: »Das ist aber eine teure Kette.«

Stolz griff Laulii sich an den Hals und zeigte das goldene Schmuckstück. »Sehr schön, nicht wahr? Ich habe es von Faanas Vater zur Geburt bekommen.« Alma starrte auf den Anhänger. Das Schmuckstück hätte ihr gehören sollen. Das goldene Funkeln erinnerte sie daran, dass sie schuld daran war, dass Hermann und sie kinderlos blieben.

»Wirklich, ein sehr schönes Kind.« Abrupt drehte Alma sich um und ging.

Käthe folgte ihr. Noch in Hörweite der Frauen empörte sie sich: »Offensichtlich ist der Vater ein Weißer. Sie ist doch nicht einmal verheiratet. Die Eingeborenen treiben es mit jedem. Abscheulich!«

Alma wandte sich wütend zu ihr um. »Sei still. Ich will von dir nie wieder so etwas hören«, zischte sie. Nicht auszudenken, wenn Hermann Käthes Worte mitbekommen hätte! Möglicherweise würde er sie in hohem Bogen rausschmeißen. So weit war es schon gekommen, dass sie Hermanns Untreue deckte.

»Aber die sitzen hier nackt rum, und überall sind Männer. Das ist schamlos.«

Wieder drehte sich Alma zu ihr um. »Und du? Bist du etwa ein Beispiel an Schamhaftigkeit? Hast du etwa gewartet, bis du verheiratet warst, bevor du dich Hannes angeboten hast?«

Käthe schnappte nach Luft. »Du bist ja immer noch eifersüchtig.«

Alma ließ sich genervt auf die Picknickdecke fallen. »Auf was soll ich denn bitte schön eifersüchtig sein? Dass ich beinahe einen Mann geheiratet hätte, der mich nicht genug geliebt und mich schon vor der Ehe betrogen hat? Der nicht einmal den Anstand besitzt, zu seinem Kind zu stehen?« Alma schaute zu Hermann, der sie immer noch beobachtete. Sie zwang sich zu einem Lächeln und winkte ihm zu, als sei nichts gewesen.

Erstaunt schaute Käthe sie an. Das alles lag nun drei Jahre zurück, und noch immer hatten sie nicht ein einziges Mal über Käthes Fehltritt gesprochen. Alma glaubte nicht, dass Käthe sich entschuldigen würde, obwohl das das Mindeste wäre.

»Laufen die in ihren Dörfern immer nackt rum?«

»Nur ihre Oberkörper sind unbekleidet. Und daran gewöhnst du dich besser. Die Samoaner haben nun mal andere Werte, und einige sind weitaus besser als unsere.«

Käthe schnaubte ungläubig und blickte ihre Schwester an, als habe sie den Verstand verloren. »Ach ja?«

»Ja! Du hast recht, der Vater der Kleinen ist bestimmt ein Weißer. Aber statt ihre unehelichen Kinder in fremde Hände zu geben, werden sie genauso akzeptiert wie alle anderen. Hier braucht keines ins Kinderheim oder muss ohne Familie aufwachsen.«

Der Vorwurf war nur allzu deutlich. Käthe biss sich auf die Lippen. »Du weißt ja gar nicht, wie schwer das alles für mich war.«

Alma stand abrupt auf. »Ich weiß, dass es einen Menschen gibt, der rein gar nichts für deinen Fehler kann und der in seinem Leben sehr viel mehr Entbehrungen hinnehmen muss als du.«

»Du hast es doch gar nicht schwer«, entrüstete sich ihre Schwester. »Du bist reich und eine vornehme Dame geworden!«

Alma hätte Käthe an die Gurgel gehen können, so wütend war sie. »Ich rede doch gar nicht von mir. Ich rede von deiner Tochter!«

Sie schnürte ihre Schuhe auf, ging zum Wasserpool und tauchte ihre nackten Beine in das kühle Nass. Wenn sie sich jetzt nicht Abkühlung verschaffte, konnte sie für nichts mehr garantieren.

KAPITEL EINUNDZWANZIG

DEZEMBER 1902

Käthe war so unzufrieden mit ihrem Leben. Sie hatte sich wohl einiges anders vorgestellt. Ein paar Wochen war sie damit beschäftigt, sich leichte tropentaugliche Kleider zu nähen. Käthe, die gehofft hatte, nie wieder Nadel und Faden in die Hand nehmen zu müssen, war schwer enttäuscht. Aber es war geradezu lachhaft zu denken, Alma würde ihr Sachen nähen. Alma bezahlte schließlich schon den Stoff.

Hermann war immer öfter und immer länger von zu Hause weg. Es schien fast, als würden die ständigen Streitereien der Schwestern ihn aus dem Haus treiben, und Alma konnte es ihm nicht verdenken. Am liebsten wäre sie auch geflüchtet. Im Oktober hatte Alma Joshua nur kurz gesehen. Kaum mehr als eine halbe Stunde hatten sie zusammen gehabt. Selbst Joseph kam nicht mehr zu seinen sporadischen Besuchen. Als hätte sich plötzlich eine unsichtbare Barriere um das Haus gelegt.

Käthe ging konsequent bei Anton Hofer einkaufen, aber nicht, weil sie ihn so nett fand, sondern weil sie immer noch nicht besser Englisch sprach. Für ein paar Tage hatte Alma schon gehofft, der ältere Witwer interessiere sich für ihre Schwester, aber das war wahrscheinlich eher Käthes wichtigtuerischen Erzählungen zu verdanken. Hermann hatte bereits fast alle infrage kommenden Junggesellen eingeladen. Gelegentlich blitzte bei Käthe Interesse auf, aber Alma glaubte, den Grund ihrer Gleichgültigkeit den Männern gegenüber zu kennen. Sie wartete darauf, dass einer kam, der noch mehr hermachte als Hermann.

Beinahe hätte sie darüber lachen können, wenn die Wahrheit sie nicht so gequält hätte. Alma hätte Käthe ihren Ehemann liebend gerne überlassen und wäre dann ihrer wahren Liebe gefolgt.

Glücklicherweise steckte Alma jetzt mitten in den Vorbereitungen für das Weihnachtsfest und hatte keine Zeit zum Grübeln. Es war das erste Weihnachten für Fritz fern der Heimat, und sie wollte es ihm so schön wie möglich machen.

Im Oktober und November hatte es wieder einen Vulkanausbruch auf der Nachbarinsel gegeben. Alma, die die grauen Rauchwolken, den Geruch nach Schwefel und den feinen Staub, der vom Himmel herabrieselte wie leichte Schneeflocken, schon kannte, beeindruckte es wenig. Nur die leichten Erschütterungen durch wiederkehrende Erdbeben brachten sie etwas aus der Fassung. Während Fritz das alles aufregend fand, war Käthe völlig aus dem Häuschen. Sie schlief mehrere Nächte hintereinander nicht und machte in ihrem übermüdeten Zustand alle anderen verrückt.

Heute war es zum wiederholten Male zu einer lautstarken Auseinandersetzung gekommen. Käthe stritt so laut mit Etena über die richtige Zubereitung eines Hühnchens, dass es bis auf die Straße zu hören war. Dann hatte sie mit einem Topf nach Etena geworfen, woraufhin er im Busch verschwunden war. Und während Käthe laut durchs Haus gestampft war, versuchte Alma, beruhigend auf Taua einzureden. Etena war weit und breit nicht zu sehen, und die Regenwasserzisterne musste mit Süßwasser aufgefüllt werden. Und jetzt weigerte sich plötzlich auch Taua, von Alma Befehle anzunehmen.

Da platzte Alma der Kragen. Sollte doch Käthe selbst ausbaden, was sie sich eingebrockt hatte. Sie ließ Fritz die Pferde vor die Kutsche spannen und fuhr mit ihm ins Dorf. Sollten Käthe und Taua sich doch prügeln! In den letzten Monaten hatte Alma so oft schlichten müssen, zu oft. Käthe hatte sich anscheinend in den Kopf gesetzt, sich nicht an die Samoaner zu gewöhnen, als wolle sie unbedingt beweisen, dass sie über ihnen stand.

»Was machst du denn für ein Gesicht? Hat Käthe sich wieder mit den Boys angelegt?« Heather kannte das Problem schon. Sie stand an einem Regal und wischte die Dosen mit dem Fleischextrakt sauber.

»Ich kann es nicht mehr ertragen. Ich wünschte, Käthe würde endlich heiraten. Dann wäre ich sie los.« Alma blickte Heather an, die sehr wohl wusste, in welchem Dilemma ihre Freundin steckte. Alma würde es kaum übers Herz bringen, Fritz Käthe zu überlassen. Und Käthe konnte sie ebenfalls nicht hier alleine auf der Insel zurücklassen. In zwei Tagen wurde Joshuas Schiff erwartet, und schon wieder würde es zu einem kurzen Wiedersehen kommen, auf dem sie Joshua mitteilen musste, dass sich nach wie vor kein Hochzeitskandidaten für Käthe gefunden hatte.

Almas letzte Hoffnung war Hermann, der ebenfalls langsam ungeduldig wurde. Für heute Abend hatte er schon wieder Gäste eingeladen. Langsam waren kaum noch Junggesellen oder Witwer übrig. Irgendwie hatte Hermann es jedoch wieder geschafft, seine Kreise zu ziehen. Zwei Plantagenbesitzer von Savai'i würden zum Abendessen kommen.

Bis auf das Hühnchen war alles schon vorbereitet, und natürlich musste Alma das Abendessen selbst in die Hand nehmen, wenn sie zurückkam. Aber wenn Hermann sich heute Abend nicht wie gewohnt duschen konnte, dann würde es Ärger geben. Und dieses Mal würde sie Käthe nicht in Schutz nehmen.

»Fritz, willst du einen Keks?« Fritz kam sofort angesaust. Er bekam immer eine Kleinigkeit von Heather.

»Kannst du die Pferde noch tränken?«, bat Alma. Mit einem glücklichen Grinsen auf dem Gesicht und einem Schokoladenkeks in der Hand war der Junge schon zur Tür hinaus.

Alma blickte ihm nach. Kopfschüttelnd setzte sie sich. »Ich weiß nicht, Heather. Soll ich Fritz hier wirklich herausreißen? Er scheint so glücklich zu sein.«

»Er wird auch in Australien glücklich sein, glaub mir. Dass es ihm so gut geht, liegt ja vor allem an dir, und nicht an Apia oder Samoa.«

»Du glaubst nicht, dass er einen schwereren Stand in Sydney hätte, weil er Deutscher ist?«

Heather zog eine Grimasse. »Ich weiß, was du sagen willst. Nur weil ich hier Probleme als Engländerin habe, heißt das nicht, dass es euch in

Australien ähnlich erginge. Außerdem hätte Fritz in Sydney viel mehr Möglichkeiten, etwas Anständiges zu lernen.«

Seufzend stand Alma wieder auf. »Ja, du hast recht. Dann muss ich ja nur noch Käthe verheiraten.« Sie lachte bitter auf. »Vielleicht ist heute Abend jemand dabei, der sie will.«

»Wer kommt denn überhaupt?«

»Friedebold und Willibald Dünnbier. Vater und Sohn.«

»Und welchen von den beiden soll Käthe heiraten?«

»Mir egal. Hauptsache sie nimmt überhaupt einen.« Heather hob grinsend den Finger und verschwand kurz im Lager. Als sie wieder auftauchte, hatte sie eine Flasche Scotch in der Hand.

»Die Dünnbiers trinken sehr gerne Schnaps. Vielleicht überzeugt sie das ja.«

Willibald Dünnbier war ein kleiner dicklicher Mann mit einem freundlichen Wesen. Alma fand ihr sehr nett. Er schien tüchtig zu sein und kümmerte sich rührend um seinen Vater, der, obwohl er auf der Plantage noch die Zügel in der Hand hielt, erste Anzeichen von Altersmüdigkeit zeigte. Vor drei Jahren hatten sie Ehefrau und Mutter auf Savai'i beigesetzt, und seitdem, so vertraute Willibald Alma an, ging es mit den Lebensgeistern des Vaters stetig bergab. Es fehlte eben eine Frau im Haus, und Willibald war bereit, einiges in Kauf zu nehmen, um diese Lücke zu schließen.

Alma war hocherfreut und tat ihr Möglichstes, um Käthe diese Aussicht schmackhaft zu machen. Immerhin wäre sie Plantagenbesitzerin.

Käthe, die noch auf keiner Plantage gewesen war, konnte sich darunter nicht viel vorstellen, und ihr schwebte offensichtlich das Bild einer Großgrundbesitzerin vor. Und Alma würde einen Teufel tun und diese falsche Vorstellung berichtigen.

Bei der Verabschiedung nahm Willibald Käthes Hände und bat sie darum, sie möglichst bald wieder aufsuchen zu dürfen. Käthe stimmte zu und winkte den beiden Männern auf der Kutsche hinterher. Alma wollte gerade aufatmen, als Käthe sagte: »Was für ein Gnom. Er reicht mir ja kaum bis zur Schulter.« Sie schien sein Interesse eher belustigend zu finden.

»Käthe, du sollst nicht so über andere urteilen.«

Käthe schaute sie herausfordernd an. »Du glaubst doch wohl nicht, dass ich so einen Wicht heirate?«

»Willibald Dünnbier ist ein netter Mensch. Warum solltest du ihn nicht als Heiratskandidaten in Betracht ziehen?«

»Ts, dann könnte ich ja gleich seinen Vater heiraten. Der sieht ja fast noch besser aus.«

»Hermann ist langsam mit seiner Geduld am Ende, und ich auch. Wenn du nicht bald einen Mann findest, wird er dich mit irgendjemandem verheiraten, so wie Vater es mit mir gemacht hat.«

»Ich weiß überhaupt nicht, worüber du dich beschwerst. Du hast es doch gut getroffen.«

»Aber vielleicht ist gut getroffen ja nicht alles, was ich vom Leben erwarte!« Alma funkelte sie wütend an. Ihr fiel es schwer, über dieses Thema zu reden. Hätte Käthe sie nicht mit Hannes betrogen, hätte sie nicht Hermann heiraten müssen. Aber dann wäre sie auch niemals Joshua begegnet. Aber danken musste sie Käthe für ihr Verhalten nun nicht gerade. Natürlich hatte Alma noch einige Schwierigkeiten zu überwinden, aber Willibald Dünnbier könnte wahrlich ein Trittstein auf dem Weg zu ihrem Glück sein. Sie hörte Hermann im Badehaus fluchen. Es war soweit. Das Wasser war zur Neige gegangen.

»Und das, das klärst du jetzt auch alleine mit Hermann«, rief sie gereizt aus und ließ ihre Schwester verblüfft stehen. Sollte sie doch schauen, wie weit sie mit ihrer patzigen Art bei Hermann kam.

ᔓ

Seit dem Streit vor zwei Tagen ging Käthe den Eingeborenen aus dem Weg. Hermann hatte sie zurechtgestutzt, und nun traute sie sich kaum noch, den Boys etwas aufzutragen.

Vor drei Stunden war der australische Frachter eingelaufen, und Alma wartete nur auf eine Gelegenheit, um unbemerkt zu Heather in den Laden zu fahren. Käthe allerdings brannte geradezu darauf, nach Apia mitzukommen. Jede Abwechslung war ihr willkommen.

Als Alma sich fertig machte, stand auf einmal Etena mit einem Stück Papier in der Hand vor ihr. Eine Nachricht von Joshua? Aber nein. Das würde er nicht riskieren. Alma nahm den Zettel. Er war von Hermann. Die Nachricht war knapp. Kapitän Foster komme heute Abend mit zwei Neuankömmlingen und zwei Mannschaftsmitgliedern zum Abendessen.

Alma fiel fast der Zettel aus der Hand. Zwei Mannschaftsmitglieder. Was, wenn einer davon Joshua war? Wie sollte sie den Abend überstehen, ohne Aufsehen zu erregen? All ihre Überlegungen, wie sie Joshua wenigstens kurz sehen konnte, waren hinfällig geworden. Sie musste ein Abendessen für fünf Gäste vorbereiten. Sie rief Aveolela zu sich und besprach, was zu tun war.

»Und das ist Hubertus Köhler. Forschungsreisender in der Südsee. Und Alois Huber, sein Assistent«, sagte Hermann. Köhler strahlte eine so große Selbstsicherheit aus, dass er fast arrogant erschien. Sein gezwirbelter Schnurrbart saß tadellos, und sein schwarzes Haar glänzte vor Pomade. Huber war fast gleich groß, aber im Schatten seines Kollegen wirkte er kleiner und viel unscheinbarer. Bei der Begrüßung bemerkte Alma, dass er auf einem Auge schielte. Es war schwierig, ihn anzuschauen, weil man nie wusste, wohin er gerade blickte.

Aber Alma ließ sich nichts anmerken und begrüßte die beiden zuvorkommend.

»Kapitän Foster, ich freue mich, Sie wiederzusehen. Wie geht es Ihnen?«

»Sehr gut, Mrs. Stieglitz. So wie immer, wenn ich nach Samoa komme.« Der Kapitän nickte freundlich und sah sich um. »Wie schön Sie es hier haben.«

Hermann strahlte ihn an. »Eine Schande, dass ich noch nie vorher auf die Idee gekommen bin, Sie einzuladen, nicht wahr, Alma? Wir hätten uns jederzeit über Ihren Besuch gefreut. Ab jetzt müssen Sie immer zum Essen kommen, wenn Sie hier sind.«

»Sicher«, antwortete Alma knapp. »Und darf ich Ihnen meine Schwester Käthe und meinen Bruder Fritz vorstellen?«

Käthe trat näher, Fritz wirkte unsicher, wie er sich verhalten sollte. Alma nahm ihn bei den Schultern. »Weißt du, wir sind vor fast genau drei Jahren über Australien nach Samoa gekommen. Und Kapitän Foster hat uns damals mit seinem Frachtschiff hierher gebracht.« Sie drückte Fritz an sich.

Kapitän Foster begrüßte kurz Käthe und wandte sich an Fritz. »Du kannst dir jederzeit gerne das Schiff angucken, wenn du willst.«

Fritz nickte verschämt. Bisher hatte er außer mit Heather und ein paar englischen Mitschülern nicht viel mit Engländern oder Australiern zu tun gehabt. Man hatte ihm noch nicht beigebracht, dass es nette Leute waren. Das freundliche Angebot überraschte ihn.

Hinter Kapitän Foster tauchten zwei Männer auf. Alma hatte schon bei ihrer Ankunft gesehen, dass Joshua nicht mit dabei war. Bestimmt wusste er, dass der Kapitän heute hier speiste und warum Alma nicht im Laden gewesen war. Trotzdem krampfte sich ihr Magen zusammen bei dem Gedanken, ihn so nah bei sich zu wissen, ohne ihn sehen zu können.

Hermann versorgte die Männer mit Getränken, während Alma sich darum kümmerte, dass im Kochhaus alles nach Plan verlief. Aveolela nahm die Kürbissuppe vom Herd, und Taua stand an der offenen Feuerstelle, wo das Fleisch gebraten wurde. Australier mochten sehr gerne Fleisch vom Grill, auch wenn es nicht als besonders fein galt. Aber weil die Seemänner ständig Fisch an Bord bekamen, sollte es heute zur Abwechslung einmal Steaks geben.

Während die leeren Suppenteller abgeräumt wurden und die Männer ungeduldig auf die schon herrlich duftenden Steaks warteten, plauderten sie über die Route des australischen Frachters.

»Und Sie fahren die gleiche Strecke seit fünf Jahren?«, fragte Käthe höflich.

»Ja, Ma'am. Sydney, Auckland über die Fidschis nach Samoa. Und von hier weiter in die nördliche Südsee. An jeder Station liefern wir Post und Frachtgut aus und nehmen meistens auch wieder etwas mit.«

»Das klingt furchtbar aufregend, nicht wahr, Mrs. Hinrichs?« Hubertus Köhler klang ironisch.

»Miss Hinrichs. Also Fräulein.« Käthe konnte auf einmal doch Englisch sprechen. »Möchten Sie noch ein Bier, Herr Köhler?« Käthe sprang schon auf, bevor er überhaupt geantwortet hatte.

Hermann warf Alma einen erfreuten, vielsagenden Blick zu, und sie brachte es sogar fertig zurückzulächeln. »Herr Köhler, wie lange werden Sie hierbleiben?«

»Nun, das kommt darauf an, wie schnell ich mit meinen Untersuchungen fertig werde.«

»Was untersuchen Sie denn?«

»Flora und Fauna in der Südsee. Ich schreibe einen wissenschaftlichen Bericht, der nächstes Jahr veröffentlicht werden soll. Aber wie lange ich mich auf einer Insel aufhalte, hängt immer von der Kooperationsbereitschaft der Eingeborenen ab.«

Alma blickte über die Verandabrüstung aufs Meer. Käthe, Fritz und Hermann hingen an den Lippen des verwegenen Forschungsreisenden, der eine unglaubliche Geschichte nach der anderen zu erzählen hatte. Doch Alma konnte sich kaum auf seine Erzählungen konzentrieren. Sie bot den Herren noch Kaffee an, und es war ziemlich spät, als der Kapitän endlich aufstand und sich verabschiedete.

»Mrs. Stieglitz, unser Zusammentreffen hat mich sehr gefreut. Und gerne komme ich bei meinem nächsten Besuch wieder vorbei. Aber morgen darf ich Sie zunächst als meinen Gast begrüßen.«

»Wie?« Alma blickte den Kapitän irritiert an.

Unruhig stand Käthe neben ihr. »Wir besuchen morgen Vormittag das Schiff.«

Alma starrte Käthe an. »Ach, wirklich?«, sagte sie fast tonlos.

Ihre Schwester strahlte Hubertus Köhler an. »Herr Köhler wird heute Nacht auf dem Schiff übernachten, und morgen nehmen wir ihn und Herrn Huber dann mit zurück an Land. Sie bleiben für ein paar Wochen. Ist das nicht fantastisch?«

»Ja … fantastisch«, pflichtete Alma ihr bei, und ihr Herz machte einen Sprung.

Alma hatte sich fein gemacht. Nachdem sie erfahren hatte, dass Hermann nicht mitkommen würde, sondern nur Käthe und Fritz, war sie erleichtert. Fritz würde leicht abzulenken sein, und Käthe, nun, die schien ohnehin nur noch Augen für den feschen Hubertus Köhler zu haben.

Ein Beiboot holte sie am Landungssteg ab, und Alma ließ Käthe und Fritz den Vortritt. Dann stieg sie die kurze Leiter hoch und erblickte sofort Joshua. Der Kapitän hatte zur Begrüßung die Mannschaft antreten lassen, zumindest den Teil, der gerade nicht Landgang hatte.

Almas Puls raste. Sie machte bestimmt den Eindruck, als bekäme sie gleich einen Hitzschlag, so heiß war ihr. Sie schwitzte, obwohl heute zum ersten Mal seit Wochen der Himmel bedeckt war, und es sah nach Regen aus.

Kapitän Foster stellte einige der führenden Mannschaftsmitglieder vor. Wie vorauszusehen war hing Käthe an Hubertus Köhlers Lippen, der ihr ständig Kommentare zuflüsterte, über die sie albern lachte. Fritz wich nicht von der Seite des Kapitäns, der ihm schon eine Position auf seinem Schiff in Aussicht stellte.

»Oder hätten Sie etwas dagegen, wenn ich Fritz mitnehme?«, fragte Foster scherzhaft.

»Wenn Sie noch ein paar Jahre warten, habe ich nichts dagegen«, antwortete Alma. »Auf See zu arbeiten ist doch ein wunderbarer Beruf, wenn man nur nicht ständig so lange von zu Hause weg wäre.« Heimlich warf sie Joshua einen Blick zu, der kaum eine Armlänge von ihr entfernt stand. Er war der Nächste, den der Kapitän ihr vorstellte.

»Sie erinnern sich sicher noch an Mr. Fitzgerald?« Ein wissendes Lächeln umspielte den Mund des Kapitäns.

»Wie könnte ich ihn vergessen.« Alma reichte Joshua die Hand. Ihre Haut brannte, als sie sich berührten.

»Und ich habe Sie auch nicht vergessen, Mrs. Stieglitz«, entgegnete Joshua freundlich.

Sie sahen sich in die Augen, bis Alma den Blick senkte. Um Himmels willen, sie wollte um jeden Preis vermeiden, dass Käthe Verdacht schöpfte.

»Er ist jetzt Navigationsoffizier.« Der Kapitän stand neben ihm. »Aber nicht mehr lange, was, Fitzgerald?«

»Was? Wieso?« Alma drehte sich erschrocken um.

»Nun, da unser Steuermann seinen Posten einfach nicht räumen will und ich ihn auch nicht so einfach über Bord schmeißen kann, wird Mr. Fitzgerald wohl früher oder später auf ein anderes Schiff wechseln müssen, damit er endlich als Steuermann arbeiten kann. Sonst wäre ja die ganze Ausbildung vergeudet gewesen.« Foster drehte sich zu Joshua um. »Oder hab' ich etwa nicht recht, Fitzgerald.«

»Aye, Sir.« Joshuas Stimme hörte sich merkwürdig rau an.

Alma hatte nie daran gedacht, dass ihre Liebe Joshuas Lebensplänen im Weg stehen könnte. Sie folgte dem Kapitän auf die Brücke. Fritz war dicht hinter ihr, nur Käthe war plötzlich verschwunden.

»Machen Sie sich keine Sorgen«, beruhigte der Kapitän sie. »Wenn sie versucht, sich als blinder Passagier zu verstecken, merken wir das schon.« Er lachte über seinen kleinen Scherz und der Steuermann neben ihm auch. Joshua hielt sich stumm im Hintergrund.

Doch Alma war alarmiert. Sie traute Käthe keine zwei Schritte über den Weg. »Kann ich mich kurz frischmachen? Ich möchte mir noch die Hände waschen, bevor wir essen.«

Der Kapitän nickte. »Glauben Sie, Sie finden sich zurecht? Es hat sich nichts verändert.«

»Ich bin mir nicht sicher, aber vielleicht könnte jemand meiner Schwester Bescheid geben, dass wir gleich essen.«

Langsam tastete Alma sich den dunklen Gang unter Deck entlang. Joshua hatte sich angeboten, Käthe zu suchen, doch stattdessen wartete er unten auf sie. Er zog Alma in eine leere Kabine.

»Joshua, wir können …« Er verschloss ihren Mund mit seinen Lippen.

Endlich ließ er von ihr ab. »Du weißt nicht, wie sehr ich mich nach dir sehne.«

»Natürlich weiß ich das.«

»Alma, du musst mit mir kommen. Wenn nicht dieses, dann nächstes Mal. Foster hat recht. Ich muss auf ein anderes Schiff. Ich kann nicht mehr sehr lange hierbleiben.«

»Ich kann nicht. Noch nicht.«

»Aber das sagst du jetzt schon so lange.«

»Ich weiß. Aber du hast Fritz gesehen. Ich kann ihn nicht einfach so aus seiner Umgebung reißen. Und Käthe ist immer noch nicht versorgt.«

»Alma, ich kann für uns alle sorgen. Ich werde für dich und für Fritz sorgen.« Er hielt sie fest umklammert.

»Aber du wirst ständig fort sein. Wer weiß, vielleicht bekommst du eine Route, die noch länger ist. Zwei Monate sind schon so lang. Und du bist immer nur wenige Tage in Sydney.«

Er ließ sie abrupt los. »Willst du etwa gar nicht mitkommen?«

»Doch, ich will … nur … ich muss … ich kann Fritz nicht so ins Ungewisse stoßen. Ich brauche noch etwas Zeit.«

Verärgert runzelte Joshua die Stirn. »Du hältst mich schon so lange hin. Sag mir, lohnt es sich für mich zu warten? Oder spielst du nur mit mir?«

Alma schnappte nach Luft. »Natürlich nicht. Ich liebe dich.« Erschrocken sah sie ihn an. Diese Worte waren ihr zum ersten Mal über die Lippen gekommen.

»O Alma.« Mit einem liebevollen Blick nahm er ihre Hände. »Du weißt, dass ich dich auch liebe. Aber ich kann nicht ewig auf diesem Schiff bleiben.« Er versteifte sich. »Ich will dich, diese Heimlichtuerei muss endlich aufhören. Vielleicht sehen wir uns wirklich nur alle zwei Monate, aber die Tage werden dann uns gehören.« Er sah sie erwartungsvoll an.

Alma wollte etwas sagen, aber ihr Herz war wie in einem Schraubstock eingezwängt.

»Alma, dieses Mal werde ich alleine zurückfahren, aber nächstes Mal könnte das letzte Mal sein. Und ich möchte, dass du dann mit mir kommst. Du musst dich endlich für mich entscheiden. Für uns … Ich habe bereits ein Angebot auf einem Schiff ausgeschlagen. Ein zweites Mal kann ich das nicht machen.«

Alma ließ seine Hände los. Als wäre die Antwort so einfach.

»Ich muss zurück.« Die Worte schmerzten sie. »Vielleicht hat sich beim nächsten Mal schon alles entschieden. Vielleicht kann ich dann …« Sie sprach nicht weiter. So oft hatte sie Joshua schon mit diesem Vielleicht hingehalten.

Er trat einen Schritt zurück. »Bei unserem nächsten Treffen musst du eine Entscheidung treffen.« Er öffnete die Tür, und sie trat hinaus. Alma konnte es fast nicht ertragen, seine Nähe zu spüren, als sie gemeinsam zur Offiziersmesse gingen. Er blieb dicht hinter ihr, und als sie eintraten, wartete dort bereits Fritz. Der Kapitän, der Steuermann und Alois Huber hatten auf der Bank Platz genommen.

»Wo ist Miss Hinrichs?«, fragte der Kapitän neugierig. »Ich habe sie nicht finden können«, log Joshua. Alma setzte sich neben Fritz. Wie auf Kommando erschien plötzlich Käthe. Ein merkwürdiges Lächeln umspielte ihre Lippen.

»Ich glaube, ich habe mich verlaufen«, sagte sie unbekümmert und setzte sich Alma gegenüber.

Alma durchbohrte ihre Schwester mit ihrem Blick. Sie würde ihr später Rede und Antwort stehen müssen, wo sie gewesen war.

Im nächsten Augenblick tauchte auch Hubertus Köhler auf. »Sie müssen meine Verspätung entschuldigen. Ich musste noch etwas mit dem Gepäck regeln. Jetzt hab' ich aber einen Bärenhunger.«

Am Tisch stellte der aufgeregte Fritz so viele Fragen, dass gar nicht auffiel, wie still Alma war. Ihre Gedanken wanderten von Joshua zu Käthe, und sie überlegte, wo ihre Schwester in der Zwischenzeit gewesen war. Alles drehte sich in ihrem Kopf. Am liebsten wäre sie aufgestanden und davongelaufen.

Eine Stunde später verabschiedeten sie sich freundlich von Kapitän Foster und dem Rest der Mannschaft, die bereits damit beschäftigt war, das Schiff für die Abfahrt seeklar zu machen. Gemeinsam mit Alois Huber und Hubertus Köhler wurden die Geschwister zurück an Land gebracht. Kaum war das Beiboot zurück und an Deck gezogen, lichtete der Frachtsegler seinen Anker und drehte bei.

KAPITEL ZWEIUNDZWANZIG

ENDE JANUAR 1903

»Mrs. Stieglitz. Ich wollte Käthe besuchen.« Hubertus Köhler stand plötzlich vor ihr. Aber wirklich überrascht war Alma nicht. Er kam nun fast jeden Tag.

»Sie kommt jeden Moment runter. Setzen Sie sich doch. Möchten Sie eine Limonade oder einen Eistee?«

»Gerne eine Limonade.«

Sie setzten sich auf die hintere Veranda. Alma wies Aveolela an, Limonade zu bringen. Der Himmel hatte sich wieder zugezogen, und es würde jeden Augenblick regnen, was bedeutete, dass Köhler den Nachmittag hier verbrachte und wahrscheinlich mit ihnen zu Abend aß.

»Wie geht es mit Ihren Forschungen voran?« Alma fand es äußerst merkwürdig, dass bei seinen häufigen Besuchen überhaupt noch Zeit für seine Forschungsarbeit blieb.

»Alois sitzt an den Gesteinsproben, die wir letzte Woche gesammelt haben.«

»Ah, ich dachte, Sie erforschen Flora und Fauna?«

»Alma, du Dummerchen. Gestein gehört zur Flora. Man muss doch wissen, auf welchen Böden die Pflanzen hier wachsen.« Käthe hatte ihr neuestes Kleid angezogen und sich die Haare hochgesteckt. Offensichtlich gab sie sich viel Mühe, Hubertus Köhler zu gefallen.

Hermann fand diese Entwicklung zwischen Hubertus Köhler und Käthe vielversprechend, und in den ersten Wochen konnte Alma ihm nur zustimmen. Doch dann musste sie sich eingestehen, dass sich nichts weiter tat. Trotz seiner häufigen Besuche sandte Hubertus Köhler keine deutlichen Signale aus. Selbst nachdem Hermann letzte Woche mit ihm über seine Zukunftspläne gesprochen hatte, hielt er es nicht für nötig, sich über eine eventuelle Verbindung mit Käthe zu äußern.

Nur zwei Tage später hatte Alma einen fürchterlichen Krach mit ihrer Schwester gehabt, weil sie mit der Kutsche weggefahren war, ohne Bescheid zu geben, wohin sie fuhr und wie lange sie wegzubleiben gedachte. Sie habe mit Köhler im Hotel gespeist, war ihre Antwort, aber Alma passte es nicht, dass Käthe sich alleine mit ihm traf. Es warf kein gutes Licht auf eine unverheiratete Frau, sich ohne Begleitung mit einem fremden Mann zu treffen. Da war es ihr noch lieber, dass er sich selbst zum Essen einlud.

»Ich werde mit Aveolela über das Abendessen sprechen.« Alma stand auf und ging zum Kühlhaus.

Fritz, der auf eine Nascherei aus war, begleitete sie. Auf einmal erregte etwas seine Aufmerksamkeit. Neugierig schaute er in das Dickicht hinter dem Haus. »Alma, guck mal. Da ist ein Mann.«

Alma schaute zum hinteren Ende des Gartens und legte den Finger auf ihre Lippen. »Fritz, du musst mir versprechen, dass das unser Geheimnis bleibt, ja?«

Fritz nickte. Er hatte vollstes Vertrauen zu seiner großen Schwester.

»Das ist Joseph, ein alter Freund von mir. Aber Hermann mag ihn nicht. Deshalb kommt er nicht zum Haus. Auch Käthe darf nichts von ihm wissen.«

Fritz nickte wieder.

»Aber er weiß sehr viel über die Inseln und die Samoaner. Wenn du mal etwas wissen willst, musst du nur ihn fragen. Komm, hol schnell zwei Teller und zwei Becher aus der Küche, dann bringen wir ihm was Leckeres. Du bekommst auch was. Aber lass dich nicht erwischen.«

Sofort flitzte der Junge los. Alma nahm zwei Stücke von dem angebrochenen Kuchen und legte sie auf einen Teller. Mit zwei Bechern Milch schlichen sie sich hinter einer Hecke zu einer Stelle, die von der hinteren Veranda nicht einsehbar war.

»Hallo Joseph, darf ich dir meinen Bruder vorstellen? Fritz, das ist Joseph.«

Joseph lächelte und entblößte sein lückenhaftes Gebiss. »Hallo Fritz. Du hast eine sehr nette Schwester, weißt du das?«

Fritz strahlte glücklich.

»Ich hab' dich lange nicht gesehen.«

Joseph nickte stumm. »Ja, hier hat sich einiges geändert.«

Sie warf einen Blick zum Haus. »Käthe hast du sicherlich schon gesehen. Na ja, mit etwas Glück ist sie vielleicht bald schon verheiratet. Sie sitzt gerade mit ihrem Verehrer auf der Veranda.«

Joseph warf Fritz einen merkwürdigen Blick zu, bevor er sagte: »Das wird nix.«

Alma stutzte. »Was meinst du damit?« Joseph schaute wieder zu Fritz, und Alma begriff. Sie trank mit einem Zug die Milch aus und hielt Fritz den Becher hin. »Holst du mir bitte noch Milch? Aber lass dich nicht erwischen, verstanden?«

Fritz gab Alma den leeren Teller. Das Stück Kuchen hatte er fast aufgegessen. Den Rest nahm er in die andere Hand und schlich mit dem Becher durch das Gemüsebeet.

»Joseph, weißt du etwas, was ich nicht weiß?«

»Nichts Genaues, Mrs. Alma. Aber ich kenn solche Typen. Alle paar Jahren tauchten hier diese Strandläufer auf, oder Beachcomber, wie die Briten sagen. Glücksritter. Leute, die so tun, als hätten sie was zu erledigen, aber in Wahrheit warten sie nur auf eine gute Gelegenheit. Sie lassen sich durchfüttern, manche spielen oder wetten oder betrügen auf andere Art.«

Alma schnappte nach Luft. Hatte ihr Gefühl sie doch nicht betrogen.

»Und nach einer Weile, wenn sie genug Unheil gestiftet oder genug Feinde gegen sich aufgebracht haben, ziehen sie zur nächsten Insel. Und wenn sie nicht zu Geld kommen und sich hoch verschulden müssen, flüchten sie. Bezahlen die Hotelrechnung nicht und so weiter.«

Fritz kam mit einem großen Becher Milch zurück.

»Ich danke dir, Joseph. Das soll mir ein guter Rat sein.«

Joseph grinste wieder. »Ich danke noch für den Weihnachtsbraten. Er war vorzüglich.« Alma schmunzelte. »Dann hast du ihn gefunden. Ich hatte leider zu viele Gäste, um nach dir Ausschau zu halten, aber mein Gefühl sagte mir, du könntest in der Gegend sein. Deswegen hab' ich die Schüssel rausgestellt. Aber ich war mir nicht sicher, ob wirklich du es warst, der sie leer gegessen hat.«

Joseph trank seinen Becher Milch und gab ihn mit dem leeren Teller zurück. »So etwas Feines lass ich mir doch nicht entgehen.«

Liebste Alma,

die Zeit nach dem Tod Deines Vaters war sehr schwierig, aber nun geht es uns wieder prächtig. Ich habe eine gute Anstellung gefunden und bin mehr als froh, dass auch Mathilde im gleichen Haushalt untergekommen ist. Die Familie ist wohlhabend, und ihr kleines Mädchen, das verkrüppelte Beine hat, bereitet ihnen Kummer. Die Arme besitzt schon immer eine schwache Gesundheit und hat früh Kinderlähmung bekommen. Vor allem Mathilde kümmert sich neben ihren häuslichen Pflichten um die Kleine. Ich hoffe, wir können hier noch einige Jahre bleiben. Denn mein größter Wunsch ist, Mathilde versorgt zu sehen in einem guten Haus. Ich hoffe, Du bist mir nicht böse, aber ich habe wirklich keine Möglichkeit gesehen, Fritz und Käthe ein Auskommen zu ermöglichen.

Du weißt gar nicht, welche Wetterkapriolen wir dieses Jahr über uns ergehen lassen mussten. Im Winter gab es unglaubliche Stürme, und es war ungewöhnlich kalt. Und selbst jetzt noch im Sommer zieht ein Unwetter nach dem anderen über das Rheinland. Es hat sehr viel geregnet. Im August ist sogar ein Orkan über unser Land hinweggefegt.

Manchmal fühle ich mich so einsam. Von meiner Familie ist mir nur Mathilde geblieben. Ich wünschte, Du würdest bald zurückkehren. Ich hätte Dir noch so viel zu sagen, was ich nicht zu Papier bringen kann. Seit Jahren hüte ich ein großes Geheimnis, und es bedrückt mich von Tag zu Tag mehr. Vor allem, weil ich gesehen

habe, wie schnell es mit Deinem Vater zu Ende ging. Manchmal bleibt einem nicht genug Zeit. Sag, weißt Du schon, wann ihr wieder nach Deutschland heimkehrt?
Mit den allerliebsten Grüßen für alle, Deine Adelheid

Alma legte den Brief beiseite, der mit dem Postdampfer angekommen war. Also hatte ihr Instinkt sie nicht getäuscht. Tante Heidi hatte ein Geheimnis. Meinte sie etwa Käthes Tochter? Das konnte man kaum ein Geheimnis nennen, da die ganze Familie davon wusste. Aber Alma hatte mehr als einmal das Gefühl gehabt, dass Tante Heidi das Schicksal der kleinen Edelgard sehr am Herzen lag. Und ihr erging es ähnlich.

Sie würde ihr zurückschreiben. Zwar konnte sie Tante Heidi nicht auf das Geheimnis ansprechen, nicht in einem Brief, aber sie würde sie nach dem Verbleib der Kleinen fragen.

Für Fritz war ein Päckchen mit Zinnfiguren angekommen, die er nachträglich zum Geburtstag bekam. Auch ein Brief von Mathilde lag bei. Er war aber nur kurz, und sie schrieb vor allem über ihre neuen Pflichten im Haushalt. Ein großer Zettel mit einem Gruß für alle lag obenauf, darunter fand Alma einen an sie adressierten Brief. Sofort nahm sie ihn an sich.

Fritz war in der Schule, und Käthe war zwar mit ihr zum Hafen gekommen, hatte jedoch darauf bestanden, mit Köhler im Hotel Kaffee zu trinken. Seit Tagen schien sie Alma aus dem Weg zu gehen, was dieser nur recht war. Sie wusste nicht, wie lange sie ihre Schwester noch ertragen konnte.

Alma hatte sogar mit Käthe darüber gesprochen, dass Köhler es vielleicht nicht ernst meinte. Und dass sie sich als berufstätige Frau verdingen könne. Im Reich wurden händeringend Sekretärinnen, Telefonistinnen und Stenotypistinnen gesucht. Doch diesen Vorschlag hatte Käthe entrüstet von sich gewiesen. Für sie kam nur eine Zukunft als angesehene Ehefrau infrage.

Unten war jemand zu hören. Schnell steckte Alma den Brief in eine Schublade. Den Schritten nach zu urteilen, war es Hermann.

»Du bist aber früh zurück.« Hermann stand an der Brüstung, ein kühles Bier in der Hand, und schaute aufs Meer hinaus. Verärgert drehte er sich zu ihr um und trank einen großen Schluck.

»Diese vermaledeite Dürreperiode. Die hat mir meine ganze Jahresbilanz verhagelt.« Er nahm noch einen Schluck.

»Aber das kann doch mal passieren. Dich trifft keine Schuld.«

»Das wissen die in der Firma auch. Darum geht es nicht. Ich war letztes Jahr so weit, dass sie mir jetzt eine saftige Gehaltserhöhung hätten geben müssen. Wir hätten uns eigenes Land kaufen können, ein eigenes Haus. Nach ein paar Jahren hätte es bestimmt für eine eigene kleine Plantage gereicht.«

»Eine eigene Plantage?«, wiederholte Alma erschrocken. »Dann willst du gar nicht zurück nach Deutschland?«

Hermann drehte sich abrupt zu ihr um. »Was sollen wir denn im Reich? Ich bin weder Offizier noch gesellschaftlich höhergestellt. Ich bekomme dort kaum einen ausreichend hohen Posten, der uns ein Leben ermöglicht, wie ich es mir vorstelle. Nein, ich muss das schon selbst in die Hand nehmen.« Er drehte sich wieder weg und trank das Bier aus.

Überrascht schaute Alma ihm nach, als er ging, um sich eine neue Flasche zu holen. Damit war Tante Heidis Frage beantwortet. Wenn es nach Hermann ging, würden sie wohl höchstens für einen kurzzeitigen Besuch nach Deutschland zurückkehren, wenn überhaupt.

Der nächste Vormittag verlief angenehm ruhig. Alma sortierte gerade die Wäsche, weil am nächsten Tag die Wäscherinnen kamen, bis Käthe ins Zimmer platzte. Ihr Gesicht war hochrot wie eine reife Kirsche. Ihr Blick war unstet, und in ihren Augen standen Tränen.

»Käthe, was ist los?« Als Alma auf sie zuging, wandte Käthe sich ab und ging in die Küche. Alma folgte ihr. Ihre Schwester sank auf einen alten Holzstuhl, während Alma ihr ein Glas Wasser eingoss. »Was ist denn? Sag schon? Ist was mit Fritz? Ist etwas in der Schule passiert?«

Käthe warf ihr einen verächtlichen Blick zu. Aber sie nahm das Wasser und trank es in einem Zug leer. Noch immer blickte sie stumm auf einen Punkt an der Wand.

Alma wurde langsam wütend. »Käthe, verflucht noch mal! Jetzt sag endlich, was los ist!«

Käthe starrte ihre Schwester so durchdringend an, dass sie beinahe zurückgezuckt wäre. »Hubertus Köhler ist weg. Er hat sich gestern Abend kurz vor der Abfahrt zum Postdampfer rudern lassen.«

»Ach Käthe, das tut mir leid. Ich wusste ja, dass du ihn magst.« Dann hatte Joseph also recht. Hatte dieser Mensch sich doch klammheimlich aus dem Staub gemacht.

Fragte sich nur, wem auf der Insel er Schaden zugefügt hatte, denn ein solch überstürzter Abgang ließ darauf schließen, dass er entweder seine Schulden nicht bezahlen wollte oder aber jemanden betrogen hatte.

»Du verstehst nicht.« Käthe spie die Worte fast aus.

»Doch Käthe, ich verstehe. Manchmal werden die eigenen Gefühle verletzt. Ich kenne das auch.« Jetzt tat ihr Käthe fast leid.

»Nein. Du verstehst überhaupt nichts!« Mit einem Ruck stand sie auf und knallte das Glas auf den Küchentisch. »Ich bin schwanger.«

Entsetzt starrte Alma ihre Schwester an. Das durfte doch nicht wahr sein. Wenn Hermann nun die ganze Wahrheit erfuhr! Dass Käthe ein uneheliches Kind zur Welt gebracht hatte und ihr Vater Alma nur mit ihm verheiratet hatte, damit sie versorgt und aus dem Haus war. Hermann hatte Käthe guten Glaubens in sein Haus aufgenommen, und es wäre Almas Pflicht gewesen, ihm alles zu sagen. Das war eine Katastrophe! Alles würde herauskommen.

In Almas Kopf drehte sich alles, und sie sank auf einen Stuhl. Sie schlug die Hände vors Gesicht und wisperte: »Du hast doch gewusst, dass du schwanger werden kannst. Wieso hast du es wieder getan?«

»Du hast gut reden«, fuhr Käthe sie an. »Du führst ein gesichertes Leben. Aber ich, ich hab' gar nichts.«

Alma war außer sich. »Ist dir jemals in den Sinn gekommen, dass Hermann uns beide aus dem Haus jagt, wenn er erfährt, was vor drei Jahren geschehen ist? Ist dir jemals in den Sinn gekommen, dass du es nur seinem Wohlwollen zu verdanken hast, dass du ein Dach über den Kopf hast?«

Käthe erblasste. Ihr Mund war ein dünner Strich. »Du würdest wahrscheinlich genau wie Mathilde in einem Haushalt für andere Leute putzen, wenn wir dich nicht aufgenommen hätten.«

»Es war deine Pflicht, mich aufzunehmen«, presste Käthe hervor.

»Und was war deine Pflicht? Dich dem erstbesten Mann an den Hals zu werfen, ohne die Konsequenzen zu bedenken? Du wusstest es doch besser.«

»Es war nicht der erstbeste Mann. Ihr hättet mich doch sofort an jeden x-beliebigen Mann verschachert.«

»Verschachert? Ich bin verschachert worden, weil du dir einen Fehltritt geleistet hast, wie du sehr genau weißt.« Alma fixierte sie. »Du hast doch sogar darum gebettelt, dir hier einen Ehemann suchen zu dürfen. Aber dir war ja keiner gut genug!«

»Warum sollte es mir schlechter ergehen als dir?« Alma biss sich auf die Lippen. Nie sah Käthe ihre Fehler ein. Niemals. Sie würde ihr nicht helfen. Einmal in ihrem Leben musste Käthe für ihre Fehler selbst einstehen.

»Dieses Mal musst du dir selber aus der Patsche helfen. Ich stehe nicht zur Verfügung.«

Käthe blinzelte sie boshaft an. »O doch.«

»Nein. Ich kann dir nicht helfen und einen Ehemann aus dem Ärmel zaubern. Denn du hast jeden Junggesellen auf der Insel verprellt. Du hast dein Leben selbst kaputtgemacht.«

Ein triumphierender Ausdruck lag in Käthes Gesicht. »Doch, du wirst mir helfen. Und weißt du auch, wieso?«

Alma schluckte. Käthe sah so siegesgewiss aus, dass sie sofort das Gefühl beschlich, die eigentliche Katastrophe steuere erst auf sie zu.

Für einen Moment starrten sich die Schwestern an, dann ließ Käthe genüsslich das Geheimnis platzen. »Weil ich sonst Hermann von Joshua Fitzgerald erzählte.«

Ein eiskalter Schauer durchlief Alma. Ihr versagte der Atem. Wie konnte Käthe davon wissen? »Was sagst du da?«

»Du weißt ganz genau, was los ist.« Schnurstracks stolzierte Käthe hoch in das Eheschlafzimmer. Alma folgte ihr. Käthe riss die Schranktür auf und zog die Schublade heraus. Anscheinend wusste sie sehr genau, wo sie suchen musste, denn einen Augenblick später hielt sie die heimlichen Briefe von Tante Heidi in der Hand, und ebenso den Zettel von Joshua und seinen Opalanhänger.

»Du hast in meinen Sachen gewühlt?«, schrie Alma sie an.

»Oh, ja, bestimmt wird Hermann am meisten interessieren, dass ich in deinen Sachen gewühlt habe, wenn ich ihm erst einmal die Beweise deiner Untreue präsentiere.«

Alma griff sich an den Hals. Dann sank sie zu Boden. Sie bekam keine Luft mehr. Ihre Brust war zugeschnürt. Weiteratmen, du musst atmen, sagte sie sich. Sie keuchte.

Käthe stand über ihr. »Ich hab' gesehen, wie ihr aus der Schiffskabine herausgekommen seid. Da war ich mir noch nicht sicher, erst als ich das hier gefunden habe.«

Alma konnte nur Käthes staubbedeckte Schnürstiefel sehen. Jetzt verschwanden sie aus ihrem Blickfeld. Ihre Schwester verließ das Zimmer, im Türrahmen drehte sie sich noch einmal um. »Du wirst mir einen Ehemann besorgen. Da wette ich drauf. Sonst werde ich Hermann die Augen öffnen.«

Es dauerte lange, bis Alma wieder normal atmen konnte. Die Tränen waren von ihrer Nasenspitze auf den Holzboden getropft. Ihr musste schnell etwas einfallen. Und vor allem musste sie sich zusammenreißen. Sie hätte doch damit rechnen müssen, dass ihre Gefühle für Joshua nicht ewig vor der Welt geheim halten konnte. Genau wie Käthe, die sehr genau wusste, dass sie wieder schwanger werden konnte, hatte sie selbst das Risiko verleugnet. Dabei hatte sie so sehr aufgepasst. Warum war sie nur so töricht gewesen und hatte den Zettel und das Medaillon von Joshua behalten? Hermann wusste sehr genau, welche Schmuckstücke sie besaß.

Über eine Stunde saß Alma mit dem Rücken an den Schrank gelehnt und dachte nach. Ihr blieb nur noch wenig Zeit, bis Hermann nach Hause kam. Spätestens dann musste sie wieder normal funktionieren, durfte sich nichts anmerken lassen, und vor allem musste sie einen Plan haben, was mit Käthe passieren sollte.

Fritz war beleidigt, dass er nicht mit nach Apia durfte. Erst als Alma ihm versprach, dass er später die Pferde absatteln und füttern durfte, gab er nach. Hastig brach Alma auf und trieb die Pferde an. Bisher war ihr keine zündende Idee gekommen, wie sie Käthes Forderung nachkommen sollte. Ihre einzige Hoffnung bestand darin, dass wenigstens Heather einen klaren Kopf haben würde. Sie nahm eine Kurve zu schnell und fast hätte sie die Kontrolle verloren. Sofort zog Alma an den Zügeln, die Pferde schnaubten.

Erst als sie ins Zentrum von Apia kam, drosselte sie die Geschwindigkeit. Als sie bei Anton Hofer vorbeifuhr, hätte sie fast den älteren Mann übersehen, der draußen auf den Stufen vor dem Laden saß.

Geschickt wendete sie die Kutsche und hielt vor dem Laden. Friedebold Dünnbier erkannte sie und stand auf.

»Frau Stieglitz, wie schön, Sie zu treffen. Mein Sohn ist gerade hinterm Laden und lädt unseren Nachschub für die nächsten Wochen auf.«

»Dann sind Sie wahrscheinlich schon seit gestern da?«

»Ja, wir kommen immer rüber, wenn wir das deutsche Postschiff sehen. Es fährt ja um Savai'i herum.«

»Sie müssen uns unbedingt mal wieder besuchen. Käthe fragt ständig nach Ihrem Sohn.«

»Ach ja? Da wird er sich aber freuen.« Er ging die Treppe herunter und lief zur Hausecke. »Willi, komm doch mal.«

Alma stieg von der Kutsche herab und empfing Willibald Dünnbier mit einem strahlenden Lächeln. »Herr Dünnbier.«

Sie reichte ihm die Hand, es war ihr völlig egal, dass seine Hände vom Aufladen schmutzig waren. »Ich hab' gerade schon zu Ihrem Vater gesagt, dass Sie uns unbedingt bald besuchen müssen. Käthe redet ja von nichts anderem mehr als von dem netten Abend mit Ihnen.«

»Ach ja?« Willibald Dünnbier blickte sie erstaunt an. »Das freut mich. Ich dachte schon … na. Ist egal. Wir kommen natürlich gerne.«

»Wie wäre es denn mit heute Abend? Wenn Sie schon mal hier sind?« Alma schickte heimlich ein Stoßgebet zum Himmel. Das wäre ihre Rettung, und wahrscheinlich die einzige Möglichkeit. »Ich bestehe darauf«, fügte sie freundlich hinzu, denn die beiden waren von ihrer Art her eher zurückhaltend. »Oder fahren Sie heute schon wieder zurück?«

Die beiden warfen sich einen Blick zu. Vermutlich hatten sie geplant, heute noch die Barkasse zurück nach Savai'i zu nehmen.

Willibald Dünnbier antwortete jedoch: »Nein, nicht unbedingt. Wir nehmen Ihre Einladung liebend gerne an, wenn es Ihnen nicht zu viel Mühe macht.«

»Ach was. Ich wollte ohnehin gerade einkaufen. Kommen Sie einfach, wenn es Ihnen passt. Wir haben ja sonst immer so wenig Zeit füreinander.«

»Käthe?« Alma raste die Treppe hoch. Fritz brachte die Einkäufe schon in die Küche. »Ach, hier bist du.« Alma schloss die Tür der Nähstube. Käthe saß auf ihrem Bett und hatte in einer Zeitschrift geblättert.

Alma musterte sie mit eisernem Blick. »Pass auf, ich hab' einen Ehemann für dich. Und ich will nicht wissen, ob er dir gefällt oder nicht. Du hast keine andere Wahl und wirst ihn heiraten. Und bevor ich noch einen Finger für dich rühre: Gib mir meine Sachen zurück.«

Käthe schnaubte. »Du glaubst doch wohl nicht, dass ich dir die Beweise gebe!«

Alma trat dicht ans Bett und beugte sich so nah über Käthe, dass sie ihren Atem spüren konnte. »Du rückst jetzt sofort meine Sachen raus. Wenn du es nicht tust, dann schwöre ich bei Gott, schmeiße ich dich noch heute raus. Du solltest dir gut überlegen, was du tust. Ich werde mich nämlich nie wieder von dir erpressen lassen.« Ihre Stimme klang scharf. So kannte sie sich selbst nicht.

Auch Käthe schien sich davon beeindrucken zu lassen. Trotzdem unternahm sie noch einen Versuch: »Du kannst mich nicht …«

Alma schnitt ihr das Wort ab. »So wahr ich hier stehe, dann gehen wir eben gemeinsam unter. Und mit uns unser kleiner Bruder. Dann kannst du dich ab sofort um dein eigenes Wohl kümmern. Was immer auch passiert: Ich werde für Fritz sorgen, aber gewiss nicht für dich.«

Langsam erhob sich Käthe vom Bett. Sie klappte ihren Reisekoffer auf und wühlte darin herum. Dann schmiss sie Almas Sachen aufs Bett.

Alma nahm den Zettel und das Medaillon und zählte die Briefe nach. Bevor sie hinausging, wandte sie sich noch einmal um. Sie klang hart und unnachgiebig.

»Zieh dein bestes Kleid an. In spätestens zwei Stunden trifft dein Ehemann ein.« Sie warf Käthe einen warnenden Blick zu. »Und wenn du dich nicht benimmst, werde ich noch heute Abend dein Geheimnis lüften, komme, was wolle. Und das Gleiche gilt auch für die Zukunft, falls dir jemals einfallen sollte, etwas zu verraten.« Die Tür fiel laut hinter ihr ins Schloss.

KAPITEL DREIUNDZWANZIG

FEBRUAR BIS APRIL 1903

»Heather, ich weiß gar nicht, wie ich dir danken soll.«

Heather sah ihre Freundin mitleidig an. »Ich wünschte, ich könnte dir irgendwie helfen. Aber ich weiß im Moment auch keinen Ausweg.«

»Ich kann nicht. Nicht jetzt. Auch wenn ich das Gefühl habe, einen furchtbaren Fehler zu machen: Ich kann das Fritz nicht antun.« Alma zitterte am ganzen Körper. Schleppend stieg sie die Treppe hoch. Sie hatte Heather gebeten, oben in ihrer Wohnung in Ruhe mit Joshua reden zu dürfen.

Bald darauf vernahm sie von unten Joshuas Stimme. Ihr Magen zog sich zusammen, als sie die schnellen Schritte auf der Treppe hörte.

Joshua stieß die Tür auf, und noch bevor Alma etwas sagen konnte, nahm er sie stürmisch in seine Arme und drückte seine Lippen fest auf ihren Mund. Als er merkte, dass Alma seinen Kuss nicht mit der gleichen Leidenschaft erwiderte, rückte er ein Stück von ihr ab.

»Alma, sag mir, dass du gepackt hast. Ach, egal. Du brauchst nicht zu packen. Ich nehme dich einfach so mit.«

Alma schluckte hart. Die Worte blieben ihr im Hals stecken.

Joshua sah sie mit aufgerissenen Augen an. »Alma, ich habe auf einem anderen Schiff angeheuert. Ich werde Steuermann und befahre nur noch die Südküste von Australien. Melbourne, Adelaide, Perth und zurück. Wir werden uns viel häufiger sehen. Alle drei Wochen werde ich zu Hause sein.« Er schaute sie durchdringend an, als müsse sie diese Nachricht vollends überzeugen.

Alma rang noch immer nach Worten. Statt einer Antwort flossen ihr Tränen über die Wangen.

»Alma, ich bin das letzte Mal hier. Eigentlich wäre ich nicht einmal mehr diese Tour gefahren. Ich bin nur hier, um dich und Fritz abzuholen.« Sein Griff war so hart, dass ihre Arme schmerzten.

»Fritz ist … Fritz ist verprügelt worden. Zwei englische Jungs haben ihn außerhalb von Apia fast zu Tode geprügelt. Er ist … Im Moment kann man ihn nicht einmal transportieren. Ich bin froh, dass er überhaupt lebt.« Ihr war übel. Sie konnte Joshua kaum in die Augen schauen.

Joshua ließ sie los. Ruhelos ging er im Zimmer auf und ab. Dann hielt er inne. »Gut, dann machen wir es folgendermaßen: Sobald Fritz wieder reisefähig ist, kommst du mit dem nächsten Schiff nach. Ich weiß nicht, ob ich genug Geld für die Passage dabeihabe, aber Heather wird dir sicher etwas leihen. Ich zahle es ihr später zurück.« Er schloss sie in seine Arme und küsste ihr Haar. »Ich bin höchstens drei Wochen weg. Solange kommst du bei meiner Schwester unter. Ich sage ihr Bescheid. Sie wird alles für dich vorbereiten.«

Schluchzend machte Alma sich los und ließ sich auf einen Sessel fallen. »Es ist viel komplizierter. Fritz ist … Die Jungs haben ihn zusammengeschlagen, weil er … weil er Deutscher ist. Jetzt hat er Angst.« Sie fühlte sich, als würde sie Joshua verraten.

Joshua schaute sie fragend an. »Weil er Deutscher ist?«

Alma nickte unter Tränen. »Ihre Eltern sind bankrott, und womöglich ist Hermann nicht ganz unschuldig daran. Oder sie haben finanziell die letzte Missernte nicht verkraftet. Auf jeden Fall müssen sie jetzt ohne einen Pfennig zurück nach Hause. Soweit ich verstanden habe, nach Sydney. Keine zehn Pferde würden Fritz jetzt dahin bringen.«

»Aber Sydney ist riesig. Er würde ihnen dort wahrscheinlich nie begegnen.« Joshua klang verzweifelt. Sie waren doch so nahe am Ziel.

Alma schüttelte den Kopf. »Vor lauter Angst macht er nachts ins Bett. Im Moment könnte ich ihm nicht einmal zumuten, über Australien in die Heimat zurückzufahren.«

»In die Heimat?«

»Ja, in seine Heimat, nach Deutschland.«

»Und wenn er bei deiner Schwester bleibt?«

Laut Alma stieß den Atem aus. »Das geht nicht. Ich kann ihn jetzt nicht alleine lassen. Seine Mutter ist tot, sein Vater ist letztes Jahr gestorben, und er hat Angst um sein Leben. Die Einzige, der er noch vertraut, bin ich.«

Sie sagte nichts darüber, wie sehr Fritz sich nun auch an Hermann klammerte, nachdem dieser die beiden Jungs vor das Kaiserliche Bezirksgerichts gezerrt hatte. Und das war noch nicht einmal bildlich gesprochen. »Käthe kann ich Fritz nicht überlassen. Sie wird bald heiraten und auf die Nachbarinsel ziehen. Dort gibt es nicht einmal eine vernünftige Schule.«

»Alma, das kannst du mir nicht antun.« Joshua kniete sich vor den Sessel.

»Ich hab' keine andere Wahl.«

»Ist dir klar, dass wir uns vielleicht nie wiedersehen?«

Alma hörte den tiefen Schmerz aus seinen Worten heraus. Sie schluchzte auf und fiel ihm um den Hals. Joshua packte ihr Gesicht und küsste sie leidenschaftlich. Heftig drängte sie seine Zunge zwischen ihre Lippen, und sie ließ es zu, während er sie überall gleichzeitig zu berühren schien. Er küsste ihren Hals und glitt weiter hinunter.

Sie wusste, dass es ein Fehler war. Der Schmerz, ohne ihn weiterleben zu müssen, würde mit jeder seiner Liebkosungen nur umso größer. Aber in diesem Augenblick war sie nicht fähig, zu widerstehen. Sie presste ihren Körper an seinen. Schon löste er die Knöpfe, die ihren Rock zusammenhielten. Er schien wie von Sinnen zu sein. Und ihr erging es nicht anders.

APRIL 1903

Das Haus war nicht viel kleiner als die Villa, in der Alma lebte, sah jedoch etwas heruntergekommen aus. Willibald Dünnbier bemerkte Käthes abschätzigen Blick.

»Es fehlt eben die fürsorgende Hand einer Frau. Aber jetzt bist du ja da.« Zuversichtlich lächelte er sie an.

Seit Käthe ihm das Jawort gegeben hatte, war sie wieder die Alte. Launisch und missgestimmt, und Willi war zunehmend von ihrem Verhalten irritiert. Alma hatte sie bereits streng ermahnt. Sie würde wieder alles kaputtmachen.

Auf der Überfahrt mit der Barkasse zur Nachbarinsel war sie neugierig gewesen, ob man schon vom Boot aus ihren Grundbesitz sehen konnte, aber Willi musste sie enttäuschen. Erst mussten sie noch ein paar Stunden mit der Kutsche fahren. Immer mit der Sicht auf den hohen Vulkankrater, der über Savai'i thronte, fuhren sie durch die üppige grüne Landschaft. Die Wege hier waren schlechter ausgebaut als auf Upolu, und mit dem schweren Karren dauerte es sehr lang. Endlich hielten sie vor dem großen Holzgebäude. Zwei Boys kamen herbei und fingen sofort an, Lebensmittel, Käthes Gepäck und die wenigen Geschenke, die sie bekommen hatte, abzuladen.

Vor nur wenigen Wochen hatte Käthe Alma von ihrer Schwangerschaft erzählt und den Erpressungsversuch unternommen. Seitdem hatten sie nicht mehr darüber gesprochen. Alma hatte das Gefühl, wenn sie ihre Schwester nur ohne Zwischenfälle bis zu ihrem neuen Zuhause begleitete, war es vollbracht.

Willi Dünnbier tat ihr sehr leid. Er war ein so netter Kerl. Noch war er geduldig mit Käthe, aber Alma hatte so eine Ahnung, dass sich das ändern könnte. Sein Vater, Friedebold Dünnbier, hatte bereits Zähne gezeigt, als Käthe auf ihrer Hochzeitsfeier im Hotel mal wieder eine schnippische Antwort gegeben hatte.

Und selbst wenn sie Käthe nicht zähmen würden, im einsamen Nordosten von Savai'i war Käthe so weit ab von allen Verlockungen, dass sie, selbst wenn sie wollte, keinen Blödsinn anstellen konnte.

Das Haus war innen recht gemütlich eingerichtet, aber man sah, dass hier seit mehreren Jahren zwei Männer alleine gewohnt hatten. Die frühere Küche war verwaist, denn der chinesische Koch bereitete die Mahlzeiten für alle Arbeiter draußen in einer Kochhütte zu. Aber Willi hatte Käthe schon versprochen, dass sie alles für die Küche kaufen konnte, was sie brauchte.

Alma sah Käthe deutlich an, dass sie enttäuscht war. Sie hatte sich wahrscheinlich etwas anderes unter einem großen Landsitz vorgestellt.

»Käthe, glaub nicht, dass unser Haus viel besser ausgesehen hat, als wir eingezogen sind«, versuchte Alma sie zu beruhigen. »Es dauert eben eine Weile, bis man sich eingerichtet hat. Wenn du Möbel brauchst, sag mir Bescheid. Ich wette, in einem halben Jahr sieht es hier schon ganz anders aus.«

Käthe sah sie skeptisch an.

»Was hast du dir denn eigentlich vorgestellt?«, zischte Alma ihre Schwester an, als sie für einen Moment alleine waren. »Dass du hier in ein Schloss einziehst?«

»Ich dachte, die Dünnbiers wären reich.«

»Sie besitzen sehr viel Land. Aber was sie geschaffen haben, haben sie mit viel Fleiß vollbracht. Und du wirst dich dem anpassen müssen. Denk immer daran: Du hättest es sehr viel schlechter treffen können!«

»Aber alles sieht so verwahrlost aus.«

»Dann pack mit an. Hilfe für die schweren Arbeiten bekommst du. Wenigstens wirst du in der nächsten Zeit keine Langweile haben.« Alma ärgerte sich. Sie war mehr als froh, dass Käthe von jetzt an auf der Nachbarinsel lebte.

Fritz, den sie mitgenommen hatten, kam angerannt. »Käthe, ihr habt ja viele Pferde!«

»Ach ja?« Das machte Käthe hellhörig, denn Pferde waren ein ausgesprochenes Statussymbol. Willi kam herein. Er hatte Fritz draußen herumgeführt.

Und Friedebold Dünnbier war soeben von einem Ausritt zurückgekehrt. Er war über die Plantage geritten und hatte die Arbeiter kontrolliert. Vater und Sohn fuhren selten zusammen weg, die Hochzeit bildete da eine Ausnahme. Doch während Friedebold schon am Tag danach wieder abgereist war, hatte Willi noch ein paar Tage mit seiner frisch angetrauten Ehefrau im Hotel gewohnt.

Zwei Boys trugen eine Kommode ins Haus, die sie in Apia erstanden hatten. Ein großes Ehebett war bei einem Schreiner bestellt und wurde bald nachgeliefert.

»Das sind aber doch keine Samoaner, oder?«, fragte Käthe ihren Mann. Die Boys waren tiefschwarz und hatten nicht die typisch feinen Gesichtszüge der Samoaner.

»Nein, sie stammen von den Salomonen. Dort gibt es billigere Arbeitskräfte.«

Diese Antwort stellte Käthe zufrieden.

Drei Tage blieben Alma und Fritz, bis Alma das Gefühl hatte, dass Käthe sich einigermaßen an ihr neues Zuhause gewöhnt hatte. Dann packte sie ihre Reisetaschen und ließ sich mit Fritz zur Anlegestelle bringen. Käthe begleitete sie.

»Und vergiss nicht, die Liste Anton Hofer zu geben. Ich brauche die Sachen dringend.«

Käthe hatte eine umfangreiche Liste erstellt, von Moskitonetzen, auf die man schwerlich verzichten konnte, bis hin zu Gardinen und Besteck und allerlei Dingen, die Alma nicht für nötig hielt. Willi hatte die Liste kritisch beäugt. Er wollte wohl Käthe nicht schon am Anfang enttäuschen. Alma hatte allerdings den Eindruck, dass es nicht lange dauern würde, bis er Käthes Kauflaune einen Riegel vorschob.

Ein wenig stolz dachte Alma daran, dass sie Geld besaß, das sie selbst verdient hatte. Und da Käthe das Nähzimmer geräumt hatte, konnte sie wieder Kleider für den Verkauf anfertigen. Fast ein halbes Jahr war vergangen, und in dieser Zeit hatte sie gerade mal zwei Kleider fertiggestellt. Zu groß war das Risiko gewesen, dass ihre Schwester etwas bemerkt hätte.

Fritz stand an der Reling und schaute auf Upolu. Nur noch eine kahl rasierte Stelle und ein wenig Schorf erinnerten an die gefährliche Kopfverletzung, die er sich vor einigen Wochen zugezogen hatte. Eine kleine Narbe oberhalb des rechten Auges würde ihn für den Rest seines Lebens an dieses lebensbedrohliche Ereignis erinnern. Nach wie vor traute er sich nicht alleine nach Apia. Etena oder Taua brachten ihn jeden Tag zur Schule und holten ihn wieder ab. Alma hoffte sehr, dass er sich bald ganz von dem Schrecken erholt hatte. Die Familie der beiden Jungen, die Fritz verprügelt hatten, war nach Australien gezogen.

Die Überfahrt dauerte nur zwei Stunden und Fritz freute sich schon auf Hermann. Auch Alma genoss den Meereswind und den Blick auf die sanften Hügel. Während Savai'i fast kreisrund war, hatte Upolu eher die Gestalt einer länglichen Raute. Die Insel besaß zwar nicht so große Erhebungen wie Savai'i, war jedoch durchzogen von einer sanften Hügelkette. Würde sie hier den Rest ihres Lebens verbringen? Hermann schwärmte immer wieder von einer eigenen Plantage, und Alma glaubte nicht, dass er nach Deutschland zurückkehren wollte.

Joshua Fitzgerald hatte sich von ihr abgewandt. Sie hatten sich geliebt, schnell und hektisch, aber so intensiv, dass Alma das Gefühl hatte, immer noch seine Handabdrücke auf ihrer Haut zu spüren. Danach hatte er versucht, sie umzustimmen, was in einen Streit mündete. Er warf ihr vor, ihn nicht genug zu lieben. Alma hatte versucht, sich zu verteidigen. Aber sie wusste selbst, wie kümmerlich ihre Argumente waren. Manchmal verstand sie sich selbst nicht. Und auch jetzt zweifelte sie an ihrer Urteilsfähigkeit. Eigentlich hatte sie gehofft, dass er ihr noch mehr Zeit einräumen würde. Doch er wollte sich nicht mehr vertrösten lassen. Sie sollte ihm versprechen, nachzukommen, sobald Fritz wieder einigermaßen auf dem Damm war. Doch diesen Wunsch konnte sie ihm nicht erfüllen. Seine letzten Worte klangen so bitter. Er sei schwer enttäuscht und wolle sie nie wiedersehen. Sie habe Hermann betrogen, und ihn auch. Danach war er aus dem Laden gestürmt, und sie wusste, wenn sie ihm jetzt nicht folgte, würde sie ihn nie wiedersehen.

Sie würde also nicht wie gedacht nach Australien ziehen. Und gelegentlich fragte sie sich, warum sie überhaupt noch an Deutschland dachte. Was würde sie im kalten Deutschen Reich außer Mathilde und Tante Heidi erwarten? Auch wenn sie den Schnee vermisste und den Duft der ersten Frühlingstage nach einem langen kalten Winter, brachte das Leben auf Samoa viel mehr Angenehmes mit sich. Sie musste sich mit dem Gedanken vertraut machen, dass die Insel für den Rest ihrer Tage ihre Heimat wurde.

Bedrückt blickte Alma aufs Wasser mit den kleinen weißen Schaumkronen. Zwischen den beiden Inseln herrschte eine starke Strömung. So verharrte sie einen Moment lang, und mit einem Mal schoss ihr durch den Kopf, dass sie sich selbst am meisten betrogen, sich mit ihrer Entscheidung gegen ihr eigenes Glück gestellt hatte. Wieder einmal.

Als sie den Blick hob, wurde ihr plötzlich schlecht. Bisher war ihr nur ein einziges Mal, bei sehr schwerem Seegang auf dem Indischen Ozean, als sie vom südafrikanischen Kap Richtung australischen Kontinent fuhren, übel geworden.

Jetzt allerdings herrschte kein hoher Wellengang. Hatte sie etwas Falsches gegessen? Sie blickte Fritz an, dem es prächtig ging. Er war auf eine Holzkiste geklettert und hielt sich an einem Tau fest und blickte hinaus aufs Meer. Zum Frühstück hatten sie das Gleiche gegessen. Das konnte also nicht die Ursache sein. Hatte Kapitän Foster nicht davon gesprochen, dass die Seekrankheit einen heimtückisch überfallen konnte, obwohl man jahrelang davon verschont geblieben war? So musste es wohl sein.

Armer Hermann. Jetzt konnte sie voll und ganz verstehen. Und ihre Übelkeit wurde es immer schlimmer. Verbissen starrte sie auf den Horizont, während sie gegen ihren rebellierenden Magen ankämpfte, um sich nicht zu übergeben.

»Geht es dir wieder besser?« Fritz war sehr besorgt um seine große Schwester, denn sonst wäre er schon längst von der Kutsche gesprungen.

Alma fragte sich, wie es wohl für ihn gewesen war, mit ansehen zu müssen, wie ihr Vater dahingesiecht war. Sicher hatte er Angst, dass es Alma genauso ergehen könnte.

»Ich glaube, es wird langsam besser. Pass auf, dass unser Gepäck hoch getragen wird. Und nachher mach ich uns etwas Leckeres zu essen. Was hältst du von Pfannkuchen?«

»Au ja.« Schon stürmte Fritz zum Vordereingang, wo Taua die Taschen von der Kutsche holte. Alma blieb für einen Moment sitzen. Endlich schien sich ihr Magen zu beruhigen. Dabei waren sie kaum drei Stunden auf See gewesen.

Alma stand auf und trank ein Glas Wasser. Obwohl sie sich besser fühlte, bat sie Aveolela, ihr einen Ingwertee zuzubereiten. Dann ging sie nach oben. Hermann war sicher im Kontor. Sie leerte ihre Reisetasche und packte auch Fritz' Sachen aus.

Danach ging sie ins Nähzimmer und blickte sich irritiert um. Während Käthe hier gewohnt hatte, hatte Alma ihre Nähmaschine weggeräumt. Jetzt würde sie das Zimmer endlich wieder wie vorher einrichten. Zunächst war sie nicht beunruhigt, als sie die Maschine nirgends entdeckte. Sie schaute oben überall nach, dann unten in der Küche und sogar in Hermanns Arbeitszimmer. Vergebens. Alma wurde zusehends nervös.

Als Aveolela mit dem Ingwertee auf die Terrasse kam, fragte sie: »Wo ist meine Nähmaschine?«

Aveolela wollte erst nicht mit der Sprache rausrücken, aber dann sagte sie: »Ihr Mann hat sie.«

»Mein Mann?« Alma war perplex. Was wollte denn Hermann mit der Nähmaschine? »Hat er sie mit ins Kontor genommen?« Vielleicht wollte er die groben Transportsäcke nähen lassen. Aber dafür war die Maschine nicht ausgelegt. Das hatte sie ihm schon einmal erklärt.

Aveolela schüttelte mit dem Kopf. »Nein, er hat sie wegbringen lassen.«

»Wegbringen lassen?« Alma wurde irritiert und wütend zugleich. Schuldbewusst drehte Aveolela sich um und rief nach Taua, der sofort herbeieilte. Aveolela sagte etwas auf Samoanisch zu ihm und Taua nickte die ganze Zeit. Aus dem kurzen Gespräch konnte Alma nur ein Wort verstehen, und das war Schmidt.

»Was ist mit den Schmidts? Was haben die damit zu tun?« Gustav Schmidt arbeitete in der Firma. Die Schmidts kamen gelegentlich mit ihren drei Kindern zu Besuch, aber so recht konnte Alma sich nicht mit ihnen anfreunden. Beim letzten Mal hatte Gerda Schmidt Almas Kleider sehr bewundert. Sie selbst sei ja nicht so geschickt, hatte sie gesagt und sich darüber beklagt, dass es ewig dauere, wenn man mit der Hand nähen müsse. Ein böser Verdacht stieg in Alma auf.

Taua blickte Aveolela an. Er stülpte die Unterlippe nach vorne, woran Alma immer sehr gut erkennen konnte, dass er sich unwohl fühlte.

»Taua, was ist los?«

»Mr. Stieglitz hat Karten gespielt. Er hat verloren.«

Alma brauchte einen Moment, bis sie begriff. »Mein Mann hat meine Nähmaschine beim Kartenspielen verloren?« Taua nickte. »Und jetzt hat Frau Schmidt meine Nähmaschine?« Alma schnappte nach Luft.

Taua nickte wieder und trat einen Schritt zurück.

Mit einem Mal war Almas Übelkeit wie weggeblasen. »Du hast die Nähmaschine zu den Schmidts gebracht?«, entgegnete sie aufgebracht.

»Ich hab' gesagt, dass es Missus nicht gefallen wird. Hab' ich gesagt.« Taua ging noch einen Schritt zurück.

Das durfte doch wohl nicht wahr sein! Hermann spielte gerne Skat mit den anderen deutschen Männern. Gelegentlich hier auf der Veranda, daher wusste Alma, dass auch reichlich Bier floss. Alma konnte ihre Wut kaum unterdrücken.

»Mr. Stieglitz hat meine Nähmaschine an Herrn Schmidt verloren, und du hast sie ihm gebracht, als ich weg war?«

Fritz kam um die Ecke und blieb überrascht stehen. Einen solchen scharfen Ton war er von seiner Schwester nicht gewohnt.

Alma blickte zur Kutsche. Taua hatte gerade erst die Pferde abgespannt. »Mach sofort die Kutsche fertig.« Als Taua sich nicht bewegte, schrie sie: »Sofort!«

Keine zwei Minuten später saßen Taua und Etena hinter Alma, die den Wagen selber lenkte. Fritz war im letzten Augenblick hinten aufgesprungen.

Almas Wut war noch nicht verraucht, als sie an dem kleinen Haus der Schmidts in Apia ankamen. Erregt sprang Alma vom Kutschenbock herunter und rief: »Frau Schmidt!« Sie stürmte ohne Begrüßung ins Haus. Gerda Schmidt stand in dem kleinen Flur und schaute sie erstaunt an.

»Wenn mein Mann Skat spielt und verliert, kann er von mir aus alles weggeben, aber nicht meine Nähmaschine. Die gehört mir. Mir allein!«

Gerda Schmidt machte den Mund auf und zu. Dann richtete sie sich auf. »Mein Mann hat sie rechtmäßig gewonnen.«

»Und mein Mann hat sie unrechtmäßig verloren. Man kann nämlich nichts verspielen, was einem nicht selbst gehört. Wo ist sie? Ich nehme die Nähmaschine sofort wieder mit.«

»Das kommt gar nicht infrage.« Gerda Schmidt stemmte ihre Hände in die Hüften, während sie einen hastigen Blick auf eine der Türen warf.

»Klären Sie das von mir aus mit meinem Mann. Aber die Maschine gehört mir. Ich hab' sie nicht verloren.« Alma ignorierte sie und ging energisch auf die Tür zu.

Die etwas kleinere Frau machte zuerst Anstalten, sie aufzuhalten, doch dann fing sie an zu schimpfen. Aber Alma ließ sich davon nicht beeindrucken. Als sie die Tür aufmachte, sah sie die Bescherung. Gerda Schmidt hatte keine Ahnung, wie man mit einer solchen Maschine umging. Das Garn war unregelmäßig aufgespult und das untere Schiffchen lag neben einer zerbrochenen Nadel. Ein Stofffetzen mit dicken Garnknoten lag auf dem Nähtischchen. Alma biss das Garn ab, steckte schnell die Einzelteile zusammen und zog unter lautem Gezeter von Gerda Schmidt die schwere Maschine über den Holzboden.

Als sie an der Eingangstür angelangt war, rief sie Taua und Etena, die die Nähmaschine hinten auf die Kutsche hievten. Mehrere Leute standen bereits auf der Straße und verfolgten das ungewöhnliche Schauspiel neugierig.

»Haltet sie gut fest. Das ist ein teures Stück«, rief Alma den Boys zu, als sie sich auf den Kutschbock schwang. Sie ergriff die Zügel. Dann drehte sie sich noch einmal zu Gerda Schmidt um und unterbrach deren Schimpftirade.

»Sie sollten sich schämen. Sie wussten ganz genau, dass ich ein paar Tage weg bin. Und von alleine wären weder Ihr noch mein Mann auf die Idee gekommen, um meine Nähmaschine zu spielen. Das werde ich Ihnen nie verzeihen! Und außerdem: Die Maschine nutzt Ihnen gar nichts, wenn Sie nicht wissen, wie man sie bedient.«

Leicht zog Alma die Zügel an, und die Pferde setzten sich in Bewegung. Sie hatte sich zwar gerade eine Feindin fürs Leben gemacht, aber es fühlte sich ausgesprochen gut an.

»Alle haben deinen hysterischen Anfall mitbekommen. Du glaubst doch wohl nicht, dass ich dir das durchgehen lasse?« Es hatte keine halbe Stunde gedauert und Hermann war zur Tür hereingeschossen. Damit hatte Alma schon gerechnet.

Sie stand in der Küche und wollte gerade Kaffee mahlen. Jetzt stellte sie die Blechdose mit den frisch gerösteten Kaffeebohnen beiseite und stemmte die Hände in die Hüften.

»Du hast meine Maschine verspielt!«, schrie sie ihn an. »Du hattest nicht das Recht dazu.«

»Das ist mein Haus. Hier drin gehört alles mir. Hast du verstanden?«, brüllte Hermann zurück.

Alma dachte, er würde sie wieder schlagen. Doch im letzten Moment hielt er inne. Alma hatte ihn noch nie angeschrien.

Nur mit Mühe beherrschte sie sich und zischte. »Dir mag hier alles gehören. Wahrscheinlich bin sogar ich dein Besitz, aber die Nähmaschine ist das Einzige, was mir gehört. Und du wirst sie nie wieder anfassen.«

Mit hochrotem Kopf blickte Hermann sie an. Er sah aus, als würde er gleich explodieren.

»Du hast mir gefälligst zu gehorchen.«

»Du lässt deine Finger von meiner Maschine!« Einen Moment lang passierte nichts, doch dann ging alles so schnell, dass Alma die Hand nicht kommen sah. Hermann schlug sie mit der Faust. Er erwischte sie knapp unter dem linken Auge. Alma knallte mit voller Wucht auf den Küchentisch. Die Kaffeemühle flog gegen die Wand, und die Bohnen verteilten sich auf dem Fußboden.

Kurz war Alma benommen. Sie konnte nichts sehen, rutschte vom Küchentisch und sank auf den Boden.

»Du … du bist nichts wert. Du kannst ja nicht einmal Kinder bekommen!«, spie Hermann voller Wut aus.

Alma setzte sich aufrecht hin und befühlte ihr Auge. In Windeseile schien sich eine Beule zu bilden. Mit überraschend ruhiger Stimme sagte sie: »Vielleicht liegt es ja gar nicht an mir, sondern an dir.«

»Was sagst du da?« Schon hob Hermann wieder seine Hand. »Ich weiß genau, dass ich Kinder zeugen kann.«

»Da sei dir mal nicht so sicher«, entgegnete Alma voller Bitterkeit. »Es ist sehr gut möglich, dass Faana gar nicht deine Tochter ist.« Sie wusste es schon lange.

Hermann erstarrte, als Alma den Namen erwähnte. Seine Hand sank zurück, und er blickte Alma so überrascht an, als hätte sie gerade den Weltuntergang vorausgesagt.

»Ach, hast du etwa gedacht, ich wüsste nichts davon? Dass ich zu naiv bin und nicht begreife, dass mein Mann sich genauso aufführt wie alle weißen Männer hier? Natürlich hab' ich von deiner Affäre gewusst!«

Hermann war zuerst verblüfft, dann funkelte er sie böse an. »Joseph!«

Alma versuchte aufzustehen, doch ein heftiger Schmerz durchzuckte ihren Kopf. »Ja, Joseph. Von ihm weiß ich es.« Sie fixierte Hermann mit ihrem rechten Auge. »Aber ich habe von jemand anderem erfahren, dass Laulii mit mehr als einem Weißen geschlafen hat.«

»Das ist nicht wahr!«

»Doch. Frag sie selbst! Frag sie, von wem sie die goldene Kette hat.«

Hermanns Lippen zitterten. Wütend ballte er seine Hände zu Fäusten, und Alma zog unwillkürlich den Kopf ein. Doch dann drehte er sich um und stürmte zur Vordertür hinaus. Die Haustür knallte hinter ihm zu.

Erst als er sicher war, dass Hermann nicht zurückkam, schlich Fritz von der Veranda herein. Er hatte wahrscheinlich alles mit angehört. Er kniete sich neben sie.

»Was ist, Alma? Wird Onkel Hermann uns jetzt rausschmeißen?«

Alma versuchte ein schiefes Lächeln, aber es tat zu sehr weh. »Ich hab' keine Ahnung.« Sie drückte Fritz die Hand. »Hab keine Angst. Wir werden das schon durchstehen.« Noch immer auf dem Boden sitzend, sammelte sie ein paar Kaffeebohnen auf.

»Lass mal, Alma. Ich mach das schon«, sagte Fritz und las die kostbaren Kaffeebohnen auf. Plötzlich hielt er inne. »So fest hat Vater nie zugeschlagen.«

»Ja, Fritz. Das stimmt. So fest hat Vater nie geschlagen.« Wie betäubt hielt Alma sich den Kopf.

Dann war das Geheimnis nun also gelüftet, in mehrerlei Hinsicht. Beim Picknick an den Papase'ea Sliding Rocks hatte Aveolela sich nämlich verplappert und Alma erzählt, dass Laulii die schöne Kette von einem Farmer aus der Nähe von Apia bekommen hatte. Und laut Lauliis eigenen Worten stammte die Kette von dem Kindsvater. Als Alma nachfragte, ob Laulii noch mit anderen Männern das Bett teilte, gab Aveolela beschämt zu, dass Laulii sich außerdem mit einem Mann aus Savai'i treffe. Alma hatte sich damals ein Grinsen nicht verkneifen können. Damit schienen mehrere Männer um die Vaterschaft zu konkurrieren, aber Hermann war nicht unter ihnen.

Alma kühlte ihre Beule. Die Haut rund um das Auge war rot und blau unterlaufen. Eigentlich musste sie nun für länger im Haus bleiben, damit die Leute keinen Verdacht schöpften. Aber Alma hatte nicht vor, so zu tun, als sei nichts passiert.

Wenn Hermann glaubte, sie würde sich verstecken, damit er gut dastand, hatte er sich geschnitten.

Fritz schmiegte sich an ihre Schulter. Seit dem Streit vor ein paar Stunden war er keinen Meter mehr von ihrer Seite gewichen, als habe er Angst, das letzte Familienmitglied, das ihm geblieben war, auch noch zu verlieren. Der ganze Vorfall hatte ihn zutiefst verstört. Zu viel hatte er in den letzten Jahren erleben müssen. Seine ganze Welt war aus den Fugen geraten. Ihn schien der Streit weitaus mehr aufzuregen als Alma. Sie war vor allem wütend auf Hermann.

»Alma?«, fragte er vorsichtig. An der Art, wie er das A langzog, merkte Alma, dass er ihr eine wichtige Frage stellen wollte.

»Ja, mein Kleiner. Was ist denn?« Sie saß auf der oberen Veranda, wo sie ihre Ruhe hatte. Sie hatte fürchterliche Kopfschmerzen, und es war nicht daran zu denken, aufzustehen und sich zu bewegen.

»Hat Onkel Hermann schon ein anderes Kind?«

Alma stutzte. Der Junge versuchte wahrscheinlich, das Gehörte einzuordnen. »Vielleicht. Ich weiß es nicht genau. Und womöglich weiß die Frau es nicht einmal selbst genau.«

»Dann weiß das Kind nicht, wer sein Papa ist?«

Alma nickte. Tja, das war wohl eine der bedeutendsten Fragen, die ein Kind stellen konnte.

»Kann ihm die Mutter nicht sagen, wer der Papa ist?«

Alma atmete tief durch. Für ein solches Gespräch war Fritz definitiv zu jung. Und sie war wirklich nicht darauf vorbereitet, ihn hier und heute in die Geheimnisse der Natur einzuweihen. Sie konnte und wollte Fritz nicht erklären, dass Laulii nur zurückrechnen brauchte, um festzustellen, mit welchem Mann sie in der Zeit vor der nächsten regulären Blutung geschlafen hatte und …

Abrupt ließ Alma Fritz los. Sie sprang auf und krallte sich an der Brüstung der Veranda fest. Der Schmerz schoss ihr durch den Kopf wie ein Pfeil, doch sie bekam es kaum mit. Über ihr stand der Südseemond, groß wie eine riesige Scheibe, zum Greifen nah, und erhellte den Garten. Die Palmen warfen lange Schatten, und der Himmel der südlichen Hemisphäre war mit Sternen übersät. Plötzlich wurde Alma ganz ruhig. Die Übelkeit heute Vormittag und das Datum ihrer letzten Monatsblutung. Sie musste nicht lange nachrechnen. Sie war schwanger, und im Gegensatz zu Laulii wusste sie genau, wer der Vater ihres Kindes war.

KAPITEL VIERUNDZWANZIG

AUGUST 1903

Mit langsamen Schritten stieg Käthe die Treppe zur Veranda hoch. Unterm Arm trug sie ein kleines Päckchen. Heute Früh erst war der deutsche Postdampfer eingelaufen, sie schien direkt mit der Fähre von Savai'i gekommen zu sein. Ihr Bauch war schon kugelrund. Alma konnte es ihr nicht vorwerfen, dass sie seit ihrer Hochzeit bereits drei Mal zu Besuch auf Upolu gewesen war. Auf ihrer Plantage gab es sicher noch viel weniger Abwechslung als in Apia. Käthe übernachtete zur Almas Erleichterung im Tivoli-Hotel.

Bei Alma war erst eine kleine Wölbung zu sehen. Immerhin groß genug, dass es Hermann aufgefallen war. Seitdem schien er ein anderer Mann zu sein. Er war aufmerksam und rücksichtsvoll, trieb Taua, Etena und Aveolela an, damit Alma jede Anstrengung vermied.

Die Schwangerschaft hätte Alma beflügeln können. Doch bei jedem warmherzigen Lächeln, das Hermann ihr schenkte, bei jeder gut gemeinten Geste durchlitt Alma Höllenqualen, weil sie ihn geflissentlich betrog.

Sie fühlte sich vom Schicksal verraten. Fritz hatte sich wieder erholt, und wenn Joshua sie heute fragen würde, ob sie mit ihm kommen wolle, würde sie keine Sekunde zögern. Es schien, als werfe das Leben ihr jedes Mal einen Knüppel zwischen die Beine, wenn es um ihr eigenes Glück ging.

»Mein Gott, ist das ist eine Hitze. Als wäre mir nicht schon warm genug.« Käthe ließ sich schnaufend auf einen Korbstuhl fallen.

Sofort kam Aveolela mit einem Eistee. Alma hatte große Angst, weil sie heute nicht mehr umhinkam, Käthe über ihren Zustand zu unterrichten. Was, wenn ihre Schwester wieder versuchte, sie zu erpressen? Auf jeden Fall würde sie Vermutungen anstellen. Doch alles, was Alma verraten könnte, hatte sie heimlich vergraben. Im Zweifel stand Käthes Wort gegen ihres, und sie war unleugbar im Vorteil. Hermann war viel zu glücklich über die Nachricht, dass er Vater wurde, als dass er sich das von Käthe nehmen ließ. Die Nachricht über Almas Schwangerschaft löste den vorangegangenen Streit und die gegenseitigen Vorwürfe in Luft auf. Trotzdem wollte Alma es nicht auf eine Diskussion ankommen lassen.

Aber zunächst freute sie sich über die Briefe von Tante Heidi und Mathilde. »Das ist lieb von dir, dass du mir die Post mitbringst. Ich hätte sie sonst heute Nachmittag geholte, wenn der große Andrang vorbei ist.« Sie riss das schmale Päckchen auf.

»Ist auch etwas für mich dabei?«, fragte Käthe, während sie ihren Eistee trank. Ein Brief von Tante Heidi und von Mathilde kamen zum Vorschein, und darunter lagen gut verschnürt einige Familienfotos. Die meisten hatte Alma noch nie gesehen. Unter den Fotos hatte die Tante wie üblich einen Brief versteckt. Vater war jetzt zwar tot, aber Hermann sollte immer noch nicht alles erfahren. Hastig legte Alma das Verpackungspapier mit dem Brief auf einen leeren Korbstuhl.

»Nein, das war alles«, log sie.

»Tante Heidi hat mir erst einmal geschrieben. Und Mathilde noch gar nicht«, entrüstete Käthe sich.

»Sicher gehen sie davon aus, dass wir uns ohnehin über die Briefe austauschen.« Schnell legte sie die Fotos auf den Tisch. »Schau mal hier, erinnerst du dich noch? Das war in dem Winter, als wir auf dem Rhein Schlittschuh gelaufen sind.« Sie reichte Käthe ein Foto, auf dem die Eltern mit den drei Töchtern zu sehen waren.

Versonnen betrachtete Käthe das Foto. »Ich sehe unserer Mutter wirklich sehr ähnlich, findest du nicht auch?« Sie gab Alma das Bild zurück.

Alma verglich das Foto mit ihrer Schwester. »Ja, du hast recht. Als wärt ihr Zwillingsschwestern und nicht wir.« Sie schaute sich nach Aveolela um. Ihr Glas war leer, und die trockene Augusthitze machte ihr zu schaffen. Aber ihre Angestellte war nirgends zu sehen. Ein häufiges Phänomen, wenn Käthe zu Besuch war.

»Ich hol mir schnell noch Eistee.« Alma stand auf und ging in die Küche, um eine Kanne Eistee zu holen. Aveolela bereitete sich im Kochhaus eine leichte Mittagsmahlzeit zu. Sie brach Eis ab und füllte die Kanne auf.

Als Alma ein paar Minuten später zurückkehrte, blickte Käthe mit geheimnisvollem Gesichtsausdruck vor sich hin, den sie nicht deuten konnte. Aber sie wusste, etwas war passiert.

Käthe hatte die Fotos vor sich auf dem Tisch ausgebreitet. Sie deutete auf ein Bild. »Weißt du noch, das erste Weihnachten ohne Mutter. Tante Heidi wohnte erst seit ein paar Wochen bei uns. Und Fritz schrie unentwegt.«

Alma erinnerte sich. Sie mussten für Fritz eine Amme anstellen, und das Geld war eine Zeit lang sehr knapp. Hatte Käthe der Tod der Mutter mehr mitgenommen als sie? War das die Ursache für Käthes ständige Maßlosigkeit? Alma stutzte. Wann hatte das eigentlich angefangen, dass der Vater die eine Tochter ständig bevorzugte? Nach dem Tod der Mutter? Weil Käthe seiner geliebten verstorbenen Frau so ähnlich sah? Unmerklich schüttelte Alma den Kopf. Nein, wenn ihre Erinnerung sie nicht trog, war es nie anders gewesen.

Sie las Mathildes Brief. »Stell dir vor, Mathilde und Tante Heidi waren in einem Wanderkino, mit einem echten Kinematografen.«

»Hab' ich auch schon gesehen«, antwortete Käthe prompt.

»Was, du hast schon mal einen Film gesehen?«

»Nein, aber so ein Gerät«, antwortete ihre Schwester ausweichend.

»Und in Köln wird die Pferdebahn ersetzt durch eine elektrische Bahn. Mitten in der Stadt. Unglaublich!«

»Ach, Alma, du hast alles Wichtige verpasst. Davon hab' ich bereits gehört, bevor ich hergekommen bin. Die haben schon wenige Monate nach deiner Abreise damit begonnen, eine elektrische Straßenbahn zu bauen.«

»Na, dann ist ja klar, dass Tante Heidi und Mathilde mir schreiben, weil du sowieso schon alles weißt«, entgegnete Alma gereizt.

Auf der anderen Seite des Hauses stürmte Fritz die Treppe hoch. »Hallo Käthe.« Für einen Moment stutzte er, dann stellte er sich neben Alma und trank ihr Glas in einem Zug leer.

»Mathilde hat geschrieben. Sie waren in einem Wanderkino.«

»Einem Wanderkino mit lebenden Fotografien?«, rief Fritz aufgeregt und nahm Alma den Brief aus der Hand, um ihn selbst zu lesen.

Daraufhin vertiefte Alma sich in den Brief von Tante Heidi. »Oh, Tante Heidi geht es nicht gut. Sie liegt schon seit Wochen mit einem schweren Husten im Bett. Sie macht sich große Sorgen um ihre Gesundheit.«

Alma las weiter. Tante Heidis Brief klang besorgniserregend. Ihr Husten wollte nicht abklingen. Alma hatte mehr als einmal davon gehört, dass aus einer harmlosen Grippe eine Lungenentzündung werden konnte, die tödlich endete, wenn sie nicht richtig behandelt wurde. Nicht auszudenken, wenn Tante Heidi vielleicht wie ihr Vater Tuberkulose hatte!

Bei den nächsten Zeilen merkte Alma auf. Tante Heidi hatte kurz vor dem Ausbruch ihrer Krankheit ein kleines Mädchen adoptiert. Es war jetzt seit zwei Monaten bei ihnen und diente der Tochter des Hauses als Spielgefährtin. Die Arme kam wegen ihrer Behinderung ja sonst nicht raus. Merkwürdig – wieso nur sollte sich Tante Heidi mit einem fremden Kind belasten, für das sie sorgen musste? Oder war es der Wunsch der Herrschaften gewesen, die zwar eine Spielgefährtin für ihre Tochter haben wollte, aber keine weitere Erbin? Sie würde Tante Heidi noch heute einen weiteren Brief schreiben, damit er morgen zusammen mit den bereits geschriebenen Seiten per Postdampfer auf dem schnellsten Weg zurück nach Deutschland ging.

Alma sah auf. Hermann war nach Hause gekommen. Als sie eilig das Packpapier mit dem heimlichen Brief von Tante Heidi wegräumen wollte, merkte sie, dass etwas fehlte. Sie warf Käthe einen Blick zu. Die hatte einen hämischen Gesichtsausdruck aufgesetzt. Doch gerade in dem Augenblick trat Hermann an den Tisch.

»Hallo Käthe, wie geht es dir?«

Käthe streckte den Bauch noch weiter vor. »Tja, der Kleine ist schon ganz rege. Letzte Woche hat er sich das erste Mal bewegt. Es gibt nichts Schöneres auf der Welt, als Mutter zu werden.« Gehässig grinste sie Alma an.

Hermann gab Alma einen Kuss. »Ja, wem sagst du das. Alma hat es dir sicher schon erzählt.«

Alma nahm Hermanns Hand und sah zu ihm auf. »Nein, ich habe auf dich gewartet, um die frohe Nachricht zu verkünden.«

Käthe schaute verblüfft von einem zum anderen. »Was denn für eine frohe Nachricht?«

»Na, du wirst Tante. Alma ist in glücklichen Umständen. Und ich hoffe, wir bekommen Anfang nächsten Jahres einen strammen Stammhalter.«

Käthes Mund öffnete und schloss sich, sie brachte keinen Ton heraus. Alma fixierte sie mit einem scharfen Blick. Offensichtlich verstand Käthe die Warnung und antwortete schließlich bemüht fröhlich: »Das ist ja herrlich!«

JANUAR 1904

Alma betrachtete das kleine Menschlein, das in ihren Armen lag. Maximilian schlief. Und wenn er nicht schlief, dann blickte er neugierig mit seinen tiefblauen Augen umher. Hermann hatte die braunen Augen seiner Mutter, aber sein Vater hatte wohl blaue Augen gehabt. Doch wenn ihr Sohn Alma mit seinen blauen Augen anschaute, wusste sie genau, von wem er sie geerbt hatte.

Maximilian war nun sechs Wochen alt. Kurz vor Weihnachten war sie niedergekommen, fast zwei Wochen zu spät, wie sie wusste, aber für alle anderen zwei Wochen zu früh.

Hermann hatte nicht nur seinen Angestellten im Kontor großzügig Champagner spendiert. Auch jeder Besucher bei den Stieglitz' musste auf das Wohl seines Sohnes anstoßen. Käthe hatte zwei Monate zuvor ebenfalls einen Sohn zur Welt gebracht, und Willi Dünnbier war auf seinen kleinen Erhard ebenso stolz wie Hermann auf Maximilian.

Der hatte gerade getrunken und Alma hatte versonnen darüber nachgedacht, dass nun alles in Ordnung schien. Sie war endlich Mutter geworden. Ihre Ehe hatte eine neue Wendung genommen. Und Käthe hatte ihr Schicksal nun selbst zu verantworten. Wenn sie sich jetzt etwas zuschulden kommen ließ, war es ihr Problem.

Fritz liebte das Leben auf Samoa, und seinen kleinen Neffen. Er konnte es kaum erwarten, mit ihm zu spielen, auch wenn das noch etwas dauern würde.

Und Alma wurde nicht mehr in Versuchung geführt. Seit ihrem letzten Zusammentreffen mit Joshua war fast ein Jahr vergangen. Und auch wenn sie sich gelegentlich fragte, wie es ihr wohl heute ergehen würde, wenn sie damals mit ihm gegangen wäre, wusste sie, dass es nun zu spät war. Joshua war fort, für immer. Sie hatte nicht einmal die Adresse seiner Schwester in Sydney. Jeglicher Kontakt war abgebrochen.

Das machte es ihr auf der einen Seite leicht, denn so konnte sie ihr Leben auf Samoa unbehelligt führen. Obwohl es ihr nicht gefiel, gelang es ihr, mit ihrer Lüge Hermann gegenüber zu leben. Schließlich war er selbst nicht gerade ein Ausbund an Ehrlichkeit. Und mit der Zeit würde sie schon damit zurechtkommen, dass sie die Liebe ihres Lebens hatte ziehen lassen müssen.

Das Einzige, was ihr Kummer bereitete, war, dass Maximilian niemals seinen wahren Vater kennenlernen würde.

Alma legte Maximilian in die Wiege und zog das Moskitonetz darüber. Zwei Stunden hatte sie nun Zeit. Auf dem Tisch lag noch immer der Brief, den sie vor wenigen Tagen angefangen hatte. Sehnsüchtig wartete sie auf eine Antwort von Tante Heidi oder Mathilde. Drei Tage nach der Geburt hatte sie einem australischen Frachter ein Telegramm mit auf den Weg gegeben, das zwei Wochen später in Auckland aufgegeben werden sollte. Sie hatte über die glückliche Niederkunft berichtet, aber auch nach dem Zustand von Tante Heidi gefragt. Insgeheim hoffte sie, mehr über die Herkunft der Adoptivtochter zu erfahren.

In ihrer Rückantwort hatte sie Tante Heidi geschrieben, dass Käthe sich ihre geheime Mitteilung unter den Nagel gerissen hatte. Als Alma sie danach fragte, stritt sie rundherum alles ab. Alma hoffte sehr, dass Tante Heidi nichts über das große Geheimnis geschrieben hatte. Möglicherweise war die Wahrheit nicht für Käthes Augen bestimmt. Deshalb war sie umso begieriger, endlich wieder Post von Tante Heidi zu bekommen.

Der nächste Dampfer wurde in knapp zwei Wochen erwartet, und Alma wollte in ihrem nächsten Brief in aller Ausführlichkeit von der Geburt und ihrem Sohn berichten. Außerdem hatte sie beschlossen, Tante Heidi, die nun hoffentlich wieder gesund war, doch direkt zu fragen, durch welchen Umstand sie so tief in der Schuld ihrer Eltern stand. Durch den plötzlichen Tod des Vaters war ihr bewusst geworden, wie schnell das Leben zu Ende gehen konnte.

»Hallo, Alma?«, flüsterte Heather. Sie schlich zur Wiege und schaute entzückt hinein. »Wie niedlich er ist. Er gedeiht ja prächtig. Schau mal, das hab ich heute bekommen.« Sie hielt Alma einen Stapel Mulltücher hin. Stoffwindeln waren sehr rar auf den abgelegenen Inseln.

»Du bist ein Schatz. Ich brauche dringend welche. Woher hast du sie?« fragte Alma verwundert.

»Ein Schiff aus China ist heute angekommen. Das dritte mittlerweile in zwei Monaten. Hat dir Hermann nichts davon gesagt?«

»Wovon?«

»Na, von den vielen Chinesen. Seit euer Gouverneur sich gegen die Zwangsarbeit ausgesprochen hat, lassen die Pflanzer vermehrt chinesische Kulis einführen.«

»Einführen?«

»Ja, wenn du es anders sagen willst – sie holen sie. Als Arbeitskräfte sind sie sehr viel preiswerter als die Samoaner. Und offensichtlich auch viel fleißiger.«

»Pah, von wegen fleißiger. Der Unterschied besteht doch darin, dass die Pflanzer die Chinesen im Gegensatz zu den Samoanern auspeitschen dürfen. Deshalb arbeiten sie so hart.«

»Aber Hermann profitiert davon.« Obwohl Heather sehr freiheitsliebend war, war sie doch immer wieder erstaunt über Almas Haltung gegenüber den Eingeborenen.

»Ich weiß. Trotzdem ist mir nicht wohl bei dem Gedanken, aber was kann ich machen?«

»Man kann immer was machen. Ist nicht gerade in Deutschland die Kinderarbeit verboten worden?«

»Ja, sicher, Gott sei Dank. Es wird besser, wenn auch in kleinen Schritten.« Alma dachte an Edelgard, die Kleine von Käthe. Wenigstens dieses harte Schicksal würde ihr erspart bleiben.

MÄRZ 1904

Alma stand am Landungssteg und wartete ungeduldig auf das Beiboot. Obwohl sie wusste, dass sie ihre Post nicht früher bekommen würde, wenn sie hier stand. Es musste ein Brief für sie dabei sein. Was Tante Heidi wohl schrieb? Ging es ihr wieder gut, und was würde sie zu ihrem Nachwuchs sagen? Hatte sie vielleicht sogar ein kleines Geschenk beigelegt? Sie folgte dem Seemann mit den Postsäcken, die er auf eine Kutsche warf.

Glückselig lag Maximilian an ihrer Schulter und schien interessiert das Treiben der vielen Menschen zu beobachten, auch wenn er sich kaum alleine gerade halten konnte. Wie immer war halb Apia zum Hafen geströmt und wartete auf die Post, neue Vorräte und Gerätschaften für die Plantagen oder andere Bestellungen wie zum Beispiel Möbel, Kleidung und häufig genug Nutztiere. Noch gab Maximilian nur Laute von sich, bewegte ruckartig seinen Kopf von einer Seite zur anderen und schien alles genau zu studieren.

Alma legte ihn zurück in den Kinderwagen, den Milli ihr zur Geburt geschickt hatte. Sie hatte sich sehr gefreut. Er war fast ein wenig zu elegant für die staubigen Straßen von Apia.

Aufgeregt stand Alma vor der Poststube. Käthe war seit der Geburt ihres Sohnes nicht mehr herübergekommen. In Upolu gab es keine

Ammen, und solange er von ihr gestillt werden musste, konnte sie nicht alleine fahren. Und mit ihm wäre die Reise zu beschwerlich gewesen.

Alma würde die Post für die Dünnbiers mit der nächsten Barkasse hinüberschicken. Endlich hatte sich der Ansturm gelegt, und Alma trat an den Schalter. Sie staunte nicht schlecht, was sie alles ausgehändigt bekam.

Nicht nur zwei große Pakete – eins von Mathilde und eins von Hermanns Schwester, sondern auch zwei Briefe, außerdem ein Brief von Mathilde an Käthe und ein Telegramm. Beklommen betrachtete sie das raue Papier. Im neuseeländischen Auckland war das Telegramm aus Deutschland angekommen und dann als Brief auf dem Dampfer weitergeschickt worden. Es war kaum vierzehn Tage alt. Alma riss es auf.

Können wir auch nach Samoa kommen? Hab alles vorbereitet. Mathilde

Alma war sprachlos. Etwas musste passiert sein. Warum sonst wollten Tante Heidi und Mathilde nach Samoa kommen? Tante Heidi würde nicht ohne triftigen Grund ihre Heimat verlassen. Aber warum so überstürzt?

Umständlich legte Alma die schweren Pakete auf den Kinderwagen. Jetzt ärgerte sie sich, dass sie nicht mit der Kutsche gekommen war. Rasch schob sie den Wagen bis zu Heathers Laden und stellte ihn davor ab. Nur mit dem Telegramm und den beiden Briefen in der Hand betrat sie den Laden. Maximilian lag an ihrer Schulter. Nicht mehr lange und er würde Hunger bekommen.

»Heather, kann ich mich schnell hinten hinsetzen?« Alma wartete ihre Antwort nicht ab, sondern ging direkt ins Hinterzimmer. Sie legte ihren Sohn auf einen Sessel und setzte sich auf den anderen. Heather hatte vorne noch Kunden. Mit zitternden Händen riss Alma Mathildes Brief auf.

Liebste Alma, leider muss ich dir mitteilen, dass unsere Tante von uns gegangen ist …

Ein lauter Schluchzer entfuhr Alma. Maximilian gefiel das gar nicht, und er fing an zu weinen. Alma nahm ihn hoch, um ihn zu beruhigen, aber ihr Weinen machte alles nur noch schlimmer, und das Baby brüllte.

Schließlich erschien Heather an der Tür. »Was ist denn los?« Sie nahm Alma Maximilian ab und wiegte ihn hin und her, woraufhin er leise vor sich hin wimmerte.

»Meine Tante … sie ist tot.« Alma nahm den Brief wieder zur Hand und las weiter. Mathilde sprach von einer schweren Lungenentzündung, die Tante Heidi wochenlang ans Bett gefesselt hatte. Es war ein sehr langer Brief. Offensichtlich hatte Mathilde nun niemanden mehr, mit dem sie ihre Sorgen und Nöte teilen konnte, und stand große Ängste aus. Sie wusste nicht, wie es weitergehen sollte. Und was wurde aus der Adoptivtochter von Tante Heidi? Wie lange konnte sie mit der Kleinen noch in dem Haushalt bleiben? Mathilde war gerade mal siebzehn Jahre alt. Zu jung, um zu heiraten, aber auch zu alt, als dass sich jetzt noch ein Verwandter um sie kümmern würde. Ganz auf sich allein gestellt, fühlte sie sich von allen verlassen.

Nur zu gut konnte Alma die Überlegungen ihrer kleinen Schwester nachvollziehen. So sehr hatte sie sich selbst von allen verlassen gefühlt, als sie mit Hermann hierhergekommen war.

Alma las weiter. Mathilde schrieb, dass sie nach Tante Heidis Tod Almas Brief geöffnet habe. Nein, sie wüsste auch nicht, was die Tante in ihrem letzten heimlichen Brief geschrieben habe. Da müsse sie schon Käthe fragen. Die Tante habe zwar in letzter Zeit immer wieder Andeutungen über ein großes Familiengeheimnis gemacht, aber jedes Mal, wenn Mathilde sie darauf ansprach, weinte sie leise und schwieg. Es gebe jedoch einen Brief für Alma, den sie ihr allerdings nur persönlich überreichen dürfe.

Alma las den anderen Brief von Mathilde. Er war früher datiert. Mathilde gratulierte ihr im Namen von Tante Heidi zum Nachwuchs. Sie solle doch recht bald ein Foto schicken. Die Tante habe sich immer noch nicht erholt, aber Mathilde hoffe, dass es jetzt nicht mehr lange dauern möge, weil sie schon so lange im Bett liege.

Die Kinderkleidung hatte Mathilde selbst genäht. Sobald es der Tante wieder gut gehe, wolle sie noch ein paar dicke Bettjäckchen für den Kleinen stricken. Alma musste fast lächeln. Nein, wenn man immer nur in Köln gelebt hatte, konnte man sich nicht vorstellen, dass es Orte auf der Welt gab, an denen man keine dicken Strickwesten brauchte. Sie war neugierig, was Mathilde ihr alles mitgeschickt hatte, aber sie würde das Paket erst zu Hause aufmachen.

Anscheinend hatten weder Mathilde noch Tante Heidi ernsthaft damit gerechnet, dass sie nicht mehr gesund werden würde. Und doch war ihre Tante jetzt tot.

Almas Tränen versiegten allmählich. Arme Mathilde, so ganz allein in der Heimat. Sie schüttelte den Kopf, als sie daran dachte, wie Fritz diese Nachricht aufnehmen würde. Sie wusste nicht, wie er in den letzten Jahren mit Tante Heidi ausgekommen war.

Noch einmal überflog sie das Telegramm. Erst jetzt wurde ihr bewusst, dass Mathilde dürfen WIR kommen geschrieben hatte. Damit konnte Mathilde nur die Adoptivtochter meinen.

Sie legte ihr Gesicht in die Hände. Mathildes gesamte Familie war in Samoa. Es war nur zu verständlich, dass sie kommen wollte. Doch was würde Hermann dazu sagen? Und was stand in dem Brief, den Mathilde ihr nur persönlich übergeben durfte? Vielleicht würde sie endlich erfahren, was Tante Heidi seit langer Zeit auf dem Herzen lag.

KAPITEL FÜNFUNDZWANZIG

NOVEMBER 1904

Es stellte sich als ziemlich schwierig heraus, Mathilde das Geld für die Passage zu überweisen. Es bar zu schicken, war viel zu riskant. So hatte Alma über Heather einen großen Teil ihres selbstverdienten Gelds durch eine englische Handelsgesellschaft überweisen lassen. Es war schließlich angekommen, und Mathilde konnte ihre Passage buchen.

Maximilian krabbelte bereits. Einen Monat früher und sie hätten gemeinsam den ersten Geburtstag vom kleinen Erhard Dünnbier feiern können. Doch es war schon November, und Alma war froh, dass Mathilde und die Kleine vor den großen Stürmen ankamen.

Gespannt wartete Alma mit Fritz am Strand von Apia. Sie hatten vor einer Stunde den Dampfer in den Hafen einlaufen sehen und sich sofort auf den Weg gemacht.

»Frau Stieglitz, was für eine Überraschung!«

Alma drehte sich um und sah Cornelius Lamberty vor sich. Seit dem unsäglichen Vorfall vor zwei Jahren hatte er sie nicht mehr besucht. Auch jetzt schien er sich nicht ganz wohlzufühlen in seiner Haut. Nervös drehte er den Hut in seinen Händen und konnte ihr kaum in die Augen sehen.

»Herr Lamberty. Wie schön. Ja, es ist lange her.« Sie winkte Fritz heran. »Darf ich Ihnen meinen kleinen Bruder vorstellen? Das ist Fritz. Er ist vor anderthalb Jahren gemeinsam mit meiner Schwester Käthe nach Samoa gekommen.«

Ungeduldig streckte Fritz seine Hand aus. Er war so aufgeregt, Mathilde wiederzusehen. Sofort verschwand er wieder in der Menschenmenge.

»Ja, ich weiß, Käthe Dünnbier. Ich kenne die Dünnbiers. Und Ihre Schwester hab ich zufällig letztes Jahr im Laden vom Hofer getroffen.« Lambertys Blick schweifte suchend über das Wasser.

»Ja, und wie geht es Ihnen?« Alma hatte immer gehofft, Lamberty könnte über seinen kleinen Patzer hinwegsehen und sie würden Freunde bleiben. Aber ihm schien es immer noch peinlich zu sein. »Erwarten Sie eine Lieferung für die Plantage?«

»So kann es man es nicht sagen. Ich hab' Ihnen doch damals den Zettel … Ich meine, ich wollte doch eine Annonce aufgeben … Und das hab' ich auch getan.« Er räusperte sich. »Ich erwarte meine Zukünftige.«

»Oh, ich …« Alma war überrascht. Aber sie durfte nicht zu hart urteilen. Lamberty blieb kaum eine andere Möglichkeit.

»Oh, das ist ja fantastisch!« Es entstand eine kleine Pause, bis Alma hinzufügte: »Ich warte auch auf jemanden. Meine jüngste Schwester kommt.«

»Ach, dann ist bald Ihre ganze Familie hier?«

»Ja, kann man so sagen, wenn man von entfernteren Verwandten absieht. Mein Vater ist vor zwei Jahren gestorben, und Anfang diesen Jahres meine Tante, die sich um meine Schwester Mathilde gekümmert hat. Meine Schwester wird hier ein einfacheres Leben haben, einen …« Alma stockte. Sie konnte doch jetzt nicht Lamberty erzählen, dass Mathilde hier sehr viel schneller einen Ehemann finden würde. »Wir haben ja noch Platz, und Mathilde ist sehr selbstständig. In wenigen Jahren wird sie auf eigenen Beinen stehen.«

Wieder entstand eine unangenehme Pause, und sie waren beide froh, als sie endlich das erste Beiboot entdeckten.

Fritz kam aufgeregt auf sie zu. »Ich seh sie. Ich seh sie!«, rief er und zog Alma zur Spitze der Landungsbrücke.

Wie Käthe und Fritz bei ihrer Ankunft war Mathilde ganz schmal geworden. An ihrer Hand hielt sich ein kleines dünnes Mädchen mit einem blassen Gesicht.

Mathilde fiel Alma schluchzend um den Hals und riss auch Fritz an sich, während das Mädchen stumm danebenstand und sich an Mathildes Rock festhielt.

Endlich ließ Mathilde von Alma ab.

»Ich bin so froh, dass wir endlich hier sind.«

»Mein Gott, ihr müsst unbedingt etwas essen. Du bist so dünn.«

»Ich hab' … ich wusste ja nicht … deshalb hab' ich einen Platz im Zwischendeck gebucht.«

»Aber Kleines, ich hab' dir doch genug Geld geschickt für eine Passage auf dem zweiten Deck.«

»Ich wollte aber einen Notgroschen haben.«

Alma schüttelte den Kopf. Typisch Mathilde. Immer so vernünftig, sich auf Unvorhergesehenes vorzubereiten. Die jüngere Schwester drehte sich um und hob das kleine Mädchen hoch. »Das ist Gretchen. Tante Heidi hat sie ein paar Monate bevor sie gestorben ist adoptiert.« Die Kleine sah sehr schmächtig aus und hatte dunkle Augenringe. Alma streichelte ihre Wange, und Gretchen zuckte erschrocken zurück.

»Ist sie krank? Wie alt ist sie?«

»Sie wird wohl bald vier. Sie war schon so dünn, als wir sie aus dem Kinderheim geholt haben. In den ersten Monaten bei unseren Herrschaften sah sie etwas besser aus. Nun, wir werden das schon wieder hinkriegen. Nicht wahr, Gretchen?«

Gretchen krallte sich an Mathildes Hals fest und nickte. Als sie Richtung Strand gingen, blieb Alma stehen. Cornelius Lamberty unterhielt sich mit einer Frau. Er schien sich unbehaglich zu fühlen, aber schließlich begegneten sich die beiden zum ersten Mal.

»Ach, Frau Stieglitz, darf ich Ihnen Lotte Murnau vorstellen. Wir haben uns in den letzten Monaten geschrieben.« Lamberty machte ein angespanntes Gesicht.

»Frau Murnau, wie angenehm. Alma Stieglitz. Seien Sie willkommen.« Sie lächelte die Frau warm an, die sie mit versteinerter Miene anschaute. Ihre Mundwinkel hingen herab, obwohl sie wahrscheinlich kaum älter als Alma war, und ihr Haar war strähnig. Sie machte einen mitgenommenen Eindruck.

»Wir kennen uns«, sagte Mathilde und wechselte mit der Frau einen unbestimmten Blick. Sie schienen sich nicht sehr zu mögen. »Wir sind zusammen im Zwischendeck gefahren.«

»Herr Lamberty, das ist meine jüngere Schwester, Mathilde Hinrichs.«

»Angenehm.« Er reichte ihr mit einem freundlichen Lächeln die Hand und schaute dann zu Alma. »Ich hoffe, wir sehen uns bald wieder.«

»Gerne. Nun bringen Sie Frau Murnau erst einmal nach Hause. Sie muss sich sicher erst einmal von den Strapazen der Reise erholen. Mathilde und unserer Kleinen hier geht es ähnlich.« Als Alma Gretchen über den Rücken strich, schrak sie zusammen und versteckte sich sofort hinter Mathilde.

»Was ist denn mit dem Kind? Ist es krank? Ich will nicht, dass es in die Nähe von Maximilian kommt. Wenn er sich von ihr etwas einfängt.« Hermann war früher aus dem Kontor gekommen, um die neuen Familienmitglieder zu begrüßen.

Alma konnte seine Sorgen verstehen. Es war gut möglich, dass Mathilde oder Gretchen sich im Zwischendeck angesteckt hatten.

»Ja, daran hab' ich auch schon gedacht. Ich pass auf.«

»Mathilde ist eine schöne junge Frau geworden. Mit ihr werden wir wohl nicht so große Schwierigkeiten haben wie mit Käthe. Die Männer werden Schlange stehen, sobald wir verkünden, dass sie zu haben ist.« Hermann beobachtete Mathilde, die ihrem kleinen Schützling gerade etwas zu essen gab.

»Sie ist achtzehn.«

»Genau das richtig Alter, um verheiratet zu werden.«

»Lass ihr noch etwas Zeit. Du wirst sehen, Mathilde ist uns eine echte Hilfe. Sie ist sehr fleißig, und von ihrer Art her ganz anders als Käthe.«

Hermann war nach der Erfahrung mit Käthe über den erneuten Familienzuwachs alles andere als begeistert gewesen. Doch auch er sah ein, dass man ein achtzehnjähriges Mädchen nicht sich selbst überlassen konnte.

Sie hatten nie über das Geld für die Passage gesprochen, weil Alma wusste, dass es dann womöglich zu einem Streit gekommen wäre. Hermann schien in letzter Zeit alles zu sparen, um baldmöglichst Land zu kaufen. Wo, ließ er offen. Es schien eine fixe Idee, und Alma hoffte, Hermann würde sie sich bald aus dem Kopf schlagen.

Doch bevor Mathildes Reise an den Kosten zu scheitern drohte, hatte sie Hermann vorgegaukelt, Mathilde habe ihr Erbe dafür verwendet. Dass Gretchen mitgekommen war, kümmerte Hermann nicht, solange er sich nicht um das kleine Mädchen kümmern musste.

Alma stahl sich für einen Moment davon. Der Nachmittag war hektisch gewesen. Nun schlief Maximilian, Fritz beschäftigte Hermann mit endlosen Fragen über die nächstliegenden Atolle und Mathilde kümmerte sich um Gretchen. Mathilde hatte ihr einen großen Umschlag von Tante Heidi gegeben. Sie kam fast um vor lauter Neugierde. Mathilde hatte Tante Heidi schwören müssen, Alma den Brief persönlich zu übergeben, falls ihr etwas passierte. Und Alma durfte den Brief nur lesen, wenn sie alleine war.

Im Umschlag fand Alma amtlich aussehende Unterlagen, aber zuerst las sie den Brief von Tante Heidi, der oben auflag.

Liebste Alma,
wenn Du diesen Brief liest, ist ein Umstand eingetreten, den ich zu vermeiden gehofft habe. Ich bin gestorben, ohne Dir mitzuteilen, was mir so sehr auf dem Herzen liegt. Lieber wäre es mir gewesen, wir hätten eine Gelegenheit gefunden, in Ruhe über alles zu reden, denn es gibt Dinge, die kann man nicht schreiben. Eines muss ich dir aber für alle Fälle mit auf den Weg geben: Du hast es wahrscheinlich schon vermutet, nehme ich an, da Du in Gefühlssachen so überaus feinfühlig bist. Gretchen ist in Wirklichkeit auf den Namen Edelgard getauft und die Tochter von Käthe und Hannes. Ich konnte Leopold nicht überreden, sie zu uns zu nehmen, aber es hat mir jeden Tag das Herz gebrochen zu wissen, dass die Kleine

in einem Waisenhaus fernab ihrer Familie mutterseelenallein aufwachsen muss.
Ich wusste schon sehr bald nach ihrer Geburt, in welchem Heim sie lebte, und hab' mein Möglichstes getan, um ihr das Leben zu erleichtern. Sobald es mir nach Leopolds Tod möglich war, hab' ich sie zu mir geholt. Zu ihrem und meinem Glück konnte ich eine gute Vereinbarung mit meinen Herrschaften treffen.
So hoffe ich, dass ich wenigstens einen Teil meiner großen Schuld abtragen kann. Ich habe vor vielen Jahren einen großen Fehler begangen, über den ich mein Leben lang nicht mehr froh geworden bin. Eines Tages werde ich Dir mein großes Geheimnis von Angesicht zu Angesicht erzählen.
Jetzt hoffe ich, dass Du verstehst, warum ich ausgerechnet Dir die Last des Wissens aufbürde, dass die kleine Edelgard zu uns gehört. Käthe wollte ihre Tochter nie, und auch Hannes hat niemals Verantwortung übernommen. Aber ein Menschenkind kann so schnell in dieser Welt verloren gehen. Mathilde ist noch zu jung, um die Ausmaße dieses Problems zu erkennen, auch wenn sie sich immer so erwachsen gibt. Deswegen hoffe ich, dass Du Dich der kleinen Edelgard annimmst und ihr den Weg in eine glücklichere Zukunft zeigen kannst.
In Liebe, Deine Adelheid

Alma schaute oben auf das Datum. Tante Heidi musste diese Zeilen geschrieben haben, bevor sie krank geworden war. Der Brief gab Alma Rätsel auf. Ja, Tante Heidi hatte recht gehabt. Natürlich hatte sie sofort an Edelgard gedacht, als sie von Tante Heidis Adoption erfuhr. Und Gretchen, oder vielmehr Edelgard, hatte die hellen Haare ihrer Mutter und die braunen Augen ihres Vaters. Aber was hatte es mit dem großen Fehler auf sich, der so bedeutend war, dass Tante Heidi es nicht einmal ihr schreiben konnte? Was genau versuchte Tante Heidi an Gretchen wiedergutzumachen? Hatte sie vielleicht wie Käthe einstmals ein uneheliches

Kind weggegeben? Gab es noch ein Familienmitglied, von dem sie nichts wusste? Hatten sie einen Cousin oder eine Cousine, die sie nicht kannten?

Die Tür zur oberen Veranda stand auf, und sie hörte, wie Fritz mit Hermann sprach und wie Mathilde auf Gretchen einredete. Offenbar schauten die beiden in die Wiege von Maximilian, der gerade wach wurde. Alma verstaute den Brief gut. Sie trat auf die Veranda und blickte nach unten. Hermann hatte den kleinen Maximilian auf den Arm genommen und zeigte ihn stolz Mathilde, die Edelgard huckepack trug.

Manchmal haderte Alma, weil sie Hermann die Wahrheit in Bezug auf Maximilian verschwieg, doch sie wusste, dass sie grundsätzlich die richtige Entscheidung getroffen hatte. Auch wenn ihr Sohn womöglich niemals seinem wirklichen Vater begegnen würde. War es zu Edelgards Bestem, sie vor der schrecklichen Wahrheit zu bewahren, dass ihre Eltern sie nicht gewollt hatten?

ANFANG FEBRUAR 1905

In kürzester Zeit nähte Mathilde sich die ersten leichten Kleider. Alma hatte ihr den Stoff spendiert. Mathilde war zwar nicht so talentiert wie Alma, aber das machte sie mit ihrem Fleiß wieder wett.

Heute trug sie ein schlichtes blaues Kleid aus dünnem Leinen, das sie erst gestern fertiggestellt hatte. Die ganze Familie war auf dem Weg zur Hochzeit von Cornelius Lamberty und Lotte Murnau, die im Hotelsalon in Apia stattfand, damit die Gäste nicht den langen Weg zur Plantage auf sich nehmen mussten. Für Alma war das sehr praktisch, weil sie mit Maximilian zurück nach Hause fahren konnte, wenn es Zeit für ihn wurde.

»Und, wie ist diese Frau Murnau so? Du hast sie doch kennengelernt«, fragte Hermann Mathilde. Er schien sich bisher noch keine Gedanken über diese neue Verbindung gemacht zu haben.

»Ich weiß es nicht. Sie war meistens für sich allein. Wenig hilfsbereit. Wegen Gretchen habe ich mehrere Male Streit mit ihr gehabt. Die Kleine hat manchmal nachts aufgeschrien. Sonst hat sich keiner beschwert.«

»Na, dann hoffen wir mal, dass sie sich so garstig aufgeführt hat, weil sie nervös wegen der bevorstehenden Hochzeit war.« Alma wünschte Cornelius Lamberty, dass er mit Lotte Murnau glücklich wurde.

Vor der Kathedrale half Hermann Alma und Mathilde aus der Kutsche. Fritz stand da, geschniegelt und gestriegelt, in seinen ungeliebten langen Hosen. Alma musste fast über ihn lachen.

»Mathilde wird heute dann sozusagen in die Gesellschaft eingeführt. Mal sehen, ob sie ihren zukünftigen Ehemann trifft.«

»Hermann!«

»Was denn? Sie ist eine schöne und unverheiratete Frau. Das wird den Männern in Apia nicht entgehen«, entgegnete Hermann, der lachte, weil Mathilde rot wurde. »Du wirst schon sehen. Ich wette, keine Dame wird heute Abend so viele Verehrer haben wie deine kleine Schwester.«

Im Grunde genommen war Alma dieser Gedanke auch gekommen, als sie Mathilde in ihrem neuen Kleid erblickte.

Die Hochzeitszeremonie in der englischen Kathedrale war kurz und einfach. Lamberty sah sehr schmuck in seinem Anzug aus. Lotte Murnau trug ein schlichtes schwarzes Kleid, das viel zu warm war.

Sie sprach tatsächlich nicht viel, und obwohl sie sehr bemüht war, es allen Gästen recht zu machen, schien sie niedergeschlagen zu sein. Es war ein großes Fest, und Mathilde lernte mehr Bewohner kennen als in den Wochen zuvor.

Hermann hatte etliche Kisten Champagner zur Feier beigesteuert, und er und Lamberty prosteten sich unentwegt zu. Nachdem Hermann laut verkündet hatte, dass jeder Schluck Champagner ein patriotischer Akt sei, da durch die vor zwei Jahren eingeführte Schaumweinsteuer mit jeder getrunkenen Flasche die kaiserliche Kriegsflotte unterstützt werde, nahm ein Großteil der männlichen Gäste das zum Anlass, kräftig zuzulangen.

Wie immer bei Zusammenkünften fingen sie bald mit einer politischen Diskussion an und lösten bei der Braut Entsetzen aus, als sie von dem Massaker von Neupommern erzählten. Im August letzten Jahres hatte man den Pater und alle Schwestern einer Missionsstation auf Deutsch-Neuguinea niedergemetzelt und die Kirche verwüstet.

Lotte Lamberty, wie sie nun hieß, saß verschüchtert am Tisch und hörte den grausamen Erzählungen zu. Bestimmt stand sie, ähnlich wie Alma in ihren ersten Monaten auf der Insel, große Ängste aus. Und als könnten die Männer nicht genug von blutrünstigen Geschichten kriegen, stritten sie sich nun über die grausame Niederschlagung des Hereroaufstands in Deutsch-Südwest. Als Strafe für ihren Ungehorsam hatten die deutschen Soldaten und Siedler ein ganzes Volk in die Wüste getrieben und jeden getötet, der nicht freiwillig in dieser wasserlosen Einöde verhungern wollte.

Nur die schwarzhäutigen Eingeborenen in Afrika und in Deutsch-Neuguinea seien so primitiv, meinten einige, woraufhin sie auf die Mau-Bewegung auf Samoa zu sprechen kamen. Diese im letzten Jahr entstandene Unabhängigkeitsbewegung der Samoaner war bisher gewaltlos geblieben. Außer dass die Eingeborenen manchmal bei der Arbeit absichtlich herumtrödelten, sich schon mal weigerten, überhaupt zu arbeiten, oder gelegentlich Anordnungen missachteten, gab es auf der Insel keine gravierenden Auswüchse zu beklagen. Trotzdem stellten die Männer Vermutungen über mögliche wüste Schandtaten der Samoaner an.

Plötzlich stieg in Alma wieder die alte Angst auf, auch wenn Joseph ihr schon tausendmal versichert hatte, dass es auf Upolu zu keinem blutigen Gemetzel komme, weil die Samoaner friedfertiger seien als andere Völker und in den anderen Schutzgebieten sehr viel schändlicher mit den Eingeborenen umgegangen werde. Sie stand auf und verabschiedete sich.

Als Alma das Körbchen mit dem schlafenden Maximilian hinten in die Kutsche legte, stand plötzlich Mathilde mit dem kleinen Mädchen neben ihr.

»Ich komme mit.«

»Schon? Ich kann Gretchen doch auch zu Bett bringen.« Die Kleine hatte sich mittlerweile an ihr neues Heim gewöhnt und vor Alma und

Fritz keine Angst mehr. Vor Hermann hingegen hatte sie einen Heidenrespekt. Allerdings bekam sie ihn kaum zu Gesicht.

»Die Männer erzählen so tolldreiste Geschichten.«

»Mathilde, auch wenn du dir heute keinen Ehemann aussuchen musst: Es gibt hier nicht viel Abwechslung. Genieße die Feier, denn so schnell wird kein großes Fest mehr stattfinden.«

»Lustiger wird es heute Abend bestimmt nicht mehr, nicht bei alldem Alkohol, den es zu trinken gibt. Und außerdem: Vielleicht will ich ja gar keinen Ehemann.«

Alma schaute sie verdutzt an. »Du willst nicht heiraten?«

»Ich will nicht irgendeinen Mann heiraten, nur damit er eine Köchin hat und ich versorgt bin. Versorgen kann ich mich selber.«

Überrascht schaute Alma ihre jüngere Schwester an. »Wie du meinst. Aber du solltest das besser nicht so offen vor Hermann äußern.« Alma stieg auf den Kutschbock und nahm die Zügel. Zu ihrer Überraschung setzte Mathilde sich neben sie. Gretchen blieb hinten sitzen, wo Mathilde sie hingesetzt hatte, sie sprach wie immer kein Wort. Behutsam fuhr Alma los.

»Ich werde euch nicht zur Last fallen und mir so schnell wie möglich Arbeit suchen. Wahrscheinlich gibt es hier nicht viele Häuser, in denen ich als Dienst- oder Kindermädchen anfangen könnte. Aber ich kann schreiben und lesen. Vielleicht könnte ich in Hermanns Kontor arbeiten. Und wenn nicht: Ich bin auch bereit, körperlich schwere Arbeit zu machen.«

Alma musste lachen. »Ich bin mir sicher, dass wir etwas für dich finden. Ich bin so froh, dass du so anders bist als Käthe. Du fällst uns nicht zur Last.«

»Käthe, pah! Die hat sich schon immer vor allem gedrückt. Nachdem du weg warst, es ist noch schlimmer geworden.«

»Du scheinst richtig böse auf sie zu sein.«

»Sollte ich nicht? Mit ihrem Fehltritt hat alles angefangen. Hätte sie sich nur nicht an Hannes rangeschmissen! Dann wärst du in Köln geblieben und hättest ihn geheiratet. Vater wäre nicht gestorben, weil er sich überanstrengt hat, und ich hätte nicht mit Tante Heidi wegziehen müssen.«

Alma war überrascht über den bitteren Ton in ihrer Stimme. »Vater ist sicher nicht deswegen gestorben.«

»Aber Edelgard ist ins Kinderheim gekommen. Und schau dir an, was aus ihr geworden ist. Gretchen hat vor allem Angst.«

Alma zog die Zügel an, und die Kutsche kam zum Stehen. Es war dunkel, aber sie konnte das Gesicht ihrer Schwester im schwachen Schein der Gaslaterne erkennen.

»Du weißt, wer Gretchen ist?«, flüsterte sie. Sie wollte dieses Gespräch eigentlich nicht in Anwesenheit des kleinen Mädchens führen. Sie blickte nach hinten. Gretchen war eingeschlafen.

»Natürlich war mir das schnell klar. Das Alter passte. Und dann die Haare – wie ihre Mutter. Wie unsere Mutter.«

»Hast du mit Tante Heidi darüber gesprochen?«

»Nein. Tante Heidi hatte viele Geheimnisse, die sie mir nicht anvertraut hat.« Alma war erschüttert über Mathildes Offenheit. So direkt hatte sie noch mit keinem aus ihrer Familie darüber gesprochen.

»Und weiß Käthe Bescheid?«

Mathilde schüttelte den Kopf. »Gott bewahre. Die würde wahrscheinlich hysterisch werden. Ich werde es ihr nicht sagen. Für sie existiert dieses Kind nicht. Es ist abscheulich, dass Käthe und Hannes die Kleine im Stich gelassen haben.«

»Hannes«, sagte Alma nachdenklich. »Wie lange hab' ich den Namen nicht mehr gehört.«

»Weißt du, ich hab' ihn zufällig getroffen, bevor ich nach Bad Godesberg gezogen bin. Er hat nach dir gefragt.«

Alma schnaubte. »Nach mir? Was du nicht sagst.«

»Ich glaube, es tat ihm furchtbar leid. Er hat mir erzählt, was passiert ist, zwischen ihm und Käthe.«

Alma drehte sich abrupt um. »Das will ich gar nicht wissen.« Sie zog die Zügel an und die Kutsche setzte sich wieder in Bewegung.

»Es ist auch nicht wirklich interessant. Er war betrunken, auf einer Karnevalsfeier. Und Käthe hat das ausgenutzt. Sie hat wohl gedacht, dass er freiwillig auf dich verzichten würde, wenn sie sich ihm anbieten würde.«

So etwas hatte Alma schon vermutet. »Trotzdem ist Hannes daran nicht weniger schuld als Käthe. Und er hätte sich den Konsequenzen stellen und Käthe heiraten müssen. Ich hab' mich so sehr in ihm getäuscht. Und in seinem Vater. Ich hätte niemals gedacht, dass er eine schwangere Frau vom Hof jagen würde.«

Sie schwiegen, bis die Kutsche vor der Villa hielt.

»Bemerkenswert. Wie sehr ein kleiner Ausrutscher das Schicksal von so vielen Menschen bestimmen kann«, sagte Alma.

»Ein kleiner Ausrutscher? Mehr ist das nicht für dich? Ich dachte, du hättest Hannes geliebt«, entgegnete Mathilde erstaunt.

»Das hab' ich auch gedacht, damals. Aber ich habe mich geirrt. Ich habe ihn niemals geliebt.« Sie stieg ab und ging nach hinten. Doch statt Maximilian auf den Arm zu nehmen, hob sie das kleine Mädchen vorsichtig hoch.

»Und mach dir um Edelgard keine Sorgen. Tante Heidi hat mir in ihrem Brief die Verantwortung für sie übertragen. Wenn du heiraten möchtest, steht dem nichts im Wege. Und wenn nicht, nun, vielleicht ist das sogar die klügere Entscheidung.« Alma drehte sich noch einmal um. »Es ist besser, wenn wir sie weiter Gretchen nennen.«

Mathilde nickte zustimmend.

OKTOBER 1905

Alma rührte den klebrigen Brei aus Zucker, Honig und Sahne und ließ ihn aufkochen. Sie musste aufpassen, dass Fritz sich nicht seine Nase verbrannte, als er neugierig in den Topf schaute, in dem das goldbraune Gemisch brodelte. Alma nahm den alten Topf vom Herd und ließ die zähflüssige Masse, das Karamell, auf ein Blech tropfen.

»Nicht, Fritz, du verbrennst dir die Zunge!«

Zu spät. Der Junge schrie auf, nachdem er versucht hatte, blitzschnell ein wenig von der süßen Masse zu naschen.

»Geh schnell zu Aveolela und lass dir Eis geben.«

Gretchen hockte daneben und beobachtete Alma. Erst vor ein paar Wochen hatte sie angefangen, außer mit Mathilde und Alma auch mit den anderen zu sprechen. Vor lauter Vorfreude auf die Bonbons wippte sie mit den Beinen. Auch wenn die Freude und das Lachen nur zaghaft in das Herz des kleinen Mädchens einzogen, war Alma unendlich froh über diesen Fortschritt.

Käthe war schon zwei Mal zu Besuch gewesen, und beide Male hatte Alma Blut und Wasser geschwitzt und inständig gehofft, dass Käthe Gretchen nicht als ihre Tochter erkannte. Aber ähnlich wie Hermann kümmerte sie sich nicht weiter um das kleine Mädchen. Selbst Maximilian interessierte sie nicht besonders. Käthe war so stolz auf ihren Erhard. Und wenn sie nicht über ihn redete, sprach sie davon, möglichst noch viele stramme Jungen zur Welt zu bringen.

Alma merkte sehr wohl, dass Mathilde alles tat, um Gretchen von Käthe fernzuhalten. Und Alma unterstützte sie dabei. Doch zu ihrer großen Überraschung schien Gretchen, die sich sonst eher vor Fremden fürchtete, ein schüchternes Interesse an Käthe zu haben.

Heute war Hermanns vierzigster Geburtstag, und Käthe war sicher schon auf dem Weg hierher. Die ganze Familie Dünnbier wurde erwartet, und zum Abend hin kamen die anderen zahlreichen Gäste. Schon die ganze Woche über waren Alma und Mathilde mit den Vorbereitungen für das große Fest beschäftigt. Und nur weil sie mit allem fertig waren, hatte Alma sich von Fritz überreden lassen, Karamellbonbons zu machen.

Der Garten war festlich geschmückt, und Alma hoffte, dass das Wetter sich hielt. Es war Anfang Oktober, und jeden Tag konnte die Regenzeit beginnen. Seit einer Woche schon zogen am Nachmittag dicke Wolken auf. Aber bis auf einen kurzen unschuldigen Schauer waren sie bisher verschont geblieben.

Alma hörte eine Kutsche vorfahren. Das musste Käthe mit ihrer Familie sein. Schnell schnitt sie die zähe Masse in schmale Rechtecke. Die Bonbons mussten noch abkühlen.

Hermann, Willi und Friedebold Dünnbier saßen an einem der Tische im Garten und tranken kühles Bier und unterhielten sich angeregt über die Folgen des neusten Vulkanausbruchs auf Savai'i. Glücklicherweise war die Plantage der Dünnbiers nicht betroffen, obwohl der Krater nicht weit entfernt lag.

Hermann war äußerst überrascht und geehrt von dem Geschenk, das sein Schwager ihm gemacht hatte. Die Dünnbiers hatten ihm einen rassigen Rappen geschenkt, einen schönen Hengst aus der eigenen Zucht. Endlich besaß Hermann ein eigenes Pferd. Er war überglücklich.

Käthe hatte ihren kleinen Sohn schlafen gelegt. In zwei Wochen würde auch Erhard Geburtstag haben. Sie fächerte sich Luft zu. »Mein Gott, ist das schwül. Ich weiß nicht, ob ich mich jemals an die Hitze gewöhnen werde.«

»Tja, als Ehefrau eines Plantagenbesitzers in der Südsee solltest du das aber besser«, neckte Mathilde sie.

»Finde du erst einmal so eine gute Partie wie Willi. Er ist wirklich ein Schatz. Was ich will, kriege ich.«

Alma, die hinter Käthe auf der Veranda mit Maximilian spielte, verdrehte die Augen. Sie ersparte sich einen Kommentar, denn Mathilde hatte schon mitbekommen, dass es um die Ehe von Käthe nicht so rosig stand, wie sie es die anderen gerne glauben machen wollte.

»Ich brauche keinen Ehemann. Ich habe eine gute Arbeit gefunden. Ab nächster Woche bin ich Haushälterin bei den Stanfords im Südosten von Upolu.«

»Die Stanfords, die mit der großen Kokosplantage? Das sind doch Engländer.«

»Ja und? Sie zahlen gut.« Mathilde war sehr glücklich. Nachdem sie in den letzten Monaten nur kurzzeitige Beschäftigungen gefunden hatte, schien ihre neue Stelle vielversprechend zu sein.

»Kannst du denn überhaupt Englisch?«

»Fritz unterrichtet mich. Ich lerne es sicher schnell.«

Käthe schüttelte den Kopf, fand sie es doch töricht, dass Mathilde sich nicht sofort den erstbesten Heiratskandidaten angelte, aber Alma bewunderte ihre jüngere Schwester. Obwohl Mathilde sich über die Zahl der Kavaliere nicht beklagen konnte, war sie sehr vorsichtig. Geld und Ansehen lockten sie nicht. Offensichtlich war ihr bewusst, dass sie mit einer Heirat die Weichen für ihr Leben stellte.

»Willst du noch einen Kaffee, oder lieber Eistee?« Im Gegensatz zu Käthe schien Mathilde das heiße Wetter nichts auszumachen.

»Um Himmels willen, bitte etwas Kaltes.«

»Bringst du mir auch ein Glas mit, Mathilde? Und die Karamellbonbons. Sonst treibt Fritz sich den ganzen Tag in der Kochhütte herum.« Alma lachte.

Kurze Zeit später erschien Mathilde mit zwei großen Gläsern. Im Schlepptau hatte sie Fritz, der eine große Kanne trug, und Gretchen, die hinter ihm her trottete. Beide lutschten glückselig ein Bonbon. Fritz setzte sich zu ihnen. Gretchen schmiegte sich an Alma und betrachtete neugierig Käthe, was nicht nur Alma, sondern auch Mathilde nervös machte. Zum ersten Mal schien Käthe Notiz von dem kleinen Mädchen zu nehmen.

»Sag Mathilde, warum hat Tante Heidi sich eigentlich die Last auferlegt und sich einen zusätzlichen Esser an den Tisch geholt?«

Mathilde schnappte nach Luft, aber Alma sprang ihr bei.

»Käthe, sind wir nicht alle im Sinne der christlichen Nächstenliebe erzogen worden?«

»Glaubst du wirklich, dass Tante Heidi deswegen eine Waise zu sich genommen hat?« Käthe klang ungläubig.

Mathilde wandte sich an Gretchen. »Willst du nicht hinten im Garten mit Aveolela spielen?« Die Kleine nickte. Als sie an Käthe vorbeiging, ließ diese ihre Finger durch Gretchens blonde Haare gleiten.

»Käthe, Gretchen ist die Enkelin einer früheren Freundin von Tante Heidi. Gretchens Mutter ist bei der Geburt gestorben. Als wir nach Bad

Godesberg gezogen sind, hat Tante Heidi ihre alte Freundin aufgesucht. Sie war mittlerweile sehr krank, aber Tante Heidi hat ihr versprochen, sich um Gretchen zu kümmern.«

»Dann war Tante Heidi wohl sehr viel hilfsbereiter, als ich sie in Erinnerung habe«, entgegnete Käthe bissig und fügte in einem merkwürdigen Tonfall hinzu: »Vielleicht hat sie ja versucht, etwas gutzumachen.«

Alma war wie vom Schlag getroffen. Käthe wusste etwas! Womöglich kannte sie das große Geheimnis von Tante Heidi.

»Was meinst du damit?«, fragte sie mit rauer Stimme. »Nichts. Ich dachte nur gerade, wenn Menschen spüren, dass sie bald ihrem Herrgott gegenüberstehen, versuchen sie, für ihre Sünden zu büßen. Wer weiß, was Tante Heidi sich in ihrem Leben alles hat zuschulden kommen lassen.«

»Und was sollte das sein?«

»Das weiß ich doch nicht«, gab Käthe entrüstet zurück. Aber sie konnte sich ein Lächeln kaum verkneifen. Alma lief feuerrot an. Der Brief! Die heimliche Nachricht von Tante Heidi, die Käthe einfach unterschlagen hatte. Käthe wusste etwas, und sie war nicht bereit, dieses Geheimnis mit ihrer Familie zu teilen.

Am Abend hatten sie Gäste. Otto Zabel kam, die Schmidts und Mitarbeiter der Handelsgesellschaft und von den Plantagen. Alma hatte alle Hände voll zu tun. Etena und Taua rösteten Fleisch auf einem Grillrost und Aveolela servierte Getränke.

Währenddessen brachte Mathilde Maximilian ins Bett, das in einer Ecke des Eheschlafzimmers stand. Als Alma sich kurz frischmachen wollte, weil sie so verschwitzt war, hörte sie Geräusche aus Mathildes Zimmer, wo Käthes Sohn Erhard schlief, bis sie später zurück ins Hotel fuhren.

Alma öffnete die Tür und erstarrte. Käthe stand dort mit Gretchen. Letztes Jahr zu Weihachten hatte Heather ihr einen Spiegel geschenkt, damit Alma die Kleider, die sie nähte, anprobieren konnte. Er hing neben der Zimmertür. Jetzt stand Käthe vor dem Spiegel und begutachtete sich und Gretchen.

Sie durchbohrte Alma mit einem bösartigen Blick. Grob schob sie die Kleine zur Tür hinaus, die zu wimmern begann. Gleichzeitig zog sie Alma brüsk am Arm in den Raum. Draußen wimmerte Gretchen, aber Käthe schien das nicht zu stören.

»Eine Freundin von Tante Heidi. Dass ich nicht lache. Ihr habt mich belogen. Gretchen ist in Wahrheit Edelgard. Sie ist meine Tochter, oder?« Ihre Finger krallten sich in Almas Arm.

Alma war wie gelähmt und brachte kein Wort heraus.

»Los, sag schon! Ist es so?«, zischte Käthe mit bedrohlicher Stimme.

Alma nickte. »Du tust mir weh.«

Käthe lief hochrot an. Sie sah aus, als explodiere sie gleich vor Wut. »Wenn Willi das jemals erfährt! Ist das euer Plan? Ihr wollt mich reinlegen, was?!«

»Du bist ja verrückt. Niemand will dich reinlegen«, presste Alma hervor und befreite sich aus Käthes Klammergriff. »Tante Heidi hat nur das getan, was deine Aufgabe gewesen wäre: sich um dein Kind zu kümmern.«

»O ja, die gute Tante Heidi. So selbstlos.« Käthe drehte sich weg und ging rastlos im Zimmer umher. Dann blieb sie stehen. »Edelgard, Gretchen, wird niemals die Wahrheit erfahren, das musst du mir versprechen! Sonst erzähle ich Hermann alles von deinem australischen Seemann. Ich sag ihm, wer der wirkliche Vater von Maximilian ist. Ich bin schließlich nicht blöde. Ich kann rechnen.«

Alma schüttelte unmerklich den Kopf. »Glaubst du tatsächlich, Hermann würde dir glauben? Dir? Einer Frau mit einem unehelichen Kind? Die so überstürzt geheiratet hat? Versuch es ruhig. Erzähl Hermann die Wahrheit. Von Anfang an. Mal sehen, ob er dir glaubt. Mal sehen, wer dir überhaupt noch glaubt, wenn du fertig bist.«

Käthe starrte sie an. Sie stellte sich dicht vor Alma. »Jetzt werde ich DIR die ganze Wahrheit erzählen, von Anfang an.« Ihre Augen bekamen einen düsteren Glanz. »Den Brief von Tante Heidi habe ich eigentlich nur an mich genommen, weil ich es ungerecht fand, dass sie immer nur dir schrieb.«

»Dann hast du ihn doch geklaut …«

Käthe schnitt ihr das Wort ab. »Das ist jetzt völlig nebensächlich. Ich verrate dir, was drinstand.« Für einen Moment sah sie Alma durchdringend an. »Du bist nicht meine Schwester. Du gehörst überhaupt nicht zu unserer Familie.«

»Du lügst«, antwortete Alma tonlos.

»Du bist wie Edelgard … wie Gretchen«, verbesserte sie sich, »aus dem Armenhaus, nur dass du ein fremdes Kind bist.«

Unter Alma tat sich ein Abgrund auf. So groß konnte Käthes Wut nicht sein, dass sie ihr solch eine schändliche Lüge auftischte. Oder doch? »Das stimmt nicht.«

»Guck dich doch an. Deine dunklen Haare. Und dann schau mich an, Fritz, unsere Mutter, ja sogar Gretchen hat die gleichen Haare. Wir beide, wir sehen uns überhaupt nicht ähnlich. Wir sind nie im Leben Zwillingsschwestern. Und genau das denken auch alle, wenn sie uns zum ersten Mal sehen. Alle! Frag Hermann!«

»Mathilde hat auch dunkle Haare.« Alma bekam kaum noch Luft. Ihr Atem ging unregelmäßig.

»Mathilde hat dunklere Haare, aber sie sind nicht so dunkelbraun wie deine. Mathilde hat die gleichen Haare wie Vater, wir anderen die gleichen wie Mutter. Aber du hast Eltern, die dich nicht wollten. Die dich abgeschoben haben.«

Almas Herz verkrampfte sich.

Ihr wurde schummrig.

»Das stimmt alles nicht. Wieso sollten unsere Eltern mich aus dem Waisenhaus holen? Das ergibt doch überhaupt keinen Sinn.« Wieso hörte Käthe nicht auf? Wieso belog sie Alma so schändlich? Was stand wirklich in dem Brief?

»Weil Mutter auch zu Anfang ihrer Ehe nicht schwanger geworden ist. Doch kaum hatten sie ein Findelkind aus dem Armenhaus, war ich unterwegs. Da hatten sie dich aber schon am Hals.«

Almas Kopf dröhnte, sie massierte ihre hämmernden Schläfen.

»Und meine Familie hat dich all die Jahre durchgefüttert. Was das gekostet hat! Was ich alles wegen dir entbehren musste.« Käthe spie ihr die Worte entgegen.

»Als hätte ich nicht genug geschuftet in unserem Haus!« Alles drehte sich vor Almas Augen.

»Es ist alles wahr. Wort für Wort.«

Die Beine gaben unter Alma nach. Sie hielt sich an der Wand fest. »Nein, das kann nicht sein. Ich glaub das nicht.«

»Wenn du das nächste Mal bei mir auf der Plantage bist, kannst du den Brief lesen. Du wirst mit eigenen Augen sehen, was meine Tante geschrieben hat. Meine Tante, nicht deine!«

Sie schob Alma grob zur Seite und öffnete die Tür. »Ich denke, zwischen uns ist alles geklärt. Gretchen wird niemals die Wahrheit erfahren. Und du wirst dafür sorgen, dass auch Mathilde kein Sterbenswörtchen darüber verliert.« Kalt lächelnd schmiss sie die Tür hinter sich zu.

Ganz langsam glitt Alma an der Wand hinunter auf den Boden. Das durfte nicht wahr sein. Käthe musste gelogen haben. Sie atmete immer hektischer und bekam keine Luft mehr. Vor ihren Augen tanzten Sterne. Keuchend stand sie auf. Sie würde ersticken. Fieberhaft zerrte sie an dem Ausschnitt ihres Kleides. Schnell, sie musste hier raus. Sie musste an die Luft.

Eine Minute später stand sie vorne vor der Villa. Auf der hinteren Veranda und im Garten waren die Gäste. Alma presste sich an das Holz der Haustür. Es war dunkel, und der Mond versteckte sich hinter Wolkenfetzen. Sie schwankte die Treppe hinunter und ging um die Ecke. Hier neben den Holzpfählen, die tief in den Boden hineinreichten, blieb sie stehen. Hier würde sie niemand sehen. Sie spürte das harte Holz unter ihren Fingern. Tränen rannen über ihr Gesicht. Schluchzend ging Alma auf die Knie.

Konnte es wahr sein? War nun tatsächlich Tante Heidis Geheimnis gelüftet worden? Wenn dem so war, dann war es wirklich nichts für einen Brief. Und doch sollte sie es geschrieben haben? Alma dachte daran, dass es Tante Heidis letzter Brief war. Vielleicht hatte sie sich schon zu schwach gefühlt und geahnt, dass sie keine Chance mehr haben würde, Alma die Wahrheit persönlich zu sagen.

Wenn es stimmte, dann war sie ein Findelkind. Plötzlich ergaben so viele Dinge einen Sinn. Deswegen hatte Vater sie einfach so einem fremden Mann überlassen. Denn er war gar nicht ihr Vater. Auch ihre Mutter, die nicht ihre Mutter war, hatte immer Käthe bevorzugt. Weil Käthe ihre Tochter war, und nicht Alma. Deshalb hatten sie ihr immer so viel Arbeit aufgebrummt. Deshalb hatte sie ihr Leben lang das Nachsehen gegenüber ihrer Zwillingsschwester gehabt. Darum war es Leopold Hinrichs so wichtig gewesen, seine schwangere Tochter gut zu versorgen, auch wenn die Ziehtochter damit um ihr Glück gebracht wurde. Nun passte alles zusammen.

Alma wusste nicht, wie lange sie dort in der Dunkelheit gestanden und ins Nichts gestarrt hatte. Plötzlich bewegte sich etwas im schwachen Mondschein. Jemand beobachtete sie vom Strand aus. Eine große Gestalt. Sie kam näher und blieb am Straßenrand stehen. Für einen Moment kam der Südseemond heraus und Alma erschrak. Sie sah ihn, und auch er erkannte sie.

Alma war nicht in der Lage, sich zu bewegen. Für einige Sekunden starrte sie auf die Stelle, wo sie gerade noch ein paar strahlende Augen erblickt hatte. Auch wenn das Mondlicht zu schwach war, um das Blau der Augen zum Funkeln zu bringen, wusste Alma genau, welche intensive Farbe diese Augen hatten. Als würde sie nicht jeden Tag durch ihren Sohn daran erinnert.

Endlich löste sich der Schatten aus der Dunkelheit und kam näher. Wie oft hatte sie diesen Moment herbeigesehnt. Wie oft war sie in ihren Vorstellungen diesem Mann um den Hals gefallen und hatte nach den gepackten Koffern gegriffen, die neben ihr standen? Wie oft hatte sie sich töricht gescholten, weil dieser Augenblick niemals kommen würde?

»Alma?« Seine Stimme holte sie in die Gegenwart zurück. Was war nicht alles passiert seit damals? Ihre ganze Welt hatte sich verändert.

»Was machst du hier?« Er war es wirklich. Joshua war kein Hirngespinst. Er stand leibhaftig vor ihr.

»Ich musste dich sehen. So oft hab' ich an dich denken müssen. Ich konnte dich nicht vergessen.«

Der große Mann stand nun neben ihr. Sie musste nur die Hand ausstrecken und hätte ihn berühren können. »Ich dich auch nicht.«

»Ich … ich wollte dich fragen, ob du jetzt mitkommen willst? Mit mir … nach Sydney.«

Alma sagte nichts. War das alles nur Einbildung?

»Ich werde eine neue Stelle antreten. Nächsten Monat. Als Kapitän kann ich sogar meine Frau auf dem Schiff mitnehmen.« Er schaute Alma mit einem durchdringenden Blick an.

Alma sah zu ihm hoch. Ihr Kopf war leer. Sie konnte noch nicht einmal etwas fühlen. Gerade eben hatte sie erfahren, dass ihr Leben auf einer Lüge beruhte. Sie war sich selbst eine Fremde. Sie wusste nicht mehr, wer Alma Hinrichs oder Alma Stieglitz war. Sie wusste nicht einmal, ob sie überhaupt Alma war. Wie konnte jemand sie lieben, wenn sie nicht einmal selbst wusste, wer sie war? Sie blickte ihn fassungslos an.

»Alma, sag doch etwas!«

Sie öffnete den Mund, aber kein Ton kam über ihre Lippen.

»Alma? … Alma!« Jemand rief sie, es war nicht Joshua. Mathilde kam durch die Vordertür. »Ach, Alma hier bist du. Ich suche dich schon über …«

Abrupt blieb sie stehen. In ihren Armen wimmerte Maximilian leise. Sie blickte den großen Mann an, der kaum zu erkennen war. »Alles in Ordnung?«

Alma löste sich aus ihrer Erstarrung und trat aus dem Schatten des Hauses. »Mathilde, nicht jetzt!«

Doch ihre Schwester ließ sich nicht beirren. »Maximilian lässt sich nicht beruhigen. Er hat einen heißen Kopf. Ich glaube, er hat Fieber.« Mathilde drehte sich, sodass Alma das Gesicht des kleinen Jungen sehen konnte.

»Ich komme sofort. Geh schon nach oben. Bitte!«

Mathilde blieb jedoch stehen und schaute verunsichert auf die beiden hinab. Konnte ihre Schwester erkennen, dass sie geweint hatte? Machte sie sich deshalb Sorgen, weil Alma hier verheult mit einem fremden Mann stand?

»Mathilde, bitte! Es ist alles in Ordnung.«

»Hermann sucht dich auch schon.« Beharrlich blieb Mathilde oben am Treppenabsatz stehen. Niemand bewegte sich. Endlich drehte sich Almas Schwester, die anscheinend gar nicht ihre Schwester war, um und ging hinein. Kaum war sie verschwunden, hörten sie Stimmen auf der Veranda, die näherkamen.

Joshua sprach leise auf Alma ein. »Ich bin dieses Mal als Reisender mit einem Schiff hier. Wir legen morgen Früh ab. Du musst mit mir kommen. Du musst! Pack schnell alles zusammen!«

»Und wenn ich es Ihnen doch sage, das englische Königshaus ist eigentlich deutsch, durch und durch. In jeder Blutlinie befindet sich mindestens ein Mitglied des deutschen Hochadels!« Otto Zabels Stimme war deutlich zu vernehmen. Er würde jeden Moment mit seinem Gesprächspartner um die Ecke kommen.

Joshua hatte ihre Hände ergriffen und zog sie in den Schatten der Villa zurück. »Wirst du mir diesen Herzenswunsch erfüllen?«

Alma konnte sich nicht bewegen. Für einen Moment schoss ihr der Gedanke durch den Kopf, einfach wegzulaufen. Sich in Joshuas Arme zu werfen und alles hinter sich zu lassen, was sie gerade erfahren hatte. Käthe hatte sie aus der Familie verstoßen. Alma war plötzlich eine Fremde, die weder zu Mathilde noch zu Fritz gehörte. In ihrem Kopf schwirrte alles durcheinander. Jetzt war Joshua hier und wollte sie holen. Und Maximilian war gerade seinem Vater begegnet.

Joshua stand noch immer dicht vor ihr. Sie spürte, wie ihre Hände eiskalt wurden. Er war hier, was bedeutete, dass er sie immer noch liebte. Nur entfernt nahm sie Maximilians Wimmern aus dem oberen Schlafzimmer wahr. Dagegen drang die Stimme von Zabel glasklar an ihr Ohr. Er war nur wenige Meter von ihnen entfernt. Joshua und Alma standen bewegungslos da und warteten, dass sich die zwei Besucher von der vorderen Veranda wieder verzogen. Sie wagten kaum zu atmen. Es duftete leicht nach Zigarren. Endlich hörten sie das leise Knarzen der Holzdielen und leiser werdende Stimmen.

Joshua atmete hörbar aus. »Alma, was ist?! Das Schiff läuft am frühen Vormittag aus.«

Alma versuchte in der Dunkelheit das Blau seiner Augen auszumachen. Doch weder lösten sie dieses Mal eine Sehnsucht aus, noch beschleunigte sich ihr Herzschlag. Ihr Geist, ja ihr Körper schienen vollständig in Besitz genommen zu sein von der schockierenden Nachricht, die sie soeben von Käthe erfahren hatte.

»Alma?« Joshua klang irritiert. Noch immer wartete er auf eine Reaktion von ihr.

Käthe! Schon wieder Käthe! Endlich regte sich Widerstand in ihr. Käthe war eine schamlose Lügnerin. Sie log und betrog, wie es ihr gerade in den Kram passte. Nein, sie würde das nicht hinnehmen und so einfach aufgeben. Das durfte sie sich selbst nicht antun.

»So sag doch endlich etwas!« Joshua schüttelte sie sanft.

Alma hob den Kopf. Ein unsagbarer Schmerz breitete sich in ihr aus, als sie die nächsten Worte aussprach: »Ich kann nicht mit dir gehen, Joshua. Nicht jetzt. Nicht heute. Ich liebe dich, aber ich kann nicht …«

Abrupt ließ er sie los und trat einen Schritt zurück. Im schwachen Schein des Mondes konnte sie sein Gesicht erkennen, das sich verdüsterte.

»Genau das Gleiche hast du schon vor zwei Jahren gesagt. Nicht jetzt. Nicht heute. Später. … Du wirst niemals mit mir kommen, nicht wahr?« Er musterte sie, und sie konnte seinen bitteren Schmerz erkennen. Dann ließ er von ihr ab und ging, ohne sich noch einmal umzublicken.

Alma wollte ihm etwas hinterherrufen. Am liebsten wäre sie ihm nachgelaufen, aber sie war immer noch nicht fähig, sich zu bewegen. Wie versteinert stand sie im Dunklen.

KAPITEL SECHSUNDZWANZIG

UPOLU, OKTOBER 1905

Maximilian hatte nur leichtes Fieber. Kein Grund, sich Sorgen zu machen, aber er jammerte, sobald sie wegging. Alma saß an seinem Bettchen und wischte ihm mit einem feuchten Tuch über die Stirn. Sie war dankbar, dass sie eine gute Ausrede hatte, nicht weiter auf der Feier bleiben zu müssen.

Sie hätte weder Käthes Anwesenheit ertragen, noch hätte sie sich mit den Gästen über das Wetter, Ernteerfolge und die neuesten Nachrichten aus dem Deutschen Reich plaudern können.

Wie sollte sie sich entscheiden? Vorhin war ihre Welt auf den Kopf gestellt worden. Und dann tauchte auch noch Joshua auf, zum denkbar ungünstigsten Zeitpunkt. Immer wieder hatte sie ihre Entscheidung von damals bereut. Sie hätte mit Joshua gehen sollen. Andererseits hatte Fritz sich von dem entsetzlichen Zwischenfall sehr gut erholt. Und so hatte Alma sich im letzten Jahr mit ihrem Leben ausgesöhnt. Ihr Verhältnis mit Hermann hatte sich eingerenkt, Käthe war versorgt, Fritz wieder glücklich, und Mathilde konnte sehr gut auf sich selbst aufpassen. Und sie hatte sich damit arrangiert, dass sie Joshua niemals wiedersehen würde. Das erste Mal, seit sie auf Samoa war, lief ihr Leben normal und ohne größere Katastrophen ab. Es gab keinen Grund mehr, darüber nachzudenken, was hätte sein können. Sie konnte sich endlich auf ihr Leben mit ihrer Familie konzentrieren.

Hatte sie gedacht. Bis Käthe ihr neues Leben mit wenigen Sätzen zerstört hatte. Warum sollte sie ausgerechnet in diesem Moment ihre Familie verlassen? Sie musste die Wahrheit herausfinden. Sie musste wissen, ob Käthe gelogen hatte. Sie würde Mathilde fragen, ob Tante

Heidi ihr etwas erzählt hatte. Obwohl sie das für unwahrscheinlich hielt. Tante Heidi hatte Mathilde nicht einmal in das Geheimnis von Edelgards wahrer Herkunft eingeweiht.

Nein, sie konnte nicht gehen.

Sie fühlte sich plötzlich so verloren auf dieser Welt. Sie hatte keine Familie mehr. Wenn sie Samoa jetzt verließ, würde sie das letzte bisschen vertraute Heimat aufgeben, das ihr noch geblieben war. Sie hatte Angst, große Angst.

Wenige Tage später war Maximilian wieder wohlauf. Alma nahm den Brief, den sie an den Bruder von Leopold Hinrichs, den Mann, der ihr Vater gewesen war, adressiert hatte. Mathilde wusste nichts von einem Familiengeheimnis, das Tante Heidi mit ins Grab genommen hatte. Alma hatte vorsichtig nachgefragt, aber ohne Mathilde mitzuteilen, was Käthe ihr erzählt hatte. Alma wollte nicht, dass Mathilde erfuhr, dass sie nicht ihre Schwester war. Zumindest nicht, bevor sie sich dessen vergewissert hatte. Natürlich würde sie bei ihrem nächsten Besuch auf Savai'i den Brief von Tante Heidi an sich nehmen. Doch es war besser, wenn sie noch von anderer Seite Informationen einholte.

Also hatte sie an den einzigen Menschen geschrieben, der ihr noch als Informationsquelle dienen konnte. Leopold Hinrichs hatte zwei Geschwister. Von seiner jüngeren Schwester besaß Alma keine Adresse. Deshalb blieb ihr nur Theodor Hinrichs, der in einem kleinen Dorf außerhalb von Köln wohnte.

Heather merkte sofort, dass etwas nicht stimmte. Alma kam gerade von der Post und setzte sich erschöpft an das Tischchen im Laden. Maximilian schlief im Kinderwagen, und da Gretchen wusste, dass sie bei Tante Heather einen Keks bekam, war sie mit hereingekommen. Der kleine Vorfall im Nähzimmer hatte bei ihr keinerlei Spuren hinterlassen. Käthe hatte anscheinend nichts zu ihr gesagt, was sie durcheinanderbrachte. Wenigstens etwas.

Alma war viel zu verwirrt, um Heather alles zu erzählen, sie brauchte mehr Zeit und Ruhe, deswegen vertröstete sie ihre Freundin. Sie ließ sich ein paar Lebensmittel einpacken und ging zurück zum Kinderwagen. Weil sie dringend Bewegung brauchte, war Alma zu Fuß in die Stadt gegangen.

Gretchen sprang um den Kinderwagen herum. Sie hatte von Heather einen Lutscher geschenkt bekommen und war glücklich. Auf der anderen Seite der Straße stand ein Wagen. Ein chinesischer Kuli wuchtete schwere Säcke auf die Ladenfläche. Mit einem Mal rutschte ein Sack an der Kante ab und riss auf. Das Mehl verteilte sich auf dem Boden und stob durch die Luft. Gretchen blieb stehen und sah zu.

Als Alma ihre Hand nehmen wollte, um weiterzugehen, kam der Plantagenbesitzer heraus und sah das Missgeschick. Sofort griff er zu einer Ochsenpeitsche und schrie den Arbeiter an, während er mit voller Wucht auf ihn einhieb. Der Chinese riss schützend seine Arme hoch, was den Besitzer noch wütender machte.

Alma erschrak und erstarrte für einen Augenblick. Dann griff sie Gretchens Hand und wollte sie mit sich ziehen. Doch irgendetwas hatte das Mädchen in Angst und Schrecken versetzt. Stumme Tränen liefen ihr über die Wangen und erst jetzt sah Alma, dass ihr das Wasser an den Beinen herunterlief. Die Kleine zitterte am ganzen Körper. Sie war bleich und ihre Lippen bebten. Alma hob sie hoch und drehte sich weg, sodass Gretchen nichts mehr sehen konnte. Sie ging, den Kinderwagen vor sich herschiebend, so schnell sie konnte die Straße hinunter. »Dir passiert nichts. Du bist bei mir in Sicherheit.«

Gretchen klammerte sich so fest an sie, dass sie kaum noch Luft bekam.

Während Aveolela sich um Maximilian kümmerte, der langsam quengelig wurde, weil er Hunger bekam, brachte Alma das Mädchen hoch in ihr Zimmer. Beruhigend redete sie auf sie ein, doch Gretchen war wie versteinert und blickte starr geradeaus. Alma wusch sie und kleidete sie frisch an. Dann setzte sie sich auf das Bett und nahm Gretchen auf ihren Schoss. Sie wusste nicht so recht, was sie zu ihr sagen sollte. »Gretchen, komm, schau mich an.«

Endlich reagierte die Kleine.

»Du bist im Kinderheim auch viel geschlagen worden, oder?«

Gretchen blickte sie mit weit aufgerissenen Augen an. Alma glaubte ein Nicken zu erkennen. Sie wusste schließlich einiges von den Zuständen in den Kinderheimen. »Aber das ist endgültig vorbei. Ich verspreche dir, dass dir so etwas nicht mehr passieren wird. Ja? Das musst du mir glauben.«

Gretchen schaute sie weiter regungslos an. Ihre dunklen Augenringe waren plötzlich wieder zu sehen.

»Und wenn jemand dich schlägt, sagst du mir sofort Bescheid. Verstanden? Das werde ich nicht zulassen.«

Gretchen nickte zaghaft. Mehr als ein verkrampftes Lächeln bekam Alma nicht zustande. Sie presste die Kleine an sich. Hoffentlich konnte sie ihr Versprechen halten. Gretchen legte ihre kleinen Arme um sie, und Alma drückte den Mund auf ihre Haare. Wahrscheinlich war es den Nonnen im Kinderheim nicht gelungen, ihre Seele ganz zu zerstören. Aber ein Teil schien auf jeden Fall schwer beschädigt zu sein.

Alma wiegte sie in ihren Armen hin und her. Nach der tiefen Erschütterung, die sie durch Käthes Enthüllung erfahren hatte, fühlte sie sich entfremdet von den Menschen, die ihr immer so nahegestanden hatten. Von einer Sekunde auf die andere hatte sie Eltern und Geschwister verloren.

Aber mit einem Mal wurde ihr bewusst, welches Schicksal ihr durch Leopold und Hildegard Hinrichs erspart geblieben war. Alma hätte wie Gretchen werden können, verschlossen und verängstigt. Ein Kind, das furchtsam zusammenzuckte, wenn jemand die Hand erhob. Ein Mensch, der sich absolut wertlos vorkam. Auch wenn ihre eigene Kindheit nicht gerade einfach gewesen war, so hatten die Hinrichs doch ein gutes Werk an ihr getan.

Und da Gretchens Schicksal nun in ihren Händen lag, fühlte sich Alma plötzlich nicht mehr wie eine Fremde. Sie gehörte zu dieser Familie. Und wenn sie es recht bedachte, stand sie Fritz, Mathilde und Gretchen viel näher als Käthe.

NOVEMBER 1906

Käthe hatte ihr den Brief natürlich nicht gezeigt. Weder bei ihrem letzten Besuch vor ein paar Monaten noch dieses Mal. Alma war zusammen mit Mathilde, Fritz, Gretchen und Maximilian zu den Dünnbiers gereist. Vor sechs Wochen im September hatte Käthe ihr zweites Kind bekommen, Frederike, ein gesundes properes Mädchen.

Bei Almas erstem Besuch auf der Plantage nach ihrem Streit hatte Käthe behauptet, sie finde den Brief nicht. Sie habe ihn wohl verlegt. In der Zwischenzeit hatte Käthe Alma schon drei Mal besucht, aber immer hatte sie vergessen, ihn mitzubringen. Und auch dieses Mal war es ihr zu beschwerlich, danach zu suchen. Alma wurde fuchsteufelswild, denn sie glaubte nicht, dass ihre Schwester einen Brief mit solch brisantem Inhalt verlegt hatte.

Als Alma Käthe daraufhin der Lüge bezichtigte, warf Käthe sie raus. Sie lasse sich nicht in ihrem eigenen Haus als Lügnerin beschimpfen. So waren sie nach nur vier Tagen verfrüht nach Upolu zurückgekehrt. Zu Fritz sagte Alma nur, dass sie sich gestritten hätten, was ihn nicht verwunderte. Alma haderte mit sich, ob sie Mathilde endlich einweihen sollte, warum sie sich mit Käthe über einen Brief stritt. Mathilde hatte etwas von dem Streit mitbekommen.

Die Antwort, die sie vor drei Monaten von der Frau ihres Onkels erhalten hatte, war leider nicht hilfreich gewesen. Onkel Theodor war sogar schon vor seinem Bruder Leopold gestorben und seine Frau Ursula wusste nur Vages zu berichten. Hildegard Hinrichs, geborene Quanz, ihre Schwägerin, damals die frisch Angetraute von Leopold Hinrichs, war tatsächlich nicht gleich nach der Hochzeit schwanger geworden. Und nach einem Jahr fing das heimliche Gerede an. Hildegard war plötzlich weg. Sie sei im Niederrheinischen gewesen, zur Pflege einer kranken Verwandten. Und nach mehreren Monaten kam sie wieder, mit Zwillingstöchtern, wie Tante Ursula zu berichten wusste. Aber da seit der Hochzeit fast zwei Jahre vergangen waren, war an ihrem längeren Aufenthalt nichts verdächtig.

Sie selbst, so schrieb Tante Ursula, habe Käthe und Alma mit drei Jahren das erste Mal zu Gesicht bekommen. Heute war sie sich sicher, dass etwas an der ganzen Sache merkwürdig war, aber sie wusste leider nicht, was. Möglicherweise war ihr verstorbener Mann eingeweiht gewesen, aber er hatte nicht mit ihr darüber gesprochen. Tante Ursula bedauerte sehr, Alma nicht helfen zu können, hoffte aber, dass es ihr gut gehe, und über weitere Post aus der Ferne würde sie sich sehr freuen.

Alma hatte sich vorgenommen, ihr gemeinsam mit Mathilde und Fritz gelegentlich zu schreiben. Trotzdem war sie sehr enttäuscht über den Inhalt von Tante Ursulas Brief. Er passte leider zu gut zu dem, was Käthe ihr erzählt hatte.

Eine kranke Verwandte pflegen im Niederrheinischen – genau die gleiche Geschichte hatte die Familie über Käthe verbreitet, als ihr Bauch immer größer wurde, der Ehering jedoch an ihrem Finger fehlte. Käthe hatte auf jeden Fall mit ihrer Behauptung recht, dass Almas Geburt ein Geheimnis umgab. Anders war diese merkwürdige Geschichte nicht zu erklären.

Vielleicht hatten Leopold und Hildegard Hinrichs sie vor dem Makel bewahren wollen, dass alle Welt wusste, dass sie ein angenommenes Kind war. Denn sonst hätte sie nicht so ein Geheimnis daraus machen müssen. Tatsächlich passte alles genau zusammen – auch wenn sie Käthe eine Lügnerin schimpfte. Alma musste sich damit abfinden, dass sie keine Blutsverwandte war. Wie gerne hätte sie den letzten Brief von Tante Heidi gelesen!

»Hermann?« Das Haus war verlassen, die Tür abgeschlossen, als sie von Savai'i zurückkehrten. Auch von Aveolela und den Boys gab es kein Lebenszeichen. Maximilian spielte im Garten, und Gretchen passte auf ihn auf. Die Sonne war schon fast untergegangen, und Alma wunderte sich, dass Hermann noch nicht zu Hause war. Doch eigentlich hatte sie ja erst in einer knappen Woche zurückkommen wollen.

Mathilde hatte nur für das Wochenende frei bekommen und wäre ohnehin heute wieder zurückgefahren. So hatte sie Alma bei der schaukligen Überfahrt mit den beiden Kleinen beistehen konnte.

Als die Kinder schon längst schliefen, war Hermann immer noch nicht heimgekehrt. Wahrscheinlich isst er heute Abend im Hotel, fiel Alma ein. Und trifft sich zu dem ein oder anderen Bier oder einem geselligen Pokerabend.

Alma war hundemüde und ging früh schlafen. Sie merkte erst am nächsten Morgen, dass Hermann nicht nach Hause gekommen war. Wo hatte er nur genächtigt? Sie nahm an, dass Hermann die Affäre mit Laulii beendet hatte, nachdem Alma ihm eröffnet hatte, dass er nicht der einzige Mann war, mit dem die Samoanerin sich traf. Doch vielleicht hatte Hermann die Gelegenheit wahrgenommen und sich mit ihr oder einer anderen Frau getroffen. Denn nach einem Besuch im Hotel wäre er bestimmt nach Hause gekommen. Womöglich tat sie ihm unrecht. Vielleicht nutzte er die Zeit auch, um eine der Plantagen zu besuchen.

Gestern Abend hatte Mathilde sich mit der Kutsche zu den Stanfords bringen lassen, bei denen sie sehr glücklich war. Die Stanfords hatten zwei Kinder, die schon älter waren. Zu Anfang hatte Mathilde als Haushälterin ausgeholfen, doch schon bald hatten die Stanfords gemerkt, dass sie eine aufgeweckte junge Frau war. Jetzt half Mathilde Mrs. Stanford bei der Buchhaltung, und die Dame des Hauses freute sich, ihr mehr Verantwortung übertragen zu können, sodass sie mehr Zeit für sich hatte.

Alma hatte vor, heute ein Kleid fertig zu nähen. In den letzten Jahren hatte sie erstaunlich viel Geld mit ihren Kleidern und Kostümen verdient. Sogar Mathilde hatte das ein und andere Stück verkaufen können. Doch zuvor wollte sie mit den Kindern zum Kontor fahren und Hermann Bescheid geben, dass sie wieder da waren.

Otto Zabel sprang auf, als sie das Büro betrat. »Ach, guten Tag, Frau Stieglitz. Und der kleine Maximilian. Wie groß er schon ist. Wie alt ist er?«

»Im nächsten Monat wird er drei. Herr Zabel, ich wollte eigentlich zu meinem Mann.« Alma schaute durch die große Fensterscheibe, hinter der das Arbeitszimmer von Hermann lag. Hermann war nicht da. »Ist er vielleicht im Lager?«

Otto Zabel blickte sie mit einem merkwürdigen Ausdruck an. »Aber Ihr Mann ist doch vor drei Tagen verreist.«

Alma schaute ihn verdutzt an.

»Zum Bismarck-Archipel!«, fügte er hinzu, als sei sie schwer von Begriff.

Alma war für einen Moment irritiert.

»Das hätte er mir doch gesagt.«

Jetzt schien auch Otto Zabel verunsichert. »Am Freitag ist er aufs Schiff gegangen. Am Donnerstag, nachdem er Sie zum Hafen gebracht hatte, kam er mit einem Brief zurück. Es war gerade wieder ein Frachter vom Bismarck-Archipel eingelaufen. Da hat er mir Bescheid gegeben, dass er unseren Ableger in Rabaul auf Neupommern besucht. Ich dachte allerdings, das wäre schon länger geplant gewesen. Hmm.« Zabel zwirbelte seinen Schnurrbart. »In dem Brief muss etwas gestanden haben, was ihn sofort veranlasst hat, aufzubrechen.«

»Oh, ich hoffe, es ist nichts Schlimmes vorgefallen.«

Gustav Schmidt kam mit ein paar Papieren zur Tür herein. »Frau Stieglitz, was für eine Überraschung.« Seine Freundlichkeit war eher verhalten. Er hatte Alma den Vorfall mit der Nähmaschine sehr übelgenommen.

Zabel wandte sich an seinen Kollegen. »Weißt du, ob Herr Stieglitz seine Reise nach Rabaul schon länger geplant hatte?«

Schmidt schüttelte den Kopf und setzte sich an seinen Schreibtisch. »Nein, wieso?«

»Mein Mann hat mir nicht gesagt, dass er fort wollte.«

Überrascht zog Gustav Schmidt die Augenbrauen hoch. »Vielleicht hat Hermann es vergessen.«

»Oder aber es war wirklich kurzfristig. Ich sehe schnell nach, ob der Brief von Donnerstag auf seinem Schreibtisch liegt.« Zabel zog einen Schlüsselbund hervor und schloss die Tür zu Hermanns Büro auf. Als Hermanns Stellvertreter hatte nur er einen Schlüssel zum Büro.

Ungeduldig sah Alma sich um. Neben der Eingangstür hing Hermanns Foto. Er hatte ihr nie erzählt, ob es seine Mitarbeiter wirklich zur Arbeit antrieb, wenn er nicht da war.

Schmidt trug irgendwelche Zahlenkolonnen in ein großes Buch ein und blickte sie dann und wann verstohlen an. Alma fühlte sich unwohl.

»Nein, dann hat er den Brief wohl mitgenommen. Ich weiß nur, dass er mir am Donnerstag gesagt hat, er würde am nächsten Tag sofort mitfahren.«

»Wann wird er denn zurückerwartet?«

Sowohl Zabel als auch Schmidt sahen sie mit einem Blick an, der besagte, dass sie doch eigentlich diejenige von ihnen sei, die diese Frage am ehesten beantworten konnte.

Endlich sagte Zabel: »Nun, wenn ich davon ausgehe, dass er zum Bismarck Archipel vier Tage hin und zurück braucht und er wahrscheinlich mindestens zwei Tage dort bleiben wird, vielleicht will er auch die Bücher gründlich prüfen. Und ich weiß nicht, wo der Frachter zwischendurch noch Ladung aufnimmt … oder ablädt.« Zabels Stimme wurde immer leiser. Er räusperte sich. »Also ich denke, mit einer guten Woche müssen Sie rechnen.«

Alma zuckte innerlich zusammen. Sie war immer in Sorge, wenn Hermann weg war. Das Meer war unberechenbar. Und die Leute berichteten von Piratenangriffen und Überfällen an Land. Sie versuchte sich zu erinnern, wo Neupommern lag, der Landstrich, wo vor zwei Jahren das Massaker stattgefunden hatte.

»Nun, ich bin früher von meiner Reise nach Savai'i zurückgekommen. Vielleicht hat er gedacht, er sei vor uns zu Hause. Ich wünsche den Herren noch einen schönen Tag.«

Sehr wohl bemerkte sie die irritierten Blicke der beiden Männer. Als sei sie zu unbedeutend, als dass es Hermann für notwendig erachtete, ihr Bescheid zu geben, wann er verreiste.

Vielleicht hatte sie zu Hause eine Nachricht von Hermann übersehen. Doch zu Hause fand sie weder einen Brief noch einen Zettel vor. Auch

Taua, Etena und Aveolela wussten nichts, was nicht weiter überraschend war, da Hermann sie nicht über seine Reisepläne unterrichtete.

Alma bekam einen Schreck, als sie feststellte, dass beinahe alle seine Anzüge noch im Schrank hingen. Er hatte vor allem alte Sachen mitgenommen, die er nur anzog, wenn er ausritt oder sie einen Ausflug in den Dschungel machten. Alma wurde stutzig. Etwas stimmte nicht.

In den nächsten vierzehn Tagen lief sie dutzende Male auf die obere Veranda und hielt Ausschau nach den Schiffen, die im Hafen einliefen.

»Bitte schicken Sie einen Brief nach Rabaul. Ich möchte wissen, wie der Kapitän des Schiffes heißt, das Hermann während meiner Abwesenheit bestiegen hat.«

Alma hatte die Kinder bei Heather abgegeben. Es waren nun fast drei Wochen, seit Hermann weg war. Wahrscheinlich war ihm etwas passiert. Es war die einzige Erklärung. Bisher war leider noch kein Frachter vom Bismarck-Archipel eingelaufen. Fieberhaft wartete Alma auf ein Zeichen von Hermann. Wenn es zu einem Aufstand der Eingeborenen gekommen war, sprach sich so etwas meistens schnell herum auf den Schiffen und in den Häfen.

Ungeduldig klopfte Alma mit den Fingern auf das Holz. Sie saß vor Hermanns Schreibtisch, hinter dem Otto Zabel Platz genommen hatte. Er vertrat seinen Chef so gut er konnte, und es machte ihm sichtlich Freude, Alma Stieglitz so verunsichert zu sehen.

»Meine liebe Frau Stieglitz, oder darf ich Alma sagen?«

Alma schoss das Blut in den Kopf. Wie unverschämt er war. Warte nur, bis Hermann wieder da ist, dachte sie. Und im gleichen Moment wurde ihr bewusst, in welchen Schwierigkeiten sie stecken würde, wenn er nicht wiederkäme.

Sie ignorierte Zabels Frage und sagte: »Was sieht die Firma in einem Fall von Geiselnahme oder Tötung eines Mitarbeiters bei Ausübung seiner Pflicht vor?«

Otto Zabel schaute sie überrascht an. »Nun, das weiß ich nicht. Aber so schnell wollen wir Ihren Mann doch nicht aufgeben, nicht wahr?«

»Ich frage ja nur«, gab Alma barsch zurück. Doch dann lenkte sie ein. »Für mich stellt es die einzige Erklärung dar, warum mein Mann noch nicht zurück ist.«

»Aber, Alma … werte Frau Stieglitz, da fallen mir viele Möglichkeiten ein. Vielleicht ist das Schiff nicht gekommen, das ihn wieder hätte zurückbringen sollen. Schiffe gehen manchmal kaputt, wissen Sie?«

Er sprach mit ihr, als sei sie ein junges Mädchen. Alma wurde immer wütender, wobei ihr klar war, dass ein großer Teil ihrer Wut Hermann galt. Wie konnte er sie nur so hängen lassen? Doch sie sollte sich Otto Zabel nicht zum Feind machen. Sie schaute ihn an, als er weiterredete.

»Oder überlegen Sie mal. Im April, das Erdbeben von San Francisco. So viele Tote. Wer weiß schon, ob oder wo im Bismarck-Archipel wieder ein Vulkan ausgebrochen ist. Alles ist möglich.«

»Dann glauben Sie doch, dass er tot ist?«

»Aber nein, es wäre nur eine sehr gute Erklärung, warum einige Häfen nicht angefahren werden könnten. Mir würde es im Traum nicht einfallen, Ihren Mann für tot zu erklären.« Zabel stand auf.

»Haben Sie schon gesehen? Wir sind nun auch verkabelt. Apia hat jetzt ein Ortsfernsprechnetz.« Er nahm den Telefonhörer ab und hielt ihn sich an Ohr. »Erstaunlich, nicht wahr? Ein Wunderwerk der Technik.«

Alma schaute ihn fassungslos an. Ihr Mann wurde vermisst und Zabel interessierte sich nur für das neue Telefongerät. Zornig erhob sie sich. »Ich kümmere mich besser selber darum und gehe zum Hafen und erkundige mich dort.« Natürlich war sie schon ein Dutzend Mal dort gewesen. Seit zehn Tagen ging sie zu jedem Schiff, das anlegte, um Erkundigungen einzuholen.

»Sollten Sie etwas erfahren, wäre es nett, mich umgehend zu benachrichtigen.«

»Aber natürlich.« Als sie die Hand schon auf der Türklinke hatte, sagte Zabel plötzlich: »Warten Sie. Das hätte ich fast vergessen.« Er öffnete eine Schublade und kramte eine dünne Akte hervor. »Anscheinend hat Ihr Mann das hier liegen gelassen. Es scheint mir … eher … privater Natur zu sein.« Zabel hielt ihr die Akte aus brauner Pappe hin.

Alma trat näher und nahm sie. »Was ist das?« Sie öffnete die Mappe und sah etliche Papiere mit von Hermann handgeschriebenen Berechnungen.

»Ich habe in den letzten Tagen die Papiere im Schreibtisch geordnet. Schließlich muss es ja weitergehen. Dabei hab ich die Unterlagen gefunden. Es hat etwas gedauert, bis ich rausbekommen habe, dass es nichts mit der Firma zu tun hat.«

Alma schaute ihn neugierig an. Offenbar musste sie Zabel alles aus der Nase ziehen. »Und was ist das dann?«

»Es sind Unterlagen von der Safata-Samoa-Gesellschaft. Anscheinend war Ihr Mann daran interessiert, bei ihnen Vorzugsanteile zu kaufen. Die Gesellschaft pflanzt größtenteils Kakao und Kautschuk an. Es gibt zwei Briefe, die das belegen. Aber ob er wirklich Anteile erworben hat, ist eher fraglich, wenn ich mir seine Berechnungen anschaue.«

»Wieso?«

»Nun, Ihr Mann ist ein kluger Kopf. Er würde sich kaum in eine Gesellschaft einkaufen, deren Kapitalvermögen in den letzten Jahren geschrumpft ist.«

Alma klappte den Aktendeckel zu. Sie würde sich das zu Hause in Ruhe ansehen. Und vielleicht sollte sie es Mathilde zeigen, die sich mit Zahlen besser auskannte als sie. Sie presste ihre Lippen aufeinander. »Danke.«

Zabel wartete noch, bis sie das Büro verließ, dann griff er wieder zum Telefonhörer.

KAPITEL SIEBENUNDZWANZIG

JANUAR 1907 BIS JUNI 1908

»Ich weiß ehrlich gesagt nicht mehr weiter. Er ist nun schon über zwei Monate fort. Und es gibt kein einziges Lebenszeichen von ihm.« Alma war den Tränen nahe. Joseph tätschelte ihre Hand. Das war das erste Mal, dass er so etwas tat.

»Ich kann natürlich nichts versprechen, aber ich frag rum. Ein paar alte Seebären kenne ich ja noch.« Er wollte ihr Mut machen, und Alma war ihm dankbar dafür. Joseph kam nun wieder regelmäßig, denn er brauchte Hermanns Wutausbrüche nicht zu fürchten. Und eines wusste Alma dank Joseph inzwischen sicher. Hermann war nicht etwa hier auf der Insel verschleppt und getötet worden. In ihrer Sorge um ihren Mann hatte Alma keinen Gedanken mehr ausgeschlossen.

Vor einer Woche hatte sie endlich Nachricht erhalten, dass Hermann sehr wohl an Bord des Schiffes Richtung Bismarck-Archipel gegangen war. Der Kapitän des Frachters ließ ihr durch Otto Zabel mitteilen, dass Hermann auf Bougainville das Schiff wieder verlassen hatte. Über seine weiteren Pläne wusste er aber nichts zu berichten.

Es gab ein kleines Büro der Firma auf der Insel und Otto Zabel hatte bereits einen Brief an den Leiter dieses Handelsbüros aufgesetzt. Und er hatte ein Schreiben abgeschickt, das an der nächsten erreichbaren Telegrammstation per Funktelegrafie zum Hauptsitz der Firma im Deutschen Reich versendet wurde.

Man konnte Otto Zabel nicht vorwerfen, dass er viel Zeit verloren hätte, sich um die Nachfolge ihres Mannes zu bemühen. Überhaupt war es Alma sehr unangenehm, dass dieser Mensch nun ständig bei ihr auftauchte. Abends musste sie ihn manches Mal richtiggehend aus dem

Haus komplimentieren. Sie hatte schon veranlasst, dass immer Taua oder Etena in Rufweite blieben. Sie traute diesem Mann nicht, in dessen Gegenwart sie sich nicht wohlfühlte.

So gut es ging versuchte Alma, den Schein zu wahren. Sie wusste, auf der ganzen Insel wurde über Hermanns Verbleib getuschelt. Hatte er sie verlassen? War ihm etwas zugestoßen? Die Gerüchteküche kannte keine Grenzen. Alma stellte sich taub. Nun trennte sich die Spreu vom Weizen, und sie konnte sehr gut erkennen, wer auf ihrer Seite war und wer nicht. Die Bösartigkeit einiger Mitmenschen erschreckte sie.

Deswegen hatte sie auch eingewilligt, als Joseph ihr vorgeschlagen hatte, dem allen zu entfliehen und den Apiaberg zu besteigen. Gretchen, Fritz, Maximilian und sogar Mathilde würden mitkommen, und zu ihrer großen Überraschung hatte auch Heather zugestimmt. Sie schloss ihren Laden für zwei Tage und machte mit ihnen und Joseph die Wanderung hoch auf den Berg. Taua sollte auf das Haus aufpassen, während Etena als Träger mitkam.

Alma hätte nicht gedacht, dass es einen Ort auf der Insel gab, wo es so kühl sein konnte. Obwohl ihr durch die Anstrengungen des Aufstiegs warm war, knöpfte sie ihre Strickjacke zu und holte einen alten Pullover von Fritz aus dem Rucksack, den sie Maximilian überzog.

Sie hatten den Berg in einem sehr gemächlichen Tempo erklommen. Gretchen und Maximilian waren sehr langsam, aber Alma hatte den Eindruck, dass die Höhe Joseph zu schaffen machte. Er keuchte, und auch wenn er sich sehr bemühte, sich seine Erschöpfung nicht anmerken zu lassen, schien er sehr froh, sich für einen Moment auf einen Stein setzen zu können. Wie alt Joseph wohl ist?, fragte sich Alma, doch da rief Fritz nach ihnen.

»Alma, Mathilde, kommt her. Hier sieht man über die ganze Insel.« Aufgeregt stand Fritz auf einem breiten alten umgefallenen Baumstamm und schaute über eine Lichtung hinab auf die Hügellandschaft von Upolu.

Mathilde kletterte hoch und half auch Gretchen hinauf. Dann nahm sie Maximilian in Empfang. Alma wartete auf Joseph, doch der winkte ab.

»Schaut ihr nur, ich komm gleich.« Heather blieb bei ihm sitzen. Auch ihr war die Anstrengung zu viel. Sie atmete heftig und winkte ab, während Etena neben ihr den großen Rucksack auspackte.

Alma schaute hinunter. Direkt unter ihr breitete sich das satte Grün des Regenwalds bis zum Meer hin aus. Links von ihnen konnten sie Apia sehen, nur zu erkennen an den winzigen weißen Flecken der Häuser, die sich durch die Palmendächer drängelten. Dahinter lag das unendliche, weite blaue Meer.

Alle waren gebannt von der erhabenen Schönheit der Insel und der Ehrfurcht einflößenden Ewigkeit des Ozeans. Er schien kein Ende zu kennen. Maximilian saß auf Mathildes Schultern und streckte sein kleines Ärmchen nach vorne, aber auch er sagte nichts.

Plötzlich fühlte Alma sich vollkommen. Alle Menschen, die sie liebte, waren hier an einem der zweifellos schönsten Orte der Welt versammelt. Es war ein Moment höchsten Glücks, weit ab von allen Sorgen und menschlichem Leid. War das ihre Heimat? War sie endlich zu Hause angekommen? In Gedanken versunken starrte Alma auf die Unendlichkeit des Meers. Als würden ihre Beine durch den Baumstamm hinab in das Wurzelwerk der Insel reichen, fühlte sie sich plötzlich mit diesem Ort verbunden.

»Wunderschön, nicht wahr?«

Alma drehte sich um und sah, dass nun auch Heather hinter ihr stand. Sie nickte versonnen.

»Weißt du, dass ich genau an diesem Platz schon einmal gestanden habe? Es ist sicher fünfzehn Jahre her.«

Plötzlich hörten sie einen Schrei. Mathilde war zu Joseph gegangen, um das Essen auszupacken. Sie stand neben ihm, hatte ihr Kleid etwas angehoben und sah auf ihre Beine herab. Ein Rinnsal Blut lief ihr am linken Unterschenkel herab. Sie wollte ihr Bein anfassen, doch Joseph hielt ihre Hand fest.

»Nicht abreißen. Dann bleibt der Kopf drin.«

»Der Kopf?«

»Keine Sorge, das ist nur ein Blutegel. Das haben wir gleich«, versuchte Joseph sie zu beruhigen. Er griff in seinen Rucksack, holte ein Säckchen heraus und streute grobes weißes Pulver auf den Blutegel.

Mathilde verzog schmerzhaft das Gesicht. »Was ist das?«

»Salz«, antwortete Joseph grinsend. »Das mögen diese Viecher nicht. Ich hab immer was dabei. Warte eine Minute, dann fällt er von alleine ab.«

Mathilde konnte kaum hinsehen. Doch tatsächlich kringelte sich der kleine braune Wurm zusammen und fiel plötzlich ab. Mit einem Blatt nahm Joseph das kleine Tier auf und warf es in den Wald.

Alle stürzten sich auf das Essen. Es gab gekochte Eier, Tomaten und Wurst, Brot und Butter und Milch. Alma hatte extra für Joseph eine Flasche Bier und eine Dose Büchsenfleisch eingepackt. Sie wusste, was er gerne mochte. Maximilian lief mit einem Wurstbrot in der Hand zu Joseph und griff in seinen Hemdausschnitt. Der Kleine war sehr neugierig, aber Joseph störte das nicht.

»Was ist das?« Er hielt ein Lederband mit einer Feder und einer kleinen Muschel in der Hand.

»Das«, erklärte Joseph nachsichtig, »ist ein Schutzamulett. Ich hab' es vor vielen Jahren von einem *Matai* geschenkt bekommen. Damit ich noch recht lange lebe.«

»Lass das bloß nicht die Missionare sehen. Die mögen so heidnisches Zeug gar nicht«, sagte Heather, die ihren ausgeprägten Hang zu abergläubischen Ritualen, ein Überbleibsel aus ihrer Heimat Schottland, bewahrt hatte.

»Bisher hat es auf jeden Fall geholfen«, sagte Alma. »Wie alt bist du eigentlich?«

Joseph grinste. »Da muss ich aber überlegen. Ich war fünfundzwanzig, als ich desertiert bin. Das war 1863.« Er rechnete mit den Fingern nach, doch Fritz war schneller. »Dann bist du neunundsechzig Jahre alt.«

»Ein stolzes Alter. Du bist 1838 geboren.«

»Dann lebst du schon vierundvierzig Jahre auf Samoa! Das ist aber lang!«, rief Fritz erstaunt. »Wann sind denn die ersten Weißen hier angelandet?«

»Das weiß ich nicht«, erwiderte Joseph. »Der französische Seefahrer Bougainville kam im Jahre 1768 hierher und taufte die Inseln *Isles des Navigateurs*, was übersetzt Schifferinseln bedeutet. Ob er der erste Besucher war, weiß ich nicht. Sicher sind immer wieder Schiffe hierhergekommen, aber erst ab 1830 wurde der Hafen von Pago Pago, der jetzt amerikanisch ist, regelmäßig von den Walfängern angefahren. Es war der beste Hafen weit und breit.«

»Ich wette, damals sah es hier noch aus wie im Paradies.« Mathilde hatte den Blutegel schon vergessen.

»Wieso wohl hat Gott das Paradies so weit weg von den Menschen erschaffen?«, fragte Alma leise. Sie hatte eher zu sich selbst gesprochen, aber Joseph antwortete:

»Nicht Gott, sondern *Nareau te Moa-ni-bai* hat die Inseln geschaffen. Das glauben die Samoaner. Er ist der Schöpfungsgott, der Erste, der keine Mutter und keinen Vater kennt. Er trennte das Meer von dem Land, schuf die Geister und die Insel. Auf Tamoa oder Samoa pflanzte er einen Baum, auf dem die Ahnen wuchsen. Blüten wuchsen dort, und überall, wo er die Blüten hinwarf, entstanden Inseln.«

»Klingt ziemlich ähnlich wie unsere christliche Schöpfungsgeschichte, als Gott die Welt in sieben Tagen erschuf«, schlussfolgerte Mathilde altklug.

Heather prustete laut los. »Das, mein liebes Kind, solltest du aber auf gar keinen Fall in Anwesenheit der Missionare sagen.«

FEBRUAR 1907

»Ach, Herr Lamberty, wie nett, Sie zu sehen.« Alma legte die Nähsachen weg. Sie musste nur noch die Knöpfe annähen, dann hatte sie schon wieder ein Kleid für Heather fertig.

Schüchtern lächelnd kam Cornelius Lamberty ihr auf der Veranda entgegen. »Es tut mir so leid, dass ich so lange mit meinem Besuch gewartet habe. Ich habe erst vor zwei Wochen von Ihrem Unglück erfahren, und es war mir leider nicht möglich, früher zu kommen.«

»Aber das macht doch nichts. Dann hätten Sie vielleicht sowieso niemanden angetroffen. Ich habe einen Ausflug gemacht. Ich war oben auf dem Berg.«

Es freute Alma außerordentlich, dass Cornelius Lamberty sie besuchte. Endlich ein freundliches Gesicht. »Kommen Sie, setzen Sie sich. Ich lass uns Kaffee bringen.«

Cornelius Lamberty setzte sich, und Alma rief Aveolela. Dann wandte sie sich wieder ihm zu. »Wie schön, Sie mal wiederzusehen. Ist Ihre Frau auch mit nach Apia gekommen?«

»Nein, sie ist auf der Plantage geblieben. Wahrscheinlich haben Sie es noch nicht gehört. Auch bei uns hat sich Nachwuchs angekündigt.« Er schaute in den Garten, wo Gretchen und Maximilian Pferdchen spielten. Mal bekam der eine einen Strick um die Schultern, mal der andere, und sie galoppierten hintereinander her. Von dem Besuch hatten sie kaum Notiz genommen.

»Aber das ist ja fantastisch«, entgegnete Alma strahlend. »Dann haben Sie doch die richtige Wahl getroffen mit Ihrer Frau. Das freut mich sehr, dass Sie glücklich sind.«

Lamberty schaute sie einen Moment verunsichert an, dann sagte er: »Und Ihr Nachwuchs, wirklich ein prächtiger Bursche. So einen Sohn kann sich nur jeder wünschen.«

Alma blickte auf Maximilian, der gerade jauchzend hinter Gretchen herlief. Tja, und doch hatte Hermann sie verlassen. Hatte er vielleicht erfahren oder geahnt, dass Maximilian nicht sein Sohn war? Hatte Käthe etwas verraten? Dass Hermann sie verlassen könnte, daran hatte Alma nie gezweifelt. Aber dass er Maximilian freiwillig zurückließ, verstand sie nicht. Deswegen hielt sie sich bis heute an dem Glauben fest, dass etwas Unvorhergesehenes passiert sein musste.

Andererseits sah Maximilian Joshua von Tag zu Tag ähnlicher. Natürlich würde man das nur bemerken, wenn man Joshua kannte. Aber Alma befürchtete schon jetzt, dass man in ein paar Jahren, wenn Maximilian zum Mann heranwuchs, die Ähnlichkeit nicht mehr verleugnen konnte.

»Frau Stieglitz, ich bin aber nicht ohne Grund hier … Ich weiß nicht … Ich habe gedacht … Ich möchte Ihnen meine Unterstützung anbieten. Wenn Sie meine Hilfe brauchen, gleich welcher Art, dann müssen Sie es nur sagen.«

»Oh, Herr Lamberty, das ist so nett von Ihnen. Sie wissen ja gar nicht, wie garstig einige Leute sind. Manchmal habe ich das Gefühl, dass manche mich am liebsten von der Insel verjagen würden, jetzt da Hermann nicht mehr da ist und keiner weiß, wann er wiederkommen wird.«

Lamberty nickte. »Ich weiß.«

»Ach ja?« Alma war überrascht, dass er das so offen zugab. »Nun, ich bekomme zwar nicht allzu viel mit da draußen, aber ein bisschen schon. Manche Menschen sind neidisch auf Sie. Ihr Mann ist einer der mächtigsten Männer auf der Insel. Er kann es sich leisten, den Plantagenbesitzern die Preise zu diktieren. Er hat sich nicht immer Freunde gemacht.«

»Aber dann sollten Sie doch froh sein, dass er weg ist.«

Lambertys Gesicht verzog sich zu einem schiefen Lächeln. »Ich glaube, Frau Stieglitz, Ihnen ist gar nicht bewusst, wie schön Sie sind.«

Alma schaute ihn verdutzt an und wusste nicht, was sie sagen sollte.

»Ehrlich gesagt ist meine Frau gar nicht erfreut darüber, dass ich Sie besuche.«

»Aber Ihre Frau kennt mich doch kaum. Wie kann sie nur so etwas sagen? Wie kann sie denken, ich würde …« Alma sprach nicht weiter.

»Neid und Eifersucht hat viel mehr mit den Leuten selbst zu tun als mit denen, die sie beneiden.«

Alma senkte den Blick. Wahrscheinlich musste es vielen Menschen hier auf der Insel so vorkommen, als lebe sie im Garten Eden. Nicht einmal Käthe hatte in all den Jahren verstanden, warum Alma nicht rundherum glücklich war. Als wären Besitz und Ansehen alles, was zählt.

»Dann danke ich Ihnen umso mehr, dass Sie mir trotzdem Ihre Hilfe anbieten. Einen guten Freund kann ich wirklich gut gebrauchen.«

»Und ein guter Freund will ich Ihnen sein.« Lamberty sah sie offen an. Er schien es ernst zu meinen. Und war nicht gekommen, um ihr Avancen zu machen. »Und da Freunde füreinander da sind, können Sie mich gerne Cornelius nennen.«

Alma grinste ihn an. »Also Cornelius, dann musst du mich natürlich Alma nennen. Wir haben zwar kein Getränk zum Anstoßen, aber wenn du mir die Freude machst, heute zum Abendessen zu bleiben, finde ich sicher eine Flasche Wein.«

Alma dachte daran, dass Otto Zabel sich schon drei Tage nicht mehr hatte blicken lassen. Die Wahrscheinlichkeit, dass er heute unangemeldet auftauchen würde, war hoch. Aber dieses Mal hatte sie einen guten Grund, ihn nicht zu Tisch bitten zu müssen. Und außerdem wäre er gewarnt. Alma war nicht so einsam und hilflos, wie er es gerne hätte.

Lamberty erzählte vom Leben auf der Plantage. Er war nun der zweite Mann nach dem Plantagenbesitzer. Es lief besser denn je, weil sie viele chinesische Arbeiter beschäftigten, die für einen kleinen Lohn arbeiteten.

Alma entspannte sich beim Gespräch. Aber wenn sie über die Arbeit auf der Plantage sprachen, fiel natürlich immer wieder Hermanns Name. Außer mit Heather und Joseph war Cornelius Lamberty einer der wenigen Menschen auf der Insel, zu denen Alma Vertrauen hatte. Ihm konnte sie erzählen, wie sie sich fühlte.

»Diese Ungewissheit quält mich. Nicht zu wissen, was mit Hermann ist, macht mich verrückt. Jeden Tag, jede Stunde denke ich daran, dass er wieder auftauchen könnte. Dass ich seine Schritte höre, seine Stimme, die nach mir ruft.« Sie seufzte. »Und das Schlimmste ist, dass ich nicht verstehe, wie er ohne eine Nachricht gehen konnte.«

»Es muss wirklich schwer sein, wenn ein geliebter Mensch einen so grausam im Stich lässt.«

Alma schniefte in ihr Taschentuch. »Um ehrlich zu sein, Cornelius: Meine große Liebe war Hermann nie. Mein Vater hat mich ihm versprochen. Und ich habe mich in mein Schicksal gefügt.« Sie goss sich noch etwas Kaffee ein. »Es ist eher … ach, ich weiß nicht. Schließlich ist er mein Mann. Er hätte nicht einfach gehen dürfen. Er hat ein Versprechen gegeben und es gebrochen. Und außerdem habe ich die letzten acht Jahre fast jeden Tag mit ihm verbracht und mich an ihn gewöhnt. Er steht mir irgendwie nahe.«

»Und ihr habt einen Sohn.«

Natürlich, das hatte sie ganz vergessen. Alma schluckte. »Ja, und wir haben einen Sohn.« Sie hörten Schritte auf der vorderen Veranda und Otto Zabel schaute um die Ecke. Als hätte sie es nicht gewusst.

»Frau Stieglitz, hier sind Sie. Wie schön, dass ich sie endlich antreffe.« Zabel klang gekränkt.

Weil sie sich von Zabel so bedrängt fühlte, war Alma dazu übergegangen, ihm durch Etena oder Taua hin und wieder ausrichten zu lassen, sie sei nicht in Apia. Er musste wohl etwas von ihrem Versteckspiel ahnen.

»Herr Zabel. Gibt es Neuigkeiten?« Alma blieb stets reserviert, wenn er kam.

»Oh, ich sehe, Sie haben Besuch.«

»Sie kennen doch Cornelius Lamberty?«

»Gewiss.« Dass Alma Gesellschaft hatte, schien ihm nicht zu passen. Stumm blieb er stehen und wusste nicht, ob er sich setzen sollte.

Höflich bat Alma ihn, Platz zu nehmen. »Sind es gute Neuigkeiten?«

Zabel räusperte sich und schaute Cornelius Lamberty mit einem fragenden Blick an. »Sollten wir das nicht besser in Ruhe besprechen?«

Alma stockte. Das würde er nicht vorschlagen, wenn es gute Neuigkeiten wären. »Keine Sorge, Cornelius ist ein alter Freund von mir.« Es war ihr lieber, wenn sie in diesem Moment Beistand hatte. Otto Zabel nutzte jede Schwäche von ihr aus. Und sie hatte das Gefühl, die schlechten Neuigkeiten könnten sie völlig aus der Bahn werfen. »Und ein guter Freund der Familie«, ergänzte sie vorsichtshalber.

»Also gut. Ich habe heute Nachricht bekommen von dem Stationsleiter in Bougainville. Ihr Mann ist dort tatsächlich an Land gegangen.

Aber weder hat er sich im Büro der Handelsgesellschaft noch bei jemand anderem auf der Insel blicken lassen. Er soll nur eine Nacht dort zu gebracht haben und mit dem nächsten Schiff am frühen Morgen weitergefahren sein.«

Irritiert blickte Alma Zabel an. Sie wusste nicht, wie sie diese Neuigkeit einordnen sollte.

»Wieso sollte er so etwas tun?«, fragte Cornelius.

Otto Zabel warf ihm einen verärgerten Blick zu. Offen sichtlich duldete er keine Einmischung. Aber wenn Lamberty ein Freund der Familie war, konnte er wenig dagegen ausrichten.

»Das hab' ich mich natürlich auch gefragt.« Zabel schaute zur Seite, als seien ihm seine Worte unangenehm. »Es ist nicht bekannt, wohin dieses Schiff gefahren ist. Aber für mich lässt die ganze Geschichte eigentlich nur einen Schluss zu.«

Alma zog die Augenbrauen hoch. Sie ahnte, dass ihr nicht gefallen würde, was jetzt kam. Sie tauschte mit Cornelius einen vielsagenden Blick aus.

»Offenbar ist Ihr Mann absichtlich verschwunden. Den Grund und sein Ziel kennen wir zwar bisher nicht, aber wir wissen, dass er weder verschleppt wurde noch dass er von Eingeborenen getötet oder Opfer eines Vulkanausbruchs geworden ist.«

Eine unangenehme Stille entstand. Alma kam es so vor, als könne man ihre Gedanken hören, so laut dröhnten sie in ihrem Kopf. Also hatte Hermann sich vorsätzlich aus dem Staub gemacht. Ohne Erklärung und ohne wenigstens eine Nachricht zu hinterlassen, war er in ein neues Leben aufgebrochen. Eine schlimmere Nachricht hätte Zabel ihr kaum überbringen können. Sie schloss die Augen und versuchte, nicht daran zu denken, was das für sie bedeutete.

Zabel räusperte sich wieder. »Also, das hat natürlich Folgen … ich meine, für die Firma. Ähm, von der Firma. Also was ich sagen will, ist: ich werde diese Information natürlich nach Hamburg weiterleiten.«

Seine Worte klangen wie eine Drohung. Alma schaute ihn an. »Und was heißt das?«

»Nun, jetzt ist klar, dass Ihr Mann seine Stellung freiwillig und ohne Angabe von Gründen aufgegeben hat.« Zabel wollte nicht aussprechen, was alle dachten. Alma würde ohne Geld dastehen, ohne Haus, ohne Auskommen.

Plötzlich warf Lamberty ein: »Dann haben Sie also genug Beweise, um absolut aus schließen zu können, dass Herr Stieglitz im Interesse der Handelsgesellschaft unterwegs ist?«

Otto Zabel richtete sich auf. »Nun, es liegt aber doch wohl nahe, dass er private Gründe hatte zu verschwinden.«

»Es liegt nahe, aber es ist nicht sicher, oder?« Lambertys Stimme war leise, aber bestimmt. »Wissen Sie denn nun, was in dem Brief stand, den er während meiner Abwesenheit erhalten hat?« Alma begriff sofort, worauf Lamberty hinauswollte.

»Nein, das nicht. Aber ich …«

»Es gab einen Brief mit einem Auftrag?«

Zabel druckste herum. »Das wissen wir nicht. Herr Stieglitz hat einen Tag vor der Abreise einen Brief bekommen und ist … anscheinend daraufhin … am nächsten Tag abgereist. Zum Bismarck-Archipel. Und dort ist er aber nie …«

»Dann kennen Sie den Inhalt des Briefs gar nicht? Sie wissen nicht, warum und wohin Herr Stieglitz so eilig abgereist ist? Womöglich ein Brief mit einem wichtigen geheimen Auftrag?«

»Was sollte das denn bitte schön sein?«, entrüstete Zabel sich. Das Gespräch lief offensichtlich in eine Richtung, die er nicht beabsichtigt hatte.

In einem versöhnlicheren Ton sagte Lamberty: »Ich wollte nur sichergehen, dass die Leitung der Handelsgesellschaft ihre Entscheidung nicht aufgrund von, sagen wir mal, ungenauen Informationen trifft. Das würde ja schließlich auch auf Sie zurückfallen.«

Otto Zabel starrte ihn pikiert an. »Na, wenn Herr Stieglitz doch im Auftrag der Firma unterwegs ist und er jeden Tag zurückerwartet werden könnte, wäre es sicher ein sehr großer Fehler, in Umlauf gesetzt zu haben, dass er seinen Posten grundlos verlassen hat«, fügte Lamberty hinzu. »Ich denke nur an Ihren Ruf.«

»Natürlich.« Abrupt stand Otto Zabel auf. »Man muss vorsichtig vorgehen. Da haben Sie selbstverständlich recht. Wenn Sie mich jetzt bitte entschuldigen.« Er nickte Alma kurz zu und verschwand.

Cornelius Lamberty grinste. »Jetzt wird er zumindest noch ein paar Tage länger dar über nachdenken.«

»Danke, Cornelius. Danke.« Alma schnaubte empört.

»Es sind keine erfreulichen Neuigkeiten, aber immerhin hast du ihm die Stirn geboten. Alleine wäre ich nicht auf die Idee gekommen. Trotzdem«, sie schüttelte ihren Kopf, »ich kann mir immer noch nicht erklären, warum Hermann gegangen ist. Wahrscheinlich hat Otto Zabel recht. Hermann ist aus persönlichen Gründen fortgegangen.«

»Ach, Alma. Wer weiß. Vielleicht hat er wirklich einen geheimen Auftrag bekommen und sitzt irgendwo fest. Vielleicht dauert der Auftrag einfach länger.«

»Nein, ich glaub das nicht. Wenn es so wäre, hätte Hermann mich bestimmt benachrichtigt, um mich zu beruhigen, selbst wenn er mir nicht verraten hätte, wo er ist und was er für einen Auftrag hat.«

MÄRZ 1907

»Nun schau dir den Stoff an. Ist er nicht bezaubernd?« Alma ließ ihre Finger über den weichen Musselin gleiten, während Heather die drei Kleider sauber zusammenfaltete, die Alma gerade gebracht hatte. »Ich bin mir sicher, du wirst daraus etwas Königliches kreieren.«

Mit einem matten Blick schaute Alma ihre Freundin an. »Ja sicher.«

»Ach, Alma, nun lass dir deine Laune nicht verhageln.« Heather fasste die junge Frau bei den Schultern und drückte sie an sich. »Was wird denn im schlimmsten Fall passieren? Hermann kommt nicht mehr wieder. Ja und?«

»Seit Hermann weg ist, habe ich kein Einkommen mehr. Was nicht so schlimm ist, weil ich nicht viel ausgebe, aber ich muss wahrscheinlich ausziehen.«

»Ich weiß, du hast einen wunderschönen Garten und dein Gemüse gedeiht prächtig. Aber wenn es denn sein soll, dann können wir uns doch zusammen ein Haus mieten. Seit Hermann weg ist, hast du so viele Kleider genäht wie nie zuvor. Damit nehme ich schon fast mehr ein als mit meinem Laden.«

»Aber ich weiß nicht, was ich tun soll. Diese Ungewissheit bringt mich um. Wie lange muss ich noch auf eine Nachricht warten? Und was soll ich tun, wenn ich aufhöre, auf ihn zu warten?« Alma ließ sich in einen Korbsessel fallen. Über vier Monate war Hermann bereits fort, und es zerrte an ihren Nerven.

»Lass dir noch etwas Zeit. Das Schiff, das Hermann in Bougainville bestiegen hat, legt dort wieder an, und man wird den Kapitän befragen, wohin er Hermann gebracht hat. Und vielleicht kommt ja Antwort aus Hamburg, die den Auftrag bestätigt.«

»Und wenn nicht? Wenn Hermann irgendwo von Bord gegangen ist und sich seine Spur verliert? Und wenn Hamburg keinen Auftrag vorliegen hat, sondern ihn rausschmeißt und Otto Zabel als seinen Nachfolger einsetzt? Dann sitze ich auf der Straße.«

»Wir stehen das zusammen durch. Hab keine Angst.«

Alma blickte auf. »Ich habe doch gar keine Angst zu verhungern. Nicht, solange das Geschäft mit den Kleidern so floriert. Es ist nur … ich weiß nicht … Ich weiß ja nicht einmal, ob ich vielleicht schon Witwe bin.«

Heather setzte sich ihr gegenüber in den anderen Korbstuhl.

»Weißt du, was mir immer wieder durch den Kopf geht?« Sie schaute Alma an.

Alma atmete tief ein. »Ja. Ich kann es mir denken.«

»Du wärst frei und könntest endlich nach Sydney gehen. Sicher würdest du ihn früher oder später finden. Und bis dahin machst du vor Ort ein Geschäft auf und verkaufst deine Kleider. Und ich komme nach.«

»Du? Du willst Samoa verlassen?«

Heather blickte zum Fenster hinaus. »Ja, es würde mir nicht leichtfallen, aber ich glaube, ich bin jetzt so weit. Ich könnte weggehen. Sieh mal, Samoa wird über kurz oder lang deutsch. Es wird immer mehr Deutsch gesprochen. Es ist kaum noch englisches Geld im Umlauf. Und ich schwöre dir, sobald hier der erste deutsche Laden mit einem freundlicheren Besitzer eröffnet als der Hofer, bin ich ohnehin abgeschrieben.«

»Du hast recht. Ich hab' auch schon daran gedacht. Ich denke, Fritz würde nun freiwillig mit nach Sydney gehen. Gretchen und Maximilian sind noch sehr klein. Die gewöhnen sich an alles.«

»Und vielleicht würde ja sogar Mathilde mitkommen.«

»Ja, das könnte ich mir gut vorstellen. Sie spricht mittlerweile fließend Englisch.«

»Na siehst du. Und wenn ich weiß, dass du bleibst, verkaufe ich den Laden und das Haus und komme nach. Ich würde Sydney gerne einmal wiedersehen. Weißt du, dass es eher etwas von einem Kaff hatte, als ich vor siebenundzwanzig Jahren dort war? Na ja, wenigstens eine deutlich kleinere Stadt als heute … Sydney, ach, du liebe Güte. Das hätte ich jetzt fast vergessen.« Heather stürzte nach oben und war sofort wieder unten. »Du hast einen Brief bekommen, von deiner australischen Freundin.«

»Von Milli?«

»Ja, er war eigentlich an mich adressiert. Aber es ist ein kleinerer Umschlag darin, gemeinsam mit einem Zettel, dass du den Brief auf jeden Fall alleine lesen sollst, falls Hermann wieder zurück ist.«

Liebste Alma,

endlich komme ich zum Schreiben. Aus lauter Langeweile auf der Ranch habe ich im letzten Jahr angefangen, Pferde zu züchten, und habe nun die ersten Erfolge vorzuweisen. So habe ich wenigstens etwas zu tun. Trotzdem bin ich wegen der Regenzeit nach Sydney gefahren. So komme ich wenigstens ein paar Wochen im Jahr unter Leute.

Mein Mann wird dieses Mal sogar für einige Zeit nachkommen, denn er spürt allmählich sein Alter. Die schwüle Hitze in der Regenzeit ist nichts mehr für ihn. Aber genug über uns. Ich muss Dir etwas Dringendes mitteilen.

Vor drei Wochen habe ich bei einem Pferderennen eine Dame kennengelernt, Marie Thompson. Dame ist vielleicht zu viel gesagt, denn sie war nicht ganz so vornehm, aber Du weißt ja, dass mir das nichts ausmacht. Nun, wir haben uns prächtig amüsiert und über alte Zeiten in England geplaudert. Und nebenbei erzählte sie mir, dass sie eine geborene Fitzgerald sei.
Ich habe sie gefragt, ob sie noch Geschwister habe, und sie hat bejaht. Einen Bruder, der Kapitän ist.

Almas Herzschlag schoss blitzschnell in die Höhe. Milli hatte die Schwester von Joshua kennengelernt. Natürlich hatte Alma irgendwann Milli ihr Herz ausgeschüttet. Neben Heather war sie der einzige Mensch auf der Welt, der ihre Sorgen und Nöte, aber auch ihre Geheimnisse kannte. Schnell las sie weiter.

Du kannst Dir denken, wonach ich gefragt habe. Ohne preiszugeben, dass mir der Name Joshua Fitzgerald sehr wohl bekannt ist, habe ich sie ausgefragt. Es kann nur Dein Joshua sein. Er ist Seemann, hat das richtige Alter und ist eine Zeitlang die Route Sydney – Perth gefahren, so wie Du es mir geschrieben hast, und wurde dann Kapitän. Ich habe lange überlegt, ob ich überhaupt darüber schreiben soll, denn offensichtlich hast Du Dich entschlossen, dieses Kapitel in Deinem Leben hinter Dir zu lassen. Aber gestern erreichte mich Dein letzter Brief. Es tut mir sehr leid zu erfahren, dass Hermann fortgegangen ist. Wenn ich Dir irgendwie helfen kann, lass es mich wissen.
Aber was die Schwester von Joshua betrifft, muss ich dir Folgendes mitteilen: Joshua hat vor einem halben Jahr geheiratet und seine Frau erwartet ein Kind. Ich denke, Du solltest das wissen.

»Was schreibt sie?«, fragte Heather neugierig. »Gute Neuigkeiten?«

Alma las nicht weiter und legte den Brief in den Schoss. Sie war selbst überrascht davon, dass ihr plötzlich Tränen in die Augen schossen.

»Nein, ich …« Ihre Stimme versagte. Sie war fest davon überzeugt gewesen, dass nach all den Jahren, die mittlerweile vergangen waren, ihre Liebe zu Joshua verschwunden war. Aber warum verkrampfte sich plötzlich ihr Herz? Nur weil Joshua selbst geheiratet hatte? Er war doch immer unerreichbar für sie gewesen?

Nein, sie wusste, woher das Gefühl kam: Ihre naive Hoffnung und ihre Träumereien von einer gemeinsamen Zukunft waren mit einem Mal gestorben.

»Keine gute Nachrichten. Ich glaube, ich werde so bald doch nicht nach Sydney ziehen.«

JUNI 1907

Otto Zabel kam nun seltener, aber ganz ließ er sich seine Besuche nicht nehmen. Nachdem er die Firma im Deutschen Reich über seine gesicherten Erkenntnisse unterrichtet hatte, dauerte es weitere drei Monate, bis er Antwort erhielt.

»Frau Stieglitz. Ihr Mann ist nun schon fast ein halbes Jahr fort. Ich habe Anweisungen, nun … also, ich werde die Firma bis auf Weiteres offiziell mit allen Vollmachten weiterführen.«

Alma saß in Hermanns altem Büro. Otto Zabel hatte sie rufen lassen. Er wirkte sehr förmlich. Alma spürte, wie das Fallbeil über ihr schwebte, und sie wartete auf den Moment, wenn es heruntersausen würde. Sie schluckte und knetete aufgeregt ihre Hände. Ständig versuchte sie, daran zu denken, was Heather ihr gesagt hatte. Sie wollte sich ein kleines Häuschen am Rande von Apia suchen. Sie mussten sich, was Geld und Platz anging, etwas einschränken. Aber Alma würde noch mehr nähen, und Heather hatte vor, die Räumlichkeiten über ihrem Laden zu vermieten. Es ging schon irgendwie. Und wenn sie weniger Platz hatten, brauchten sie auch keine Angestellten. Alma würde zwar Aveolela vermissen, aber Etena und Taua arbeiteten mittlerweile sehr viel für die Firma. Außerdem war sie den größten Teil ihres Lebens ohne Angestellte ausgekommen.

Otto Zabels Augen funkelten. Er schien die Situation zu genießen. Gustav Schmidt und ein anderer Mitarbeiter hatten den großen Büroraum verlassen, als sie angekommen war. Jetzt saß sie hier hinter der Glasscheibe bei geschlossener Tür. Zabels großspuriges Verhalten ließ auf nichts Gutes schließen.

»Sie wissen ja sicherlich, dass es letztes Jahr Neuwahlen im Deutschen Reich gegeben hat. Auslöser waren anhaltende Streitereien wegen der Kolonien. Sie sehen, wie wichtig wir für den Kaiser und den Reichstag geworden sind. Es gibt jetzt sogar ein eigenständiges Ministerium für die Kolonien. Es kommt also langsam Ordnung in den Wildwuchs. Noch ein paar Jahre, und abgesehen vom Wetter wird die Insel sich durch nichts mehr von unserer deutschen Heimat unterscheiden.«

Wieso hielt er ihr einen Vortrag? Was hatte das mit Hermanns Verbleib zu tun? Unruhig rutschte Alma auf dem harten Holzstuhl nach vorne.

»Deswegen kann ich nicht einfach über das Verhalten Ihres Mannes hinwegsehen.«

Alma schaute Otto Zabel fragend an. Was sollte das heißen? Es wussten doch alle, dass Hermann weg war. Die oberste Leitung der Handelsgesellschaft und die Stationen auf den anderen Inseln waren sicherlich mittlerweile unterrichtet worden, dass Hermann Stieglitz aus bisher ungeklärten Gründen seinen Posten verlassen hatte.

Zabel stand auf und stellte sich mit einer gebieterischen Geste hinter den großen Stuhl, auf dem sonst Hermann gesessen hatte. Er schaute auf Alma herab und sagte: »Ich habe seit letzter Woche, als mich der Brief der Handelsgesellschaft erreichte und mich in den Stand versetzte, die Leitung hier zu übernehmen, mein Möglichstes getan, um den versäumten Pflichten Ihres Mannes nachzukommen. Natürlich habe ich die Bücher prüfen müssen. Ebenso die Unterlagen über die von den Plantagenbesitzern und sonstigen Einwohnern veranlassten Geldgeschäfte. Ich muss Ihnen leider mitteilen, dass Ihr Mann Geld unterschlagen hat.«

»Was?« Alma sprang auf. »Hermann würde niemals …«

»Ich fürchte, das stimmt«, unterbrach Zabel sie barsch. »Ich habe es mehrfach geprüft.«

»Das kann nicht sein!«

»Meine liebe Frau Stieglitz, ich wünschte, ich könnte Ihnen etwas anderes sagen.«

Alma war bleich geworden. Ihre Unterlippe zitterte. Sie war fassungslos. »Ich bin noch nicht mit allen Büchern durch, aber es scheint, als wüssten wir nun zumindest den Grund, warum Ihr Mann so plötzlich und ohne jemandem Bescheid zu geben, auf und davon ist.«

Eine Plantage, die man sein Eigen nennen konnte. Eine eigene Goldmine oder wenigstens ein Stück Land, auf dem man Öl fand. Hermann hatte in den letzten Jahren von so vielen Unternehmungen geschwärmt. Die Akte mit den Berechnungen zur samoanischen Kautschukplantage, die Zabel ihr vor ein paar Monaten gegeben hatte – all das waren Hinweise darauf, dass Hermann ein neues Leben anfangen wollte. Aber niemals hätte Alma vermutet, dass er sang- und klanglos verschwinden würde. Dann hatte er wahrscheinlich nicht nur sein gespartes Geld eingesetzt, um groß ins Geschäft einzusteigen, sondern auch fremdes Geld.

»Noch habe ich nicht alles zusammengetragen. Ich werde natürlich umgehend die Firma darüber unterrichten. Nun, ich denke, Sie müssen sich über kurz oder lang noch auf einiges gefasst machen.« Zabel genoss seine Worte wie einen guten Tropfen Wein.

KAPITEL ACHTUNDZWANZIG

JUNI 1907

Das war die totale Katastrophe – schlimmer hätte es nicht kommen können. Gedankenversunken ging Alma zu Heathers Laden. Aveolela passte auf Gretchen und Maximilian auf. Sie hatte also Zeit. Heather saß im Hinterzimmer und fächelte sich kühle Luft zu. Ihre Füße lagen auf einem Schemel. Stumm schaute sie Alma an, die durch die Tür in den Lagerraum kam. Sie sagte nichts, sondern setzte sich ihr gegenüber auf den anderen Sessel.

Heather hatte tausend Fragen, aber sie wartete, bis Alma sich gefasst hatte. »Ich war gerade bei Otto Zabel im Kontor. Er wusste nichts Gutes zu berichten.«

Mit einem Ruck setzte Heather sich auf. »Hermann ist tot?«

Alma stieß ein verbittertes Schnauben aus. »Nein, auch wenn ich ihm den Tod wirklich nicht wünsche, wäre das im Moment, zumindest was mich betrifft, die bessere Nachricht gewesen.« Sie schaute Heather mit großen Augen an.

Heather rutschte unruhig hin und her. »Dann … kommt er zurück?«

Alma schüttelte den Kopf. »Nein, wo er ist, weiß immer noch niemand, aber …«, und Alma musste tief Luft holen, bevor sie weitersprach, »… er hat Geld unterschlagen!«

»Unterschlagen? Hermann?«

»Geld von der Firma und wohl auch von einigen Plantagenbesitzern!«

»Oh!« Heathers Stimme verriet, dass sie das Ausmaß der Katastrophe sofort erkannte. »Und sie werden dich dafür zur Verantwortung ziehen?«

Alma zuckte kraftlos mit den Schultern.

Heather stand auf, ging zur Anrichte und holte eine Flasche schottischen Whisky und zwei Gläser hervor. »Ich glaube, du kannst jetzt einen Schluck gebrauchen.«

Alma, die sonst nie Whisky trank, nahm einen großen Schluck. »Ich muss nach Hause, mich um die Kinder kümmern, aber ich möchte dich und deine Flasche gerne für heute Abend zu mir einladen.«

Heather lächelte sie warm an. »Wir kommen gerne.«

Gretchen und Maximilian waren im Bett, Fritz auf seinem Zimmer. Endlich konnte Alma sich hinsetzen. Sie machte nicht einmal eine Petroleumlampe an, sondern setzte sich im Dunkeln hinten auf ihren Lieblingsplatz. Sie hatte eigentlich früher mit Heather gerechnet, aber wahrscheinlich hatte sie noch im Laden zu tun.

Die Pflanzen im Garten waren nur noch als schwarze Schatten zu erkennen. Nicht mehr lange und jemand anders würde den Garten bewirtschaften. Oder, falls Otto Zabel hier einzog, würde wahrscheinlich alles verwildern, denn Alma konnte sich ihn nicht als Gärtner vorstellen.

Noch immer glaubte sie, Hermann zu hören, wie er mit energischen Schritten auf die Veranda kam und nach ihr rief. Zum ersten Mal, seit er fort war, hatte sie das Gefühl, sie würde seine Schritte nie wieder hören. Er hatte sie verlassen. Joshua war verheiratet und erwartete Nachwuchs. Ihre Eltern waren nicht ihre Eltern, und sie gehörte zu keiner Familie. Sie musste fast lachen bei dem Gedanken, was ihr von ihrer Familie noch geblieben war. Nur ein Blutsverwandter, und zwar ihr Sohn. Weder Fritz noch Mathilde oder Käthe waren ihre Geschwister, auch wenn es sich weiterhin so anfühlte. Was würde Mathilde dazu sagen, wenn Käthe ihr eines Tages die Wahrheit erzählte? Würde sie sich von Alma, die sie so lange belogen hatte, verraten fühlen? Aber gerade in diesen schwierigen Zeiten war Mathilde einer der wenigen Menschen, auf die sie sich verlassen konnte. Sie konnte ihr jetzt nicht sagen, dass sie keine Schwestern waren.

Sie hörte leise Schritte und stand auf. Heather. Alma wollte sie begrüßen und schnell in der Küche Streichhölzer holen.

»Frau Stieglitz.«

»Herr Zabel … Haben Sie noch weitere Hiobsbotschaften zu verkünden? Ich würde Sie bitten, damit zu warten, bis ich die letzte verdaut habe.«

Plötzlich stand Otto Zabel dicht neben ihr. »Frau Stieglitz … Alma.« Er nahm ihre Hand und führte sie an seinen Mund. »Es muss doch alles gar nicht so kompliziert sein.«

»Was meinen Sie?« Alma war zur Salzsäule erstarrt. Sie konnte nicht einmal ihre Hand wegziehen.

»Ich habe noch niemandem Bescheid gesagt. Ich könnte, wenn Sie mir ein wenig entgegenkommen würden, die ganze Sache einfach unter den Tisch fallen lassen.« Er stand so nahe bei ihr, dass sie seinen Atem riechen konnte.

»Ich verstehe Sie nicht.«

»Alma, ich kann die Bücher etwas … bearbeiten.« Er umfasste ihre Taille und zog sie an sich. »Alma, es könnte alles so einfach sein.«

Es war nicht schwer zu begreifen, was er von ihr wollte. Schon spürte Alma seine Lippen auf ihren.

»Nein!« Sie stieß ihn weg. »Nicht!«

Doch er hielt sie fest. »Nein, Alma, hör mir zu! Ich kann das alles hinbiegen. Die Pflanzer würden ihr Geld bekommen, und die Gelder, die der Firma fehlen, nun, das wird so schnell nicht auffallen. Und wenn ich Hermanns Stelle übernehme, wird es auf Jahre von niemandem außer mir geprüft. Das kannst du nicht ablehnen!« Wieder zog er sie an sich.

Schnell drehte sie ihr Gesicht zur Seite, und sein Kuss traf nur ihre Wange.

»Lassen Sie mich in Ruhe!« Sie wand sich wie ein Fisch in seinem Griff. »Lassen Sie mich los!«

»Beruhige dich! Du begreifst nicht, welches Geschenk ich dir mache.« Noch immer hielt er sie an den Oberarmen fest, und sie konnte sich nicht losmachen. »Du kannst im Haus wohnen bleiben. Ich werde dir helfen, einen Vermisstenantrag zu stellen. Ich könnte sogar einen Brief schreiben, dass dein Mann angeblich im Namen der Firma abberufen worden ist. Wenn er im Auftrag der Firma gestorben ist, müsste die Handelsgesellschaft dir sogar noch eine Abfindung zahlen. Und nach sieben Jahren würde er für tot erklärt werden. Und das Einzige, was du tun musst, ist, dich ein wenig erkenntlich zu zeigen für meine Hilfe.«

Alma brachte ihre ganze Kraft auf, ihr Kleid riss an einer Ärmelnaht. Erst jetzt ließ er von ihr ab. Keuchend wich Alma vor ihm zurück. Sie hatte große Angst.

Ohne zu bemerken, dass er ihr Kleid zerrissen hatte, trat er wieder auf sie zu. »Ist dir nicht klar, welchen Gefahren du dich als alleinstehende Frau aussetzt? Dich und deine Familie? Eine so schöne Frau, ganz alleine. Da kann alles passieren.« Er ergriff ihre Schultern. »Alma, ich kann dich beschützen.«

Doch sie drehte sich weg, und als er wieder seine Hände nach ihr ausstreckte, stieß sie ihn von sich. Er strauchelte rücklings und stolperte die Treppe in den Garten hinunter.

Alma machte einen Satz nach hinten. »Was bilden Sie sich eigentlich ein?« Ihre Stimme war laut. Leider war es so dunkel, dass nicht einmal ihr Nachbar sie sehen würde. Aveolela war schon lange gegangen und Etena und Taua arbeiteten seit Tagen nur noch in den Lagerräumen der Firma. Aber sie hoffte, dass wenigstens Fritz sie hörte.

Wutschnaubend stand Zabel unten an der Treppe und schaute zu ihr hoch. »Dann kann ich nichts mehr für dich tun.« Er ging. Nach ein paar Schritten blieb er stehen und drehte sich noch einmal um. »Du hast es nicht anders gewollt. Das wirst du noch bitter bereuen!« Dann stürmte er davon.

Alma hörte, wie seine Schritte sich entfernten. Keuchend hielt sie sich an der Holzwand fest. Heather fand sie noch genau an der gleichen Stelle vor, als sie wenige Minuten später eintraf.

Mathilde war zwei Tage später gekommen, nachdem Heather sie unterrichtet hatte. Auch an Lamberty hatte sie eine Nachricht geschickt, aber es würde wohl etwas dauern, bis er sich freimachen konnte. Mathilde legte den Brief der Firma zur Seite, den Alma heute Morgen hochoffiziell zugestellt bekommen hatte.

»Und wann musst du aus dem Haus raus?« Sie setzte sich neben Alma aufs Bett. Im Augenblick traute Alma sich kaum noch vor die Tür. Selbst hinten auf der Veranda saß sie nur noch abends im Dunklen.

»Ich weiß nicht genau. Ich denke, Zabel will sich seinen Ruf nicht ruinieren, deshalb wird er mich nicht sofort morgen auf die Straße werfen, aber lange kann ich sicher nicht mehr hier wohnen bleiben.«

Heather schaltete sich ein. »Es ist schändlich von ihm. Außerdem ist er ein Feigling. Sicherlich wird er auf Anweisungen der Firma warten. Das gibt dir bestimmt noch ein paar Wochen. Und bis dahin haben wir ein neues Zuhause für uns gefunden. Mach dir keine Sorgen.«

»Aveolela ist schon entlassen. Sie hat jetzt keine Arbeit, bis jemand Neues hier einzieht. Aber sie hat sofort gesagt, dass sie keinesfalls für Otto Zabel arbeiten wird.«

»Alma, ich werde die Stanfords fragen. Ihre Boys können dir sicher beim Umzug helfen.«

Alma schüttelte den Kopf. »Der Umzug macht mir keine Angst. Aber ich werde für Hermanns Schulden geradestehen müssen. Vielleicht komme ich sogar ins Gefängnis. Und wenn nicht, kann ich für den Rest meines Lebens Kleider nähen, nur um die Schulden abzuzahlen.«

»Dann nimm das nächste Schiff.« Heather schaute sie durchdringend an. »Ich meine es ernst. Nimm das nächste Schiff nach Neuseeland oder Australien. Sie werden dich nicht ausliefern. Und selbst wenn sie es wollten: Australien ist so groß wie Europa. Sie können dich nicht finden, wenn du es nicht willst.«

Mathilde pflichtete Heather bei. »Ja, flieh. Fahr zu Milli. Sie wird dich bestimmt aufnehmen. Und in ein paar Jahren wird Gras über die Sache gewachsen sein. Heather hat recht.«

»Dafür ist es zu spät. Hermann hat unsere Pässe im Tresor der Firma aufbewahrt. Otto Zabel hat sie nun in seinem Besitz. Ich wäre rechtlos, egal, wohin ich gehe. Ich wäre niemand, und ich bekomme keinen neuen deutschen Pass, wenn ich mich nicht stelle. Ich kann Max und Grete so etwas nicht zumuten.«

»Aber gerade, weil du an sie denken musst, musst du etwas unternehmen.«

»Otto Zabel hat bereits den deutschen Gouverneur über die Angelegenheit unterrichtet. Auch das Telegramm nach Hamburg ist schon unterwegs. Ob er den Plantagenbesitzern schon Bescheid gegeben hat, weiß ich nicht. Trotzdem wird mich kein Kapitän, der in Apia anlegt, mitnehmen. Alle hängen viel zu sehr von der Handelsgesellschaft und dem guten Willen der deutschen Verwaltung ab.«

Mathilde schnaubte laut. »Ich weiß nicht, was passieren wird, aber ich verspreche dir, dass ich mich um Gretchen und Maximilian kümmern werde. Und auch um Fritz, na ja, der ist ja schon so groß. Er sucht ja nach Arbeit.«

»Er sucht nach Arbeit?«

»Ja, kurz nachdem Hermann weg war, hat er sich mir anvertraut. Immerhin ist er schon fast fünfzehn Jahre. Die Schule hat er ohnehin bald beendet. Er kann auf einer Plantage mitarbeiten.«

»Er soll besser eine Lehre machen.«

»Das hab' ich ihm auch gesagt. Aber Alma, mach dir um uns keine Sorgen. Wir schaffen das schon.«

»Dann bleibt also nur noch abzuwarten, wie viel Geld Hermann unterschlagen hat.«

»Es können keine Unsummen sein, denn sonst wäre es doch aufgefallen, wenn plötzlich so viel weniger Umsatz gemacht worden wäre. Und auch die Plantagenbesitzer selbst haben keine Riesensummen, die sie über die Firma zu den Banken transferieren lassen. Glaub mir, ich kenne die Zahlen der Stanfords. Und bei den anderen Farmen wird es ähnlich sein.«

Alma schaute Mathilde verzweifelt an. Sie hoffte sehr, dass ihre Schwester recht hatte.

»Und du kommst schon nicht ins Gefängnis. Schließlich hast du nichts verbrochen. Sie können dich wegen Hermanns Betrug nicht verurteilen. Du hast ja letzten Endes von nichts gewusst.«

Alle drei drehten den Kopf, als sie hörten, wie eine Kutsche vor dem Haus hielt. Mathilde trat auf die obere Veranda hinaus. Mit einem besorgten Gesicht schaute sie Alma an. »O nein. Nicht auch das noch. Käthe!«

Alma sah sie durch das Fenster.

Käthe stieg in einem teuren Kleid von der Kutsche. Sie warf nur einen flüchtigen Blick nach oben und kam sofort ins Haus. Die drei Frauen hörten, wie Käthe die Treppe hochstieg. Alma atmete tief durch, aber sagte nichts. Vielleicht würde Käthe ja wenigstens dieses eine Mal zu ihr stehen.

Käthe erschien in der Schlafzimmertür. »Alma, ich höre so viele Gerüchte. Was ist denn los?«

Seit Hermanns Fortgang war Käthe erst einmal zu Besuch gewesen. Und Alma hatte das Gefühl, dass sie sich insgeheim gefreut hatte über ihr Unglück. Alma wollte etwas sagen, doch Mathilde kam ihr zuvor. »Hermann soll Geld unterschlagen haben. Wie viel, wissen wir noch nicht. Aber schön, dass du hier bist. Du willst unserer Schwester sicher deine Hilfe anbieten.«

Alma und Käthe tauschten einen vielsagenden Blick aus. Unserer Schwester. Bisher hatte Käthe Mathilde noch nichts gesagt, aber vielleicht war jetzt der Augenblick der Wahrheit gekommen. Mit zittrigen Knien setzte sich Alma auf den Rand des Betts.

»Ich wünschte, ich könnte«, sagte Käthe kühl. »Aber finanziell habe ich keine Möglichkeit, ihr unter die Arme greifen. Die Plantage wirft gerade nicht so viel ab.«

Mathilde schnaubte ungläubig. Sie hatte Alma schon erzählt, dass die Dünnbiers bei den anderen Plantagenbesitzern hohes Ansehen genossen, weil Willi Dünnbier es verstand, gute Geschäfte zu machen. »Du warst schon immer egoistisch. Sie ist unsere Schwester. Du musst ihr helfen. Sie hat dir schließlich auch geholfen, als unser Vater gestorben ist.«

Käthe stellte sich an die Waschschüssel und kühlte sich ihre Hände. »Vor allem bin ich hier, um herauszufinden, ob unser Geld, das Willi letztes Jahr Hermann anvertraut hat, auch wirklich an die Bank gegangen ist.«

Alma hatte das Gefühl, als habe ihr jemand Eiswasser ins Gesicht geschüttet. Käthe würde sich niemals ändern.

Wütend ergriff Mathilde ein Handtuch und warf es Käthe zu. »Na, dann hast du ja noch viel zu erledigen. Wenn du nicht auf unserer Seite bist, dann verschwinde.«

Überrascht starrte Käthe ihre kleine Schwester an. »Was erlaubst du dir, so mit mir zu sprechen!«

»Wenn es schon niemand anders tut?«

»Du … Du findest ja nicht einmal einen Mann und arbeitest für fremde Leute.«

»Ich will auch gar keinen Mann heiraten. Ich bin nicht wie du. Ich leg mich nicht mit dem Verlobten meiner Schwester ins Bett und lass mich schwängern.«

Käthe lief blutrot an. »Hannes wollte mich, und nicht Alma!«

»Ach, papperlapapp. Ich habe selbst mit ihm geredet. Er hat mir alles erzählt. Besoffen war er, als er sich mit dir eingelassen hat. Du hast die Situation ausgenutzt. Nur weil du neidisch warst. Das warst du schon immer.«

Heathers und Almas Blicke gingen zwischen den beiden Schwestern hin und her. Dass Mathilde so scharfzüngig sein konnte, hätte Alma ihr nicht zugetraut.

Für einen Moment schaute Käthe Mathilde giftig an. Sie schien fast zu platzen vor Wut. »Alma ist nicht unsere Schwester!« Jetzt war es geschehen.

»Du lügst doch schon wieder.«

Käthe wandte sich an Alma. »Sag du es ihr. Dass du aus einem Armenhaus stammst.«

Entsetzt riss Mathilde die Augen auf. Dann schüttelte sie den Kopf und blickte Alma fragend an. Es tat so weh, diese Worte auszusprechen.

»Vielleicht hat Käthe recht. Aber ich weiß es nicht. Es soll in einem Brief von Tante Heidi stehen. Aber Käthe zeigt ihn mir nicht.«

»Ich glaub' das erst, wenn ich den Brief sehe!«

»Den hab ich vernichtet!«, verteidigte Käthe sich. Doch Mathilde kannte ihre Schwester zu gut. »Das ist gelogen. Wenn in dem Brief stehen würde, dass Alma nicht unsere Schwester ist, hättest du es mir schon längst unter die Nase gerieben.«

»Wenn mir hier niemand glaubt, bin ich ja wohl überflüssig. Ich gehe jetzt ins Kontor und sehe, wo unser Geld geblieben ist.«

»Ja, geh ruhig.« Mathilde beobachtete, wie Käthe aus dem Zimmer rauschte. Dann setzte sie sich neben Alma aufs Bett und legte ihre Arme um sie. »Ich glaube ihr nicht.«

»Es könnte aber wahr sein. Tante Ursula hat in ihrem Brief Andeutungen gemacht, die Käthes Anschuldigungen untermauern.«

Mathilde zog Alma noch fester an sich heran. »Lieber hab ich eine Freundin wie dich als eine Schwester wie Käthe.«

AUGUST 1907

Alma sortierte die Sachen, die sie unbedingt mitnehmen wollte. Als Erstes hatte sie das Rosenporzellan eingepackt. Fritz und Gretchen hatten nicht so viel, aber bei ihr hatte sich in den letzten acht Jahren einiges angesammelt.

Heather war gestern da gewesen und hatte ihr Beschied gegeben. Oskar Hufnagel war gestorben, und seine Frau wollte nun ihre letzten Jahre in Deutschland verbringen. Ihr Haus wurde bald frei. Mit den Hufnagels war Alma nie warmgeworden, doch sie kannte das Haus, das zwar keine besonders schöne Lage besaß, aber immerhin genug Platz für alle bot. Heather wollte mit ihr zusammen dort einziehen, hielt es jedoch für angebracht, wenn Alma selbst nachfragte. Da die Hufnagels Heather immer hatten spüren lassen, dass sie als Engländerin nicht willkommen war, würde Frau Hufnagel sich eher bereit erklären, Alma das Haus zu vermieten. Morgen Früh würde Alma sich auf den Weg machen.

Heute hatte sie eine Nachricht von Cornelius erhalten. Seine Frau lag in den Wehen. Er konnte jetzt nicht weg, werde aber kommen, sobald es ihm möglich sei. Und im Übrigen würde er sich schon einmal bei den Plantagenbesitzern erkundigen, wer von Hermanns Betrug betroffen sei.

Alma saß vor ihrem Kleiderschrank und sortierte die Kleider aus, die sie schon länger nicht getragen hatte. Diese kamen zusammen mit den eleganten Kleidern in eine Kiste. Im Augenblick hatte sie keinerlei gesellschaftlichen Verpflichtungen. Gretchen war in der Küche. Sie wurde bald sieben Jahre alt, und man konnte sie ab und an alleine lassen. Sie spürte, dass etwas nicht in Ordnung war. Die Kleine versuchte verzweifelt, sich nützlich zu machen. Möglicherweise hatte sie die Befürchtung, wieder abgeschoben zu werden. Und auch wenn Alma ihr jeden Abend versicherte, dass sie zusammenbleiben würden, spürte sie die Angst des Kindes. Sie hatte ihr erlaubt, das Geschirr zu spülen. Es spielte keine Rolle, wenn etwas zu Bruch ging. Sie nahm es ohnehin nicht mit.

Maximilian spielte mit einem kleinen Holzpferd, das Fritz ihm geschnitzt hatte, auf dem Boden. Alma machte die Schublade auf, in der sie die Briefe von Tante Heidi, Joshuas Zettel und sein Medaillon aufbewahrte. Sie nahm den kleinen Opal in die Hand und betrachtete ihn. Joshua war verheiratet. Es hatte keinen Sinn mehr, dieses Schmuckstück zu behalten. Vielleicht sollte sie es verkaufen? Der Opal schimmerte in allen Farben. Alma hatte ihn nie getragen, nicht ein einziges Mal. Als sie sich die Kette umlegen wollte, stand plötzlich Maximilian neben ihr und griff nach dem Stein. Alma ließ ihn gewähren. Interessiert schaute er sich den Stein an.

Spürte er, dass das Schmuckstück von seinem Vater war? Konzentriert blickte der kleine Junge auf den Stein, den er mit beiden Händen hielt.

»Der ist von Papa«, sagte Alma plötzlich, ohne dass sie es beabsichtigt hatte.

»Papa«, wiederholte der Kleine, streckte ihr den Stein entgegen und lächelte sie an.

Alma nahm ihn und legte ihn zurück in die Schublade. Maximilian wandte sich wieder seinem Holzspielzeug zu. In der Innenseite des Schranks steckten alte Fotografien. Tante Heidi als junge Frau. Alma konnte kaum glauben, dass es nicht ihre Tante sein sollte. Die Tante hatte dunkle Haare. Es war Alma noch nie aufgefallen, dass ihre Tante als junge Frau ausnehmend schön gewesen sein musste. Ein Wunder eigentlich, dass sie nicht geheiratet hatte. Sie legte die Fotografien aufs Bett.

Ihre wichtigsten Unterlagen hatte sie schon griffbereit verpackt. Wenn Otto Zabel sie unverhofft von jetzt auf gleich aus dem Haus schmiss, wäre wenigstens alles gepackt. Als Alma die Fotografien zusammenschnürte, hörte sie, wie jemand nach ihr rief. Mit Maximilian auf dem Arm lief sie die Treppe hinunter.

»Joseph«, rief Maximilian aus, der sich immer über den Besuch des alten Mannes freute.

»Wie schön. Ich hoffe, du bleibst zum Abendessen.«

»Wenn es dir keine Umstände macht?« Joseph setzte sich auf einen Stuhl auf der Veranda. »Schau mal, Maximilian. Das ist für dich.« Er hielt ein Lederband in der Hand, an dem eine Feder und eine kleine Muschel hingen. »Das ist ein Schutzamulett. Das musst du immer tragen. Dann kann dir nichts passieren.«

Maximilian nickte verständig, versuchte dann aber doch, in die Muschel zu beißen.

»Nein«, lachte Joseph und nahm ihm das Amulett aus der Hand. Er hatte etwas Probleme, einen Knoten zu machen, denn seine Augen wurden immer schlechter.

»Komm, lass mich das machen«, sagte Alma und band dem Jungen die leichte Kette um. »Ist das nicht deine?«

Joseph nickte. »Sie hat mir lange genug Glück gebracht. Jetzt ist jemand anderes dran.« Alma wollte schon protestieren, aber Joseph wischte ihren Einspruch mit einer Handbewegung beiseite. »Hab' ich da nicht gerade einen Papagei gesehen, da hinten am Baum? Schau mal nach«, schob Joseph den Jungen in Richtung Garten.

Vorsichtig stieg Maximilian die Treppe hinunter, rannte jedoch zu dem Banyanbaum. Der Baum war nie weiter abgeholzt worden, und mittlerweile hatte Alma sich daran gewöhnt, dass er in ihren Garten hineinwuchs.

Nachdem Alma Joseph ein kühles Bier hingestellt hatte, nahm er einen Schluck und sagte: »Ich weiß vielleicht, wo Hermann ist.«

Alma blickte ihn verblüfft an. Sie hatte gleich eine zweite Flasche für Joseph mitgebracht, aber jetzt öffnete sie sie selbst und trank. »Nun red schon.«

»Er scheint nach Kaiser-Wilhelms-Land gegangen zu sein. In Bougainville hat er sich wohl mit einem Geologen getroffen, mit dem er weitergereist ist. Ich habe es von einem Seemann gehört, der von den Salomonen gekommen ist.«

Alma schloss die Augen. Dann war es also genauso, wie sie befürchtet hatte. Hermann war weggegangen, um sein Glück zu machen. »Weißt du zufällig, ob er noch lebt?«

Joseph schüttelte den Kopf. »Ich werde weiterhin Augen und Ohren offenhalten. Ich hab' dem Seemann eine Flasche Rum gegeben. Wenn er das nächste Mal kommt, weiß er vielleicht mehr.«

»Ich danke dir sehr«, sagte Alma aufrichtig. Sie liebte Hermann zwar nicht, aber zu wissen, wohin und weshalb er gegangen war, erleichterte ihr Gewissen.

»Kein Papei da«, hörten sie von unten von der Treppe. Maximilian blickte sie mit einem enttäuschten Gesichtsausdruck an.

»Na, da gehen wir doch mal zusammen schauen, ob wir nicht doch einen finden.« Joseph stand auf, und Alma folgte den beiden bis zur Kochhütte. Sie würde das Abendessen vorbereiten, solange Joseph mit Maximilian auf Vogelsuche war.

Sie winkte Joseph nach. Zu fünft hatten sie zu Abend gegessen, und obwohl so viele Sorgen sie niederdrückten, hatten sie heute Abend endlich einmal wieder viel gelacht.

Joseph erzählte den Kindern Geschichten von der Insel. Mal handelten sie davon, was auf der anderen Seite der Insel passierte oder was für Spiele die einheimischen Kinder spielten, und manchmal erzählte er auch schaurige Mythen der Samoaner. Alma hatte Joseph versprochen, dass er bei seinem nächsten Besuch eine Flasche Rum für den Seemann bekam, falls dieser weitere Informationen hatte.

Alma räumte den Tisch ab.

Die Kinder waren längst im Bett. Selbst Fritz war todmüde. Er hatte in dieser Woche auf einer Kautschukplantage angefangen.

Heute Abend wollte sie noch einen Brief an Milli schreiben. Der Ausdruck auf dem Gesicht von Maximilian, als er das Amulett seines Vaters in den Händen gehalten hatte, hatte etwas in Alma ausgelöst. Wenn er alt genug war, wollte Alma ihm von seinem richtigen Vater erzählen. Es gab zu viele Geheimnisse in diese Familie. Ihre eigene und Gretchens Herkunft, und jetzt Maximilian, der seinen richtigen Vater nicht kannte. Alma wollte Milli nach ihrer Meinung fragen. Sollte sie Joshua schreiben, dass er Vater eines fast vierjährigen Sohnes war?

Dann fiel ihr wieder ein, was Joseph ihr heute erzählt hatte. Zu wissen, wo Hermann war und dass die Suche nach seinem Pionierglück ihn fortgetrieben hatte, schien eine Rückkehr von ihm plötzlich viel wahrscheinlicher zu machen. Was, wenn er irgendwann als wohlhabender Glücksritter Frau und Kind zu sich holen wollte? Und was, wenn Joshua plötzlich auftauchte und seine Rechte als Vater einforderte?

Auf der anderen Seite war Maximilian noch so klein und es dauerte noch lange, bis er verstehen würde, dass Hermann nicht sein Vater war. Und da Joshua nun selbst Familie hatte, eilte es nicht. Sie wollte Milli nichts über den Betrug von Hermann schreiben, weil ihre Freundin ihr bestimmt finanzielle Hilfe anbieten würde, um ihre Schulden zu bezahlen.

Im Schein einer Petroleumlampe saß Alma am Tisch und schrieb. Unerwartet hörte sie Schritte. Als Alma sich umsah, erblickte sie Otto Zabel. Erschrocken sprang sie auf. »Herr Zabel!«

»Alma!« Er stand nur zwei Meter von ihr entfernt. Irgendwie hatte er es geschafft, sich anzuschleichen.

»Was wollen Sie?«

Zabel antwortete nicht. Er sah sie nur an.

Alma spürte plötzlich drohendes Unheil. »Ich habe Sie gewarnt!«

»Was wollen Sie? Wollen Sie mich etwa noch heute Abend auf die Straße werfen?«

Zabel stand steif vor ihr, die Hände zu Fäusten geballt. Sie nahm den leichten Geruch von Alkohol wahr. Er hatte getrunken. Noch immer antwortete er nicht. Alma wich zum Tisch zurück, während sie die Feder umklammerte, mit der sie gerade die ersten Zeilen geschrieben hatte. Zabel kam einen Schritt näher.

»Nun sagen Sie schon, was Sie wollen!«

Plötzlich schnellte er auf sie zu. »Ich hab' dich gewarnt. Alleine als Frau, hier auf der Insel.« Schon hatte er sie gepackt und drängte sich an sie. Seine Zunge fuhr zwischen ihre Lippen und Alma riss den Kopf zurück.

Ihr Arm schnellte vor und sie stach ihm die Schreibfeder ins Bein. Er schrie stumpf auf, schlug sie ihr aus der Hand, bevor er ihr einen Schlag ins Gesicht versetzte. Ihr Kopf flog zur Seite, und ihr Oberkörper knallte gegen einen Holzpfeiler. Fast wäre sie ausgerutscht, doch im letzten Moment stützte Alma sich an der Balustrade ab.

Sie holte tief Luft und wollte anfangen zu schreien, doch dazu kam sie nicht mehr. Schon presste er die Hand auf ihren Mund und zerrte sie ins Haus. Die Küche war dunkel, aber Otto Zabel brauchte kein Licht für das, was er vorhatte. Die eine Hand weiter auf ihren Mund gepresst, riss er sie brutal zu Boden. Für einen Moment war sie ganz benommen. Otto Zabel nutze dies und kniete sich auf ihre Hände.

Er zerrte an ihrem Kleid. Alma hörte, wie der Ausschnitt einriss, bis ihr Busen nicht mehr bedeckt war. Sie konnte die Hände nicht bewegen. Zabel stopfte ihr ein Stück Stoff vom Kleid in den Mund. Trotzdem versuchte sie zu schreien. Doch mehr als ein dumpfes Keuchen brachte sie nicht zustande. Zabel fasste unter ihren Rock und schob ihn grob nach oben. Dann öffnete er die Knöpfe an seiner Hose. Panisch versuchte Alma, sich zu befreien, doch es gelang ihr nicht, denn noch immer kniete er mit seinem ganzen Gewicht auf ihren Händen.

»Schhh. Sei ruhig, dann geht es schneller«, befahl er ihr, doch Alma hörte nicht auf ihn und versuchte, sich hochzustemmen. Vor ihren Augen sah sie das aufrechte Glied von Zabel, das drohend aus seinem Hosenschlitz herausschaute. Als sie panisch ihre Anstrengungen verdoppelte, schlug Zabel zu. Seine Faust donnerte gegen ihr Kinn. Der Schmerz nahm ihr für wenige Sekunden das Bewusstsein.

Benebelt nahm sie wahr, wie sein Körper herunterrutschte. Sie bemerkte einen dunklen Schatten hinter ihm, und als sie gerade spürte, wie sein nacktes Fleisch über ihre Scham glitt, fiel der massive Körper urplötzlich über ihr zusammen. Otto Zabel war schwer. Die Luft blieb ihr weg. Für einen Augenblick verstand sie nicht, was geschehen war. Eine warme Flüssigkeit rann ihr über den Hals. Endlich schaffte sie es, den Körper ein wenig zur Seite zu schieben. Sie stöhnte laut vor Anstrengung.

»Ich bin's, Alma!«, hörte sie im gleichen Moment. Joseph! Schon packte der alte Mann den reglosen Körper und zog ihn von Alma herunter. Sie tastete nach ihrem Hals, der ganz glitschig war. Sie stemmte sich hoch, wollte nur weg von dem Körper, weg von dem Mann, der gerade noch auf ihr gelegen hatte. Sie schnappte nach Luft.

Ein Lichtschein erhellte den Flur. Noch während sie zur Wand robbte, stand auf einmal Fritz mit einer Petroleumlampe in der Hand in der Küchentür.

»Alma, was ist denn …« Er blickte auf den Boden und erstarrte.

Im Schein der Lampe nahm auch Alma jetzt die Szenerie wahr. Otto Zabel lag reglos auf dem Küchenboden, sein Kopf verdreht in einem merkwürdigen Winkel zu den Schultern. Ein breiter Schnitt klaffte seitlich an seinem Hals. Der Holzboden unter ihm war voller Blut. Joseph lehnte keuchend an der Wand. In der Hand hielt er seine Machete. Almas Kleid, oder das, was davon übrig war, war blutüberströmt. Otto Zabel rührte sich nicht mehr.

KAPITEL NEUNUNDZWANZIG

UPOLU, AUGUST 1907

»Ist er tot?«, fragte Fritz ungläubig.

»Ja.« Joseph war völlig außer Atem. Der Schweiß auf seiner Stirn glänzte im Schein de Petroleumlampe. »Er ist tot.«

Niemand sagte mehr etwas. Alma griff nach einem Küchenhandtuch, das über einer Stuhllehne hing, und hielt es sich vor die Brust. Ihr Kleid hing in Fetzen herab. Endlich stand sie auf. Sie konnten nicht einfach bis Tagesanbruch warten.

»Wir müssen den Polizeichef verständigen.« Allein bei diesen Worten wurde ihr schon unwohl.

Joseph schüttelte den Kopf. »Dann gehen wir beide ins Gefängnis.«

»Aber er hat mich angegriffen. Du warst doch dabei, wie er mich fast …«

»Mir glaubt sowieso niemand, Alma. Alle halten mich für einen versoffenen Schmarotzer, der zugunsten desjenigen aussagen würde, der ihm am meisten Schnaps bietet. Und dir … du … du bist bloß eine Frau, die von ihrem Mann verlassen wurde. Außerdem gibt es wohl im Moment keinen Menschen auf den Inseln, der mehr Grund hätte, Otto Zabel aus dem Weg zu räumen, als du. Vor den Richtern unseres Kaisers würden wir verlieren.«

»Joseph hat recht, Alma, wir müssen ihn fortschaffen.«

Alma blickte die beiden skeptisch an. »Aber …«

»Man wird sagen, du hast dich an ihm rächen wollen. Fritz hat recht. Alma, bitte!«

Alma nickte langsam. »Fritz, hol die Schubkarre.«

Fritz rannte zurück in Hermanns früheres Arbeitszimmer, wo er nun wohnte, und zog sich eilig eine Hose über.

»Am besten, wir schaffen ihn erst einmal hier raus.« Joseph packte einen Arm.

Etwas unbeholfen steckte Alma das Küchentuch in ihrem Ausschnitt fest und griff nach einer Hand von Zabel. Gemeinsam zogen sie ihn aus der Küche ins Freie. Über die nächste Treppe ging es runter in den Garten. Es war stockdüster. Sie schleiften ihn über die Erde zur Seite des Hauses.

»Alma, ich lege ihn gleich mit Fritz auf die Schubkarre. Mach du schon mal das Blut weg.« Erschöpft hockte Joseph sich neben den bewegungslosen Körper auf einen Stein.

Alma stürzte zurück in die Küche und riss sich ihr Kleid über den Kopf. Mit dem Stoff wischte sie das Blut auf, das noch nicht ins Holz gesickert war. Auch wenn der Boden gut gewachst war, es würde Flecken geben. Sie zog sich ihr Unterkleid über den Kopf und warf es auf den Boden.

Fast nackt rannte sie leise die Treppe hoch. Im Schlafzimmer wusch sie sich eilig das Blut ab und zog sich ein altes Kleid über. Dann schlich sie zur Tür, hinter der Gretchen und Maximilian schliefen. Der Atem der Kinder ging leise und regelmäßig.

Geräuschlos eilte sie die Treppe wieder hinab. Fritz und Joseph mühten sich mit dem massigen Körper ab. Sie gingen nicht gerade zimperlich mit dem Toten um. Erst als Alma mit anpackte, gelang es ihnen, den leblosen Körper auf die hölzerne Ladefläche der Karre zu hieven. Zabel lag in einer merkwürdigen Verrenkung da, seine Füße hingen über den Rand der Schubkarre.

»Joseph, kennst du nicht einen Platz, wo wir ihn loswerden können?«

»Am besten wäre es, mit einem Boot rauszufahren und den Leichnam zwischen den Inseln über Bord zu schmeißen. Die Strömung dort ist so stark, dass er weit fortgetrieben werden würde. Er würde ganz sicher nie wieder auftauchen. Aber wir können es nicht riskieren, die ganze Küstenstraße zu nehmen. Außerdem dauert das fast die ganze Nacht.«

»Und wenn wir einfach mit dem Boot hier vom Strand aus weit genug hinausfahren? Würde das nicht reichen?«, schlug Fritz vor.

»Wahrscheinlich, wenn wir nur weit genug rausfahren. Aber wir brauchen ein Boot«, sinnierte Joseph.

»Dann nehmen wir das von Theo Keller«, schlug Fritz vor.

Alma schaute skeptisch hinüber zum Nachbarhaus. Es lag im Dunkeln. Keller war wohl schlafen gegangen, oder er hatte so viel Alkohol getrunken, dass er nichts bemerken würde.

Alma war nicht wohl bei dem Gedanken, von dem Nachbarn das Boot auszuleihen, aber Joseph hatte recht. Sie konnten es nicht riskieren, stundenlang auf der Straße mit einem Leichnam in der Kutsche herumzufahren. Deshalb nickte sie Fritz zu.

»Gut. Nimm ein paar von den alten Koprasäcken mit, die wir ins Boot legen können. Ich will keine Blutflecke hinterlassen. Zieh das Boot schon mal ans Ufer. Ich komm mit Joseph und der Karre so schnell es geht zum Strand. Wir müssen nur auf der Straße vorsichtig sein, dass uns keiner sieht.«

Zehn Minuten später stieß Alma das Boot vom Strand ab. Fritz hatte darauf bestanden, mit Joseph zu fahren. Joseph kannte die Strömungen, Fritz hatte am meisten Kraft, und Alma fehlte die Energie, lange zu debattieren. Mehr Leute passten eben nicht ins Boot.

Nachdem Alma ihnen eingeschärft hatte, bloß weit genug hinauszufahren, um sicherzugehen, dass der Leichnam nicht mehr angeschwemmt wurde, huschte sie im Schutz der Dunkelheit zurück über die Straße.

Im Badehaus ließ sie zwei Blecheimer voll Wasser laufen. Mit der Wurzelbürste bewehrt lief sie zurück ins Haus. Hektisch schrubbte sie die Holzdielen. Schließlich holte Alma Bleichmittel aus dem Waschhaus und schrubbte weiter. Wenn sie fertig war, würde man keine Flecken mehr sehen.

Ihr zerrissenes Kleid würde sie morgen Früh verbrennen, wenn es nicht auffiel, dass sie Feuer machte. Sie musste ohnehin den Laugenbottich anfeuern. Das Unterkleid und einige Handtücher, die sie benutzt hatten, hatte sie bereits in kalte Bleiche gelegt, damit sich das Blut rauswusch.

Der Morgen dämmerte fast, als Fritz und Joseph zurückkehrten. Das blutverschmierte Bettlaken schmissen sie sofort in das kalte Wasser. Auch die Kleidung der beiden Männer wanderte in den Waschbottich. Alma würde den Tag über viel zu tun haben.

Joseph bekam einen Pyjama von Hermann und schlief auf einer alten Decke draußen auf der Veranda. Fritz war sofort ins Bett gegangen. Es war Sonntagmorgen, und gemeinsam mit Gretchen und Maximilian würde Alma wie jeden Sonntag in die Messe gehen. Sie ließ Fritz schlafen und setzte einen starken Kaffee auf. Der Duft musste Joseph geweckt haben, denn plötzlich stand er neben ihr.

»Hmm, riecht das gut. Bekomme ich auch eine Tasse?« Übernächtigt und in dem viel zu großen Pyjama, der ihm um die Beine schlotterte, sah er aus wie ein schwacher alter Mann.

»Natürlich.« Alma goss ihm eine Tasse ein. »Joseph, was ich mich die ganze Nacht gefragt habe: Wieso warst du plötzlich wieder da?«

Joseph blickte ihr in die Augen, während er den ersten Schluck trank. »Ich hatte einen Traum. Von dir und Maximilian. Eigentlich hab' ich geglaubt, der Junge wäre in Gefahr.«

»Deshalb das Schutzamulett.«

Joseph nickte. »Als ich gestern wegging, bin ich im Wald einem Geist begegnet, einem *Aitus*. Er hat mir gesagt, ich solle zurückgehen.«

Alma wusste, dass der alte Walfänger vieles zwischen Himmel und Erde für wahr hielt, an das die Samoaner glaubten. Sie lächelte mild. »Dann sind also die Geister der Insel auf meiner Seite.«

Joseph neigte den Kopf zur Seite. »Es scheint so.«

FEBRUAR 1908

Sie feierten im großen Kreise Weihnachten. Mathilde war da, Fritz und Joseph und natürlich Heather. Gretchen hatte Alma beim Backen geholfen, und Maximilian verdarb sich durch das viele Naschen den Magen. Alma hatte auch die Familie Dünnbier eingeladen, doch Käthe hatte ihr eine knappe Nachricht zukommen lassen: Sie hätten schon andere Pläne. Das war wohl die höflichste Absage, die unter diesen Umständen möglich war, denn noch immer stand die Veruntreuung von Geld durch Hermann im Raum, obwohl es bisher keinen einzigen Beweis dafür gab.

Und Otto Zabel, der diese Gerüchte überhaupt erst in Umlauf gebracht hatte, war selbst seit mehreren Wochen wie vom Erdboden verschwunden. Der unselige Abend lag jetzt ein halbes Jahr zurück. Niemand hatte Alma oder Joseph in Verdacht, etwas mit dem plötzlichen Verschwinden von Otto Zabel zu tun zu haben.

Cornelius Lamberty hatte Alma vor einigen Wochen besucht. Er war für einige Tage in Apia gewesen, denn seiner Frau ging es nicht gut. Sie lag im Regierungskrankenhaus, gemeinsam mit ihrem anderthalbjährigen Sohn. Sie kränkelte seit ihrer Ankunft auf der Insel. Und der Sohn war endlich alt genug, um an der angeborenen Hasenscharte operiert zu werden. Alma hatte Gerüchte gehört, dass die Entstellung davon herrühren sollte, dass Lotte Lamberty Ziegen hielt. Aber Alma glaubte nicht an so einen Unsinn. Sie hatte Frau und Kind besucht und ihnen Obst und frische Milch mitgebracht.

Schließlich hatte Alma es Lamberty zu verdanken, dass die ersten Zweifel an Otto Zabels Verdächtigungen aufkamen. Er hatte sich durchgefragt, und anscheinend gab es nicht einen einzigen Plantagenbesitzer, der sich beschwert hatte. Allerdings würde es noch dauern, bis von allen Banken in der Heimat eine Bestätigung kam. Die Plantagenbesitzer waren aufgebracht, aber Gustav Schmidt hatte herausgefunden, dass Hermanns Eintragungen in den Büchern, stimmten. Zumindest auf dem Papier hatte Hermann das Geld überwiesen, nur die dafür rechtmäßig vorgesehene Provision für die Firma einbehalten und alles korrekt verbucht.

Gemeinsam mit Mathilde war Alma daraufhin zum Kontor gegangen. Ein völlig überforderter Gustav Schmidt hatte ihnen den Einblick in die Bücher der Handelsstation verweigert. Er dürfe dazu nichts sagen, bevor nicht ein neuer Leiter der Handelsstation eingesetzt sei. Bis dahin ruhte der Vorgang erst einmal. Alma vermutete, dass Schmidt bisher gar keine Zeit gefunden hatte, sich die Fehlbeträge anzusehen. Der neue Leiter der Handelsgesellschaft, der Hermanns Job übernehmen sollte, wurde für Mai erwartet. So lange musste Alma noch mit der Ungewissheit leben.

Immerhin konnte sie solange in dem Haus wohnen bleiben, ohne Miete zahlen zu müssen. Schmidt hatte wohl große Angst, im Namen der Handelsgesellschaft eine falsche Entscheidung zu treffen, also traf er gar keine. Außerdem bekam Alma ihren Pass und die anderen privaten Unterlagen aus dem Tresor des Kontors ausgehändigt.

Es war Februar, und Alma saß in der Dämmerung draußen auf der Veranda. Sie war müde. Seit Monaten musste sie alles alleine machen. Wo sie konnte, sparte sie. Statt echten Bohnenkaffee trank sie Zichorienkaffee, weil er viel billiger war. Es gab nur noch einmal in der Woche Fleisch. Sie hackte das Holz für den Küchen- und Badeofen selbst, und da sie keine Angestellten mehr hatte, übernahm sie wieder die Gartenarbeit. Das machte ihr wenigstens Spaß. Sie nähte, wann immer sie Zeit fand, und hatte so ihr Auskommen. Ihr war klar, dass es nicht ewig dauern würde. Wenn der neue Stationsleiter kam, musste sie die Villa aufgeben. Und das Haus der Hufnagels war schon anderweitig verkauft. Ein Plantagenbesitzer hatte Frau Hufnagel großzügig abgefunden und mit dem Zukauf seinen Landbesitz erweitert.

Es regnete leicht. Leise tropfte der feine Regen auf das Dach. Vor ihr lag die Spielkleidung der Kinder, die an manchen Stellen eingerissen war. Alma wollte einige Löcher stopfen, aber heute fehlte ihr einfach die Kraft. Sie starrte in die Dunkelheit. Ende dieses Jahres lebte sie schon zehn Jahre auf Samoa. Sie versuchte sich daran zu erinnern, wie es war, wenn in Deutschland die ersten Vögel im Frühjahr sangen und man den Frühling riechen konnte. Wie roch das Herbstlaub nach einem Regen? Sie stellte sich vor, wie stumm die Welt wurde, wenn es schneite und der Schnee alle Geräusche dämpfte, das Leben sich verlangsamte und die knirschenden Schritte auf der weißen Pracht zu hören waren. Und wie lange hatte sie nicht mehr gespürt, wie eine Schneeflocke auf ihrer Wange schmolz?

Hatte sie etwa Heimweh? Wollte sie zurück nach Deutschland? Dort würde sie es sicher nicht einfacher haben. Als Frau alleine konnte sie keinen Blumentopf gewinnen. Und wenn sie nach Australien ginge, nach Sydney? Sie hätte dort ihr Auskommen. Die Miete wäre bestimmt höher, aber viele Lebensmittel waren preiswerter als hier auf der Insel.

Fritz könnte endlich eine Ausbildung machen. In Sydney, oder wo immer auch in Australien, hätte er die Möglichkeit, sich seinen Wunschberuf auszusuchen. Zu Almas Ärger arbeitete Fritz weiter als ungelernte Kraft auf der Plantage. Er wollte in dieser prekären Situation keine Ausbildung anfangen. Stattdessen sparte er seinen Lohn, für den Tag, wenn Alma Hermanns Schulden zurückzahlen musste.

Alma wusste, warum sie immer wieder an Sydney dachte. Einerseits hoffte sie, Joshua zu begegnen. Dann wiederum war sie überzeugt, dass sie es nicht ertragen würde, ihm als verheirateten Mann, mit Frau und Kindern an seiner Seite, gegenüberzutreten.

Wie es ihm wohl ergangen war in den letzten Jahren? In den Zeitungen hatte sie gelesen, dass im Januar der Norden von Amerika von einer Kältewelle heimgesucht worden war und man in New York bis zu minus dreißig Grad gemessen hatte. Gleichzeitig hatte Australien mit einer Hitzewelle zu kämpfen gehabt, die Hunderten von Menschen das Leben gekostet hatte. Auch wenn Alma nicht glaubte, dass Hitze Joshua viel ausmachen würde, es gab auf See genug Gefahren.

Aber sie durfte sich nicht von ihren Gefühlen leiten lassen. Für die Menschen, für die sie Verantwortung trug, musste sie wohlüberlegte Entscheidungen treffen.

Eine dicke Motte umkreiste die Petroleumlampe und flog sirrend gegen das Glas. Alma versuchte, sie wegzuscheuchen, aber sie wurde angezogen vom hellen Schein. Alma blies die Flamme aus und saß für einen Moment im Dunkeln.

Erst da sah sie ihn.

Im Gegensatz zu früher war er viel dünner, und seine Kleidung sah selbst im schwachen Mondlicht heruntergekommen aus. Als er aus dem Schatten einer Palme trat, erkannte Alma sein Gesicht. Er trug nun einen Vollbart, aber sicher nicht, weil er es modisch fand. Nein, er sah eher aus wie die Männer auf den Fotos, die nach Monaten in der Wildnis von den Goldfeldern in die Zivilisation zurückkehrten.

»Hermann?«, flüsterte sie. Im ersten Moment dachte sie an Joseph und seine Geistererscheinung. Sie stand auf.

Langsam kam die Gestalt näher, als fürchte sie sich. Er stand nur noch zwei Meter von ihr entfernt, als er plötzlich die Augen verdrehte und in einer sachten Drehung zu Boden glitt.

»Hermann!« Alma stürzte zu ihm.

Fast acht Tage lag er im Fieber, bevor er überhaupt wie der etwas sagen konnte. Alma pflegte ihn, tupfte ihm die Stirn mit einem feuchten Tuch ab, wusch und rasierte ihn und flößte ihm Kraftbrühe und Wasser ein. Die Kinder waren bei Heather untergebracht, solange sie nicht wusste, was ihm fehlte.

Am neunten Tag schlug Hermann die Augen auf und hob kraftlos die Hand. »Es tut mir leid.«

Alma schaute ihn an. Er sah mitleiderregend aus. Sein Gesicht war durchzogen von vielen Falten, und eine breite Narbe verlief über die Stirn. Er wirkte verhärmt, ausgezehrt und bestand nur noch aus Haut und Knochen. Er schloss wieder die Augen. Die Worte hatten ihn erschöpft.

Der Arzt war zwei Mal da gewesen, aber er konnte nichts Eindeutiges feststellen. Körperliche Auszehrung war das Einzige. Möglicherweise auch ein Lungenödem, worauf sein rasselnder Atem schließen ließ. Man müsse abwarten, empfahl der Doktor. Sie sollte ihm Lebertran und Kraftbrühe geben. Und er solle zu essen bekommen, wonach er verlange.

Es dauerte noch zwei weitere Tage, bis Hermann sich das erste Mal im Bett aufrecht hinsetzte. Alma fütterte ihn mit einer kräftigen Brühe, in die sie Gemüse und Fleisch kleingeschnitten hatte.

Zum ersten Mal sah er sie mit klarem Blick an. »Welches Datum ist heute?«

»Es ist Ende Februar … 1908.« Stumm blickte Hermann sie an. »Du bist fast fünfzehn Monate fort gewesen.« In ihren Worten lag die Frage, wo er gewesen war.

»Ich hab nach Erdöl gesucht, du weißt schon, Petroleum.«

»Warum? Warum Erdöl?«

»Daraus macht man Kerosin für die Automobile. Wir können reich werden.«

Alma stellte den Teller beiseite und verschränkte die Hände im Schoss. »Und? Bist du reich geworden?«

Hermann schüttelte den Kopf. »Wir haben was gefunden. Eine Stelle … wo es … ziemlich sicher … Petroleum gibt. Aber Heinrich, mein Geologe, … ich hab ihn am dritten Tag mit einem Speer im Rücken gefunden. … Zu viele Wilde. … Auch unser Packpferd haben sie umgebracht. … Oben im Norden von Kaiser-Wilhelms-Land … ganz in der Nähe der Küste. Und ich …«

Er hustete rasselnd, bevor er weitersprach. »Ich hab' alles eingepackt und wollte sofort zurück zur Station.« Für einen Moment schloss er die Augen und atmete schwer. »Wenn ich wieder gesund bin, werde ich dort Land kaufen. Es gibt dort sicher große Erdölvorkommen. Man muss sie nur … man muss sie nur ausbeuten.«

Alma schnaubte laut. »Mit welchem Geld willst du das denn bezahlen?«

Jetzt öffnete Hermann seine Augen und schaute sie an. »Mit unserem Geld.«

»Mit unserem Geld?« Alma lachte bitter auf. War Hermann im Delirium?

»Ich hab' doch nur einen kleinen Teil mitgenommen.«

Prüfend schaute Alma ihren Mann an. War er dort im Norden der Südsee verrückt geworden? »Und was ist mit der Firma?«

Hermann hustete und spuckte Schleim. »Ich hab' doch Zabel einen Zettel hingelegt, dass ich höchstens zwei Wochen weg bin. Ich hab' Urlaub genommen … Aber ich musste sofort los, bevor mir jemand anders zuvorkommt. Wenn ich erst einmal dort Land gekauft habe, dann … werden wir reich. Unermesslich reich, Alma.«

Sie schüttelte verständnislos den Kopf und stand auf. »Schlaf ein wenig, Hermann. Du bist noch zu schwach.«

Als sie gerade aufstehen wollte, packte er ihre Hand. »Ich hab' das alles nur für uns getan.«

Alma löste seine Hand von ihrer und legte sie zurück auf die Bettdecke. »Nein Hermann. Du hast das alles nur für dich getan. Nur für dich!«

In den nächsten Tag kam Hermann etwas zu Kräften, auch wenn ihm das Atmen große Mühe bereitete. Er erzählte, wie er sich schwer beladen durch den Dschungel und zurück an die Küste gekämpft hatte. Dort war er zusammengebrochen. Jemand hatte ihn gefunden und zur nächsten Missionarsstation gebracht. Wahrscheinlich hatte er Typhus oder Malaria, oder beides, denn er bekam monatelang Fieberanfälle. Alles, bis auf das, was er auf der bloßen Haut trug, war weg, auch das Geld und seine Papiere.

Unter Aufbringung seiner letzten Kraftreserven schlug Hermann sich durch bis zur nächsten Handelsgesellschaft. Doch niemand kannte ihn dort oder wollte glauben, dass er Hermann Stieglitz sei. Mit Mühe schaffte er es bis Rabaul auf Neu-Pommern. Dort kannte der Stationsvorsteher ihn persönlich. Er würde ihn erkennen, auch wenn er ziemlich verwahrlost aussah. Doch als Hermann endlich dort anlangte, war der Mann gerade zurück nach Deutschland beordert worden. Das Schicksal verschlug ihn nach Neu-Mecklenburg. Dort nahm er ein Schiff, das Arbeitskräfte nach Samoa transportierte. Und jetzt war er endlich wieder hier.

Alma konnte es kaum ertragen zuzuhören. Immer nur ging es um ihn. Immer nur um seine Pläne. Einmal platzte ihr der Kragen, und sie wurde laut: »Warum hast du dich nie gemeldet? Warum musste ich hier über ein Jahr lang sitzen, ohne ein Lebenszeichen von dir?«

Verwundert schaute Hermann sie an. »Aber hast du denn nicht zugehört? Ich hatte kaum etwas zu essen. Am Leib nur Fetzen. Hätte ich ein teures Telegramm aufgeben sollen?«

»Wieso hast du mir nicht wenigstens eine Nachricht hinterlassen, als du gefahren bist?«

Hermann schaute schuldbewusst zur Bettdecke. »Aber das hab' ich doch. Ich weiß, es waren nur wenige Zeilen. Aber du weißt nicht, wie oft ich daran denken musste, dass ich mir etwas mehr Zeit hätte nehmen sollen. Es hätten meine letzten Worte an dich sein können.« Sein Blick flehte um Entschuldigung.

Alma stand abrupt auf. »Ich hab' nie etwas bekommen.«

»Aber ich hab' den Brief auf meinen Schreibtisch gelegt. Zabel muss ihn dir übergeben haben!«

Alma atmete scharf aus.

Otto Zabel also wieder. Als wäre er ihr persönlicher Rachegott. Gustav Schmidt war einmal vorbeigekommen, als Hermann noch nicht sprechen konnte. Die Nachricht, dass er zurück war, verbreitete sich wie ein Lauffeuer auf der Insel. Hermann durfte diese nicht wieder verlassen, aber weiter von Alma gepflegt werden.

Alma schwankte zwischen Bewunderung und Wut. Hermann konnte kaum alleine stehen, aber ständig sprach er über das Erdölvorkommen und dass man den anderen zuvorkommen müsse. Es war absurd, dass er weiter an seinen Plänen festhielt. Erst drei Wochen nach seiner Ankunft fand Alma es endlich an der Zeit, mit ihm über die Dinge zu sprechen, die er auszublenden schien.

»Wie willst du denn das Land bezahlen? Es ist doch alles weg, und du musst wahrscheinlich ins Gefängnis.«

Hermann saß aufrecht im Bett. Noch immer war seine Haut wachsbleich, er atmete schwer, und ihm fehlte die Kraft, länger als zwei Minuten alleine zu stehen. Immerhin hatte er etwas an Gewicht zugelegt. »Wieso sollte ich ins Gefängnis? Nur weil ich überstürzt in einen Urlaub aufgebrochen bin, der sich leider zu einer Katastrophe ausgewachsen hat? Deswegen können sie mich nicht ins Gefängnis werfen.«

»Und was ist mit dem Geld?«

»Welches Geld?«

Nachsichtig blickte Alma ihn an. Womöglich hatte das Fieber ihm einige Erinnerungen geraubt. Das war sogar ziemlich wahrscheinlich, bei all dem Blödsinn, den er sich in den letzten Tagen zusammengesponnen hatte. Sie entgegnete so behutsam wie möglich: »Otto Zabel hat in den Büchern der Firma einige … Unregelmäßigkeiten gefunden. Er hat behauptet, dass du … Geld unterschlagen hast.«

»Was? Ich soll Geld unterschlagen haben? Das ist eine hundsgemeine Lüge!« Er hustete, bevor er weitersprach. »Zabel soll kommen und mir die Bücher zeigen.«

»Otto Zabel ist tot.«

»Tot? Wie denn? … Ich meine, woran ist er gestorben?«

Alma verbesserte sich. Fast hätte sie sich verraten. »Nein, nein. Man vermutet nur, dass er tot ist. Er ist einfach verschwunden. Genau wie du.«

Erschrocken schaute Hermann Alma an. »Und was ist mit meinem Geld? Liegt es noch im Tresor?«

Was sollte Alma darauf erwidern? Wortlos faltete sie einige Kleidungsstücke zusammen.

»Mein Geld! Ich hab' es in den Tresor gelegt, zusammen mit unseren Papieren. Am Abend, bevor ich gefahren bin, hab' ich mir ein wenig für die Reise herausgeholt, und natürlich meinen Pass.«

Alma runzelte die Stirn. »Geld? Welches Geld denn? Da war kein Geld.« Sie setzte sich auf den Bettrand und schaute Hermann tief in die Augen.

Mit undurchdringlicher Miene, fast so, wie sie ihn von früher kannte, sagte er: »Halt mich doch nicht für verrückt. Ich bin nur krank. Natürlich war da mein Geld. Sehr viel sogar. In einem gut verschnürten Päckchen. Ich hab es extra versiegelt.«

Alma räusperte sich. »Wenn das so ist, Hermann, sollte ich dir jetzt erzählen, wie es mir während deiner Abwesenheit ergangen ist.«

Bis auf den Abend, an dem Otto Zabel nur ein Stockwerk tiefer in diesem Haus zu Tode gekommen war, erzählte Alma ihm alles. Die Beschuldigungen von Otto Zabel und dass er Hamburg darüber in Kenntnis gesetzt hatte. Und dass Zabel sich geweigert hatte, ihr die Sachen aus dem Tresor auszuhändigen. Und sie berichtete, welchen Anfeindungen sie auf der Insel ausgesetzt gewesen war und dass Lamberty sie unterstützt hatte.

Hermann war außer sich vor Wut, was aber nur dazu führte, dass er pausenlos hustete, bis er sogar Blut spuckte.

Deswegen vermied Alma dieses Thema in den nächsten Tagen. Er nahm weiter zu, was Alma sehr freute, obwohl er nicht besonders viel aß.

Vier Tage später, als Alma ihm eine dicke Kartoffelsuppe mit Speck hochbrachte, saß Hermann auf dem Rand des Ehebetts. Alma hatte sich drüben bei den Kindern einquartiert, die noch immer bei Heather wohnten. Die Hose schlotterte um seine Beine, und das Hemd hing formlos an ihm herunter. Die Schuhe hatte er schon an, es nur nicht geschafft, sie zuzuschnüren.

»Fahr mich zum Kontor.«

»Hermann, du bist doch gar nicht in der Lage, aufzustehen!«

»Fahr mich zum Kontor. Ich werde das klären. Ich habe keine Ruhe, bevor ich das nicht geklärt habe.«

Alma gab nach. Sie wollte Hermann nicht verärgern. Schließlich würde sie bald die Scheidung einreichen. Das war ihr klargeworden, während sie ihn gepflegt hatte. Was immer auch danach kam, sie würde mit diesem Mann, der nur sein eigenes Glück und Wohl im Sinn hatte, nicht länger verheiratet sein als nötig.

Und da Hermann sie und seinen Sohn und seine Arbeit im Stich gelassen hatte, standen die Chancen, eine schnelle Scheidung zu bekommen, gut für sie.

Zwar hatte seine Nachricht sie nie erreicht, aber er hätte ihr wenigstens später Bescheid geben können, als er auf Kaiser-Wilhelms-Land angekommen war. Stattdessen war er überstürzt aufgebrochen, gleich nachdem er Nachricht von diesem Geologen, Heinrich, bekommen hatte. Ein halbes Jahr zuvor hatte er Heinrich in Apia beim Gouverneur kennengelernt. Hermann und er hatten sich sehr gut verstanden. Nachdem sie sich mehrmals getroffen hatten, waren sie übereingekommen, dass Heinrich Hermann sofort unterrichtete, sobald er auf seiner Reise in den nördlichen Teil der Südsee eine aussichtsreiche Stelle gefunden hatte. Und so geschah es dann auch. Gemeinsam wollten sie eine Erdölfirma aufbauen. Heinrich hatte das Wissen und Hermann das Geld.

Hermann behauptete, er sei so überstürzt aufgebrochen, um als Erster die Gegend zu besichtigen und zu bewerten. Im Fall eines positiven Befunds wollte er sofort zurückkehren und alles für den zügigen Aufkauf der entsprechenden Landstriche in die Wege leiten. Er hatte vorgehabt, ordnungsgemäß zu kündigen und auf einen Nachfolger zu warten. Erst dann wollte er mit Alma und Maximilian abreisen. Das war sein Plan gewesen, als er am nächsten Morgen nach Heinrichs Nachricht ein Schiff zu den Salomonen bestieg. Der Brief des Geologen hatte so überschwänglich geklungen, dass er bereit war, alles stehen und liegen zu lassen.

Alma half Hermann in die Kutsche und auch wieder heraus.

Gustav Schmidt wurde bleich, als er sah, wer da plötzlich in der Tür stand. »Es ist doch wohl nicht ansteckend?«, war die einzige Bemerkung, die er herausbrachte.

»Er ist nur ausgezehrt, sagt der Arzt.«

»Aber er hat doch Fieber.«

»Nein«, antwortete Alma. »Das ist nur die Anstrengung. Er ist zum ersten Mal aufgestanden. Es besteht keine Ansteckungsgefahr. Die Kinder springen seit zwei Wochen tagsüber im Haus herum und sind putzmunter.«

»Wir gehen jetzt die Bücher durch«, befahl Hermann. Schmidt weigerte sich, aber als Hermann ihn des Betruges bezichtigte und behauptete, dass er mit Otto Zabel kooperiert und sein Geld aus dem Tresor entwendet habe, gab er nach. Gemeinsam gingen Schmidt und Hermann alle Posten durch, die Otto Zabel als veruntreut aufgelistet hatte.

Alma kochte den beiden Tee, brachte ihnen mittags Suppe und hoffte inständig, dass Hermann etwas finden würde, was ihn entlastete.

Als er abends wieder mühsam in die Kutsche stieg und Alma ihn zurückfuhr, sagte er nur: »Wir sind fündig geworden. Gustav hat es gefunden.«

Früh am nächsten Morgen erschien Gustav Schmidt mit den dicken großen Büchern. Neben ihm standen der Richter und ein Gerichtsdiener. Alma brachte die drei Männer hoch ins Schlafzimmer, wo Hermann bereits aufrecht im Bett sitzend auf sie wartete.

Als Erstes bat Gustav Schmidt darum, einen Tisch in das Zimmer stellen zu dürfen. Gemeinsam mit Alma trug er den Nähtisch aus dem Nachbarzimmer herüber. Stumm stellte Alma sich in die Ecke des Schlafzimmers und hörte zu, als Schmidt den beiden Herren erklärte, warum Hermann Stieglitz sie habe rufen lassen. Der beobachtete die Anwesenden mit scharfem Blick. Er schien sich seine Kräfte aufsparen zu wollen für den Moment, wenn er sie brauchte.

»Herr Stieglitz fühlt sich nicht so wohl, deswegen werde ich Ihnen erklären, um was es hier geht. Da niemand Hochrangiges von der Handelsgesellschaft anwesend ist, wünscht Herr Stieglitz, dass Sie als Zeugen fungieren.« Schmidt verhaspelte sich. Er fühlte sich sichtlich unwohl in seiner Rolle. »Nun gut, ähm, … dann fange ich an.« Er verschränkte seine Hände vor dem Bauch. »Herr Otto Zabel hatte Herrn Hermann Stieglitz zur Last gelegt, die Bücher manipuliert zu haben.« Schmidt räusperte sich und legte zwei sehr große Kladden nebeneinander auf den Tisch. Aus einer großen Ledermappe schauten Belege heraus. Als kündige ein Zauberer sein nächstes Kunststück an, fuhr Gustav Schmidt fort: »Es gibt zwei Bücher, in die wir alles eintragen: Erträge, Preise, Kosten, Anzahl und Gewicht der gelieferten Säcke. Aber auch Ausgaben wie das Gehalt der Angestellten, Baumaterial, Frachtkosten et cetera. Dazu werden die Belege gesammelt, die das … ähm … die das belegen.«

Er griff in die Tasche und holte zwei Stapel Papiere heraus. Die Blätter legte er einzeln auf den Tisch. Den anderen kleineren Stapel behielt er in der Hand und drehte sich feierlich um. »Ich bin gestern mit Hermann Stieglitz alle Belege und alle Eintragungen gewissenhaft durchgegangen. Dabei mussten wir feststellen, dass jemand«, er zog dieses letzte Wort in die Länge, »die Belege gefälscht hat. Der Betrug basiert im Wesentlichen darauf, Belege neu und damit falsch auszufüllen und mit gefälschten

Unterschriften des Beschuldigten zu versehen.« Er klang, als habe er gerade eine freudige Mitteilung gemacht.

Die anderen reagierten nicht, und auch Alma wartete gespannt darauf, was nun kommen würde.

Eifrig fuhr Schmidt fort: »Die gefälschten Belege kann man am Papier erkennen. Sehen Sie, dieses hier.«

Er reichte ein Stück bedrucktes Papier dem Richter und ein weiteres dem Gerichtsdiener. Beide holten ihre Brillen aus der Innentasche ihres Jacketts.

»Das ist unser altes Formular. Es ist etwas gelb-stichig und hier, an dieser Stelle, ist der Strich durchgezogen. Während das andere Formular«, Schmidt zeigte es herum wie ein Schmuckstück, »hält man es dagegen, heller ist.«

»Könnte es nicht einfach ausgeblichen sein?« Der Richter wollte sichergehen.

»Ja, das hab' ich auch zunächst gedacht, doch als wir alle fraglichen Belege sortiert haben, ist es Herrn Stieglitz aufgefallen. Der Strich. Der durchgezogene Strich bei Datum und Ort und Name des Unterschreibenden, der fehlt auf den neuen Belegen! Hier sind nur zwei voneinander getrennte Striche.«

Die beiden Herren schauten von einem Zettel zum anderen. Schmidt holte aus seiner Ledermappe ein verpacktes Bündel heraus und löste die Kordel. »Sehen Sie, so bekommen wir die Belegformulare aus Deutschland. Sie sind für alle Handelsstationen gleich. Wir bekommen Sie nur alle zwei Jahre. Das hier sind die aktuellen.« Er öffnete das Paket mit den leeren Belegen. »Kein durchgezogener Strich. Während alle alten Belege den durchgezogenen Strich haben.«

Die beiden Männer traten an den Tisch und beugten sich über die Papiere.

Gustav Schmidt stellte sich auf die andere Seite. »In den Büchern erkennt man, dass bei den Eintragungen jeweils einzelne Zahlen nachbearbeitet wurden. Aus Sechsen und Neunen wurden Nullen. Das macht natürlich nur bei den Einnahmen Sinn. Bei den Ausgaben war es andersherum. Da wurden aus Fünfen Sechsen und aus Einsen Siebener gemacht, als höhere Ausgaben. Das erkennt man aber nur, wenn man wirklich sehr genau hinschaut.«

Der Richter blickte auf. »Würden Sie vielleicht mal …«

Schmidt schaute ihn an, dann begriff er. »Natürlich, natürlich.« Er stand vor dem Fenster und nahm ihnen das Licht. Er trat beiseite und zog die Vorhänge ganz auf.

»Ein weiteres Indiz sind die schlecht gefälschten Unterschriften, aber natürlich könnte ein Laie kaum erkennen, ob es eine gefälschte Unterschrift ist oder Herr Stieglitz vielleicht in aller Eile etwas unterschrieben hat.«

Der Richter beugte sich weiter vor und nickte. »Nun gut, dann hat also … jemand … die Belege manipuliert. Das sehe ich als bewiesen an. Der Strich, die hellere Farbe, die überschriebenen Zahlen. Lassen wir mal die Unterschriften beiseite. Aber woher weiß ich, dass es nicht Hermann Stieglitz war?« Der Richter stand nun wieder aufrecht und drehte sich zum Bett. »Nichts für ungut, Herr Stieglitz, aber Sie verstehen, dass ich dem nachgehen muss.«

Hermann nickte unmerklich. »Natürlich.« Er wandte sich an seinen ehemaligen An gestellten. »Gustav hat …« Hermanns Atem rasselte. »Es ist Herrn Schmidt gestern Abend noch eingefallen. Bitte Gustav.«

Triumphierend holte Schmidt seinen letzten Beweis aus der Ledermappe und legte ihn feierlich auf den Tisch.

»Diese neuen Belege sind mit dem Reichspostdampfer am 2. Dezember 1906 angekommen. Hier sind die entsprechenden Frachtpapiere.« Schmidt strahlte in die Runde. »Herr Stieglitz konnte diese Belege gar nicht manipulieren, denn sie sind erst zwei Wochen nach seinem … ähm … Fort… ähm, nach seiner Abreise eingetroffen. Und nachdem die Belege bei uns waren, hatte nur noch Herr Zabel selbst den Zugang zu den Büchern.«

Der Richter setzte seine Brille ab und schaute aus dem Fenster, nach einer kurzen Pause sagte er: »Herr Schmidt, wir müssen natürlich einen ausführlichen Bericht verfassen. Schließlich müssen wir belegen, dass wir der Sache nachgegangen sind und den Schuldigen gefunden haben.« Er nickte seinem Gerichtsdiener zu. »Da Herr Schmidt ohnehin einen ausführlichen Bericht an die Firma verfassen muss, können Sie sich ja mit ihm zusammensetzen.«

Er trat an das Bett. »Herr Stieglitz, ich müsste Ihnen eigentlich gratulieren, wie schnell Sie diesen Betrug aufgedeckt haben. Und dazu noch in Ihrer Verfassung. Aber ich kann über Ihre Pflichtvergessenheit nicht hinwegsehen. Ich finde es beschämend, wie Sie Ihren wichtigen Posten verlassen haben. Noch dazu hier in der Ferne, wo man Monate benötigt, um einen Ersatzmann zu finden. Wir sind nicht im Wilden Westen. Das hier ist immer noch Deutschland, wo man sich an Regeln hält.« Erbost drehte er sich vom Bett weg, nickte Alma knapp zu und verschwand.

Der Richter hatte natürlich recht, und er stand mit seiner Meinung gewiss nicht alleine da. Obwohl Hermann seinen Posten unerlaubt verlassen hatte, schadete dieses Vergehen eher seinem Ansehen und verstieß nicht gegen das Gesetz. Es war Sache der Handelsgesellschaft.

Der Gerichtsdiener folgte seinem Dienstherrn eilig hinaus, während Gustav Schmidt die Unterlagen zusammenpackte.

»Gustav … du sagst doch … dem Gouverneur noch Bescheid?«

»Sicher Hermann, das mach' ich.« Alma schien den engen Bund ihrer Männerfreundschaft unterschätzt zu haben. Oder fühlte sich Schmidt der Ehre, der Wahrheit oder der Firma gegenüber verpflichtet?

Kaum dass der ehemalige Untergebene das Zimmer verlassen hatte, sackte Hermann in sich zusammen. Er hatte sich in den letzten zwei Tagen zu viele Strapazen zugemutet. Hermann atmete wieder flacher. Alma war froh, dass die Besucher gegangen waren. Sie ging die Treppe hinunter.

Zu ihrer Verwunderung sah sie, dass der Richter vor dem Haus stand und sich mit Gustav Schmidt unterhielt. Als er sie bemerkte, kam er noch einmal ins Haus zurück.

»Frau Stieglitz, Ihr Mann hat der Handelsgesellschaft schwer geschadet. Nicht zuletzt hat sein Fortgang erst den Betrug von Otto

Zabel möglich gemacht. Aber darum muss sich die Firma kümmern, ob und wenn ja, welche Konsequenzen sie zieht. Herr Schmidt hat mir gerade berichtet, dass Ihr Mann anscheinend ein nicht unbeträchtliches Barvermögen im Tresor deponiert hatte, und ich gehe davon aus, dass es sein ehrlich erspartes Geld war. Da Sie auch eine der Geschädigten sind, möchte ich Ihnen raten, Anzeige gegen Otto Zabel zu erstatten. Nachdem er so plötzlich verschwunden ist, liegt es ja nahe, dass er mit dem unterschlagenen Geld auf und davon ist. Trotzdem gibt es in seinen Hinterlassenschaften noch einige Aktien, ein wenig Barvermögen und eine Uhr, die mir wertvoll erscheint.«

Alma schaute ihn an. Daran hatte sie nicht gedacht. »Ich werde es mir überlegen, aber ich sollte mich jetzt beeilen. Mein Mann braucht dringend einen Arzt. Ich wollte gerade meinen Nachbarn bitten, dass er seinen Boy schickt.«

»Ich fürchte«, hob der Doktor an, nachdem er Hermann untersucht hatte, »ich habe keine guten Nachrichten.« Sie standen draußen vor der geschlossenen Zimmertür, und der Doktor hatte seine Stimme gesenkt. Er zog sie ein Stück von der Tür fort. »Zwar hat Ihr Mann zugenommen, doch das scheint mir eher eingelagertes Wasser zu sein.«

Alma erschrak. Sie schaute ihn fragend an.

»Er hat die Wassersucht. Als ich seine Lunge abgehört habe, habe ich die typischen Rasselgeräusche gehört. Außerdem können Sie es selbst sehen, wenn Sie auf seine Haut drücken. Es bleibt kurz eine Delle zurück.«

Alma nickte. Das war ihr in den letzten Tagen auch schon aufgefallen, wenn sie Hermann wusch oder ihm half, sich aufrecht hinzusetzen.

Der Mediziner schaute sie an, als wolle er fragen, ob ihr die Konsequenzen dieser Erkrankung bekannt seien. Er räusperte sich leise und fuhr fort: »Nach dem, was ich weiß, steht zu vermuten, dass seine Niere durch eine lange und schwere Krankheit angegriffen wurde. Davon hat sie sich anscheinend nicht mehr erholt und stellt jetzt langsam ihre Tätigkeit ein.«

»Und das bedeutet?«, fragte Alma mit belegter Stimme. Der kleine Mann runzelte mitfühlend die Stirn. »In der Lunge und dem Herz sammelt sich Wasser an. Und irgendwann funktionieren diese Organe nicht mehr.« Er hüstelte. »Das bedeutet, dass Ihr Mann sterben wird. Und es wird weder schnell gehen noch schmerzlos sein.«

ENDE APRIL 1908

Heather ergriff Almas Hand. Hermanns Grab war nur wenige Meter von dem ihres Mannes und ihrer Tochter entfernt. Mathilde hielt Maximilian auf dem Arm und Fritz kümmerte sich um Gretchen. Es war Ende April, und die Regenzeit war dieses Jahr früh zu Ende. Und somit versank die Trauergemeinde am Grab nicht im Schlamm.

Die ganze Familie Dünnbier war angereist, Käthe mit den zwei Kindern, Willi, und auch Friedebold, dem das Reisen mittlerweile zu schaffen machte. Es waren nur wenige Angestellte der Handelsgesellschaft und wenige Plantagenbesitzer gekommen. Der Leichenschmaus wurde im kleinen Kreis abgehalten. Käthe und die Dünnbiers fuhren am nächsten Tag zurück.

Die Geschichte mit der Unterschlagung von Geldern der Plantagenbesitzer hatte sich in Luft aufgelöst. Anscheinend hatte Otto Zabel diesen Teil der Anschuldigungen nur in die Welt gesetzt, um auf der Insel zusätzlich Stimmung gegen Hermann zu machen. Bei den Geldgeschäften, die die Handelsgesellschaft für die Plantagenbesitzer durchführte, war es zu keinen Unstimmigkeiten gekommen.

Willi Dünnbier nahm Alma zur Seite und entschuldigte sich. Es sei falsch von ihm gewesen, Hermanns Ehre und Loyalität anzuzweifeln. Er schäme sich für seinen Verdacht. Alma dankte ihm und erwiderte, sie sei ihm nicht mehr böse. Käthe hingegen tat so, als sei nie etwas vorgefallen. Bei ihr brauchte Alma nicht auf eine Entschuldigung hoffen.

MAI 1908

Bereits zwei Wochen nach Hermanns Tod stattete Alma seinem kürzlich eingetroffenen Nachfolger im Kontor einen Besuch ab. Gretchen war in der Schule, und Maximilian hatte sie bei Heather gelassen. Franz Liebermann war ein hagerer Mann mit stechenden, tiefliegenden Augen und schwarzem Haar, das er mit viel Pomade nach hinten gekämmt hatte. Bei seinem Anblick sah Alma ihre schlimmsten Befürchtungen bestätigt. Nun musste sie die Villa räumen und deshalb mit ihm über einen günstigen Termin verhandeln. Doch das strenge Aussehen von Liebermann täuschte. Mit seiner hohen piepsigen Stimme verkündete er, dass sie in dem Haus wohnen bleiben könne. Natürlich nur, wenn sie sich einverstanden erkläre, ab sofort Miete zu zahlen, denn schließlich gehöre das Gebäude der Firma. Er selbst jedoch sei ein eingefleischter Junggeselle, der nichts in der Welt mehr verabscheue, als sich mit der Organisation eines Haushalts belasten zu müssen. Er sei zufrieden mit dem Service im Hotel und werde es auch in Zukunft so halten.

Alma eilte zurück zu Heathers Laden. Wie immer er klang die kleine Glocke, als sie eintrat. Es war keine Menschenseele zu sehen. Auch im Hinterzimmer war niemand. Von oben hörte sie Geräusche.

»Heather? Maximilian?« Freude lag in ihrer Stimme.

»Komm hoch, Alma. Wir sind hier am Fenster.«

Alma stieg die Stufen hinauf. Heather hatte Maximilian auf das Fensterbrett gestellt. Die Fensterflügel waren weit geöffnet. Heather drehte sich nicht einmal um.

»Es hat vor einer halben Stunde angefangen. Die anderen sind alle zum Hafen runter, aber ich habe gedacht, von hier oben sehe ich mehr.«

»Was ist denn los?«, fragte Alma fröhlich. Endlich war ihr eine große Last genommen worden, und sie fühlte sich so leicht wie schon lange nicht mehr.

»Savai'i. Der Vulkan. Er ist wieder ausgebrochen.« Maximilian staunte mit offenem Mund über die große schwarze Rauchwolke, die über die Insel zog. Solch einen Vulkanausbruch hatte Alma noch nicht gesehen. Die Rauchsäule stieg kilometerweit in den Himmel.

»O mein Gott! Käthe!«

Halb Apia hatte sich im Tivoli-Hotel versammelt, um den Berichten der von Savai'i geflohenen Menschen zu lauschen.

»Wir konnten uns gerade noch auf den Booten in Sicherheit bringen. Auf der Küstenstraße wäre kein Durchkommen mehr gewesen.«

Die Wirtin des Hotels stellte dem abgekämpft wirkenden Mann ein frisch gezapftes Bier hin. Er umklammerte es mit beiden Händen, als wolle er sich Brandblasen an den Händen kühlen. »Überall ist Lava ins Meer geflossen. An einer Stelle hat sie einen großen Bogen beschrieben, der weit aufs Meer hinausreicht, wie ein pockiger langer Krakenarm, der an der Wasseroberfläche schwimmt. Noch immer fließt Lava, als wolle die Erde giftige Galle spucken. Das Meer kocht regelrecht, und eine nicht enden wollende Wolke aus Wasserdampf zieht mit dem Wind in Richtung Upolu.«

»Ja, den Schwefel kann man sogar noch hier riechen«, warf jemand ein.

Der Mann trank einen Schluck. Er setzte den schweren Humpen ab und schaute in die Runde. »Als wolle der Teufel persönlich es sich gemütlich machen. Eine einzige heiße, brodelnde, stinkende Hölle.«

Die meisten Leute bekreuzigten sich. »Wer nicht mehr herauskommt, dem gnade Gott. Wir sind nur noch um unser nacktes Leben gerannt. Als die Explosionen anfingen, hab' ich …« Er presste eine Hand auf die Augen. Er war ein gestandener Mann und wollte nicht hier vor allen Leuten anfangen zu weinen. »Meinen Gaul hat es erwischt. Er stand direkt neben mir.« Er rang nach Worten. »Eine Handvoll heiße Lava ist ihm auf den Kopf geflogen.« Sein Mund zuckte. Jeder wusste, was er meinte. Es hätte ihn treffen können.

Alma drängelte sich nach vorne. »Wissen Sie, was mit den Dünnbiers ist? Haben Sie sie gesehen?«

»Friedebold, Willi und seine Familie?«

»Genau, ihre Plantage liegt im Nordosten.«

»Ich weiß.« Der Mann nickte mit glasigen Augen. »Ich weiß, wo ihr Haus stand.« Er schüttelte sacht den Kopf.

Alma presste sich ihr Taschentuch auf den Mund. Mein Gott, Käthe, Erhard und die kleine Frederike. Dann waren sie tot? Eilig schob Alma sich durch die Menschenmenge nach draußen. Vor dem Hotel saßen

Gretchen und Maximilian auf den Treppenstufen. Gretchen, die wie eine große Schwester für den Jungen war, blätterte mit ihm in einem Bilderbuch. Gretchen war nun fast acht Jahre alt. Trotzdem nahm Alma sie auf den Arm, was sie schon lange nicht mehr getan hatte, und presste sie an sich.

»Meine liebe Grete. Es ist etwas sehr Schlimmes passiert.«

Mit dem Kind auf dem Arm drehte sie sich in die Richtung, in der Savai'i lag. Eine schmutzige rötliche Wolkensäule stieg in den Himmel.

JANUAR 1909

Käthe war mit ihrer gesamten Familie auf der Flucht ums Leben gekommen. Wären sie zu Hause in ihren Betten geblieben, wären sie vielleicht mit dem Leben davongekommen. Einige hundert Meter oberhalb ihres Hauses hatte der Lavafluss eine andere Richtung eingeschlagen. Alma tröstete sich damit, dass sie wahrscheinlich trotzdem gestorben wären an den giftigen Gasen, die die ganze Gegend eingehüllt hatten. Anscheinend waren sie im Wald von zwei Lavaflüssen eingeschlossen worden.

Monate nach dem Unglück, als die ersten Bewohner zurückkehrten, fanden sie das Anwesen verlassen, aber weitestgehend unversehrt vor. Tiere, wahrscheinlich Schweine, waren durch die offenstehende Haustür eingedrungen und hatten die Räume nach Essbarem durchwühlt.

Der Amtmann von Savai'i ließ allen Besitz, außer den Möbeln, einpacken und die Tür verriegeln. Es dauerte noch einmal drei Wochen, bevor fünf Kisten mit den Besitztümern der Dünnbiers auf der Nachbarinsel ankamen. Jetzt standen sie auf der Veranda.

Alma hatte gewartet, bis auch Mathilde und Fritz eintrafen, bevor sie die Kisten öffnete. Fritz hatte die Nachricht von Käthes Tod sehr gefasst aufgenommen, aber Mathilde war am Boden zerstört. Sie hatte sich das letzte Mal von Käthe im Streit getrennt. Nicht einmal auf Hermanns Beerdigung hatten sie miteinander gesprochen und waren sich aus dem Weg gegangen. Mathilde hatte ihre eigene Art, Käthe zu zeigen, wer ihrer Meinung nach zur Familie gehörte und wer nicht.

Jetzt tat es ihr so leid, dass sie sich nicht mit ihrer Schwester ausgesöhnt hatte, und weinte ununterbrochen. Erst als Fritz am Abend kam, beruhigte sie sich. Nachdem sie die Kinder ins Bett gebracht hatte, zündete Alma einige Lampen an, und sie öffneten die erste Kiste. In zweien waren Kleider, Schuhe, Bettzeug und Tischdecken mit passenden Servietten. In der dritten Kiste kam zur Verblüffung aller eine komplette Garnitur Tischsilber zum Vorschein. Ein Wunder, dass es bei all den fremden Händen, durch die die Kisten gegangen waren, noch vollständig war. Sie packten alles aus. Eine kaputte Vase schmissen sie weg. Käthes Schmuck war nicht dabei, aber wahrscheinlich hatte Käthe ihr Schmuckkästchen mitgenommen. Dann lag es jetzt zusammen mit ihr unter einer dicken Schicht Lava vergraben.

Viele Bücher waren nicht dabei, dafür aber jede Menge Papiere. Mathilde sammelte die Unterlagen über die Einnahmen und Ausgaben und über den Gewinn der Plantage zusammen.

Nachdem sie eine Weile darin geblättert hatte, sagte sie: »Wer hätte das gedacht? Käthe war wirklich reich.

Wenn das so stimmt, wie es hier steht, hat Willi Dünnbier nicht nur jedes Jahr mehr und mehr Land dazugekauft. Sie haben ihren Gewinn auch anderweitig gut angelegt. In letzter Zeit haben sie viel in die Rinderzucht investiert.«

»Dann hat Käthe ja wenigstens das bekommen, was sie wollte«, kam es scharfzüngig von Fritz.

»Ich bin mir nicht sicher, ob ihr klar war, dass sie so begütert geheiratet hat. Willi und Friedebold haben nie eine große Sache aus ihrem Vermögen gemacht. Auch wenn sie vielleicht Tafelsilber und Schmuck und Land besaß, war Käthe immer unzufrieden.«

»Sie wäre auch unzufrieden gewesen, wenn sie unseren Kaiser geheiratet hätte«, bemerkte Fritz spitz und schaute in die nächste Kiste. »Seht mal hier, Briefe.«

Mathilde sah auf. An ihrem Blick erkannte Alma sofort, dass auch Mathilde wissen wollte, ob der Brief dabei war, den Käthe ihrer Schwester entwendet hatte.

Alma, die auf den Stufen gesessen und alte Fotografien durchgesehen hatte, stand langsam auf.

»Zeig mal her.« Fritz reichte ihr die Briefe. Er suchte nach den Urkunden, die belegten, wie viel Land den Dünnbiers tatsächlich gehört hatte. Wie es schien, waren sie nämlich die einzigen Erben. Die Dünnbiers hatten keine näheren Verwandten und so würde alles Alma, Mathilde und Fritz zufallen. Es dauerte nicht lange, bis Alma fündig wurde. Schnell faltete sie den Brief auseinander. Mathilde beobachtete sie, als sie sich wieder setzte und im Schein einer Lampe anfing zu lesen.

Meine Liebste Alma,
ich habe das Gefühl, dass es mit mir zu Ende gehen könnte. Ich hatte mir schon lange vorgenommen, Dir, wenn die rechte Zeit gekommen wäre, die Wahrheit zu sagen. Doch nun begegnen wir uns wahrscheinlich nie wieder von Angesicht zu Angesicht. Deswegen möchte ich mein Herz erleichtern, bevor ich vor unseren Schöpfer trete.
Ich musste es meinen Eltern und Leopold Hinrichs und meiner Schwester Hildegard versprechen, niemals ein Wort darüber zu sagen. Aber sie sind nun alle tot. Und wenn ich mir die kleine Edelgard anschaue, habe ich immer das Gefühl, ihre Seele sucht nach ihrer Mutter. Denn es gibt etwas, das uns Menschen auf ewig verbindet.
Ich muss Dir gestehen, dass Leopold und Hildegard Hinrichs nicht Deine richtigen Eltern sind.

Alma schluckte. Sie schaute zu Mathilde, die sie gebannt anblickte. Als sie Almas finstere Miene sah, erhob sie sich. Alma las weiter.

Im Jahr 1879 lernte ich den Offizier Paul Justus kennen, der in der Nähe unseres Dorfes mit seiner Garnison stationiert war. Man kann wirklich sagen, dass er ein ausnehmend gutaussehender Mann war. Erstaunlicherweise machte er mir den Hof, und ich verliebte mich in ihn. Er hielt bei meinen Eltern um meine Hand an, was einem Wunder glich, wenn man bedenkt, in welch bescheidenen Verhältnissen wir lebten. Unser Vater, der Dorfvorsteher, hatte zwar den großen Laden, trotzdem war es etwas Außergewöhnliches, dass ein Offizier sich für ein Mädchen wie mich interessierte. Doch er liebte mich und ich ihn. Zu meiner Schande muss ich gestehen, dass wir unsere Leidenschaft kaum zügeln konnten. Da bereits der Hochzeitstermin feststand, schien es uns unsinnig zu warten.

Doch dann geschah das Unglück. Am 14. April im Jahr 1879, nur sechzehn Tage vor der geplanten Hochzeit, an einem regnerischen Tag, rutschte sein Pferd eine Böschung hinunter. Er wurde unter dem schweren Tier eingeklemmt und starb am gleichen Tag. Zu diesem Zeitpunkt wusste ich seit einer Woche, dass ich in anderen Umständen war, mit Dir. Dein Vater wusste Bescheid, und ich kann Dir gar nicht beschreiben, wie sehr er sich über diese Nachricht gefreut hat. Ja, er hatte sogar bereits einen Namen für sein Kind ausgesucht.

Ich war völlig verstört von der Todesnachricht und deswegen nicht in der Lage, eine eigene Entscheidung zu treffen. Deine Großeltern schickten mich weg. Sie sagten, ich sei bei Verwandten, um mein Leid auszukurieren, weit weg von dem Ort des Geschehens. Später, als die Monate ins Land gingen, hieß es wohl, ich würde eine Verwandte meiner Mutter pflegen.

Tatsächlich bekam ich mein Kind, Dich, Liebste Alma, in der Fremde und mutterseelenallein in einem Wöchnerinnenheim. Du bist meine Tochter, und ich hab' dich mehr vermisst in meinem Leben als alles andere. Du wurdest nach der Mutter Deines Vaters benannt. Dein richtiger Geburtstag ist der 7. Dezember 1879, nicht der 10. April 1880.

Alma rannen die Tränen über das Gesicht. Damit hatte sie nicht gerechnet. Mathilde wollte sie trösten, aber Alma hob die Hand. Sie wollte den Brief erst einmal zu Ende lesen.

Du musst wissen, dass ich immer bei Dir bin. Nicht nur in der Zeit, als ich in Köln mit Dir in einem Haus wohnte, sondern auch in Gedanken und in meinem Herzen. Ich wusste, dass Du es bei meiner Schwester besser haben würdest als bei mir, einer ledigen Mutter. Deshalb habe ich mich auf das Versprechen eingelassen. Hildegard war damals schon länger als ein Jahr mit Leopold verheiratet, und sie hatten immer noch keine Kinder. Meine Eltern gaben Leopold Hinrichs das Startkapital für die Schneiderei, mit dem er auch das Haus in Köln kaufen konnte, unter der Bedingung, dass er sich um Dich kümmern würde wie um ein eigenes Kind. Doch wenige Monate später war Hildegard plötzlich schwanger. Sie musste weit länger als ursprünglich geplant fortbleiben, aber als sie zurückkam, wurde einfach behauptet, sie habe Zwillinge bekommen. Ich wollte Dir schon so lange sagen, wie es um uns beide steht, aber ich war mit meinem Versprechen gebunden. Doch nun, da alle Menschen tot sind, vor denen ich dieses Versprechen abgelegt habe, fühle ich mich davon entbunden. Nichts hätte ich mir lieber gewünscht, als Dir diese Worte persönlich zu sagen. Das musst Du mir glauben.

Ich liebe Dich, Alma, mein Kind, auch wenn ich es Dir nie zeigen durfte. Und wenn ich mir etwas wünsche, dann Dich, meine Tochter, in meine Arme schließen zu dürfen.

In Liebe, Deine Mutter

Alma brach schluchzend über dem Tisch zusammen. Mathilde legte ihre Arme um sie. Aber Fritz stand mit fragendem Gesicht daneben. Er wusste nicht, was los war.

»Alma, sag, was steht in dem Brief?« Mathilde presste sie so fest an sich, dass Alma kaum noch Luft bekam. Ihre Hände zerknitterten den Brief, und sie schluchzte laut. Fritz wirkte völlig verunsichert.

»Alma, was ist denn passiert?« Es dauerte, bis Alma wieder ein Wort herausbringen konnte. Sie schnäuzte sich, und glättete das verknitterte Briefpapier.

»Tante Heidi, unsere Tante … ist nicht meine Tante. Sie ist … meine Mutter.« Bei diesen Worten brach sie wieder in Tränen aus.

Mathilde aber rief freudig aus: »Aber das ist doch fantastisch. Dann bist du keine Fremde, sondern meine Cousine!«

Sie warf ihre Arme um Alma, die nun schluchzend auflachte. Nur Fritz stand perplex daneben, und schüttelte den Kopf.

»Was redete ihr denn für einen Blödsinn?«

KAPITEL DREISSIG

MAI 1909 BIS SEPTEMBER 1913

Das Haus war wieder voller Leben. Fritz hatte seine Arbeit aufgegeben und Mathilde hatte mit den Stanfords vereinbart, dass sie ihre Stelle aufgeben würde, sobald Ersatz für sie gefunden sei. Fritz schlief zusammen mit Maximilian in seinem alten Zimmer, was den kleinen Jungen sehr freute. Und Gretchen und Mathilde teilten sich das ehemalige Schlafzimmer von Alma und Hermann, wann immer Mathilde hier übernachtete. Alma wollte nicht mehr darin schlafen. Es lebten zu viele schlechte Erinnerungen darin. Sie hatte sich in dem Nähzimmer ein Bett aufgestellt und es sich gemütlich gemacht.

Die beiden Kleinen schliefen gerade. Fritz war vor zwei Wochen nach Savai'i aufgebrochen und kümmerte sich vor Ort um die Belange ihres Erbes. Die verbliebenen Rinder mussten eingefangen und gezählt werden. Die meisten Tiere wollte er hierher bringen und verkaufen, denn durch den Vulkanausbruch gab es nicht mehr genug Weidefläche auf der Nachbarinsel. Mathilde war bei den Stanfords und wies ihre Nachfolgerin ein.

Und so verbrachte Alma endlich einmal wieder einen ruhigen Abend. Einmal glaubte sie, Joseph im Unterholz zu entdecken, doch es blieb ruhig. Sie hatte sich eine Flasche Wein aufgemacht, was sie noch nie zuvor getan hatte, doch heute war sie in einer merkwürdigen Stimmung. Ein Gefühl, als beginne ihr Leben neu und sie wolle den Tag feiern.

Hermann war tot, ebenso wie alle anderen Männer, die glaubten, ihr sagen zu können, wie sie ihr Leben zu leben hatte. Durch ihre Näherei würde sie ihr Auskommen haben, auch wenn sie nun bescheidener lebte als zu Hermanns Lebzeiten.

In den letzten Monaten hatte sie sich mehr und mehr mit dem Gedanken angefreundet, dass Tante Heidi, also Adelheid Quanz, ihre richtige Mutter war. Jetzt wusste sie, wieso Adelheid Quanz die kleine Edelgard aus dem Kinderheim geholt hatte. Sie konnte den Gedanken kaum ertragen, dass das kleine Mädchen in fremden Händen ohne Schutz und Liebe aufwuchs.

Um ihrer richtigen Mutter zu vergeben, dass sie sie als Baby weggegeben hatte, brauchte Alma sich nur Gretchen anzuschauen. Adelheid hatte nicht nur versucht, an Gretchen das wiedergutzumachen, was sie sich bei ihrer eigenen Tochter zuschulden hatte kommen lassen. Nein, sie hatte der Schwester und dem Schwager ihr eigenes Kind anvertraut, weil es früher oder später durch einen unglücklichen Umstand im Kinderheim hätte landen können.

Alma verspürte eine merkwürdige leise Glückseligkeit, als habe endlich alles in ihrem Leben einen Platz gefunden. Für den Fall, dass ihr etwas passieren würde, hatte sie, ebenso wie ihre Mutter, einen Brief verfasst, in dem sie Maximilian über seinen richtigen Vater, Joshua Fitzgerald, aufklärte und auch schrieb, wie es dazu gekommen war. Maximilian sollte ihn bekommen, sobald er alt genug war.

Alma war nun dreißig Jahre alt. Wenn man den Blicken der Männer glauben durfte, war sie noch immer attraktiv. Doch der Sinn stand ihr ganz und gar nicht nach einem neuen Mann, obwohl das anscheinend alle Welt von ihr erwartete. Ihr Trauerjahr war vorbei, und als hätten alle nur darauf gewartet, bekam sie plötzlich überraschend viele Einladungen zu Abendgesellschaften.

Nein, sie war zufrieden mit sich. Sie hatte bereits einem Rechtsanwalt in Köln geschrieben. Sie würde ihren Teil der Erbschaft an dem Vermögen der Dünnbiers Gretchen übertragen. Gretchen war Käthes Tochter, und sie sollte wenigstens etwas davon haben. Hermanns Erspartes war nicht mehr aufgetaucht, und das Vermögen von Otto Zabel hatte die Firma mit dem ihr entstandenen Schaden verrechnet. Aber Alma hatte selbst etwas gespart. Zwar hatte sie schon viel davon in den Monaten, als Hermann fort war, eingesetzt. Aber da Mathilde und Fritz darauf bestanden, sich an der Miete und den anderen Kosten zu beteiligen, blieb ihr erstaunlich viel übrig.

Alma trauerte Aveolela nach, nicht nur, weil sie nun die ganze Hausarbeit alleine machen musste, sondern weil sie eine gute Seele war. Aveolela hatte jetzt selbst Kinder und lebte in ihrem weit abgelegenen Dorf. Immerhin hatte Alma für die schwerste Arbeit wieder zwei Wäscherinnen angestellt, die einmal im Monat kamen. Lieber saß sie in dieser Zeit an der Nähmaschine. Jetzt, da sie auf ihr eigenes Geld angewiesen war, schneiderte sie auch nicht mehr nur für die Damen in Sydney. Sie hatte ihre alte Beschäftigung wieder aufgenommen und nähte Herrenanzüge, was die Männer auf Samoa sehr begrüßten.

Nach der ersten Überraschung, dass sie unerwartet durch das Dünnbier-Erbe wohlhabend geworden waren, überlegten Fritz, Mathilde und Alma, ob sie alles verkaufen und zurückkehren sollten. Letzten Monat hatten sie sich zusammengesetzt und zu Almas größtem Erstaunen war sie die Einzige, die überhaupt noch einen Gedanken an eine Rückkehr nach Köln verschwendete.

Es war ausgerechnet Fritz, der als Junge immer so stolz seinen Matrosenanzug getragen hatte, der nicht in ein Land zurückwollte, in dem die politische Lage immer unsicherer wurde. Und auch Mathilde argumentierte, dass im Deutschen Reich immens viel Geld für die Flotte ausgegeben wurde, und auch für andere Waffen. Alma konnte ihre Bedenken nachvollziehen. Würde der Kaiser wirklich so viel Geld ausgeben, wenn er nicht die Absicht hatte, all diese teuren Waffen eines Tages einzusetzen? Und so entschieden sie sich, auf Samoa zu bleiben, obwohl es Anfang des Jahres wieder zu Auseinandersetzungen gekommen war.

Dieses Mal bekämpften die Eingeborenen sich nicht gegenseitig, sondern begehrten gegen die Weißen auf. *Mau a Pule*, so nannte sich die samoanische Unabhängigkeitsbewegung. Doch da Gouverneur Solf ein geschickter Verhandlungsführer war, gaben die Aufständischen auf, ohne dass ein Schuss gefallen war.

Alma konnte kaum glauben, dass es damit getan war. Was sie immer befürchtete hatte, war eingetroffen: Die Samoaner ließen sich die Fremdherrschaft nicht mehr gefallen.

Auf Samoa lebten mittlerweile die Engländer und die Deutschen friedlich nebeneinander, gemeinsam mit den wenigen Amerikanern, die auf der Insel geblieben waren. Und nachdem dieses Jahr endlich die Prügelstrafe für die Chinesen abgeschafft worden war, hoffte Alma, dass sich für diese armen Seelen bald die Lebensbedingungen verbesserten. Denn eines hatte Alma gelernt: Wer zu lange unterdrückt wurde, wandte sich früher oder später gegen seine Peiniger.

»Aha, jetzt trinkst du schon ohne mich Wein?« Heather stand unten im Garten. Alma hatte sie gar nicht kommen hören.

Alma lachte erschrocken auf.

»Was schleichst du dich denn so an?« Sie stand auf, um ihre Freundin zu begrüßen. »Ich hol' dir schnell ein Glas.«

»Nicht nötig, ich bin schon zu einem Gläschen eingeladen.«

»Ah, bestimmt von deinem Verehrer. Wie steht es denn?«

»Alma, so etwas fragt man doch keine Lady!«, gab Heather gespielt entrüstet zurück. Seit zwei Monaten traf sie sich auffallend häufig mit einem der Männer, die im Observatorium arbeiteten – Friedrich Wunderlich, ein deutscher Witwer, der letztes Jahr nach Samoa gekommen war. »Ich hab' hier einen Brief für dich. Ich weiß, du wärst morgen bestimmt selbst vorbeigekommen, aber da ich ohnehin gerade auf dem Weg hierher war, dachte ich, ich bringe ihn dir persönlich vorbei.« Das Observatorium lag am Ende der Straße, und Heather kam nun gelegentlich vor ihrem Stelldichein bei Alma vorbei.

»Danke, das ist lieb von dir. Dann wünsche ich dir einen vergnüglichen Abend.«

Heather verschwand in der Dunkelheit, und Alma schaute auf den Absender. Es war ein Brief von Milli. Ich könnte sie endlich mal besuchen, dachte Alma. Milli hatte sie schon so oft eingeladen. Ihrem Mann ging es immer schlechter. Die Gicht machte ihm sehr zu schaffen, und das fesselte beide ans Haus. Milli fiel die Decke auf den Kopf, wie sie jedes Mal schrieb.

Alma hatte Milli nach und nach alles berichtet. Es wäre so schön, ihre Freundin nach zehn Jahren Briefwechsel wiederzusehen! Bestimmt bot Milli ihr wieder an, die Passage zu bezahlen. Und wenn sie das tat, nahm Alma dieses Mal ihr Angebot an. Sie konnte Ende des Jahres, bevor die Regenzeit anfing, gut für ein paar Monate verreisen. Mathilde würde sich um Gretchen kümmern. Und sie fuhr mit Maximilian nach Sydney und von dort weiter ins Outback.

Sie überflog die ersten Zeilen. Milli schrieb von der fortschreitenden Gicht ihres Mannes, dem kein Arzt trotz seines Reichtums Erleichterung verschaffen konnte. Vor lauter Schmerzen trank er mittlerweile viel, und Milli ging ihm möglichst aus dem Weg. Sie berichtete von einer Reise, die sie zu ihrer Schwester plante. Wegen des Klimas würden ihr Mann und sie im September nach England aufbrechen. Alma war ein wenig enttäuscht, aber es war ja noch Zeit. Sicher kamen die beiden wieder. Dann fuhr sie eben später. Sie las weiter, und auf einmal machte ihr Herz einen Sprung.

Meine liebe Alma,

ganz überraschend habe ich Joshua Fitzgeralds Schwester nach so vielen Jahren wiedergetroffen. Ich hätte sie beinahe nicht wiedererkannt, denn das Leben scheint es nicht sehr gut mit ihr gemeint zu haben. Wie dem auch sei, wir kamen ins Gespräch, und wie Du Dir denken kannst, habe ich mich nach ihrem Bruder erkundigt.

Nun halte Dich fest, auch wenn es natürlich keine Nachricht ist, über die man sich freuen sollte: Joshuas Frau ist gestorben, und zwar schon vor langer Zeit. Es war wohl eine sehr schwierige Geburt, und weder das Kind noch die Mutter haben überlebt. Joshua ist seitdem Witwer. Er ist immer noch Kapitän und fährt zurzeit auf der Route von Melbourne bis nach Hobart. Das ist die Hauptstadt von Tasmanien, falls Du es nicht weißt. Sie sagte, sie sieht Joshua nur selten, vielleicht ein- oder zwei Mal im Jahr. Bisher scheint er nicht wieder geheiratet zu haben. Nun, ich dachte, da ihr beide nun frei seid, sollte ich Dir das mitteilen.

Frei. In der Tat, sie war frei zu tun und zu lassen, was sie wollte. Oder zumindest, was sie sich finanziell leisten konnte. Sie füllte ihr Glas erneut und trank in langsamen Schlucken. Es war erstaunlich, wie sehr sie diese Nachricht in Unruhe versetzte. Ihre Hände zitterten, jedes Mal, wenn sie das Glas an den Mund führte. Doch sie stellte fest, dass sie nicht mehr die naive junge Frau war, die Joshua Fitzgerald damals so hingebungsvoll geliebt hatte. Denn auch wenn Joshua anscheinend nicht verheiratet war, bedeutete das nicht, dass es nicht eine andere Frau in seinem Leben gab. Sie würde sich alles in Ruhe überlegen.

Mit einem Mal stand sie auf. Nein, sie hatte in ihrem Leben zu oft gezaudert. Zu oft hatte sie Enttäuschungen erleben müssen, weil das Schicksal ihr im unpassendsten Moment in die Quere gekommen war.

Sie ging in ihr Zimmer und holte Büttenpapier und Hermanns Füllfederhalter hervor, den er sich vor Jahren aus Amerika hatte kommen lassen. Sie benutzte ihn für offizielle Briefe. Der australische Frachter lag vermutlich nur noch bis morgen Vormittag vor Anker. Sie musste sich also beeilen. Den Brief würde sie an Milli schicken mit der Bitte, ihn weiterzuleiten.

Sehr geehrte Mrs. Thompson,
Sie kennen mich nicht. Ich weiß Ihren Namen von einer gemeinsamen Bekannten, Mrs. Mellissa Harris. Mein Brief wird Ihnen möglicherweise merkwürdig vorkommen, denn ich habe ein großes Anliegen.
Ich kenne Ihren Bruder, Joshua Fitzgerald, sehr gut …

Alma hielt inne. Sollte sie Joshua jetzt schon von der Existenz seines Sohnes unterrichten? Über seine Schwester? War es nicht besser, einfach darum bitten, dass Joshua sich dringend mit ihr in Verbindung setzen sollte? Oder sollte sie direkt nach seiner Adresse fragen? Das wäre vielleicht das Beste. Jawohl, sie wollte wissen, ob und wie Joshua reagierte. Sie musste Maximilian schützen. Nein, sie würde warten, bis sie Joshua von Angesicht zu Angesicht gegenüberstand. Sie nahm den Füllfederhalter wieder auf und schrieb weiter.

FRÜHJAHR 1913

»Es ist sehr … schön.« Alma wollte eigentlich sagen, sehr groß, was eher der Wahrheit entsprach, denn der zweistöckige Bau war geräumig.

Das Deutsche Kasino war vor wenigen Wochen feierlich eröffnet worden. Mitglieder der verschiedenen Handelsgesellschaften, Pflanzer und Beamte hatten es gemeinsam gegründet, damit es endlich einen Treffpunkt für Familien gab. Denn bisher standen für festliche Zusammenkünfte nur Bars oder die Bierhalle zur Verfügung. Das Kasino stellte ein weiteres Zeichen der Inbesitznahme Samoas dar. Die Deutschen planten, noch lange hierzubleiben.

Es wurde ein großes Fest gefeiert. Viktoria Luise von Preußen, die einzige Tochter des Kaisers, heiratete heute in Berlin. Wie man hörte, sollten der englische König George V, ein Vetter von Kaiser Wilhelm, und auch Zar Nikolas II, ebenfalls um wenige Ecken mit dem deutschen Kaiser verwandt, zur Krönung erscheinen. Alma befürwortete die Verbindung, denn eine stärkere Verbindung zwischen den Herrschaftshäusern bannte die Gefahr eines Krieges, von dem in letzter Zeit immer häufiger und immer lauter die Rede war.

Hier auf Samoa wusste jeder Einwohner sehr genau, dass Australien und Neuseeland noch sehr an ihrem britischen Mutterland hingen. Und beide Länder lagen näher beieinander als jeder deutsche Außenposten in der Südsee, der im Kriegsfall zuerst sich selbst verteidigen musste.

»Es ist wunderschön geschmückt. Für unsere Zwecke wird es reichen.« Cornelius Lamberty hatte Alma am Arm genommen und führte sie galant auf die obere Veranda. »Du brauchst dir keine Gedanken mehr zu machen. Es wird keinen Krieg geben. Die Sozialdemokraten haben die Reichstagswahlen haushoch gewonnen, sie wissen, wie man einen Krieg verhindert.«

»Aber das war Anfang letzten Jahres. Was haben sie denn bisher erreicht?«

»Gib ihnen noch ein paar Monate und ich bin mir sicher, dass sie die Ausgaben für die Rüstung senken.«

Alma lachte Cornelius an. »Du immer mit deinem Glauben an die soziale Demokratie.«

»Lach nicht. Ich sage dir voraus, dass noch in diesem Jahrhundert die Menschen gleiche Rechte bekommen werden. Die Adeligen, die Bürger und die Arbeiter.«

»Frauen und Männer?«, spöttelte Alma.

»Jawohl, und die Frauen und die Männer!«, gab Lamberty zurück.

»Und was ist mit unserem Kaiser? Was machst du mit ihm? Willst du ihn in eine gläserne Vitrine einschließen, und einmal die Woche wird er abgestaubt?«

Cornelius senkte verschwörerisch seine Stimme. »Wenn es nach mir ginge, wäre das nicht der schlechteste Vorschlag.« Er hob sein Champagnerglas. »Aber heute trinken wir auf des Kaisers Tochter.«

Sie prosteten sich zu. Alma ließ ihren Blick über die Straßen von Apia schweifen.

Ein kleiner Junge kam zur Tür herausgeschossen und zupfte Cornelius Lamberty an der Hose. »Darf ich mit runter zum Hafen?«

Cornelius schaute seinen sechsjährigen Sohn an. »Wer ist denn noch dabei?«

»Maximilian.« Der Kleine lispelte kaum noch. Cornelius hatte eine Frau und frühere Lehrerin aus dem Dorf engagiert, um mit dem Jungen das Sprechen zu üben.

Lamberty nickte. Almas Sohn als Begleitschutz reichte ihm wohl. Der Kleine war schon oft gehänselt worden, aber wenn Maximilian dabei war, würde das nicht passieren. »Aber macht keinen Blödsinn, hörst du?« Keine Minute später rannte ein paar Jungs die staubige Straße hinunter.

»Er scheint ganz gut klarzukommen, oder?«

Cornelius lehnte sich über die Holzveranda und nickte. »Ja, Gott sei Dank. Die letzten Jahre waren schwer für ihn. Zuzusehen, wie die eigene Mutter langsam stirbt.«

»Ich weiß, was du meinst. Für Maximilian war es auch nicht leicht. Immerhin war er viel jünger, und bei Hermann dauerte das Siechtum nur ein paar Wochen.«

Cornelius trank sein Glas aus. Die schweren Jahre hatten sich in seine Gesichtszüge gegraben. Aber er ließ sich nicht unterkriegen.

»Lass uns von etwas Erfreulicherem reden. Auch wenn wir so schnell keine Telegrafenkabel hierher verlegt bekommen, wird unsere Post vielleicht bald mit einem Luftfahrzeug hierher befördert. Im Reich wird es jetzt seit Neuestem so gemacht.«

»Du sprichst schon wie Hermann. Der hat auch immer darauf gewartet, dass wir einmal nicht mehr mit dem Schiff reisen müssen.«

»Und selbst das geht heute schon viel schneller. Warte mal ab. Der Panamakanal soll nächstes Jahr fertig sein. Dann liegen wir hier mitten auf der Route von Europa über Amerika nach Australien. Ich bin mir sicher, Samoa wird einen Aufschwung erleben. Du wirst schon sehen.«

»Manchmal überlege ich, ob ich nicht nach Deutschland fahren soll. Es geht so viel schneller als damals, als wir gekommen sind.«

»Du willst zurück ins Reich?«, fragte Cornelius erschrocken.

»Nein, nur auf Besuch. Maximilian war noch nie in seiner Heimat.«

»Ist das denn seine Heimat?«

Alma schaute ihn an. »Ich weiß es nicht. Manchmal denke ich, ich enthalte dem Jungen etwas vor, wenn ich ihm nicht wenigstens einmal zeige, wo meine Wurzeln liegen. Aber wenn ich sehe, wie glücklich Fritz hier ist, dann …« Sie zuckte mit den Schultern.

Wie auf Kommando trat Fritz auf die Veranda hinaus. An seinem Arm ging eine hochschwangere Frau. Satulia, eine Samoanerin von Savai'i, die er vorletztes Jahr noch kurz vor dem Verbot der Mischehen geheiratet hatte. Wenn Alma je daran gezweifelt hatte, ob Fritz für immer auf Samoa bleiben wollte, war mit dieser Heirat jeder Zweifel ausgeräumt worden.

»Alma, Schwesterherz.« Fritz umarmte sie. Alma nahm auch Satulia herzlich in den Arm. »Wie ist das Leben auf Savai'i? Wie geht es Mathilde? Ist sie auch da?«

»Ja, sie begrüßt unten gerade ein paar Leute.« Fritz schaute sich um, wo er denn wohl etwas zu trinken bekommen würde, da tauchten auch schon Mathilde und Gretchen auf.

»Ich glaube, unser Gretchen hat schon ihren ersten Verehrer gefunden«, rief Mathilde fröhlich aus. Seit einiger Zeit trug sie ihre Haare kurz, was gerade modern war, wenn auch nicht auf Samoa.

»Gar nicht wahr«, antwortete Gretchen verlegen und wurde rot. Sie war immer noch ein stilles Mädchen, während Mathilde vor Lebensfreude sprühte.

In den letzten Jahren hatte Alma sich immer wieder Sorgen gemacht, dass Mathilde, die bereits Mitte zwanzig war, noch immer nicht geheiratet hatte. Doch Mathilde wirkte glücklich.

Gemeinsam mit Fritz leitete sie die Plantage auf der Nachbarinsel, und war sehr geschickt, was Verhandlungen anging, während Fritz die harte Arbeit auf der Plantage beaufsichtigte und oft genug selbst mit Hand anlegte.

»Was ist mit Tante Heather? Sie tut so geheimnisvoll.« Mathilde war neugierig.

Alma lächelte verschwörerisch. Heather wollte nach vier Jahren Techtelmechtel heute endlich ihre Verlobung mit Friedrich Wunderlich bekannt geben. Den Termin für die Hochzeit wussten nur das Paar und Alma. »Da musst du sie schon selbst fragen.«

Als Heather auf die Veranda trat, versammelte sich plötzlich eine Traube Menschen um sie. Alle wollten wissen, was los war. Nur Cornelius blieb bei Alma stehen, und sie beobachteten gemeinsam das Spektakel.

»Es ist einfach wunderbar, dass manch einer selbst nach so langer Zeit sein Glück findet«, sagte Alma zufrieden.

»Ja, da hast du recht. Vielleicht gewährt uns das Schicksal ja die gleiche Gnade«, antwortete Cornelius bedeutungsvoll.

Alma warf ihrem Freund einen Blick zu. Er sah sie nicht an, aber es lag auf der Hand, dass er sie beide damit meinte. Dieses Thema war ihr unangenehm. Jeder hier auf der Insel erwartete, dass sie wieder heiratete.

Sie trat von der Veranda zurück und sagte laut: »So, Heather, nun gibt es kein Zurück mehr. Sag endlich, was du zu sagen hast. Sonst fressen sie dich noch auf vor lauter Neugierde.«

September 1913

Sehr geehrte Mrs. Stieglitz,
ich möchte Sie bitten, mir keine weiteren Briefe zukommen zu lassen. Ich habe Ihre ersten Briefe nicht an meinen Bruder weitergeleitet, und ich werde auch Ihre nächsten Briefe nicht weiterleiten. Mein Bruder hat einen sehr großen Fehler begangen, als er damals heiratete. Und obwohl er die Frau nur aus Anstand und Mitleid geheiratet hat, brach mit dem Tod seiner Frau und seines Kindes eine sehr schwere Zeit für ihn an. Er ist einmal auf eine Mitgiftjägerin hereingefallen, und ich werde niemand dabei unterstützen, dass es ein zweites Mal passiert. Ich kenne Sie nicht und möchte Ihnen nichts unterstellen, aber hätte mein Bruder Sie wirklich geliebt, wie es in Ihrem Brief steht, würden Sie heute wohl kaum nach ihm suchen. Bitte verzichten Sie in Zukunft auf jede Kontaktaufnahme.
Marie Thompson

Mit einem schweren Seufzer legte Alma den Brief beiseite. Sie hatte der Schwester von Joshua nun insgesamt sieben Briefe geschrieben. Keiner war beantwortet worden, und nun wusste sie endlich, warum. Dieser Brief war mit der großen Bestellung für die Hochzeitsfeier auf dem Schiff mitgekommen.

In einer Woche fand die Trauung von Heather und Friedrich statt. Sie hatten den September als Hochzeitsdatum gewählt, da dann noch keine Regenzeit herrschte.

Eine späte Liebe, die Alma große Hoffnungen machte. Heather und ihr Verlobter waren glücklich. Friedrich Wunderlichs Verwandte, ein Bruder mit seiner Frau und einem Enkel, hatten sich vor mehreren

Tagen eingefunden. Heathers Gäste lebten alle auf Samoa, denn ihre einzige noch lebende Schwester aus Schottland konnte sich die Reise nicht leisten.

Merkwürdigerweise fühlte sich Alma nach der Lektüre des Briefs erleichtert. Joshua hatte nichts von ihren Versuchen, Kontakt mit ihm aufzunehmen, erfahren. Dann war sie ihm vielleicht nicht egal? Was natürlich nicht zwangsläufig bedeutete, dass er noch immer die gleichen Gefühle für sie hegte.

Zuvor hatte Alma der Kummer immer wieder niedergedrückt, weil sie nichts von ihm hörte. In den Briefen an seine Schwester hatte sie Maximilian nicht erwähnt, sondern nur davon gesprochen, dass Joshua dringend mit ihr Kontakt aufnehmen solle. Ihre Versuche, über den deutschen Konsul in Australien herauszubekommen, bei welcher Reederei Joshua Fitzgerald angestellt war, waren ins Leere gelaufen.

Alma wusste zwar nicht, was seine Schwester mit Mitgiftjägerin meinte, denn vermögend war Joshua Fitzgerald nun nicht gerade gewesen. Aber wenn er nun als Kapitän ein Schiff führte, hatte er ein gutes Auskommen. Das reichte einigen Frauen ja bereits als Grund, um den Bund der Ehe zu schließen.

In den letzten vier Jahren hatte sie begriffen, wie gerne sie schon sehr viel früher gewusst hätte, dass Adelheid ihre richtige Mutter war. Dieses Recht, über seine Eltern Bescheid zu wissen, wollte sie Maximilian nicht vorenthalten. Er würde es erfahren, sobald er alt genug war. Und auch Joshua hatte ein Recht zu erfahren, dass er einen Sohn hatte.

»Joseph! Wo kommst du denn her?« Joseph überquerte die Straße und blieb vor dem Haus stehen. Er war alt geworden. Früher hatte er wesentlich jünger als fünfundsiebzig ausgesehen.

»Alma«, er lächelte sie schwach an. Langsam schritt er auf die kurze Treppe zu, doch statt hinaufzusteigen und sie zu begrüßen, setzte er sich stöhnend auf eine Stufe. »Ich glaube, ich werde alt.«

Alma schaute ihn verwundert an. »Du bist alt, aber bisher hat es dir doch nichts ausgemacht.«

Joseph nickte. »Das stimmt. Bisher.« Er sagte eine Zeit lang nichts, dann blickte er sie an. »Ob du mir wohl noch einmal einen Sauerbraten kochen könntest? Du weißt schon, mit ganz zartem Fleisch, dass ich ihn mit meinen wenigen Zähnen auch genießen kann?«

Alma brachte es nicht fertig, ihn anzulächeln. Das klang beunruhigend. Sie setzte sich zu ihm und nahm seine Hand. Die Haut war fleckig und dünn.

»Ich mach dir gerne einen Sauerbraten, wenn du ein paar Tage Zeit hast. Ich muss das Fleisch doch erst einlegen.«

»Sicher, ein paar Tage habe ich noch.«

KAPITEL EINUNDDREISSIG

SEPTEMBER 1913 BIS JULI 1914

Er war einfach eingeschlafen, als hätte er den Zeitpunkt seines Todes selbst bestimmt. Alma hatte noch am Abend zuvor an Josephs Bett gesessen und ihm seine Lieblingssuppe gebracht, Linsensuppe mit Speck. Und am nächsten Morgen lag er bleich im Bett, aber mit einem milden Lächeln auf seinem Gesicht.

Fast zwei Wochen war er geblieben, hatte Bier getrunken, sich bestimmte Mahlzeiten gewünscht und Alma Plätzchen backen lassen. Obwohl er nicht krank war, war er in den letzten Tagen nicht mehr aufgestanden. Ständig hatte er über seine Beerdigung geredet und was Alma und ihre Familie verschenken sollten. Obwohl Alma abgewunken hatte, hatte sie sich alles gemerkt.

In seinen letzten Tagen schien er nur noch das essen zu wollen, was ihm seine Mutter vermutlich als Kind vorgesetzt hatte. In seinen Habseligkeiten fand Alma ein altes Dokument, was ihn als Joseph Christophorus Gottlieb Steenen auswies.

Da Joseph sie zu seiner Familie auserkoren hatte, musste Alma die Beerdigung ausrichten. Vorsichtshalber schlachteten sie drei Rinder, sieben Schweine und ein gutes Dutzend Hühner, weil sie nicht wussten, wie viele Leute kommen würden. Alma hatte den halben Laden von Heather aufgekauft, denn jeder, der zur Beerdigung kam, wurde reich beschenkt.

Da es bei den Samoaner Brauch war, im Garten der eigenen Familie begraben zu werden, hatte Joseph darum gebeten, in Savai'i auf der ehemaligen Plantage der Dünnbiers begraben zu werden. Er wusste, ein Teil gehörte noch Alma, auch wenn Gretchen ihn bekam, sobald sie einundzwanzig war.

Es war heiß, die Fliegen schwebten um den Leichnam, und Alma wollte nicht wissen, wie Josephs Körper mittlerweile aussah. Sein Tod war kaum sechsunddreißig Stunden her. Man hatte ihn mit wohlriechendem Ölen eingerieben. Das Öl für das Gesicht wurde mit Kurkuma vermischt, damit der Leichnam noch etwas Farbe behielt.

Joseph wurde auf die Nachbarinsel transportiert, mit ihm Lebensmittel und Geschenke für die Feierlichkeiten. In aller Eile waren Kränze aus Blumen geflochten worden und Alma hatte veranlasst, dass ein wackliges kleines Podest aus Holz gebaut wurde, auf dem Joseph während der Feierlichkeiten aufgebahrt wurde. Ein Erdgrab in der Nähe des Hauses war ausgehoben worden und ein Schreiner hatte einen einfachen Holzsarg aus ein paar Latten gezimmert.

Die Zeremonie begann. Einige Männer, allesamt samoanische Clanchefs, die Alma nicht kannte, erhoben sich und hielten feierliche Reden, natürlich in ihrer Sprache. Alma konnte nur hoffen, dass sie respektvoll über Joseph sprachen.

So behielten wenigstens die Samoaner Joseph in guter Erinnerung. Dass Alma für ihn eine heidnische Zeremonie ausrichtete, würde für viel Unmut sorgen. Doch das war sie ihrem guten alten Freund schuldig.

Joseph hatte sich in seinem Leben wenig nach der Meinung anderer Menschen gerichtet. Er hatte sein Leben so gelebt, wie es ihm gefallen hatte. Wenn Alma eine Menschenseele kannte, von der sie behaupten konnte, sie sei wirklich frei, dann war es Joseph.

Der Gedanke, wie dieser Mensch mit einem Lächeln auf dem Gesicht in den Tod gegangen war, veranlasste Alma, ihr eigenes Dasein zu überdenken. Sie war nun eine selbstständige Frau, hatte ihr eigenes Auskommen und war umgeben von Freunden und Familie. Maximilian gedieh prächtig, auch wenn sie sich für ihn eine gute Ausbildung wünschte. Samoa war in dieser Hinsicht sehr beschränkt. Gretchen hatte ihren Platz gefunden, und Mathilde würde dafür sorgen, dass es ihr gut ging. Früher oder später würde Cornelius Lamberty Alma fragen, ob sie ihn heiraten wollte. Und warum sollte sie nicht Ja sagen? Er war ein herzensguter Mann und hatte sogar in schweren Zeiten zu einer Frau gehalten, die er nicht geliebt hatte, wie er ihr in einem vertraulichen Gespräch verraten hatte. Er würde sie nicht verlassen, so wie Hermann. Es gab nur einen Grund, warum sie ihn nicht heiraten sollte: Ihr Herz gehörte noch immer einem anderen.

Sie wollte Cornelius nicht vor den Kopf stoßen. Immerhin schien er selbst zu merken, dass sie noch nicht so weit war, denn sonst hätte er sie wahrscheinlich schon längst gefragt.

Sie sollte endlich Millis Einladung annehmen, auch um Cornelius nicht so bald die Gelegenheit zu geben, ihr einen Antrag zu machen. Millis Mann war vor zwei Jahren gestorben, und sie lebte nun in Brisbane an der Küste.

MÄRZ 1914

Vor genau vierzehn Jahren war die deutsche Flagge zum ersten Mal an dieser Stelle gehisst worden. Ganz Upolu stand versammelt um den Fahnenmast herum und schwitzte. Eine Musikkapelle spielte auf, und alle sehnten den Schatten und die kühlen Getränke herbei. Nicht weit von hier stand das steinerne Mausoleum von *Mata'afa*, in der Nähe zur *Faipule*. Seit Alma auf Samoa lebte, war er der samoanische Herrscher gewesen, der *Tupu*, den es heute nicht mehr gab.

Endlich war die Zeremonie vorbei. Die Versammlung löste sich auf, und Alma suchte nach Maximilian. Er war jetzt elf und kam durchaus alleine zurecht. Sie hatte ihn und die anderen aus seiner Klasse schon seit einer Stunde nicht mehr gesehen. Doch sobald die Limonade ausgeschenkt wurde, dauerte es nicht lange, bis die Kinder auftauchten.

Heather kam zu ihr. Da sie mit einem Deutschen verheiratet war, war sie bei den offiziellen Anlässen gerne gesehen.

»Willst du es dir wirklich nicht noch einmal überlegen?«

»Liebe Heather, frag mich nicht. Ich hab' wirklich Angst, dass es so ganz anders wird, als ich es mir vorgestellt habe, dass ich nachts kaum noch schlafen kann.«

»Und was passiert nun mit dem Land?«

»Tja, wer hätte gedacht, dass Joseph gar kein mittelloser Mann war!«

»Es ist ziemlich viel Land, muss ich sagen.« Heather war wie Alma fassungslos gewesen, als sie von Almas Erbschaft erfahren hatte.

Als man sie zur Eröffnung von Josephs Testament zum Gouverneur gebeten hatte, hatte sie laut gelacht. Doch als man ihr erklärte, dass Joseph sowohl auf Savai'i als auch auf Upolu Land besaß, das nun ihr zukommen sollte, wäre sie fast vom Stuhl gefallen.

»Das Stück Land auf Upolu ist ja nicht so groß und schon gerodet, deshalb konnte ich es verpachten. Und die größeren Flächen auf Savai'i werden von Fritz und Mathilde mitbetreut. Es ist ja ohnehin nur Dschungel. Bisher zumindest. Später geht alles an Maximilian. Dann gehört ihm ein Stück Samoa.«

»Das hört sich so an, als wenn du nicht zurückkommen wolltest.« Heathers Stimme klang besorgt.

»Ach, ich weiß doch nicht, was passieren wird. Vielleicht finde ich Joshua Fitzgerald, und er ist wieder verheiratet. Vielleicht grollt er mir und will nicht mit mir sprechen. Ich glaube und hoffe es natürlich nicht, aber er könnte auch tot sein oder auf irgendeinem Schiff rund um die Welt segeln.«

»Und was sagen Mathilde und Fritz zu deiner Entscheidung?«

»Ich hab' sie nicht nach ihrer Erlaubnis gefragt. Schließlich bin ich, was sie betrifft, immer noch die große Schwester, auch wenn ich eigentlich nur die Cousine bin. Und Gretchen durfte selbst entscheiden, ob sie mitkommt oder auf Savai'i bleibt.« Sie legte ihre Arme um die Freundin und drückte sie fest an sich. »Komm schon. Du weißt, die Chancen stehen nicht schlecht, dass ich in ein paar Monaten wieder vor deiner Tür stehe.«

»Du machst es mir wirklich schwer. Insgeheim hoffe ich, dass du ihn nicht findest oder ihm große Warzen auf der Nase gewachsen sind und du ihn verabscheust. Aber für dich und Maximilian hoffe ich, dass du findest, was immer du auch suchst.«

»Ich muss es wenigstens versuchen, sonst mache ich mir mein Leben lang Vorwürfe. Maximilian soll seinen richtigen Vater kennenlernen. Ich wünschte, meine Mutter hätte sich ähnlich verhalten.«

Heather nickte. »Nun, wenn sich alles eingerenkt hat, schickst du mir ja vielleicht in ein paar Monaten oder Jahren wieder Kleider, die ich hier verkaufen kann.«

»Ich werde dich nicht vergessen, und ich kann mir auch nicht vorstellen, dass wir uns endgültig trennen. Selbst wenn ich in Australien bleibe, was ich mir immer noch nicht vorstellen kann, käme ich zu Besuch.«

Cornelius Lamberty trat zu ihnen. Sein Gesicht wirkte angespannt. Alma brauchte nichts zu sagen, denn sofort drückte Heather ihre Hand und ging.

»Hallo Alma.«

»Cornelius.« Sie sahen sich einen Augenblick stumm an, dann ergriff er ihre Hand. »Ich verstehe es immer noch nicht.«

»Cornelius, ich …«

»Ich könnte dich glücklich machen, wenn du es nur zulassen würdest.«

»Ich wünschte, ich könnte. Aber es hilft nichts.« Alma holte tief Luft. »Was ich dir nie gesagt habe, ist … dass ich einen anderen liebe. Oder zumindest, dass ich ihn geliebt habe.« Sie blickte in seine von Schmerz erfüllten Augen. »Und nun muss ich herausfinden, was von dieser Liebe noch übrig ist. Ich kann nicht anders. Und wenn ich bei dir bliebe, … vielleicht könntest du mich glücklich machen. Aber ich weiß genau, dass ich dich fürchterlich unglücklich machen würde. Und das will ich nicht. Weil ich dich zu sehr schätze.«

Seine Lippen zitterten, plötzlich ließ er ihre Hand los. »Wenn das so ist«, sagte er fast tonlos, drehte sich um und ging.

Alma wünschte sich von Herzen, ihm etwas anderes sagen zu können, aber sie hatte ihre Entscheidung getroffen. Einmal im Leben würde sie nicht Rücksicht auf die Gefühle anderer nehmen. Sie war schon über dreißig Jahre alt, und zum ersten Mal in ihrem Leben forderte sie ihr eigenes Glück heraus.

Zwei Tage später saß Alma auf ihrem Lieblingsplatz auf der Veranda. Morgen oder spätestens übermorgen sollte ein Passagierdampfer aus San Francisco eintreffen. Über die Fidschi-Inseln würde sie nach Brisbane zu Milli fahren. Nach ein paar Wochen reisten sie dann gemeinsam nach Sydney, Milli hatte bereits alles organisiert. Die Koffer waren gepackt. Alles andere hatte Alma verschenkt oder bei Mathilde und Fritz auf der Plantage untergebracht, bis sie wusste, wohin es sie verschlagen würde.

Da ohnehin alle zur Flaggenhissung nach Apia gekommen waren, hatten sie gestern den Abschied gefeiert. Heute waren Mathilde, Fritz und Gretchen zurück nach Savai'i gefahren. Heather würde sie zum Landungssteg begleiten.

Alma betrachtete den Banyanbaum, dessen Schatten in der Dämmerung kaum noch auszumachen war. Neue Äste hatten sich tief in die Erde gegraben, und er stand heute fester denn je. Sie hörte ein Geräusch, aber als sie sich umblickte, konnte sie nichts entdecken.

Das alte Geschirr ließ sie hier, und so trank sie ungekühlten Eistee aus einem alten Glas. Maximilian würde später nach Hause kommen. Er besuchte noch ein letztes Mal seinen besten Freund. Auch wenn er nicht ganz begriff, was der Abschied bedeutete, und ihm ein großes Abenteuer bevorstand, war ihm ein wenig mulmig.

Alma genoss es, ein letztes Mal in aller Ruhe auf der Veranda zu sitzen. Selbst wenn sie in ein paar Monaten mit leeren Händen und enttäuscht zurückkehrte, würde sie nicht mehr in diesem Haus leben. Eine deutsche Familie hatte bereits den Mietvertrag unterschrieben und würde hier einziehen, sobald ihr Schiff den Hafen verließ.

Wieder hörte sie etwas, und als sie sich dieses Mal umdrehte, stand dort jemand. Ein großer Mann. Sie kannte die Silhouette. Sie hätte sie niemals vergessen. »Joshua?«, sagte sie tonlos. Mit einem Ruck stand sie auf.

Langsam kam er näher. »Hallo Alma.« Er trug eine Uniform und hielt eine große Mütze in seiner Hand.

Alma verharrte regungslos und starrte ihn an. War er es wirklich? Es musste eine Halluzination sein, ein Wunschbild.

Er blieb stehen, und seine Hände spielten nervös mit der Kapitänsmütze. »Ich habe erst jetzt von deinen Briefen erfahren.«

»Deine Schwester …«

»Ja, meine Schwester. Ich glaube, ich habe sie zu Unrecht beschimpft. Sie wollte mich nur schützen.«

Alma musterte ihn. Er stand nur eine Armlänge von ihr entfernt. Der schwache Schein der Lampe erhellte sein Gesicht. Auch er war älter geworden. Seine Haut wirkte wettergegerbt, und seine Haare waren wieder so lang wie damals, als sie ihn kennengelernt hatte. Er sah erfahrener aus, selbstsicherer, männlicher.

»Ich weiß heute, dass ich mich damals falsch verhalten habe. Bloß konnte ich nicht, … Ich hab' … Mir ist heute klar, dass ich einen großen Fehler gemacht habe.« Die Worte sprudelten plötzlich aus Alma heraus.

Er zögerte, bevor er ihre Hand nahm. »Alma, ich habe damals auch nicht verstanden, wie sehr du in einer Situation gefangen warst, die ich nicht … Und als ich damals nach zweieinhalb Jahren auf dem Boot auf dich gewartet habe und du nicht gekommen bist, da wollte ich nichts mehr mit dir zu tun haben.« Er hob seine Hand, weil er merkte, dass sie etwas sagen wollte. »Nein, lass mich ausreden. Bitte, es ist wichtig. Mir ist erst jetzt klar geworden, … als ich deine Briefe gelesen habe, in denen du mich so dringlich darum gebeten hast, mich zu melden, dass es dafür nur einen Grund gab.« Er atmete tief durch. »Damals hab ich keinen Gedanken daran verschwendet. Aber jetzt im Nachhinein, … sag mir, ob ich richtig liege. Der Junge damals, das Kind, das diese jüngere Frau im Arm hielt, das war nicht ihr Kind. Das war dein Kind, oder?«

Alma nickte stumm.

»Und wenn das so ist, kann es sein, … kann es sein, dass es unser Kind ist?«

Eine Träne lief Alma über die Wange. Sie brauchte nichts mehr zu sagen. Ihr größter Wunsch war bereits in Erfüllung gegangen. Joshua wusste von ihrem gemeinsamen Kind. Sie blickte lange in seine Augen. Wo sollte sie anfangen?

Wieder nickte sie.

»Und es tut mir so leid, dass ich es nicht gleich begriffen habe«, brach es aus Joshua heraus.

»Nein, Joshua, mir tut es leid. Ich habe mich so oft falsch entschieden. Jedes Mal aufs Neue. Ich kann es heute kaum noch begreifen. Ich hatte so viel Angst. Die Unsicherheit … Ich wäre eine Ausgestoßene gewesen, wenn du mich nicht genommen hättest.«

»Ich weiß. Ich hätte dir von Anfang an mehr Sicherheit bieten müssen. Ich …«

»Nein, lass mich jetzt ausreden. Damals, als du wiedergekommen bist, bei dem Fest. Wärst du nur eine Stunde früher gekommen, ich wäre mit unserem Sohn sofort mit dir gegangen. Aber wenige Minuten, bevor wir uns getroffen haben, hatte ich etwas Fürchterliches erfahren. Ich war außer mir. Ich weiß heute, dass es eine Lüge war, wenigstens zum Teil. Und wenn ich es dir in Ruhe erzähle, wird dir klar, warum ich in diesem Moment und den Tagen danach nicht fähig war, meine Familie zu verlassen. Aber ich schwöre dir, in all den Monaten vorher bin ich im Kopf immer durchgegangen, was ich wohl alles mitnehmen würde, wenn ich in aller Eile packen müsste.« Alma lachte leise auf. »Ich kam mir manchmal so lächerlich vor, zu glauben, du würdest mich holen.« Sie lachte und weinte gleichzeitig.

»Als das Schiff ablegte und du dich nicht hast blicken lassen, hab' ich … ich hab' … Ich erzähle besser nicht, was ich gedacht habe, was ich gefühlt habe.«

Für einen Augenblick entstand eine Pause, bis Alma die Stille durchbrach: »Ich glaube, wir beide haben uns sehr viel zu erzählen.« Sie deutete auf einen Stuhl und setzte sich. Doch statt weiterzusprechen, blickte sie ihm nur in die Augen.

»Alma, ich muss dir etwas sagen.« Er räusperte sich. »Auch ich war verheiratet. Ich musste …«

»Ich weiß«, unterbrach Alma ihn. Joshua blickte sie erstaunt an. »Du weißt. … Woher …?«

»Milli, meine australische Freundin, kennt deine Schwester. Von Milli hab' ich schließlich auch die Adresse erfahren.«

»Und weißt du auch, dass meine Frau und mein Kind …«

»Ja.« Sie beugte sich nach vorne und legte ihre Hand auf seine. »Es tut mir so leid für dich. Es ist schwer, seine Familie zu verlieren.«

Joshua blickte sie lange an, bevor er fortfuhr. »Hermann ist auch gestorben.«

Alma seufzte. Das war das einzige Detail, das sie Joshuas Schwester in einem der ersten Briefe mitgeteilt hatte. »Ja, Hermann ist schon lange tot. Aber für mich war es nicht so schlimm. Ich hab' ihn nicht geliebt.«

Joshua ergriff ihre Hand. »Ich hab' meine Frau auch nicht … ich meine, wir kannten uns kaum, und dann war sie schon schwanger. Ich wollte sie nicht alleine lassen, nicht mit einem Kind, aber bei der Geburt …«, er drehte seinen Kopf zur Seite und schaute in die Dunkelheit, »… lief alles schief. Ich kam erst drei Tage später von einer Fahrt zurück. Da lag sie schon unter der Erde. Sie hatte noch immer das Kind in ihrem Leib.«

Alma drückte seine Hand. Es gab keine Worte, um ein solches Leid zu lindern. Diese Last trug jeder alleine.

Sie saßen sich stumm gegenüber und fanden nur in ihren Blicken Trost. Auf einmal vernahm Alma ein vertrautes Geräusch und setzte sich aufrecht hin. Abrupt ließen sie ihre Hände los. Alma blickte Joshua durchdringend an. Sie wollte Maximilian nicht überrumpeln.

»Mama?« Wie immer rannte Maximilian mehr, als dass er ging. Er sprang die Stufen hoch. »Mama. Ist das unser Schiff?«

»Hallo Maximilian. Darf ich dir Joshua Fitzgerald vorstellen. Er ist …«

Joshua stand ungelenk auf. Wollte er seinen Sohn in die Arme schließen? Im letzten Moment hielt er sich zurück.

»Ich bin der Kapitän des Schiffs. Es gehört mir.«

»Und Sie holen uns persönlich ab?« Maximilian war beindruckt. Höflich reichte er Joshua die Hand, der sie sofort nahm und nicht mehr losließ. Der Junge schaute irritiert zu seiner Mutter und zog dann verlegen seine Hand zurück.

Joshua blickte Alma fragend an. »Ihr wollt weg?«

Alma schaute abwechselnd zu Maximilian und Joshua. »Ja, wir sitzen sozusagen auf gepackten Koffern. Ich wollte Milli in Brisbane besuchen, und zusammen mit ihr nach Sydney fahren. Ich habe dort … Ich hatte dort etwas Wichtiges zu erledigen.« Der letzte Satz sagte mehr als tausend Worte.

Joshua nickte stumm.

Für einen Moment hatte Alma den Eindruck, als würde sie ein feuchtes Glitzern in seinen Augen erkennen. Niemand sagte etwas, bis Joshua endlich mit brüchiger Stimme antwortete: »Ich kann euch gerne mitnehmen.« Er blickte Maximilian an. Alma wusste, was Joshua durch den Kopf ging. Auch er wollte nichts überstürzen. »Es sind noch etliche Kabinen frei für die Rückfahrt. Ihr könnt jeder eine eigene Kabine bekommen.«

»Ich krieg eine eigene Kabine?«, fragte Maximilian begeistert.

»Max, hol uns doch noch etwas Eistee und ein Bier für den Kapitän aus dem Eiskeller … Es ist nicht mehr kühl, aber vielleicht … Wir haben unser Schiff für morgen erwartet«, fügte sie erklärend hinzu. »Es ist bereits alles ausgeräumt.«

Max stürmte los, und Alma bot Joshua wieder einen Platz an. »Maximilian glaubt natürlich, dass Hermann sein Vater ist. Ich möchte … nichts überstürzen.«

Joshua nickte. »Er ist ein toller Junge. Er gefällt mir.«

Alma lächelte. »Ja, er ist ein guter Sohn. Aber ich bitte dich, … gib ihm etwas Zeit. Er ist noch zu jung … um zu verstehen, was wir … und dass Hermann nicht sein Vater ist.«

Max kam zurück mit einer Flasche Bier und der Kanne mit dem Eistee. Aus der Küche holte er zwei alte Becher und stellte einen vor Joshua hin. Dann sprang er noch einmal auf und holte einen Flaschenöffner.

Alma öffnete die Flasche und goss Joshua ein. »Es ist leider nicht kalt.«

»Das ist egal.« Joshua beobachtete unentwegt seinen Sohn, der verunsichert zu Alma schaute und mit den Beinen zappelte. Alma versuchte die Situation aufzulockern.

»Joshua, ist es tatsächlich dein eigenes Schiff?« Sie schüttelte erstaunt den Kopf. Wie kam er zu so viel Geld?

Joshua wandte sich wieder ihr zu.

»Ich habe bei einer meiner Fahrten an der Südküste einen schiffbrüchigen Goldsucher gerettet. Auf der Flucht vor Straßenräubern war er in einem winzigen Boot geflüchtet und raus auf die offene See getrieben worden. Doch als wir ihn fanden, war es schon zu spät. Er hatte kein Trinkwasser dabei und vor lauter Durst Meerwasser getrunken.«

Joshua trank einen Schluck lauwarmes Bier. »Er lag bereits im Sterben. Aus lauter Dankbarkeit, dass ich ihn aus der rauen See gefischt und ihm versprochen habe, mich um ein christliches Begräbnis für ihn zu kümmern, hat er mir alles vermacht, was er dabei hatte. Es waren einige Goldnuggets und eine Handvoll Opale. Davon hab ich mir mein eigenes Schiff gekauft. Es ist noch nicht ganz bezahlt, aber ich … Als Witwer brauche ich wenig für mich selbst, und in zwei Jahren wird es mir gehören.« Er drehte sich zu Maximilian um. »Wenn du willst, kannst du es dir gerne anschauen.«

Maximilian schaute verwirrt zu Alma. »Dann ist das eigentlich gar nicht das Schiff nach Australien, auf das wir warten?«

»Eigentlich nicht.« Alma lächelte vielsagend.

»Wenn du willst, zeig ich dir morgen das Schiff. Alles, was dich interessiert«, versprach Joshua seinem Sohn.

Als Alma Maximilians überraschten freudigen Blick sah, ergriff sie Gelegenheit. Sie musste noch so viel mit Joshua besprechen. »Max, dann geh jetzt ins Bett. Wir müssen morgen zeitig raus.«

Maximilian erhob sich. An der Tür blieb er zögernd stehen. »Aber ich kann das Schiff noch anschauen, bevor wir fahren?«

Joshua wollte antworten, aber Alma kam ihm zuvor. »Keine Angst, du kannst dir das Schiff des Kapitäns in aller Ruhe anschauen, das verspreche ich dir.« Maximilian war beruhigt. »Und vergiss nicht, dich zu waschen, hörst du?« Sie vernahmen einen undefinierbaren Laut, dann rannte er laut die Stufen nach oben.

Sie blickten sich stumm in die Augen, und ein kleines Lächeln huschte über Joshuas Gesicht. »Ich habe einen Sohn. Und einen ganz patenten, wie es scheint.« Jetzt strahlte er über das ganze Gesicht, und Alma erinnerte sich an den Joshua, den sie vor dreizehn Jahren kennengelernt hatte.

»Ich bin so froh, dass er dir gefällt.«

»Wolltet ihr deshalb nach Sydney? Damit ich meinen Sohn treffe?«

Alma nickte. Joshuas Stimme war sehr leise, als er weiterfragte: »Und war das … der einzige Grund?«

Alma atmete tief ein. »Joshua, ich weiß heute, dass ich viele falsche Entscheidungen getroffen habe. Aber ich war gefangen in meiner Situation. Zumindest fühlte ich mich so. Mir ist bewusst, wie sehr ich dich verletzt habe. Aber ich konnte damals nicht anders handeln. Verzeih mir.«

Joshuas Blick schien sie vollkommen zu durchdringen. »Was willst du mir damit sagen? Dass du mir nur Maximilian vorstellen wolltest?«

»Nein, ich will damit sagen, dass ich dich so oft vertröstet und zurückgewiesen habe, dass ich es gut verstehen kann, wenn du nichts mehr von mir wissen willst.« Jetzt war es raus. Alma schluckte hart.

Er sah sie an, und sein Mund verzog sich zu einem verschmitzten Lächeln. »Du liebst mich. Du liebst mich noch immer!« Joshua beugte sich zu ihr hinüber.

Alma zögerte. Sie war sich der Bedeutung dieses Kusses bewusst. Er würde etwas besiegeln, was für den Rest ihres Lebens andauerte. Ganz langsam näherten sich ihre Lippen seinem Mund.

Der Kuss war zart.

Vorsichtig, als müssten sie nach all den Jahren erst wieder zueinanderfinden, berührten ihre Lippen sich. Joshua schmeckte nach Bier, und Alma schoss durch den Kopf, dass sie seit Jahren keinen Mann mehr geküsst hatte. Seine Zunge spielte mit ihrer, und plötzlich schoss eine heiße Welle durch ihre Adern. Ungestüme Leidenschaft loderte in ihr auf. Es war, als habe sie ewig auf diesen Augenblick gewartet.

Joshua stand auf und riss sie mit sich. Er drängte sich an sie. Fast erdrückte er sie mit seinen Armen, aber das war ihr egal.

»Alma, du musst wissen, dass ich keine Frau mehr hatte, seit meine … Ehefrau gestorben ist.«

Fiebrig küsste sie seinen Hals. »Außer Hermann …« Doch sie kam nicht weiter. Er bedeckte ihren Mund mit Küssen.

Sie genoss seine Nähe, wollte diesen Moment nicht enden lassen, doch sie hielt kurz inne. »Lass uns reingehen. Hier draußen … jemand könnte uns sehen.«

»Ja.« Joshua zog sie durch die Tür und atemlos küsste er sie wieder. Dabei löste er die Bänder ihres Kleids an ihrem Rücken. Alma half ihm, und innerhalb von Sekunden stand sie im Unterkleid vor ihm.

Auch er nestelte an den Knöpfen seiner Hose, riss sie ungeduldig herunter und warf seine Jacke von sich. Er knöpfte sein Hemd auf, während sein leidenschaftlicher Blick über ihren Körper glitt. Alma zog sich das Unterkleid über den Kopf, und plötzlich standen beide fast nackt voreinander. Selbst in der Dunkelheit war seine Erregung gut zu erkennen.

Alma drängte sich an ihn, küsste seine Brust und legte die Arme um seinen Hals. Sie wollte ihn. Zum ersten Mal in ihrem Leben ließ sie ihre Lust entscheiden.

Joshua strich über ihren Rücken, hinab bis zu ihrem Pobacken, und mit einem Rück nahm er sie hoch und setzte sie auf den Küchentisch. Mit nur einem Stoß war er in ihr.

Ein spitzer Schrei entfuhr Alma, dann flüsterte sie: »Leise, Maximilian!« Aber ihre Beine klammerten sich um seine Hüften. Er fuhr über ihre Schultern, ihren Hals zu ihren Brüsten. Alma stützte sich ab und bog sich ihm entgegen. Sie keuchte.

»Davon habe ich so lange geträumt … all die Jahre.«

Joshua bewegte sich sacht in ihr. »Jetzt … wo wir beide frei sind, … ist es wirklich eine Ehe nach der *fa'a samoa*.« Er packte sie, und während er immer tiefer in sie eindrang, küsste er sie ungestüm.

Die Koffer waren schon auf dem Segelschiff. Es war beinahe so groß wie der Frachter, mit dem Alma vor fast fünfzehn Jahren nach Samoa gekommen war. Gerade drosselte der deutsche Postfrachter draußen vor dem Hafen seine Fahrt. Joshua war noch bis tief in die Nacht geblieben, und sie hatten noch lange geredet und sich noch einmal geliebt. Vor der Morgendämmerung war er gegangen. Alma hatte so gut wie nicht geschlafen, aber es machte ihr nichts aus, dass sie übermüdet aussah. Sie hatte Joshua erzählt, wieso sie bei seinem letzten Besuch nicht mit ihm gehen konnte, und sie war sehr erleichtert, dass er ihr damaliges Verhalten verstand. Joshua war seine Ehe aus Verpflichtung und Anstand eingegangen, nicht aus Liebe. Das hatte seine Schwester mit Mitgiftjägerin gemeint. Die Frau, die er geheiratet hatte, war nur eine flüchtige Liebschaft gewesen, um ihn für eine Nacht aus seiner verzweifelten Einsamkeit zu erlösen.

Alma blickte sich um. Heather und Friedrich waren gekommen. Dass Cornelius sich nicht von ihr verabschiedete, konnte Alma ihm nicht verdenken. Dafür hatte überraschenderweise Etena, der jetzt nur noch für die Handelsgesellschaft arbeitete, sie am Rand der Stadt abgefangen und ihr Lebewohl gewünscht. Während Maximilian aufgeregt auf dem Landungssteg umhersprang und es kaum erwarten konnte, an Bord zu gehen, packte Alma die Wehmut.

Erst jetzt merkte sie, wie sehr sie sich an den Gedanken geklammert hatte, wahrscheinlich in ein paar Monaten nach Samoa und zu ihrer Familie zurückzukehren. Urplötzlich kam ihr Deutsch-Samoa so idyllisch vor.

Alma lief über den Strand, neben ihr Heather, die stumme Tränen verdrückte. Friedrich versuchte, seine Frau zu trösten.

Ohnehin erlebte Samoa bald einen Aufschwung, und das Reisen wurde einfacher. Im Dezember sollte ein Schiff aus Bremen direkten

Kurs zur Perle der Südsee nehmen, wie die Deutschen Samoa mittlerweile nannten. Und durch die Öffnung des Panamakanals würden neue und schnellere Routen von Amerika nach Australien dazukommen. Heather würde Alma oft besuchen können, versprach Friedrich.

Das Beiboot des Postdampfers legte an, und das kleine Ruderboot des Frachtseglers wartete unterdessen in der sanften Dünung, um die Passagiere aufzunehmen.

»Und? Was gibt es Neues aus dem Kaiserreich?«, rief Friedrich den deutschen Matrosen zu.

Ein bärtiger Seemann winkte ab, während er das Beiboot am Landungssteg vertäute.

»Immer das Gleiche. Auf dem Balkan ist wieder Frieden, schon seit ein paar Monaten. Die Osmanen sind vertrieben, und alle anderen haben ihr Stück vom Kuchen bekommen. Also nichts, was uns beunruhigen sollte.«

Sein Kollege sprang an Land, und der Seemann wuchtete das erste große Paket hoch. Erst als sie ihr Boot ausgeladen hatten und zurückruderten, konnte das Beiboot des Frachtseglers anlegen. Alma umarmte Heather sehr lange, gab sogar Friedrich einen Kuss auf die Wange und stieg auf die kurze Leiter. Unten wartete schon Joshua auf sie und nahm sie in Empfang. Noch hielten sie sich zurück mit dem Austausch von Berührungen, denn sie wollten Maximilian langsam darauf vorbereiten, dass sie sich schon länger kannten und was das für ihn bedeutete. Er war schon sehr überrascht darüber, dass sie ein anderes Schiff nahmen. Er konnte kaum stillsitzen.

»Mr. Fitzgerald, werden wir auch Kängurus sehen?«

»Jede Menge. Hunderte, ja Tausende, wenn du willst.« Joshua lächelte Alma glücklich an.

Alma drückte Maximilian an sich, der neben ihr auf der Bank saß. »Nun wink' noch ein letztes Mal«, forderte sie ihn auf.

Am Landungssteg standen noch immer viele Leute. Alma selbst aber blieb unbeweglich sitzen und sah zu, wie sich das Land immer weiter entfernte. Apia wurde zu einem langen weißen Strand mit idyllischen weißen Häusern unter Palmen. Dahinter erhob sich das satte Grün von Samoas Hauptinsel.

GLEICH WEITERLESEN?

Teil 2 der Südsee-Saga
Der Glanz von Südseemuscheln

1914: Kaum haben Alma und der australische Seemann Joshua zueinandergefunden, wird ihre Liebe auf eine harte Probe gestellt. Die Hysterie des Ersten Weltkrieges bricht über sie herein, und plötzlich befinden sie sich auf verfeindeten Seiten. Auf Samoa dagegen muss Mathilde, Almas jüngste Schwester, ihre Ländereien gegen die neuseeländischen Besatzer verteidigen.

Als das Schicksal Alma und Joshua auseinanderreißt, muss sie als Deutsche in Australien nicht nur um ihre Existenz bangen. Sie muss auch darum ringen, ihre hart erkämpfte Liebe zurückzugewinnen. Ausgerechnet ein hilfloser Straßenjunge erweist sich als Lichtblick in dunklen Zeiten. Doch er hütet ein seltsames Geheimnis. Auf Samoa dagegen bahnt sich eine Katastrophe an. All ihres Vermögens enteignet, muss sich Mathilde ausgerechnet bei dem Mann verdingen, den zu hassen sie geschworen hat, wären da nicht ihre Gefühle für ihn.

NACHWORT

Ort und Zeit dieses Romans liegen zum bedeutendsten Teil in Deutsch-Samoa zur Kolonialzeit. Ich habe nach bestem Wissen und Gewissen recherchiert, trotzdem kann es in einem so umfangreichen Roman einige Punkte geben, die unscharf sind. Geschichte lebt davon, Lücken in der Vergangenheit zu schließen, und Geschichten leben davon, diese Lücken fantasievoll zu schließen. Daher kann ich nicht völlig ausschließen, dass etwas unkorrekt dargestellt wurde. Ich habe mich an historisch belegten Fakten orientiert, was die Zeit der Jahrhundertwende und die Kolonialgeschichte angeht. Die Lebensumstände für Menschen wie Alma und ihre Familie in Köln habe ich so gut es ging rekonstruiert. Auf alten Postkarten und in Reiseberichten deutscher Südseereisender habe ich interessante Hinweise zu Sydney um 1900 gefunden. Diese Reiseberichte, aber auch die Tagebücher des Schriftstellers Robert Louis Stevenson und seiner Frau, waren mir für die Alltagsbeschreibungen auf den Samoa-Inseln eine wertvolle Hilfe. Almas Geschichte ist eine reine Erfindung, allerdings habe ich mich bemüht, die damaligen Lebensbedingungen so nah an der Wirklichkeit wiederzugeben, wie möglich. Samoanische Begriffe und einige damalige Ortsbezeichnungen erkläre ich im Anhang des Buchs.

Mein Dank gilt auch besonders meinen beiden Agentinnen Regina Seitz und Barbara Schrettle, die dieses Projekt auf den Weg gebracht und begleitet haben. Auch bei meinen Lektorinnen Michelle Stöger vom Heyne Verlag und Friederike Arnold möchte ich mich für die Anregungen und Hinweise bedanken, die diesen Roman nur besser gemacht haben.

Und danken möchte ich auch meinen Testlesern Esther Rae, Ulrike Heger, Verena Gärtner und vor allem meinem Mann, Dr. Peter Dahmen, die mir alle mit nützlichen Hinweisen, Nachfragen und Tipps geholfen haben, die Geschichte rund zu machen.

Ihnen hat der Roman gefallen? Wer gerne zu meiner Person und meiner Arbeit auf dem Laufenden bleiben möchte, findet mich auf Facebook und Instagram, oder melden Sie sich auf meiner Website www.hanna-caspian.de zum Newsletter an.

GLOSSAR

AFATASI oder auch AFAKASI (englisch: halfcast, deutsch: Halbblut) – die Abkömmlinge der Verbindung aus Samoanern und Weißen.

AITUS – in der samoanischen Mythologie eine (oft gestaltwandlerische) Geistererscheinung, auferstandener Untoter, der im Dschungel lebt.

ALI'I SILI – höchster Häuptling auf Samoa.

BISMARCK-ARCHIPEL – der Archipel liegt im westlichen Pazifik und gehört heute zum Staat Papua-Neuguinea. Er war Teil der deutschen Südseekolonien, also der deutschen Schutzgebiete.

FA'A SAMOA – nach samoanischer Lebensweise.

FAIPULE – eine Honoratiorenversammlung, die Mata'afa zur Seite stand. Sie setzte sich aus den lokalen Distriktvorstehern und den angesehenen samoanischen Adelsfamilien zusammen. So beschränkte sich die deutsche Herrschaft auf die Zentralgewalt. Gouvernement und Faipule verhandelten gleichermaßen über Sachfragen.

FALES – Rundhütten aus Holzpfählen, deren Dächer mit Palmenblättern gedeckt wurden.

FIAFIA – traditioneller samoanischer Tanz.

KAISER-WILHELMS-LAND – wurde der nordöstliche Teil der Insel Neuguinea genannt, der bis 1914 zum deutschen Kolonialreich gehörte.

Zusammen mit dem Bismarck-Archipel, den nördlichen Salomonen, den Karolinen, Palau, Nauru, den Marshallinseln und den Marianen bildete es das kaiserliche Gouvernement und die deutsche Kolonie Deutsch-Neuguinea.

KANAKE – war im polynesischen Raum der Ausdruck für »der Mensch«. Die Weißen haben diesen Ausdruck für die Eingeborenen übernommen.

KAVA – ein fermentiertes Gebräu, das als rituelles Nationalgetränk der Samoaner aus einer Pflanzenart aus der Gattung des Pfefferstrauchs gewonnen wird.

LAVALAVA – der typische Wickelrock der Samoaner, wird von Frauen und von Männern getragen.

MATAI – der Clanchef eines Dorfs bzw. einer Großfamilie.

MATA'AFA JOSEFA oder MATA'AFA IOSEFO – nach dem Tod seines langjährigen Konkurrenten Malietoa Laupepa, König von Samoa, der im August 1898 starb, kehrte Mata'afa Iosefo auf einem deutschen Kriegsschiff aus dem Exil von den Marschallinseln zurück und wurde von den Samoanern mit Unterstützung der deutschen Truppen zum Tupu ausgerufen. Er herrschte von 1899 bis zu seinem Tod 1912, also fast während der ganzen deutschen Kolonialzeit.

MAU-BEWEGUNG oder auch MAU A PULE – so nannte sich die samoanische Unabhängigkeitsbewegung. Schon 1903 begann der samoanische Widerstand. Er war gewaltlos, man beschränkte sich auf zivilen Ungehorsam. 1909 erreichte die Mau-Bewegung ihren Höhepunkt, wurde aber durch geschickte Verhandlungen beendet. Der Anführer Lauati wurde verhaftet.

NEU-MECKLENBURG – heute die Duke-of-York-Inseln, damals Teil der deutschen Südseekolonien.

NEU-POMMERN – ehemals Teil der deutschen Schutzgebiete in der Südsee. Es heißt heute Neubritannien, ist ein Teil Melanesiens und gehört politisch zu Papua-Neuguinea.

NONI oder NONO – eine kleine grüne Frucht, heutzutage eines der größten Exportgüter Samoas.

SAVAI'I – die größte der deutschen Samoa-Inseln. Neben Upolu mit dem Verwaltungshauptsitz Apia und Savai'i gibt es noch einige kleinere, zumeist unbewohnte Inseln.

SIVA – traditioneller Liebestanz sehr leicht bekleideter Samoanerinnen, was den weißen Männer sehr gefiel.

TANOA – eine große hölzerne Schale mit mindestens vier kurzen Beinen. Aus ihr wird während einer Kavazeremonie das Kava ausgeschenkt.

TAPA – typische Bastmatte, die in aufwendiger Handarbeit aus der Rinde des Maulbeerbaums gefertigt wird. Damals wie heute gelten sie als sehr wertvolles Geschenk.

TATAMIEREN – Das Tätowieren wurde auf Samoa traditionell mit Haifischzähnen ausgeführt. Die Technik des Tätowierens stammt aus dem pazifischen Raum.

TOFALO LAVA – traditionelle Begrüßung der Samoaner.

TORRES-STRASSE – Meeresstraße zwischen der Nordspitze Australiens und Papua-Neuguinea, gefährliches Fahrwasser wegen starker Strömungen.

TUPU SILI – der höchste Häuptling.

TUSITALA – »Der Geschichtenerzähler«. So haben die Samoaner R. L. Stevenson genannt.

UPOLU – die Hauptinsel der deutschen Samoa-Inseln. Hier war und ist die Hauptstadt Apia. Die Nachbarinsel Savai'i ist zwar größer, aber weniger dicht besiedelt.

DIE AUTORIN

HANNA CASPIAN (bürgerlich: Regina Gärtner) ist am Niederrhein aufgewachsen, hat an der RWTH Aachen Germanistik und Politikwissenschaften und Sprachen studiert. Seit 2012 widmet sie sich ganz dem Schreiben. Sie lebt in Köln, ist aber häufig in der Weltgeschichte unterwegs. Sie ist Mitglied bei DELIA und dem Montségur Autorenforum, und schreibt bevorzugt Historische Romane und Liebesromane.

Besuchen Sie mich online und bleiben Sie auf dem Laufenden.

Webseite:	www.hanna-caspian.de
Facebook:	www.facebook.com/HannaCaspianAutorin
Instagram:	www.instagram.com/hanna_caspian_autorin

MEHR VON HANNA CASPIAN

HINTER DEM HELLEN SCHEIN

Band 1 einer 3-teiligen Reihe

Die achtzehnjährige Adelheid, Tochter eines Tagelöhners, soll auf Schloss Liebenberg als Stubenmädchen anfangen. Niemals hätte sie sich so ein Glück träumen lassen, denn nun kann sie für ihre hungernde Familie sorgen. Außerdem darf sie mit Viktor, einem der Diener, zusammenarbeiten, zu dem sie sich vom ersten Moment an hingezogen fühlt.

Doch ihr Glück dauert nicht lange an, denn es ruft Neider auf den Plan, die das unschuldige Mädchen in eine Falle locken. Adelheid wird zum Hausmädchen degradiert und muss nun mit der erfahrenen Hedda Pietsch zusammen in einer kleinen Stube wohnen. Die beiden jungen Frauen werden zu Freundinnen in höchster Not - und zu Zeuginnen eines der größten Skandale des deutschen Kaiserreichs ...

Knaur, München 2022 ISBN 978-3-426-52849-5

Gut Greifenau – Abendglanz

Band 1 einer 6-teiligen Reihe

Mai 1913: Konstantin, ältester Grafensohn und Erbe von Gut Greifenau, wagt das Unerhörte: Er verliebt sich in eine Bürgerliche, schlimmer noch – in die Dorflehrerin Rebecca Kurscheidt, eine überzeugte Sozialdemokratin. Die beiden trennen Welten: nicht nur der Standesunterschied, sondern auch die Weltanschauung.

Für Katharina dagegen, die jüngste Tochter, plant die Grafenmutter eine Traumhochzeit mit einem Neffen des deutschen Kaisers – obwohl bald klar ist, welch ein Scheusal sich hinter der aristokratischen Fassade verbirgt. Aber auch ihr Herz ist anderweitig vergeben.

Beide Grafenkinder spielen ein Versteckspiel mit ihren Eltern und der Gesellschaft. So gut sie ihre heimlichen Liebschaften auch verbergen, steuern doch beide unweigerlich auf eine Katastrophe zu …

Knaur, München 2018 ISBN 978-3-426-52150-2

Die Kirschvilla

Isabell und ihre Großmutter Pauline treten ein Erbe in Köln an – Paulines Geburtshaus. Doch die alte Villa am Rheinufer birgt dunkle Geheimnisse. Bald sieht sich Isabell mit der Frage konfrontiert, ob ihr Liebesglück mit den Geheimnissen ihrer Familie zusammenhängt. Denn ausgerechnet Julius, Isabells neue Liebe, scheint tief in die schmerzliche Familientragödie verstrickt. Schließlich geben zwei Tagebücher aus den 1920er-Jahren, die die Zeit überdauert haben, Auskunft über die schockierenden Geschehnisse am Rheinufer – und über Wahrheiten, die niemand gerne über seine Familie erfährt.

Heyne Verlag, München 2018 ISBN 978-3-453-41955-1

ANDERE HISTORISCHE ROMANE

ENGELS FREIHEIT

Norddeutschland, 1799. Der Alltag der hart arbeitenden 15-jährigen Leibeigenen Engel Waldmann auf dem Bauernhof ihrer Eltern enthält wenig Abwechslung. Zufrieden mit dem von der Arbeit bestimmten Rhythmus, pflegt sie ihre nicht standesgemäße Freundschaft zur Tochter eines Heuermanns.

Als der Graf, der sie und ihre Familie besitzt, seine Zusage zum Freikauf zurückzieht und sie an einen lokalen Bauern verkauft, verklagt ihr Vater den Adeligen. Engels Welt zerbricht. Dabei kann sie nicht einmal mit ihrer besten Freundin reden, denn diese ist gezwungen, auf einem Hof im Dorf zu arbeiten, um die Schulden ihres alkoholsüchtigen Vaters abzulösen. Dort ist sie den Übergriffen ihres neuen Herrn ausgeliefert. Wird der Kampf um die Freiheit Engel alles kosten, was sie liebt?

Independent Bookworm ISBN 978-3-9568-113-7

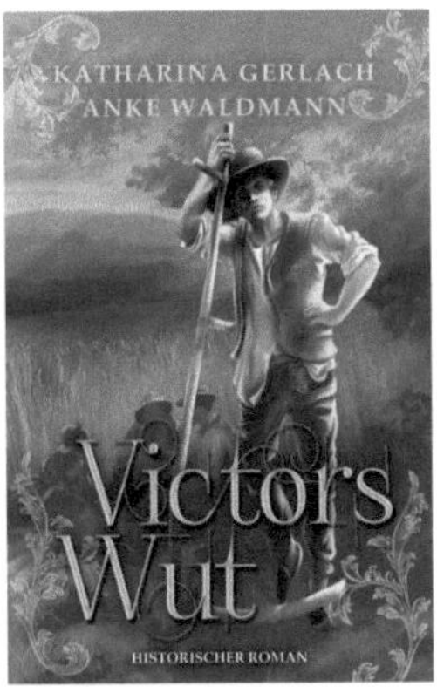

VICTOR'S WUT

Norddeutschland 1848. Rieke Waldmann weiß, dass der Mann, den sie liebt und heiraten möchte, ihrer Mutter nicht genügt. Doch der radikale Idealist ist bereit, sich als zukünftiger Ehemann zu beweisen und zieht los, um genügend Geld für einen eigenen Hof zu verdienen. Gleichzeitig muss Rieke die Bedingung ihrer Mutter erfüllen und den Sohn des benachbarten Müllers kennenlernen.

Doch dieser erweist sich als viel einfühlsamer, als sie erwartet hatte, und hilft Rieke bei ihrer Suche nach einem bezahlbaren Hof. Dabei entdeckt Rieke die Geheimnisse ihres verstorbenen Vaters, die ihr Glück zerstören könnten.

Independent Bookworm ISBN 978-3-9568-113-7